语文阅读经典丛书·第八

格兰特船长的儿女

文质　改编

江西教育出版社
JIANGXI EDUCATION PUBLISHING HOUSE
·南昌·

图书在版编目（CIP）数据

语文阅读经典丛书. 第八辑/文质改编. —南昌：
江西教育出版社，2020.11
　　ISBN 978-7-5705-2120-3

　　Ⅰ．①语… Ⅱ．①文… Ⅲ．①世界文学—作品综合集
Ⅳ．①I11

　　中国版本图书馆 CIP 数据核字（2020）第 191340 号

语文阅读经典丛书·第八辑
YUWEN YUEDU JINGDIAN CONGSHU · DI-BA JI
　　　　　　　　　　　　　　　　　　　　　　　文质 改编

出　版　人：廖晓勇
策划编辑：杨　柳　张　龙
责任编辑：朱　丽
出版发行：江西教育出版社
地　　址：江西省南昌市抚河北路 291 号　　　　　　邮编：330008
邮　　箱：jxjycbs@163.com
网　　址：http://www.jxeph.com
电　　话：（0791）86705643
经　　销：各地新华书店
印　　刷：湖北嘉仑文化发展有限公司
规　　格：880mm × 1230mm　　　　　1/32　　　　24 印张
版　　次：2020 年 11 月第 1 版
印　　次：2020 年 11 月第 1 次印刷
书　　号：ISBN 978-7-5705-2120-3
定　　价：148.80 元（全 6 册）

赣版权登字 -02-2020-495

MULU

目录

第一章　鲨鱼带来的神秘酒瓶

1864 年 7 月 26 日，东北风呼呼地吹着，一艘豪华游船正全速航行在北爱尔兰与苏格兰之间的海峡北部的海面上。

这艘游船叫"邓肯号"，属于爱德华·格雷那万爵士。这位爵士是英国议会上院十六位苏格兰元老之一，也是"皇家泰晤士河游船会"最出类拔萃的会员，享誉全英国。

船上除了爵士外，还有他年轻的妻子海伦娜夫人，以及他的一个表兄麦克·纳布斯少校。

"邓肯号"才造好不久，现在刚从克莱德海湾外几海里（1海里=1.852 千米）的地方试航归来，准备停泊到格拉斯哥。游船快驶到阿伦岛附近时，瞭望台上的水手忽然报告说有一头大鲨鱼正尾随着游船。

年轻的约翰·曼格斯船长亲自把这一消息报告给爵士。

"鲨鱼？这一带会有鲨鱼吗？"爵士很是惊异。

"这不稀奇，有一种叫作天平鱼的凶猛家伙，任何海域都有它们的身影。"曼格斯船长回答，"假如您有兴趣，可以和我一同下去，观看我们如何把这个大家伙钓上来。说实话，我们还不知道怎样才能制伏这个长着尖牙、力大无穷的大家伙呢！"

不一会儿，爵士和少校就跟随船长来到了艉楼。海伦娜夫人得到消息，也过来了。

水手们把一条粗绳扔下海去，绳子的末端系着一个可以旋转的大钩子，钩子上串了一块厚厚的腊肉。腊肉的香味很快就吸引了鲨鱼，只见它从四五十米外的地方迅速向腊肉游了过来。它那灰黑色的双鳍猛烈地拍打着波浪，双眼死死地盯着前方的食物，眼里燃烧着攫取的火焰，嘴巴张得老大，露出白森森的尖牙齿。

不一会儿，那家伙就游到大钩子附近来了。只见它打了一个滚，那么大的一块香饵就消失在它那粗大的喉咙里了。水手们赶快旋转帆架末端的辘轳，把它吊上来。鲨鱼摔在甲板上，还在不停地挣扎。一个胆大的水手走上前去，朝它的头重重地捶了一榔头，它才老实了。果然是个大家伙，它有 3 米多长，600 多斤重。

接下来，水手们有事做了。了解鲨鱼的人都知道，鲨鱼从不挑食，什么都往肚子里吞，所以人们总能在它们的肚子里发现一些意想不到的东西。水手们用大斧头剖开了它的肚子。可是这头鲨鱼显然已经饿了很久了，肚子里什么都没有。失望的水手们正准备把它的残骸扔下海，水手长猛地叫了起来："啊！那是什么？"原来，在鲨鱼肚子的最里面，还有个粗糙的东西。

"嗬，没看出来这家伙还是个酒鬼，它喝了酒不算，连瓶子都吞下去了！"大副汤姆·奥斯汀看清楚那个东西后说。

奥斯汀小心翼翼地取出瓶子，洗干净后送到方厅里，放在桌子上。爵士、少校、船长，还有充满好奇心的海伦娜夫人一起围了过来。

"它在海里待的时间不短了，"爵士说，"你们看，瓶子表面黏附的杂质已经在海水的浸渍下变得很坚固了！在进入这头大鲨鱼的肚子里之前，它应该在大洋里漂流很久了。"格雷那万爵士一面说着，一面刮去瓶口处那层坚硬的物质。被侵蚀得面目全非的瓶塞子露出来了。"天啊，腐蚀成这样，就算瓶子里有什么珍贵的字条，怕也是没法阅读了吧！"爵士有些遗憾地说。接着，他小心地拔出瓶塞。顿时，一股咸腥味在艉楼弥漫开来。

"果然没错！里面有字条！"爵士用一只眼看了看瓶子里

面，说道，"不过，字条都粘在瓶子上了，恐怕不好拿出来。"

格雷那万爵士小心翼翼地取出字条后，才看清里面一共有三张。爵士把字条一张一张地揭开，摊在桌上。被海水腐蚀过的字条上只剩下一些残缺不全的字迹。爵士翻来覆去地研究这些字条，眉头紧锁。好一会儿后，他才抬头向三个已经等得不耐烦的人宣布结论："这三张字条很可能传达的是同一种信息，但是用了英文、法文和德文三种语言。"

"我们把三张字条上残缺的字句拼凑起来，说不定能发现什么。"曼格斯船长给出了一个好的提议。

"不错！我也正准备这么做。"爵士说着，拿起其中的一张字条，"先看这张英文的，上面辨得清的有'沉没''登陆''此''及''必死'几个词，还有一个名字，叫格什么先生，说不定是一艘遇难海船的船长。"

第二张字条是德文的，比第一张损坏得更厉害，只剩下几个不相连的字母。

曼格斯船长懂德文，他把字条拿起来研究了好一会儿，说道："我想，从这张字条上可以确定出事日期是 6 月 7 日，再把这个日期和英文字条上的'62'拼凑起来，我想准确日期应该是'1862 年 6 月 7 日'。同一行，还有'格拉'两个字，把英文字条上的'斯哥'和它凑起来，就是'格拉斯哥'一词。那么，这显然是格拉斯哥港的一条船。这张字条上第二行文字全没有了。但第三行有个重要信息：'两个水手'。"

爵士拿起第三张字条。"第一行的几个词拼出来是'三桅船'，结合前两张字条上的内容，能拼出完整的船名——'布里塔尼亚号'。接下来，这个词不完整，是什么'哥尼亚'，然后是'南半球'，"爵士看到了希望，兴致高昂起来，"'到达'，那几个不幸的人到达了什么地方呢？这个词好像是'大陆'。啊！这个词是'野蛮'！这个词是'印第'……印第什么呢？那些海员被风浪带到印度去了吗？这个词是……哦，经度，那最后这个数字应该是指纬度37°11′，太好了！"

这时，一个水手进来报告，说"邓肯号"已进入克莱德湾，请求船长指示接下来的航向。

曼格斯船长看了一眼格雷那万爵士，示意他直接下令。

"尽快抵达丹巴顿，送夫人回玛尔科姆城堡后，我要马上赶往伦敦，把这些信息传达给海军部。"爵士命令道。

"现在，朋友们，"过了一会儿，已经写好已知信息的爵士接着说，"我们找到了一条大商船失事的线索。1862年6月7日，格拉斯哥港的一艘三桅船'布里塔尼亚号'沉没了，两名水手和一名叫格什么的船长将这些信息装进瓶子，在南纬37°11′的地方丢下海，乞予救援。"

曼格斯一边打开南美地图，一边回答："正是这样！南纬37°线先横截阿劳卡尼亚，然后沿巴塔哥尼亚北部穿过草原，进入大西洋。"

"好！我们继续推测。他们到达某某大陆后被俘了，被谁俘去了呢？被野蛮的印第安人！"爵士说得斩钉截铁，大家也完全相信他的推断。

"噢！不用那么复杂，我这里正好有1862年《商船与海运报》的合订本，说不定上面有记载。"曼格斯船长边说边拿出一大捆报纸快速翻找起来。不一会儿，他就兴奋地叫起来："1862年5月30日，秘鲁！卡亚俄！满载货物返回格拉斯哥港，船名'布里塔尼亚号'，船长格兰特。"

"格兰特！"爵士叫起来，"就是那个雄心勃勃的苏格兰人，他曾想在太平洋上建立一个新苏格兰呢！"

爵士立刻拿起笔，毫不迟疑地做了下列记录：

1862年6月7日，三桅船"布里塔尼亚号"，籍隶格拉斯哥港，沉没在靠近巴塔哥尼亚一带海岸的南半球海面，两名水手和船长格兰特弃船登陆，被野蛮的印第安人停虏。兹抛下此文件于经度××、纬度37°11′处，乞予救援，否则必死于此！

"邓肯号"使足马力，晚上6点钟就到达了丹巴顿。港口码头上，来接海伦娜夫人的马车已等候多时。爵士跟夫人拥抱告别之后，就跳上了去格拉斯哥的快车。

火车开动前，格雷那万爵士给《泰晤士报》和《每日晨报》各发了一通电报，让他们登一则启事，内容如下：

欲知格拉斯哥港三桅船"布里塔尼亚号"及其船长格兰特之消息者，请联络格雷那万爵士。
地址：苏格兰丹巴顿郡路斯村玛尔科姆城堡

第二章　格兰特姐弟到来

海伦娜夫人和纳布斯少校被马车带回了玛尔科姆城堡。

晚上，她正一个人呆坐在房间里，总管家哈伯特走了进来，说有一个少女和一个男孩要见爵士。

来访的少女和男孩长得很像，一看就知道是姐弟俩。姐姐约莫 16 岁，漂亮的脸蛋显得有些疲乏，眼睛有哭过的痕迹，还红肿着，表情却显得沉着又勇敢，那身装束朴素又整洁，让人顿生好感。男孩看上去大约 12 岁，表情坚毅，像姐姐身旁一个勇敢

的守护者。

"您是在《泰晤士报》上登'布里塔尼亚号'失事启事的玛尔科姆城堡的格雷那万爵士的夫人吗？"少女看见海伦娜夫人后，先是怔了一下，然后问道。

"正是！你们是？"

"我是玛丽·格兰特；夫人，这是我弟弟——罗伯特·格兰特。"

"格兰特！格兰特！这么说，你们就是……"海伦娜夫人吃惊地叫起来，把姐弟俩拉到自己的怀里亲吻起来。

当天夜里，姐弟俩睡下后，海伦娜夫人将他们到来的消息以及有关格兰特的详细情形告诉了纳布斯少校。

第二天天刚亮，爵士就回来了。他的脸色很不好，充满了怒气。看到妻子后，他上前拥抱她，说："亲爱的海伦娜，海军部那帮人太可恶了！他们拒绝派船给我，说字条上的字太模糊，他们无法辨认！还说那艘船已经失事两年，根本不可能再找到船上的人了……总之，他们就是找一切理由来推托。"

"我可怜的父亲啊！"刚从房间出来的玛丽正好听到爵士的这一番话，忍不住失声痛哭起来，跪到爵士面前。

"你的父亲？怎么回事，小姐？"爵士吃了一惊。

"是的，爱德华，这是玛丽·格兰特小姐，格兰特船长的女儿。她昨天带着弟弟找到了这里。"海伦娜夫人上前解释道，"海军部拒绝了你的建议，等于判定他们做了孤儿！"

过了一会儿，眼中还噙着泪花的海伦娜夫人脸上忽然闪过一丝兴奋的神色，她用坚定的语气说道："爱德华，格兰特船长把这封信丢到海里的时候，他是把信托付给了上帝，现在上帝又把这封信交给了我们！毫无疑问，上帝是要我们负责拯救那几个不幸的人。'邓肯号'是一艘牢固的船，它绝对经得起南半球海洋上的风浪！它有能力做环球航行，在必要的时候它也会做这样的旅行。我们出发吧，爱德华！去寻找格兰特船长吧！"

爵士听到这番话后，立刻伸出了双臂，将海伦娜夫人紧紧地拥抱入怀。玛丽和小罗伯特也拉住她的双手亲吻起来。

第三章 雅克·帕噶乃尔

航行既已决定，就一分钟也不能耽搁了。格雷那万爵士吩咐曼格斯把"邓肯号"开到格拉斯哥港，做好远航准备。这次航行是要去南半球诸海，而且很可能会成为一次环球航行。

曼格斯船长让人往"邓肯号"煤仓里加足了煤，并储藏了足够一船人吃两年的粮食。他做这些安排时显得十分老练，其实，他才 30 岁。曼格斯虽然长着一张粗犷的脸，却显得果敢而善良。他现在是格拉斯哥港最年轻、最顶尖的船长。他从小在玛尔科姆城堡长大，跟爵士亲如兄弟。

大副汤姆·奥斯汀是个老水手，他丰富的航行经验很值得信赖。船上连船长、大副在内一共有 25 个船员，都是久经风浪的水手，也都是格雷那万家族的庄户子弟，个个都具备苏格兰人热诚、勇敢的特质，愿意追随主人作冒险的远征。

乘客除了爵士夫妇，还有奥尔比奈特夫妇、玛丽和小罗伯特。小罗伯特不愿以乘客的身份上船，而要做见习水手，为大家服务。

纳布斯少校当然也上了船。少校已经50岁了，为人谦虚沉稳，待人和气温柔，从来不跟人家争执，更不会对人发脾气。如果一定要找出他的一个短处，那就是他是一个纯粹的苏格兰人，一个固执地遵守着故乡旧风俗的人。所以，他不愿到英国军队服兵役，而他这个少校军衔还是在高地黑卫队第四十二团里得来的。高地黑卫队是由清一色的苏格兰贵族组成的队伍。

8月25日午夜整点，"邓肯号"开始点火。8月26日凌晨3点，"邓肯号"鸣笛起航。曼格斯船长亲自掌舵。清晨6点，"邓肯号"已绕过坎泰尔海角，驶入了大西洋。

航行的第一天，海浪相当大，"邓肯号"上的女客们都在卧舱里休息。第二天，风向转变了，风力也小了些，船颠簸得没那么厉害了。海伦娜夫人和玛丽一大早就来到甲板上，和爵士、少校、船长聚会。日出的景象十分壮丽，太阳像一个金盘，从大海里升起来。"邓肯号"在灿烂的光芒中航行着，它的风帆好像是在太阳光线的作用力之下张开的。

大家闲聊了一阵后，都跟随爵士去参观"邓肯号"的内部结构和装潢去了，只有少校独自留在甲板上，在雪茄烟的烟雾里望着远处的海面发呆。几分钟后，他回过头来，突然发现一个陌生人站在自己面前。

这人身材高大，大约40岁，细长的脖子上顶着一颗大大的脑袋，看起来活像一枚大头钉——他的头比一般人的都要大。他有着高高的额头、长长的鼻子、大大的嘴、长长的下

巴。他的眼睛上罩着一副大而圆的眼镜，眼神像夜视症病人一样闪烁不定。他头上戴着一顶旅行用的鸭舌帽，脚上穿着一双粗黄皮靴，靴上还有皮罩子，身着栗色绒夹克和栗色绒裤，栗色绒夹克上有无数个衣袋，里面塞满了记事簿、备忘册子、皮夹子之类杂七杂八的东西，腰间还斜挎着一个大望远镜。看起来他是个聪明而又开朗的人。

那陌生人终于忍不住开腔了。"司务长！"他叫道，带着外国人的口音。

奥尔比奈特先生正好经过，对眼前这个陌生人充满了疑问，而这位乘客自顾自地东拉西扯，说个不停，丝毫不觉得有何异样。"船长呢，还没有起来吗？大副呢，也还在睡觉？幸而天气好，顺风，船没人管也可以走。"

这时候，曼格斯船长正从楼舱的梯子上走来。

"这位就是船长。"奥尔比奈特马上介绍道。

"啊！伯顿船长，认识您真高兴。"

曼格斯显然吃惊极了——不仅因为看到这位莫名其妙的乘

客而吃惊，还因为人家喊他"伯顿船长"。

"现在，我亲爱的船长，我们认识了，我们就是朋友了。随便谈谈吧。请您告诉我，您对'斯科提亚号'满意吗？"

"什么'斯科提亚号'呀？"船长终于开口了。

"哦，就是这艘载着我们的'斯科提亚号'呀，这可是一艘好船啊，此前，我不止听一个人说'斯科提亚号'是一艘很棒的船，伯顿船长是一位热诚善良的好船长。有个在非洲旅行的大旅行家也姓伯顿，不知道和您是不是本家。他是一位多么有胆量的人啊！我真羡慕您是他的本家！"

"先生，很抱歉，我非但不是旅行家伯顿的本家，而且根本就不是伯顿船长。"

"哦！那么说，我现在是跟'斯科提亚号'的大副伯德内斯先生讲话咯？"

"伯德内斯先生？"曼格斯猜到是怎么回事了，他正准备干脆地跟他说明白时，爵士、夫人和玛丽小姐一起走到楼舱甲板上来了。那陌生人一见他们就叫起来："啊，这艘船上不仅有男乘客，还有女乘客！简直妙极了！伯德内斯先生，请您给我介绍一下……"

"这位是格雷那万爵士。"曼格斯先生马上介绍道。

"爵士，"陌生人马上改口，"请原谅，在船上不能太拘礼，我希望我们很快能熟悉起来。我想，有这些女士们陪伴，我们在'斯科提亚号'上的航行将会十分惬意的。"

"先生，"爵士反应过来后，开始发问，"请问……"

　　"我是雅克·帕噶乃尔，巴黎地理学会的秘书，柏林、孟买、达姆施塔特、莱比锡、伦敦、彼得堡、维也纳、纽约等地地理学会的通讯员，东印度皇家地理人种学会的名誉会员。我在研究室里研究了 20 年的地理，现在想做些实际考察，所以搭船到印度去，把许多大旅行家的发现和著作结合起来研究。"这位陌生人倒是个爽快人，没等爵士问完，就噼里啪啦地把自己的情况介绍得清清楚楚。

　　"您是前天晚上登上这艘船的吗？"

　　"是呀，爵士，前天晚上 8 点钟。我从喀里多尼亚火车上下来就跳上了马车，下了马车就跳上了'斯科提亚号'。我在巴黎就预定了'斯科提亚号'上的六号舱。我来的时候光线很暗，船上一个人也没有。从巴黎到格拉斯哥有 30 多个小时的旅程，我实在疲乏极了，而且我知道，要避免晕船，最好是一上船就睡下，头几天不要离开卧铺，所以我就这样不折不扣地睡了 36 个小时。"

　　"那么，帕噶乃尔先生，您本来是要去加尔各答的吗？"

　　"是呀，爵士。游览印度是我此生最大的愿望。我有印度总督萨梅赛特的介绍信，此番前去还要完成地理学会交给我的任务。我要勘查雅鲁藏布江的河道，弄清楚这条河是不是在印度阿萨姆东北部和布拉马普特拉河汇合的。这是地理学上的一大热点问题……"

　　这时，他的目光忽然落到舵盘上，那里刻着几个清楚的大字："邓肯号"。

"'邓肯号'！噢，天啊！"他抱头大喊起来，一溜烟奔下楼梯，跑回自己的房间里。

船上的人，除了少校，全都哈哈大笑起来。

帕噶乃尔查明他的行李都在船上后，又满脸尴尬地回到甲板上。

"那'邓肯号'是准备到哪里去的呢？"他问爵士。

"南美洲的智利，帕噶乃尔先生。"

"啊！到智利呀！"这个不幸的地理学家叫起来，"那我到印度的任务怎么办呢？这叫我以后还有什么脸出席地理学会的会议啊！"

"不要急，帕噶乃尔先生，您的旅行计划并不是无可挽回，您顶多是晚一点儿到达印度罢了。我们不久就要在马德拉群岛停泊，您可以在那里搭船回欧洲。"

8月30日，"邓肯号"就到了马德拉。可

帕噶乃尔却改变了主意，不想在这里上岸了。后来，船在特内里费峰做了短暂停留，帕噶乃尔依旧没有上岸。几天后，"邓肯号"在佛得角群岛停靠加煤，这是到达目的地前的最后一次停泊。帕噶乃尔十分犹豫——此时正值雨季，在这里上岸，七八个月后才能搭上去欧洲的船，但若继续前进，离印度就越来越远了。

9 月 10 日，"邓肯号"抵达西经 31°15′、南纬 5°73′ 的地方。此时此刻，"邓肯号"正以前所未有的速度行驶在历史上许多著名的探险家走过的航道上。9 月 15 日，"邓肯号"越过了南回归线，直插麦哲伦海峡的入口。不久，巴塔哥尼亚南部的海岸已经隐约可见了。船在距离海岸线 10 海里处的航道上前进着。

9 月 25 日，"邓肯号"驶入麦哲伦海峡。一般船只都走麦哲伦海峡，因为它只有 376 海里长，而且水很深，礁石很少，即使沿着海岸走，也不用担心船只搁浅。

过了大陆的最南端，麦哲伦海峡就窄多了。一侧是不伦瑞克半岛，一侧是德索拉亚文岛，成千上万的小岛布满了海面。雅克·帕噶乃尔兴奋地叫喊着、欢呼着，就像当年麦哲伦在"三位一体号"上所做的那样。

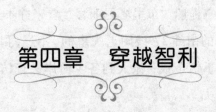

第四章　穿越智利

绕过皮拉尔角 8 天后，船在塔尔卡瓦诺湾全速航行。这是一个长 12 海里、宽 9 海里的喇叭形河口小港。每年 9 月到第二年 3 月，这地方总是晴空万里，风平浪静。曼格斯依照爵士的命令，把船紧贴着奇洛埃群岛和南美洲西岸的零星小岛航行，那里有数不清的航船残留物，说不定从中可以发现一点儿线索，比如一片烂船板、一根断桅杆、一块加工过的小木块等。可惜，他们什么也没有发现。

最后，"邓肯号"正式停泊在塔尔卡瓦诺港口。船一停下来，格雷那万爵士就叫人放下小艇。他同帕噶乃尔划着小艇上了岸。这位博学的地理学家暗自得意，因为他苦学了三四十天的西班牙语总算能派上用场了。可惜的是，他说的话，土著人半个字也没听懂。

几经周折，他们终于找到了驻康塞普西翁的英国领事本托克先生。这位领事很客气地接待了爵士，他一听说格兰特船长遇难的事，就答应负责在沿海一带进行调查。然而，结果令他们很失望,英国领事和其他国家的领事都不曾接到过有关的或类似的报告,三桅船"布里塔尼亚号"看来并不是在智利或阿劳卡尼亚沿岸的南纬37°线附近失事的。不过,爵士并不灰心。他不辞辛苦,不惜金钱,派人到各个海岸去查访。然而,这一切都是白费工夫。

爵士回去把结果告诉了船上的伙伴们。大家失望极了,尤其格兰特姐弟俩,简直悲痛欲绝。船上的气氛极其低沉,帕噶乃尔于是拿出那三张字条,集中注意力仔细研究起来,仿佛要逼那些字条说出新的秘密来。他就这样盯着字条看了整整一个小时。爵士忍不住问道:"帕噶乃尔,难道我们对纸上的文字解释得不对吗?"

"爵士,"帕噶乃尔终于开口了,"你的论断基本都正确,就是这最后一点我觉得不是很合理。格兰特船长写字条时应该已经成为印第安人的俘虏了,而且,我肯定。"

"不可能!瓶子是在船触礁时扔进海里的。所以,纸上写的经纬度必然是指出事的地点。"爵士说。

"你这一点毫无根据,"帕噶乃尔反驳,"那些遇难的海员被印第安人掳到内地之后,为什么不能想办法丢出这个瓶子,让人家知道他们被拘留的地点呢?"

"那么,你有什么想法呢?"格雷那万爵士问道。

"我们先测定南纬37°线穿过南美洲海岸的地方,然后沿着南纬37°线向内陆找。其间不要偏离这条线,这样一直找到大西洋,也许会找到'布里塔尼亚号'上的遇难者。"说着,帕噶乃尔在桌上摊开一张南美洲地图，"你们看，让我们从智利这个狭长的地带穿过去，再越过安第斯山脉的科迪勒拉山，来到山下的潘帕斯草原。你们看，这些地区缺乏大江大河吗？不缺乏呀！也许，格兰特船长他们正在某个山坳里听凭天意，等人来营救呢！我们就沿着这条线去寻找吧，你们觉得如何？"

了解了路线后，大家又商定了陆上探险队的组成人员：格雷那万爵士为领队，少校、帕噶乃尔以及小罗伯特随行。

起程时间定在10月14日。为安全起见，爵士又在水手中挑选了几名年轻人随行，他们分别是大副汤姆·奥斯汀、壮小伙子威尔逊、勇敢的小伙子穆拉第。到了约定的日子，探险队员整装待发。格雷那万爵士依依不舍地辞别心爱的妻子，登上了陆地。"邓肯号"随即张好篷帆，开足马力，向远洋驶去。

格雷那万爵士带领的探险队还需要一个向导，他们在当地租了几头骡子，雇了骡夫头子引路。骡夫头子又雇了两个土生土长的牧工沿途照料骡子，还带了一个12岁的小孩给自己当帮手。这样，这支队伍就壮大到11人了。一路上，他们以肉干、辣椒拌饭为主食，偶尔能打打猎换换口味。喝水倒不成问题，山上的泉水和平原上的溪水是最好的水源。他们每个人都带着一瓶朗姆酒，想喝酒时就往水里滴上几滴。

骡夫们的习惯是每天早晨8点准时出发，一直走到下午4点，太阳落山时歇夜。这天，这队人马进入了位于海湾南端的阿劳卡尼亚的首都特木科城，在一家十分简陋的旅馆里过夜。

第二天早晨8点，探险队又踏上了沿南纬37°线向东探索

的旅程。穿过阿劳卡尼亚领土上满是葡萄和羊群的肥沃地区后，人烟渐渐稀少了。

　　到了 10 月 17 日，他们逐渐离开平原，进入地势高低不平的地区。这里河流纵横、山路崎岖，帕噶乃尔时不时看看他的地图，有些溪流在地图上没有标出来，他便气得火冒三丈，那样子真是又可爱又可笑。

　　"一条河没有名字，就等于没有身份证！从地理学理论上讲，它就是不存在的。"因此，他毫不犹豫地给那些没名字的河取了名字，并在地图上标记下来，他甚至还给每条河都加了一个响亮的西班牙语形容词。

第五章　被地震震下山

横穿智利的行程相当顺利，接下来的行程才是真正与大自然搏斗的过程。

为了不偏离南纬37°线，他们选择了几条道路中最危险的安图科通道。向导对这个自讨苦吃的决定很不赞同，但他受雇于人，只能服从。

又走了一个多小时，他们进入了一条狭窄的山谷，前方几十步远则是一道陡峭的斑岩石壁。向导停下来，不停地摇头。

"你迷路了吗？"爵士问道。

"没有，但是我们恐怕走不过去了。如果诸位愿意掉头走另外一条路，我很乐意继续为诸位服务。但如果你们坚持走这条路，那我只能说抱歉了。"

于是，爵士和向导结了账，让他和他的骡队回去了。现在，武器、工具和干粮分摊给7个人背着走。经过两个小时的摸索，他们终于找到了通往安图科的路。站在安第斯山的山脚下，科迪勒拉山最高的山脊就在前方。然而，不论大路小路，都已无法辨认。最近的一次地震把这个地区搅得天翻地覆，他们只能从山腰处隆起的石壳上一步一步地往山脊上爬。帕噶乃尔找不到可以走的路，感到不知所措。现在，大家只能艰难地向上攀登。这个山脉的平均海拔有3000多米，可以想象他们所面临的困难多么严峻。幸好天气很好，阳光和煦，微风拂面，如果是在冬天，这样爬山就算不被冻死，也会被飓风刮到深谷里。

他们艰难地攀登了一整夜。那些几乎无法攀登的层层岩石，大家都用手扒着爬上去；那些又宽又深的缝穴，大家都跳了过去。他们有时用胳膊挽着胳膊当绳子，有时把同伴的肩膀当梯子一个一个地叠上去，仿佛是大马戏团里的一群丑角在表演着空中飞人。健壮的穆拉第和敏捷的威尔逊大显身手，不断为同伴们提供帮助。爵士一直盯着小罗伯特，生怕他有什么闪失。

下午2点左右，一片荒凉得像沙漠一般的平地展开在险峻的峰峦之间。在这种高度上，几乎不可能下雨，水蒸气只会变成雪和冰雹。大伙儿已经精疲力竭，爵士提议停下来歇息一会儿，但被帕噶乃尔阻止了。在海拔如此高的寒山上，没有一处可以遮风避寒的地方，停下来歇息随时可能被冻死。就这样，大伙儿又坚持着攀登了两个小时。小罗伯特实在走不动了，穆拉第便背着他走。空气越来越稀薄，大家的呼吸越来越困难，血液不断从牙龈和嘴唇里渗出来。无论这群勇士的意志如何坚强，在这时候都熬不住了，高原反应不仅削弱了他们的体力，也削弱了他们的毅力。不一会儿，摔跤的人越来越多，而且一跌倒就站不起来，只能跪着爬行。

这时，少校忽然以镇静的语气叫道："有一座小屋！"

除了少校，其他任何人就算从那座小屋旁边走过一百遍，甚至从那屋顶上踏过去，也不会发现它。威尔逊和穆拉第拼命地扒了半小时，才从积雪中把小屋的入口扒开。大伙儿赶快挤了进去，缩成一团。

忽然，一阵动物的吼叫声从远处传来。吼声拖得很长，好像是成群的野兽向他们这边跑来了。这太令人惊喜了，如果在这样的"皇宫"里能吃上一顿烤肉，简直妙不可言。

大家都钻出了小屋。四周阴森森的，月亮还没有升起来。受到惊吓的野兽的嘶吼声越来越大，从科迪拉山脉最黑暗的地方传来。究竟是怎么回事？突然，很多东西排山倒海地崩落下来了，但不是雪崩，而是数以千计的受惊的野兽。整个高山仿佛都在颤抖，这些惊兽不顾空气稀薄，没命似的嘶吼着、奔跃

着。这一
阵动物的旋风
从他们头上1米高
的地方卷过去，爵
士、少校、
罗伯特、奥
斯汀和
两个水
手赶快
伏倒在
地上。

突然，砰的一声枪响，少校摸黑放了一枪。他觉得有一只野兽倒在离他几步远的地方，其他野兽依然以不可遏制的势头向前奔去，号叫着消失在被火山反光照亮的山坡上。

"啊！这是原驼！它可是上好的野味。我早就知道今天会有好东西吃的。让我给大家露一手吧！"帕噶乃尔尖叫起来。

10分钟过后，帕噶乃尔已经把兽肉烤成美味可口的样子了。旅伴们早就流口水了，见肉一烤好，全都毫不客气地大口吃起来。但是，使地理学家惊诧的是，大家刚咬了一口烤肉，就不约而同地哇的一声吐出了口中的食物，表情还极其痛苦。

帕噶乃尔失望极了，但他尝过一口后，也不得不承认他那烤肉连饿鬼也咽不下。大家忘记饥饿和疲惫，嘲笑起他来。

几乎两天没有合眼的勇士们裹上能避寒的所有衣物，添上火后，很快就沉沉地睡去了，鼾声此起彼伏。但格雷那万爵士却无法入眠，恐惧笼罩在他的心头。在这样的高度，动物本身就是罕见的，猎人基本上不会冒险上来。那么，到底是什么让它们如此惊慌呢？爵士有一种不祥的预感，仿佛灾难即将来临。蒙眬中，他隐约听到一阵遥远的、带有威胁性的隆隆的响声。爵士立即起身，往屋外走去。

这时，月亮已经升起来了。空气清新，四周一片寂静。夜空之下，峰峦之间看不见一片云彩。远远望去，只看见安图科火山的火焰在跳跃。没有风暴，也没有闪电，天空中千万颗星星不停地闪烁着。爵士看看表，凌晨2点。他不确定是否真的会有危险发生，所以没有叫醒同伴们。四处看了一会儿，爵士没有发现任何异常，又回去接着睡了。

过了许久，震耳欲聋的轰隆声把他惊醒了，仿佛有无数辆弹药车从坚硬的地面上碾过去一样，轰隆！轰隆！爵士突然感觉脚下的地面在下陷，小屋也摇晃起来，墙壁都裂开了。

旅伴们全都惊醒了，歪歪倒倒地滚作一团，仿佛被一种什么力量拖到了一个陡峭的斜坡上。天已经亮了，眼前的景象让人难以置信。群山的面貌完全变了：原本圆锥形的山顶被齐腰斩断，尖峰摇摆着沉陷，渐渐消失不见了。仿佛脚下的地面忽然开了门，放它们进去了。数千米宽的山整座地向平原那边涌去。

"地震！"帕噶乃尔回过神来，叫道。

这时，这块高地正以快车的速度，即每小时80千米的速度向下滑落。7名旅客紧紧抓住贴在地面的苔藓跟着往下滑。他们一个个头晕眼花、惊慌失措，却叫不出声来。这实在太令人恐惧了。疾驰的速度让他们窒息，彻骨的寒气把他们冻僵了，飞散的雪花迷了他们的眼，他们气喘吁吁，仿佛整个身体都毁灭了。求生的本能让他们死命攀住岩石，才不至于摔下去。

突然，一个猛烈的撞击把他们震出了那个巨大的"滑车"。他们被远远地抛了出去，滚落在山脚下的山坡上。而那座高速滑行的平顶大山也终于停了下来。

恐惧以及地震造成的晕眩让他们动弹不得。过了好一会儿，少校总算能挣扎着爬起来了。他拍了拍头上和脸上的灰尘，四下打量了一番，发现他的旅伴们叠成一堆，躺在一个小山窝里。少校清点了一下人数，发现小罗伯特不见了。

第六章　帕噶乃尔的西班牙语

小罗伯特是个勇敢的孩子，大家都爱他，帕噶乃尔更是离不了他，就连生性冷僻的少校也对这个孩子疼爱有加，而爵士更是爱之如命。他一听到小罗伯特失踪，就急得掉下了眼泪。

6个人焦急地寻找起来，他们连最小的石缝也不放过。但是一切努力都是徒劳。尽管没有人说，但大家都已认定，那孩子已经被某块大石头压住，永远葬身山里了。

一番找寻过后，大伙儿已经精疲力竭了。爵士一言不发，悲痛万分。大伙儿和爵士一样，心情也极度悲伤，他们都表示：不找到小罗伯特坚决不离开。

白天就这样过去了，夜晚还是如昨夜一样寂静，仿佛什么事都没发生过。夜深了，大伙儿都睡了，爵士牵挂小罗伯特，一个人在山坡上寻觅了一整夜。他侧耳倾听着，希望能听到呼唤声，可空洞的山谷没有给他想要的惊喜。

天亮了，同伴们发现爵士失踪了，于是跑到远处的山岭上寻找，找到后把他拉回帐篷。他那失魂落魄的样子实在让人心痛，谁忍心对他说一个"走"字？谁敢向他提议离开这伤心的山谷？然而，干粮吃完了，和"邓肯号"约定在大西洋岸上相聚的日子也快到了。为顾全大局，他们必须走。

就在大家收拾行李的时候，爵士突然叫起来："那儿！你们看！看！那是什么？"

"一只兀鹰。"帕噶乃尔敏锐的观察力马上给出了答案。

"那么，这只兀鹰看见了什么呢？死尸？罗伯特的尸体？"爵士喃喃低语。那庞大的鸟越来越近，少校和威尔逊都握紧了马枪。爵士做手势制止了他们。那兀鹰在距他们大约400米的地方，绕着山腰上一个人类无法攀登的平岭盘旋着，速度快得惊人。它那铁爪忽而张开，忽而捏紧，像是发现了猎物，正在寻找机会捕捉。

"就在那儿！"爵士惊叫一声，"如果罗伯特还活着……这兀鹰会……开枪！朋友们！"

"砰！"山谷里传来一声枪响，中了弹的兀鹰打着转慢慢下坠，张着的大翅膀像顶降落伞，飘落在离河岸10步远的地方。

格雷那万爵士顾不得搞清楚这一枪是哪里来的，急急忙忙地奔到兀鹰那里，同伴们也都跟了过去。

"还活着呢！他还活着呢！"爵士发出狂喜的欢呼。

当大家从救回小罗伯特的狂喜中平静下来后，才想起刚才那如神赐般的一枪。

少校最先站起来环顾了一周。只见在离河50步远的地方，一个身材高大的人站在山脚的斜坡上一动不动。

爵士也发现了他，三步并作两步向他跑去，紧紧握住对方的手，脸上写满了感激。那土著人似乎明白了，微微地点了一下头，说了几句话，但少校和爵士都听不懂。那土著人换了一种语言又说了一遍，可他们依然听不懂。不过，爵士听出来他说的话和帕噶乃尔每天练习的西班牙语有几分相似。

帕噶乃尔施展本领，用他刻苦学了6个星期的西班牙语跟土著人打招呼。

但土著人一脸茫然，没有回应。很显然，他没听懂。

"我换一句来说吧！"他说，随后，又一字一顿地说道："无疑，您是巴塔哥尼亚人。"

很可惜，土著人完全听不懂，因为他用西班牙语做了明确的回答："我不懂。"

帕噶乃尔诧异地目瞪口呆。

"少校，"爵士说，"我们的帕噶乃尔纵然再粗心，也不至于整个儿地学错了一国语言吧！"

"根本无须解释，"帕噶乃尔回答，"我来证实。这是我天天苦学西班牙语的书本！你瞧，少校，你还有什么话说！"说着，他从衣袋里摸出一本破旧的书，神气十足地递给少校。

"《路西亚颂歌》！"爵士叫起来，"我倒霉的朋友，这是葡萄牙诗人卡莫安斯的名作呀！原来，你6个星期以来学的都是葡萄牙语呀！"

"啊！我真是个傻瓜！我真是个疯子！啊！朋友们，我要去印度，却跑到智利来！我要学西班牙语，却误学了葡萄牙语！"帕噶乃尔发挥他天生的乐观精神，在经历了这样一连串令人啼笑皆非的事件后竟然首先自嘲起来。

"啊！你不要担心，西班牙语和葡萄牙语太相近了，所以我才弄错。也正因为它们相近，所以，只要我跟这位说西班牙语的巴塔哥尼亚人学一会儿，我保证很快就能用西班牙语向他致谢了。"

帕噶乃尔说得没错，过了一会儿，他真能和那土著人交谈几句了，还打听清楚这个人是个职业导游，名字叫塔尔卡夫——在西班牙语中的意思是"神枪手"。

格雷那万爵士视塔尔卡夫为上天派来的使者，他不仅救了小罗伯特，还将是引领这支探险队走出潘帕斯草原的向导。

于是，爵士和帕噶乃尔跟着塔尔卡夫向离这里最近的集市出发了。爵士买了7匹阿根廷小马，还买了一百来斤干肉、几斛米和几个盛水用的皮桶。爵士本来要给塔尔卡夫也买一匹马的，但他拒绝了。

第七章　遭遇红狼

当塔尔卡夫在集市上谢绝爵士馈赠的马匹时,爵士还以为他和许多向导一样,宁愿步行呢。然而,爵士错了。

在出发时,塔尔卡夫用一种特别的方式吹了一声口哨,一匹高大的阿根廷马立刻从附近的小树林里跑了出来。这是一匹品种优良的马,简直堪称完美,少校对它赞不绝口。这匹马名叫桃迦。"桃迦"在巴塔哥尼亚语里是"飞鸟"之意,这匹马绝对配得上这个名字。

10月24日,他们距离科罗拉多河和南纬37°线的交叉处只有150千米,若不出意外,3天就能到达那儿。

格雷那万爵士让帕噶乃尔向他打听格兰特船长的消息,帕噶乃尔于是用西班牙问道:"你可曾听说过有外国人落到草原区的印第安人手里?"

"似乎听说过。那是个欧洲人。两年前我听印第安人闲谈时曾讲到他,不过不曾见过。据说他是一个好汉啊!非常勇敢!"

这个消息让大家沸腾了,经过一番交流,大伙儿得知那欧洲人是在两年前被俘的，之后他成了一个印第安人部落的奴隶，而这个部落就在科罗拉多河与内格罗河之间的那片土地上游牧。

第二天，即10月25日，信心十足的勇士们早早上路了。他们一直向东走，所经过的草原显得荒凉而单调。渐渐地，天气变得炎热起来，火辣辣的太阳炙烤着大地，沿途空旷得连个遮阴的地方都没有，人和马匹都热得直喘气。他们一连走了几天，路上连个水潭都没有，干燥的情况一程甚似一程。

塔尔卡夫建议大家分成两队：马匹状态较差的一队继续沿着南纬37°线慢慢往前走，马匹状态稍好的一队则以最快的速度赶往50千米外的瓜米尼河。如果瓜米尼河有水，先到者就在那里等待后面的队伍；如果没水，则迅速掉头和后面的队伍会合，一起改道往南走，到河流纵横的艾塔纳山脉去。

11月1日早上6点，塔尔卡夫、爵士、罗伯特三人骑着状态较好的三匹马先行出发了。三匹聪明的马仿佛知道自己的主人要带自己去哪里，它们一扫疲惫，一个个像飞鸟一样，快速跳过干涸的沼泽，向着瓜米尼河前进。

下午3点左右，他们忽然发现前方的凹处出现了一条白茫茫的线，在阳光的照耀下，如鳞光闪耀。

"是水！"爵士叫道。

那三匹可怜的牲口看见水，全都来了劲儿，飞快地冲到了河岸，连鞍带人，扑到那救命的河水里。

"啊！真好呀！"罗伯特在河心大喝特喝。

爵士估摸着后面的队伍夜里就能赶到，便着手给他们准备一个舒适的宿营地和一顿丰盛的晚餐。

三个先锋队员一边享受着美餐，一边等待着后面的队伍。他们吃一口肉，喝一口清水，仿佛享受着人间最高级的食物和最醇香的美酒一般。

夜里 10 点，塔尔卡夫突然被一阵隐约的声响惊醒。他坐起来侧耳细听，渐渐地，他的神情变得不安起来。他听到桃迦发出了隐隐的嘶叫声，鼻孔伸向院子的出口处。塔尔卡夫挺起腰，站了起来，走出了院子。

平原依然是一片沉寂，但已经不能给人安宁的感觉了。塔尔卡夫敏锐地观察到苜蓿草丛那边影影绰绰的，像是有什么东西在活动。丰富的向导经验告诉他，那是一群恐怖的敌人。他装上枪弹，躲在柱旁注视着。不久，草原上就响起一片狂吠声和长嗥声。塔尔卡夫的马枪一响，立刻引起一片骇人的叫嚣声。

"是潘帕斯草原的红狼。"爵士很快就认清了敌人的来头。

"砰！"又一声枪响，首先冲上来的一头狼被塔尔卡夫打死了。其余的狼本来排成密集的队形前进，现在都退下去了，挤在离院子 100 步远的地方，等待时机再度发起猛攻。

塔尔卡夫赶紧跑回去，把院子里所有能燃烧的东西都搬到院子入口处，然后丢了一个燃烧着的火炭在上面。不一会儿，幽暗的天空中就拉起了一幅火焰的帘幕。爵士终于看清眼前的敌人是一个多么庞大的群体。这道火墙暂时挡住了它们进攻的道路，但同时也激怒了它们。有几头胆大的狼冲到火坑边上，想冲过来，却烧着了前爪。双方抗衡了大约一个小时后，已经有十几头狼被枪击中倒下了。

不一会儿，他们三个人就听到了红狼疯狂地抓挠半朽的木桩的声音。从摇动的柱子缝里已经伸进许多强健的狼腿。马受到惊吓，挣断缰绳，在院子里疯狂地跑着。爵士一把抱住小罗伯特，以便随时用生命保护他。塔尔卡夫——这位勇敢的印第安人毫不犹豫地做了一个决定，他要舍弃自己，保护自己的朋友。

爵士上前阻拦塔尔卡夫，坚持自己去引开狼群。塔尔卡夫不肯。两人激烈地争执着，谁都没有让步的意思。

突然，爵士被一股强大的力量推到一边。只见桃迦蹦起

来，前蹄悬空，急不可待地跳过了火线和一排狼尸，同时伴随着一个孩子的声音。

"请原谅，爵士！"小罗伯特叫道。

"糊涂的孩子！他疯了！"爵士痛苦地叫着。但是他的声音被骤起的狼嗥淹没了！所有的红狼旋即掉转方向，涌去追那匹马，速度快得如同鬼影一般。

爵士几次要骑马去追罗伯特，都被塔尔卡夫阻止了。凌晨4点左右，东方渐渐泛白，天边的浓雾徐徐地染上了淡白的银光。清露洒遍了平原，蒿草在晨风中摆动着。

爵士一言不发，跳上罗伯特原来骑的那匹马，沿着南纬37°线往回走。突然，远处响起了枪声——有规律的，间隔一会儿响一声。这是在发信号！

"是他们来了！"爵士叫道，眼睛里闪耀出亮光。后面的队伍终于来了，小罗伯特也在队伍中，他和桃迦都完好无损。

"啊，我的孩子啊！我的孩子！你还活着，太好了！"爵士上前紧紧地将小罗伯特拥入怀中。

"爵士，"小罗伯特答道，声音里充满最深沉的谢意，"我应该这样做，因为塔尔卡夫已经救了我一次了！而您，您是要去救我父亲的命！"

第八章　可怕的洪水

　　他们一起回小木屋吃了点儿东西，稍做休息后就继续赶路了。此后他们所经过的地方，土壤因为有了水的滋润变得肥沃了些，但是依然没有人烟，也没有印第安人的影子。塔尔卡夫决定带着他们继续往东走，一直走到坦迪尔村的独立要塞，向那里的驻军打听有关格兰特船长或者印第安人的消息。

　　11 月 5 日，他们到达坦迪尔村。这里的驻军首领告诉他们，印第安人因为躲避战争，都到北方去了，而他对格兰特船长的事则一无所知。

　　爵士听了这干脆的答复之后，知道他们在这个独立要塞停留已毫无意义，很快便和大伙儿起身告辞了。现在既然没有一点儿格兰特船长的音讯，那就只好立即赶往约定的地点去和"邓肯号"会合。

　　"帕噶乃尔先生，前面有一片长满牛角的林子！"走在队伍前方七八百米远的小罗伯特突然大喊道。

　　"你在做梦吧，孩子？"帕噶乃尔问。

小罗伯特没有说错，走了没多远大家就看见一大片牛角地，牛角"种"得很整齐，又低又密，一眼望不到边，怪异得很。

塔尔卡夫建议大家尽快离开这里。但是，上天并不眷顾他们，下午2点钟的时候，大雨飞瀑似的倾泻而下。他们冒雨赶路，傍晚时分才看到一所破栏舍。由于太潮湿，火根本生不起来，晚饭只能吃一点儿生冷的食物，大家吃得愁眉苦脸。

夜里的天气坏极了。本来就破的栏舍被狂风吹得摇摇晃晃的，几乎要随风飞去。但大家实在太累了，尽管下着大雨，最后还是沉沉地睡去了。

早晨，人们在桃迦的叫声中醒来了。此时，雨已经小些了，大家赶紧上路。快到早上10点的时候，桃迦忽然表现得十分急躁。它猛烈地腾跃起来，想要用尽全力朝北方逃去。

"桃迦怎么啦？"帕噶乃尔问，"该不会是被蚂蟥咬了吧？"

"不是，它是嗅到了什么危险，受惊吓了。"塔尔卡夫说。

果然，有隐隐的、涨潮一样的澎湃声从天外传来。湿风夹着灰尘般的水沫，一阵阵吹来。无数的鸟儿从空中疾飞而过，似乎在逃避着某种东西。不一会儿，风中传来马儿的悲鸣声和牛羊的哀叫声。紧接着，无数牲畜仓皇地向北奔窜，快得惊人。

"洪水泛滥了！"帕噶乃尔首先叫起来，大伙儿随即向北飞奔而去。

就在人们几乎绝望的时候，忽然听到少校的声音："一棵树！"

只见前方七八百米处，有一棵高大的胡桃树孤零零地立在水中。抓住这棵树是他们此刻唯一的希望了。

这时，洪水的大浪头已经到了。一个1米高的巨浪扑了过来，声如巨雷。这群可怜的旅客一个个连人带马被卷进了一个泡沫飞溅的大旋涡里，一眨眼连影儿都不见了。

浪头过后，人都浮了上来。但是马匹呢？除了桃迦还驮着主人，其余的马都杳无踪迹了。大家互相支撑着，本能地朝那棵胡桃树靠近。塔尔卡夫用他强有力的胳臂把精疲力竭的旅伴们都拉到了树边，但是桃迦却被急流冲走了。塔尔卡夫不顾一切地扑通一声钻进洪流里。过了一会儿，只见他抱着桃迦的脖子浮出水面，却被洪水往北冲去。

第九章　水火夹攻

救了爵士一行人的这棵树，叶子发亮，树冠圆圆的，乍看上去像是一棵胡桃树，但其实是一棵"翁比"。阿根廷平原上的翁比树总是孤独地生长着。这棵翁比树有 30 多米高，主干蜷曲而巨大，不但有粗大的主根深入土里，还有许多坚韧的支根扎在地面上，所以它能在汹涌的洪流袭击下岿然不动。

"现在我们该做什么呢？"爵士问。

"自然要做窝呀，这还用问吗？既然我们不能过鱼的生活，那就过鸟的生活吧。"帕噶乃尔回答。

"好啊！但是做了窝谁给我们喂食呢？"

"我来。"少校回答。

大家一听，都转头看向少校。只见少校坐在由两根柔软的枝条构成的一把天然"交椅"上，看样子还挺享受。少校举起他那个湿透了的褡裢给大家看，说道："两天的口粮。"

有了食物，大家不再那么绝望，但洪水没有像爵士希望的那样退得很快，有限的干粮很快就吃完了。翁比树不结果子，但好在树上有许多鸟巢，可以找到许多新鲜的鸟蛋吃。帕噶乃尔的知识也派上用场，他借助望远镜的镜片，聚焦太阳光点燃了树干上的干苔藓，生起了火。这样，除了鸟蛋，他们还可以捉一些鸟烤着吃。这样的伙食似乎还不赖。

在等待洪水退去的时间里，大家围坐到火堆旁，聊起了格

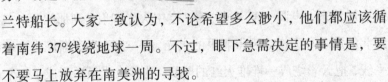

兰特船长。大家一致认为，不论希望多么渺小，他们都应该循着南纬37°线绕地球一周。不过，眼下急需决定的事情是，要不要马上放弃在南美洲的寻找。

地理学家马上接上话："南纬37°线离开了南美洲以后，就穿过大西洋，到了特里斯坦—达库尼亚群岛，接着穿过好望角下边两度的地方，再穿过印度洋，擦过阿姆斯特丹群岛中的圣皮埃尔岛，再横截澳大利亚的维多利亚省，出了澳大利亚……"说到这儿，帕噶乃尔似乎恍然大悟，激动地叫道："噢，我们弄错了！字条上的'austral'不是我们所认为的'南半球'，而

是'澳大利亚'(Australia)！"

"朋友们，那我们就到大洋洲去吧！愿上帝协助我们！"爵士很快就做了决定。

晚上 9 点，爵士、小罗伯特和帕噶乃尔临睡前爬到树顶上，对那一片汪洋做最后的观察。起初，帕噶乃尔还在带劲地讲着星座和宇宙，忽然，他发现东边的地平线上飞来一片又厚又黑的云，这是风暴即将到来的征兆。"看来马上要起风暴了，而且还很猛烈。"帕噶乃尔说。

这时，一个新的担忧闪过帕噶乃尔的脑海。

"朋友们，我们正处在强雷雨高发区。我们栖身的这棵树，正是这片平原的制高点。假如在这里放一个避雷针，那最合适不过了。因为在潘帕斯草原所有的大树中，它最受雷电青睐。朋友们，你们也知道，科学家都劝告人们在有风暴时别躲在树下。"

这时，一记惊雷在空中炸响，争论停止了。接着，雷声如鼓点般传来，声调一声高过一声。空中火光四射，刹那间，由东到北的那一片天燃起强得刺眼的火光。这一片火光逐渐烧遍了地平线，把云彩烧成一堆堆火红的柴炭。这片火光最后形成了一个巨大无比的火球，他们栖身的"翁比"树正处在火球的中心。

爵士和他的旅伴们默默无言地看着这骇人的景象。不一会儿，天上的"瀑布"决口了，千万条雨柱从漆黑的天空上直垂下来，如同织布机上的梭线。密集的雨点打到湖面上，溅起一片泡沫，被火光照得雪亮。

然而，危难还远没结束。在那天火交战的最激烈的时候，突然有一个拳头大的火团子裹着黑烟落到了树上，轰的一声炸开了，一股硫黄味立刻弥漫在空中。一刹那的沉寂后，奥斯汀惊叫起来："树上着火了！"

"跳到水中！"爵士喊道。

已经被火烧着的威尔逊不等爵士下令，早已经跳下水，但是，他突然没命地叫起来："救命呀！救命呀！"

奥斯汀立即把他从水中拉上来："怎么回事？"

"鳄鱼！有鳄鱼！"威尔逊吓得手忙脚乱，努力往树上爬。

与其跳下水当鳄鱼的消夜，不如继续待在树上。

这时，风暴已经进入衰减的阶段了，但南方渐渐形成了一股巨大的飓风，旋转着卷过来，快得令人眼花。它卷起湖水，形成一个水柱。不多时，那猛烈的飓风就扑到翁比树上来了。翁比树猛烈地摇晃着，最后终于被连根拔起。飓风一卷而过，又到别的地方肆虐去了。

翁比树载着一团火焰在夜幕中漂流，火焰被飓风吹得越烧越旺，整棵树看上去像一艘张着火帆的冲锋船。

快到凌晨3点的时候，"翁比"树总算停了下来。

第十章　回到船上

"陆地！陆地！"帕噶乃尔发出洪亮的叫喊声。世上所有的航海家遇到陆地，恐怕都没有像他们这样高兴过。

罗伯特和威尔逊跳到那片土地上，高声欢呼着，跳跃着。这时，一个熟悉的呼哨声响起，接着又传来越来越近的马蹄声，随即，一个高大的印第安人在夜色中挺立着出现了。

"塔尔卡夫！"所有的旅伴都异口同声地喊道。

大家刚从生死劫难中逃离，又遇到这位忠实的向导，简直高兴坏了，于是都来和他亲切地握手。然后，塔尔卡夫把他们引到了一个废弃的牧场的草料棚底下。那里正烧着一堆旺火，火上还烤着大块的野兽肉。大家烤着火，享受着重回陆地的第一顿美食，吃得连碎屑也没有剩下。

早晨8点，探险队又兴高采烈地出发了。此时，离大西洋的海岸还有36个小时的路程。

大家日夜兼程，终于在第二天晚上8点的时候，听到了海浪的声音。此时，四周一片漆黑。大家聚精会神地在那一片阴森的海面上搜寻着"邓肯号"，然而一无所获。

今晚是没法上船了，大家只好就地建了一个野营，并把最后的一点儿干粮拿来做了晚饭。当晚，疲惫不堪的人们终于可以安心入眠了。

天刚破晓，沉睡中的人被爵士"邓肯号——邓肯号——"的叫声惊醒了。果然，在离岸几千米处，一艘游船正慢慢向岸边驶来。海浪很大，这样吨位的船决不能驶到浅滩上，否则会很危险。塔尔卡夫对着游船那边放了一枪，作为信号。

片刻之后，"邓肯号"掉转船头，加大马力，试图尽可能地靠近岸边。岸上的人从望远镜里看见一只小艇从船上放了下来，兴奋得直嚷嚷。

这时，"邓肯号"的小艇渐渐靠岸，它钻进沙滩间的一条河汊，不一会儿就停到了岸边。

"赶快走吧，爵士，一分钟也不能耽误了，已经开始落潮了。"划船的水手一靠岸便催促他们。

回到船上以后，大家都沉浸在重逢的喜悦里。

一阵热情的拥抱之后，格

雷那万爵士讲起了这次陆上探险的过程。当然，他最先说的，是帕噶乃尔对字条的重新诠释，因为这最能给大家带来希望。接着，他又夸奖小罗伯特既勇敢又热诚，说玛丽小姐应该为有这样一位好弟弟而感到自豪。小罗伯特得到这样的夸奖，还显得有些不好意思，忙钻进姐姐的怀抱里躲了起来。

少校却有更冷静的思考，他适时提醒道："我们不要总是凭想象来下结论。今天的结论否定了昨天的，明天的说不定又要否定今天的了。所以，在起航之前，我们应该再做最后的验证。我们应该在地图上把37°纬线穿过的地方都认真研究一下，看看有没有其他地方与字条上提到的地点相关。"少校说着，打开了一张英文版地图。大家围拢过来，听帕噶乃尔解释。

"我说过，南纬37°线穿过南美洲之后。就是特里斯坦—达库尼亚群岛。很明显，字条上的任何一个字都与这个群岛无关。再往下，经过大西洋，穿过好望角，进入印度洋。在这一纬度线上的只有阿姆斯特丹群岛，看看字条上有没有这些名字。"

帕噶乃尔继续说："现在，我们来看看澳洲。南纬 37°线从贝努依角进去，自图福湾出来。显然，英文字条上的'stra'和法文字条上的'austral'都会使人想到'澳大利亚'。事实再明白不过，无须我多说。"人们纷纷赞同帕噶乃尔的结论。

"再往下看。"少校说道。

"嗬，在地图上旅行可是件很容易的事。出了澳洲，就是新西兰。不过，法文文件上的'contm'是指大陆，而新西兰是一个岛，按说格兰特船长不该是逃到了那里。当然，我们还是要仔细研究研究，看看他有没有去新西兰的可能。"

"绝不可能。"曼格斯船长在研究了地图和文件后，态度坚决地说。

"那么再往下，在美洲海岸与新西兰岛之间的广阔海洋里，南纬37°线还穿过一个荒无人迹的小岛。"

"什么岛？"少校问。

"地图上标的是玛利亚—特雷萨岛。但3个字条上丝毫没有与其相关的字句。"

格雷那万爵士接着问船长："曼格斯，煤和粮食都备足了吗？"

"备足了，阁下，在塔尔卡瓦诺港补充了很多。即使不够，到好望角我们也很容易补充到。"

"既然如此，曼格斯，起航去特里斯坦—达库尼亚。"

"遵命，阁下！"

于是，"邓肯号"迎着风往特里斯坦—达库尼亚前进了。

5天之后，即11月16日，西风更加强劲了，这可真是难得。"邓肯号"鼓起了所有的船帆。主帆、纵帆、顶帆以及各种辅帆一起张开，催动着轮船以惊人的速度飞驶着。

第二天，"邓肯号"驶入一片长满海藻的洋面上，航行速度减慢下来。又过了24个小时，天刚亮，瞭望台上的水手突然大声叫喊起来："陆地！陆地！"

"是特里斯坦—达库尼亚岛。"地理学家肯定地说。

几小时后，远处的岛屿已经清晰可辨了。特里斯坦山的圆锥形峰顶也在晨光中显露出来。午后3点，"邓肯号"驶往特里斯坦—达库尼亚的福尔摩斯湾。曼格斯船长将"邓肯号"停泊在距岸边约半海里的深水处。船上的乘客们乘着小艇登上陆地。

特里斯坦—达库尼亚群岛的首府是一个很小的村落。格雷那万爵士受到了当地总督的热情接待。原来，这里是由好望角英国殖民地政府管辖的。爵士向总督打听格兰特船长以及失事的"布里塔尼亚号"的消息。但总督对此毫不知情。

11月20日晚上，"邓肯号"驶离特里斯坦—达库尼亚岛。

12 月 6 日，"邓肯号"到达位于东经 77°24′、南纬 37°47′ 的阿姆斯特丹岛。爵士一行人决定上岸打探一下。

岛上的一位"忠厚长者"威奥先生热情地招待了他们。但是很可惜，这位在阿姆斯特丹岛生活了数十年的老人对"布里塔尼亚号"以及格兰特船长毫不知情。显然，阿姆斯特丹岛和圣保罗岛都不是格兰特船长出事的地点。因此，曼格斯决定第二天便离开这里。

第十一章　印度洋狂涛

12 月 7 日凌晨 3 点，"邓肯号"起航了，阿姆斯特丹岛在天边的云雾中渐渐隐去了。这里距大洋洲海岸还有 2100 海里左右，假如西风能维持 10 天，海上又不发生什么意外，"邓肯号"一定能顺利到达目的地。

前 6 天，海上风平浪静，"邓肯号"借着西风顺利航行。旅客们每天谈论最多的就是"布里塔尼亚号"，猜测它的航行轨迹，推断它的失事过程。12 月 12 日晚上，大伙在谈论"布里塔尼亚号"时，爵士提出了一个问题：《商船日报》上报道"布里塔尼亚号"于 1862 年 5 月 30 日从秘鲁的卡亚俄出发，可 8 天后，也就是字条上记载的失事日期 6 月 7 日，他们已经到了印度洋了，这怎么可能呢？这么一提，大家仿佛头上被泼了一盆冰水。

"不要急，"地理学家思索了一会儿后说，"你们看，文件上的'7'前面空隙较大，也许海水把'7'字前面的一个字侵蚀掉了，说不定本来是'6 月 17 日'或者'6 月 27 日'。"

"那么，"爵士说，"现在我们只有到大洋洲的西海岸去寻访格兰特船长的踪迹了。"

这次谈话后的第三天，即 12 月 14 日，"邓肯号"已经到了东经 130°37′的地方了，离贝努依角只有 5 个经度的距离了。也就是说，再过 4 天，他们就有望看见贝努依角的地平线了。但是，最近几天，风力有减弱的趋势，有时甚至一丝风也没有。"邓肯号"要不是装着汽轮机，就会滞留在这片无边无际的洋面上了。

"曼格斯，"爵士回答说，"'邓肯号'是一艘十分坚固的游艇，它的船长又是一位很能干的水手。让风暴来临吧，我们有办法对付！"

曼格斯船长整夜都待在甲板上，忧心忡忡。午夜时分，南边天空出现块块云斑，接着乌云翻滚，狂风大作。桅杆的咯吱声、帆索的噼啪声、船舱的呜咽声，使对风暴到来毫无准备的乘客们都上了甲板。这时，风速已达到每秒 12 米。风极其猛烈地抽打着缆绳，使之仿佛琴弦一般，发出急速的颤动声。浪头也高得骇人，冲打着游船，而游船像只翼鸟在白浪滔天的水花上摇晃着前进。

这时，气压计已降到 70.38 厘米，这样低的气压极为罕见。同时，风暴镜也指示着风暴即将来临。凌晨 1 点，海伦娜夫人和玛丽小姐在房间里感到颠簸得厉害，便冒险跑到了甲板上。这时的风速已达到了每秒钟 28 米，风在搁置的索具间极其凶猛地呼啸着。那些金属质地的绳索有如乐器的弦，不停地鸣响着，仿佛是一个巨大的琴弓在促使它们快速地颤动。

格雷那万、少校、帕噶乃尔和罗伯特看着与风浪搏斗的"邓肯号",欣赏中掺杂着惊骇。他们紧紧抓住舱壁上的横板,突然,传来一阵猛烈的响声,是蒸汽从汽锅的熔栓里喷射出来了。报警的汽笛尖厉地叫着,游船猛地一倾斜,正掌握舵盘的威尔逊冷不防地被舵杆打倒了。

"救机器,快救机器!"机械师大声呼叫起来。船长连跑带爬地直奔机器间。那里充满了雾气,由于活塞在汽缸里一动不动,机械师怕这样下去憋炸了汽锅,因此关掉了气门,让蒸汽从排气管泄出去。

"怎么回事?"船长问道。

"螺旋桨弯了,要不就是被卡住了,反正转不动了。"机械师回答。

"什么?卡住了?弄不开了吗?"

"看样子不能。"

螺旋桨不动了,蒸汽被排放掉了,"邓肯号"已经失去了动力。此时此刻,又不是排除故障的时候,曼格斯船长只好利用船帆，从当前最危险的敌人——风暴那里寻求点儿帮助了。曼格斯船长跑上前来，将情况简单地向爵士汇报了一下，并劝爵士他们回到舱里去。

上午 11 点钟，风暴稍小了些，雾气也开始减弱。曼格斯看见一片陆地，船正朝那片很低的陆地疾驶过去。就在这时，只见前方海面涌起一排巨浪，浪峰很高。他马上明白了，海浪只有遇到强有力的阻挡才会腾涌得那么高。

"有暗滩！"曼格斯对奥斯汀说。

"倒油！倒油！快倒油！"曼格斯突然喊道，他终于想出了这最后的办法。原来，油层浮在海上，可以使海浪减小激荡，海面会暂时平静下来。然而，这种办法见效快，失效也快。船一驶过，海浪就会涌得更厉害。在这生死关头，船员们将许多盛着海豹油的大木桶吊上船头，打开桶盖，挂到左右舷外。

"快倒！"油桶一齐倾倒下去，油奔涌而出，一下子就将那咆哮的巨浪压了下去。眨眼之间，"邓肯号"就越过暗滩，进入了那片平静的水域。

曼格斯船长指挥着水手们把船稳稳地停下来。这个海湾被三面的尖峰环抱着，挡住了从海上吹来的狂风。"邓肯号"在惊险中狂奔了许久，现在总算有个"安乐窝"了。

曼格斯船长停稳船后做的第一件事，就是立刻动手测算目前所处的方位，结果显示"邓肯号"离开航线不太远——相差不到两个纬度，在东经 136°12′、南纬 35°7′ 的灾难角。此处位于澳大利亚的南端，距贝努依角 300 海里。

如此一来，沿着南纬 37°线寻找的方案就要重新考虑了。看来，要是贝努依角再没有什么线索，他们恐怕得打道回府了。贝努依角伸进大海约 3000 米，角的尖端是坡度缓和的山坡。"邓肯号"上的乘客在一处荒凉的海岸顺利登陆，然而一道高达 20 多米的峭壁挡住了大家前进的道路。幸而曼格斯船长在南面七八百米处找到一个缺口，大伙才爬了过去。峭壁这一边是一片荒凉的平原，远远望去似乎有一些建筑，这说明有人类活动。于是，他们向那边走去。

"有个风磨！"走在队伍最前面的罗伯特大叫道。

果然，四五千米外，一个风磨的翅膀在风中转动着。

大约走了半小时，眼前不再是丛生的荆棘，而是一座新开垦的农庄，周围围着一圈绿色的活篱笆。成群的牛马在草原上吃草，草场四周栽着高大的豆球花树。到处都是金黄的麦穗和庞大的草堆。一座简单而舒适的住宅，被那喜气洋洋的风磨的大翅膀转动的影子慈祥地抚摸着。这时，四只大狗一起狂吠起来，向主人报告客人的光临。很快，一位50岁上下、面容和蔼的爱尔兰长者从屋里出来了，后面跟着一位老妇人和五个健壮的小伙子，那应是长者的妻子和儿子们。爵士还没来得及说明来意及身份，就听到对方热诚的话了："欢迎你们来奥摩尔家做客。"

爵士当然不会放过向他打听格兰特船长消息的机会。然而，令人失望的是，奥摩尔从来没有听说过这个名字。他说，两年来没有一只船在这里的海岸或贝努依角出现过。"布里塔尼亚号"出事才两年啊，因此，他可以肯定遇难船员没有来过西海岸。

这个回答令大家十分难过，尤其格兰特姐弟。就在大家都陷入绝望中时，不知从哪儿传来了一句话："爵士啊，感谢上帝吧！如果格兰特船长还活着，他一定就在澳大利亚大陆上！"

第十二章　艾尔顿

　　这个令人震惊的声音令房间里霎时安静了。格雷那万爵士最先反应过来,他猛地站起来,激动地大声问道:"是谁在讲话?"

　　桌子那端一个农场的工人回答:"是我,爵士。我叫艾尔顿,曾是'布里塔尼亚号'上的水手长。我和您一样,爵士,也是苏格兰人。"说话人显得很兴奋,语气也十分坚定。

　　"你真是'布里塔尼亚号'上的水手长?"爵士问。

　　"是的,爵士。"

　　"你是在船失事以后,和格兰特船长一起脱险的吗?"

　　"不,不是,爵士。在那恐怖的一刹那,我脱离了甲板,被海水打上了岸。"

　　"船到底是在哪里出的事?"少校问到了关键。

　　"当时我正在船头扯帆,突然被震了出去。那时,'布里塔尼亚号'正往澳大利亚海岸疾驶,离海岸已经不到两链远(1 链=185.2 米)。也就是说,事故就发生在那里。"

　　"是在南纬 37°线上吗?"曼格斯问。

"对，在 37°线上。"

"在西海岸吗？"

"不，在东海岸。"

"什么时间？"

"1862 年 6 月 27 日晚上。"

"对，时间没错！"爵士喊起来。

艾尔顿随后又简单地讲述了自己被俘后的经过。被土著人俘虏后，艾尔顿被带到了达令河一带。一天夜里，他趁土著人不注意的时候逃了出来。最后，他来到了奥摩尔的家里谋生。

格雷那万爵士呼吁大家根据艾尔顿提供的材料制订下一步的寻访计划。

"艾尔顿先生，依你的意见现在该怎么做呢？"海伦娜夫人问道。

"夫人，我会回到'邓肯号'上，把船直接开到出事地点。我相信在那里一定能找到一些线索。"

"我们船上的一个螺旋桨叶坏了，要到墨尔本去修理。"

"那就让它去墨尔本吧。我们走陆路去图福湾。"帕噶乃尔叫嚷起来。

"怎么走？"曼格斯问。

"沿 37°纬线走。"

"那'邓肯号'呢？"艾尔顿似乎对船很关心。

"'邓肯号'修好后去接我们，我们也可以回头找'邓肯号'，看情况而定。要是在路上找到格兰特船长，我们就一起回墨尔本；要是找不到，我们就一直寻访到海岸，让'邓肯号'来接我们。"

爵士做事一贯雷厉风行，他接受了帕噶乃尔的建议，吩咐大家做好旅行准备，明天，也就是12月22日一早便起程。

好客的奥摩尔给他们提供了一些必要的交通工具——1辆牛车、6头牛和7匹马。女士乘车，男士骑马。这辆牛车很大，车身足足长6米，上面盖着大皮篷。车子没有弹簧，坐在里边不是很舒服。曼格斯没有办法改变那种粗笨的构造，只得把车内装饰得尽

量好些。首先，他将车厢分成两段，中间隔层木板。后段装粮食、行李，前段乘坐女客。经过木匠的加工，前段变成了一间精致的小屋，地板上铺着地毯，里面装有盥洗设备，以及两张还算舒适的床铺。牛车四周挂着皮帘，夜间放下来，可以挡住寒气。若是下起雨来，男客们也可以躲进来避雨，但正常夜间，他们另搭帐篷住。

赶牛车的工作由艾尔顿负责，他在农场早就学会了如何驾驭这种巨大的牛车。奥尔比奈特先生不喜欢骑马，于是住在车

上的行李间里。爵士、帕噶乃尔、少校、小罗伯特、曼格斯、威尔逊、穆拉第7个人各骑一匹马，满怀信心地踏上了征程。

12月27日，快到中午时，牛车走到了威梅拉河河岸。这条河不算宽，河水也较浅，但河面上没有木筏和桥，他们只能找片浅滩，蹚水而过。于是，骑马人围住那辆牛车，小心翼翼地前行着。艾尔顿坐在御座上牵着牛，小心地指挥着。到了河中心，水深了许多，直淹到轮轴。现在的情况十分危急，如果牛脚探不到底，栽个跟头，可能连车也会被拖下去的。这时，艾尔顿二话不说，勇敢地跳下水把住牛角，牵引着牛缓缓向前移动。

眼看就要成功了，忽然，车子"咯啦"一声，车身歪了。水一下子就淹到了女客们的脚踝。爵士和船长立即抓住车挡并用力往前拉，车子这才漂了起来。艾尔顿抓住牛轭，使劲一扳，又把车子向反面扭转过来。过了好一会儿，一行人才有惊无险地过了河。

不过，车子的车厢碰坏了一点儿，爵士骑的那匹马的前蹄铁掌也丢了，这都延误不得，必须及时修理。然而，在这荒郊野外，去哪儿找铁匠啊。大家面面相觑，十分为难。艾尔顿这时又自告奋勇，称他知道离这儿30多千米外有个黑点站，他可以连夜骑马去那里找铁匠。

"好，那就拜托你了，艾尔顿，"爵士说，"你快去快回。我们就在这儿宿营等你。"

片刻之后，艾尔顿便骑着快马，在一排茂密的木本含羞草后面消失了。

第十三章　康登桥惨案的凶手

当晚，爵士他们在美丽如画的威梅拉河岸边宿营。第二天天没亮，爵士就醒了。艾尔顿还没回来，爵士和少校有点儿忐忑不安。天刚蒙蒙亮时，艾尔顿终于回来了，铁匠也找来了。

两小时过后，车子修好了。爵士的马也很快钉上了马蹄铁。不过，这新钉的马蹄铁独特的形状可没逃过少校的眼睛。马蹄铁的前端呈三叶状，上端剜成叶子的轮廓。艾尔顿说这是他们黑点站的标志，因为他们的马经常会跑丢，这种独特的马蹄铁留下的印迹能带领他们轻松找到丢失的马匹。

探险队又可以重新起程了。

天气炎热，海伦娜夫人把骑士们轮流请到车上来休息一会儿。就这样，一行人不知不觉地走到了荒漠区。奇怪的是，他们走了这么多天，还没有碰见一个土著人。爵士怀疑，是不是和阿根廷的潘帕斯草原上没有印第安人一样，澳大利亚大陆上也没有澳大利亚土著人？但地理学家说，在这条纬线上，土著人主要生活在墨累河一带的平原上，大约离这儿有 160 千米。

12 月 30 日，帕噶乃尔对大家说："今天天黑之前，我们就能穿过连接墨累河与大海的铁路了。真让人吃惊，澳大利亚竟会有铁路！"

这时，响亮的汽笛声打断了他们的谈话。只见一列由南往北开的火车缓缓驶来，恰好停在铁路和公路的交叉口。这条铁路联系着维多利亚省的省会和澳大利亚最大的河流——墨累河。有了这条铁路，从这里到墨尔本就便利多了。

这时，爵士他们发现有一群人正向康登桥的方向跑去，口中还呼喊着："到铁路上去！到铁路上去！"

爵士和几位骑马的同伴也跟着人群赶了过去。原来，这里发生了一起严重的交通事故。一列火车从康登桥上脱轨，掉到了桥下的河里。只见铁路横过的小河里黑乎乎的，全是烧焦的枕木，还有车厢和火车头的残骸。到处都是大片的血迹和烧焦了的尸体。

早上 6 点钟，殖民地总监米切尔先生和一位警官带领一支救生队赶来了。这列火车上获救的只有 10 人，全是最后一节车厢上的乘客和工作人员。此时，幸存者已经被送回卡斯脱曼了。

这时，上游传来一片喧哗，有两个人抬着一具尸体走了过来——是守桥员，尸体已冰冷，胸口被扎了一刀。

"干这件事的人，一定是一伙流犯。"警官检查了尸体后说。

米切尔总督也点头称是。此刻，牛车已经到了离康登桥不远的地方。爵士不想让两位女士看见康登桥下那恐怖的景象，便向总监行礼告辞，同时招呼同伴们跟他离开那里。

1865 年 1 月 2 日，他们渡过了科尔班江以及坎帕斯普江，两江分别位于东经 144°35′ 和 144°45′。到现在，一半的旅程已经走完了，顺利的话，再用 15 天，探险队就可以到达图福湾岸边。

不过，自康登桥惨案以来，旅行队的戒备严了许多。首先，骑马的人不能远离牛车去打猎；其次，宿营要安排人轮流守夜；还有，枪膛里随时都要装上子弹。当然，这些都是瞒着海伦娜夫人和玛丽小姐的，以免她们担心。

这天中午，牛车钻进了一片桉树林。这片树林很大，跨越了好几个经度。这里的桉树都有 40~50 米高，有的甚至高达 60 多米；树干近 2 米粗，得好几个成年人手拉手才能环抱过来，连树皮都有近 15 厘米厚；树身上还挂着一道道芳香的树脂液。这些大树的直径都差不多，一片森林就有几百棵，看上去就像几百个巨型柱子。桉树下没有丛生的荆棘，也没有原始森林里常见的藤蔓。在那一个个绿色圆屋顶似的树冠之下，树荫不密，暗影也不深。这是因为这种树的叶子生长得出奇——没有一片叶子是正面朝向太阳的，刀口式的叶边都是侧身向着太阳。人们的眼睛只能看见树叶的侧面。所以，太阳光线透过叶丛能达到地面，就和透过百叶窗一样。

1月3日傍晚，大伙儿终于穿过了桉树林，到达维多利亚省的最后一站——塞缪尔。此时，人和牲口都已疲乏不堪，于是，他们在镇上的康拜尔北方不列颠旅馆安顿了下来。

少校注意到塞缪尔街上的一些奇怪现象：人们三五成群，凑到一块儿，你一言，我一语，不知道在谈论什么。但看得出来，他们都很紧张。少校向那健谈的旅馆经理迪克森打听，很快就知道是怎么回事了。但是他一声不响，一直等到吃完晚饭，两位女客以及小罗伯特回房休息了，才对其他人说："康登桥血案的凶手已经确定了。"

"凶手是什么人？"爵士接着问。

"您看吧，"少校说着，递给爵士一张昨天的《澳大利亚—新西兰日报》，"您看了，就会佩服那位警官料事如神的。"

爵士接过报纸，读道："悉尼1866年1月2日讯——人们还记得，在去年12月29日到30日夜间，在墨尔本—桑达斯特铁路离卡斯脱曼 8 千米处的康登桥上曾发生一起事故。一列全速前进中的火车在卢顿河上坠毁。当时，康登桥正为列车过桥而一直开放着。事故之后曾发生多起盗窃案。在离康登桥约 800米处找到守桥员的尸体——证明这次惨案是一桩有预谋的罪行。根据验尸官的检验报告显示，此罪行的元凶是半年前从珀斯苦役监狱逃出来的多个犯人。这批流犯共 29 人，为首的叫本·乔伊斯，十分狡猾。几个月前，他不知搭乘哪艘船来到澳大利亚，虽然警方一直在通缉他，却至今未抓获。特敦请各市市民、移民以及各畜牧站之"坐地人"提高警惕，并及时将有关消息报告本殖民地总监……"

"这里流犯横行，那么带着两位女士上路就太危险了。我们还是先到墨尔本，与'邓肯号'会合，然后再从那里往东寻找格兰特船长的踪迹更好些。你觉得呢，少校？"爵士说。

"我想先听听艾尔顿的看法。"

"我想，"艾尔顿看了看格雷那万爵士，说，"我们目前距离墨尔本 320 千米，无论向东走还是向南走，都一样危险。两条路上都人迹罕至，一片荒凉。而且，我不相信我们这么多男人拿着武器对付不了 29 个流犯。所以，如果没有更好的选择的话，我建议继续前行。"

帕噶乃尔首先表示赞同，其他人也同意。于是，爵士尊重大家的意见，决定按原计划继续前进。

第二天，旅行队离开塞缪尔。为了确保安全，男士们都全副武装。

第十四章 戏剧性突变

1月8日，旅行者进入了维多利亚省一片不知名的神秘林区。东南方那一横排挡住去路的屏障就是澳大利亚的阿尔卑斯山脉。这条山脉连绵起伏，像一个个巨大的碉堡，绵延2000多千米，陡峭的悬崖甚至可以阻挡空中的流云。

他们勉强行进了一小时，就在他们感到进退两难时，忽然发现前方有一个简陋破败的小酒店。

"这鬼地方竟然还有酒店？有客人吗？"帕噶乃尔叫起来。

"不管怎样，我们正好可以进去问问路。"爵士说。

这家酒店叫"常春藤旅社"，老板是一个长着一脸横肉的莽汉。来光顾这家店的多是些"坐地人"或放牧的人。

爵士向酒店老板打听一些事，老板爱理不理，回答得十分不情愿。问清路后，大家没有再做停留，立刻上路了。当他们出门时，看见了贴在墙上的通缉本·乔伊斯的告示，赏金已加到了100英镑。

他们没多逗留，套上牛车又继续赶路了。他们向勒克瑙公

路的尽头走去。那里有一条盘山的羊肠小道，可以插进山里。

爬山时，为了给牛车减轻负担，连女士们也不得不下来步行。但是，不幸的事还是发生了——穆拉第的马莫名倒下了。

对这匹莫名其妙死去的马，大家没有说什么。爵士把马让给穆拉第骑，自己则去坐牛车。旅行队继续上路了。

1月10日那天，旅人们终于到达了海拔大约3200米的山顶。这时，太阳西斜，几道阳光穿过西边天空的彩霞，把大地照得鲜艳夺目。当晚，他们露宿山顶。第二天一大早，探险队就开始下山了。傍晚时分，他们总算走下了阿尔卑斯山，来到一片杉树林中。前面的路平坦宽阔，一直通到吉普斯兰德平原。于是，大家决定当晚就在这里宿营。

第二天一大早，大家兴高采烈地上路了。每个人都希望尽快到达目的地，即太平洋沿岸"布里塔尼亚号"失事的地方，那里是最有可能搜集到格兰特船长消息的地方。艾尔顿又一次催促爵士下命令给"邓肯号"，叫它开到太平洋沿岸来，以便于寻访。因为这里刚好有条通往墨尔本的大路，交通便利，依他的意思，现在就该派他回去送信。

艾尔顿的话似乎很有道理，连帕噶乃尔都觉得这个提议可行。但少校坚持说，前方的旅程更需要艾尔顿做向导，靠近海岸的路途他最熟悉，万一发现了寻访线索，要追踪寻找，非有艾尔顿在不可。况且，他还能准确指出"布里塔尼亚号"失事的地点。

曼格斯站到少校那一边，说可以到图福湾后再派人去通知"邓肯号"，那样更近更方便。爵士采纳了曼格斯的建议。艾尔顿的脸上露出一丝失望的神色。少校捕捉到艾尔顿的这一细微的变化，但他并没有说什么。他习惯把看到的一切放在心里。

忽然，帕噶乃尔大叫一声，众人望过去，只见他和他的马一起栽倒在地上。

"我的马……马没了！"帕噶乃尔边站起来边说。原来，地理学家的马匹也暴死了。

接连两匹马暴死，使得大家不安起来。在这荒无人烟的地方，如果发生马瘟，他们会失去所有牲口，那就无法继续前进了。

幸运的是马匹和牛都没有再出问题，但他们前进的速度明显慢了很多。1 月 13 日，一整天都平安地度过了。到傍晚的时候，他们离斯诺威江已经不远了。就在大家铆足劲儿往前赶的时候，牛车却深深地陷进了泥沼里。没有办法，大家只好原地宿营，等待天亮后再来处理陷进泥里的车。

夜里 11 点多，大家都已熟睡了。夜在乌云的笼罩之下越发阴暗，越发凄凉。少校被一道亮光惊醒，他看见一片隐隐约约的亮光在树林中流动着，像一匹白缎子，又像阳光下闪闪发光的湖面。他爬起来向树林走去。原来，这是一片会发出磷光的菌类植物。

少校马上想叫醒帕噶乃尔来一饱眼福，但就在他转身的一刹那，瞥见一些异样的情况。借着隐隐的光亮，少校看见在树林边缘掠过几个人影，他们一会儿匍匐，一会儿直立，走走停停，似乎在地上寻找什么东西。

这些人在干什么呢？少校一定要弄明白。他毫不犹豫地躲进草丛中，匍匐前进，像草原上的土著人，不一会儿就消失在高高的草丛中。

凌晨 2 点左右，一阵电闪雷鸣后，下起了滂沱大雨。帐篷根本挡不住雨水，男士们只好躲到牛车中来避雨。大家闲聊着打发时间，只有少校一言不发。没有人察觉到少校刚才离开过一会儿。大雨下个没完，车轮已深深地陷在稀泥中。要是斯诺威江的江水泛滥，那后果将不堪设想。

天亮时，雨终于停了，但太阳并没有探出头来。遍地都是大摊大摊的黄泥，空气潮得叫人难受。爵士一心想弄出车子来，可现在大半个车轮都深深地陷进了稀泥里，仅凭几个人的力量根本不够，得靠牲口帮忙。于是，爵士带着几个人去树林牵牲口。到了树林里，眼前的情景令他们傻眼了，昨夜明明拴得好好的牛马竟然全都不见了踪影。大家赶紧分头去找。大约一个小时后，正当爵士准备放弃寻找时，却听到了一声牛叫声。

"牲口在这里！"曼格斯也同时听到了牛叫声，他一边叫着一边向几丛又高又密的草丛走去，其他人也跟了过去。但一走近，他们都怔住了。除了一头牛和爵士的那匹马还活着，另外两头牛、三匹马全躺在地上，已经断气了。一群黑老鸹在树上呱呱叫着，窥伺着即将到口的美餐。

"艾尔顿，真可惜，如果我们过威梅拉河时把所有牲口都钉上黑点站的马蹄铁就好了。"少校冷不丁地冒出一句话，"你看，所有马中，唯有钉了三叶形马蹄铁的马没死。"

"他说那话是什么意思？"爵士问道。

"少校似乎在怀疑艾尔顿。"海伦娜夫人说出自己的猜测。

"爵士，现在是时候命令'邓肯号'开到图福湾了吧？"艾尔顿再度提出这个建议。

"我倒觉得没必要急着叫'邓肯号'起航，"曼格斯代替爵士回答，"将来会有时间通知奥斯汀的。而且，四五天之后，我们就可以到达艾登城了。"

"开玩笑，四五天！我们要是能在十五天之内走到就谢天谢地了。前面是维多利亚最难走的荒郊，荆棘丛生，根本没有路，必须用斧头或火炬来开路。况且，前面还有一个更大的障碍——斯诺威江，没准儿我们还得等到江水落下去才能过去。要是找不到人帮忙，说不定一个月后我们还待在江边。"艾尔顿说得头头是道、斩钉截铁。地理学家也默认事实的确如此。

"难道没有更好的办法了吗?"曼格斯显得有点儿不耐烦。

"是的,尊敬的船长。除了等待'邓肯号'上的人来帮助我们,别无他法。所以,我们只能暂时在这里扎营,再派一个人去给奥斯汀大副送信,叫他尽快把船开到图福湾来。"艾尔顿说。

"但是送信人也过不了斯诺威江啊!"曼格斯提醒道。

"信使不用过江,只要回到由勒克瑙通往墨尔本的那条公路,沿着公路往回走就可以了。"艾尔顿显然已有了全盘计划,"况且我们还有一匹健壮的马哩。有了它,两天就能到墨尔本。'邓肯号'开到图福湾需要四天,再

从图福湾开到这里需要一天一夜,也就是说,一切顺利的话,一个星期后我们就可以得救了。"

艾尔顿说话时,少校不住地点头表示赞同,并提议由艾尔

顿去完成这项困难的任务。曼格斯被少校怪异的举动惊得说不出话来，其他人倒没觉得不妥，纷纷表示赞同。艾尔顿的脸上闪过一丝得意的神色，曼格斯看得清清楚楚，但他什么也没说。

艾尔顿和两个水手忙着备马和装干粮，而爵士则忙着给奥斯汀大副写信。少校目不转睛地看着爵士写信，当看到爵士写到艾尔顿的名字的时候，他突然用一种古怪的口气问艾尔顿的名字怎么写。

"就按读音写呗。"爵士诧异地回答。

"不，我想你弄错了，"少校冷静地回答，"读音是读成'艾尔顿'，写却要写作'本·乔伊斯'！"

第十五章　少校揭开真相

本·乔伊斯这个名字如一记惊雷，令所有人为之一震。艾尔顿则以迅雷不及掩耳之势站起身来，掏出手枪向爵士打了一枪。等大家反应过来时，他已经跑到树林中与那伙土匪会合了。

海伦娜夫人和玛丽小姐被刚刚发生的一切吓坏了。当她们替爵士包扎伤口的时候，少校向她们说明了整个情况。帕噶乃尔还拿出一份《澳大利亚—新西兰日报》，翻到通缉本·乔伊斯的那一面给海伦娜夫人看。随后，在大家的要求下，少校又讲述了他发现艾尔顿真面目的全过程。

"啊！好个艾尔顿！"爵士听完少校的讲述，脸气得煞白，"原来把我们引到这里，就是要抢劫我们啊！"

"没错。"少校回答。

"那这个可恶的艾尔顿自然也不是'布里塔尼亚号'上的水手长了，他的聘书是偷来的？"

"不，我倒觉得艾尔顿是他的真名，而本·乔伊斯是他沦为土匪后取的名字。而且，从他讲述的关于'布里塔尼亚号'

的种种细节来看，他可能真的做过'布里塔尼亚号'上的水手长。也就是说，'布里塔尼亚号'上的水手长做了流犯团伙的头目。"少校说。

随后，曼格斯、少校、帕噶乃尔和爵士来到斯诺威江边，观察水势。由于刚下过大雨，河水暴涨、水流湍急。大家商量后，决定马上派一个人骑马回墨尔本给"邓肯号"送信，让它到这里来接应。大家用抽签的办法决定谁当信使，结果穆拉第中签。

爵士要重新给奥斯汀大副写一封信。他的胳膊受了伤，只好请地理学家代笔。此时，这位学者正专注地思考着那张再度被错误诠释的字条。他翻来覆去地琢磨着纸上的字，希望找出一个新的头绪来。爵士喊了他好几遍，他才清醒过来。

爵士念道："汤姆·奥斯汀，即刻起航，带领'邓肯号'赶赴……"

地理学家写到这里，突然瞥到地上的那张《澳大利亚—新西兰日报》。报纸是折叠的，报名只露出最后一个单词的几个字母"aland"。帕噶乃尔停下笔，嘴里喃喃自语："aland，aland……"他站起来，手中拿着报纸，来回摇晃着，仿佛有许多话要说，却硬是噎住了。最后，他镇定下来，平静地说："继续，爵士。"

"赶赴南纬37°线横穿澳大利亚东海岸的地方……"

"澳大利亚吗？"帕噶乃尔自言自语，"啊！是的，澳大利亚……"

他一口气把信写完，递给爵士签名。爵士受伤的胳臂痛得厉害，只潦潦草草地签了一下。

晚上8点钟，夜色已经很浓了，穆拉第准备出发。谨慎起见，他们在马蹄上缠上了布，这样，马走起路来就一点儿声响也没有了。曼格斯还给了穆拉第一支手枪防身。穆拉第与众人告别后，便纵马上路了。

就在这时，一声尖锐的叫声传到他们的耳朵里，接着，又传来几声枪响。坐在牛车里的爵士也听到了，他走出来，问道："枪声是从哪个方向传来的？估计离这里有多远？"

"声音是从那边传过来的，起码有5千米。"曼格斯指着穆拉第骑马离开的那条小路回答。

这时，一声微弱的呼救声随风传来，似乎还不到500米远。爵士不顾一切地推开少校，奔向那条小路。曼格斯和少校也跟着跑了过去。跑了没多远，他们就望见一个人影沿着林间小道，连滚带爬地跑过来，嘴里还痛苦地呻吟着。

这人正是穆拉第。他右肋下被捅了一刀，血汩汩地往外流，已经奄奄一息了。大家手忙脚乱地把他抬回牛车上。少校熟练地为他包扎伤口，止住了血，大家这才松了口气。穆拉第斜躺着，脸色苍白，眼睛紧闭，头和胸都肿得高高的，海伦娜夫人守在他旁边，不时喂他几口水。

大约过了一刻钟，穆拉第抽搐了一下，接着，眼睛慢慢睁开，嘴里喃喃地说着："爵士……信……本·乔伊斯……"爵士反应过来，连忙摸了摸穆拉第的衣袋，发现信不见了。

"海盗！原来是海盗啊！"爵士大吃一惊，浑身直冒冷汗，"天啊！我的'邓肯号'将要成为海盗船了！"

"当务之急，我们必须抢先赶到海边。"帕噶乃尔说。

"可是我们怎么过江呢？"威尔逊问。

"就从肯珀佩桥过江吧，虽然这很危险，但是现在管不了这么多了，闯吧！"爵士说。

最后，爵士决定让帕噶乃尔和曼格斯一起去寻找肯珀佩桥。直到深夜11点，他们才疲惫不堪地跑回来。

"找到桥没有？"爵士迫不及待地问道。

"找到了，一座藤条扎的桥，"曼格斯回答，"流犯们已从桥上过去了，只是……"

"只是什么？"爵士预料肯定又有新的不幸发生了。

"他们把桥给烧断了。"帕噶乃尔失望地回答。

第十六章　麦加利号

　　第二天，曼格斯和爵士又跑到斯诺威江边察看水势，只见江水澎湃，水位比前几日还高。

　　幸好，洪水来得快，退得也快。1月21日早晨，水位开始下降了。但爵士的情绪并没有好转，他唉声叹气地说："本·乔伊斯已经走了五天了，'邓肯号'可能已经落入匪徒之手了。"

　　"阁下，"曼格斯说，"谁敢保证在本·乔伊斯到达的时候，船已经修好了呢？万一船推迟一两天出海呢？"

　　"你说得对，曼格斯！但愿如此！我们必须尽快赶往图福湾。"

　　于是，曼格斯和威尔逊又开始忙着造船了。他们吸取上次失败的教训，锯了几棵大胶树，造了一个又大又牢的木筏。

　　1月22日正午时分，大家丢下牛车、帐篷，只带着干粮上了木筏。曼格斯在木筏的右侧安装了一只长桨，由威尔逊负责，用来防止木筏被急流冲出航线。他又在木筏尾部安了一根粗笨的舵，用来掌握航行方向。海伦娜夫人和玛丽小姐守着穆拉第坐在船当中。爵士、少校、帕噶乃尔、小罗伯特在她们周围，随时准备救护。

渡江成功了，但这支探险队却几乎到了山穷水尽的地步。这里离德勒吉特还有 56 千米，沿途是一片荒僻之地。大家没有停留，立即出发了。

1 月 27 日，在太阳刚刚升起的时候，他们隐约听到海涛声，这说明离海洋不远了。邮车需要绕过图福湾才能到达37°线上的海岸，也就是汤姆·奥斯汀开船来接他们的地方。

格雷那万、曼格斯、帕噶乃尔一同下车，直奔海关，查询最近几天的船只进港登记簿。然而，一个星期以来，图福湾没有来过一只船。

"我一定要知道个结果，宁可得到一个确实可靠的坏消息，也不愿这样将信将疑。"一刻钟后，爵士给墨尔本船舶保险经理人联合会拍了封电报。电报发出后，一行人坐上邮车，来到维多利亚大旅馆歇息。下午 2 点，有人给爵士送来一封电报，电报上写着：

图福湾艾登城格雷那万爵士：
"邓肯号"于本月 18 日起航，去向不明。

爵士顿时觉得万念俱灰了。这位勇敢的人，潘帕斯草原上的天灾都没有把他击倒，而澳洲大陆上的人祸却把他击垮了。

"邓肯号"没了，格雷那万爵士无法再继续营救行动了。玛丽小姐也不再提寻找自己父亲的事了，还第一个建议大家回欧洲去。

简单的商讨之后，大家达成共识，决定先回欧洲。第二天，曼格斯就出去打听开往墨尔本的船只。他以为，从艾登开往维多利亚的船会很多，但其实只有三四艘，现在全停在图福湾。而且，没有一艘是开往墨尔本、悉尼或威尔士角的。然而，只有先到这三个地方才能乘上去英国的船。

　　帕噶乃尔出人意料地提出了自己的想法。他打听到，图福湾有一艘"麦加利号"是准备开往新西兰北岛都城奥克兰的，他主张先包下这条船，再搭半岛邮船公司的船回欧洲。

　　这个建议得到大家的重视。地理学家又强调，这样走，最多花费五六天时间，因为澳大利亚距新西兰不到 1000 海里。

　　帕噶乃尔说服了大家之后，便带领同伴们去看那只大船。"麦加利号"是艘载重 250 吨的双桅船。它的航程也只限于澳大利亚和新西兰之间。船主叫威尔·哈莱，是个大老粗。他长了一张红脸膛，满脸横肉；鼻子塌在那儿，脏兮兮的，跟上边的那只盲眼倒很般配；沾满了烟油的嘴唇让人看了觉得非常恶心。

谈好价钱后，他们马上交了一半定金。接下来，他们还有许多上船前的准备要做。

爵士想去 37°线上的海岸走一走，看看能不能发现一些关于格兰特船长或"邓肯号"被劫的蛛丝马迹。曼格斯陪他出去了。

"曼格斯，你看见了吧？这些流氓！唉，咱们的'邓肯号'啊……还有上面的兄弟……这些流氓！总有一天，我会抓住他们，将他们千刀万剐，为我的兄弟们报仇雪恨……"爵士说这些话时脸色铁青。曼格斯默默地陪着爵士，直到他平静下来后，才一起往回走。

吃晚饭时，曼格斯注意到帕噶乃尔一直心不在焉，而且神色不安。于是，吃完饭后，他便把帕噶乃尔请到自己房间里，问他到底有什么心事。

"帕噶乃尔老兄，你肯定有什么话不敢说！"

"哪儿的话！我有什么不敢的？咳，我就这样，你还不知道？我百感交集……"

"你肯定有什么打算吧？"

"没有，没有，曼格斯，我的老弟呀，咱们去新西兰可不容易呀！唉，怎么说呢？我这个人爱认死理儿，爱较真儿，什么事儿都是不见棺材不掉泪……"

帕噶乃尔还是对他有了新发现一事守口如瓶，因为他觉得，自己对那三张字条上的信息理解错了那么多次，大家肯定不会再相信他了。并且，关于他的新发现，他自己也还没找到有力的证据证实。

第十七章　触礁

第二天，即 1 月 27 日早上 7 点，大家登上了"麦加利号"。中午 12 点半，船借着退潮的机会起锚了。海浪相当大，船走得很慢，也颠簸得厉害，旅客们规规矩矩待在舱里，每个人都在默默思索。至于帕噶乃尔，他一个人在角落里叽里咕噜，不知说什么。

1 月 31 日，从开船到现在已经 4 天了，"麦加利号"在澳洲和新西兰之间的那片狭窄的洋面上还没有走完三分之二的路程。嗜酒成性的哈莱船长几乎不管事，水手们也都醉醺醺的，船开得慢不说，还差点儿翻了呢。曼格斯在一旁看得焦急万分。

2 月 2 日，"麦加利号"已在海面上行驶 6 天了，奥克兰的海岸依然不见踪迹。雨不停地下，船在风雨中摇晃得十分厉害。

将近 11 点钟时，一直站在甲板上的曼格斯、威尔逊听到了一种极为恐怖的声响。曼格斯不由自主地抓住了威尔逊说："是拍岸浪！是的，海浪打在礁石上才会有这声音！"

曼格斯探出身子查看舷外的海浪："快测水！威尔逊！快！"

"水深5.49米！"威尔逊很快就有了结果。

曼格斯听后，跳到哈莱面前，恼怒地吼道："船长，你的船开到暗礁上啦！"

哈莱听了，耸了耸肩，没有任何行动的意思。曼格斯没理他，径直奔往舵把处，亲自转舵。与此同时，威尔逊使劲拉着前桅的调帆索，企图让船借着风力转向。

风把"麦加利号"吹得前仰后合。越是这种情况，就越得注意。片刻之后，船的右舷处又有了拍岸浪声。曼格斯只好再转舵，并下令调整帆索。此处暗礁很多，所以必须掉转船头了。

曼格斯指挥着威尔逊："转舵把！向下！"可就在这时，另一边又发现了暗礁。威尔逊和穆拉第用尽全身的力气扛着舵把，但舵把已经到头了。只听砰的一声，啊！船撞到了礁石上。船艏斜桅支索立即断了。这时又来了一道巨浪，巨浪把这只船端了起来，然后又把它结结实实地摔在暗礁群上。整个船歪成了30°，前桅连帆带索都断了，舱壁上的玻璃也炸飞了。海浪冲击着"麦加利号"，从后向前，水流直贯整个船身。

"船下是沙石，所以不用担心沉船，但至于浪涛会不会把船打碎就没法保证了！不过，我们还来得及想办法。"曼格斯坦白地说。

"麦加利号"触礁后，哈莱船长像精神失常了一样，在甲板上窜来窜去，不知所措。而他的水手们一安静下来，又开始喝酒了。

曼格斯早就计划好了：天亮后先观察陆地，如果看到便于靠岸的地方，就用右舷上的小划子把船上的人送到岸上去。可惜这只小划子每次顶多能载四个人，这样至少得跑三趟。没有办法，这是船上唯一的逃生工具，左舷上的救生艇早就被海浪卷走了。夜深了，曼格斯仍在做着最后的努力，他伏在舱篷上，细心分析着拍岸浪的情况。

舱里的人们都休息了，劳顿和惊慌让他们每个人都疲惫不堪。凌晨4点，东边一片白亮，几缕霞光出现在天空。曼格斯第一个上了甲板。

"啊！港湾！"曼格斯激动地喊叫起来。被喊醒的人们都跑到甲板上来，争先恐后地要看清远处的陆地。

"哈莱船长呢？"爵士像记起什么似的忽然问道。

"没看见！"曼格斯答着。

"他的水手们呢？"

"是不是又醉过去了？"少校打趣道。

"还是找找吧！"爵士和善地提议，"别把他们丢下了。"

"别管他们了，咱们赶紧准备划子吧！"曼格斯当机立断。

威尔逊和穆拉第跟着曼格斯快步来到右舷处。可那个小划子已无影无踪了。

原来，就在大家睡着的时候，哈莱和他的水手们摸黑把那只小划子放到了海里，悄悄地离开了这里。这个不负责任的家伙！

第十八章 重回陆地

失去了上岸的小划子,大家刚刚燃起的希望再一次被扑灭了。曼格斯扫了一眼大海,又看看残缺不全的船桅,开口了:"目前,我们有两个办法可以脱险:一是把船从礁石中弄出来,然后开到奥克兰海岸;另一个是做一个木筏划上岸。"

说干就干,爵士亲自指挥大家造木筏。每个人都卖力地工作着,接近正午时,木筏已做好了一半。曼格斯在船舱里发现了一个六分仪和一本格林尼治天文台年鉴。他利用这两件东西,测量出他们目前所在的方位:东经171°13′、南纬38°。奥克兰城位于37°纬线上,那么,"麦加利号"只向南偏了一度,也就是说,大约往北航行25海里就能到达新西兰的首府了。

下午 2 点钟的时候,木筏造好了。曼格斯把锚缆系在船尾,然后和威尔逊一起乘木筏把锚抛到了离船半链远的地方。接下来,就只等着第二天午时一刻涨潮了。

第二天早上,海面上刮起了强劲的西北风。船上的所有乘客齐心协力,把大大小小的帆张了起来。10点钟左右,潮水开始上涨了，漫长的小浪一波接一波地滚起来。中午 1 点钟，潮水涨到了最大高度。大伙儿将所有的帆一齐拉起来，兜住风力。

大家拼命转动绞盘上的杠杆。两条铁链在绞盘的强力转动下拉得笔直。锚在海底吃得很紧。风吹得更猛了，涨起的帆腹贴住桅杆，把船往外推。大家屡次感到船壳在颤动，似乎正要浮起来。然而，直到潮落下去，那只双桅船还是没有移动。

曼格斯建议造一只足够结实的木筏，把乘客和足够的粮食运上新西兰的海岸。大伙儿立即行动。到了晚上，造筏工程完成得差不多了。晚饭过后，海伦娜夫人和玛丽小姐回舱休息了，地理学家和其他人在甲板上走来走去，商议问题。小罗伯特也聚精会神地听着。

"我们可以沿着海岸划到奥克兰去吗？"帕噶乃尔问曼格斯。

"就凭这个简陋的木筏肯定不行。"

"也就是说，我们现在只能卜岸了。"帕噶乃尔继续说道，"天啊！这太可怕了！要知道在这里上岸比待在海上危险 100 倍。毛利人结成了可怕的部落，反抗英国殖民者的统治，他们打败侵略者，然后把俘虏烧死吃掉……"

第二天，即 2 月 5 日早上 8 点，新的木筏已经造好了。他们不知道上岸后能弄到什么吃的，于是尽量多带了一些食物。枪械和弹药当然也必不可少。

10 点钟，潮水开始上涨，风轻轻地从西北方吹来，微小的浪花在海面上滚动着。大家迅速爬上木筏，准备向陆地进发。

"那个黑点是什么？"忽然，海伦娜夫人指着前面大约 1 海里处的一个小黑点问道。

帕噶乃尔说：
"不会是礁石吧？
我们要记住它
的方位，一会
儿潮水淹没
了它，我们
看不见了，
很容易触礁。"

曼格斯用望
远镜观察了一下
说："那不是礁石，
是'麦加利号'上的小划子！"

陆地近在咫尺，他们却没法靠近。当天，他们挤在狭窄的木筏上过了一夜。直到第二天临近 11 点时，木筏才搁浅在一片离海岸大约 50 米的暗礁上。

这支刚刚经历了生死劫难的探险队，带着武器和粮食，迫不及待地登上了新西兰那骇人的滨海地区。

可是，天公不作美，他们刚踏上岸，就下起了滂沱大雨。大家只好先找地方避一下雨，等雨停了再沿着海岸前往奥克兰。威尔逊在海边找到一个被海水侵蚀成的溶岩洞。大家马上钻了进去，生了火，烤干了衣服，边休息边等着雨停。

第十九章　毛利人部落

　　2月7日早晨6点，大伙儿准备起程。雨已经停了，但天空仍是乌云密布，天气不算太热，白天赶路还受得了。

　　晚上8点，他们绕过哈卡利华塔连山最初的几个山丘后，就地宿营了。这一天，他们走了22千米。夜里，他们依旧荷枪实弹地轮流站岗。

　　第二天天亮的时候，隈卡陀江上水汽氤氲，在晨光的衬托下显得格外美丽。一个狭长的半岛伸在两河之间，上面灌木丛生。一只长约21米、宽约1.5米、深约1米的划子正逆流而上。8只桨把船划得像在水面上飞一般，船尾坐着一个人，手里拿一根长桨操纵着船的航向。

　　这人是个身材高大的毛利人，四五十岁左右，胸脯宽阔，肌肉发达，手脚粗壮有力。他的前额隆起，面部刻着深深的皱纹，目露凶光，脸色阴沉，让人望而生畏。

　　他是一个毛利族的酋长，酋长背着一杆英国长枪和一把两面口的翠绿色的斧头，他的前边还有9个战士，都佩带着武

器，样子凶狠，其中有几个负
了伤。他们都披着弗密翁麻的
大衣，站在那里一动也不动。
紧挨着他们卧着
的是3只恶狗。
划船的8个水
手仿佛是酋长
的奴仆，他们
没有武器，只
负责用力划船。

划子中间，是
10个被俘虏的欧洲人，
他们被捆住了手脚，挤在
一块儿，动弹不得。他们就是格雷那万爵士一行人。

原来，昨天夜里因为雾大天黑，他们竟进了毛利人的窝棚。
半夜时分，毛利人把他们全都抓了起来，武器弹药也全收缴了。

"你要把我们带到哪里去，酋长？"爵士用毫不畏惧的语
调问啃骨魔。

啃骨魔的眼睛里放射出闪电一样的光芒，粗暴地回答："如
果你们那边的人要你们，我们就去交换，否则就杀掉你们。"

原来，有几个毛利人首领落到了英军手中，他们想以爵士
一行人为筹码去做交换。这是个好消息，说明他们还有生还的
机会。可是，现在啃骨魔要把他们带到哪里去呢？地理学家听

见酋长和士兵不断说起"陶波"这个名字，于是偷偷查看了一下地图。原来"陶波"是新西兰一个有名的湖泊，位于北岛奥克兰省南端的多山地带，隈卡陀江流经此湖。

船在陶波湖东面的沙滩上靠岸了。俘虏们的手脚都被松了绑，一个个地下了船。走了大约500米后，他们面前出现了一座城堡。城堡修建在一个峻峭的悬岩上，是毛利人的城寨。

最后，爵士一行人被带到了一间空棚屋旁边。他们刚停下一会儿，身旁就聚集了一百来个人。他们面色阴沉，脸上充满仇恨，一些女人还号啕大哭起来。

原来，所有去反抗英国侵略者的酋长和战士中，只有啃骨魔和他手下的几十个战士回来了。在啃骨魔回来之前，有关战争失败的情况一点儿都没有透露，现在，这个不幸的消息刚刚传开。

更使这些毛利人悲痛的是，他们没法将死去的亲人的尸骨埋进祖坟了。毛利人的宗教认为，尸骨的保存关系到来世的命运。现在，这些烈士们战死他乡，即使骨头不被野狗吃掉，也会暴尸荒野。一想到这里，他们就气愤地怒骂起来，拼命挥动胳膊，眼看就要对爵士一行人动粗了。

啃骨魔唯恐控制不住场面，连忙叫人把俘虏们押送到一个供神的木棚里。那是一个神圣不可侵犯的地方。俘虏们总算暂时避开了那愤怒的人群，躺在弗密翁草席上休息。勇敢的小罗伯特丝毫没有感到害怕，等毛利人一走，他就站在威尔逊的肩上，从屋顶和墙壁之间的一道缝隙中探出头去，观察外面的情形。

"他们都围在啃骨魔周围……"小罗伯特低声报告，"他们很愤怒……啃骨魔要说话了……"

"显然，"少校说，"啃骨魔之所以保护我们，是要拿我们换回他的同胞们，不知道他的部下能不能同意！"

"他们一定是同意了，啃骨魔的话没人违抗，现在他们已经散了……"罗伯特说，"啊！有一个人朝我们这里走来了！"

啃骨魔身边还站着一个人。他40岁左右，体格健壮，相貌凶狠，脸上刺着细致的花纹。一看就知道他在部落中的地位很高。没错，他也是一位首领，名叫卡拉特特——土语的意思就是"好发脾气"。但是，啃骨魔对他似乎相当敷衍。看来，他们共同管理隈卡陀区的部落，但彼此在心里暗藏敌意。

"你是英国人吗？"啃骨魔看着爵士发问。

"是的，我是英国人！"爵士果断地回答，他深知这个国籍可以使俘虏的交换工作顺利进行。

"听着，"啃骨魔说，"我们的大祭师被你们的军队俘虏了，他叫我们把他赎回来。要不是他吩咐过，我早就剜出你们的心，然后把你们的头永远地挂在栅栏的木桩上，以告慰死者的神灵了！你觉得，你们英国兵肯拿我们的大祭师交换你们吗？"

"要不你先拿那两位女士去交换吧！她们在英国有很高的社会地位。"爵士讨价还价。

啃骨魔冷静地观察着每个俘虏，嘴角泛起险恶的微笑。突然，他怒不可遏地说道："你这该死的欧洲人，想骗我吗？她是你妻子！"

"现在不是他的了，是我的。"卡拉特特突然笑吟吟地把手搭到海伦娜夫人肩上说道。

"爱德华！"海伦娜夫人脸吓得煞白，惊慌地叫起来。爵士气恼不过，掏出手枪朝卡拉特特打了一枪。卡拉特特倒地死了。

啃骨魔用离奇的眼光看了爵士一眼，然后用一只手来掩护凶手的身体，另一只手挡住激怒的族人，用庄严的声音叫道："神禁！"族人们听到这句话后都停住了。俘虏们再次躲过一劫。

不一会儿，俘虏们又被押回临时牢狱，但是小罗伯特和地理学家不见了！

第二十章　越狱

毛利族的教规中规定：谁触犯了"神禁"戒，谁就会被神处死。除祭师外，部落首领也有宣布"神禁"的权力。一旦某人或某物被宣布了"神禁"，就意味着任何人都不得触碰了。若有人胆敢违规，必受重罚。所以，在那个生死存亡的关头，啃骨魔喊出"神禁"的口令，那些卫兵听了，立时"化敌为友"，把本来要被打死的欧洲人保护起来。

接着，他们被押到了卡拉特特的葬礼现场。

卡拉特特已经死了三天了，他的尸体现在被放在一个土墩上，堪称华贵的殡衣外裹了一层编织精美的草席。他的亲友来到土墩的一侧，几乎不约而同地发出了痛苦的哭号声，那声音震撼着整个村寨。死者的近亲都捶打着自己的脑袋，远亲则挠破了两颊。接着，卡拉特特的老婆出场了，只见她痛不欲生地伏在土墩下，用脑袋撞着泥土。当下，啃骨魔手持"木擂"——一种大木棒，走到了她面前。她似乎要挣扎着爬起来。啃骨魔抡起木擂朝她打去。她立刻被打死了。两具死尸并排躺在了一起。可是，酋长在阴间只有老婆做伴是不够的，他还需要奴隶。于是，6个奴隶被带了过来。6名兵士举着6个大"木擂"，瞬间断送了6条命。

爵士他们被眼前的场景吓得不敢呼吸，特别是两名女士，几乎是到了最大的忍耐程度了。太阳出来的时候，他们也将遭此噩运了！而且，死之前还要受尽折磨……

卡拉特特夫妇的尸体并排躺在了墓穴之中，哭叫声又响了起来。草和土纷纷盖在了尸体上。送殡的人开始往回走了。自此，这蒙加那木山也受到"神禁"了，没人再敢去那里。

看完恐怖的葬礼，想到自己明天也要经历这些，想着自己就快成为毛利人的一顿美食，大家的心情久久不能平静。

葬礼结束后，爵士他们又被押回囚室。这将是他们死前的最后一晚，尽管悲痛、恐惧，但他们还是一起吃了一顿晚餐。

"我们必须有足够的力量去面对死亡，"爵士说，"必须让这些野蛮人看见，我们欧洲人是不怕死的。"

吃完饭，海伦娜夫人高声诵读晚祷词，大家也脱下帽子，和她一同祷告。晚课做完后，大家拥抱在一起，愿上帝保佑他们。

夜深了，玛丽和海伦娜夫人退到棚子的一角，躺在一张草席上，互相抱着入睡了。

曼格斯无法入眠，他悄悄拉开门帘，数了数看守在门前的毛利人。守卫的士兵共有25个，他们围着一堆篝火，或躺或站。这座棚子背靠着城寨尽头的一座石岩，前面只有一条狭长的泥路通到城堡中心的那片平地上。棚子两边都是陡峭的悬崖，底下是 30 多米的深坑。即便大家想挖通牢里的地面也没办法，因为地面就是大石头。唯一的出路就是通向城堡中心的那条像吊桥一样的泥路，但是那条路被毛利人守住了。如此看来，一点儿逃脱的希望都没有了。

时间一分一秒地过去了，沉沉的夜影笼罩了全山。既无月色，又无星光，只有一片深幽的黑暗，狂风肆虐，吹得棚子的木桩呜呜作响。凌晨 4 点钟左右，一个轻微的响声引起了少校的注意，这响声仿佛是从靠着岩石那边的墙壁外传过来的，似乎是有人在外面挖洞。

少校忙召唤大家过来，一齐动手挖墙壁——曼格斯用他那乘乱从野人手里夺过来的短刀，其余的人则用石头或者手。

大家加紧干活，大约扒了半个小时，终于扒出一个 1 米深的洞了。忽然，少校的手被外面插进来的一个刀尖扎破了，他往回一缩，差点儿叫出来。

曼格斯把短刀伸出去，挡住从外面插进来的那把刀，再伸手去摸外面那只握刀的手。

那是一只小手——女人的或小孩的！是一只欧洲人的手！

玛丽猛地惊醒过来，溜过来抓住那只满糊着泥土的小手就吻："是你呀！我的罗伯特啊！"

"是我，姐姐，我来救大家。"

曼格斯迅速把洞扒大了些，小罗伯特跳进洞里，他身上还捆着一条弗密翁草的长绳子。

"我的孩子啊！"海伦娜夫人低声说，"那些毛利人没有把你杀掉呀？"

"没有，夫人。我乘乱爬出了栅栏，在树丛后面躲了两天。部落的人忙着办丧事的时候，我跑到牢狱这边的寨脚下观察了一下，发现我可以爬到你们这里来。于是，我溜到一间没有人住的棚子里偷了这把刀和这根绳子，然后把峭壁上的草丛和树枝当软梯，攀着往上爬。无意中我又发现这棚子靠着的这座高岩中间有一个洞，和棚子只隔着一两米厚的松土，把土扒通就能进来了。这不，我已经进来了。"

"那么，帕噶乃尔在外面吗？"爵士问。

"帕噶乃尔先生？"罗伯特很惊讶，"没有呀，爵士。怎么，帕噶乃尔先生不在这里？"

"你们不是一同逃走的吗？"

"没有呀，爵士。"

"我们还是先走吧，一分钟也不能耽搁了！"少校打断还要发问的爵士，提醒道。于是，大家一个接一个爬出了那狭窄的地道，到了外面的山洞里。曼格斯把扒出的土先清理干净了，然后才溜进地道口，还顺手把一张草席盖在地道口上，把地道掩盖起来。

5分钟后，他们都顺利地逃出了牢狱。他们避开了毛利人住的湖岸，沿着狭窄的小路，钻进了最深的山谷里。

快到5点的时候，天开始发白了。云堆的高处渐渐显出一片淡蓝色。太阳一出来，毛利人就会发现囚犯逃跑了，因此，在遭到追捕之前，大伙儿必须逃出毛利人的圈子，跑得远远的。但是他们走不快，因为那些小路都很陡，而通常负责给他们引路的帕噶乃尔此时也不知所踪。这在大家成功的喜悦中投下了一片阴影。大家尽可能地迎着辉煌的晨曦跑去。爵士想先钻进那片万山重叠的迷宫里，然后再慢慢地设法摸出去。

太阳出来了，它迎着逃亡者放射出它最初的光芒。而毛利人那边却爆发出一片骇人的咆哮声。毋庸置疑，毛利人已经发觉俘虏逃脱了。

第二十一章　帕噶乃尔的好点子

　　逃亡者要躲过毛利人的耳目，最好是爬上山顶，然后转到山那边去。因此，他们赶紧往上爬，然而后面的叫骂声越来越近。

　　5分钟后，他们到达山顶了。从这个高度上，他们可以看到整个陶波湖，湖的四周被山环抱着，风景十分优美。

　　此时，毛利人离他们不到150米了。大伙儿一步也不敢停留，准备不顾一切地从另一边下山。当那两名女士正试图用尽全身的力气站起来时，少校止住了她们："用不着跑了，你们看。"

　　原来，毛利人仿佛接到了一道严厉的禁令，追赶行动突然中止了。他们现在在山脚下一字排开，咆哮着，拼命挥舞着手中的武器，但一步也不敢向前。他们的狗也和他们一样停在那里，仿佛就地生了根，疯狂地叫着。

　　这究竟是怎么一回事呢？

　　忽然，曼格斯叫了一声，同伴们都回过头来。他伸手指着那圆锥形山尖上筑起的一座小碉堡给他们看。

　　"那是卡拉特特的坟墓呀！"小罗伯特叫起来。

原来，大伙儿在仓皇逃窜中，竟不知不觉逃到了蒙加那木山的山顶上。那坟墓前面有个大缺口，用草席盖着，从那里可以走进墓室。爵士正要往那墓室走去，忽然又往后一退，叫道："里面有个毛利人！"

　　"不管他！我们进去。"

　　爵士、少校、罗伯特和曼格斯一齐钻进了墓室。里面果然有个人，他披着一件弗密翁麻的外衣，正安闲自得地吃着早饭哩！爵士正待和他说话，那个人却先开口了，他用和蔼可亲的口吻，操着流利的英语对爵士说："请坐，我亲爱的爵士，我早就为您准备好早饭了！"

　　此人原来是帕噶乃尔！

　　至于他的遭遇，他只选择了一部分说给旅伴们听：在卡拉特特被刺之后，他和小罗伯特一样乘乱逃出了城堡的外城。但是，他没有小罗伯特那么幸运。他跑进了另一群毛利人的营地里，结果被那帮毛利人绑了好几天。幸好一天夜里，他咬断绳子逃掉了。那天，他从远处望见卡拉特特的葬礼，知道酋长葬在蒙加那木山山顶上，这座山必然要被"神禁"，于是决定先逃到这里，再设法营救他的旅伴们。

　　虽然有神禁保护，毛利人不敢往山上爬，但并不代表这里绝对安全。毛利人绝对有耐心长期围困下去，直到山上的人熬不过饥饿和干渴，最后自动跑下山来。

　　因此，大伙儿仔细侦察了一下蒙加那木山的地形，试图找出一条可以逃生的路。他们发现，把蒙加那木山连接到华希提连山的那条山岭大约只有1千米长，如果可能逃脱的话，这是唯一可走的路。但是这条路也有许多危险，毛利人守在山腰那儿开枪，可以在那段山脊上构成一道火网，没人闯得过去。

帕噶乃尔叫他的朋友们注意，他们所在的这座山具有火山特质，只要受到一点儿外力，可能就会立即喷发。

一行人说着话，不知不觉就回到了山顶的墓室旁。

这座墓室的外部有许多涂红的木桩排成的栅栏。墓室上的许多图形显示出死者的高贵和功绩。在柱与柱之间，悬挂着许多成串的贝壳制的或石头雕的避邪物品。内部的地面上铺了一层厚厚的绿树叶，如同地毯一般。墓室正中心，土面稍微高出一点儿，显出是新挖成的一个坟墓。酋长的武器都摆在那里：枪械、长矛、漂亮的绿玉斧头和大量的弹药，足够死者在阴间打上无数年的猎。

"这真是一所军械库呀！但是，更有用的还是为卡拉特特准备的这些粮食和水。"帕噶乃尔说。

的确，这里堆放的粮食足够 10 个人吃半个月。因此，大家短期内可以不愁吃喝了。爵士拿出足够大家吃一顿的食物交给奥尔比奈特去加工。这位司务长一向是个讲究形式的人，他觉得这些食材太粗糙，又没有火，简直没法弄。

还是帕噶乃尔有办法，他叫司务长把那些凤尾草根和甘薯塞进土里。是啊，这儿的土壤温度很高，有六七十摄氏度呢，完全可以烤熟这些食物。

午饭后，大家围坐在一起商议逃跑计划。

9 点钟光景，夜已十分黑了，爵士和曼格斯决定在带领大家冒险突围之前，先去侦察一番。他们悄悄地跑了下去，大约走了 10 分钟，就到了那条窄山脊上。这条山脊正穿过毛利人的包围圈，高出敌营十几米。直至此刻，那些毛利人都躺在炭火边，似乎没发现那两个逃亡者。两人又走了几步。突然，山脊的两侧同时响起了枪声。

两人迅速撤退，回到山顶。看来，这条漫长的山脊两边都是散兵线，绝对不能带领大家去冒险。

"明天再说吧，我已经有一个脱身的计划了！"帕噶乃尔突然冒出一句。

"朋友们，我是这样想的：毛利人的迷信使这座山成了我们的避难所，我们就再利用这种迷信逃出这座山。如果我们能使啃骨魔相信我们因为亵渎这片圣地而受到了惩罚，相信我们遭天谴死了，你们想想，他们是不是就可以丢下这座山回村了呢？"

这的确是个好主意，但实施起来却不简单。火山爆发不是人为可以控制的，一旦扒开喷火口，蒸汽、火焰、熔岩喷薄而出，瞬间就可以要了他们的命。甚至，喷发的熔岩会完全吞没这座山！

这一天大家是在焦急的等待中度过的，夜似乎在跟他们较劲，就是不肯来。他们已经做好一切逃跑的准备，墓室里的干粮被分成几份打成了方便携带的小包裹，另外，他们还准备带走几张草席和一些武器。

黄昏时分，乌云密布，天边电光闪闪，云海深处传来阵阵闷闷的雷声。

8点，山尖已经埋没在阴沉沉的黑暗中了。大伙儿一齐干起来。喷火口的地点选在离卡拉特特墓室30步远的地方，这样能避免火烧到墓室。墓室一旦烧毁，这座山的"神禁"就随之失效了，那这个计划也就落空了。

帕噶乃尔早就注意到一块巨大的岩石的四周不断冒出猛烈的蒸汽，他料定这块巨石是盖在一个小喷火口上方了。于是，那些准备开启火山的劳动者在帕噶乃尔的指挥下，在墓室里拔起几根木桩，一起来撬那块大石头。不一会儿，岩石就活动了。他们又为这块岩石在山坡上挖出了一条小壕沟，以便让它沿着这道壕沟滚下去。

刹那间，那层薄薄的地壳迸裂了。一条炽热的气柱直冲天空，同时沸泉和熔岩喷薄而出，直扑山下的毛利人。爵士和他的伙伴们赶紧躲到墓室里。这时，泥土、熔岩和火山碎块混成了炽热的一团，在山腰上划出了一条条火路。附近的山峰都被这片火光照得通红，深谷里也闪着强烈的反光。

山下的毛利人都吓坏了，他们拼命奔逃，熔浆在他们的营地里沸腾着，溅到他们身上，烫得他们鬼哭狼嚎。他们看着这骇人的景象，看着那张开大嘴的火山，看着他们的天神愤怒地把那些亵渎圣山的人吞噬下去，嘴里不停地吼着："'神禁'啊！'神禁'啊！"

第二天清晨，熔浆依旧到处奔流着。躲在墓室里的人发现，一切果真如帕噶乃尔所料，啃骨魔对这座替天行道的神山又增加了一重更严厉的"神禁"。只见毛利人排成队，沿着那些曲折的小径回寨子去了。

火山还在喷发，他们得再等上一天才能离开这里。帕噶乃尔拿出他那张珍贵的新西兰地图，和大家一起寻找最安全的逃亡路线。经过讨论，大家决定向东边的巴伦特湾走，那些地区荒无人烟，应该不会再遇到野蛮的毛利人。如今，这群旅行者对于应付自然界的困难，都已成了老手，然而对于毛利人，还是敬而远之吧。到达东海岸，那里有传教士建立的几个居住点。而且，那个地区还没有受过战争的蹂躏，毛利人的流动部队也不会到那里去搜索。

夜幕降临的时候，山下已没有毛利人的踪影了。9点，乘着夜色，爵士发出起程的信号。旅伴们背着粮食，装备着武器，摸索着走下一重重山坡，所幸一路没有遇到毛利人。他们总算在夜幕的掩护下，顺利逃离了这个凶险的地方。

第二十二章 "邓肯号"为何来了这里

　　逃亡的道路总是艰辛的,接下来的旅程让这队人吃尽了苦头。他们是 2 月 18 日夜晚出发的,直到 2 月 23 日,他们才离开蒙加那木山大约 80 千米。这一路上火山密集,道路崎岖,走得非常累,但好在一路上没有碰到任何意外,甚至连一个人影也不曾遇到。3 月 2 日,疲惫、饥饿的一行人终于挨到了太平洋边上的洛丹角。

　　在这里,他们发现了几个空着的草棚,看得出这是一个最近遭受过战争破坏的村落,田地都荒芜了,到处都是劫掠和焚烧过的痕迹。就在他们沿着海岸游荡的时候,忽然,在离海岸一两千米远的地方出现了一队毛利人,他们挥舞着武器向爵士他们奔来。爵士他们已退到海边,无处可逃。就在大家万念俱灰之时,突然听见曼格斯大叫起来:"有一只小舟!"

　　果然,在相距不到 20 步远的沙滩上,有一只独木舟,舟上还有 6 把桨。说时迟,那时快,旅客们立刻把那只独木舟推进水里,跳上去,划到了海里。海浪不大,10 分钟后,独木舟才漂到离海岸四五百米的地方。曼格斯也不想离开海岸太远，因为这只小船根本无法抵御太平洋上的强大风浪。然而，现实由不得曼格斯，毛利人已经划着3只独木舟追赶过来了。

6把桨一齐努力划动着，独木舟很快就向海中心驶去。半个小时后，他们几个人已经划得筋疲力尽，速度也慢了下来，而后面的那3只独木舟却紧追不放，眼看就要达到枪的射程范围内了。突然，爵士的眼睛闪出光来，他指着远处的一个黑点，叫道："一艘海船！朋友们，那里有艘海船！快划过去！"

"还是一艘汽船哩！"帕噶乃尔从望远镜里看得更加清楚，"它正朝我们开过来，快划呀，伙伴们！"

爵士抢过地理学家的望远镜，仔细观察那艘船的动静。突然，他神情紧张起来，脸色变得苍白，望远镜也从手里掉下来了。曼格斯和伙伴们看见了，都莫名其妙。

"是'邓肯号'！是'邓肯号'和那批流犯啊！我们现在腹背受敌，只有死路一条了！"爵士绝望地说道。

果然，谁也不会看错，正快速驶过来的就是被那批流匪抢去的"邓肯号"！少校不由自主地仰天怒吼了一声，怎么会倒霉到这种地步呢？

"奥斯汀！船上是奥斯汀！我看见他了！他也发现我们了！他正挥着帽子向我们打招呼呢！"小罗伯特激动地叫喊着。

不一会儿，这10名刚刚准备葬身大海的逃亡者就阴差阳错地回到了"邓肯号"上。

"邓肯号"怎么会出现在新西兰的东海岸？它不是应该已

经落到本·乔伊斯的手里了吗？上帝是怎样把它带到这里来的呢？

"那些流犯呢？你怎么对付那帮流犯的？"爵士一冷静下来，立刻开始发问。

"流犯？"奥斯汀似乎丝毫不懂对方的意思。

"是呀！劫游船的那些混蛋！"

"劫什么游船呀？'邓肯号'吗？谁是本·乔伊斯呀，从来没有看见过他呀。"奥斯汀更加糊涂了。

"从来没有？"爵士叫起来，他被这老海员的回答也弄糊涂了，"那么，为什么'邓肯号'会到新西兰东海岸来呢？"

"就是遵照您1月14日信上的命令来的呀。"

"我的命令？你确定是我写的信？"爵士叫着。

"我在墨尔本收到的信，是一个叫艾尔顿的水手送来的。信不是您亲手写的，爵士，但是有您的亲笔签名。"

"对，艾尔顿就是本·乔伊斯。你确定我的信里是让你来新西兰东海岸吗？我写的是澳大利亚东海岸呀，汤姆！"爵士依旧不敢相信，旅伴们也纷纷附和。

"那封信还在吗？"少校问。

"还在，我去拿来。"

爵士接过那封信读了出来："汤姆·奥斯汀，即刻起航，带领'邓肯号'赶赴南纬 37°线横穿新西兰东海岸的地方……"

"新西兰东海岸吗？"帕噶乃尔首先叫起来。他一把夺过那封信，揉了揉眼睛，不敢相信自己真的犯了这么大的一个错误。

"我的老汤姆呀，你倒是告诉我，当时你看到信上说让你来新西兰，你一点儿也没疑惑？"爵士问道。

"怎么没有啊，"奥斯汀急切地回答，"我当时百思不得其解，怎么让去新西兰呢？可是时间紧迫，我不敢自作主张，只好服从命令了！"

"那你当时是怎么想的？"爵士不依不饶地问。

"我当时琢磨着您肯定是为了尽快找格兰特船长而搭别的船去新西兰了，于是通知我直接去新西兰东岸接您呗。离开墨尔本时，我没敢告诉船员们准备去哪儿。等船开进了大洋，都望不见澳大利亚大陆了，我才把要来新西兰的消息告诉了大家。这消息一公布，还出了点儿乱子！"

"出了点儿乱子？怎么回事？汤姆？"爵士更是感到蹊跷。

"消息公布后的第二天，那艾尔顿知道'邓肯号'要来新西兰便……"

"艾尔顿还在船上？"爵士听到这个名字，不由自主地喊起来，"真是老天有眼！他人呢，在哪里？"

"我把他关在甲板下的一个房间里，有人看着他！"奥斯汀回答，"当时，他一看船是朝新西兰开，就火冒三丈，跳过来要求我改航向。他先是威胁我，我不答应；于是他又策划了船员暴动。这还了得？所以我就把他给关起来了。"

"太棒了，汤姆！"爵士和曼格斯心中有数了。

第二十三章　与艾尔顿的交易

　　爵士把艾尔顿仍扣押在船上的消息告诉了大伙，同时下令立刻把这个坏家伙带上来。这些死里逃生的人们以一种坚定而又神圣的表情等待着那个迫害他们的罪魁祸首。

　　再次见到艾尔顿，爵士用一种嘲讽的口气说道："艾尔顿，咱们又见面了！没想到，咱们会在这儿见面吧？"

　　艾尔顿扭过头来，和爵士四目相对："爵士，我没什么好说的！要杀要剐，那得法院说了算，您无权处置我！"

　　"法院判你有罪也易如反掌！"

　　"易如反掌？哼！"艾尔顿开始嚣张起来，"我不信！爵士，我敢说句大话，就是伦敦最好的法官也不能把我怎么着！格兰特船长，他若能出来还可以给我做个证！没人能证明我是那个通缉犯本·乔伊斯！没有一个人看到过或抓到过我犯罪的证据，哼！谁能拿出证据证明我要劫持这艘船？没有一个人！而您呢？只是怀疑我而已！给一个人定罪仅凭怀疑顶个屁用！得有证据！哈哈……证据！您有吗？我就是艾尔顿！就是'布里塔尼亚号'上的水手!"他越说越激动,但是很快又恢复到起初冷漠的状态。

艾尔顿以为自己这一番声明会让审问结束,但是爵士马上说道:"艾尔顿,我不是一个负责对你进行预审的法官,这不是我的事。我们必须明确各自的身份、地位。我不要求你做任何对你自己不利的事,这是法院的职权。但是,你知道我正在寻找什么,而你的一句话可能给我提供我失掉的线索。你愿意说吗?"

艾尔顿摇摇头,表示坚决不愿开口。

3月6日这天,海伦娜夫人再次来到艾尔顿的房间,跟他苦口婆心地交谈。这一次,海伦娜夫人出来时,脸上带着几分胜利的微笑。海伦娜夫人的确说动了艾尔顿。消息像风一样迅速传开了。大家都不约而同地跑到甲板上,特别是那些情绪激动的水手们。

格雷那万急忙问妻子:"他全说了吗?"

"没有全说。不过，他改变主意了，想见见你。"

不一会儿，艾尔顿就被带进来了，他默默坐下，开始谈判。

"爵士，按规矩，双方订合同或谈判，都得有证人在场，并且签名。您同意不同意这个条件？"

爵士觉得自己受到了羞辱——这个混蛋居然来跟他讲条件！然而，他忍住了，同时迅速地点了点头："说吧，什么条件？"

艾尔顿咬咬嘴唇答道："条件其实很简单！您要从我这儿得到一点儿消息，我要跟您要点儿好处。爵士，行不行呢？"

"我并不指望回国过自由的日子。我只希望您能把我丢在太平洋上随便一个荒岛上，再给我一点儿必要的生活品，让我在那里好好忏悔，改过自新。"

"我接受你的条件，艾尔顿，我可以给你在太平洋上找一个小岛。"爵士立即回答，"那么，接下来你可以说有关格兰特船长的事了吗？"

三位听众直了直腰，聚精会神地听起来。

"我叫汤姆·艾尔顿，曾在'布里塔尼亚号'上当水手长。1861年3月12日，我随着哈利·格兰特船长离开了格拉斯哥港，在太平洋上航行了14个月，想找个合适的地方建立苏格兰移民区。格兰特是个特别固执的人，几乎没有一点儿肯迁就的，我与他不合，只好叛变。我想串通所有的船员，把船夺过来！结果，我叛变失败，还被格兰特赶下了船。那天是1862年4月8日，我记得清清楚楚！在澳大利亚西海岸。"

"澳大利亚西海岸？"少校忍不住问，"那么，你在'布里塔尼亚号'到卡亚俄之前就下了船？咳！那船是到了卡亚俄之后才失去消息的！"

"对，一点儿没错！在船到达卡亚俄之前我就下船了。在奥摩尔的农庄，我之所以说起卡亚俄，是因为你们先告诉了我。我被扔到了一个几乎没有人烟的荒岛上，那里离西澳大利亚省珀斯监狱只有30多千米。我碰上了一伙逃犯，于是入了伙。后来，我竟然成了他们的头目。为了方便作案，我化名本·乔伊斯。1864年9月，我到了奥摩尔的农场，用我的真名受雇于他的农场，做了长工。其实，我是在那儿等机会劫持一只船。两个月之后，'邓肯号'就来了。你们到农庄后，爵士，就是您把格兰特船长的事儿全说出来了。我自然就了解到了'布里塔尼亚号'在卡亚俄的停靠，还有漂流瓶、文件、南纬37°线……我全知道了。我当时一眼就看上了'邓肯号'，正好赶上这船也得修理，因此我主张把船开到墨尔本。我以'布里塔尼亚号'水手长的身份，把您引到澳大利亚东岸，其实那是我瞎说的地点。就因为这，我不辞辛苦地把你们带到了斯诺威江。我用胃豆草毒死牛马，让车陷进泥沼里。这都是我的计划。后来……就这么简单，我这些话对找格兰特船长没什么用处。我丑话说在前头了，你们也不能计较。"

少校想起了什么，便问艾尔顿："你下船的时候，格兰特有什么想法或打算吗？"

"只知道一点儿。我在船上时，格兰特船长想到新西兰看看，但我一直阻止他，因此未能成行。我下了船之后，他是否来了新西兰就不得而知了。兴许，也有可能吧。至少时间吻合，5月30日离开卡亚俄，6月27日遇难，大约一个月的时间正好从卡亚俄开到新西兰。"

艾尔顿被押走以后，爵士又陷入了绝望。"真不知道格兰特船长现在怎么样了。谁能告诉我那两个孩子的父亲在哪里呢？"

"我能告诉他们。"帕噶乃尔回应道。

爵士惊讶地转向帕噶乃尔："你说什么？你知道什么？"

"你是说他们在新西兰？"爵士问。

"先听我说，"帕噶乃尔从来没像现在这么认真过，"我写错一个地名却救了咱们的命！不过当时，我可不是故意写错的。追究起来还得感谢那份《澳大利亚—新西兰日报》。不知两位还记不记得，艾尔顿的身份暴露后，打了爵士一枪。我们躲到牛车里避难。后来，就是你，少校，跟海伦娜夫人说完那段在逃犯的事后，我便把登载康登桥惨案的那份报纸递给了她。当我代爵士写信的时候，那份报纸正好掉在地上。报纸是折着的，只露出报名的一角来，也就是'aland'几个字母。我当时眼前一亮，啊！'aland'不正是那份英文字条中的一个词吗，我们一直把这个词认作'登陆'，其实，这应当是地名新西兰（Zealand）的词尾。"

"就算这么说得通，'austral'这个单词又做何解释呢？"少校还是不相信。

"当然作'南半球'（australes）解释，跟原来一样！"

"那'indi'呢？你先说是'印第安人'（Indiens），后来又说是'土著人'（indigenes），现在又有新的想法了吗？"

"是的，我还有第三个意思，当然也是最后一次，它应该是'走投无路的人'（indigence）。"帕噶乃尔响亮地回答。

"那'contin'呢？"少校的声调明显地高了，"总还是'大陆'（continent）吧？"

"不是！因为新西兰只是个岛。"帕噶乃尔回答。

"那会是什么呢？"爵士急切地问。

帕噶乃尔显出一副胸有成竹的样子，说："我亲爱的爵士，我把全文给您解读一遍，然后您再发表意见吧！我请你们只注意两点：一、忘掉原来的解释；二、有些地方可能牵强了点儿，但都是无关紧要的地方，比如'gonie'这个词吧，我认为是'风浪凶险'（agonie），这可能有点儿不妥，但我一时想不出别的意思来。而且我主要参考的是法文信，你们知道写信的是英国人，他对法语不会太熟……这些说明了之后，我给你们解读全文。"于是，帕噶乃尔慢条斯理地解读起来：

"1862年6月27日，三桅船'布里塔尼亚号'，籍隶格拉斯哥港，沉没在风浪凶险的南半球海面，靠近新西兰——这就是英文信上的'着陆'。两名水手和船长格兰特现到达××岛。我们因远离大陆而成为走投无路的人了。兹抛下此文件于经度××、纬度37°11′处，乞予救援，否则必死于此！"

"那么，你是说……"爵士满脸疑云。

"我是说，也许能找到沉船的地点，但找不到'布里塔尼亚号'上的人了！"

大家被帕噶乃尔的推断震撼了，那么长时间的寻找终于推断出了一个结果，只是这个结果却不是大家所希望的。该怎么对那对苦命的姐弟说呢？

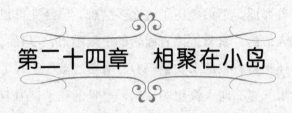

第二十四章　相聚在小岛

"邓肯号"继续前行着。眼下最要紧的是找一个荒岛把艾尔顿这个坏蛋丢下去。帕噶乃尔和曼格斯查看着地图，有了，就在这37°线上，玛利亚—特雷萨岛，这是一个孤立的小岛，它在浩渺的太平洋中太微不足道了。这个小岛离美洲有3500海里，离新西兰有1500海里。

晚上8点，"邓肯号"和小岛的距离只有5海里了。夜色中，大船只能小心谨慎地往小岛的边上开。9点，小岛的山顶处忽然亮起一团红色火焰。

"这是一座火山。"帕噶乃尔仔细观察之后得出了结论。

曼格斯提出疑问："不会吧？要是火山，总得有声响吧？咱们离它这么近了，而且它在上风头儿，我们却什么也听不见啊！"

"难道岛上有人？"爵士喃喃自语。

夜里11点，曼格斯以及其他乘客都各自回了房间。甲板上只有几个水手在值班，船尾上也只有舵工在看着舵把。就在

这时，玛丽和小罗伯特走上了艉楼。姐弟俩手扶栏杆，心事重重地望着海面。弟弟经历了这么多磨难，已经变得很懂事了，他像大人似的，紧紧地攥着姐姐的手鼓励道："玛丽，千万别灰心！还记得爸爸的那句话吗？'有勇气就等于有了一切！'爸爸的勇气多么叫人佩服啊！咱们是他的孩子，咱们也应该有这种勇气才对！姐姐，你别为我操心了。我长大了，让我来帮你吧！"

玛丽亲吻着弟弟的额头。这时，发生了一件奇怪的、真正不可思议的事。也许是一种神秘的磁力把两颗心灵联系在一起，姐弟两人在同一时刻产生了同样的幻觉。玛丽和小罗伯特似乎觉得，从时明时暗的海浪中响起一个人的声音，一直传到他们的耳朵里，那声音深沉而悲怆，使他们的心弦颤动。

"快来救我！快来救我！"那声音

喊道。

"玛丽，"小罗伯特说，"你听见了吗？你听见了吗？"

两人一下子挺直了伏在栏杆上的身子，然后，俯下身去察看黑夜里神秘的大海。但是，除了无边无际的黑暗，他们什么也看不见。

然而，又一声呼唤传到他们耳中，而且，这次幻觉是如此清晰，以至两个人同时叫起来："是爸爸！是爸爸……"

此时，船头突然掉转了方向。

艉楼上的罗伯特仍在撕心裂肺地叫着："爸爸！我爸爸就在那儿啊！我说的是真的！爵士！"

第二天，3月8日，早晨5点天刚亮，船上的乘客都聚到甲板上来了，睁大眼看着昨晚只能勉强望得到的那片陆地。

所有的望远镜都对着小岛仔细地搜寻。忽然，小罗伯特大叫一声，说他看见三个人在岸上跑着，挥着胳臂，其中有一个人还摇着一面旗子。

"是英国国旗！"曼格斯叫起来。

"爵士，"小罗伯特声音激动得发抖，"就请您放下一只小艇。我求您，让我第一个登陆。"

"放艇子下去！"爵士下令。

格兰特姐弟、爵士、曼格斯、帕噶乃尔都登上了艇子。艇子由六名水手划着，很快离开了大船。

离岸还有20米远，玛丽惊喜地大叫一声："爸爸！"

果真，站在岸上的三个人中，中间的那个人身材高大而强壮，面容温和，眉宇与玛丽姐弟极其相似。那正是两个孩子不断描述的那个人啊！他们的心灵并没有欺骗他们，那果然是他们的父亲，是格兰特船长！

格兰特船长听见了玛丽的呼唤，张开双臂，像被雷击了一般倒在了沙滩上。

历尽千辛万苦，一家人终于相聚。格兰特船长与儿女三人默默无言地紧抱在一起，在场的所有人都流下了眼泪。

当那一切的一切说了又说之后，爵士把艾尔顿的事也告诉了格兰特。格兰特船长证实了他的供词，那个坏蛋确实是在澳大利亚西海岸被赶下船的。

"这个人很聪明，又敢作敢当，"他补充道，"可惜贪欲把他引向了罪恶之路。但愿他能好好反省和忏悔，做个好人。"

但是在把艾尔顿送上岛之前，格兰特要在他的荒居里招待一次他的新朋友们。他请他们去参观一下他的板屋，坐到他的"鲁滨孙桌"上吃一顿饭。爵士和他的旅伴们都欣然接受了。小罗伯特和玛丽就像热锅上的蚂蚁，急着要看父亲住过的地方。在这个地方，格兰特船长因为想念他的儿女，不知流了多少眼泪啊！

帕噶乃尔开心极了，他的鲁滨孙梦又涌上了心头。"把艾尔顿那个坏蛋丢到这里来太便宜他了！这个小岛简直是天堂呀！"

"倒真是个天堂，"格兰特回答说，"只可惜太小了，否则我就可以建立一些基地，让苏格兰在太平洋上有块移民区呀！"

"啊！伟大的船长，您还没有放弃您那个念头吗？"

"我没有放弃，爵士，上帝借您的手把我救出来，就是要我完成这项事业的。我可怜的同胞们，所有苦难的人们，都应该有一片新的陆地，好让他们逃避穷困。我们亲爱的祖国必须在这带海洋上有一块自己的移民区，完全属于自己的，让它享受在欧洲享受不到的独立和幸福！"

"那么，好，船长，"爵士叫起来，"前途是属于我们的，您的那大片陆地，我们一同去找！"

格兰特和爵士的手紧紧地握在一起。

然后，格兰特船长向大家讲述了他们在这漫长的两年半中是怎样生活的。

"那是 1862 年 6 月 26 日的夜里，'布里塔尼亚号'被大风暴打坏了，触毁在这个岛的岩石上。我和我的两名水手鲍伯和乔蔼在这个'天涯海角'里并不绝望。一开始，我们就和我们的榜样——鲁滨孙一样，把船上的残物收集起来：一些工具、一点儿火药、一些枪械、一袋宝贵的种子。头几天的确很艰苦，但是不久，打猎和打鱼就可以供给我们稳定的食物了，因为岛上野羊极多，沿岸又满是水生动物。

"我们还利用'布里塔尼亚号'的材料建了一座小屋，屋顶是帆布盖的，并且被仔细地涂上了柏油，在这样结实的小屋的掩蔽下，我们幸运地度过了雨季。我原想用破船板造一只小艇到海上去冒险，但是最近的陆地——波莫图群岛离这里也有 1500 海里，任何小艇都禁不起这样的长途旅行，所以我们只能等别人来救我们了。

"啊！我可怜的孩子啊！我不知有多少次站在岸边的岩石顶上守候着过往的船只，可至今只有两三只帆船在天边出现过，而且总是一下子又没了踪影。两年半就这样过去了，但我们始终心怀希望。终于，昨天，我在岛上的最高峰上忽然望到一艘船仿佛正向我们这边驶来。我的心差点儿没把我的胸膛胀破！两名难友在岛的另一座山峰上点起了一把火。但是这游船没有发出任何回答的信号。然而，希望就在眼前！难道我们就眼睁睁看着它错过吗？夜逐渐加深，我不再迟疑，跳下海，往船那边游。满怀的希望为我增添了动力，我以超人的力量与波涛作斗争。我渐渐接近游船了，哪知道相距不到30米的时候，船偏偏掉过头去了！于是我发出了失望的呼声，但只有我这两个孩子听到了，那并不是他们的幻觉。"

格兰特的叙述结束了。直到这时，格兰特船长才知道他这次之所以得救，多亏了瓶子里的那几张字条——他遇难八天后装到瓶子里任海浪漂流的那些字条。

帕噶乃尔再也按捺不住了，他抓起格兰特的手，叫起来："船长，您现在可不可以告诉我，您那些字条上究竟写的是什么？"

"我马上来满足各位的要求，"格兰特船长回答，"你们也知道，为了增加援救的机会，我在瓶子里装了三张字条，分别用三种文字写成。诸位要知道哪一张纸上的内容呢？"

"三张字条难道不一样吗？"帕噶乃尔叫起来。

"是一样的，只有一个地名不同。"

"那么，好吧，请读一读法文的那张，它保存得最好，我

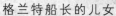

们每次解释都拿它做基础。"爵士说。

　　"法文上的字句是这样的：1862年6月27日，三桅船'布里塔尼亚号'，籍隶格拉斯哥港，沉没在离巴塔哥尼亚1500海里的南半球海面。因急需登陆，两名水手和船长格兰特登上了塔博尔岛，不幸即将变成蛮荒绝地之人。兹特抛下此文件于经度153°、纬度37°11′处。乞予救援，否则必死于此！"

　　帕噶乃尔听到"塔博尔岛"这个名字时突然站起来，大叫道："怎么会是塔博尔岛呀，这里不是玛利亚—特雷萨岛吗？"

　　"是呀，帕噶乃尔先生，英国的地图上都写着玛利亚—特雷萨岛，但是法国地图上却写着塔博尔岛呀。"

吃完饭，格兰特船长把那小屋里的东西布置好，准备全部留给艾尔顿。

大家回到船上了。艾尔顿被带到格兰特船长的面前。

"是我，艾尔顿。"船长说。

"是您呀，船长。"艾尔顿回答，并不因为再次见到船长而表示出丝毫的惊讶，"很好，看见您安然无恙，我也很高兴。"

"你要代替我住在这个没人住的荒岛上了，愿上帝叫你忏悔吧。"

"但愿如此。"艾尔顿语调十分平静。

小艇已经准备好了，艾尔顿跳下小艇独自向岛上划去。曼格斯事先派人送去了几箱干粮、一些工具、一些武器和若干弹药，因此艾尔顿是完全可以用劳动来改造自己的，他什么也不缺，连书籍都有。

下午4点，"邓肯号"的蒸汽在汽管里响起来，螺旋桨打着波浪，塔博尔岛逐渐消失在夜幕中。

第二十五章　胜利返航

　　3 月 18 日，"邓肯号"离岛 11 天后，终于望见了美洲海岸。接着，它又航行了五个月，终于回到了英国。在这五个月中，它严格沿着南纬 37°线，环绕了地球一周。船上的乘客穿过了智利、秘鲁的潘帕斯区、阿根廷，经过了大西洋、达昆雅群岛，经过了印度洋、阿姆斯特丹群岛、澳大利亚、塔博尔岛，还穿过了太平洋。他们的努力没有白费，他们把"布里塔尼亚号"的遇难船员载回了祖国。

　　5 月 9 日中午 11 点，游船停泊在了丹巴顿。下午 2 点，船上的乘客在高地人的欢呼声中进入了玛尔科姆城堡。

　　这期间，一位 30 岁的可爱的小姐闯入了帕噶乃尔的生活。她就是麦克·纳布斯少校的表妹——阿拉贝拉小姐。虽然她也有点儿怪里怪气的，但是性情和善、容貌秀丽。她爱上了这位地理学家的古怪脾气，愿意带着 100 万法郎（2002 年前法国的法定货币单位，1 法郎=1.1633 元人民币）的嫁妆嫁给他！

　　对于阿拉贝拉小姐对他的垂青，帕噶乃尔并不是无动于衷，但不敢有所表示。于是少校出面尽力撮合。这使帕噶乃尔很为难，说来真奇怪，一向豪爽的他这次竟迟疑不决。

终于有一天，帕噶乃尔被少校逼得没有退路，把原因告诉了少校，但他要求少校替他保守秘密。他说他身上有一个特点，如果哪一天他被警方追捕，这个特点很容易让警察认出他。

"就是这个原因吗？"少校听完帕噶乃尔的解释，大叫起来，"这有什么关系呢，我可敬的朋友？"

"你觉得没关系吗？"

"不但没关系，反而还给你增加了一个优点呀！这样一来，你倒真成了阿拉贝拉理想中的那个盖世无双的人了！"

15天后，玛尔科姆城堡的小教堂里举行了一场热热闹闹的结婚典礼。新郎帕噶乃尔打扮得英姿勃勃，只是衣服上的纽扣依然扣得严严实实；新娘阿拉贝拉小姐打扮得美若天仙。

原来，帕噶乃尔被毛利人俘去的几天里，被毛利人刺上了文身，而且还不是只刺了一点点花纹，而是从脚跟直刺到肩膀。他胸前刺了一只大几维鸟，张着两只翅膀，在啄他的心。

至于格兰特船长，他回到苏格兰一事，被人们当作全民族的大喜事来庆祝，而他本人也成为古老的喀里多尼亚最受欢迎的人。他的儿子罗伯特后来真的做了海员，并且在格雷那万爵士的支持下，继续着格兰特船长的伟大事业——为实现在太平洋上建立一个苏格兰移民区的计划而不懈努力着。

语文阅读经典丛书·第八辑

神 秘 岛

文质 改编

江西教育出版社
JIANGXI EDUCATION PUBLISHING HOUSE
·南昌·

图书在版编目（CIP）数据

语文阅读经典丛书. 第八辑/文质改编. — 南昌：
江西教育出版社，2020.11
ISBN 978-7-5705-2120-3

Ⅰ．①语… Ⅱ．①文… Ⅲ．①世界文学—作品综合集
Ⅳ．①I11

中国版本图书馆 CIP 数据核字（2020）第 191340 号

语文阅读经典丛书·第八辑
YUWEN YUEDU JINGDIAN CONGSHU · DI-BA JI

文质 改编

出 版 人：廖晓勇
策划编辑：杨 柳 张 龙
责任编辑：朱 丽
出版发行：江西教育出版社
地 址：江西省南昌市抚河北路 291 号 邮编：330008
邮 箱：jxjycbs@163.com
网 址：http://www.jxeph.com
电 话：（0791）86705643
经 销：各地新华书店
印 刷：湖北嘉仑文化发展有限公司
规 格：880mm × 1230mm 1/32 24 印张
版 次：2020 年 11 月第 1 版
印 次：2020 年 11 月第 1 次印刷
书 号：ISBN 978-7-5705-2120-3
定 价：148.80 元（全 6 册）

赣版权登字 -02-2020-495

第一章　流落孤岛

"气球正在下降！快……快将所有重物扔下去……快！"

"我们马上就挨到海面了……"

这是 1865 年 3 月 23 日下午将近 4 点钟，从人迹罕至的太平洋上空传来的对话声。吊篮里五个可怜的人好不容易逃出了里士满这座死城，却偏偏又遇见了这场可恶的大风暴。

事实上，他们已经扔掉了所有可以扔掉的东西来减轻重量，甚至割掉了吊篮而直接攀在气球网上，但气球依然在下降。更糟糕的是，气球还在漏气。虽然他们已经看到了三十英

里（1 英里=1.609344 千米）以外的一块陆地，但是否能安全到达那里却是一个大问题。

气球已经要贴近海面了，就在这时，一名叫作塞勒斯·史密斯的工程师被拍击气球网的海浪卷走了。其他人在搞清楚状况之前，就已经幸运地随着气球上升，最终被带到了那一小片陆地上。气球上剩下的四个人互相帮助着爬出了气球，直到此时，他们才知道：正是因为海浪卷走了那位工程师朋友，减轻了气球的重量，气球才得以上升，把他们带到了这块陆地。从知道伙伴失踪的那一刻起，他们便决定要不顾一切地去寻找他。

现在，我们有必要来认识一下这些海上遇难者。那位可怜的失踪者塞勒斯·史密斯，是马萨诸塞州的一位出色的工程师，同时也是智慧与勇气的化身。他是地道的美国北方人，长得瘦骨嶙峋，留着灰白色的小胡子。在南北战争期间，他担任具有重要战略作用的铁道部门的领导工作，并参加了南北战争的每一场战役。在里士满战役中因伤被俘之前，他效力于北方的格兰特将军。

跟随工程师的是他以前的仆人纳布。虽然废奴主义者塞勒斯·史密斯早已给了他自由，但这位温和、忠厚的黑人小伙子却不愿离开自己的主人，并情愿为主人而死。当得知主人被俘的消息时，他毫不犹豫地离开了马萨诸塞州，运用自己的机灵和勇气，不顾一切地潜入了里士满这座被围困的城市，并找到了主人。

热带翁·斯皮莱是《纽约先驱报》的战地记者。他勇敢、坚毅，总是乐于在枪林弹雨中捕捉第一手资料，并抢先发在自己的报纸上。他长得人高马大，金黄的颊须中稍稍透出点儿红色，记者的敏锐让他练就了一双火眼金睛，什么新闻事件都逃不出他的眼睛。和史密斯一样，他也是被俘到了里士满。两人在疗伤期间相识并互相赏识，他们决定无论多难，一定要逃出里士满。

彭克罗夫是一名来自北方的水手。他三四十岁的样子，身强体壮，常年的海上工作给了他黝黑的皮肤。英俊的彭克罗夫曾航行到过地球上的各大洋，敢于冒险。这年年初，他和一个叫作哈伯·布朗的十五岁男孩儿一起到里士满办事，却因封城被困在了那里。哈伯是一名船长的遗孤，水手对他视同己出。

这就是气球上的五位乘客。对了，除此之外气球上还有工程师的爱犬托普。本来考虑到气球的重量，史密斯先生并不想带上它。但托普在主人离开的最后一刻跳上了吊篮，史密斯的其他朋友很乐意与它同行，于是彭克罗夫扔下了一个沙袋以减轻气球的重量。

至于那个气球嘛，可以说是上帝赐予他们的逃脱工具——因为里士满被围，不仅北方的战俘跑不掉，南方的分裂主义者同样也出不来。事实上，里士满的总督也已经很久没联系上南方军队的李将军了，他也急于向将军汇报里士满的情况，以便能迅速得到南方军队的支援。于

3

是在狂热的南方分裂主义者乔纳森·福斯特的建议下，总督为他制造了这艘可以乘坐五人的气球，并配备了食物和武器。但在即将起程的时候，却遇上了飓风。乔纳森·福斯特他们当然不愿意冒着生命危险出发，于是只好推迟时间，将充足了气的气球停在里士满的广场上随时待命。

我们在上面提到的那五个北方勇士当然不会错过这个好机会。那时的彭克罗夫虽然还不认识塞勒斯·史密斯，却久仰他的大名。彭克罗夫清楚地知道一旦有机会，这位工程师先生是一定不会放弃逃跑的。于是，当他在广场上遇见史密斯先生时，相互的信任使他们一拍即合。最后，塞勒斯·史密斯带上纳布和斯皮莱，彭克罗夫带上哈伯，五个人在那个暴风之夜——那个谁都不会想到的夜晚，偷偷溜进气球，驶向了连他们自己也无法预知的远方。

就这样，在他们出发后的第二天，出现了我们开篇的那一幕。现在是3月24日，有幸上岛的四个人决定无论如何也要找到塞勒斯·史密斯工程师——这位在他们中间自然形成的领袖。

"我们一定要找到他啊！我们一定要找到他啊！"忠诚的纳布一边号啕大哭，一边对他的三个朋友喊道。这位善良的黑人小伙子一想到自己有可能失去这个世界上他最爱的人，就伤心起来。

"放心，纳布。我们一定会找到他的！"热带翁·斯皮莱说。

"他会游泳吗？"水手彭克罗夫立即想到了这个最现实的问题。

"会！"纳布说，"而且托普和他在一起。"憨厚的仆人经水手提示，似乎又燃起了希望。

但这时的海上波涛汹涌，水手听到海浪的轰鸣声下意识地摇了摇头。

工程师的失踪地点是在海岸的北面，离他们上岸的地点大约半英里。于是他们大声呼喊希望能得到史密斯先生的回音，然而除了海浪拍打海岸的轰鸣声，他们什么也没听到。他们沿着海岸一直向前走了二十分钟，来到了海角的尽头。

"这是一个岬角，我们应该从右边返回才能到达本土。"有经验的水手告诉他的伙伴。

伙伴们都很相信彭克罗夫，但在返回之前，他们还是抱着希望大声叫着史密斯先生的名字，然而依旧没有回音。这几名逃难者只好沿着曲折的沙路返回。这一路上，地势逐渐升高，相对于别处，这里的海水要平静很多。显然，在这里，岬角形成了一个半圆形的海湾，它阻挡了海上的波涛。

"我们必须找到史密斯先生，或许他只是受伤昏迷了，暂时听不到我们的呼喊！"记者说道。显然这也是他的同伴们的希望。

第二天早上，当太阳升起来的时候，四个伙伴惊喜地发现岛的东面不断地向外延伸，而西面却被一段海岸所阻挡。这说明海峡的那边可能是一片陆地，而可怜的史密斯先生很有可能被海水冲到那里去了。

这时，纳布马上跳下海，想游到对岸去救他的主人。其他人没有拦着他，他们不想拦着急于找到主人的纳布，因为这个好心的小伙子对主人是那样的忠诚。看着纳布顺利地登上了对岸，岸这边的朋友们拾了些沙滩上的贝类动物，作为他们流落荒岛之后的第一餐。

彭克罗夫、热带翁·斯皮莱和哈伯准备等海水退潮后，再游到对面和纳布一起寻找工程师。在这之前他们观察了海岛的地形。他们最先看到的是沙滩，沙滩后面就是延绵了三英里的陡峭的花岗岩壁，岛上还有许多奇形怪状的大岩石，这些都是火山爆发的遗迹。除此之外，还可以看到花岗岩壁尽头的断崖后面，隐隐约约有树林的影子。他们知道如果没有船只经过，他们可能一直到死都得待在这里。

将近 10 点钟时，海水退潮了。三个伙伴脱去衣服，把衣服打成包顶在头上，然后游到了对岸——这样他们的衣服就不至于被海水打湿。

大家都想在第一时间找到他们可爱的朋友。于是，他们决定将哈伯和水手留下，记者则顺着纳布前进的路去寻找工程师的下落。其实彭克罗夫和哈伯的任务也并不轻松，他们必须找到一个可以休息的地方，还要寻找到比贝类更耐饥的东西来填饱肚子，最好还能生一堆火，这样他们的朋友回来后，就能很快地恢复体力了。

于是，他们沿着花岗岩壁朝南边走去，因为彭克罗夫注意到，他们上岸地点下面几百米处有一个狭窄的山口，这很可能是一条河或小溪的出口。若能在水边安置下来，一方面，他们不用为饮水发愁；另一方面，史密斯先生也有被海水冲到这里来的可能。

但是，在异常坚硬的花岗岩上找一个洞穴并非易事，海水都很难将它们侵蚀。好在上帝还是眷顾他们的，在河口潮水冲击的地面上，有一种在花岗岩区常见的"壁炉"地形。它是由巨大的坍塌花岗岩堆积而成的，凛冽的北风很容易沿着空隙穿堂而进。可是，在目前的情况下，再也找不到比这条件更好的可以休息的地方了。

"我们可以改造一下它。至少我们可以先找些木柴来堵上'壁炉'的风口。"彭克罗夫已经给他们的临时住处起了一个名字。

剩下来最重要的就是生火了，这对于流落荒岛的他们来说的确是一件难事，因为他们随身带的东西，除了衣服以外，几乎都被海水冲走了。他们尝试着钻木取火，反复试了多次，却都以失败告终。彭克罗夫有些沮丧，要知道爱抽烟的他平时都是带着火柴的，而这时他却连一根火柴都找不到。

将近6点时，在海滩上走来走去的哈伯看到了纳布和热带翁·斯皮莱。他们并未找到工程师先生。事实上，纳布和记者在史密斯先生落海的地方找了足足八英里，却连一个脚印都没找到。

唯一值得庆幸的是，斯皮莱竟然在他的背心夹层里摸出了一根火柴。他们小心翼翼地生起火，暖气在"壁炉"中弥漫开来，水手也准备了一顿营养丰富的晚餐。晚饭过后，累了一天的人们入睡了，虽然他们都希望有奇迹出现，但他们知道史密斯先生这次是凶多吉少了。

3月26日一早，纳布又去了工程师失踪的海滩。即使是主人的尸体，他也决定一定要找到。

其他人觉得有必要对他们即将生活的这座小岛有一个认识。但是，他们绝对不会忘记生火的艰辛。于是，记者留下来照看火堆，水手和哈伯外出探险。为了以防万一，他们还把一块手帕烧焦作为火绒，这样即使火堆熄灭，他们也有办法重新将其点燃。

现在是上午9点钟，哈伯和彭克罗夫绕过"壁炉"，沿着河的左岸而上。在河边的树林中，两人俨然成了猎人。在这里他们发现了一种啄木鸟，哈伯试图用石头打中它，让大家有机会尝尝啄木鸟肉，可惜他的力气不够大，让鸟儿逃走了。随后，他们又发现了一种锦鸡。这种鸟儿长尾闪亮，羽毛也相当漂亮。

"长得倒是漂亮，只是不知道它们的味道怎么样？"彭克罗夫总是很实际。

"很好吃，它们的肉质非常细嫩！"哈伯回答说，"如果我没记错的话，这种鸟类很容易靠近，我们可以用棍子把它们打死。"显然，哈伯那丰富的博物学知识帮了他们不少忙。

于是，正像少年所说的，两人毫不费劲地捉了不少锦鸡，并把它们像云雀一样穿在细枝上。但仅仅是这些猎物，还远远不够。不过好在他们在树林里还发现了松鸡，只是捉松鸡并没有像捉锦鸡那样简单，但这难不倒经验丰富的水手。他把刺槐的倒刺系在长长的藤条的一端，并把一种红色的大毛虫放在钩子上作为诱饵。等到那些贪吃的松鸡把毛虫和钩子一起吞进嘴里的时候，彭克罗夫猛地一抬藤条，松鸡就成了猎手们的囊中之物了。

将近6点的时候，两人顺着河流满载而归。

第二章　失而复得的朋友

　　已经 7 点钟了，寻找主人的纳布还没回来，可是天气却开始变糟。彭克罗夫、斯皮莱，还有哈伯有点儿担心他们的朋友了。

　　纳布走了一天都没回来，是不是遇到了什么麻烦了呢？不过，也许是他发现了有关史密斯先生的新线索，例如，一个脚印，要么就是残留的什么漂流物，也许有更好的情况：纳布正在一步步地接近他的主人……大家当然都愿意相信后者。尤其哈伯，他甚至隐隐约约有一种预感，几次提出要去迎接纳布。但是理智的记者和水手不同意，他们不愿意这个少年再去冒险，在这种狂风大作的夜晚，分开行动确实不是一个好主意。此时唯一的办法，也许就是好好睡一觉。养足了精神，才好决定下一步该怎么办。况且，在这种糟糕的黑夜里，纳布也极有可能躲在某一个洞穴里。

　　于是，三个人睡下了。虽然他们心里都有些焦急，有些担心，却又都怀着一种希望——说不定等他们醒来时，纳布就真的和他的主人一起出现在"壁炉"了……

"快！你听！你听！"并未熟睡的斯皮莱使劲地摇着水手。

"什么？"彭克罗夫立刻恢复了清醒，这是一个水手特有的敏感。

"好像是……"哈伯也被吵醒了。

"是狗叫声！"彭克罗夫叫了起来。

"托普回来了！"哈伯叫出了声，"没错，是托普！"

三人一起激动地冲到了洞口外。虽然狂风夹杂着暴雨，让黑夜里的他们听不大清楚，但他们认定，那一定是托普的叫声，而且这叫声离他们越来越近。

他们点上了火把，火光中一只狗向他们跑来，那确实是托普，这只聪明的狗已经来到了他们身边。但是，它只是孤零零的一个，没有工程师，也没有纳布。

"快！我们跟着托普走！"彭克罗夫对他的两个朋友喊道。

第二天早上 6 点钟时，他们离"壁炉"已经有六英里远了。托普把他们带到了一片小沙丘前，周围长着一些形状奇怪的树——哈伯和彭克罗夫昨天的探险并未到达这里。托普这时更加激动了，一口气把他们带到了沙丘背后的洞口前，并朝他们大叫了一声。三个人立刻明白了，他们钻进洞，看见纳布在里面，更让人激动的是，躺在地上的那个面无血色的人正是工程师塞勒斯·史密斯。

工程师的呼吸很微弱，哈伯立马跑出山洞，把手帕浸湿以此来湿润工程师的嘴唇。大家又使劲给工程师按摩，好让他的

身体暖和起来。谢天谢地，在朋友们的帮助下，史密斯的呼吸终于正常起来。

　　找到史密斯先生后，大家都很高兴。但这些小沙丘并不适合他们久留，一场大风就可以轻易将他们掩埋。经过商量之后，他们决定用藤条做一个简易的担架，尽早把工程师抬到"壁炉"里去。

第三章　孤岛探险

当大家满怀希望地将工程师抬到"壁炉"时，他们却傻眼了——火种熄灭了，连留着当火绒用的焦布也不见了。"壁炉"惨遭海水倒灌……这些都是昨夜那场暴风雨的杰作。大家——尤其彭克罗夫，一时间非常沮丧，他们好不容易找到的火种没了。只有纳布还沉浸在找到主人的兴奋中，只要主人还活着，他才不管什么火种不火种呢。他一向认为只要有主人在，就没有什么做不到的事。

第二天一早，工程师8点钟就醒了，他的身体依然虚弱，但头脑已经比昨天清醒多了。

"朋友们，你们有火，对吗？"塞勒斯说，"我想吃些熟的东西，我想那样我会好得更快一些。"

"哎，很抱歉。我们没有火。"彭克罗夫回答时显得很沮丧，"更准确地说，我们好不容易弄到的火被暴雨浇灭了。"

"别着急，朋友们。"塞勒斯安慰他的伙伴，"我们可以自己做出化学火柴，这交给我了。不过，我们现在还不清楚我们是在小岛上还是陆地上，对吧？"

"不错，我们甚至还不知道暴风雨把我们扔到了什么位置。"热带翁·斯皮莱表现出了同样的担心。

"实话实说，我也不是很确定，"工程师接着说道，"不过我们是借着东北风被刮来的。要是风向没有改变的话，那么我估计气球至少飞越了六七千英里，因此我们可能在太平洋的某一陆地上。但如果风向稍微改变的话，我们也许会被带到曼达纳群岛，甚至是新西兰。假如是后者的话就好办了，我们就能去向英国人或毛利人求援。不过一旦前者成立，我们可能是处在一个未开发的荒岛上，那样的话，我们……"

"我们会怎样？"彭克罗夫是个急性子。

"我们就要考虑在这里永远生活下去。"哈伯虽然年轻，却清楚地知道他们可能面临的困境。

于是，他们决定天气一旦转好就去探险，目的地就是彭克罗夫昨天抬工程师回来时看见的那座高山。只是眼下他们首先要做的事是填饱肚子。经过商量，彭克罗夫、哈伯和纳布继续去当猎人，到树林里打野味，顺便捎些柴火回来——工程师已经保证他可以生起火来。工程师和记者则留在"壁炉"，这样史密斯先生不仅可以尽快恢复体力，还可以和记者一起就近考察海岸和附近高地的情况。

猎手们这次直接来到了树林深处。这里的木柴很丰富，只是不像上次在矮树林里那样可以轻易地看到松鸡和锦鸡。不过，托普的冒险使猎手们有了额外的收获——正当他们苦于找不到野味时，托普和一只水豚撕咬了起来。猎手刚准备靠近它们，水豚便挣脱托普逃跑了。这只聪明而好强的狗哪肯罢休，一直追水豚追到了水池里，直到帮主人们捉到这只富有营养的美味。当他们像上次那样趁着海水退潮，借助木排顺流而下到达"壁炉"时，他们远远地就看到了缕缕青烟。没错，工程师果真没让大家失望，他早已生好了火等着猎人们归来。

塞勒斯到底怎样生起火的呢？要知道这可是个让彭克罗夫头疼的大问题。其实工程师的工具仅仅是两块手表的玻璃表盘。他把记者和自己的表盘取下来用水粘在一起，做成了简单的凸透镜。就是用这个凸透镜，他轻而易举地将阳光聚集到干燥的苔藓上，于是，对于这群流浪者来说最宝贵的火焰就燃起来了。工程师的智慧自然让他的朋友们惊叹不已，而斯皮莱也将这件事记在了自己的本子上。

经过一天的休整，史密斯先生的体力已经基本恢复。第二天一早，他就和其他人一起爬到高地。对于这群可怜的人来说，他们必须知道自己究竟在岛屿上还是陆地上，只有这样，他们才能为下一步的行

动做准备。

　　为了保险起见，他们还是沿着先前走过的那条小路前往高地，而这也是最近的一条路。大概早上 10 点钟时，他们穿过了树林。两个火山锥出现在他们面前。继续前行，大概在傍晚的时候，他们终于来到了第一个高地——这片高地是由较近的那个火山锥体形成的。

　　这时已经是六七点钟了，在不知道地形的情况下摸黑冒险，不是一个明智的选择。于是，塞勒斯坚持让彭克罗夫、斯皮莱和纳布留下准备晚餐和宿营。但为了抓紧时间，他决定带上哈伯继续前行。

　　趁着夜色还没有完全降临，他们俩来到了锥顶。在这里，他们发现了火山口，勇敢的工程师带着哈伯毫不犹豫地走进了火山溶洞。溶洞里一片寂静，没有丝毫因火山喷发而残留下来的硫的味道，显然这是一座沉睡的死火山。塞勒斯这时更加激动了——因为很快，他就可以向他的朋友们宣布，这里究竟只是一座孤岛，还是与某片陆地相连的半岛了。

　　想到这里，他更加努力地沿着火山的斜坡向前走。渐渐地，他们看到了南鱼座的星星，还看到了闪闪发光的南十字座。塞勒斯先前的判断没错，他们确实是在南半球，因为假如在北半球，他们看到的应该是北极星，而绝对不可能是南十字座。只是，在月亮落山时，月光照亮了地平线，当工程师看到水中还有月亮的倒影时，他的心猛地一沉。

　　"孩子，这是一个岛。"塞勒斯低沉着声音把这个并不能使人兴奋的消息告诉了哈伯。

不一会儿，工程师和哈伯两人回来了，得知自己是在孤岛上之后，所有的人都不免有些沮丧。不过，他们并没有对未来失去信心——的确，有这么聪明的工程师在，又有这样几个勇敢、善良的朋友在身边，他们没有理由绝望。说不定哪一天奇迹出现他们就得救了，虽然现在他们还不知道这个奇迹什么时候会发生。

第二天一早，五个伙伴带上托普又出发了。他们又来到了工程师和哈伯昨天晚上去过的那个火山锥——正如工程师在黑暗中辨认的那样，这的确是一个庞大的漏斗形高地。塞勒斯仔细观察了一下海岛，岛上的地势崎岖不平，周长大概是一百多英里，它被大洋包围着。这时，细心的记者已经画好了一幅相当精确的海岛地图。

经过一整天的勘测，他们对这个岛已经有了大致的了解，但现在仍有一个十分棘手的问题——岛上有人住吗？这直接关系到他们能否在岛上安全生活。虽然他们到目前为止还没有发现任何人居住过的痕迹，但在郁郁葱葱的树林里呢？或者在一个他们尚未发现的山洞里呢？

即使没有常住的土著民，它会不会是海盗随时光顾的补给地呢……有太多的问题等待着他们去解答。不过，按照一般经验，在这种海洋里的小岛上生活，人们通常会居住在沿海的海岸地带，而这里的海滨却无人居住。所以，至少到现在为止，他们不必为这个问题担心。

第四章　岛上的新生活

　　"朋友们，我们现在已经到过岛上的不少地方，"在返回"壁炉"的路上，塞勒斯说，"我觉得应该给我们到过的地方起个名字，比如说那些海角、河流，还有树林。"

　　"好主意！"记者很赞成工程师的建议，"这样以后指示方向就方便多了。"

　　"就是，至少我们可以说清楚我们大概从哪个地方来，或者要到哪里去。"彭克罗夫对这个提议很感兴趣。

　　"比如'壁炉'。"哈伯说。

　　"没错，这可是我第一个想起来的。"彭克罗夫想到自己的杰作很是得意，"就把我们在岛上的第一个家叫'壁炉'吧。"

　　其他人对这个名字当然都很满意。接着，这些深深爱着自己祖国的人们又为其他的地方取了名字。比如，东面和南面的两个大海湾分别取名为"联合湾"和"华盛顿湾"，他们所站的这座山叫作"富兰克林山"，面前的这个湖取名为"格兰特湖"……随着他们对海岛的进一步探险，这样的名字也越来多。他们把岛上伸向西南方向的半岛叫作"盘蛇半岛",这个半岛的尾巴叫作"爬虫角"。另一端的海湾像个张开的大鱼嘴,于是他们叫它"鲨鱼湾",而鱼嘴的上下两部分就叫作"颚骨角"。联合湾顶端的海角被命名为"爪角",气球降落的那条河叫"慈悲河",他们最先着陆的那个小岛就叫作"安全岛"。石窟的上方有一个花岗岩峭壁,站在峭壁顶端的高地上,能看见整个海湾,那个高地就叫"眺望岗"。还有那个覆盖着盘蛇半岛的整个密林叫作"远西森林"。

"对了!朋友们,我们差点儿忘了最重要的一个名字。"彭克罗夫突然想起来,"我们的岛还没有名字呢!"

"那就叫它'林肯岛'吧。我们这位国家的英雄正在为统一而战呢!"工程师的绝妙建议自然得到了所有人的认可。

五个人决定尽快回"壁炉",因为他们不知道经过了一场大风的"壁炉"又变成了什么样子。不过,这次他们打算绕过格兰特湖,开发出另外一条路,说不定在那里,他们会有新的发现!

于是,大家跟着工程师小心翼翼地前行。渐渐地,他们闻到空气里弥漫着一股刺鼻的味道。

"放心吧,这烟来自一个天然的硫黄泉。或许有一天,它会派上用场。"工程师放心地告诉其他人。

除了这场小小的虚惊以外,他们在这条新开辟的道路上的收获还是不小的。在硫黄泉的不远处有一条清澈的小河,由于河岸的土壤是红色的,所以他们就给它取名为"红河"。再走到下游树林里时,矮树灌木丛里响起了鸟鸣声和兽吼声,哈伯和纳布兴奋地冲了过去，捉到了美味的山鸡做晚餐。

在风和日丽的日子，"壁炉"是他们最好的休养地。吃了昨天捉到的野味，又经过一夜的休息，大家不得不开始考虑怎样在岛上继续生存下去，因为到目前为止，连工程师也不敢保证他们何年何月才能得救。

"朋友们，看来我们必须要从头做起了。"史密斯先生说。

工程师说得对，因为他们现在手上几乎没有任何工具。那么，从何开始呢？

"托普！过来！"塞勒斯眼睛突然一亮。

听到主人的召唤，托普听话地跑了过来。工程师轻轻取下了托普脖子上的项圈，在岩石上磨出了锋利的刀刃，于是，这把刀就成了他们的第一批工具。

"我们就从这把刀开始吧。"工程师兴奋地说。

其实他们现在最急需的是造一个烧火的炉子，这样他们才能制造日常所用的陶器。

好在细心的工程师经过昨天的探险，已经发现离格兰特湖不远的树林里有一种黏土，这种土很适合造炉子。他的朋友们当然也不介意再次来到格兰特湖。这次远足他们不仅找到了足够的黏土，还发现了一种叫作克里井巴的树——虽然它的果实不能食用，但它的树枝却是制造弓箭的上好材料。

在这段时间内，他们在"壁炉"里储藏了足够的水豚、鸽子、刺豚鼠和大松鸡，这些都是他们在慈悲河左岸的森林里捉到的。由于哈伯他们第一次探险时，在那个森林里看到了啄木鸟，所以就将它命名为"啄木鸟林"。有了工程师做的刀，再加上他们新发明的弓箭，他们现在打野味可是轻松多了。除此之外，他们还有别的收获。比如，塞勒斯在树林里偶然发现了一种叫作中国艾的植物，经过晾晒和其他一些简单处理，它们就可以代替火绒。他们还发现另外一种叫作大根茎杯芋的植物，它的营养丰富，口感上丝毫不逊色于面包。

现在是 4 月 15 日，他们流落到这个岛上已经二十二天了，智慧和勇气让大家的生活至少不是很凄惨。但他们一直都期盼着有朝一日能回到他们亲爱的祖国。为此，他们一刻也不曾放弃努力。

"今天我们将会测量出林肯岛的大致经纬度。"塞勒斯说。

"怎么测？我们什么工具都没有？"热带翁·斯皮莱问。

"相信我们的工程师吧！他总能给我们带来惊喜。"水手对塞勒斯充满了信任。作为一名水手，他最想知道自己到底在什么地方。只有这样，他们才能知道林肯岛是否处在轮船的航线上，是否会有船只经过这里搭救他们。

"是啊！主人一定能做到。"纳布对主人从来没有过怀疑。

塞勒斯·史密斯回到"壁炉"，用刀削了两个树枝，并把它们的一段连起来，就做成了一把简单的圆规。这把圆规就是他测量的工具了，接下去就是要找一片相对开阔的场地。但是"壁炉"附近的海岸恰好有一个爪角遮住了水平线，于是五个人只好再次动身去高地，因为那里高出海平面五十多英尺（1 英尺=0.3048 米），视野很开阔。

　　工程师清楚地知道，南十字座的α星在距南极约 27 度处，这对于接下来的观察和测量是一个关键。塞勒斯把圆规的一脚对准水平线，另一脚对准α星，显然两脚的开度就是α星和水平线之间的角度。测量了这个角度，他们就回到了"壁炉"，接下去的工作需要明天完成，而且只能在明天的正午 12 点完成。因为在 4 月 16 日这一天，地球上任一点的实际时间与平均时间相等。

　　第二天天朗气清，是他们测量纬度的绝好天气。经过工程师的仔细观察和计算，林肯岛大概在西经 150 度到 155 度之间。

　　现在，林肯岛上的新岛民们已经大概地了解了自己所在的经度和纬度。只是，在工程师的记忆里，实在不知道在太平洋的这个经纬

度附近究竟有什么临近的岛。水手也认为林肯岛并不在轮船的
航线上。这对于他们来说，或许并不是什么好消息。

不过，无论怎样，他们现在在林肯岛上的生活并不是很糟
糕。测量完经纬度，他们的工作就是冶金。因为依目前的状
况，他们肯定要在林肯岛上过冬了，因此一些铁质的锤子、斧
头、木工钻，等等，就显得相当必要。而这样一来，他们的首
要任务就是把岛上那些可能存在的铁矿石炼成铁，这件工作对
于工程师来说当然也算不上困难。

"那么，我们第一步该做什么？"彭克罗夫问。

"捉海豹。"工程师说。

"捉海豹？"彭克罗夫有些惊奇，"炼铁还需要捉海豹吗？"
他虽然有些疑惑，但他现在已经习惯于听从塞勒斯的建议，因
为工程师总能给大家带来惊喜。

海豹在水中的速度极快，人们很难捉到它们，不过到了陆
地上，它们就只能缓慢地爬行了。彭克罗夫深知海豹的这一特
性，所以对他而言，捕捉海豹并不难，只需在海豹搁浅时向它
们进攻就可以了。于是他们轻而易举地捉到了两只海豹。

"太好了！我们就用它们来做炼铁的风箱。"工程师说。

接下去的工作就是寻找铁矿石炼铁了，因为最好的煤矿和
铁矿都在富兰克林山附近，所以他们不可能每天回"壁炉"，
只能用树枝搭一间茅屋过夜，不过想到自己不久就可以拥有铁
了，大家都乐此不疲。

好在在林肯岛上找到较纯的铁矿石并不是很难，这给他们

的工作减少了麻烦。大家把捡来的铁矿石敲碎，用手除去表层的杂质，然后把煤和矿石一层层地排放好，再用力拉动风箱。这样，在空气的作用下煤就转化成了氧化碳，这种物质可以还原氧化铁，使它变成较纯净的生铁。

就这样，他们炼出了林肯岛上的第一块铁，这些岛民们一下子就从手无寸铁进入了工业文明。没几天工夫，他们就有了刨刀、斧头、锯条。

5月5日，大家带着他们的新工具满载而归。现在的他们，不仅当过制砖工，还当了回铁匠，接下去还有什么新的工作等着他们呢？

现在南半球已经进入了初冬，他们不得不考虑过冬的问题。而当务之急是找到一个比"壁炉"更安全的住所，因为"壁炉"在这之前已经遭遇过一次海水的倒灌，要想在"壁炉"里熬过海岛的冬天还是相当危险的。

于是，他们又一次来到了格兰特湖边，开始了他们的第二次勘探。不过，正如塞勒斯所说的那样，在坚硬的花岗岩上找到一个洞穴的确不是一件容易的事。他们一起爬上了一段斜坡，准备从眺望岗北面返回"壁炉"，这样，就可以对格兰特湖的北岸和东岸进行勘察。

这群探险者绕过高地，来到一块他们从未涉足的土地上。他们手中拿着弓箭和装有铁剑头的木棍，像猎人一样小心翼翼地向前走——他们必须足够小心，因为这片森林里随时可能出现他们意料不到的猛兽。终于，他们平安地走出了森林，来到了格兰特湖的河口，这里水流湍急。塞勒斯认为这里肯定有一个溢水口，如果能找到它，那就有天然的水力资源了。但奇怪的是，他们走了很久都没有遇到湖口外溢的现象。大家正在讨论着这个问题，托普突然叫了起来。它在岸边狂躁不安，然后一个猛子扑到了湖里，主人都来不及叫住它。

"湖里会有什么呢？"记者问，他很为托普担心。

"我也不能确定。但我们一定得小心……"工程师话还没说完，就有一个兽类的脑袋露出了水面，它长着一双大眼睛和一个锥形脑袋。

"是海牛！"哈伯立刻叫出了它的名字。

但实际上，这是一种长得极像海牛的鲸类动物，名叫儒艮。这只巨大的动物忽然向托普扑来，还没等主人们想起要向这个突然袭击者射箭，它就把托普拖到了水下。湖水上下翻腾得厉害，显然它们在进行着殊死的搏斗，大家都在为托普担心——面对这样一个庞然大物，托普肯定是凶多吉少。

但是，仿佛就在转眼间，托普突然出现在旋涡中心，好像有一种什么力量将它抛出水面，然后它又掉入尚未平静的湖水中。不久，托普就爬上岸来，身上竟没有一处严重的伤口。

究竟是什么力量救了托普，所有人都不得而知。但他们现在必须赶紧回到"壁炉"，这件事让大家觉得有危机潜伏。

第二天，哈伯和彭克罗夫逆流而上，打算再捡些木柴，纳布留下来准备午饭，塞勒斯·史密斯和热带翁·斯皮莱则再次来到了昨天托普和儒艮打斗的岸边。他们很想知道在水面下边究竟发生了什么。只是今天他们只能失望而归了，因为阳光照耀下的湖水平静得像一面镜子，这甚至很难让他们把它与昨天的肉搏联系起来。

"这又是一件离奇的事。你还记得吗：我是怎样被救的，怎样从海浪中脱身的，又是怎样到了遇见大家的小沙丘的，昨天托普又是被谁抛出了湖面？这些我们到现在都还没有答案。我想，我们今后还会遇到这股神秘的力量的。"塞勒斯说。

"没错，"热带翁回答说，"总有一天，在离开林肯岛之前，我们会找到答案的。"

其实，他们这次来的最主要的目的是找到湖水的溢水口，这对他们在林肯岛上的生活是很重要的。记者跟着工程师来到了水流的南端，湖水在这里忽然向下凹陷。

"这是一个地下瀑布。"塞勒斯兴奋地说，"我们马上就会有一个安全、隐蔽的新家了。"

"真的？"斯皮莱虽然还想象不到这个地下溢水口与新家有什么关系，但他完全相信工程师，因为工程师一直都在带给大家惊喜。

塞勒斯正在领着大家从一无所有的原始社会走进工业社会。这一次，他们要造火药了，工程师要用火药将新发现的地下溢水口炸开，将之作为他们新的栖息之地。

他们运来了黄铁矿——林肯岛上并不缺少这种矿石，他们一晚上便运来了好多这种矿石。塞勒斯·史密斯打算在"壁炉"后面的一块空地上炼铁。他先点燃柴火，将天然的黄铁矿进行分离，这样十至十二天之后他们就会得到硫酸铁和矾土。

十天时间终于到了。5月8日，他们的第一道工序完成了。塞勒斯·史密斯将得到的硫化铁和其他炉渣放在一个装满水的炉子里，经过混合和蒸馏，得到只含有硫酸铁和硫酸铝的溶液。最后只需让它在太阳下蒸发，就得到了纯净的硫酸铁晶体。有了硫酸铁，要得到硫酸还有一个关键的步骤，那就是将硫酸铁结晶封在坛子里焙烧。这样，硫酸就会以水汽的形式被蒸发出来，再将它们冷凝，就得到了硫酸液体。接着，只需让硫酸和硝石发生化学反应，就会很容易地得到硝酸，而硝酸可是制造炸药不可缺少的原料。

为了同伴的安全，塞勒斯在远离"壁炉"的地方进行了制造炸药的最后一步。虽然他只需将硝酸和甘油混合，甚至不需要任何加热就可以得到硝化甘油。但这却是最危险的一步，因为这种物质能将坚硬的花岗岩炸得粉碎，稍不留神就会出现大事故。

史密斯先生当然早已做好了准备，他用长绳系住一个几斤重的铁块，将它吊在放有硝化甘油的小坑上方，长绳的另一端系在一根支柱上。然后再把浸过硫的长绳系在第一根绳的中间，另一端则沿着地面拖到几英里远的地方。这第二根绳点火后会燃烧到与第一根绳的连接处，当它燃尽后，与之相连的铁块就会猛地掉下来，撞向已经装好硝化甘油的小石坑。

二十五分钟过后，只听到一声巨响，溢水口被炸开了。

"成功了！"大家兴奋地高呼。这时，湖水已经从高处急速流下，湖面也因此至少降低了两英尺。

"亲爱的工程师先生,"彭克罗夫激动地转向了塞勒斯,"总有一天我们会做出弹药来的,对吗? 虽然我们还没有枪……"水手太兴奋了,他觉得只要能想到的,他们就没有做不成的。

工程师说得没错,这里果然是一个溢水口。不过,现在它已经在水面之上了。大家跟着塞勒斯进去,希望能看到一个可以作为"新家"的洞穴。

他们兴奋地向里走着,要知道这可是人类的足迹第一次涉足这里啊! 不过他们也握好了手中的长矛、弓箭,上次的儒艮事件一直让他们铭记在心,等在前面的可能是适合居住的洞穴,但也可能是他们并不想见到的怪兽。

好在上帝很眷顾他们这群流落孤岛的可怜人,在距海平面九十英尺的地方终于出现了一个洞穴。

"这就是我们的新住处,朋友们! "塞勒斯激动地向伙伴们喊道。

"不过看起来好像有什么生物在这里住过。"记者举着火把四下观察了一下说。

"至少现在,那种不知名的动物已经被我们赶走了。"哈伯笑着说。

"没错,管它是什么动物,这里现在已经是我们的了! "彭克罗夫兴奋地说,"就算哪天它真的来了,我们也不怕! "水手比画了一下他手中的长矛,好像这就是一把战无不胜的钢枪。

这些岛民的力量和智慧仿佛是无穷的,他们在刚刚找到的洞穴壁上凿出了几个小洞,这样阳光就可以进入他们的

"新家"了。

"朋友们，给'新家'起个名字吧！"哈伯提议。

"叫什么呢？"

"叫……"

"就叫'花岗岩宫'吧。"塞勒斯说。

"好。就叫'花岗岩宫'！"众人欢呼着表示赞同。

不过，今天他们不能急着搬进来，外面的天已经黑了，而且洞里潮气还很重，必须等到第二天把花岗岩宫修整好了才能住人。于是，他们又顺着原路走出了溢水口。

第二天清晨，他们准备对花岗岩宫进行整修。在到达花岗岩宫之前，史密斯先生先确认了它的位置。他在海滩上看到巨大的岩壁上有一个洞孔，离地大概有八十英尺，因为在它的下方发现了昨天掉落的十字镐，所以他能确定，那个洞孔就是花岗岩凿洞的地方。

像昨天一样，他们在岩壁较薄的地方又开了五个窗户和一扇门以便采光和进出。然后他们又一次当上了制砖工——因为他们要把花岗岩宫装饰得更有家的感觉——在这个天然的岩洞里，他们居然分出了五个卧室和一个客厅，甚至连厨房都不缺。即使住在最漂亮的宫殿中的贵族，也会羡慕他们的，因为这才是世界上真正独一无二的房子。这些岛民现在已经不把自己当成落难者，而把自己当成拓荒者了。他们认为只要自己愿意，就没有什么东西造不出来。他们现在还没有看到被救的迹象，不过他们已经梦想有一天，林肯岛会像北美大陆一样，被开采出煤矿和铁矿，到处都可以通铁路……大家都是满怀信心，甚至是快乐地生活在这个目前只属于他们的林肯岛上。

在工程师的指挥下，大家用韧性极好的植物纤维编织起绳梯来。这当然是彭克罗夫的强项，他做水手时，这种编绳的技术可是必不可少的。他教会了大家怎样编得又快又好。

当所有的室内工作都完成之后，工程师就去堵住了溢水口。在大家的共同努力下，他们把大块的岩石滚到洞口，把它封得死死的。然后，哈伯又在岩石间隙中填了些小灌木和荆棘。这样到第二年春天，植物就会自然地掩盖住洞口，即使是海盗也不会发现这里曾经是一个洞穴。

岛民们对自己的工作非常满意，他们已经马不停蹄地搬到花岗岩宫里去了。因为此时已经是 6 月份，南半球正式进入了冬天，"壁炉"已经不再是他们温暖、安全的住处了。事实上，

那里在不久前的一天就被狂风暴雨和倒灌的海水弄得一片狼藉了。

整个 6 月份，林肯岛上的居民过得还算安稳，至少他们没有再碰见儒艮之类的野兽。这段时间里，他们打猎、捕鱼，过得不亦乐乎。自从那次炼铁成功后，他们手上多了不少工具，有了它们的帮忙，连兔子、岩羊这些善于奔跑的动物也常常变成他们的盘中之物。

"要是有灯能为我们照明就好了。"彭克罗夫又提出了新建议。

"是啊，"哈伯附和着，"现在黑夜变得越来越长，用火把照明实在太不方便了，而且也不够亮。"

"朋友们，这难不倒我们。"塞勒斯说，"只是……"

"只是什么？"纳布急着问。

"我们得再组织一次捕猎海豹的行动。"塞勒斯说。

"这并不困难。"彭克罗夫听到要捕猎海豹，又来了精神。

"用海豹来做蜡烛吗？"哈伯还不知道工程师怎样把海豹变成蜡烛。

"是的，孩子。我们要把海豹变成我们需要的蜡烛。"塞勒斯回答说。

"那我们明天就出发吧！"彭克罗夫现在对工程师是十二万分的信任，他知道只要工程师这么说，那他就一定有办法把海豹变成蜡烛。再说，彭克罗夫也很喜爱捕捉海豹这项活动。

第二天，彭克罗夫和哈伯像上次那样，趁着退潮的时候，一下子逮住了六只搁浅的海豹。这下就有近三百磅（1磅=0.45359237千克）的海豹油脂可以用来制造蜡烛，而海豹皮又是做靴子的上好材料。塞勒斯用油脂来制作蜡烛的过程也并不复杂。他把上次剩下的石灰和海豹的油脂一起加热，经过皂化过程分离出固态的硫酸盐和油状的脂酸。这种脂酸中包含的十七烷酸和硬脂酸就是制作蜡烛的直接原料。只是这个皂化的过程有点儿长，大概要持续二十四小时——不过这对于这些耐心的岛民们来说，实在不是一个大问题。

第二天，他们所需的脂酸已经被分离出来了。在塞勒斯的带领下，大家以植物纤维为灯芯，用手捏成油脂蜡烛。虽然蜡烛的颜色黑了点儿，外表也不够光滑，但是丝毫不影响照明。他们将在烛光的陪伴中度过花岗岩宫中的无数夜晚，光是想想他们就兴奋不已。

因此，6月的林肯岛虽然是冬天，而且时不时地会有狂风光顾，但有花岗岩宫的庇护，又有自制蜡烛的照明，他们的生活还是很愉快的。为了减少恶劣天气可能带来的危害，塞勒斯·史密斯建议大家尽量减少外出。好在他们已经储存了足够过冬的兔子和岩羊，像山鸡、鸽子这些小动物准备得就更充足了。

在不能外出的日子里，林肯岛居民的发明创造却并没有因此减少。塞勒斯·史密斯是多么有头脑啊！他的伙伴们也丝毫不逊色。在一个多月的时间里，他们制造出了剪刀、手拉锯，还做出了桌子、床等很多家具，他们把花岗岩宫装饰得越来越像一个真正的家了。不过，这些发明创造对于他们来说或许都只是小意思，最让大家兴奋的是哈伯的新发现。

一个狂风大雨的日子，正在缝补衬衫的哈伯突然大叫起来："天啊，快来看！"

正在忙着各自手头工作的人们立刻聚了过来，他们不知道一向沉着的少年为什么会突然间如此兴奋。

"怎么了，孩子？"彭克罗夫问道，"你不会看到什么怪物了吧？"

"是一粒麦子！"少年一边说着，一边小心翼翼地将麦粒放在掌心，仿佛这就是地球上硕果仅存的唯一一个生物。

"可是只有一粒麦子。面包、饼干……无论做什么一粒麦子也不够啊。"水手说。

"不，一粒麦子就足够了，过不久它就会变成十支麦穗。"塞勒斯说。

"十支？这太不可思议了。"

"你知道一支麦穗能产多少粒麦子吗，彭克罗夫？"工程师问。

"这个……我还真不知道。"

"平均八十粒。这样，如果我们种下这粒麦子，那么第一次就会收获八百粒麦子；再将它们全部种下去，第二次会收获六十四万粒。"工程师越说越兴奋，"照此算下去，第四次收获时，我们就会得到四千多亿粒麦子……"

"如果这个纬度能够一年两熟的话，我们也许只要两年时间。"听了史密斯先生的话，哈伯现在已经完全不敢忽视这一颗小麦粒的力量了。

"孩子！所以你帮了我们大忙了，虽然这是你在不经意间做到的。"塞勒斯说这话时很激动，因为他纵然可以带领大家制造出各种各样的工具，甚至可以设法找到火种，但是对于麦子这种有生命的植物，他也无能为力，没有人能够帮他们造出一粒麦子！

这天是 6 月 20 日，他们打算找一个阳光明媚的日子把这颗麦粒种下去。他们发誓，为了保证这个小小的生命能顺利生长，他们一定会尽最大的努力。

时间不知不觉地过去了，转眼已经到了 8 月份，可在南半球，现在还是冬天。彭克罗夫又开始梦想能再出去打猎。寒冷的天气虽然不适合外出打猎，但猎人们还是有办法捕到猎物的，而我们的水手本来就是一个聪明而杰出的猎手。

他在离花岗岩宫不远的地上挖了一个陷阱，上面放了一些树枝和枯草作掩护，坑内放上一些诱饵，这样，贪吃的兽类就会循着诱饵的味道找到这里来。这种办法果然奏效，不几天的工夫，我们可爱的水手就逮到了三只白狐。不过，彭克罗夫还是很不满意，因为白狐并不适合食用，而他却习惯于用是否能吃来判断自己的狩猎是否成功。

"也许我们能把白狐当诱饵，去捉更大的兽类。"纳布笑着说。

"是啊！彭克罗夫先生。"哈伯说，"说不定哪天我们会捕到一头熊，那么我很乐意为您做一件斗篷。"

"没错，熊皮可是最保暖的呀！"工程师也打趣道。

听了大家的话，彭克罗夫倒是很高兴。从此，陷阱里就多了白狐肉做诱饵，水手也天天去陷阱边观察，希望有一天自己真的能够拥有一件熊皮斗篷。

不过，彭克罗夫终究没有等来熊，却在陷阱上有了新的发现。

8月的最后一个星期，暴风雪终于停了，在花岗岩宫困了好多天的人们也终于可以去看看他们的陷阱了。不用说，彭克罗夫还是冲在最前面，他一心希望坑里能躺着一头黑熊。但是，坑完好无损，连一只兔子都没发现。

趁着雪后天晴，大家又对花岗岩宫进行了物资补给，还抽空到了一趟"壁炉"，因为他们的锻炉还藏在那里。

而最近有些反常的就只有他们的爱犬托普了。塞勒斯·史密斯发现，托普经常冲着仓库尽头那口黑黝黝的井狂叫。这口井正是当初这个溢水口将水排向大海的通道，大家后来用木板将它堵上，才修成了他们现在居住的花岗岩宫。托普一次次的叫声让塞勒斯产生了怀疑，究竟是什么让托普这样激动呢？洞的那边会不会另有玄机呢？或者是海里的兽类对他们的活动有所觊觎……不过，在找到答案之前，他只把自己的想法告诉了热带翁·斯皮莱，以免引起大家不必要的恐慌……

第五章　林肯岛上的神秘事件

寒冷的冬天终于过去了，在9月的下半月里，他们就可以经常外出打猎了。彭克罗夫时不时地还会提起制造火器的问题，他多想当一个真正的猎人啊！而塞勒斯·史密斯也答应他，只要有机会，一定送给他一把真正的枪。只是在这之前，他们还得先用弓箭捕猎。

这天，彭克罗夫兴致勃勃地去巡视陷阱，他的收获不错，里面有一只美洲野猪和它的两只崽子。

"朋友们，这下我们能大吃一顿了！"彭克罗夫向他的伙伴们炫耀。

"吃什么？"斯皮莱问。

"烤乳猪！"水手得意地回答。

"来吧，好纳布！我相信你一定会让我们饱餐一顿的。"彭克罗夫转向纳布，把他们的厨师拉到了厨房。

纳布的确没让大家失望，更没让彭克罗夫失望。他给大家做出了一顿丰富的晚餐——烤乳猪、袋鼠汤、意大利五针松子、奥斯维戈茶……总之，尽其所能地做出了最美味的东西。不过，最让彭克罗夫得意的，当然是他最钟爱的烤乳猪了。这对于荒岛上的居民来说，无外乎是一次享受。

"啊，见鬼！"正狼吞虎咽的彭克罗夫发出了一声咒骂。

"怎么了？"塞勒斯·史密斯问。

"我的牙！"水手回答，"牙好像被什么东西硌着了。"

"呵呵，彭克罗夫，你吃得太着急了。"斯皮莱打趣道，"是小石子吗？烤乳猪里面的吗？"

"或许吧，今天真倒霉！"彭克罗夫一边说着，一边从嘴里取出硌牙的东西……不过，这并不是什么小石子，而是一颗铅弹。

当水手把这个小玩意儿放在桌子上时，所有人都惊呆了，比上次哈伯在衬衫里发现麦粒还吃惊。因为哈伯至少可以完整地说出麦子的来历，但这颗子弹呢？

毫无疑问，子弹是从枪里射出来的，而除了人又有谁会使用这种武器呢？虽然塞勒斯·史密斯一再答应彭克罗夫——有机会帮他造把枪，可毕竟到目前为止，枪还没有被造出来。现在每个人都可以肯定，林肯岛上一定有他们的同类，只是这些同类还没有被发现。想到这里，大家都有点儿发懵，他们不知道这究竟是福还是祸。于是，大家的目光不约而同地投向了塞勒斯·史密斯。

"你能看出那两只小猪崽有多大吗？"工程师用手指捏起子弹观察了一会儿，问彭克罗夫。

"最多三个月。"彭克罗夫严肃地回答，"这点我可以肯定，我发现它们时，它们还在母亲怀里吃奶呢。"

"那么，在这之前顶多三个月内，有人在我们的岛上开过枪。"工程师说。

"不过，他虽然打中了野猪，却没有击中要害，所以我们才能有今天的晚餐。"斯皮莱接着说。

"所以，我的担心并不是多余的。在没有搞清这些人的来历之前，我们必须加倍小心……"塞勒斯郑重地说，他已经意识到了问题的严重性。

"好吧，朋友们。"彭克罗夫说，"虽然我还是不相信林肯岛上会有其他人，但小心一点儿总没有错。我想，我们应该做点儿什么，不能只在这儿坐以待毙。"

"你说得对，彭克罗夫。"塞勒斯说，"如

果真的是海盗上了岸，我们现在还真不是他们的对手。"

"那么，我们先造一艘小船吧，这一定用得着……"彭克罗夫说。

"造船？这么说，我们很快就可以逃出林肯岛了？"哈伯问。

"不，孩子，我们手头的材料只允许我们造一只小木船。"水手回答，"不过总有一天，我们会乘着自己造的大轮船离开这里，回到祖国的——如果我们实在等不到路过林肯岛的海轮的话。"

"好了，我们抓紧时间吧。我们必须赶在那些人出现之前完工。"塞勒斯催促道。

"放心吧，史密斯先生。"水手说，"您知道，造船可是我的老本行，这只需五天的时间。"

"五天？"连工程师都吃了一惊，"五天就能造出一条船吗？"他知道，即使在材料、工具齐全的工厂里，造出一条船也至少要一个月。

不过，这次他真的低估了这位出色的水手。彭克罗夫在五天之内的确造出了一艘结实的小木船，毕竟他们并不指望这只船能航海，只要能够在必要的时候给他们帮上忙就好。

彭克罗夫需要的材料很简单，就是要一种又软又有韧性的树皮。这在林肯岛上并不少见，最近的一次暴风雨刮倒了不少冷杉树，这就为岛民们提供了造船的上好材料。

在大伙的帮助下，彭克罗夫将找来的冷杉树的树皮剥下，然后用工程师炼铁后制成的钉子将它们重新钉在一起，再用一种叫作"克勒金巴"的枝条对船体进行编织，一艘轻巧、便于搬运的小船就造好了。

这一天，哈伯和纳布在岩洞附近闲逛时，幸运地发现了一只漂亮的大海龟，哈伯认出这是一种米达斯种的海龟，它的龟甲闪着漂亮的绿光。

"要是我们能把它带回花岗岩宫，彭克罗夫先生一定会非常高兴的。"哈伯兴奋地说。

"是啊，可我们怎么才能搬动它呢？"纳布问，"我想，我们两个很难把它抬回去。"

"这个简单，看我的。"哈伯胸有成竹地说。

说着，这个少年就拿着木棍去挑逗海龟。这种胆小的动物一受到威胁，就把头和四只脚一股脑缩到龟壳里，成了一只名副其实的缩头乌龟。哈伯和纳布趁势把木棍插到海龟身子下面，一齐用力，让海龟来了个四脚朝天。

"好了，纳布。这只海龟太重了。"哈伯说，"我们现在回去取木推车，把它运回去。"

"这就行了吗？"纳布还是有些担心，"它不会自己跑了吗？"

"放心吧，"哈伯回答，"它自己翻不过身来。除非有潮水冲过来帮忙，它才能翻身。现在已经退潮了，所以我们可以放心回去。"

不过，为了保险起见，哈伯还是用大块的鹅卵石把大海龟堵住。

为了给彭克罗夫一个惊喜，哈伯并没有将此事告诉他，但是在哈伯和纳布从花岗岩宫返回沙滩后，他们被眼前所看到的景象给惊呆了。哈伯清清楚楚地记得海龟待着的地方，甚至找到了放在那里的鹅卵石，但海龟竟离奇地失踪了。

哈伯和纳布把这件事一五一十地告诉了他们的同伴，这次塞勒斯也很难给出一个合理的解释。接连发生的几件怪事，让大家越来越为他们在岛上的安全担心，他们迫不及待地要对全岛进行勘探。好在有了小木船的帮助，他们的探险方便了很多。

10月19日，他们起程了，这一次他们打算周游全岛。五个人带上托普，从岩洞附近的海面起航了。小船穿过海峡，来到海岛的南端。在微风的吹拂下，彭克罗夫又掉转了船头，大家重新回到了河口。岛民们决定再加把力，试着让小船到达慈悲河的尽头，观察一下海岸到海角的全貌。

"快看！那是什么？"哈伯第一个发现了前方的一个黑点。

"把船靠岸停下来。"史密斯说。

大家于是用力划了几下桨，让木船在一个小海湾的尽头靠了岸。船客们跳上了海滩，奔向他们刚刚发现的那个黑点。

"木桶！这真的是一个木桶！"彭克罗夫兴奋地喊。如果你在他的身边，你会发现他的兴奋劲儿绝不亚于淘金者找到了金矿。

不过，更让水手高兴的是，这里有两只木桶，而且还有一只大木箱与它们连在一起。

"看来，这里曾经发生过另外一起海难。对吧，史密斯先生？"哈伯问。

"是的，孩子。只是不知道那些遇难者是否像我们这样幸运……"工程师回答。

"我比较关心箱子里的东西，不知道里面到底会有什么。"彭克罗夫已经等不及要打开箱子了。

"我们会知道的。"工程师回答说，"不过我们最好先别那么心急，先把它们拖到花岗岩宫。在那里，我们要先清点一下箱子里的东西。如果哪一天，那些像我们一样的流落者找到了这里，我们就把这些如数交还失主。"

彭克罗夫虽然很想现在就把箱子砸开，看看里面究竟装了些什么，不过他觉得塞勒斯说得有道理，而且其他人也都赞成工程师的建议。

于是，他们用船拖着箱子绕过"残骸角"——由于是在这里发现的这个箱子，所以就以这个名字来命名了。乘船返回的路上，大家的心里都不能平静。木桶和箱子的主人会是谁？他们现在在哪里？是被卷到了海水里，还是流落到了林肯岛的其他地方？每个人的心里都有一连串的问题等待回答。

回到花岗岩宫，纳布拿来了开箱子的工具，水手小心地将箱子打开，尽量不让箱子受损。

木箱打开了。显然，当箱子打开时，大家都惊呆了——里面的东西简直太丰富了，而且都是他们在孤岛生活的必需品。

他们一件件地清点着，这里有金属工具、武器、探险仪器、衣服，甚至还装有一本《圣经》。任何人见了都无法掩饰自己的喜悦。

"看啊！真正的撞针枪。"彭克罗夫太激动了，"喔！还有后膛马枪……天啊！还有雷管……"

水手天天梦想着有朝一日工程师能造出武器，而现在还没等塞勒斯开工，这些武器就从天而降。以后，他就能用这些枪去啄木鸟林打猎了。也许那一天，用不着陷阱，他一个人就能射杀一头熊。

"哈哈，这里居然还有平底锅和便携炉具，连餐刀都有了！"一向少言的纳布也按捺不住激动的心情，"这下我可以大显身手，展示我的厨艺了！"

"史密斯先生，快看啊！"哈伯最钟情的是箱子里的一些书籍，"这儿有一本地图册……哦！这是《自然科学词典》……"

"我们终于有新衣服换了！"这是热带翁·斯皮莱的声音，他在箱底发现了两打衬衣和三打长袜。

…………

所有人都在为箱子里发现的东西而疯狂，连一向沉着的史密斯先生也不例外。不过，最让他兴奋的是箱子里的六分仪、望远镜，还有指南针等工具——如果到最后他们不得不靠自己的力量逃出林肯岛的话，那么这些东西才是他们真正的希望。

现在已经是 10 月 30 日，最近发生的一连串怪事促使他们尽快对全岛进行再次勘探，尤其现在木箱的主人可能正在某个角落等待着他们去救援。

早上 6 点钟，他们带上足够的食物和工具——在发现了木箱之后，这对于他们来说并不是一件难事——就乘着小船驶向慈悲河的河口。

这次的探险是一次时间较长的旅行，再加上他们现在的装备已经足够精良。于是，每隔一段时间，只要上岸方便，他们就会停下来。一来他们可以捕获一些兽类或者飞禽作为补给，二来他们也许有机会发现木箱的主人。因为根据上次寻找塞勒斯·史密斯的经验，新的遇难者可能会流落在林肯岛的任何一个角落。

晚上 5 点，他们离开花岗岩宫已经七英里了，他们决定就地休息，第二天再上路。这时，夜幕还没有完全降临，彭克罗夫想在他们刚刚见到的小溪里捉鱼——这的确是一条他们从没到过的小溪，他们把它命名为"瀑布河"。

"捕鱼用不着子弹，而且只需五分钟就好了。"彭克罗夫说。

"是啊，我们去吧。吃了那么多顿的野鸡，我们也该换换口味了。"斯皮莱说。

"那太好了！"纳布拍着手说，这又是他展示厨艺的好机会。

他们的确是捉鱼的好手，彭克罗夫没用任何工具，只是趴在岸边,一会儿工夫就从岩缝里抓出了十几条活蹦乱跳的虾蟹来。哈伯和纳布的收获也不小,两人都捉到了几条漂亮的鲫鱼。

纳布的厨艺自然没有让大家失望,于是,他们享受到了一顿鲜美的鱼汤。

新的一天开始了,他们顺着新发现的瀑布河继续前进。路好走多了,不过到现在为止,他们还没有发现任何有人出现过的踪迹。或许一切都如塞勒斯·史密斯所说的那样,大海把一切都卷走了。漂流到林肯岛的就只有那两个木桶和箱子。尽管如此,他们还是要继续在海岛上探寻,因为铅弹事件明明白白地告诉他们,三个月之内有人曾在林肯岛上开过枪。

时间又到了下午5点钟,已经筋疲力尽的岛民们终于来到了爬虫角。半岛的森林到这里戛然而止,在它的南海岸地区又出现了一片岩石和沙滩,这是典型的海岸地貌。根据彭克罗夫常年当水手的经验,遇难的船只很有可能在这里搁浅。只是夜幕已经慢慢降临,他们只能明天再去搜索可能存在的船只。

"往后退!"彭克罗夫突然大叫了起来,同时把手中的猎枪上了膛。

他们正在找临时的住处,当他们发现了一个可以安睡的洞穴,并准备进去时,洞穴里传来了可怕的吼声。彭克罗夫一边出声喊叫着,一边迅速将哈伯拉到了岩石后面。

这时,一只凶猛的美洲豹走出了洞穴。它凶狠的目光四下张望,仿佛对这些外来客突然入侵了它的地盘而感到很不满。彭克罗夫他们,则是第一次在林肯岛上见到了如此凶猛的野兽。

美洲豹正在向大家靠近，记者却突然从岩石背后走了出来。当美洲豹正要扑向记者时，记者从容地将一颗子弹射入了它的眉心，刚才还张牙舞爪的野兽应声倒下了。

"好了，朋友们。既然美洲豹已经死了，它的窝就归我们了。"斯皮莱提醒大家。

在美洲豹的洞穴里美美地休息了一夜后，他们决定加快速度，尽快寻找可能存在的海难灾民。因为这一次，他们不是等着被救，而是要去救可能还处在危险中的人们。

因为他们要沿着另外一条路对林肯岛进行搜索，所以他们不得不把小木船临时停放在慈悲河的源头，再重新上路。

不久，他们就到了华盛顿湾，这里有许多暗礁。按照彭克罗夫的经验，如果有船只经过这里，那么必沉无疑，因为这种多礁石的海域是远洋轮船的坟墓。

"那么，装有木桶和箱子的遇难船只很有可能是在这里碰到麻烦的，是吗？"记者问。

"有这个可能。"水手回答。

"那么，我们至少应该可以找到一些残骸什么的。"记者说。

"如果有的话，可能在礁石上会残留一些木片，但沙滩上就不会有什么了。"

"这是为什么？"

"因为沙比岩石更可怕，船上所有的东西都会被沙吞没，沉船可能根本就没有机会被吹到海滩上来。即使是几百吨重的海轮也会在几天之内消失得无影无踪。"彭克罗夫解释道。

"这就是说，即使有船在这里遇难，而我们找不到任何线索，这也是很正常的？"塞勒斯问。

"是的，史密斯先生。如果轮船遇难时恰好遇见了大风的天气，就更可能是这种情况。"

"只是……"虽然他们的疑虑得到了比较有说服力的解释，但塞勒斯还是有些疑问。

这时，哈伯也产生了同样的疑问，他几乎和塞勒斯一起提出了这个问题。

"只是，如果整艘船都被岩石吞没了，为什么单单木桶和箱子被冲到了岸上，更重要的是，它们还完好无损？"

"这个我也有疑问。因为即使一切都像我解释的那样，但海岸上居然没有发现一片桅杆或者船身的残片，这也的确令人吃惊。"

"那么我们还是继续前进吧，说不定我们会找到答案。"工程师说。

于是，休息过后，他们又重新上路了——大家不愿意放弃一切可能找到遇难船只的机会。

不久，他们就走到了一块相对较高的地带，这里的海拔高度大概有五六十英尺，视野开阔，足可以看到联合湾。再加上他们现在有了望远镜，如果有什么残骸出现，一定不会逃过他们的眼睛。他们用望远镜仔细观察了好半天，却没有发现任何漂流物。

正在这时，托普从林子里跑了出来，嘴里还衔着一块带有污泥的布。纳布赶紧从托普嘴里夺下这块布，这的确是一块结实的布，或许这块布跟大家假想中的轮船有着某种关系。

托普还在一直冲着主人们狂吠，似乎急于带他们到树林里去。

"也许托普会给我们带来惊喜，我想我们就会知道子弹和木桶的秘密了。"彭克罗夫说。

"林子里有一个遇难者！"哈伯说。

"可能他受了伤，就像上次主人那样。"纳布说。

所有人都不约而同地跟着托普向树林深处跑去。不过为了以防万一，塞勒斯·史密斯和大家都准备好了手中的枪。

几分钟之后，托普在一棵松树下停住了，它叫得更凶了。大家在附近仔细检查，却没有发现任何异常，甚至连脚印都没有发现。

但是，托普并不是一只普通的狗，它会为了主人而卖命地工

作。它的叫声越来越大，甚至不顾一切地要往松树上爬。

"啊！看那儿！"彭克罗夫突然叫了起来。

"什么？"热带翁·斯皮莱问。

顺着水手指示的方向，大家看到树枝上挂着一块灰白色的布，托普衔来的正是从那里掉下来的一小块儿。

"我们还一个劲儿地寻找海难的漂浮物呢！原来它们竟然在空中！"

"但是，朋友们，"斯皮莱仔细看了看挂在树梢上的那块东西，说，"这可不是什么漂浮物……"

"不会吧，斯皮莱先生。那这是什么？"

"是带我们离开里士满的氢气球。我们落难时，气球就被吹到了这棵树的顶上。"

斯皮莱说得没错，这正是气球的残骸。大家都没想到会在这里重新看到这只气球，因此都感到有些意外。

"哈哈，这可是上好的棉帆布。"彭克罗夫有些得意地说，"只要把上面的漆去除，我们能用它做出足够多的衬衣。"

"不管怎样用它，我们居然又找到了气球残骸，这不能不说是一件幸运的事。"斯皮莱说。

这时，纳布、哈伯和彭克罗夫已经爬上了松树，他们必须足够小心地把这只泄了气的气球解下来，然后好好保存它，以备不时之需。

半个小时之后，三个人结束了工作。他们拿下来的不仅有气囊和气球网，甚至连系锁的圆箍和气球上的阀门都一并取了下来。这的确是一大笔收获。

"我想，我们不要再乘气球旅行了，好吗，史密斯先生？"热带翁·斯皮莱说，"这种气球不会让我们想去哪儿就去哪儿，太不靠谱了。"

"也许在不久后的某一天，我们就能造出一艘二十吨左右的轮船，那时我们就用这些帆布做桅杆和三角帆。"彭克罗夫对未来充满信心。

"好吧。我们都期盼着那一天赶快到来。不过在这之前，我们要找个地方好好保存这些帆布。"塞勒斯说。

确实，这些帆布又厚又重，他们现在还无法把它们运到花岗岩宫，必须要等到有合适的车子来装才行。于是，他们就近找了一个足够宽大的石洞，然后一起把帆布抬了进去，以免它受到风吹雨打。

他们新发现的这个地方也因此有了名字，他们管这个由小河形成的海湾叫作"气球港"。

"我们赶快回去吧。"彭克罗夫说，"出来这么几天，我还真的有些想念我们的花岗岩宫了。"

一路上，他们还在谈论着眼前急需做的工作。首先就是他们必须在慈悲河上造一座桥，这样，他们每次出来就不用带着独木舟了。然后还要想办法把气球残骸运到花岗岩宫去……

说话间，他们走到了残骸角，也就是他们上次发现木桶和箱子的地方。不过，与先前到过的地方一样，他们在这里并没有发现海难的痕迹。

　　又向前走了大约四英里的距离，他们来到了慈悲河的岸边，看着大约有八十英尺宽的河床，累了一天的人们不知道要如何渡过去。如果现在有浮桥的话，再过一刻钟，他们就可以到达花岗岩宫了。

　　面对这些，彭克罗夫自告奋勇地说，自己有办法克服目前的困难，能够让大家早点儿回去。这会儿，他正和纳布忙着在树林里砍树呢。

　　突然，哈伯从慈悲河边跑回来，指着河的上游对大家说："那边好像有什么东西漂过来了！"

　　彭克罗夫停下手中的活计，他看到在黑暗中确实有一个什么东西向他们这边漂来。

　　"船来了！"他下意识地叫道，水手的职业习惯促使他这么想。

　　大家都感到不可思议，一下子聚到了彭克罗夫身边，只是大家都没有说话。或许在这种情况下，暂时保持沉默才是最好的选择，这样可能会避免不必要的麻烦。

　　"好像是我们的独木舟。"工程师说。

　　没错，这就是那艘小木船。这时它刚好漂到了岛民们身边，纳布和彭克罗夫及时用手中的长杆拦住了它——如果不抓住这个机会，独木舟就会被急流冲到河口。工程师第一个跳上船，发现它的绳索是因为长时间和岩石摩擦而断开的，这样它就从慈悲河的源头漂了过来。

　　"这真是怪事！"塞勒斯·史密斯说。

这的确是件怪事，不过倒是一件幸运的事，至少免去了彭克罗夫做木筏的麻烦，所以他们并不怀疑绳子不是被磨断的。只是大家依然惊讶于独木舟到来的时间——恰好是他们刚刚到达这里，独木舟就紧跟着来了，要是再早或者再晚一刻钟，他们可能就错过了。

　　不一会儿，他们就到了对岸。大家直奔离开了好几天的花岗岩宫，可就在这时，托普再次狂吠了起来。

　　"绳梯呢？"冲在最前面的纳布喊了一声。

　　塞勒斯·史密斯的心"咯噔"一下，这几天他们遇到的怪事太多了，这使他有一种不祥的预感。

　　大家在系着绳梯的岩壁上找，心想它也许是被风吹到了一边，可是并没有找到。附近的地面上也没有见到绳梯的踪影……显然，绳梯的确是消失了，可它能跑到哪儿去呢？这几天可是连大风都没刮过呀！

　　最近一段时间，他们确实遇到了一些奇特的事件，不过，今天的事应该说是最惊人的——他们住了一个冬天的家居然被别人占领了。

　　大家已经意识到了事态的严重性，一时间忘记了旅途的辛劳。在花岗岩宫下面，他们做出了各种假设，然后又一一地把它们推翻。这时，最伤心的恐怕要数纳布了，他们带出去的食物已经吃完了，现在却没法儿进行补充。

　　"听我说，"塞勒斯对大家说，"无论发生了什么，看来我们至少要到明天天亮才能知道答案，然后再见机行事。现在最好能找个地方睡上一觉，补足精神。"

"也只能这样了，"斯皮莱说，"不过，这会儿我们能去哪儿呢？"

"去'壁炉'吧。"彭克罗夫对自己首先发现的这个藏身之地依然念念不忘。不过在这种情况下，他们好像也只有这一种选择了。

好在他们当初没有完全放弃这个算不上舒服的地方，这一夜在"壁炉"过得还算安全。只是大家都没有睡好，他们都在思索着，这些天花岗岩宫到底发生了什么。

大家就在这种焦躁不安的情绪中熬过了黑夜。第二天一大早，他们就全副武装地奔向了花岗岩宫。除了原先关好的门打开了之外，其他的一切都没有什么变化。很明显，有人进入了花岗岩宫，这是毫无疑问的。

绳梯的上半截和他们离开时一样，还挂在平台与大门之间。只是它的下半截被抽了上去，放在了门槛上。花岗岩宫的入侵者用这种最简单的方法就可以避免任何的突然袭击。

不过，虽然水手骂得很带劲，但洞里却鸦雀无声。

在他们进入花岗岩宫，或者洞内的人走出来之前，谁都不知道里面究竟发生了什么。只是有一点他们可以肯定，那就是不管里面是什么人，他们现在还没有逃走。因为绳梯的下半截还没有放下，而绳梯是进出花岗岩宫的唯一通道。

既然里面的人不肯出来，那么岛民们就必须得想办法冲进去。

这时，哈伯想到了一个办法，就是把一根绳子系到箭的一端，然后把箭射到绳梯的横档中。这样，绳梯的下半截就能顺势被拽到地面了。或许，这就是他们成功回到花岗岩宫的最好办法了。

好在他们没有把所有物资都放在花岗岩宫里，一部分弓箭被藏在了"壁炉"的过道里，所以这个计划才有可能得以实施。

这项工作交给了比较细心的哈伯。他屏住呼吸，将弓箭拉满，嗖的一声，箭正落在绳梯最下面的两个横档上，这一箭射得相当漂亮。

哈伯迅速抓住绳子的一头，正当他要把绳梯拽下来的一刹那，突然有一只手从里面伸了出来，一把将绳梯拉进了花岗岩宫内。

"什么人？"

"谁看清楚了？"

"那根本就不是什么'人'！"彭克罗夫叫道，"是一群猴子，我们的住处被猴子侵占了——趁我们不在的时候。这些家伙太可恶了！"

就在这时，七八只灵长目动物出现在门口。它们正对着彭克罗夫他们做鬼脸，似乎要专门气气花岗岩宫这些真正的主人。

这回哈伯看清楚了，这是些长得很像人类的灵长目动物，有猴子、猕猴、卷尾猴、长尾猴，还有一只猩猩、一只狒狒和一只狨猴，就是它们把大家撵到了"壁炉"。

水手举起了手中的猎枪，瞄准一只猴子扣下了扳机，正中它的脑壳。其他猴子被他的这一枪吓跑了，只是它们并没有跑出花岗岩宫，所以大家现在还是进不去。

"这些猴子太狡猾了，它们吃了我一枪就绝对不会再出现在门口了！"

"其实，这些不都是猴子。"哈伯的确是一名出色的博物学家，他说，"只是它们都是灵长目，属于类人猿，并且都有着很高的智商。"

"放心吧，彭克罗夫。"工程师说，"我们一定有办法把它们赶出来。"

不过，这时要想再爬上花岗岩宫就更难了，至少哈伯刚才的那个办法已经不可能了，因为绳梯已经完全被猴子们拉了上去。

就这样，塞勒斯和朋友们同入侵花岗岩宫的猴子对峙了几乎半天的时间。想想仓库里存放的财富，大家都渐渐失去了耐心，甚至开始急躁起来。

"我们不能就这样等下去，"斯皮莱说，"没有道理就这么向一群猴子投降！"

"有了！"塞勒斯·史密斯突然想到了一个办法。

"什么办法？"水手问，"太好了，史密斯先生。您总是我们的救星！"

"你们还记得那个溢水口吗？"塞勒斯提醒大家。

"对啊！史密斯先生！"哈伯兴奋地喊了起来，"我怎么就没有想到这个办法？我们可以沿着溢水口下到花岗岩宫里去，就像当初我们第一次发现这里一样。"

"办法是好，只是溢水口已经被我们堵死了。"斯皮莱有些遗憾。

"这有什么困难？再把它弄开就是了。"彭克罗夫说。

目前，这或许是唯一可以进入花岗岩宫的方法。于是，他们让托普留在原地守候，然后拿上十字镐和铲子，准备重上慈悲河左岸，打开进入花岗岩宫的通路。

不过，跑了还不到五十步，他们就听见了托普的叫声，那叫声仿佛在告诉他们有什么新情况出现。

"快回来！"彭克罗夫向大家喊道。

的确，他们的花岗岩宫内发生了新的状况，那些原本死活不肯出现的猴子好像突然受了惊吓，开始四下乱跑，似乎要逃出它们侵占不久的领地。

猎手们当然不会放过发泄怒气的好机会，随即向它们开了枪。不一会儿，这些猴子就死的死，伤的伤。

"太好了！"彭克罗夫对自己的战果很满意，"我说过会给你们颜色看的！可恶的家伙！"

"先别高兴得太早，彭克罗夫先生。"热带翁·斯皮莱说。

"为什么？我们已经把侵略者赶出来了，花岗岩宫又是我们的了……"

"您说得对，可是我们现在还是不能进去。"

这话提醒了彭克罗夫。原来那些猴子只忙着乱跑，根本就没有放下绳梯，或者说它们在惊慌中忘记了这种逃生方法。

"那就是说我们还得去溢水口？"彭克罗夫说。

"恐怕是这样，"工程师停了一下，说，"除非……"

就在塞勒斯·史密斯说话的一瞬间，绳梯轻轻地从门槛上滑了下来，就好像是要配合工程师的话一样，所有人都被这一幕惊呆了。

"天啊！我简直不敢相信自己的眼睛！"彭克罗夫望着高处的绳梯说。

"我也觉得这是天方夜谭！"工程师一边自言自语，一边顺着绳梯向上爬。

"您小心点儿。可能还会有活着的猴子……"彭克罗夫提醒塞勒斯。

很快，大家重新回到了久违的花岗岩宫。他们仔细搜查每一个角落，房间里并没有外人。

"是谁帮我们放下绳梯的呢？"彭克罗夫有些摸不着头脑了。

正在这时，从客厅里传来了几声叫喊，纳布正在追赶一只

猿猴似的动物。

"就是它们抢占了我们的花岗岩宫！"水手叫着，就要用斧子劈猿猴的脑袋。

塞勒斯·史密斯阻止了他，并说："饶了它吧。没有它，我们这会儿可能还在溢水口忙活呢！"塞勒斯说这话时语气很特别，连他自己都不知道自己是不是认真的。

不过，大家还是扑到了猿猴身上，把它捆了起来。

"现在，"彭克罗夫得意地说，"我们怎么处置它呢？"

"把它当仆人。"哈伯建议说。

少年的这个建议不是没有根据的。这只类人猿是一只猩猩，它既没有狒狒那么凶猛，也没有猕猴那么轻举妄动。而它的智慧是所有类人猿中最接近人类的一种。这些优点使它完全可以胜任一个优秀的仆人。

"这种动物很容易驯养，教导它也不难。只要主人对它好，它就会很忠于主人。"哈伯接着解释道。

猩猩仿佛听懂了似的，只是轻轻地哼了一声，但对大家并没有敌意。

"那么，以后我们就叫你于普，怎么样？"水手又说，这是为了纪念他所知道的另一只猿猴。

猩猩又哼了一声，表示同意。

于是，这里又多了一个新成员于普，以后他们就将待在一起继续林肯岛上的生活。

第六章　林肯岛的开发

　　林肯岛上的居民还算是幸运的,虽然他们的花岗岩宫被一群猴子占领了,不过最后他们还是没费什么劲儿就把它夺了回来。但猴群怎么突然间受到了惊吓? 难道它们预感到了有人会从另一条路进攻它们? 目前谁也不知道答案。

　　这段时间他们遇到的事情很多,并且有不少都没有合理的解释,不过他们慢慢会解除这些疑惑的。

　　睡觉前,塞勒斯·史密斯和他的伙伴们讨论了接下去要处理的事情。

　　首先,他们要在慈悲河上修一座真正的桥,这样就可以把岛的南部和花岗岩宫连在一起了,他们外出也会更加方便。其次是建一个畜栏来驯养岩羊,以后他们就可以用羊毛做衣服了。

　　第二天,也就是 11 月 3 日,他们的桥梁工程开工了。这需要大量的木头,于是全体成员——不包括于普和托普——扛着斧头、锯子下到了沙滩。

　　为了避免再有一些什么动物侵扰他们的花岗岩宫,也防止于普将绳梯又收回去,他们用两个木桩把绳梯的下端固定在了沙地上。

　　其实，塞勒斯·史密斯早就有了一个简单易行的大计划——他要把眺望岗完全孤立起来。这样一来，花岗岩宫、"壁炉"、畜栏，以及打算用来种植小麦的高地就不会再受到动物的入侵了。

　　更重要的是，这个计划执行起来并不难。因为眺望岗原本就东、南、北三面环水，是天然的屏障，只有西边任何人都可以通过。他们现在所站的慈悲河拐角处，以及格兰特湖的南角就恰好处在这一区域。他们可以挖一条沟渠，然后把格兰特湖的水引过来。这样，眺望岗就会四面环水，那么他们在慈悲河上建起的小桥就是去往眺望岗的唯一通道。

　　不过，吸取上次花岗岩宫绳梯事件的教训，必须在新挖的沟渠上再修一座桥，以防万一。

　　工程师讲得很起劲儿，他似乎已经看到了按照这一蓝图建造起来的新天地。为了让大家更

59

好地理解自己的计划，他甚至画出了高地的地图。所有人都被工程师的这个大计划鼓舞了，他们早已不是把自己看作落难者，而是看作林肯岛的第一批拓荒者。

他们这次要造的可不是简单的浮桥，而是单孔桥，并且桥在慈悲河的右岸部分是固定的，而左岸部分是活动的，这样桥就可以像闸门一样开启和关闭。

慈悲河在这里的宽度是八十英尺，所以建桥是一件艰巨的工程。他们必须在河床中打下桥桩，才足够支撑桥身的重量。

好在他们现在并不缺少工具，而且半年多的孤岛生活让他们每个人都成了一名合格的工匠。即使热带翁·斯皮莱这位过去靠写作吃饭的记者，也不再笨手笨脚，他甚至愿意和水手一比高低。这让彭克罗夫无比钦佩。

三周后，慈悲河上建起了一座可以开合的单孔桥，大家都为自己的成绩感到骄傲。

这些日子，他们除了单孔桥外，还获得了一场真正的大丰收，那就是他们的麦田。说是麦田，其实也就种着唯一的一颗麦粒，不过在彭克罗夫的精心照顾下，它真的像工程师说的那样，被培养出了十株麦穗。这足够他们开垦一块麦田的了。

11 月 21 日，塞勒斯要开始他的大计划中最复杂的一步了——那就是在眺望岗的西边开挖一条沟渠。为此，塞勒斯又重新制造了一些硝化甘油，这就可以省掉他们不少工夫。

不出两个星期，塞勒斯·史密斯就把格兰特湖的水成功地引到了人工沟渠里来。这条小河也因此成为慈悲河的支流，大家管它叫"甘油河"。

在湖的东南岸上，他们开辟了一个大约两百平方码的家禽饲养场。里面的第一批主人是一对鹊鸟和六只水鸭，不同的禽类经过起初"叽叽喳喳"的争吵后，总是能平安相处。有了麦田和这个饲养场，即使哪一天不方便出门，他们也不必担心会饿肚子了。

不过，他们还没有忘记气球，当时为了方便，大家并没有把它运回来。现在一切安顿好之后，岛民们决定尽快取回气球。

"我们用车把气球运回来吧，"哈伯说，"这可以省掉我们不少力气。"

"好是好，不过我们要是有拉车的马或者驴，那就更好了……"彭克罗夫的话又引得大家笑了起来，他总是有些"得寸进尺"。

这是一群幸运的人，上帝虽然把他们抛在了这个孤岛上，却没有断绝他们的希望。

离彭克罗夫说这话还不到两天，他的话就再次应验了。

12月23日这天早上，大家还没起床就听见了托普的叫声。为了避免什么不测，他们立即奔了出来。

令人惊奇的是，他们居然看见两只个头高大的动物通过单孔桥闯了过来。它们看起来既像马又像驴，有一身栗色的皮毛，动作很灵巧。

"是野驴！"哈伯一眼认出了这两个冒失的家伙，"它们是介于斑马和斑驴之间的反刍动物。"

"它们和家养的驴不一样吗？"纳布问。

"管它是家驴还是野驴，"彭克罗夫说，"只要能像驴那样为我们拉车就行。我们应该逮住它们。"

逮住这两只四足动物并不难,它们毕竟不像岩羊那样擅长奔跑。彭克罗夫只是用力摇了摇甘油河上的桥板,就轻而易举地捉住了它们。

接下去的几天,经过大家的调教,两只野驴逐渐习惯被岛民们驱使,从而成为岛民们的"动物劳力"。在这两只野驴的帮助下,大家终于重返气球港取回了气囊。

眺望岗的大工程完成之后,大家过了好长一段安心的日子,至少不再有上次那样捣乱的猴群。

另外,他们田野的面积也在不断扩大。麦田自不必说,彭克罗夫不允许任何飞鸟或者小虫子去侵扰他的麦穗,现在麦田已经按照塞勒斯估计的速度生长了,岛民们根本不必担心制作面包的原料会短缺。

哈伯和纳布还在啄木鸟林和远西森林里采回了野生的菠菜、辣根菜和芜菁。只要细心耕种,不久大家就能吃上新鲜的蔬菜,补充体内的纤维素和各种维生素。

至于养殖方面,收获就更多了,从一开始林肯岛就不缺乏各种野味。养兔场总是能不断地为岛民们提供兔肉,不过为了避免这些小动物啃食庄稼,这个养兔场被安放到了甘油河的外围,这样一来兔子们就不能随便地跑进田地里捣乱。

而慈悲河又不缺乏各种鱼类,只要高兴,哈伯他们就带上自制的鱼竿去钓几条肥美的鳟鱼解馋。

最高兴的可能就是纳布了。有了这么多的原料,这位专职

的烹饪师傅每天都可以愉快地变换他的菜单了。还有于普，它已经被提升为真正的"仆人"了。彭克罗夫给它穿上男士上衣和帆布短裤，还在它脖子上系了一条围裙，这俨然是一个合格的服务生了。

"于普，上菜！"

"于普，来点儿兔肉！"

"于普，把这个盘子收走！"

大家已经习惯于使唤这只聪明的猩猩了。而于普总是不慌不忙地回应着主人的吩咐，它现在已经能够熟练地换盘子、上菜、斟饮料，它一本正经的样子常常逗得大家很开心。

时间过得很快，转眼又到了3月份，他们流落到林肯岛已经快一年了。自从眺望岗修好以来，这片相对封闭的孤岛就成了他们安全的领地，不过恶劣的天气还是会给他们带来麻烦。

1866年3月2日这天雷雨交加，一颗颗冰雹正冲着花岗岩宫砸下来，他们的麦田受到了极大的威胁。这可急坏了彭克罗夫，他不顾一切地冲到麦地里，用一大块儿帆布盖住了庄稼。

在糟糕的天气里，如果没有什么紧急的事要做，岛民们情愿待在花岗岩宫里。这时，于普就会很耐心地服侍他们。

这一天，大家在一起聊天时，彭克罗夫提醒工程师，他还有一件答应过大家的事没有做。

"你是说升降机吗？"塞勒斯问，"这并不困难。只是我们目前似乎并不需要它吧！"

"虽然不是非要有升降机不可，"彭克罗夫着急地说，"不过，它确实能帮我们省下不少力气。"

"那好吧，我们就试试看，既然大家都这么期待有一台升降机。"工程师说。

"只是我们并没有机器啊！这可是个大问题。"哈伯表示了自己的担忧。

"没关系，孩子。"工程师微笑着对哈伯说，"我们可以自己造机器。"

"造机器？"哈伯问，"是蒸汽机吗？"

"不，我们要造一台水压机。"

其实，造水压机并没有想象中的那样困难。别忘了，眺望岗现在可是四面环水。所以他们只需把花岗岩宫内部的供水量增大就可以了。

花岗岩宫现在的出水孔在溢水口上端的石块和乱草丛中，岛民们用十字镐和斧子将这个出水孔扩大，这样，通道内部就产生了一股新的瀑布，水注满之后，肯定会从内井里排出去。

塞勒斯在这个瀑布下方安上一个可以旋转的圆筒，圆的外面再套一个轮盘，然后用粗绳把轮盘和吊篮连在一起。这样利用一根长绳，岛民们就可以调节水的动力，直到他们被送到花岗岩宫门口。

3月17日，升降机开始投入使用，大家对它都很满意。尤其托普，这只四条腿的小家伙没有猩猩那样的攀爬能力，所以它爬绳梯时特别费力，有好多次都是纳布把它背进岩洞的。

时间就这么一天天过去，工程师每天都那么忙碌，在所有问题都顺利解决之前，他不能让自己停下来。

在大家的聊天中，他们经常提起这个太平洋中的孤岛。又一次谈论时，热带翁·斯皮莱问道："史密斯先生，我们现在已经有了六分仪。或许我们应该再测量一次林肯岛的经纬度，您说是吗？"

"斯皮莱先生说得没错，"工程师说道，"尽管我们上次的测量误差不会超过五度，但用六分仪做一次验证还是有必要的，说不定我们还会有意外的发现！"

第二天，塞勒斯·史密斯就进行了重新测量，这对于一个工程师来说并不复杂。

测量的结果是，林肯岛位于西经150度30分，南纬34度57分。事实证明，尽管上次的仪器很简陋，但因为塞勒斯的技术高超，他的误差没有超过五度。

"现在，我们既然知道了林肯岛的位置，"热带翁·斯皮莱说，"我们又有一本世界地图，那么让我们看看它在太平洋上的位置吧。"

哈伯跑去拿来了地图，塞勒斯手持圆规，准备画出林肯岛的具体方位。

突然，工程师的手停了下来——

"太平洋的这个地方已经有一个塔博尔岛了！"工程师叫道。

"什么？塔博尔岛！"彭克罗夫高声问。

"或许就是我们的林肯岛吧？"热带翁·斯皮莱对自己的答案并不肯定。

"不。"塞勒斯·史密斯说，"这个岛位于西经153度，南纬37度11分，在林肯岛的西南方向。"

"那是一个大岛吗？"哈伯问。

"我不清楚，不过从地图上看，它是太平洋上一个偏僻的岛屿，或许和林肯岛一样，也是个未经开垦的小岛。"塞勒斯说这话的时候有些激动，他总觉得林肯岛上的一些秘密和那里有关。

"既然这样，我们一定要去看看。"彭克罗夫提议。

"对，我们得去看看！只是我们的独木舟根本不适合在大海中远行，而塔博尔岛离这里大概有一百五十海里（1海里=1.852千米）。"工程师说。

"嘿！工程师先生，这包在我身上了。"彭克罗夫拍着胸脯说，"我们可以造出一艘有甲板的小船，我负责驾驶。别忘了，我可是水手！"

"那好吧，等我们造好船就去塔博尔岛探险。"塞勒斯笑着说。

第七章　塔博尔岛探险

现在，大家已经决定去塔博尔岛探险了。只是，他们还不能马上出发，因为要造一艘坚固并且能够安全到达那里的轮船，这至少需要三个月的时间。还有，远行的时间最好是在风和日丽的 10 月份，没有人愿意冒着生命危险穿行于惊涛骇浪之间。

那么，岛民们现在最重要的工作就是建造这么一艘轮船了。这个工程对工程师和彭克罗夫来说，可谓小菜一碟，只是实施起来需要一点儿时间。

船的龙骨长三十五英尺，梁宽九英尺。吃水不能超过六英尺，以保证水下深度足以稳住船身，使它不会来回漂移。船身装上甲板，分隔出两个船舱。其他的重要部件还有后桅帆、三角帆、前桅帆、顶桅、船首三角帆，这些帆都极易掌控，就算遇上了短暂的风暴，也很容易靠岸。

另外，船壳板是露在外面的，当它装配好之后，肋骨再以加热的方法粘在上面。

这就是制作轮船的具体细节。不过，既然半年之后才会有适合航行的天气，他们便不急于赶制轮船。于是，他们进行了分工——塞勒斯·史密斯和彭克罗夫负责造船，热带翁·斯皮莱和哈伯继续外出打猎，而纳布和他们的新仆人于普仍负责干家务活。

这一天，两位猎人在附近的森林里打猎，他们冒险走到了远西森林深处他们从未到过的地方。这里的树木比较稀疏，阳光穿过树的间隙射了进来。

热带翁·斯皮莱总觉得闻到了一种植物的香味，这种香味很特别，不是一般的花香或者树叶的香味。循着香味，他找到了一种植物。这种植物的茎秆圆而且直，从主茎上分出了许多枝杈，枝杈上长着一串串的花，还有一些不大的种子。

"哈伯，你看，这是些什么东西？"斯皮莱折了几支枝杈，走回来问少年，"或许我们可以把它们采回去当香料。"

"斯皮莱先生，你在哪里发现了它们？"哈伯问。

"那边的空地上，有不少这种植物。"

"呵呵，这回彭克罗夫先生的心愿终于可以被满足了。"哈伯兴奋地说，"您找到的不是什么香料，而是上好的烟草！"

"真的是烟草吗？"

"是啊！"哈伯说，"虽然不知道彭克罗夫是不是喜欢这种味道，不过总归是烟草啊！"

于是，两个人采了很多这种烟草，悄悄带回花岗岩宫，他们让塞勒斯·史密斯和纳布也帮他们保守住这个秘密，只有彭克罗夫一个人不知道这一内情。

这天晚餐后，水手像平常一样第一个离开了餐桌。这时，坐在一旁的热带翁·斯皮莱把手搭在了他的肩上。

"亲爱的彭克罗夫先生，你忘了你的餐后甜点了。"

"谢谢，我不要了，我要去工作了，"水手说，"这样我们就可能早一天到达塔博尔岛。"

"真的什么都不要了吗？"哈伯问。

"不要了。"

"那么，要是有一袋烟呢？"

这时，记者就像变魔术一样，从自己的房间里拿出来一只装满烟丝的烟斗，哈伯则送上了烧红的木炭为水手点上。

水手什么也没有说，只是激动地接过烟斗，接连吸了好几口。

"谢谢！谢谢你们大家！"彭克罗夫简直有点儿控制不住自己的情绪，"现在我们的林肯岛真的什么也不缺了！"

这期间，轮船制造得很顺利，或者说比预想的还顺利。不过，他们还是没能在开春以前结束这项工作，恶劣的天气使他们不得不暂时中止造船工作。

在狂风大作的日子里，他们只好在花岗岩宫附近活动。要是再下雨，那就只能待在花岗岩宫里聊天了。

一天晚餐过后，水手在专心致志地编织绳索，突然托普又开始朝着大家狂叫，只是这次不是在井口那里，而是在花岗岩宫的门口叫，连温顺的于普也越叫越凶。大家立刻明白了，外面一定出了什么大事。

"什么事？"塞勒斯·斯皮莱一边披上衣服，一边走到窗边。

外面一片漆黑，只模模糊糊地看到海滩上有一个动物在跑动，没有人认出那究竟是什么动物。

"那是什么东西？"彭克罗夫叫道。

"是狐狸！"野兽的叫声让哈伯战栗，这和他第一次去红河源头时听到的叫声一模一样。

于是，大家抄起斧头和马枪，跳进升降机，来到了沙滩。

成群的狐狸很是疯狂，它们不顾一切地向眺望岗冲来。林肯岛岛民们并没有退缩，他们毫不犹豫地冲进狐狸群，射出了他们的第一批子弹。

狐狸们并不是那么容易对付的，它们在黑暗中乱窜，一点儿也不把手持钢枪的人类放在眼里。不久，双方就开始了肉搏，战斗很是激烈。托普和于普也加入了其中，而且它俩干得很出色，在主人面前充分显露了自己的野性。

有斧头和手枪的帮忙，还有托普和于普的加入，不用说，岛民们最终战胜了狐狸群。战场上到处散落着狐狸的尸体，哈伯数了数，共有五十多只。大家都很难想象，自己竟参加了一次如此惨烈的战斗。

镇定之后，大家突然发现于普不见了。

大家心头一颤，生怕于普也躺在尸体堆中。终于，哈伯在死狐狸堆中发现了于普，它的胸前有几道深深的伤口，显然是在和狐狸的短兵相接中受了重伤。

于普的伤口虽然很深，但好在并没有伤到重要的器官。在大家的精心照料下，它正在慢慢地恢复，而岛民们与这个新成员之间的感情也越来越深厚了。

随着9月份的来临，冬季已经彻底过去了。离他们到塔博尔岛探险的日子越来越近了，他们的造船工作也进入了收尾阶段，一切都在有计划地进行。

10月10日，轮船终于要下水试航了。按照惯例，大家首先要给轮船起一个响亮的名字。经过长时间的讨论后，他们一致同意把这艘彭克罗夫视同生命的轮船叫作"乘风破浪号"。

"上船吧！'乘风破浪号'的第一批乘客们！"彭克罗夫高声喊道。大家早已把船长的位置留给了他，作为水手的他自然是当之无愧。

10点30分，全体成员——包括托普和于普在内——都上了船。因为担心这次出行要很晚才会返回，纳布还特地为大家准备了路上吃的食品。

"乘风破浪号"在彭克罗夫的操纵下扬帆远航了。轮船驶出联合湾，绕过残骸角和爪角后，就开始沿着海岛的南岸前进了。彭克罗夫的轮船行驶得很平稳，转向时的灵活性也很好。

轮船上的乘客很高兴，他们知道，这艘轮船成功了，在将来的某一天它或许能帮上大忙。

但是，彭克罗夫万万没有想到，突发的一件事竟让他的塔博尔岛之旅得到了实现。

当"乘风破浪号"渐渐减速，准备停靠气球港时，站在船头导航的哈伯突然发现了前方的海面上飘着一只瓶子。

"快！彭克罗夫！别停下来！"哈伯喊道，"继续加速！"

"怎么？有礁石吗？"水手着急地问。

"不……"哈伯来不及回答彭克罗夫的提问，"还是迎风行驶……最好再往前一点儿。"

说话间，少年迅速将手臂伸入水中，一把抓住了瓶子。

这是一只封着口的玻璃瓶，塞勒斯·史密斯接过瓶子，什么也没说，径直打开了瓶塞，里面是一张已经浸湿了的纸。上面写着：

塔博尔岛：西经153度，南纬37度11分

——遇难者

"史密斯先生，"彭克罗夫严肃地说，"这回我们必须要去塔博尔岛了。那里有遇难者需要我们的帮助。"

"不错，彭克罗夫。"塞勒斯的态度因这个小小的漂流瓶而有了转变，"而且我们必须尽早出发……就明天吧，彭克罗夫！这有问题吗？"

"明天？"水手没有想到塞勒斯竟会催着自己去塔博尔岛，"哦！没问题！我们明天一早就出发。"

当天晚上，他们为远行的细节做了安排。为了保险起见，他们并不打算全体成员一起去塔博尔岛。这样万一出了什么意外，也好有个接应。五个人中，哈伯和彭克罗夫都懂得驾驶轮船，所以是去塔博尔岛最合适的人选。而热带翁·斯皮莱出于记者的职业特点，当然不肯放过这次新奇的探险，在他的强烈要求下，他也加入了出海的团队。剩下塞勒斯·史密斯和纳布留在花岗岩宫。

第二天一大早，负责远行塔博尔岛的彭克罗夫、哈伯和热带翁·斯皮莱就和塞勒斯他们说再见了，这是流落林肯岛以来五个人第一次分开。

"再见了，史密斯先生。等着我们的好消息吧！"彭克罗夫满怀信心地说。

"乘风破浪号"起航后，行驶得非常顺利。彭克罗夫扯起了顶桅帆，借着风势，驾着船只平稳地航行着。

12月14日清晨6点钟，一片陆地终于出现在他们的视野里。

"看啊！我们终于到了。那就是塔博尔岛！"彭克罗夫第一个叫了出来。

轮船乘着风势继续向前航行。大概到了中午，彭克罗夫驾驭着"乘风破浪号"在塔博尔岛的沙滩上抛了锚，然后全体船员首次登上了塔博尔岛。他们用绳索把船牢牢地系住，以免退潮时的海水把它卷走。

他们在塔博尔岛的第一站是半英里外的那座小山丘。因为地图上显示，这座山丘是塔博尔岛的最高地，在那里可以看见塔博尔岛的全貌。

爬上这座山丘并不难，半个小时后，探险者们就到达了山顶。这个小岛呈椭圆状，周长不超过六英里，比林肯岛小多了，地貌变化也不及林肯岛丰富——整个岛是统一的青枝绿叶，还有两三座不高的山丘，一条小溪从西海岸注入大海。

"真不知道那个遇难者会在哪儿？从这个角度看不出一点儿有人住过的痕迹。"哈伯说。

"别急。我们到处搜查一下，说不定在茂密的树林下面就有需要我们帮助的人。"彭克罗夫说。

接下去的四个小时，他们从小岛的南端出发，沿着西海岸往北走，绕着塔博尔岛徒步走了一圈，却没有发现任何有人住过的痕迹，也没有看到人的脚印。

这时，夜色已经降临，他们准备先回"乘风破浪号"休息，明天再接着搜寻。这时，哈伯突然指着前面一个隐约可见的东西，说："瞧，房子！看来我们不用等到明天了。"

三个人立即向哈伯手指的方向奔去，彭克罗夫一把将门推开，可是房内却一个人都没有。

彭克罗夫大叫了几声，还是没有人应声。他们用火把照亮了屋子，只见里面摆着一张凌乱的床，被子已经因受潮而发黄，看起来好久没人用了。除此之外，屋子里还有两支猎枪、一把铲子、一把十字镐、一桶没开过封的炸药和雷管。

"房子的主人肯定很长时间没在这里住过了，或许他已经离开了……"彭克罗夫猜测道，"不过那样的话，他肯定会带上这些物资——这些对流浪者来说如同生命……"

没有人告诉他们答案，一切都得等到天亮之后他们自己去揭晓。这一夜他们决定就住在这里，或许那个孤独的遇难者随时会推开房门和自己握手。

这一夜，大家并没有睡多长时间，他们都在思索着有关那个遇难者的情况。第二天清早，他们首先对这座木屋进行了查看。

"布……塔……亚……"哈伯在木屋的外墙壁上发现了字。

"是'布里塔尼亚号'，"彭克罗夫惊叫道，"这应该是一艘来自英国或美国的轮船。"

不过除此之外，他们在木屋附近并没有发现新的线索。于是，他们打算马上进入森林，说不定在茂盛的森林里面，就会有遇难者的痕迹。

然而，搜索行动并不顺利。虽然他们在林子里发现了不少大陆上才有的菜种，还有他们之前就见到的经过驯化的猪——这些都说明有人曾在塔博尔岛上出现过——但他们的确没有找到自己的同类，这让三个人都有些沮丧。

正当他们准备宣布搜寻行动失败时，忽然从北面几百步开外的地方传来了咆哮声，不过这并不像人的声音。

他们循着声音谨慎地走过去，发现了一个貌似野人的动物。为了安全起见，彭克罗夫和斯皮莱趁着怪物不注意时将它制伏了，并用绳子捆住了它。这只怪物竭力地挣扎，嘴里还一直发出可怕的叫声，不过现在它已经动弹不得了。

"又是一只类人猿……不过它可没我们的于普听话。"彭克罗夫喘着气说。

"不，这不是类人猿。"哈伯仔细看了看后说，"他身上乱蓬蓬的毛发不是类人猿的皮毛，而是人类的头发和胡须，只是太长时间没有梳理了，所以看起来有点儿可怕。"

"可惜这个人太不幸了，他已经丧失了理智，孤独使他变成了野蛮人。"水手说。

"那么，我们明天就返航吧？彭克罗夫先生。"哈伯说，"您不是说风向马上就会改变吗？我们最好能顺风返回林肯岛。"

少年的建议提醒了大家。于是第二天一早，他们的"乘风破浪号"就踏上了归程。同他们一起返回林肯岛的，除了这个可怜的落难者，还有哈伯采集的蔬菜种子，几只野味和两对猪——这些都会大大地丰富他们的田地和饲养场。

10 月 19 日夜里，又经过四个昼夜的旅途，彭克罗夫他们终于看到了林肯岛上的火光。

几个小时之后，"乘风破浪号"慢慢停靠在了慈悲河的沙滩上。留在花岗岩宫的塞勒斯·史密斯和纳布看到归来的伙伴们很是兴奋，尤其当他俩看到了眼前这个头发蓬乱的"野人"时就更惊奇了。不过，他们现在最想知道的是"乘风破浪号"船员们在塔博尔岛的经历。

彭克罗夫也并不卖关子。他把怎样见到了木屋，怎样在塔博尔岛上转了一大圈，最后又怎样发现了带回来的这个人，都简洁地告诉了工程师。

不过，当他们把这个陌生人请出来时，或许是出于惊吓，或许是好久没有见过这么多人了，他马上就想逃跑。

这时，塞勒斯·史密斯走了过来，把手按在他的肩上，向他投去了温柔的目光，陌生人总算安静下来，不再反抗。大家决定把他留在花岗岩宫，他们相信，只要努力，一定能帮助这个陌生人恢复理智。

吃完早餐，彭克罗夫和工程师一起去"乘风破浪号"收拾东西，他们从塔博尔岛带来的战利品让大家很高兴。

"史密斯先生，我觉得应该把'乘风破浪号'停在一个更安全的地方。"彭克罗夫将亲自造出的这艘轮船视为自己的孩子。

"这个问题我也想过，不能让它像上次我们的独木舟那样，被急流冲走，是该给它找一个安稳的地方。"塞勒斯说，"不过，把它停在哪儿呢？"

"我想把它停在气球港，"水手回答说，"那里是最好的港口，岩石可以保证它不会轻易地被海浪卷走。"

"既然你已经为它选好了这么好的一个地方，那么就照你说的办吧。"塞勒斯说。

于是，彭克罗夫就带上哈伯，两个人起了锚，扬起帆，两个小时之后就把"乘风破浪号"停在了气球港平静的水面上。

陌生人在花岗岩宫住了下来，这些天他还算平静，至少他没有试图要逃走。至于他一向呆滞的眼神，也逐渐开始闪现出神采，或许和自己的同类朝夕相处了几天，他的"人性"正在慢慢地恢复。

塞勒斯·史密斯每天都坚持和陌生人一起待上一会儿，和他高声说话，他期望着这个陌生人能够尽早摆脱"兽性"，真正地回归到他们中间。但是这个可怜的人总是沉默不语，脸上也总是表现出痛苦的神情，似乎是有什么难言之隐。

就这样，大家一直在等待着。他们知道这个陌生人正在渐渐地好转，并且一定忍受着极大的痛苦。不过他们也相信，有一天他一定会愿意说出一切。

这天是 11 月 3 日，正在劳动的这个陌生人突然间放下了铲子。显然，周围人的关爱渐渐融化了他冰冷的心。

他终于说出了半个月以来的第一句话："你们是谁？"

他的声音还不是那么清晰，不过这足以让大家喜出望外了。

"和你一样的遇难者，"塞勒斯激动地说，"我们是你的朋友。"

"朋友……"那个人颤抖地说,"不,我没有朋友……我是一个罪人……是一个无耻之徒……这一切都是我罪有应得……"

等他渐渐地恢复了平静,塞勒斯才静静地坐在他的身旁,像一个很熟的朋友一样拍拍他的肩膀说:"我们来自美国。你呢?"

"我是英国人。"说这话的时候,他露出了激动的神情,但又让人觉得这对他而言是一种负担。

两人沉默了几分钟,陌生人终于又开口了:"现在是哪一年了?"

"1866年。"哈伯告诉他。

"整整十二年了……"陌生人若有所思地说。

不过,陌生人还是不愿意向大家再多说些什么。说完这句话之后,他又径自跑开了,似乎要刻意躲着大家。塞勒斯看得出,陌生人的内心一定经历了极大的煎熬,十二年的孤独生活已经将他的热情磨灭了。

一天吃过午饭后,陌生人仿佛经过了极大的思想斗争,他竟主动走到了塞勒斯·史密斯旁边,怯生生地问道:"你们是谁?为什么要把我从塔博尔岛上带到这里?"

这是他第二次向林肯岛的岛民打听他们的来历,这也许是让他说出自己身世的好时机。

塞勒斯一把握住陌生人的手,然后简单地讲述了他们从里士满逃亡到现在发生的事情。

陌生人全神贯注地听着塞勒斯的讲述,接着,他喃喃地说:"1854年12月20日,'邓肯号'轮船停在了澳大利亚西海岸的贝努依角。这是一艘属于苏格兰贵族的蒸汽游轮，船上的乘客有格雷那万勋爵及其夫人、一位英国陆军少校、一个法国地理学家，以及格兰特船长的一儿一女。负责'邓肯号'驾驶的是约翰·曼格斯船长和他的十五名船员。

"他们此行是为了援救'布里塔尼亚号'海难的幸存者——格兰特船长及其两名海员。一年多以前，'布里塔尼亚号'遇难沉没了，六个月后，'邓肯号'上的人捡到一只漂流瓶。因为字条被水浸过，大家当时只了解到'布里塔尼亚号'有三名遇难者流落在南纬37度11分的海岛上，却不知道具体的经度。但这并不是问题，只要轮船沿着南纬37度11分的纬线航行，就一定能在航线上找到船长他们。

"'邓肯号'从格拉斯哥起航，绕过麦哲伦海峡进入太平洋，一直来到巴塔哥尼亚，然后又继续穿越大西洋，可是都没有找到格兰特船长的踪迹。

"可是约翰·曼格斯船长和他的乘客们并没有放弃，他们继续沿着这条纬线航行。1854年12月20日到达了我刚才说过的澳大利亚西海岸贝努依角。

"格雷那万勋爵在这里下了岸，他要拜访澳洲的一个老朋友。于是，勋爵从陆路穿过澳大利亚，并和曼格斯船长约定在澳洲的东海岸碰面，之后再继续航行。

"在和朋友的交谈中，勋爵谈起了'布里塔尼亚号'的故事，不过朋友表示他并没有听说过这件事。

"但幸运的是勋爵的朋友有一个叫作艾尔顿的仆人，他恰好是这次海难的唯一幸存者。格雷那万勋爵于是就向艾尔顿打听有关'布里塔尼亚号'的事情。

"艾尔顿告诉他，沉船事件发生在澳大利亚东海岸，而非西海岸。要是格兰特船长获救的话，很可能落到了澳大利亚土著的手里。因此艾尔顿建议勋爵他们到东海岸去寻找。

"于是，'邓肯号'的乘客们就改变了行程，轮船由大副汤姆·奥斯汀率几名水手从海路驶向墨尔本，船上的其他人在艾尔顿的带领下从陆路横穿澳大利亚，寻找失踪的格兰特船长。

"但是，勋爵上当了，他所信任的这个艾尔顿是个骗子……"

陌生人停了一下，继续说：

"艾尔顿的确曾在'布里塔尼亚号'上当过水手，但他早在海难发生之前，就因煽动船上的水手造反，而在澳大利亚西海岸被格兰特船长赶下了船。

"之后，他化名为本·乔伊斯，成了一群逃犯的头子。他也是在勋爵和主人聊天时才听说了'布里塔尼亚号'海难。他之所以欺骗勋爵，说船只失事在东海岸，是想声东击西，让自己的同党在东海岸的图福湾埋伏，趁格雷那万大部分人马不在船上时趁机抢占'邓肯号'，让它成为太平洋上的海盗船。

"为了节省时间尽快找到格兰特船长，格雷那万勋爵没有向船上的大副直接下达命令，而是让那名法国地理学家草拟了一封信，让艾尔顿送给大副，信中告诉他把船开进东海岸。

"眼看诡计就要得逞了，可大副并没有把船开到图福湾，而是驶向了新西兰。原来地理学家犯了一个令人庆幸的错误，他把澳大利亚东海岸写成了新西兰东海岸。

"这样，艾尔顿的计划毁于一旦，他的阴谋也败露了。于是，这个骗子遭到了监禁，从此和他的同党失去了联系。

"但事情至此并未结束，结束了澳洲大陆旅程的格雷那万勋爵在东海岸没有看到'邓肯号'，但他并没有放弃寻找落难的格兰特船长。他们搭乘一艘前往新西兰的商船，准备从那里继续沿着南纬37度前进。

"幸运的是，在新西兰的东海岸，大副没有离开，而是在那里苦等了五个星期，艾尔顿也被关在'邓肯号'的禁闭室里。

"艾尔顿开始一直不愿讲出有关格兰特船长的情况。不过，在勋爵夫人的劝说下，他最终说出了自己在澳大利亚海岸被格兰特船长赶走的经过。条件是勋爵不能把自己交给英国当局，但可以把他丢弃到太平洋的任意一个小岛上。

"格雷那万勋爵的努力没有白费，'邓肯号'最终在塔博尔岛找到了格兰特船长和他的两个水手。而艾尔顿，就如同他们承诺的一样，被流放到了塔博尔岛。在那里，他可以靠船长使用过的房子、弹药、武器和蔬菜种子生存下去。

"临走时，格雷那万勋爵告诉艾尔顿，他会记住塔博尔岛的位置，等到时机成熟，他会回来带艾尔顿离开塔博尔岛。之后，'邓肯号'就离开了塔博尔岛。

"塔博尔岛上只有艾尔顿一个人，这倒给了他机会去反省自己的罪行。渐渐地，他为自己曾经的行为后悔，希望上天能重新给他一个机会。他成天站在海滩上眺望，希望能盼到格雷那万勋爵的轮船，可他却一次次地失望了。

"更悲惨的是，长时间的孤独让他感到自己在变得迟钝、愚蠢……"说到这里，这个陌生人有些哽咽了。

"不过，上帝最终没有放弃他……在被流放十二年后，他变成了你们发现的那个可怕的野人。"

…………

"是的，先生们。你们没有猜错，我就是那个叫作艾尔顿，或者是本·乔伊斯的人……"

…………

这时艾尔顿有些激动地说："我是这样一个有罪的人……你们还愿意把我当朋友吗？"

"艾尔顿，"塞勒斯一把抓住了他的手。从他的讲述中，工程师能够想象在过去的十二年里，这个可怜的人过着怎样惭愧自责而又孤独绝望的生活，"你已经为自己做的错事赎够了罪，上天也原谅了你。你现在不是已经重新回到人间了吗？"

"是啊，艾尔顿。我们非常愿意有你这样的朋友。"哈伯说。

"但是，请先允许我在畜栏边的房子里单独待一段时间，可以吗？"

"好的，艾尔顿。"塞勒斯说，"我们随时欢迎你到花岗岩宫居住。不过，既然你打算过孤独的生活，为什么往海里扔漂流瓶，让我们知道你的踪迹呢？"

"漂流瓶？什么漂流瓶？"艾尔顿一脸茫然，"我从来没有扔过什么漂流瓶。"

"你真的没扔过漂流瓶吗？"彭克罗夫大叫道。

"从来没有。"说完，艾尔顿向大家鞠了一躬，乘着升降机出了花岗岩宫。

塞勒斯·史密斯默不作声，他也搞不清这个问题，这到底是怎么一回事呢？

"漂流瓶是这个可怜的人扔到海里去的，"纳布说，"只不过，他当时处在半疯癫状态，就像我们刚见到他的时候那样。"

"是的，这件事只能这么解释，"哈伯说，"他那时已经意识不到自己在做什么了。"

虽然，大家对这种解释并不怎么满意，可除此之外，谁也想不出更好的答案。

这天，塞勒斯·史密斯和记者一起在"壁炉"的工场里忙碌。

"亲爱的塞勒斯，"热带翁·斯皮莱说，"我觉得对于漂流瓶的解释太牵强了。一个人写了字条，怎么可能一点儿都不记得了呢？"

"所以不是他把瓶子扔到大海的。"

"那么你也认为……"

"我现在和你一样，什么也不知道。"塞勒斯说，"我们在林肯岛上遇到的怪事可不止这一件……"

"比如说你到底是怎样到沙丘的，托普的意外，还有这只瓶子。"

"亲爱的斯皮莱先生，"塞勒斯接着说，"还不止这些。我们捡到的箱子到底是谁的，纳布和哈伯捉到的海龟是怎么消失的……林肯岛的秘密还有很多。不过，总有一天都会有答案的。"

第八章　林肯岛的保卫战

时间已经进入了 1867 年，这是他们流落到林肯岛的第二个年头了。艾尔顿还住在畜栏旁的房子里，大家把那里的畜群托付给他照管，塞勒斯和哈伯还时不时地去那里看望他们的新朋友。现在的艾尔顿虽然还是希望一个人住，不过在心里，他已经和大家建立了深厚的感情。

林肯岛上的确还有不少秘密。除了一直以来发生的这些怪事，有时还会遇见其他事情，比如海上有船只经过、西海岸的近海区发生海难、海盗入侵等。艾尔顿所在的位置总会比花岗岩宫的居民先知道。这时，艾尔顿就需要赶紧通知他们。但从畜栏到花岗岩宫还要走上一个小时，在紧急情况下就会来不及。于是，塞勒斯打算安装一台电报机。

"您真的准备安装一台电报机吗？"彭克罗夫问工程师。

"当然，这看起来很有必要。"塞勒斯·史密斯回答。

塞勒斯先用钢板做了一个拉丝模，这样他们就能把林肯岛上优质的铁块加工成各种规格的铁丝。一个星期后，在其他人的帮助下,工程师将制作好的铁丝连接起来。它们很容易地就被铺设在了畜栏和花岗岩宫之间。

机器和线路安装好之后,塞勒斯·史密斯就忙着去制造电池了,这一步可以说是最重要的一个步骤。因为林肯岛上的材料有限,所以塞勒斯准备制造一种非常简单的电池。这种电池只需要锌、硝酸和钾盐。其中,工程师手边就有做好的硝酸,焚烧各种植物的叶子就能得到钾盐溶液,而他们捡到的箱子的皮衬里就有锌。

塞勒斯取来两片锌片,一片放到硝酸中,一片放到钾盐溶液中。用一根金属丝将这两个锌片连接起来,这样就会产生一股电流。把这些电流集中起来,就足够发电报了。

至于发报机和收报机就更简单了。在花岗岩宫和畜栏里,都有电线绕在电磁铁上,这样电极从阴极流出,通过电线流到电磁铁上,铁心就会暂时变成磁体,然后电流从地下流回阴极。塞勒斯在电磁铁的前端放了一片软铁,那么电流通过时就会吸住它,电流中断它就会掉下来。

这样,塞勒斯·史密斯就用这种简单而巧妙的方法,把花岗岩宫和畜栏连接起来。这样一来,一旦遇到事情,双方都可以与对方进行联系。

已经到了 3 月 26 日,他们到林肯岛已经整整两年了。遗憾的是,在这期间,他们同自己的同胞没有任何联系。

两年来,没有任何船只驶向海岛,而且连帆影都没有见到过。显然,林肯岛不在轮船航线上,它甚至是不为人所知的。

看来，要想离开这里回到祖国，他们只能依靠自己。

于是，岛民们就决定安心地等待机会，在林肯岛上度过第三个冬天。

不过，他们还是决定到林肯岛的西北海岸一带进行一次探险。因为对这部分领地他们还不太熟悉，或许林肯岛上的秘密在那里会有一些答案。

他们决定 4 月 16 日出发，塞勒斯建议艾尔顿和他们一起去，不过艾尔顿宁愿待在这里为大家看家。于是，他们不在的时候，艾尔顿就住在花岗岩宫，而于普则留下来和他做伴。

其余的人带上托普，乘着"乘风破浪号"出发了。因为是逆风，他们的船当天晚上才到达爬虫角。既然大家的目的是仔细勘察林肯岛，那么他们商定好晚上不再航行，就在这里抛锚。

第二天天刚蒙蒙亮，彭克罗夫就起航了。他们穿过熟悉的海岸森林，大概在中午时分到达了瀑布河口。它的右岸是稀疏的树林，而在三英里以外，则是干旱的山脊一直延伸到海滨地带。

沿着海岸继续行驶，海滩上布满了很多大小不一的岩石，形态各异的石块绵延了八九英里，气势极为壮观。

正当大家为这一奇观惊叹时，托普不知看见了什么，又狂叫起来，可大家在附近却并未发现什么异常。塞勒斯·史密斯很奇怪，他觉得刚刚托普和它在花岗岩宫井口的反应差不多。

"我们靠近岸边看一看吧。"他提议道。

于是，彭克罗夫将船尽量贴近海岸行驶。可工程师依然没有什么意外的发现，甚至连一个洞穴都没见到。随着"乘风破浪号"渐行渐远，托普也停止了叫声。

这一天的行程并不算顺利。除了逆水外，天气也突然变坏，所以辛苦行驶了很长时间，彭克罗夫才在颚骨角的一处水域抛锚。

"啊！真希望这里能有一处灯塔，"彭克罗夫说，"那么晚上航行就安全多了。"

"是啊，"哈伯想起了上次从塔博尔岛返回时，塞勒斯点起的火光，"可惜这次没有细心的史密斯先生为我们点火引路了。"

"那次还真感谢您，"热带翁·斯皮莱说，"要是没有您点的那堆火……"

"那堆火？你是指……"塞勒斯·史密斯看起来很吃惊。

"您不会忘了吧？就是'乘风破浪号'返回的那天晚上，要不是您在花岗岩宫的高地上点的那堆火，我们很可能就偏离航向了。"彭克罗夫说。

"哦，我……我想起来了，是我点了一堆火给你们导航的。"

不过，工程师的这句话只是为了安慰大家。实际上，他已经意识到这是林肯岛上的又一件怪事。过了一会儿，工程师悄悄凑到斯皮莱的耳边，说："我可以清醒地告诉你，'乘风破浪号'返航的那个晚上，我没有在林肯岛的任何地方点过火！"

休整了一个晚上之后，"乘风破浪号"于第二天清晨到达了鲨鱼湾。在这里，彭克罗夫十分谨慎地操纵着船只，因为水道的两岸全是千奇百怪的熔岩峭壁。

"很明显，峭壁是由火山连续喷发岩浆堆积形成的。"塞勒斯说，"这就使得海湾的四周都被遮挡了。所以即使刮最猛烈的风，这里也会风平浪静。"

"那么，这里一定是最好的避风港。"哈伯说。

"不错，孩子。"塞勒斯说，"另外，这里的海水足够深，即使大型的军舰也不会搁浅。"

完成了鲨鱼湾的勘探，"乘风破浪号"继续前行了大约八英里，就驶进了海岛岬角的右面。5点钟时，他们重新回到了慈悲河口，并在那里抛锚停泊。

经过三天三夜的勘探，岛民们现在已经到过了林肯岛海岸的每一个地方，他们仍然没有发现任何可疑的踪迹。

10月17日下午，哈伯正拿着望远镜眺望全岛的风景，以确定他们下一次的航行路线。突然，在镜头里出现了一个黑点。

"镜头上有一个污点。"少年心里想。

于是，他回到花岗岩宫换了一个镜片——只是它的放大倍数更大一些——然后又返回了高地。不过，这次他大叫了一声："啊！天啊……"

岛民们闻声都跑出了花岗岩宫，塞勒斯接过望远镜，朝着哈伯指着的地方仔细观察，只说了一个字："船！"

"他们在向我们开来吗？"热带翁·斯皮莱着急地问。

"现在还看不出来，"塞勒斯说，"地平线上只露出一根桅杆，看不见船身。"

"会是'邓肯号'来接艾尔顿了吗？"哈伯突然问。

少年的话提醒了大家，当年"邓肯号"把艾尔顿放在塔博尔岛上，勋爵答应艾尔顿会回来接他。现在已经过了十二年，那艘船说不定就是来接艾尔顿回欧洲的。况且，两个岛屿相差不过一百五十海里，在林肯岛上看到驶向塔博尔岛的船只也并没有什么稀奇。

"快叫艾尔顿过来，"热带翁·斯皮莱说，"只有他能认出'邓肯号'游轮。"

这时，艾尔顿正在畜栏里劳动，于是记者给那边发了一条电报："速来。"

不一会，电报机响了——"就来"。

4点左右，艾尔顿终于到了花岗岩宫。当他得知大家叫他的来意后，他的脸色立刻变了，眼神也黯淡下去。他拿起望远镜，一边仔细观察，一边喃喃自语："'邓肯号'这么快就来了吗？"

显然，孤独地度过了十二年的艾尔顿还活在深深的自责里。

"不，那不是'邓肯号'。"艾尔顿告诉大家。

"请您再仔细看看，"塞勒斯说，"这艘船的来历对我们大家都很重要。"

于是，艾尔顿又拿起望远镜，对着大海的方向看了好几分钟，然后说："那不是'邓肯号'。"

"你肯定吗？"彭克罗夫追问。

"是的。'邓肯号'是一艘蒸汽游轮，可这只船的上方和四周却一丝烟都没有。"

"也许它关上了蒸汽机，在靠着风帆航行呢！远洋船只经常这样节省用煤。"

"也许你是对的，"曾经也是一名水手的艾尔顿说，"等到它再靠近一点儿，我们就可以知道是怎么一回事了。"

天色渐渐暗下去，随着轮船越来越近，艾尔顿通过一次次地仔细观察，他也越来越肯定地告诉大家，那的确不是"邓肯号"。不过，这也不是马来海盗惯用的马来亚快船。它是一艘双桅横帆船，吨位有三四百吨，船身细长，构造很精巧，适宜航行。

不过，大家还是不敢轻举妄动。如果这的确是一艘普通的轮船，那么就有必要点起一个火堆，让它知道这里有一群需要救援的人。可如果这艘船是被坏人控制着，点上火堆就无异于自取灭亡……

正在大家举棋不定时，那艘船已经进入了视野范围之内，显然那艘船上的人打算今晚在林肯岛上岸。

彭克罗夫盯着那艘船，希望至少能看清船上的旗帜，这样他们就可以知道它是来自于哪个国家的了。只是这时夜色已经降临了，水手很难分辨旗子的颜色。

"不是美国国旗，"彭克罗夫说，"也不是英国的，上面没有明显的红色……不像法国或者德国的……好像是一面单色旗，那么……是巴西国旗？那应该是绿色的……是智利？不对，那是三角的……"

"是黑旗！"旗帜终于被风吹了起来，艾尔顿这次看清楚了，双桅船上飘扬着阴森森的黑色旗帜。

"黑旗！"

…………

所有人都知道发生了什么——黑旗是海盗的旗号！

冷静下来的岛民们开始讨论接下来该怎么应对。

"在没有搞清楚状况之前，我们必须尽量把自己隐藏起来。花岗岩宫的窗户也要用树叶遮住，不准点火。总之，不能让那些家伙知道林肯岛上有人居住！"塞勒斯·史密斯警告大家一定要小心。

趁着海盗还没登陆，大家按照工程师的安排做好了准备。花岗岩宫被树枝和藤条巧妙地伪装了起来。弹药和武器也安置妥当，随时可以应付袭击。

最终，大家不愿看到的事还是发生了——双桅船在花岗岩宫的视线范围内抛锚了。只是在夜色里，他们无法判断轮船停靠的具体位置。

"听我说，朋友们。"塞勒斯·史密斯说，"我们的花岗岩宫很隐蔽，敌人们不可能发现。我担心的是饲养场和畜栏，敌人们在几个小时之内就能把它们洗劫一空……"

"更严重的是，他们很容易由此发现我们的行迹。"哈伯接着说。

"我现在还不知道怎样对付他们，"塞勒斯说，"咱们连对手有几个人都不清楚……"

"史密斯先生，"艾尔顿打断了工程师的话，"请您一定答应我一个请求。"

"什么请求？你说。"

"让我去探一下海盗们的底。"艾尔顿坚定地说。

"可是……"塞勒斯有些犹豫，"这太危险了！而你没有必要冒这个险。"

"对我来说，"艾尔顿说，"这是一个重新做人的机会……您放心，我泅水过去，他们发现不了我的。"

塞勒斯见无法拒绝艾尔顿的建议，只好同意他这个冒险的方案。

半个小时后，艾尔顿神不知鬼不觉地上了船。他藏在一个非常隐蔽的角落里，船舱里传来了说话的声音："抢来的这艘船太棒了！不愧叫作'飞快号'！"

"哈哈！诺福克岛上所有的船都追不上我们！"

"船长万岁！"

"鲍勃·哈维万岁！"

…………

听到鲍勃·哈维的名字，艾尔顿惊了一下。他在澳大利亚时认识这个人，这是一个无耻的水手，他现在居然还在继续干

着自己以前的勾当。

艾尔顿接着听下去，知道了事情的原委。原来"飞快号"是航行于诺福克岛和三明治群岛之间的轮船，它载满了各种武器、弹药和工具。鲍勃·哈维一伙从监狱里逃出来之后，就抢劫了这艘装备精良的轮船，在太平洋上大肆劫掠，作恶多端。艾尔顿实在没想到会在林肯岛上，以这种方式再见昔日的旧相识。

从这群罪犯的言谈中，艾尔顿得知，"飞快号"的确是偶然来到了林肯岛，还没到过岛上的其他地方。但是，正如大家猜测的那样，哈维一伙打算到岛上勘察，把这里作为其停靠基地。

这样一来，林肯岛岛民们的生命就将处在威胁中，一旦暴露，鲍勃·哈维他们的第一件事肯定是毫不留情地杀死他们。所以，必须在海盗们动手之前消灭这群恶棍。

于是，艾尔顿并没有考虑太多就开始行动了。他将手枪的子弹上了膛，然后小心翼翼地穿过烂醉如泥的罪犯，到后舱去找火药库。但当他刚刚打开火药库的门时，一只手搭在了艾尔顿的肩上："你在干什么？"

艾尔顿向后一跳，在灯光中他认出了这个人正是他曾经的同伴鲍勃·哈维。不过鲍勃并没有认出艾尔顿，他以为艾尔顿早死了。

"伙计们，快来！"鲍勃叫道。

两三个海盗被惊醒了，火药库的大门也被顺势带上了。显然，艾尔顿不能实现计划，他现在能做的，只能是不惜一切地把"飞快号"的消息告诉塞勒斯他们。

船上的争斗很激烈，两三个海盗从甲板上跳下来，试图堵住艾尔顿的去路，但艾尔顿眼疾手快，向他们开了枪。趁海盗们乱作一团时，他跨过舷梯，纵身跳入大海，身后的子弹像雹子似的向他射了过来。

听到枪声的塞勒斯和彭克罗夫他们都很着急，他们觉得艾尔顿这次是凶多吉少了，大家很为艾尔顿揪心。出乎他们意料的是，将近12点30分的时候，独木舟载着艾尔顿靠岸了，他的肩膀受了点儿轻伤，但并无大碍。

现在所有人都意识到了情况的严峻，不管他们愿不愿意，他们已经暴露了，而且海盗不久就会找到这里来，塞勒斯最不想见到的事马上就会发生。

"朋友们，我们要趁着大雾散开之前做好一切准备。"塞勒斯说，"我建议大家分成三组：哈伯和我是第一组，留在'壁炉'，负责控制花岗岩宫下面的海滩；热带翁·斯皮莱和纳布是第二组，你们去慈悲河口防守，吊起木桥，并防止任何人乘船上岸；艾尔顿和彭克罗夫是第三组，你们埋伏在小岛上，阻止'飞快号'在那里登陆。每个人都带上足够的弹药，不必节省。另外我们要尽量不暴露自己，避免和他们肉搏。而且我们每个人都必须要打死八到十个海盗！"

六个人相互拥抱之后，各自以最快的速度奔向了自己的阵地。他们相信"飞快号"上的罪犯没有发现他们，因为在大雾里，即使他们自己都只能勉强看清双桅船的轮廓。

8点钟，从"飞快号"上下来七个人，他们坐着小艇驶向彭克罗夫和艾尔顿埋伏的小岛，显然是要试探一下岛上的情况。这和塞勒斯之前推断的一样。

在小艇距离小岛不远的地方，彭克罗夫和艾尔顿开枪了，掌舵和测量水深的海盗被击毙。几乎与此同时，双桅船上喷出一股烟雾，那是船上的罪犯在开炮。炮弹落在两名枪手藏身的岩石上，顿时碎石乱飞，不过两名枪手毫发无损。

但意外的是，受到枪击的小艇换了舵手之后，在"飞快号"大炮的掩护下，竟继续向慈悲河河口驶去。很明显，他们想从背后包抄小岛。

在第一回合的较量中，海盗们没有占到优势。不过，鲍勃·哈维并未就此罢手，半个小时后，又有十几个人跳上了另一艘小艇。之后，它和第一艘小艇一起，重新驶向了林肯岛民这边。

彭克罗夫和艾尔顿知道情况非常不妙，于是冒着枪弹跳上独木舟，驶向了"壁炉"。他们刚同塞勒斯·史密斯和哈伯会合，第一艘小艇就登上了小岛。

与此同时，第二艘小艇开到了慈悲河河口。在那里，他们遭到了斯皮莱和纳布的致命打击。小艇被那里的岩石撞得粉身碎骨，六个罪犯拼命向残骸角那里逃窜。

林肯岛岛民们到目前为止还没有受创。枪炮声也暂时中止了。

"只要双桅船不开进海峡，我们就能跟他们战斗到底。"彭克罗夫说。

"是的，我们人虽少，却能以一当十。"塞勒斯说，"但如果'飞快号'开进来了呢？"

"这不可能，那么大的船在海峡那儿会搁浅的！"彭克罗夫着急地说。

"有可能。"艾尔顿说话了，"'飞快号'可以趁着涨潮时开进海峡。那时候，我们的马枪可就对付不了它的后膛炮了。"

一个小时后，双桅船果然像艾尔顿所说的那样，驶向了海峡。彭克罗夫和艾尔顿使出全力向对面射击，虽然打中了不少疯狂的海盗，但毕竟还是阻止不了"飞快号"的前进。"壁炉"已经愈来愈危险了，这时斯皮莱和纳布也撤了回来，他们两个人在那里也很难阻止双桅船的攻势。

情况非常紧急，塞勒斯·史密斯必须马上做出决策。撤退到花岗岩宫吗？那里毕竟有足够的储备。可在这期间，强盗们会任意蹂躏林肯岛的，而且他们总有一天会发现花岗岩宫的。继续打下去吗？他们手中的枪根本就不可能打退双桅船上的后膛炮……

这时的"飞快号"还在全力开进，塞勒斯他们已经没有时间犹豫了。

"我们回花岗岩宫！"塞勒斯当机立断。

突然，这些惊恐无助的人们听到远处一声巨响，接着是一阵惨叫声，攻打花岗岩宫的炮声也一下子停止了。

塞勒斯·史密斯和同伴们连忙冲到窗边，他们被眼前的景象惊呆了——"飞快号"被炸沉了，船上的海盗们和它一起沉入了海底。

双桅船已经完全沉到了水底，连桅杆都看不到了。船上的一些物品漂浮在水面上，只是在这些漂浮物中却看不到沉船的残骸，这"飞快号"的突然沉没实在是有些不可思议。

虽然现在对这一问题还没法解释，不过为了不让这些漂浮在水面上的财富流走，彭克罗夫刚和艾尔顿打算乘独木舟去打捞。正在这时，热带翁·斯皮莱想到了另一个问题："慈悲河右岸那六个海盗怎么办？"

的确，虽然双桅船和绝大部分罪犯都被消灭了，可流落在林肯岛上的罪犯也不能被忽视，他们可能随时会带来麻烦。

"这真是个奇迹！"彭克罗夫说，"恰好在我们受到威胁的时候，那群混蛋的船被炸了！"

"那么会是谁把'飞快号'炸掉的呢？"记者问。

"我觉得双桅船不像是被炸掉的，"哈伯说，"当时爆炸的声音很小。倒像是轮船首先受到了撞击，然后由于剧烈撞击引起了爆炸。"

"在这个问题上确实还有疑点，"工程师说，"不过一切都要等我们检查完船身之后，才会有答案。"

随着海水逐渐退去，"飞快号"的船身也渐渐露出海面。他们决定抓紧时间对沉船进行检查。

可是，当他们走进去的时候，塞勒斯却惊呆了。船的内部结构，尤其船头部分遭到了严重毁坏，好像有一颗强劲的炸弹在船的内部爆炸一样。而当他们来到船尾的火药库时，却发现了尚且裹着铜皮的火药。很明显，这里是受创伤最小的部分。这时，彭克罗夫也不得不承认，"飞快号"的沉没不是由于爆炸引起的。

11月3日，纳布在海边散步时，捡到了一块铁桶碎片，上面还有爆炸的痕迹。铁桶扭曲得厉害，还残缺不全，像是受到过爆炸的冲击。

纳布把铁桶交给了主人，工程师拿起它仔细看了看，对彭克罗夫说："朋友，轮船的确不是因触礁而沉没的……"

"我从一开始就坚持这一点，那里根本就没有礁石，您和我一样清楚！"彭克罗夫说。

"撞沉双桅船的是它。"说着，塞勒斯把铁桶递给了彭克罗夫。

"它？"彭克罗夫接过铁桶，看了看说，"这是……"水手虽然已经认出了这个铁桶，但他根本不敢相信。

"没错，彭克罗夫。这是水雷的残片。"工程师说。

现在，沉船的原因已经有了合理的解释，除了这颗水雷的来历之外……

现在，岛民们可以把林肯岛上的这些怪事联系在一起了。

大家相信，有个神秘的陌生人在这两年内默默地帮助了他们——他救了史密斯先生，把装有重要物品的箱子搁在了残骸角，还替艾尔顿写了求救的字条。另外，导航的那堆篝火也是他点燃的。前些天，他又在水下布置了水雷，帮他们消灭了那群海盗……总之，这些无法解释的事都是这个好心人干的。

林肯岛上还有几个流窜的海盗，岛上的居民们当然不能掉以轻心。不过，他们现在还有其他事情要忙，况且这些海盗暂时不会给他们造成重大威胁，于是大家并不急于马上攻击他们。只是岛民们现在不能再像以前一样，毫无顾忌地来往于岛上的每一个地方了，他们必须时刻提防这些海盗。

11 月 20 日，在整理好饲养场和麦田，做完了该做的农活之后，彭克罗夫、热带翁·斯皮莱和哈伯决定去气球港看看他们的"乘风破浪号"。水手一直担心他们的船会受到海盗的破坏。

这一小队人马来到气球港，因为这里被高耸的峭壁遮挡着，外人很难发现，所以他们的自制船当然还好好地躺在那里。

"天啊！"彭克罗夫突然叫道。

"怎么了，彭克罗夫？"记者问。

"有人动过我们的船！"彭克罗夫叫了起来，"这不是我打的结！"

水手的肯定让大家都不再反驳。很明显，彭克罗夫把船开进气球港之后有人用过它，然后又把它放回了那里。这不像是那群海盗干的，他们只好把这也归入不可思议的事件之中。

中午，他们回到花岗岩宫。彭克罗夫把这件事告诉了塞勒斯·史密斯。工程师答应水手，他们不久就会对塔博尔岛和海岸之间的海峡进行考察，建立一个人工港。这样，"乘风破浪号"就可以永远在岛民们的视线之下。

晚饭的时候，大家给在畜栏干活的艾尔顿发了一封电报，让他回来时从那儿带两头羊。可艾尔顿并没有像往常一样回电报，不过大家也并没有太在意，也许他当时正在外面劳动，或者已经在回花岗岩宫的路上了。

第二天天刚亮，塞勒斯·史密斯就接连发了两封电报，还是没有回音。

于是他们带上武器，立刻赶往畜栏。塞勒斯让纳布留在花岗岩宫，这样万一海盗出现，他还可以扯起吊桥和升降机，保护他们的住处。

救援艾尔顿的这几个人沿着小路小心前进，路旁是茂密的树林，海盗可能就藏在里面，因此大家格外注意。同时，他们也沿路检查着电报线。

走到七十四号电线杆时，哈伯叫道："电报线断了。"

"快！去畜栏！"这时大家都感到了情况的不妙。

岛民们着急地向前跑着，他们发自内心地为艾尔顿担心，倒不是因为他没回电报，而是因为他说好昨晚回去却一直没有出现。

终于到了畜栏，那里没有被破坏的痕迹，门和往常一样关着，可是他们既没听见艾尔顿的说话声，也没听见羊叫声。

正当塞勒斯·史密斯要推门进去时，托普突然大叫起来，接着从栅栏上方传来一声枪响。

"啊！"这是哈伯的惨叫，他中弹倒在了地上。

"该死！"彭克罗夫叫道，"他们打中了哈伯！我的孩子！"

热带翁·斯皮莱也跑了过来，他将耳朵贴在哈伯的胸口，听了听这可怜的孩子是否还有心跳。

"他活着，"记者说，"不过，现在不能移动他，先把他抬到畜栏去。"

"等等！"塞勒斯一个箭步绕过左边的栅栏，没等那个海盗开第二枪，就一刀刺入了他的心脏。

与此同时，热带翁·斯皮莱和彭克罗夫把生命垂危的哈伯抬到了艾尔顿的床上。可怜的孩子脸色惨白，脉搏也很微弱，心脏似乎随时都可能会停止跳动，他已经昏厥过去了。

大家小心地解开哈伯的上衣，他的伤口就在第三和第四根肋骨之间的胸口。好在斯皮莱对医学知识略知一二，他先用手帕帮哈伯止血，然后用凉水清理伤口。

在找到合适的消炎药之前，他们决定用冷水做镇静剂——很多正式的医生都习惯于把它作为治疗重症的良方。于是，他们不断地用凉水湿润哈伯的伤口，防止它感染。畜栏的房子里还有一些清凉的汤药，这些都是艾尔顿去森林里打猎时带回来的，这些可以帮助哈伯降体温。

第二天，彭克罗夫和同伴们终于看到了希望——哈伯终于醒来了。塞勒斯·史密斯告诉了他事情的经过，不过，他恳求哈伯不要多说话，要静心休息。唯一让他们放心一些的是，哈伯的伤口并没有发炎，体温也不再升高。很快，哈伯又睡着了，不过，比上次睡得好多了。

与此同时，他们也很担心纳布。他们从花岗岩宫出来已经两天了，塞勒斯害怕纳布担心他们迟迟不归，会冒险来畜栏找他们。如果这样的话，他在路上一定会暴露，疯狂的海盗会杀死他的。而现在电报机又坏了，他们无法告诉纳布这里的情况。

"托普！"斯皮莱眼前突然一亮，他想到上次就是托普带路，他们才找到了史密斯先生。

"对，让托普去！"塞勒斯说。

于是，他唤来托普，在它的项圈上系了一张字条，上面写着：

哈伯受伤了，我们在畜栏。别离开花岗岩宫。那里有罪犯出现吗？让托普带信回来。

不到一个小时，托普果真回来了，脖子上挂着纳布写的字条：

这里没有海盗，我在岩洞等你们。可怜的哈伯！

不知不觉十天过去了，在大家的精心照顾下，哈伯的身体有了明显好转，脸上也有了血色。为了不让少年担心，他们没有告诉他艾尔顿的事，只是跟他说艾尔顿去保护花岗岩宫了。

哈伯的身体正在逐渐康复。他们想等少年再好一些，就抬他回花岗岩宫去，毕竟那里比较安全和舒适。

不过，11 月 27 日这一天，斯皮莱还是冒险走出了畜栏，到附近的树林里去侦察。这时，托普好像闻到了什么，一直来回跑着。斯皮莱知道它并不是闻到了人的气味，否则它会叫出声的。于是记者跟着托普来到了灌木丛。在那里，他发现了一块衣服上的布，记者认出这是艾尔顿身上的，于是赶紧把布带回了畜栏。

"这至少说明，艾尔顿是活着被带走的，他曾经反抗过，现在很有可能还活着。"塞勒斯说。

第二天发生的一件事使他们不得不决定提前回到花岗岩宫。原来一大早，托普突然狂叫起来，不过声音好像很高兴，不是在发怒。

塞勒斯小心地打开门。是于普！没错，是它，托普是在对它表示欢迎。

"一定是纳布派它来的！"塞勒斯·史密斯说，"它身上一定带着信！"

工程师没有说错，于普脖子上挂着一个小口袋，里面放着纳布的亲笔信：

星期五早上 7 点，高地被占领。

他们知道情况正在朝着更加恶劣的方向发展,现在连花岗岩宫都遭到了不测,他们必须马上回去,因为纳布一个人根本不可能应付五个疯狂的海盗。只是,他们担心哈伯的身体会吃不消。

"史密斯先生,我们一定要走!"哈伯坚定地说,"我能挺住路上的颠簸!"

于是,他们抬着哈伯,向着眺望岗出发了,他们随时准备应对突然跳出来的罪犯。好在他们这一路没有遇见任何险情。四十五分钟后,他们到达了花岗岩宫,却被眼前的景象惊呆了。高地刚刚受到了洗劫,一片狼藉。彭克罗夫发誓,一旦碰见那群海盗,一定不会轻饶他们。

不过,现在最让大家揪心的是哈伯的伤情。实际上,经过一路的颠簸,哈伯的伤恶化了,这也是谁都不愿看到的情况。少年又发起了高烧,而且一直处于昏迷状态,甚至出现了精神错乱的症状。他的脉搏微弱而杂乱,口渴得厉害。他们的草药也只能暂时缓解哈伯的发烧症状。

这是一个可怕的夜晚,哈伯被烧糊涂了,昏厥中他还叫着同伴们的名字,这一切都让大家心碎。可包括塞勒斯在内,谁也不能为他找来奎宁,林肯岛上根本就没有这种灵丹妙药。大家只能在一旁守护着他,看着他渐渐地被死神夺走生命。

突然,彭克罗夫惊叫一声,众人赶紧跑到哈伯的房间。他们看到桌子上有一个长方形的小盒子,上面写着:"硫酸奎宁。"

来不及考虑是谁送来了这盒药,塞勒斯立即给哈伯服下了大约十八格令（1 格令=64.8 毫克）的奎宁。现在服药还来得及，因为恶性疟疾还没有再次发作。之后，他们每隔三个小时就再给少年喂一次药。

一个半月之后，也就是1868年的2月份，哈伯的身体已经完全康复了，他甚至已经洗了几次海水澡。于是，塞勒斯决定，立刻对林肯岛进行全面搜查，去肃清时常对他们捣乱的那群海盗。

这次搜查的第一站就是远西地区，他们之前没有来过这里，这一次他们要把整个慈悲河的右岸搜索一遍。

第二天，他们就横穿森林，到达了半岛的尽头。可是，他们没有发现海盗的藏身处，也没有找到那位神秘的好心人。

接下去的一天，也就是2月18日，林肯岛的居民们一整天都在盘蛇半岛的这片森林里搜索。但是，尽管他们找得很仔细，却再也没发现海盗的任何踪迹，他们好像突然间蒸发了一样。

"这并不奇怪，"塞勒斯·史密斯说，"海盗们在残骸角登陆，他们穿过冠鸭沼泽之后，立刻进入了远西森林，这就是我们为什么会在那里发现他们踪迹的原因。但当他们到达海边后，意识到这里不是合适的藏身之地，于是北上，发现了畜栏……"

"不过，畜栏只是一个补充给养的地方，他们不会把那里当作久居之地。"热带翁·斯皮莱补充说。

"不错！"工程师说。

"既然他们也有可能在畜栏，"彭克罗夫着急地说，"我们就直奔那里吧！我们不能再拖延时间了！"

"不，朋友，"塞勒斯·史密斯说，"畜栏我们迟早会去的。但别忘了，在这之前我们必须去一趟远西森林。我们不仅要惩罚罪犯，还要找到我们的那位神秘的恩人。"

　　"您说得对，我们必须找到这位恩人。"彭克罗夫被工程师说服了，"不过我觉得这位恩人的住处会和他本人一样神秘。"

　　不过，无论多么艰难，他们还是会努力寻找这位神秘的好心人的。

　　第二天一早，大家就来到了瀑布河河口，他们沿着富兰克林山的狭窄山谷前进，他们要在这里仔细搜查河床的山谷，同时谨慎地向畜栏周围靠近。

　　一个小时后，他们终于到了畜栏的外围。因为海盗们随时都有可能冲出来，所以彭克罗夫他们必须十分小心。在夜色中，大家小心地监视着附近的森林，这里是海盗们最有可能出没的地方。

　　为了谨慎起见，热带翁·斯皮莱和彭克罗夫先出发，塞勒斯、纳布和哈伯待在原地观察情况，以便随时接应。于普和托普留在后者身边，因为侦察工作必须保持绝对的安静，任何不合时宜的叫声都会打草惊蛇，使大家处于不利的境地。

　　于是，斯皮莱和彭克罗夫出发了。他们非常小心地前进着，一听到什么可疑的声音就立刻停下来，他们每一秒钟都在等待着枪响。离开塞勒斯大概五分钟后，两人就来到了森林边缘，再往前就是畜栏了。

　　他们匍匐着爬向畜栏，周围依然一片漆黑，没有任何光亮。

彭克罗夫试着推了推畜栏的门，门关着，不过外面的门闩没插上。

这只能有一个解释，那就是畜栏已经被海盗占领，并且他们从里面锁了门，所以外面的人不能打开。

斯皮莱和彭克罗夫又仔细听了一会儿，里面的确一点儿声音都没有，寂静得甚至有些可怕。显然，即使海盗们在里面，他们这会儿也毫无防备。假如趁着这个机会对他们发起进攻，成功的概率还是很大的。不过，他们并没有十足的把握。万一失败，就会暴露目标，让自己陷于不利。况且，他们出发前工程师再三叮咛，不要轻举妄动。于是，两个人还是决定回去和塞勒斯商量一下再作打算。

几分钟后，热带翁·斯皮莱就把里面的情况简单地告诉了塞勒斯。

不过，塞勒斯·史密斯的猜测却和彭克罗夫他们的判断有所不同。

"我们现在就去畜栏，"工程师说，"现在有理由相信海盗们这会儿不在那里。"

塞勒斯并没有做过多的解释，他们就向着畜栏出发了。不一会儿，他们就来到了畜栏边。大家朝大门走去，想确定一下它是否真的从里面锁着。

不过，让斯皮莱和彭克罗夫吃惊的是，有一扇门居然开着。

"我敢跟上帝发誓，"彭克罗夫说，"这扇门刚才绝对是关着的！"

岛民们又猜测起来：难道水手和记者刚才来侦察的时候，

海盗不在里面吗？那为什么
这会儿又从里面锁上了呢？
那么现在呢？难道刚才
有人出去了？

可是，谁都想不
通这个中的缘由。

这时候，哈
伯又朝前走了几
步，不过，他突
然停下，又跑到塞勒斯身边。哈伯
的眼睛看着塞勒斯，说："先生……"

"怎么了？"工程师不知道少年看到了什么
会这么吃惊。

"屋里有光亮！"哈伯告诉塞勒斯·史密斯。

"真的吗？"

五个人朝屋子那边走去，透过玻璃窗子，果然发现了微弱
的亮光。

"海盗们在屋里。"塞勒斯说，"而且他们没有防备，我们
今晚就把他们一网打尽！"

大家都端着枪潜入栅栏，做好了准备，就等塞勒斯一声命
令。在工程师的指示下，他们沿着栅栏，小心地向木屋移动。
一会儿工夫，大家都来到了屋前。

塞勒斯·史密斯给同伴们打了个手势，让他们先不要动，

自己则小心地走向泛着微黄灯光的窗户。

他朝屋里看了一眼，床上躺着一个人，他的手腕和脚踝还有大块的青肿。

"艾尔顿！"塞勒斯不敢相信自己的眼睛，除了艾尔顿之外，屋子里没有任何人。

大家一起冲进了木屋。房门与其说是被打开的，倒不如说是被撞开的。大家根本就不能相信艾尔顿会躺在畜栏的木屋里，他们以为他早就被海盗害死了。他们也不敢相信会在这种状况下找到艾尔顿。

"艾尔顿！艾尔顿！"

大家试图把他叫醒，这个可怜的人显然受到了长期的折磨。

"这是在哪儿？"听到有人叫自己的名字，他迷迷糊糊地睁开了眼睛。

"畜栏！"彭克罗夫回答道。

"只有我们吗？"艾尔顿问。

"对！只有我们！"

"快！准备战斗……海盗们马上就来……"话还没说完，艾尔顿就筋疲力尽地倒在了床上。

所有人都意识到了情况的危急，托普也突然挣脱了拴住它的绳子，狂叫着朝屋子右边冲去。

大家跟着托普跑了出去，他们的手都扣着扳机，随时准备射击。托普一直把他们带到了一条绿树成荫的小溪旁。

所有人都傻眼了——河岸上漂着五具尸体——就是这四个

月以来在林肯岛上流窜的罪犯的尸体。

第二天，艾尔顿从昏睡中醒来，看到分别了几个月的朋友，显得格外高兴。接着，艾尔顿就叙述了他这些天的遭遇，至少是他知道的那一部分：

10月10日，他到畜栏的第二天，就遭到了海盗的突袭。那些家伙把他带到富兰克林山山脚的一个山洞里，海盗就躲在那儿。正当他们准备杀死艾尔顿时，其中一个人认出了他。海盗们逼艾尔顿重新下水，帮他们夺取林肯岛。但艾尔顿宁死也不愿背叛朋友。

于是，他就被绑住手脚，在山洞里过了四个月。这期间，海盗们疯狂地折磨他。艾尔顿的身体变得越来越虚弱，渐渐地失去了意识。尤其这两天，他甚至都不知道发生了什么，当然更不知道海盗们是怎么死掉的，以及自己又是怎么从山洞回到了畜栏的。

"一定又是我们那位神秘的恩人。"塞勒斯·史密斯说，"艾尔顿，你应该就是被他背到了这里的。而那些海盗们也一定是被他杀死的。"

"我们一定要找到他！"塞勒斯说。不过，他知道这位神秘的人在故意躲着他们，只有当他愿意在岛民们眼前露面时，他们才有可能看见他。

第九章 林肯岛的保护神

"现在，我们已经不用担心海盗的骚扰了。"塞勒斯·史密斯说，"不过，我们并不是依靠自己的力量才重新成为林肯岛的主人的。"

"那么，我们就尽快仔细地勘察全岛吧！"彭克罗夫说，"这次我们不能放过任何一个山洞和沟壑！"

于是，搜索行动从当天就开始，持续了整整一个星期。从富兰克林山的两座山谷，到整个南部的森林深处，还有整个沙丘地区，大家不放过任何一个细小的地方。他们甚至对每一块岩石都勘察了一番。

但结果都是——没有！他们努力了好长时间，可最后的结果却是一无所获。塞勒斯·史密斯和同伴们都很懊恼。或许正像工程师猜想的那样，这位神秘人物不愿意出现，只有在他想出现的那一天，塞勒斯他们才能和他见面。

大家怀着对这位神秘人物的敬仰，回到了他们的花岗岩宫。一个月后的3月25日，是他们来到林肯岛的三周年纪念日。

这天晚上，大家开心地聊了很久。正当大家准备上床睡觉时，电报铃响了起来。大伙面面相觑，都以为自己听错了，因为所有人都在花岗岩宫，畜栏里根本没有人，就连于普和托普也在他们身边。

　　"这是怎么回事？"纳布问。

　　没有人回答他，大家都惊呆了。

　　"外面下着雷雨，"哈伯说，"可能是闪电的影响……"

　　大家都看着工程师，等待他的回答，可他摇了摇头。

　　"再等等。"热带翁·斯皮莱说，"如果真是畜栏那边发的电报，不管他是谁，肯定会再发的。"

　　果然，话音刚落，电报铃又响了起来。

　　塞勒斯一步跨到电报机旁，发过去一个问题："您有什么要求？"

　　不一会儿，指针在字母盘上摆动起来。回电是："立刻来畜栏。"

　　"他终于愿意出现了！"塞勒斯·史密斯叫了起来，"快走！"

　　他们顿时睡意全无，大家都跟在塞勒斯身后急急地往畜栏赶，根本顾不得外面正下着雨。

9 点 15 分，他们终于来到了畜栏的小木屋。可是屋子里一片漆黑，一个人都没有。纳布点上一根火柴，屋子里跟上次离开时一样。

"看！这有一张纸！"哈伯指着电报机旁的字条叫道。

纸上用英文写着一句话："沿着新铺的电报线走。"

"出发！"塞勒斯说。这时他才发现，电报是从一个神秘的处所直接发到花岗岩宫的，而神秘处所和畜栏之间已经新架了一条电报线。

从这条电报线的方向来看，它似乎要穿过森林和富兰克林山的南部支脉，继而向西延伸。

"跟着它走。"塞勒斯·史密斯说。

在风雨中，大伙顾不上说话，一个劲儿地往前走。他们先翻过畜栏山谷和瀑布河谷之间的支脉，从最狭窄的地方穿过瀑布河，然后再翻过西南面的支脉。之后，他们顺着电报线走下了花岗岩的石壑，向岩洞内前进。路很难走，不过他们这会儿也顾不了那么多了，只是一直向前走。

出了石洞，电报线拐了个弯，通到了海滩的岩石上。又往前走了大约一百步，所有人都惊呆了——电报线钻进了海里……

"等等。"塞勒斯拦住了大家，"我们等退潮后再下去。那时这里肯定会有一条路，否则他不会叫我们来的。"

工程师的话是符合逻辑的，所以没有人对此提出反对意见。大家就这样等了几个小时。

午夜时分，海水下降了十五英尺，一个巨大的洞口露了出来，洞口的顶端离海面至少八英尺。它就像一座石拱桥，海水从下面流过。

这时大家看到水面漂来一艘小船，显然它又是神秘人物送来的。

"上船！"塞勒斯·史密斯说。

于是，大家都跳上了小船。纳布和艾尔顿划桨，彭克罗夫掌舵，塞勒斯·史密斯提着灯在船头照路。

这是一个玄武岩构成的山洞，洞内很黑，大家看不出它究竟有多大。小船在黑暗中摸索着前进，导航的塞勒斯必须十分小心地看着电报线的走向，他不时地提醒彭克罗夫"右转""直走"……

"停！"塞勒斯·史密斯终于喊停了。

岛民们看到山洞里射出了夺目的光芒。怪不得大家找不到神秘人物的住处，他们怎么也想不到在林肯岛底部竟有这么一座山洞。

塞勒斯·史密斯打了一个手势，船桨重新划动继续前进，他们马上就要见到苦苦寻找的好心人了。

小船慢慢向洞内移动，离它越来越近。站在船头的塞勒斯·史密斯激动得不能自已。

"是他！一定是他！只能是他！"工程师自言自语，这声音只有他一个人可以听到。

塞勒斯和同伴们登上平台，钻进了一个走廊。走廊的尽头有一扇门，塞勒斯加快脚步走过去，激动地把门推开。

这时，塞勒斯·史密斯开口了。他的话让伙伴们感到震惊："尼摩船长，我们来了。"

躺在沙发上的人站了起来，灯光照亮了他端庄的脸庞。他的额头很高，一头浓密的白发向后披着，神情孤傲却很安详。

"我没有名字，先生。"

"可我听到过这个名字，敬爱的船长。您是'鹦鹉螺号'潜艇的主人，对吧？虽然您隐居海底已经三十年了，可是一个偶然来到您船上的法国人写了一本叫作《海底两万里》的书，介绍过您的故事。"塞勒斯·史密斯接着说。

"那么您一定是一直帮助我们的那个好心人了。"哈伯激动地说，"谢谢您！"

"还是听我讲完我的故事之后再谢吧，我的时间已经不多了。"

于是，他用最简洁的语言描述了自己的一生。

众人静静地听着尼摩船长的讲述，心里却是无比激动，眼前这个可敬的老人就是两年多以来默默帮助他们的恩人！

但是，他并不需要大家的过分感激，船长的所作所为是出于自己对善的强烈追求。如果不是生命即将走到尽头，他依然不会利用电报向塞勒斯·史密斯他们发出邀请。

塞勒斯已经感觉到了尼摩船长的生命正在衰竭。这位面色苍白的老人心跳越来越无力，说话时间一长便要倒在沙发里休息几分钟。

在船长几近失去知觉的空当里，热带翁·斯皮莱仔细观察了他的病情。老人曾经强盛的体力在逐渐衰竭，这是生命的一种正常衰退，任何人都无能为力。

沉默了一会儿，尼摩船长接着说："先生们，我明天就要死了。我死后，除了'鹦鹉螺号'，我不需要任何坟墓。我的朋友都先我而去，我马上就可以和他们一起长眠海底了。"

停了一会儿，船长又继续说："林肯岛的地质变化越来越明显，由于洞口的抬升，'鹦鹉螺号'再也离不开山洞了。不过，它可以沉到深渊，那里就是我的归宿。"

所有人都无比虔诚地听着垂死者的临终遗言。

午夜过后不久，尼摩船长的四肢冰凉了。林肯岛的守护神就这样安详地离开了……

大家见证了一个可敬的生命消逝的过程，他们心里是悲痛，是遗憾，还是向尼摩船长的孤独致敬？或许，这些都有。

哈伯和彭克罗夫哭了，艾尔顿也偷偷为这个救了自己的人流下了泪水。纳布伏在船长身边长跪不起，而热带翁·斯皮莱却一动不动。

现在，那种总能在危难时刻出现的神秘力量消失了，他们不知道自己以后的命运会掌握在谁的手中……

第十章　结局

早上 9 点钟，岛民们回到了花岗岩宫。

1868 年 1 月 3 日清晨，哈伯在眺望岗远眺时，看到火山顶上冒出了一道巨大的黑烟。于是，少年立即叫来了其他伙伴。

"火山内部一定在燃烧。"热带翁·斯皮莱说。

记者的猜测是正确的，火山内部的燃烧使岩石沸腾，它们在气流的冲撞下喷涌而出，形成一片蘑菇状的浓烟。

"朋友们，"塞勒斯严肃地说，"毫无疑问，火山下的物质已经处于沸腾状态，我们不久就会遭到岩浆喷发的威胁。"

"那么，我们赶快加紧造船吧。艾尔顿、纳布、哈伯、史密斯先生、斯皮莱先生，等船造好后，我们至少能抵挡一阵。"彭克罗夫催促道。

于是，大家都去船厂劳动了。他们的进展很快，现在，新的木船已经开始安装外板了。

在距离眺望岗六英里的地方，富兰克林山燃烧得像一个巨大的火把，冒着黑烟的火苗在火山口处跳动着。孤岛上空被一层黄褐色的幕布笼罩着，这层幕布甚至遮蔽了天空，只有几颗星星在微弱地闪烁着。

于是，史密斯再也坐不住了。他叫上艾尔顿和他一起赶到了畜栏，他想知道情况到底有多严重。

畜栏离富兰克林山很近，在这里可以看到山口不停地往外喷洒着烟雾，形成了一团团乌云。浓烟里还飘浮着很多粉末状的岩渣，这些粉末细小而轻微，可以在空气中飘浮几个月再落到地面。

"我们的处境很糟糕，对吗？"艾尔顿问工程师。

"恐怕是这样的，艾尔顿。"塞勒斯一脸凝重，"这些浓烟，还有这所有飘浮在空气中的矿物粉尘，都说明火山内部发生着剧烈的变化。"

"那么，这种状况难道是我们无法控制的吗？"艾尔顿问。虽然艾尔顿来到林肯岛的时间并不长，但他深知塞勒斯·史密斯已经在这里创造了很多奇迹。

"至少在目前的科技状况下，人类对于这种剧烈的地质灾害是无能为力的……"塞勒斯说。

"那么，我们现在……"

"快，我们一定要去埋葬尼摩船长的山洞看看！"工程师突然想到了尼摩船长临终前对他的提醒。

于是，艾尔顿和工程师向着埋藏尼摩船长的山洞出发了。去山洞的路上，铺满了浓烟灰尘，树林里没有任何野兽，连鸟儿的叫声都听不见了。微风扬起了地上的火山灰，把两个人裹在了卷着黑土的旋风中。他们不得不用手帕捂住眼睛和嘴巴，

否则，刺鼻的烟尘就会落入眼睛和喉咙。

尽管如此，他们还是觉得很难受，空气似乎马上就会燃烧起来。于是，他们每走百十步就被迫停下来喘口气，然后再继续前行。这样，到达西北海岸的山顶时，已经是10点钟了。

塞勒斯·史密斯和艾尔顿继续沿着陡峭的山坡往下走，然后乘着上次的那艘小船进入了尼摩船长的海底山洞。

"鹦鹉螺号"已经不在这里了，它的光芒也不再照耀着黑暗的山洞了。艾尔顿点燃一盏灯，放在船头。灯光虽然微弱，但塞勒斯和艾尔顿还是能够沿着岩石的石壁前进。

在这里，两个人都清楚地听到跟上次一样的隆隆声，并且还闻到了刺鼻的硫黄蒸汽的味道。

于是，艾尔顿划桨划得更用力了。二十五分钟后，小船来到了石窟的尽头。待小船停稳，塞勒斯·史密斯站起来，用灯来回照着石壁的每一个角落。

这部分石壁上有许多缝隙，用肉眼几乎看不出来，呛鼻的烟雾就是从这些缝隙中漏出来，弥漫在山洞的空气中的。

塞勒斯皱了皱眉头，喃喃地自言自语："尼摩船长担心的就是这个。他说得对！真正的危险就在这里！"

工程师做了个手势，于是艾尔顿掉转船头返航了。他们在畜栏待了一夜，把一切都料理好。

第二天，他们回到了花岗岩宫。塞勒斯·史密斯觉得现在有必要告诉大家他和尼摩船长的密谈内容。

"朋友们，请听我说，"塞勒斯郑重地说，"无论我们愿不愿意，林肯岛正在走向毁灭。"

"请说得明白点儿，史密斯先生。"热带翁·斯皮莱说。

"大家听我解释，我现在必须让你们知道尼摩船长临终前和我的谈话内容。"塞勒斯说，"无论你们有多惊讶，请先不要打断我。"

"正如尼摩船长预测的那样，林肯岛的地理布局很特殊，它早晚会引起孤岛的海底结构发生断裂，而断裂带就在他的海底山洞里。昨天，我和艾尔顿去那里就是想验证尼摩船长的担心。不过，我要说的是……很遗憾……他的担心不是多余的。"

接着，塞勒斯·史密斯把他俩昨天见到的情况一五一十地告诉了大家。所有人都惊呆了，他们不愿意想象，自己待了三年的林肯岛最后会遭此厄运。

毫无疑问，林肯岛正面临着巨大的威胁。这种威胁就来自于地下。孤岛究竟还能存在多久，这完全取决于海底山洞的石壁能坚持多久。可能是下个月、下个星期，也可能是下一天，甚至是下一小时、下一分钟……

听了工程师的话，大家首先不是为自己的生命即将被埋入海底而恐慌。他们想到的是曾经为之付出了智慧和汗水的岛屿，它就要面临毁灭的威胁，这让人很痛心。不过，他们现在唯一能做的，就是以最快的速度把船造好，一分钟都不能浪费。既然他们的保护神已经不在了，现在他们只能依靠自己。

不过，他们造船的速度终究赶不上地层剧烈变化的速度。从1月到3月，林肯岛的地质变化简直快得惊人，岩浆已经开始喷发，并已吞噬了畜栏、红河源头和啄木鸟林。在它的作用下，火山顶部的帽状火山锥转眼间被掀开了，它重重地滚下来，震动了孤岛的整个地面。渐渐的，林肯岛的整个西部地区都被破坏了……火山已经完全复活，一股岩浆从新形成的火山口喷涌而出，好似一条条火舌从地下直喷而上，林肯岛正在一步步被吞噬。

这样他们一直坚持到了3月8日，他们已经找不到任何藏身之处了。所以虽然木船上部的缝隙还没填好，塞勒斯·史密斯还是决定让它立刻下水。

然而不幸的是，就在大家准备登船的那天晚上，一股大得骇人的蒸汽柱从火山口喷涌而出，冲到三千英尺的高空，同时，还发出了震耳欲聋的爆炸声。海底石洞终因抵挡不住强大的气压而断裂。被炸碎的岩石坠落在太平洋里，一眨眼的工夫，林肯岛就被汪洋大海所淹没了。那艘他们给予了最后希望的木船也早已粉身碎骨。还没来得及上船的岛民们被气流抛到了海里，不过这使他们避免了碎石的袭击。

浮出水面后，他们只看到了附近残存的一堆岩石，于是大家拼命游过去。现在，塞勒斯·史密斯第一次感到了绝望，在巨大的自然灾难面前，人类的智慧和学识都显得苍白无力。他们现在所能做的，就是在这里等待上帝的召唤。还有就是梦想格雷那万勋爵的游轮恰好在这个时候去塔博尔岛接艾尔顿。但即便如此，他们依然没有获救的希望，因为他们还没来得及把艾尔顿搬家的消息送到塔博尔岛。

大家就这样在岩石上坚持了近一个星期，他们随身带的粮食早就吃光了，现在已经奄奄一息……

3月24日上午，还剩下最后一口气的艾尔顿瞥见一艘轮船开足马力从远处驶来，于是他努力地跪在地上向远处的小黑点扬起了胳膊。

"'邓肯号'……"

说完这句话，他就倒下去了……

经过尽心地照料，塞勒斯·史密斯和同伴们终于醒了过来。他们这时正躺在一艘汽船的船舱里。身旁的船员告诉大家，他们已经脱险了，现在就在"邓肯号"上。

指挥这艘船的是格兰特船长的儿子罗伯特，他奉命到塔博尔岛去接赎了十二年罪的艾尔顿回国。

"可是，罗伯特船长，"塞勒斯·史密斯问，"您在塔博尔岛上没找到艾尔顿，为什么会驶向这里呢？地图上并没有这里的坐标，而且这儿也不在太平洋的航线上。"

"我是看到你们在塔博尔岛上留下的信之后，才找到这里来的。"罗伯特船长说。

"信？你是说有人在塔博尔岛留了一封信？"斯皮莱说。

"是的，你们看。"说着，罗伯特船长拿出了一张字条，上面清楚地标出了林肯岛的经纬度，还写着："艾尔顿和五个美国人在那里等你。"

塞勒斯·史密斯认出了字条上的笔迹，这和畜栏里那封信的笔迹一样。

"信是尼摩船长送到塔博尔岛的。"塞勒斯·史密斯说。

"尼摩船长！"彭克罗夫叫了起来，"这么说，是尼摩船长驾着'乘风破浪号'去了塔博尔岛……"

"就是为了送这封信！"哈伯补充道。

这时，林肯岛岛民们脱下了帽子，虔诚地为他们的恩人祈祷。

"史密斯先生，这是尼摩船长的最后馈赠。"艾尔顿一边说着，一边把那只箱子递了过来。

原来，在林肯岛即将沉没的时候，艾尔顿冒着生命危险把它抢救了出来。

"啊！艾尔顿！"塞勒斯·史密斯无比激动地叫了起来。

接着，工程师告诉罗伯特船长，艾尔顿已经由一个罪犯转变成了一个诚恳正直的人了。

于是，罗伯特船长满怀兴致地听他们讲述了三年来他们在林肯岛上的传奇般的故事。从此，这块礁石的位置被永远地标注在了地图上。

至于这些终于回到祖国的林肯岛岛民们，他们从此再也没有分开。大家用尼摩船长的馈赠，在艾奥瓦州买了很大一片土地，并用自己曾经生活了三年的孤岛的名字为它命名。在这块土地上，也有一条慈悲河、一座富兰克林山、一个格兰特湖、一片远西森林……

语文阅读经典丛书·第八辑

机器岛

文质　改编

江西教育出版社
JIANGXI EDUCATION PUBLISHING HOUSE
·南昌·

图书在版编目（CIP）数据

语文阅读经典丛书. 第八辑/文质改编. — 南昌：
江西教育出版社，2020.11
ISBN 978-7-5705-2120-3

Ⅰ．①语… Ⅱ．①文… Ⅲ．①世界文学－作品综合集
Ⅳ．①I11

中国版本图书馆 CIP 数据核字（2020）第 191340 号

语文阅读经典丛书·第八辑
YUWEN YUEDU JINGDIAN CONGSHU·DI-BA JI

文质 改编

出 版 人：廖晓勇
策划编辑：杨 柳 张 龙
责任编辑：朱 丽
出版发行：江西教育出版社
地　　址：江西省南昌市抚河北路 291 号　　　　　邮编：330008
邮　　箱：jxjycbs@163.com
网　　址：http://www.jxeph.com
电　　话：（0791）86705643
经　　销：各地新华书店
印　　刷：湖北嘉仑文化发展有限公司
规　　格：880mm × 1230mm　　　　　1/32　　　　　24 印张
版　　次：2020 年 11 月第 1 版
印　　次：2020 年 11 月第 1 次印刷
书　　号：ISBN 978-7-5705-2120-3
定　　价：148.80 元（全 6 册）

赣版权登字 -02-2020-495

第一章　四位演奏家

　　四位演奏家出门去旅行，他们在一个火车站上了一辆马车。走着走着，突然马车失去了控制，一头栽到路旁的斜坡下面，车上的人和东西都被甩了出去。

　　"有人受伤了吗？"第一位演奏家飞快地从地上爬起来，掸了掸身上的土，问他的同伴们。

　　"我只是擦破了点儿皮！"第二位演奏家一边回答，一边用手轻轻抚摸着被划伤的脸颊。

　　"我也只是受了点儿擦伤！"第三位演奏家回答道。他的小腿上被划了一道浅浅的口子。

　　"我的大提琴！"第四位演奏家叫了起来，"我的大提琴可别出什么事！"

还好，几个乐器盒都够结实，乐器仍安稳地躺在里面。

"该死的火车，竟把我们甩在了半道上！"一位演奏家说。

"还有该死的马车！"另一位接着他的话说。

"又正好赶上天黑！"第三位补充道。

"还好，我们的演奏会后天才举行！"第四位庆幸地说。

随后，几位艺术家便你一言我一语地自嘲起来。对眼前的这件倒霉事，他们倒是很看得开。

但他们很快发现，马车夫伤得比较重。由于扭伤了脚，他无法再走动了。而且马车也报废了，两匹马此刻正躺在地上，奄奄一息。总而言之，一天之内，这四位艺术家在加利福尼亚接连遭遇两次意外事故。两次？一点儿没错，事情就是这样的。

加利福尼亚首府旧金山有火车直达圣地亚哥。四位演奏家正是奔圣地亚哥去的，因为后天他们将在那座城市举行一场演奏会。这场演出在当地早就宣传开了，那儿的人们正等着他们到来呢。他们是头一天晚上从旧金山启程的，火车在行驶到距离圣地亚哥只剩下 80 千米时，发生了第一件意外事故——前方 4~5 千米长的铁轨被洪水卷走了，因此火车被迫停了下来。

由于事故发生得很突然，铁路公司还没来得及组织乘客转车。因此，四位演奏家只有两种选择：坐等铁路通了再走，或者到最近的小镇找辆马车去圣地亚哥。

他们选择了后一种办法，在附近的镇子上找到了一辆破旧的四轮马车。他们把行李留在火车上，随身带着乐器就出发了。从下午 2 点到晚上 7 点，他们的行程还算顺利，但没想到现在又出现了第二个意外：马车报废了。而此时，四位演奏家距离圣地亚哥足足还有30千米！

那么，四位演奏家为何从法国巴黎千里迢迢来到美国加利福尼亚演出呢？在过去的几十年里，美国国旗上的星星数量增加了一倍，工商业得到了空前的发展。同时，野心勃勃的美国人的艺术细胞也渐渐发达起来，虽然他们自己的文化产品屈指可数，但是欣赏艺术品的风气已经在他们中间流行开来。

音乐方面，美国人最初迷恋的音乐家是阿列维、古诺、瓦格纳、马塞、雷耶和马斯内等。后来，他们逐渐能够理解莫扎特、海顿和贝多芬的作品了。戏剧方面，他们首先醉心于歌剧，然后是抒情剧，接下来是交响曲和奏鸣曲。就在我们谈论这件事的时候，在美国的好几个州里，奏鸣曲正大行其道呢。

四位才华横溢的演奏家得知这些情况后，便产生了去美国淘金的想法。这四位好伙伴以前同为法国音乐戏剧学院的学生，他们的室内音乐在巴黎已经小有名气。

当时在美国，知道室内音乐的人还寥寥无几呢。这种乐曲是用四件弦乐器——第一小提琴、第二小提琴、中提琴和大提琴来演奏的，而这四位演奏家的演奏水平，在当时可以称得上登峰造极！

总之，我们的四位演奏家决定让美国人见识见识室内音乐的魅力。他们一起来到美国，很快就博得了满堂喝彩，并且获得了一个响亮的名号——"四重奏"。

让我们赶快来认识一下主人公们吧！

伊韦尔内——第一小提琴手，32 岁，他身材瘦高、满头金发、没有胡子、眼睛又大又黑，一双细长的手仿佛就是为拉小提琴而生的。他喜欢披一件深色的斗篷，戴一顶丝质高顶礼帽。这种打扮看起来好像有点儿装腔作势，但他的确是这伙人中最无忧无虑的一个。

弗拉斯科兰——第二小提琴手，30 岁，是个胖胖的小个子，他有着棕色的头发和胡子、黑黑的眼睛、大大的鼻子、鼻梁红红的——那是被近视眼镜压的。他热情而细心，管着这个小团体的账，总是劝大家花钱时省着点儿，但是从没有人听他的。

潘希纳——中提琴手，27 岁，四个人中数他最年轻，也数他最爱嘻嘻哈哈。他的头发是红棕色的，小胡子修得整整齐齐的，还向上翘着。他老爱跟人开玩笑，经常搞些恶作剧，为此没少挨"四重奏"头头儿的训斥。

他们的头头儿是 55 岁的大提琴手塞巴斯蒂安·佐恩，他是个小个子。他的络腮胡和头发连在一起，面颊晒成了红褐色，戴着一副眼镜，镜片后面的眼睛炯炯有神。他的双手胖乎乎的，无名指和小指上还套着粗大的戒指。

一般来说，大提琴手的火气都很大，说起话来粗声大气，却又吸引力十足。塞巴斯蒂安·佐恩也不例外。所以，伊韦尔内、弗拉斯科兰和潘希纳都听他的。安排曲目和旅行路线，与剧院经理洽谈，诸如此类的事全都由他负责，这使得他的暴躁脾气有的是发作的地方。唯独财务不用他操心，因为有会计弗拉斯科兰呢！

介绍完了主人公，让我们回到故事中来吧。佐恩仔细地查看着大提琴琴盒。弗拉斯科兰走到马车夫身边，问："伙计，我们现在该怎么办？"

"没有马，又没有车，"马车夫回答道，"我们只能等。"

"我们现在在哪儿？"

"在离弗莱夏尔8千米的地方。"

"那儿有火车站吗？"

"没有，那是一个靠近海边的村子。"

"我们在那儿能找到车吗？"

"那儿没有马车，应该能找到牛车吧。"

佐恩发话了："还是问问他那个叫弗莱夏尔的村子里有没有客店吧。半夜三更赶路，我可受不了！"

"伙计，"弗拉斯科兰问，"弗莱夏尔有没有客店？"

"有，我们本来就要去那儿过夜的。"

"怎么去那里？"

"顺着大路直走就行了。"

"那你怎么办？你伤成那个样子。"潘希纳提醒道。

马车夫说："没什么。我宁愿和我的马车待在一起。等天亮了，我再想法子。"

"那我们一到弗莱夏尔，就找人来帮你。"弗拉斯科兰说。

"谢谢！客店老板和我很熟。"

"我们该动身了吧？"大提琴手催促道。

"别急，"潘希纳说，"先把我们的马车夫安顿好再说嘛！"

三个人把马车夫抬到路旁的一棵大树下。

然后，弗拉斯科兰对马车夫说："我们一到弗莱夏尔，就叫那个店老板派人来把你弄回去，你还有什么要交代的吗？"

"你们有杜松子酒吗？"

潘希纳二话没说就把自己的酒壶递了过去。

"伙计，有了这个，"他说，"今天晚上你就不冷了！"

最后，在大提琴手的催促声中，"四重奏"上路了。

第二章 奏鸣曲的威力

在加利福尼亚崎岖的道路上，要时刻担心别的威胁——需要武器来抵御的威胁。"四重奏"的全部武器就是两把小提琴、一把中提琴和一把大提琴。

潘希纳走在最前面，眼睛时刻盯着路旁的斜坡。眼下，道路两边的斜坡平整而陡峭，人和动物都很难爬上来，所以不用担心会遭到突然袭击。然而没过一会儿，道路延伸至一片密林，周围全是高达40多米的加利福尼亚巨杉，每一棵巨杉的后面都可以藏10多个人。突然，潘希纳停下了。紧随其后的弗拉斯科兰也停了下来。塞巴斯蒂安·佐恩和伊韦尔内立刻跟了上来。

"怎么了？"弗拉斯科兰问。

"我好像看见什么东西了……"潘希纳回答道。

"人还是野兽？"弗拉斯科兰问。

"我不知道。"

大家紧紧靠在一起，瞪大眼睛，静静地瞧着。潘希纳看到的是一个比人大得多的物体，这个庞然大物只能是身材粗壮的

四足动物。一头猛兽！是什么猛兽呢？

"是熊。"弗拉斯科兰也看到了。

确实是一头熊，而且是一头巨大的熊。四个人的心往下一沉。情急之中，他们面对着熊，慢慢地向后退，不敢快速逃跑，唯恐惊动了熊。那只野兽发现了他们，一步步逼了过来。

"我们是不是该分头逃跑？"潘希纳建议道。

"千万别！"弗拉斯科兰阻止说，"要是那么做，我们中肯定会有一个人被它抓住！"

幸亏潘希纳的提议没有被采纳，否则后果不堪设想。"四重奏"紧紧地靠在一起，一步步地退到了一块林中空地的边上。熊越逼越近，吼叫声变得急促起来，而且加快了脚步。他们的脚步开始乱了，弗拉斯科兰更加急切地叮嘱大家："稳当点儿，朋友们，稳当点儿！"

他们慢慢地退离空地，隐进了茂密的树木间。但危险并没消除，熊极有可能突然扑过来。它的吼叫声已经停止了，脚步已经放慢了，它显然是在准备发起攻击。正在这生死关头，浓密的树荫里忽然响起了一阵悠扬的音乐声。是伊韦尔内！这法子太妙了！想想也对，音乐家遇到危险时为什么不求助于音乐呢？熊的野性消失了，好像正在欣赏音乐。它一边放慢脚步，一边仿佛发出轻轻的喝彩声。

四个人继续后退，伊韦尔内始终拉着小提琴。这头熊停了下来，鼓掌似的拍着两只手掌。潘希纳也拿起他的乐器，和伊韦尔内一唱一和。在两把提琴的配合下，这头野兽手舞足蹈起来，任凭"四重奏"消失在远处。

"一头马戏团的熊而已。"潘希纳轻蔑地说。

弗拉斯科兰乐了，说道："伊韦尔内想的点子真绝妙！"

"快走！"佐恩催促道，"别往后看！"

晚上9点钟左右，他们到达弗莱夏尔。这儿大约有40座房屋，准确地说是小木屋，它们散落在一个广场周围。这就是弗莱夏尔，一个距离海滨3千米的偏僻小村落。

"这也算一个村子？"潘希纳皱起了眉头。

"难道你还想在这儿找到纽约的影子？"佐恩回了他一句。

"咦？客店呢？"弗拉斯科兰问。

是啊，马车夫说过的那家客店呢？那家据他说可以给这几位落难的旅客提供食宿的客店呢？还有那位店老板呢？莫非塞巴斯蒂安·佐恩和他的伙伴们迷路了，这儿不是弗莱夏尔？

他们一家接着一家地找，试图发现某个房门前悬挂着客店招牌。然而很快他们就失望了，因为整个村子没有一扇门、一扇窗子是开着的。现在该怎么办？继续上路去圣地亚哥？可是他们又累又饿，再也走不动了。马车

夫说过，这一带沿海地区没有其他村子，只有这一个。此时，潘希纳灵机一动。"伙计们，"他说，"刚才我们怎么对付熊的，现在就怎么对付人呗！我们来段恢宏的曲子，肯定能叫醒这些乡下人！"

急脾气的塞巴斯蒂安·佐恩没等潘希纳把话说完，就取出了他的大提琴，安放到了三角支架上。与此同时，他的同伴们也都准备妥当了。

"翁思洛的降 B 调四重奏。"他吩咐道，"预备——开始！"

这首四重奏的乐谱他们早已背得滚瓜烂熟，所以四位演奏家不必看乐谱，就能用他们灵活的手指将这首曲子完美地演奏出来。村子上空飘扬着激昂的琴声，任何人听了都会心旷神怡，除非他是聋子。然而谁也没想到，竟然没有一间房门打开，没有一个人醒过来！乐章在雄壮有力的旋律中结束了，而弗莱夏尔村却一点儿反应也没有。

"这叫什么事啊！"塞巴斯蒂安·佐恩又开始发火了，"好吧！我们再来一次。不过伊韦尔内，你拉 D 调；弗拉斯科兰拉 E 调；潘希纳，你拉 G 调；我拉 B 调。好啦，现在使劲拉！"

简直是让人无法忍受的声音！但是，刚才那一段悦耳动听的音乐没能获得的效果，这回反倒得到了！弗莱夏尔的村长当然不是聋子，他醒了过来。好多房子里透出亮光，有两三家的窗户已经被打开。

一位观众向前走了几步。他们没有注意到他是何时来的。这人的体型很庞大，他从一辆电动车上下来，然后走上前，亲切地说："打扰了，先生们，我是一个音乐迷。我为你们的演奏深深折服。"

"为最后那段曲子？"潘希纳嬉笑着问。

"不，先生们，为头一段。我很少能听到翁思洛的这首四重奏被演奏得如此完美！"

从这一句话就能判断出，此人是音乐方面的行家。

"不过，我也从未听到过有人那么完美地拉出那么不协调的曲子呢。我理解你们的做法，这是为了唤醒弗莱夏尔的那些村民。遗憾的是，他们现在又睡着了。这样吧，先生们，你们试图用这种办法从弗莱夏尔村的村民那儿获得的东西，请允许由我来提供吧。"

"您的意思……"弗拉斯科兰说。

"是的，我招待你们。假如我没搞错的话，站在我面前的，想必就是赫赫有名的'四重奏'吧？"

"先生，"弗拉斯科兰继续说道，"您过奖了。还有您说的招待，不知我们在哪儿能……"

"在离这儿3千米的地方。"

"是个村子吗？"

"不，是一个城市。"

"一个城市？"

"没错。"

"对不起，"潘希纳插话道，"当地人对我们说，在到达圣地亚哥之前，一路上没有别的城市。"

"这是个错误。"

"错误？"

"是的，先生们，如果你们愿意和我一起走，我保证你们会受到最热烈的欢迎！"

"我接受邀请。"伊韦尔内说。

"我也接受。"潘希纳附和着说。

"别忙！"塞巴斯蒂安·佐恩大叫道，"我这个乐队指挥还没有表态呢！"

"您的意思是……"那个人试探着问道。

弗拉斯科兰过来解释说："圣地亚哥有人正等着我们呢。"

"在圣地亚哥，"大提琴手直着腰板说，"有人邀请我们去那个城市举行几场音乐会。后天，就是星期日，我们必须在那儿开始第一场演出。"

"原来如此。"这人的语调中流露出不快。很快，他又说道："这没什么关系，先生们。一天的时间，足够你们参观我们的城市；而且我保证，到时候我一定把你们送到附近的车站，使你们能及时赶到圣地亚哥！"

就目前的情况来看，这项提议很诱人——至少"四重奏"能有一个很好的休息地了。

"先生们，你们同意吗？"

"同意。"塞巴斯蒂安·佐恩答应了。饥饿和劳累使他无法多想就接受了邀请。

"那就这么定了。"这位美国人说，"我们说走就走，20分钟就能到那里。"当弗莱夏尔村的人们再次进入梦乡时，四位艺术家随着美国人来到电动车前。他们把乐器放入车中，然后坐进车子里。电动车缓缓启动，而后立即提高速度，向西方急驰而去。一刻钟后，他们眼前出现了一座城市。它是如此真实，演奏家们无法否认它的存在。电动车此时停了下来，弗拉斯科兰问："我们这是在海滨吗？"

"不，"美国人马上回答道，"这是我们要横渡的一条河。"

"怎么过去？"

"乘渡轮。"

果然，面前停着一艘火车渡轮。在美国，这种火车渡轮很常见。电动车没有停顿，载着它的乘客驶上去了。看起来，这艘火车渡轮是电力驱动的，因为它一点儿烟也不冒，而且大概只用了两分钟，渡轮就抵达对岸，在港口深处的一个船坞码头停靠了下来。

电动车继续前进。它带着乘客们穿过一片田野，驶过了一座花园，来到了一条又宽又长的大街上。5分钟后，四位艺术家在一家装修考究的旅馆门前下了车。在这里，不知美国人说了句什么，四位艺术家随即被领班带到一张摆满丰盛饭菜的桌子前。他们也管不了那么多了，津津有味地大吃大喝起来。

吃过饭，领班把他们引到一间宽敞舒适的房间里。四位艺术家酒足饭饱，倦意很快就上来了，他们分别倒在安放在房间四角的四张床上，很快就睡着了。睡梦中，他们的鼾声声调都是一致的。真不愧是"四重奏"啊！

第三章　导游

"嘿！快！起床啦！"精力旺盛的潘希纳一起来，就大声叫醒其他人。

伊韦尔内伸着懒腰说："参观那个好心的美国人说的城市，半天时间足够了。"

拉开窗帘，阳光瞬间洒满了屋子。在一间舒适的盥洗室里，四位演奏家看到了最先进的梳洗设备：可调节水温的水龙头、自动排水的洗脸盆、浴水加热器、电熨斗、电风扇、香水喷洒器，还有各种机械刷。这些刷子一些是梳洗打扮用的，另外一些可以用来刷衣服或皮靴。

屋子里还安装了电铃和电话，可随时与旅馆的各个部门联系。他们正准备试一下能否打得通，电话里忽然传来熟悉的声音："卡利斯特斯·芒巴尔谨向尊贵的'四重奏'问声早安，并请你们穿戴完毕后到楼下的精益求精旅馆的餐厅去，那里已经为你们准备好了早餐。"

"精益求精旅馆？好名字！"伊韦尔内点点头。

四位巴黎人穿戴整齐后，向电梯走去。电梯把他们载到旅馆的厅堂里，厅堂深处，餐厅的门大开着，里面便是金碧辉煌的餐厅大堂。

大堂门口站着的就是昨晚带他们来的那个人。他说："四位先生，非常荣幸为你们效劳！"这位就是卡利斯特斯·芒巴尔。他看上去不过45岁，实际年龄可能要大些。他中等偏上的个子、肚子鼓鼓的、四肢粗大、脑袋又大又圆、面色红润、嘴角微微上翘，仿佛总是带着一丝嘲弄的微笑。他的鼻梁上架着一副眼镜，镜片后面暗绿色的眼睛炯炯有神。他身穿一件茶色上衣，胸前的小口袋里很得体地露出手帕的一角。一根粗大的银链子垂在两个口袋之间，链子的一头挂着一块怀表，雪白的背心上缀着三粒金纽扣，加上那肥胖的手指上套着的一排戒指，他全身的金银饰品真算得上是琳琅满目。

卡利斯特斯·芒巴尔与四位演奏家一一握了手，然后把他们领到一张餐桌前，桌子上放着一壶散发出浓郁芳香的茶和一碟冒着热气的烤面包片。

　　就在四位演奏家吃饭的时候,卡利斯特斯·芒巴尔并没有和他们一起吃,而是口若悬河、滔滔不绝。他自豪地吹嘘他们的城市如何美观、城市的创建如何非同寻常。他似乎没有考虑"四重奏"是否在听,只是自顾自地说个不停。直至四位演奏家用完餐,他才结束了他的长篇大论,说:"先生们,如果你们已经用好早餐,那么请跟我来。不过,有一点儿需要提醒……"

　　弗拉斯科兰问:"什么?"

　　"这里禁止随地吐痰。"

　　"我们可没有那个习惯!"伊韦尔内有些不高兴了。

　　"那恕我冒昧了!"

　　卡利斯特斯·芒巴尔对这个城市了如指掌,对城市的每个建筑如数家珍,而且一路上,不断有市民和他互致问候。

　　这座城市的街道呈棋盘状,从整体上看,城市的布局高度统一,但是在局部又不缺乏变化。房屋的建筑风格各具特色,既自然,又看得出是精心建造出来的。不过弗拉斯科兰注意到,这里的树是最近栽种的,它们还没有长成大树,因此这里与加利福尼亚各大城市到处是高大树木的情况形成了强烈对比。

　　从精益求精旅馆出门,走了 15 分钟后,卡利斯特斯·芒巴尔把四位演奏家带到一条宽阔的大街上,并对他们说:"我们现在所处的是第 3 大道。本城一共有 30 条大道,这一条是最繁华的商业街,称得上是我们的百老汇、我们的摄政王大街。在这些商店和市场里,既有日用品,也有奢侈品,完美生活所需要的一切,这里应有尽有!"

"商店我倒是看见了,"潘希纳抱着手臂说,"但是,没有什么顾客嘛。"

"是不是时间太早了?"伊韦尔内问。

"不,因为在这里,大多数人购物都是通过电话和传真来下订单。"卡利斯特斯·芒巴尔回答道。

"用传真来下订单?您能解释一下吗?"弗拉斯科兰问。

"哦,我的意思是,在这里,传真机的使用很广泛。传真机是一种能把文字传送出去的仪器,就像电话能传送对话、摄像机能记录动作一样,传真则是把这里的图像传送出去或把别处的图像接收过来,它比普通的电报更方便、更可靠。多亏了传真机,我们才可以通过电流对支票或汇票进行签字,足不出户地完成购物和其他活动。"

"通过传真,结婚也行吗?"潘希纳开玩笑地问。

"当然可以,中提琴手先生。"

"那离婚呢?"

"你说离婚?这种仪器简直就是为离婚而发明的!哈哈!"

他们在说笑中继续前进,另一条大道横在了他们眼前。这是第19大道,这里车水马龙,却没有商业活动。

卡利斯特斯·芒巴尔指着一座雄伟的高大建筑物说:"这座宅邸——不妨说是一座宫殿——的主人就是杰姆·坦克登,四位对他应该有所耳闻吧?整个伊利诺伊州的石油矿产都归他所有。他恐怕是本城甚至全美最富有的人了。"

"那这位先生的身家至少有好几百万吧?"塞巴斯蒂安·

佐恩问。

卡利斯特斯·芒巴尔不以为然地回答："大提琴手真是爱开玩笑，几百万算什么？对我们来说，百万是最常见的单位了。这个城市里的居民全都富可敌国。商业区的商人们都是一夜暴富，原因就在于消费者太有钱了。当然，我们的商人都是零售商，因为您在本城找不到一个批发商和中间商。"

"那么工业家呢？"潘希纳问。

"对不起，没有！"

"船主总有吧？"伊韦尔内接着问。

"对不起，没有！"

"那这么说，这儿都是一些靠年金生活的人？"弗拉斯科兰问道。

"您说得对，这里除了有年金收入的人和正在攒年金的人，没有别的人！"

"那工人怎么办？"伊韦尔内问。

"我们需要工人的话，就到其他地方去找。活儿一干完，他们就回去了！"

"不过，芒巴尔先生，"弗拉斯科兰继续追问，"你们城里总有几个穷人吧？哪怕只是为了不让他们绝种……"

"穷人？您在这里一个也见不到！"

"这么说，这里禁止行乞了？"

"为什么要禁止乞讨呢？这里根本就没有乞丐。乞丐这种职业留在美国的城市里就够了，那里有收容所、救济处、劳动改造所、感化院……"

"慢着！"塞巴斯蒂安·佐恩半天没表态，这会儿突然插话说，"您刚才说什么？留在美国的城市？"

"啊！是的！"

"您的意思是我们现在不在美国了？"

"严格地说，你们昨天是在美国，大提琴先生。"这位导游真是语不惊人死不休。

"昨天？"弗拉斯科兰也警觉起来，暗自揣摩着这句话到底是什么意思。

"是的！今天你们正站在一个独立的城市里，站在一块自由的土地上，它不受美国管辖！"

"这座城市叫什么名字？"塞巴斯蒂安·佐恩问。

"对不起，我们还是暂时保密吧。"卡利斯特斯·芒巴尔说。

"那我们什么时候才能知道？"

卡利斯特斯·芒巴尔恭敬地往后退了一步，说："等四位参观完城市后，我会揭晓答案的。"

如此热情地带领大家参观城市的每个角落，却不愿意透露城市的名字，这个美国导游的态度着实让人捉摸不透。不过，四位演奏家倒也没太往心里去。反正这趟短暂的旅行很快就要结束了，想必在离开这个城市的时候就能知道它的名字了。

再说，即使卡利斯特斯·芒巴尔到时候不说出谜底，24小时之后，他们就到达圣地亚哥了，到那时别人也会告诉他们的。

第四章 疑点重重

　　到了中午 11 点钟，参观了一上午的演奏家们肚子开始抗议了，连卡利斯特斯·芒巴尔也收到了这个信息。这座城市的饭店不多，也许因为这儿的居民更愿意待在自己家里吧。而且这个城市的景观虽然令人惊叹，却似乎没有什么游客来观光。

　　看来，他们还是得回到精益求精旅馆。

　　几分钟后，一辆有轨电车就把他们带回了旅馆。他们很快就在一张饭桌前大快朵颐了。这时，那位嘴一张就停不下来的美国人仍在滔滔不绝。他大谈这座城市的各种设施，但绝口不提客人们最想弄清的事情——这座城市到底叫什么名字。

　　他们快吃完的时候，一声巨响震得旅馆的窗户玻璃哐当直响。伊韦尔内一下子跳起来叫道："这是怎么啦？"

　　"四位，请别担心。"卡利斯特斯·芒巴尔站起来回答说，"这是本城天文台的整点炮声。"

　　接着，卡利斯特斯·芒巴尔安抚他们说："等四位用餐完毕了，我们一起去参观一下城里的第二个区吧！来，我们加快

速度，一寸光阴一寸金哪！"

"去圣地亚哥的火车是几点？"塞巴斯蒂安·佐恩念念不忘这件事。

"哦，晚上才开呢。"卡利斯特斯·芒巴尔狡猾地眨了眨眼回答说，"来吧，朋友们，请允许我这么称呼你们四位。接下来我们将参观天主教徒区！"

在卡利斯特斯·芒巴尔的带领下，他们沿着一条街道来到了天主教徒区的第一个区。与前一个区相比，这个地方完全是另一番景象。虽然这里的建筑同基督教徒区的一样富丽堂皇，但是那雅致的外观却更让人感到温馨，人们的举止行为也不那么刻板严肃。

五个参观者慢慢接近天主教徒区的中心，在快到第 15 大道的中段时止住了脚步。

伊韦尔内又发现了新大陆："快看！这儿有一座宫殿！"

"这是科夫莱家的宫殿，"卡利斯特斯·芒巴尔回答说，"纳特·科夫莱，他和杰姆·坦克登号称本城的双雄。"

"他比杰姆·坦克登更有钱吗？"潘希纳问。

"两人不分伯仲。"美国人说，"科夫莱先生过去是新奥尔良的一位银行家，如果您把他的钱按亿数的话，恐怕用手指头还数不过来！"

"杰姆·坦克登和纳特·科夫莱肯定会互相敌视的，"塞巴斯蒂安·佐恩说，"这种事很常见！"

"起码是冤家对头吧。在商讨本城的各项事务时，两人一定都想压住对方，他们相互忌妒。"伊韦尔内耸耸肩说。

"这样下去，他们最后总有一天要拼个你死我活！"潘希纳添油加醋道。

"有可能，如果一个吞掉了另一个……"

"那可够他消化的了！"

卡利斯特斯·芒巴尔听了四人的对话后，忍不住捧腹大笑，肥胖的肚子抖个不停。

天主教堂耸立在一个广场中央，那是一座恢宏的哥特式建筑，让人看了肃然起敬。

"芒巴尔先生，你们城市里的这两个区没有多少相似之处，差别大得就像基督教堂和天主教堂一样！"伊韦尔内说。

"多谢！"卡利斯特斯·芒巴尔点头致意，"我将您的话理解为夸奖。"

弗拉斯科兰突然心中一动，说道："我有个建议。"

"什么建议？"

"为什么我们不爬到天主教堂的塔顶上去呢？从那儿我们能看到全城……"

"千万别爬！"卡利斯特斯·芒巴尔突然叫了起来，但很快就意识到自己的失态，转而用平和的语气说，"现在还不行……"

"那你说什么时候才行？"看到美国人一拖再拖，大提琴手的火气又上来了。

"等我们参观完了，大提琴手先生。"

"那个时候我们还回到天主教堂来吗？"

"不必了，我们去天文台，天文台的塔楼比天主教堂的尖顶还要高出三分之一，在那里可以俯瞰全城。"

卡利斯特斯·芒巴尔闭嘴不说话了，"四重奏"休想再从他嘴里问出什么来。

下午2点钟，"四重奏"来到了城市的郊外，这里有大片的田野。在这儿，弗拉斯科兰注意到了一件怪事：下午2点钟时，太阳应该在西南方向才对，可是现在太阳却在东南方向！

正当他百思不得其解时，卡利斯特斯·芒巴尔叫道："先生们，电车马上就要开了。我们现在乘车去港口。"

四位艺术家还没有搞清楚状况就上了车，他们在一条舒适的长椅上坐了下来。这节车厢里面坐着很多乘客，他们纷纷与卡利斯特斯·芒巴尔握手问好（这家伙的身份也是个谜，好像人人都认识他）。

电车在飞速前进。他们路过大片大片绿草如茵的田野，还有一条蜿蜒的小河。不安分的潘希纳又忍不住嘲弄道："这个小东西就是你们的河吧？"

没想到，卡利斯特斯·芒巴尔却问："河？河有什么用？"

"河有什么用？有河才有水呀。"

"您指的是那种不干净的、充满微生物和伤寒病菌的水吗？"

"就算是吧，不过你们可以把水净化呀。"

"那倒不必，既然能轻易地制造出不含任何杂质的纯净水，甚至是汽水、含铁质的水，何必再去费那个劲儿呢？"

"你们自己制造水？"弗拉斯科兰问。

"是的。而且我们把水分成冷、热两种，通过管道送到每家每户，我们所需要的电、热量、冷气、动力、防腐剂等也是这么运输的。"

"您是想让我们相信你们还制造雨水来浇花吗？"伊韦尔内问道。

"啊！先生，您真睿智。"

"人工操纵雨水？"塞巴斯蒂安·佐恩来了兴趣。

"是的，亲爱的大提琴家。铺设在城市地下的管道可以按照我们的要求及时有效地喷洒雨水，这不是比只能看老天爷的脸色好多了吗？"

这时，他们眼前出现了一座工厂。一根根铁皮烟囱傲然耸立在低矮的玻璃房顶上方。烟囱里冒出的不是黑烟，而是像炊烟似的几缕轻烟。

"这是个什么地方？"潘希纳好奇心最重了。

"这是一座安有石油蒸馏设备的工厂。"卡利斯特斯·芒巴尔回答说。

"这个工厂制造什么？"

"电。电从这儿生产出来后被输送到整个城市的各个角落，为我们提供动力和照明。在城市以外，它还把电提供给我们的所有机器设备以及我们的海底电缆，等等。"

"你们还有海底电缆？"弗拉斯科兰立即注意到这点。

"是的！我们的海底电缆连接美国所有的沿海城市。"

电车驶过了工厂，又向前行驶了不到 1 千米，到达了港口车站。

港口呈椭圆形，不大，大约可以停泊 10 艘船。与其说这是个港口，倒不如说是个船坞。今天，船坞里停着 6 艘轮船，其中一些是运送石油的，另一些是运送日常必需消费品的。还有几艘小艇上面配备着电动设备，卡利斯特斯·芒巴尔介绍说，它们是供海上垂钓用的。

"我们打算回城赶晚上的火车去圣地亚哥，现在最好别耽搁了。"塞巴斯蒂安·佐恩提醒卡利斯特斯·芒巴尔注意这点。

这位导游却说："别担心，亲爱的朋友们，我们有的是时间！先沿着海边看看，然后乘电车回城。你们不是希望看一眼本城的全景吗？那好，一个小时后，当你们站在天文台的塔楼上时，就一切都明白了。"

港口的尽头是两条沿海电车线路的起点。卡利斯特斯·芒巴尔和"四重奏"再度登上电车。

四个人发现，这边的郊野景色与刚才从城市到港口时看到的毫无二致，甚至连田野的平整程度都一模一样。这里没有草坪，只有绿茵茵的牧场和田地，田地里没有粮食作物，全是蔬菜。此刻，从自动地下管道中喷出的人造雨水正在浇灌一块块长方形的菜地。

电车沿着海滨前进，一侧是浩瀚的大海，另一侧是生机勃勃的田野。大约行驶了 6 千米后，电车在一座炮台前停了下来。弗拉斯科兰数了一下，这个炮台拥有 12 门大炮。炮台入口处写着：前炮台。

前炮台是另一条通往市中心的电车路线的起点,原来的电车路线依然沿着弧状的海滨向前延伸。

卡利斯特斯·芒巴尔带着四位游客换乘了回城的电车。他们感觉得到,这次游览已经进行得差不多了。

"您不会忘了我们还要去天文台吧?"弗拉斯科兰提醒说。

"瞧您说的,怎么会呢?哪怕把我的名字忘了,也不会忘了这件事呀!再有 6 千米,我们就能到达天文台。它坐落在第1 大道尽头。那条路将我们的城市一分为二。"

电车将他们送到目的地——天文台。他们远远地就看到一座高耸的塔楼,周围没有什么高大的建筑物,也没有山峰和丘陵。显然,从塔楼最高处的平台上俯瞰,全城的景致尽收眼底。

卡利斯特斯·芒巴尔带着客人们向天文台走去,一位身穿华丽制服的看门人打开了门。大厅里,一架电梯正好等在那儿。"四重奏"同他们的导游一起走进去,登上了平台。

高高的平台上,一根旗杆竖立着,上面悬挂着一面很大的旗帜,这面旗帜正迎着北风飘动,上面只点缀着一颗星星。其实,与其说它是星星,倒不如说是太

阳，它在天蓝色的背景的衬托下显得光芒四射。

"先生们，这就是本城的旗帜。"卡利斯特斯·芒巴尔一边说，一边恭敬地摘下帽子。

塞巴斯蒂安·佐恩和他的同伴也学着他的做法，把帽子摘下。接着，"四重奏"没让导游带领，自己走上平台，来到边缘的护栏前，俯身往下看……

霎时间，四个人忍不住一齐喊叫起来。开始还是惊呼，紧接着变成了愤怒的吼声！

这座城市一览无遗地暴露在"四重奏"眼前：一块椭圆形的陆地，四周被汪洋大海包围着。不知道它离大陆有多远，茫茫的大海，一眼望不到边！

唯一冷静的是弗拉斯科兰，他转向卡利斯特斯·芒巴尔，质问道："我们是在一个海岛上？"

"您都看见了呀！"美国人回答道。他的脸上泛起了大功告成似的笑容。

"这个岛叫什么名字？"

"标准岛。"

"那这座城市呢？"

"十亿城。"

第五章 标准岛和十亿城

　　6 年前，美国的一家公司以 5 亿美元的资金注册成立了"标准岛股份有限公司"，目的是建造一座海上人工岛。该岛将成为美国的大富翁们真正的世外桃源。公司把这 5 亿美元分成 500 股，很快便被认购一空。因为当时在美国，腰缠万贯的大富翁实在是太多了，这些富翁们的财富要么来自修筑铁路，要么来自开办银行，要么靠开采石油，要么靠贩卖人口。

　　标准岛是一座用钢铁铸成的岛，共花费了 4 年时间建造而成。岛的表面被建筑师们建造成椭圆形，它的长度为 7 千米，宽度为 5 千米，周长约为 20 千米，总面积约为 27 平方千米。

　　建造这个史无前例的巨型海上城市，需要新建专门的工地。于是，标准岛股份有限公司争取到了玛德莱娜湾及其海滨地区，该海湾位于加利福尼亚州一个狭长的半岛的顶端，紧挨着北回归线。

　　建筑师们评估后认为：不可能先在陆地上把岛造好，然后把岛放到海洋里。所以，他们在玛德莱娜湾的水面上按照设计好的位置逐块地建造标准岛。玛德莱娜湾的这一片海域和海岸因此变成了标准岛的停泊港，它需要修理和栖息时，就停到这里来。岛身由 27 万个钢箱组成，用横向的钢板和钢条稳稳地支撑住，并且用螺栓和铆钉牢牢地固定住。除了特别加固的一部分用作建设市中心外，其余地方都被覆盖上了一层厚厚的腐殖土。这种腐殖土足可以满足标准岛上有限的植物生长的需要，所以这里也有草坪、花圃、树林、蔬菜地、牧场，等等。但是，在这种人工土地上生产粮食和饲养牲畜显然不现实，因此粮食和牲畜的供应要靠定期进口。岛上只建设了少量牧场，提供最新鲜的牛奶及奶制品。标准岛上四分之三的土地都用作种植蔬菜。这里广泛使用了电气化的耕作方式，通过电流刺激，促进蔬菜以非凡的速度生长。

首府十亿城——以云集美国的富豪而得名，它占了全岛五分之一的面积。十亿城也呈椭圆状，分为两个区。两个区之间隔着一条主要交通干线，就是 3 千米长的第 1 大道。天文台建在这条大道的尽头，与之遥相呼应的是市政大楼，它那高大的主体建筑清晰地显现在大道的另一端。楼里聚集了十亿城所有公共事业的管理部门：道路、河流、农业、园林、城市治安、海关、商场、学校，等等。

当时地球上人口超过 100 万的大城市有 12 个，然而这个高度发达的人工岛上只有 1 万人，而且基本上是美国人。标准岛公司不希望居民之间发生什么国际争端，因为来这个人工岛上生活的居民都是来寻求安宁的。就算眼下居民们按信仰一分为二，仍然很不理想。但是，把岛上的居住权只给北方人（信仰基督教）——他们住在标准岛的左半部，或者只给南方人（信仰天主教）——他们住在标准岛的右半部，标准岛公司都无法做到。因为如果那样做，该公司就会遭受惨重的损失。

岛上的产业全部归标准岛公司所有。公司充分照顾到了那些美国大富翁们对居住环境和生活舒适方面的所有要求。居住在岛上的人，无论拥有多么巨额的财富，都不过是房客而已。在这里，住宅楼的租金惊人，其中一些高达几百万，但是不少家庭还是能大大方方地拿出这么一大笔钱来。

除了富豪家庭外，岛上还有一些人住在租金为 10 万到 20 万法郎（2020 年前法国的法定货币单位。1 法郎=1.633 人民币）之间的住宅里，这类住房的条件相对简朴。其中有教师、供应商、职员、用人以及为数不多的外国人。外国人既无权在十亿城定居，也不能长期住在标准岛上。岛上几乎没有律师，因为几乎没有官司。医生就更寥寥无几了，因为这里的生病率和死亡率极低。

标准岛上有一支 500 人的军队，指挥官是斯图尔特上校。实事求是地说，太平洋海域并非世外桃源，提防海盗们的侵袭是很有必要的。

标准岛上有足够的警察，以确保这座城市的安全，海岸则由一队海关人员日夜守卫着。所有的人员只能从两个港口上岸，坏人根本进不来。岛上的居民一旦犯法，马上就会被赶出标准岛。

标准岛上的两个港口，分别位于岛的直径最短的两侧，一个名为"右舷港"，另一个名为"左舷港"。有了这两个方向完全相反的港口，就无须担心岛上的必需品会有进口中断的危险了。假如天气不好，补给船只在其中一个港口无法靠岸，那么另一个港口恰好适合靠岸。因为不管是什么方向的风，总有一个港口适合船只停泊。

各种必需品的补给正是通过左舷港或右舷港运到岛上的。但是，美国本土的轮船如何定期往来于大陆和一个移动的机器岛之间呢？要知道一个移动的岛，今天可能停在这片海域，明天就可能离开这片海域了。

这不难。标准岛可不是随随便便移动的，标准岛公司的最高管理部门首先听取岛上天文台的气象学家们的意见，然后根据这些意见制定航行路线，标准岛要严格按照预先设定好的航行路线来航行。标准岛公司在浩瀚的洋面上铺设了上百个海底电缆的连接点，有了这些连接点，岛上的天文台就可以定期向玛德莱娜湾发送快件，大陆的人就能及时掌握标准岛所处的经纬度了，所以大陆的轮船可以毫无差错地往来于陆地与标准岛之间。

卡利斯特斯·芒巴尔提到过水，岛上需要

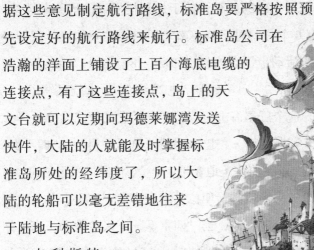

的大量淡水是怎么获得的呢？原来，港口附近有两家工厂会不停地制造淡水。它们制造出来的淡水是经过蒸馏、电解的水，非常纯净，完全能够满足全岛的生产和生活需要，还能负责人工降雨。

最后也是最重要的问题，这座巨型机器岛是靠什么航行的呢？在这个时代，电已经是一种无所不能的东西了。机器岛的动力正是电。分别位于两个港口附近的两座工厂配备了巨型发电机，源源不断地为标准岛提供强大的动力（事实上，工厂发的电供给着标准岛的一切电力需要）。航行系统的最高指挥官是埃塞尔·西姆科耶舰长，他每天在从天文台通过电话与两个工厂保持联系，同时根据事先确定的航线发布航行指令。

机器岛每年一次的航行开始于加利福尼亚的玛德莱娜湾。一年中，它有 6 个月的时间是在南北回归线之间的热带海域里度过的，它的活动范围在西经 130°和 180°之间。标准岛不需要有很高的航速，一天一夜能行驶 20 到 30 千米就足够了。

不久前，这个巨型海上机器就要开始它的第二次太平洋之行的时候，卡利斯特斯·芒巴尔偶然从电话中得知，"四重奏"离开了旧金山，正在前往圣地亚哥。于是，他经过深思熟虑，向标准岛的最高机构提议邀请四位艺术家来岛上演出，并且全权负责将他们请上岛。因此，当"四重奏"正兴致勃勃、毫不知情地参观机器岛的时候，卡利斯特斯·芒巴尔的目的也就达到了。

机器岛离开了玛德莱娜湾，驶入了浩瀚的太平洋。我们的故事，就是从这里开始的。

第六章　骗来的客人

"这个骗子！"塞巴斯蒂安·佐恩得知实情后怒火中烧。

"无赖！"潘希纳附和道。

"要不是他，我们还看不到这些美景呢。"伊韦尔内倒是看得开。"怎么，你还感谢他？"弗拉斯科兰问。这时，美国人已经识趣地溜走了，"四重奏"虽然气得直喘，但是被困在了平台上。电梯载着美国人下去后，再也没有上来，他们找来找去，也没找到第二架电梯。失望的艺术家们一屁股坐在了平台上。

天文台位于一个大广场中间，长3千米的第1大道通到这里正好把十亿城分成两个区。在塔楼的平台上，几位艺术家可以清晰地望见大道的另一头，那里坐落着一幢宏伟的宫殿，还有一座雅致的钟楼矗立在宫殿中央。他们认为，如果十亿城有市长的话，那儿想必就是市政府所在地。四个人乘坐电梯走出天文台，边走边商量。突然，弗拉斯科兰在一座豪华的建筑物前停下了脚步。这座豪华的建筑物的招牌上烫着几个金字：娱乐城。透过这座建筑物的大玻璃窗户，他们看到里面摆着一排排的餐桌，客人们正在用晚餐，服务员们在其间往来穿梭。

"我们在这儿吃饭吧！"弗拉斯科兰说。

于是，四个人鱼贯而入。他们点了一桌讲究的饭菜，5分钟后菜就上来了，四位艺术家顾不上矜持，争先恐后地扑向菜肴。还好，"四重奏"的钱包现在鼓鼓的，他们也不担心，因为即使在标准岛上花光了钱，等到了圣地亚哥就又挣回来了。

这顿佳肴使四个巴黎人恢复了活力。在结账的时候，一位身穿黑礼服的饭店领班把账单交到"账房先生"弗拉斯科兰的手里。弗拉斯科兰瞥了一眼账单，腾地一下从座位上站起来，接着又坐下，揉了揉眼睛，直勾勾地瞪着天花板。

"你中邪啦？"伊韦尔内摇了摇他的肩膀。

"我从头到脚打了个寒战！"弗拉斯科兰回答道。

"贵了点儿吗？"

"贵了……点儿？ 200法郎！"

"四个人吗？"

"四个人？是每个人！"

"真的假的？"潘希纳也站了起来。

"真是强盗！"塞巴斯蒂安·佐恩嚷道。

这些话都是用法语说的，饭店的领班

听不懂。不过，他多少理解了眼前发生的一切是怎么回事，于是嘴角浮现出一丝轻蔑的微笑，因为他觉得这个价钱太正常了。

"付账！"潘希纳说，"我们可不能给法国人丢脸！"

弗拉斯科兰无奈地摇摇头，从钱包里取出一大沓美钞。这时，一个熟悉的声音传来："这几位先生不需要付账！"

是卡利斯特斯·芒巴尔的声音！

"是你！"塞巴斯蒂安·佐恩一下子从椅子上弹了起来。

"亲爱的佐恩，您先别发火啊！"美国人说，"请您和您的伙伴到隔壁的休息室坐坐，那里为你们准备了上等的咖啡，等我讲明了缘由……"

几分钟后，"四重奏"坐在柔软的长沙发上喝起了咖啡，美国人卡利斯特斯·芒巴尔则坐在一把摇椅上，开始做自我介绍："我叫卡利斯特斯·芒巴尔，纽约人，现年50岁，目前是标准岛的文化总监，负责绘画、雕刻、音乐……总的来说，就是负责十亿城所有娱乐消遣方面的事务。"塞巴斯蒂安·佐恩大吼一声："你为什么把我们带到这里来？"

卡利斯特斯·芒巴尔连忙站起来辩解："'四重奏'在美国的巡回演出获得了巨大的声誉，美国大陆的喝彩声传到了标准岛上。同时，十亿城的达官显贵们也听够了电唱机，标准岛公司计划邀请享有世界声誉的音乐家们在岛上演出，并决定从室内音乐开始。我们首先就想到了你们四位室内音乐演奏的代表人物。公司把聘请你们的任务交给了我，要我将你们请到岛上来。因此，四位是来到标准岛上的第一批艺术家。请你们想一想，在这里，你们受到的欢迎比起圣地亚哥来会怎么样呢？"伊韦尔内和潘希纳被总监这段声情并茂的演讲打动了，激动得连连点头，一点儿也没考虑过这是不是一个骗局。弗拉斯科兰是个遇事爱动脑筋的人，他思忖着是不是应该慎重些，值不值得冒这次险。

"没门儿！"塞巴斯蒂安·佐恩嚷道，"说得再多，你也是骗我们上岛来的！我们要控告你！"

"控告我？"总监显出一副很惊诧的样子。

"我们要求赔偿！"

"赔偿？我提供了这么好的机会给你们，你们还要我赔偿？不过，我正要给你们一大笔钱呢！"

卡利斯特斯·芒巴尔拿起他的钱包，从里面取出一张盖有标准岛印章的纸，交给了艺术家们："这是公司拟好的合同书，一份室内音乐演奏合同，你们不妨把它当作美国巡回演出计划的一部分。合同有效期为一年，时间从今天算起。一年后的今天，标准岛准时返回玛德莱娜湾，那时，你们可以到……"

"到圣地亚哥举办我们的音乐会，是吗？"塞巴斯蒂安·佐恩嚷道，"你想得倒美，人家不嘘我们才怪！"

"绝不会，先生们，等待你们的绝对是喝彩声和叫好声！能欣赏到你们这种水平的艺术家的表演，就算晚上一年，音乐迷们仍然会激动不已的！"这段恭维话让人听了没法发脾气。弗拉斯科兰拿起合同书，谨慎地阅读起来。

"有担保吗？"他问。

"有一份标准岛公司的保证书，上面有我们岛的执政官塞勒斯·比克斯塔夫先生的签字。"

"报酬就是我从合同书上看到的数字吗？"

"一点儿不错，每人100万。"卡利斯特斯·芒巴尔微笑着说，"不过，四位的音乐才能是无价的！就算是这个报酬，也无法完全体现出标准岛对四位的敬意！"

美国人的好话都说到了这个份上，"四重奏"还能说什么呢？弗拉斯科兰继续问："这笔酬金怎样支付？"

"分期支付。"总监回答道，"请收下，这是四位第一季度的酬劳。"

说着，卡利斯特斯·芒巴尔从自己的公文包里取出4扎钞票，每扎5万美元（也就是25万法郎），把钱交给了弗拉斯科兰。看到厚厚的钞票，塞巴斯蒂安·佐恩多多少少有点儿心动了，但是他的急脾气还是难以控制，于是他把自己的担心和盘托出。

"这报酬还可以，可是按你们岛上的物价，一双手套得100法郎，一双靴子得500法郎，我们可吃不消！"他说。

"您放心，佐恩先生！"卡利斯特斯·芒巴尔见佐恩松口了，急忙说道，"标准岛公司将承担'四重奏'在本岛停留期间的一切费用！"

既然对方开出了这么慷慨的价码，四位艺术家就算心里还有一丁点儿不情愿，手也已经开始往签字笔那儿靠了。弗拉斯科兰、潘希纳和伊韦尔内签得比较干脆。塞巴斯蒂安·佐恩虽然一个劲儿地抱怨，但最后也在合同书上签了字。就这样，"四重奏"被卷入了一场令人难以置信的冒险中。

第七章　演奏会

机器岛驶出玛德莱娜湾后,沿着加利福尼亚海岸航行了几个星期。

娱乐城的中央位置是一个庭院。庭院的一边是十亿城的博物馆,另一边是音乐厅。这间音乐厅就是"四重奏"即将登台献艺的地方。娱乐城的餐厅也为他们专门摆设了一张餐桌,他们饿了,就到那里就餐。每天,他们爱去多少次就去多少次,再也没有拿着吓人账单的餐厅领班走到他们面前了。

他们的行李想必已经运到圣地亚哥了。行李包括几只箱子、一些换洗的衣服和演出礼服。对于演奏家来说,这些行李还挺重要的。不过,现在他们再也不惦记那些留在圣地亚哥的行李了。十亿城方面已经准备好了他们生活和演出所需的一切,并且比他们原来的更高档。

简直不能想象还有比卡利斯特斯·芒巴尔更殷勤周到的总监了,他无微不至地照顾"四重奏",挑不出一点儿毛病。他住在娱乐城的一个套房里,因为他是这里各个部门的总负责人。

娱乐城里最受欢迎的地方要数阅览室了,那里有欧洲和北美的报纸杂志,它们都是标准岛的轮船定期从玛德莱娜湾带来的。报纸杂志被阅览过之后,就被送到图书馆的书架上。图书馆里的书就更多了。那里还有一些音响书,这种书用不着读,人们只需按一下按钮,就可以闭上眼睛听一个悦耳的声音自动朗读书上的内容。

至于标准岛自己的报纸,共有两份,一份是只在右舷区发行的《右舷新闻》,另一份是只给左舷区居民看的《新先驱》。报上一般刊登社会新闻和逸事、标准岛每日所在的经纬度、洋流信息、轮船到达时间、岛上名流议事会的决议、总督颁布的法令、航海途中偶遇的船只、食品的价格变动,等等。

对于岛外的最新消息,标准岛也能及时得到——利用太平洋深处的电缆,由玛德莱娜湾方面每天将这些信息传送过来。这样,无论全世界发生了什么大事,十亿城的居民都能够及时了解到。

岛上除了这两份报纸外,还有一些刊登岛外文章的月报和周报,此外还有一些画报。这些为数众多的报纸杂志只有一个用途,就是在精神上甚至在物质上,给人提供片刻的消遣——的确包括物质上的享受!因为有些报纸杂志是用可食用的纸印刷的,使用的油墨也是以巧克力为原料制作的。人们读完这种刊物后,可以把它当作早餐吃掉。这些可食用的刊物易于消化,而且营养搭配合理。"四重奏"表示,这是他们最喜欢的标准岛的发明之一。

在这段时间里，"四重奏"唯一做的就是尽情享受这次太平洋航行的种种乐趣。

他们的第一场室内音乐演奏会定于 6 月 11 日举行，十亿城已经全面展开了演奏会的宣传。标准岛总督塞勒斯·比克斯塔夫也会见了演奏家们，并向他们表示了最热烈的欢迎。

根据娱乐城与四位巴黎人签约所付出的巨额酬金，应该想象得到，他们的音乐会肯定不会免费的，其实市政府还想从中赚一大笔呢。音乐会的票价为一张软席 200 美元，也就是 1000 法郎。"四重奏"对这么高的票价表示担心，而卡利斯特斯·芒巴尔却自信满满地说届时音乐大厅一定会爆满。

总监说中了，所有的座位很快被预订一空。娱乐城的大厅里只有 100 张软席座位，后来又加了 50 张临时座位。说真的，如果拍卖它们的话，不知道能多赚多少钱呢！但是标准岛有自己的底线，在这儿，无论是奢侈品还是必需品，都得事先在市场价目表上登出价格。如果没有这项预防措施，由于十亿城巨富云集，难免会产生垄断。

这一天，登台亮相的时候到了。塞巴斯蒂安·佐恩——"四重奏"的头头儿带着大家登上舞台。其实，他们并不比在其他的地方更紧张，甚至还没有他们面对巴黎人时心情激动呢。因为巴黎人口袋里的钱虽然没有这里的人多，但是巴黎人更有艺术修养。

他们一上台就受到了热烈欢迎，整个大厅掌声不断，来自右舷区居民的座位处的掌声更加热烈，左舷区的人则比较拘谨。事实上，如果说右舷区的富豪来听音乐会是出于对音乐的爱好，那么左舷区的显贵们来这里很可能只是因为不这么做就显得太没有品位了。

　　脚踏这个飘荡着的岛屿，身处这间坐满亿万富翁的大厅，几位音乐家收放自如，演奏得棒极了，他们当之无愧地获得了更多的掌声，尤其倾倒了右舷区的音乐迷们。

　　此时，不仅大厅里座无虚席，甚至娱乐城周围也挤满了听众。十亿城中的音乐爱好者哪止 150 人，更多的人既没有弄到软席票，也没有买到加座票，况且也有很多平民对高昂的票价望而却步。这些热情洋溢的听众挤在音乐大厅外，远远地倾听着里面演奏的音乐，就好像这种音乐是从电唱机放出来的一样。但是，他们的掌声甚至比大厅里的更热烈。

　　此时，卡利斯特斯·芒巴尔已经得意得忘乎所以了，他随着琴声摇头晃脑，好像他自己一个人同时演奏了两把小提琴、一把中提琴和一把大提琴似的！

　　演出结束后，塞巴斯蒂安·佐恩、伊韦尔内、弗拉斯科兰和潘希纳出现在娱乐城高高的观礼台上，当他们面向灯火辉煌的第 1 大道时，人群中爆发出雷鸣般的掌声和欢呼声。

在人群中，有一对夫妇引起了伊韦尔内的注意。那个男人身材瘦高，神情严肃，50 岁左右。那位女士看上去比男的略小几岁，高高的个子，神情高傲。

伊韦尔内被他们那种低调但高贵的气质打动了，于是指着他们问卡利斯特斯·芒巴尔："那两个是什么人？"

"他们啊……"总监微微撇了撇嘴说，"哦，他们是狂热的音乐迷。"

"为什么他们没有在娱乐城的大厅里定个位子？"

"显然，这对他们来说太贵了。"

"是吗？"潘希纳学着总监的样子撇了撇嘴说，"这两个可怜虫是谁？"

"马莱加尔利的国王和王后。"

第八章　跨越赤道

6月23日以来，太阳直射点逐渐往南半球偏移，这段时间的太平洋，直射点一边的海域的天气开始变得很恶劣，而另一边则十分舒适。西姆科耶舰长非常有经验，命令机器岛尾随着直射点一路前行。

夏威夷群岛和马基斯群岛之间大约相隔3000千米，为了不在这片广阔的海域里浪费时间，标准岛开始以最快的速度行驶。

娱乐城的图书馆里有全套的太平洋地图。弗拉斯科兰是"四重奏"中做事最认真细致的人，他常常在那里翻看地图，一坐就是几个小时。

而伊韦尔内和潘希纳则不喜欢这种理性的东西，他们只关心感性的东西，喜欢在游山玩水中获取知识和阅历。另外，潘希纳一直没闲着，到处询问食人族的下落。

至于塞巴斯蒂安·佐恩，旅行对他来说无所谓，反正这些地方他压根儿也没想过要来。这个大家伙往哪儿开，大提琴家觉得跟自己没啥关系。

在这种情况下，四个人只好暂时"分道扬镳"。弗拉斯科兰独自去钻研他的波利尼西亚、马基斯群岛、波莫图群岛、社会群岛、库克群岛，等等。它们都是标准岛年度计划中的一个个站点。而伊韦尔内和潘希纳则没有固定的地方，时而去天文台，时而去海岸，时而去商业区。

必须说明的是，十亿城的两个教区已经分成了泾渭分明的两个阵营。这两个阵营分别以坦克登和科夫莱为首。

杰姆·坦克登是个土生土长的北方人，他身材高大、体格强壮、说话很大声、爱出风头，看似有些冒失，其实粗中有细。他长着美国北方人的那种宽大脸盘，留着红色的络腮胡，头发短短的，看起来很精神。尽管年过六十，但坦克登的眼神中依然闪烁着火焰。

坦克登身上有一种在西北草原上狩猎野兽的巨人气概——他确实当过一段时间的猎人。不过大多数时间里，他都在芝加哥自己的屠宰场里。坦克登看上去很粗鲁，不够有涵养，其实他的地位完全可以让他变得更加文明些，遗憾的是坦克登一直没受过系统的礼仪训练，他本人对此也毫不在乎。

坦克登喜欢炫耀财富，他也确实有炫耀的资本。不过眼下，坦克登先生对自己的财富好像又不太满意了，因为他和同区的其他几个富翁又想重操旧业做买卖，而且打起了标准岛的主意……

坦克登先生有一大家子人。坦克登夫人是个典型的贤妻良母，她把 12 个孩子都教育得很出色。她的出身和丈夫的出身类似，从她个人身上看不到背后隐藏的巨大财富，显然坦克登夫人低调多了。

这么一大家子人里面,"四重奏"很容易就注意到了坦克登的大儿子——沃尔特·坦克登。在这个故事中,他注定要成为主人公之一。沃尔特·坦克登家教良好,风度翩翩,虽然还没展现出他的过人之处,却也称得上品行上乘。他的举止和言语都很谦逊,讨人喜欢,显然像他母亲的地方更多。他到欧洲读过书,擅长网球、马球、高尔夫球和棒球等体育运动,在十亿城的体育比赛中,他是基督教区那一帮年轻人的头头儿。他心地善良,从来不觉得自己家是美国数一数二的富豪有什么了不起。他学成以后,一直想投身到美国的慈善事业中去。当然,在没有穷人的十亿城,他的这个抱负是无法实现了。沃尔特·坦克登快30岁了,到了考虑婚姻大事的年龄了。

对于"四重奏"来说,两大阵营的敌对跟他们没有丝毫利害关系,所以他们对这场争斗产生了浓厚的兴趣。

左舷区有坦克登家族,右舷区有同样举足轻重的科夫莱家族。两大家族气质迥异。纳特·科夫莱先生具有一种非常高雅的气质,他身材高大、头发花白、脸上蓄着棕色的大胡子。他的祖上是法国移民,他身上依然保留着法兰西祖先的遗风。

不同于他在左舷区的死敌,科夫莱先生的财富没有一丁点儿是从冒着热气、流着鲜血的猪内脏里扒出来的。他的钱都是通过修铁路和开银行赚来的。现在,他对自己的财富已经很满足了,只想平静地享受后半辈子的生活,他来机器岛的目的正在于此。所以,他反对任何想把机器岛变成一个巨大的工厂或商贸市场的企图。

凭借着冷静的头脑和高贵的仪表，纳特·科夫莱在十亿城那些保留着美国南部上流社会传统的名流中，始终是焦点人物。他学识渊博、热爱艺术、通晓欧美文学，还擅长绘画和音乐，能说一口流利的法语。在右舷区的居民中，这种语言使用得很广泛。

科夫莱夫人比丈夫小 10 岁，刚满 40 岁。她也拥有高贵的气质，而且精通音乐，弹得一手好钢琴。这点"四重奏"可以证明，在第 15 大道的科夫莱府邸里，"四重奏"多次和科夫莱夫人合奏，对她的技艺赞不绝口。

和他的对手截然不同，科夫莱从不炫耀自己的巨额财产。他没有儿子，只有三个女儿。这三个女儿个个长得如花似玉，尤其已经出落成大姑娘的长女迪亚娜。

迪亚娜刚刚 20 岁，真是一位美若天仙的姑娘。在她身上集中体现了父母双方的优点，她有一双迷人的蓝眼睛、一头瀑布般的秀发，身材苗条优美，皮肤白皙光滑。毫无疑问，迪亚娜小姐是十亿城年轻男子竞相追逐的对象。

实际上，沃尔特·坦

克登与迪亚娜·科夫莱真称得上是郎才女貌。不过两个家族的关系非常紧张，他们看来是不可能成为夫妻了。

机器岛沿着西经 160°继续向赤道前进。当前展现在它面前的这片海域内没有一座岛屿，是太平洋上最辽阔的一片海域，深度达 2500 米。离开夏威夷群岛后，机器岛已经驶出 600 千米的路程了。

又是 6 天过去了，机器岛接近了赤道圈。赤道圈把地球分为完全相等的两个部分。

从这个位置，人们可以同时看到天穹的两极：北方上空闪烁着耀眼的北极星，南方上空挂着明亮的南十字星座。假如你想享受一段夜晚和白昼的长度完全相等的日子，那你最好搬到赤道线穿过的岛屿或大陆上居住。

在穿过赤道线的时候，十亿城的居民像过节一样，公园里将举办一些公共娱乐活动，基督教堂和天主教堂里将举行隆重的宗教仪式，还要进行几场环岛电动车赛，而且天文台的平台上还会燃放焰火。

联欢活动于 8 月 5 日下午举行。城里和港口的所有工作都暂时停了下来，推动机器岛前进的推进器也停止了运行。除了不能离开岗位的海关人员以外，其他工作人员全部放假了。

夜幕降临前，基督教堂和天主教堂里几乎同时响起了歌声和祈祷声。而后，公园里洋溢着浓郁的欢乐气氛，那里正在进行着紧张热烈的体育活动，男女老少都加入进来。年轻的绅士们在沃尔特·坦克登的率领下活跃在网球场和高尔夫球场上，他们打得精彩极了。

太阳很快就要落入地平线了，它给人们留下了最后的光辉。夜幕降临后，绚烂的烟花开始划过长空。

在这样的盛况中，几位巴黎人演奏了他们最拿手的曲目，而且这次是免费表演！

因此音乐厅被围得水泄不通。由于听众们实在太热情了，他们不得不连续两次返场，重复演奏曲目。

演奏结束时，总督赠给演奏家们一块金牌，金牌的一面刻着十亿城的徽章，另一面刻着这样几句法文：

献给"四重奏"！
标准岛公司、十亿城市政府暨全城市民敬赠

如果这些事情仍然融化不了大提琴家的铁石心肠，那么他的脾气也确实太坏了。

"事情可没这么容易，咱们等着瞧吧！"他老是喜欢说这么一句话，故意让同伴们心里产生不安的感觉。

根据标准岛上天文学家的计算，机器岛将在当晚10点35分的时候横穿赤道线。届时，前炮台将会鸣炮庆祝。

天文台广场中央摆放着一台电动点火器，有一根电线将这台点火器连接到前炮台。这就需要一个幸运的人亲手接通电流，引发一声惊天动地的巨响。不消说，这一殊荣会让那个人的虚荣心得到极大的满足！

　　然而，众所周知，有两位重要人物都想扮演点火人的角色，我们甚至不用猜他们的名字……

　　市政府和两个区的首脑事先多次进行磋商，但都是徒劳。在总督的邀请下，卡利斯特斯·芒巴尔也从中进行了调解。尽管总监是出了名的能说会道，但杰姆·坦克登丝毫不为所动，根本不愿向纳特·科夫莱让步。同样，纳特·科夫莱的态度也如出一辙。

　　这场势均力敌的斗争来得真不是时候：两位领军人物在广场相遇了，他们虎视眈眈地对峙着。电动点火器就在他们前方5步远的地方，只要他们其中一个冲上去，用指尖轻轻一按……

　　这时候，十亿城人都得知了这场公开决斗，人们纷纷涌进了公园，情绪十分激动。

　　塞巴斯蒂安·佐恩、伊韦尔内、弗拉斯科兰和潘希纳随着人流来到了广场，也想看一看这场龙虎斗。

　　两位首脑越走越近，互不理睬。外面，双方的拥护者也蠢蠢欲动。两大阵营开始相互挑衅，人群中不时传出辱骂声。

　　本来，沃尔特·坦克登是准备支持父亲的，但是当他发现科夫莱小姐完全没有参与这次冲突时，就打起了退堂鼓，站在那里不知如何是好。

　　时间一分一秒地逼近，标准岛马上就要跨过赤道线了。这个激动人心的时刻被精确到了四分之一秒。无论如何，时间不能再耽搁了。

　　这时，潘希纳压低了声音说："要不……我来吧！"

“你要干什么？”

“我上去朝那个破按钮捶一拳，不就皆大欢喜了吗？”

“你可别这么冒失！”弗拉斯科兰赶紧抬起一只胳膊拦住潘希纳，唯恐他擅自行动。

杰姆·坦克登和纳特·科夫莱相距越来越近，标准岛也正在一点点逼近赤道，这态势令人喘不过气来！

突然，远处传来一声炮响。真是及时的炮声啊！要不然谁也不知道眼前这场冲突如何了结！

大家听得明明白白，这一声炮响不是前炮台发出的，而是从海上传来的。

很快，右舷港发来的一封电报立即解答了大家的疑问。在距离标准岛大约4~5千米处，有一艘遇险的船只发出信号，请求援助。

事情发生的时间真是太巧了！大家不再想着电钮前的你争我夺，也忘了庆贺穿过赤道线这码事。况且这时机器岛已经跨过赤道线了，那声求救的炮响代替了前炮台的炮声！

众人纷纷离开广场。由于这个时候电车已经停开，很多人都步行往右舷港赶。

收到海面上发出的求救信号以后，港口的官员立即采取了救援措施。一艘电汽艇立即冲出了码头。等到人群赶到码头时，小艇刚刚载着搭救上来的遇险者回来，而那艘遇难船只已经沉没了。

这艘遇难的船只，就是那只马来人的双桅小帆船。标准岛离开夏威夷后，它就一直跟在后面。

第九章　在波莫图的仨星期

9月5日，标准岛继续前进。天气始终很宜人，这里9月的天气相当于北半球3月的天气。

9月11日，左舷港的一条小艇靠近了一个电缆接收器。这个电缆接收器上面有一根电缆与玛德莱娜湾相通。总督就如何安排他们搭救的马来双桅船上的脱险者一事，向标准岛公司总部做了汇报，并询问能否收留这些人。总部的回答对马来人非常有利——允许标准岛收留这些人，等到路过斐济水域时再让他们下去；甚至可以一直向西航行到新赫布里底群岛，把他们送到终点。

对于"四重奏"来说，确实应该感谢卡利斯特斯·芒巴尔把他们带到标准岛上来——尽管总监用的是连蒙带骗的手段。他们在十亿城中享受的是贵宾的待遇，过着神仙般的日子，还拿着丰厚的报酬。

他们是机器岛上公认的音乐大师，不论岛上的两大家族斗成什么样，他们在左舷区和右舷区一样受到礼遇。每逢基督教

堂有节庆活动，或者天主教堂举行宗教庆典，都少不了请他们
奏乐助兴。在船上的每个地方，他们都受到热烈的欢迎。

9 月 19 日的下午，天文台的瞭望员报告，20 千米外，波
莫图群岛的第一组岛屿出现在视线里。

这些岛屿的地势非常低。虽然有几个岛屿的高度超过了
10 米，但是据工作人员说，一共有 74 个岛屿露出海面还不到
半米，而且因为涨潮，一天内要被大海淹没两次。更小的岛则
不计其数，甚至都很难称得上是岛，不过是一些由几块岩礁围
成的环礁和珊瑚礁罢了。

距离标准岛最近的是 5 千米外的瓦希塔希礁。由于海流和
向东延伸的珊瑚礁的影响，这一片水域是波莫图群岛中最危险
的，行驶时需要多加小心。

第一天见到的阿马努岛稍稍大一些。它的西北海岸上的两
条水上通道，使它的礁湖与大海相连。

在上一次航行中，十亿城人已经游览过这个群岛了，此时
他们只想在群岛中随便溜达溜达，路过时欣赏欣赏美景。然而
潘希纳、弗拉斯科兰和伊韦尔内却很想在这里好好游览一番，
他们对珊瑚虫建成的岛屿很感兴趣。

9 月 27 日早晨，标准岛到达了阿纳岛。只有距离很近时
才看得到阿纳岛的秀丽景色。阿纳岛是该群岛中最大的岛屿之
一，呈长方形，有 30 千米长、15 千米宽。

标准岛在阿纳岛附近找好最佳位置后停泊妥当，十亿城的
居民们纷纷乘船登岛游玩。塞巴斯蒂安·佐恩和他的伙伴们一

马当先，第一批上了岸。这位大提琴手终于决定出游了。

他们首先去了图阿豪拉村。那里有几千棵椰子树，它们是岛上主要的但不是唯一的财富。土著人的小屋就隐藏在茂密的树叶下，一条白色的小路横穿图阿豪拉村。

自从阿纳岛失去了波莫图群岛的首府地位后，法国的驻扎官便不住在这儿了，但是官员以前的住宅依然存在，房子周围有一道围墙保护着。村里驻扎着一支由一位海军中士指挥的小分队，兵营的上方飘扬着法国的三色旗。

图阿豪拉村的房屋令人赞叹。它们已经不是老式的茅屋了，而是舒适洁净的小土屋，里面有完备的家具。大部分房屋建在珊瑚质的地基上，房顶铺的是露兜树的叶子，房屋的门窗是用露兜树的树干做成的。房屋的四周都是菜地，它们是土著人用腐殖土填出来的。

标准岛在阿纳岛停留了60个小时后，起航继续向北行驶。在西姆科耶舰长的指挥下，它深入到了一片有着无数岛屿的海域，沿着航道穿行于岛屿之间。

这种情形难得一见，十亿城的居民几乎倾巢出动，全都拥到了岸边，尤其邻近前炮台的地方。一个个岛屿从眼前闪过，大小不一，形态各异。两个港口附近的水面上，许多土著人划着独木舟跟着机器岛。但是机器岛海关警察得到了明确的指令，严禁他们进入港口。

当机器岛在岛屿沿岸的珊瑚悬崖边航行时，众多当地妇女便游水过来。她们不能和男人们乘同一艘船，因为在波莫图群岛上，这些小船是妇女的禁忌物。

10 月 4 日，标准岛在法卡拉瓦岛南面的水上通道的入海口停了下来。在十亿城的居民乘坐小船上岛参观之前，法国在该岛的驻扎官率先来到了右舷港，总督下令把他请到市政大楼，与他会面。

这次会晤的气氛相当友好。塞勒斯·比克斯塔夫俨然一副官方人士的模样——当然了，他本来就是。这位驻扎官是法国海军陆战队的一位年老军官，他的态度也和总督一样庄重。

会晤结束后，驻扎官游览了十亿城，总监卡利斯特斯·芒巴尔理所当然承担了陪同的任务。当然，作为法国人，"四重奏"和舞蹈老师阿塔纳兹·多雷米也愿意和总监一起陪伴驻扎官。能和几位同胞一起分享这种荣誉，舞蹈老师感到很高兴。

第二天，总督去法卡拉瓦岛回访驻扎官，自然两人又重演了头一天的那个仪式，只不过对换了一下角色。

"四重奏"参加完仪式后，便到驻扎官府邸参观。驻扎官府邸是一所十分简单的房子，由 12 名退役水手组成的一支小分队驻扎在那儿,房前的旗杆上飘扬着法兰西国旗。

这阵子,十亿城里的富人们可没闲着。当地的采蚌人得到许可,把他们采集来的珍珠拿到岛上卖。十亿城的富婆们并不缺少珠宝,但平时要想弄到这些未经加工的天然产物太不容易了。因此,采蚌人的商品立即被抢购一空。

10月13日,太阳刚刚升起,机器岛在曙光中起航了。在驶离波莫图群岛首府的过程中,它来到了群岛的西部边缘。这里的水域上,大大小小的岛屿、暗礁和环礁星罗棋布。成竹在胸的西姆科耶舰长却对它们视若无睹。在他的指挥下,标准岛驶过波莫图群岛,直奔西南方向迷人的塔希提岛而去。

第十章　塔希提群岛

社会群岛又称塔希提群岛，因它最大最美丽的岛屿——塔希提岛而得名。社会群岛位于南纬15°~17°、西经150°~156°之间，面积2200平方千米。它由两组岛屿组成。第一组岛屿是向风岛，它们处在法国的保护下；第二组岛屿是背风岛，由当地的君王统治。最初是库克船长发现了这些岛屿，并把它们命名为社会群岛。社会群岛距离马基斯群岛将近1400千米。标准岛在从波莫图群岛驶来的过程中一帆风顺。

十亿城的人还是第一次来塔希提岛。他们早有耳闻，社会群岛是太平洋上最美的群岛。

这一天，标准岛绕着塔希提岛航行，十亿城的人们欣赏着它那比夏威夷群岛更壮丽的景色。岛上群峰层峦叠翠，峡谷郁郁葱葱，一个个悬崖峭壁像哥特式教堂的尖顶，海滩上是密密层层的椰树林。

白天，标准岛沿着塔希提岛的西海岸缓缓移动。下午6点钟，标准岛抵达帕皮提港湾的入口处，随即停了下来。从入海口向港口内部望去,珊瑚礁岩间清楚地显现出一条曲折的航道。

由于标准岛的小艇无法一下子把这些好奇的人全运送上岸,当地的土著人便趁机争先恐后地来提供有偿服务,他们用当地的小船和独木舟把游客从右舷港送到500米远的岛上去。

总督第一个上岸。按照惯例,他要去拜会塔希提岛的军政一把手,以及名义上的地方元首——女王。

快到9点钟的时候,塞勒斯·比克斯塔夫带领他的助手登上了电汽艇,向帕皮提港口驶去。一同前往的有机器岛上两个区的领头人物,即纳特·科夫莱和杰姆·坦克登,另外还有西姆科耶舰长和他手下的军官斯图尔特上校,以及他的仪仗队。

塞巴斯蒂安·佐恩、弗拉斯科兰、伊韦尔内、潘希纳、卡利斯特斯·芒巴尔和一些公务人员乘坐另一艘船上岸,当地的小船和独木舟尾随在十亿城官方人士的船只后面。

电汽艇沿着海滨威严地行驶着。海岸边,别墅和度假山庄比比皆是,还有一些停靠着船只的码头。

他们在一个喷泉下面停船上岸。岸边早已聚集了许多当地居民,其中有法国人、土著人和其他地方的人。他们都向来自标准岛的客人们招手欢呼。

法国在这一带的保护地不仅仅有塔希提岛,还包括周围的一些岛屿。这里的总负责人是一位法国总督,当地还有一位指挥官直接听命于他。这位指挥官领导着陆军和海军的各个部门,处理殖民地的政法、财政工作;总督的秘书长分管本地区的民事;宗教工作由一个神父、一个当地的祭司和分派到各座岛屿上的传教士负责。

塔希提岛上还驻扎着殖民军宪兵队、炮兵分队和海军陆战队。因此，几位巴黎人在这里有一种在法国的感觉，就好像回到了法国的某一个港口。

在两旁都是高大的椰子树、番石榴树和橡胶树的大道上，前来拜会的标准岛队伍向政府驻地进发。政府公署就耸立于这片绿林的尽头。该岛的主要法国官员都已经聚集到了这里，而且殖民军宪兵队也在列队欢迎他们。

王宫隐没在一片绿荫之中，显得幽雅宜人。这是一栋三层楼的建筑，站在顶楼的窗前向外看，可以看到大片大片的种植园，它一直延伸到城区的边缘，再远处就是汪洋大海了。

虽然群岛早已置于法国的保护下，但女王并没有丧失威望。在帕皮提港口内大小船只的桅杆上和城里军政建筑的上方，飘扬的都是法兰西国旗，但是在女王王宫的上方，仍然高悬着君王的旗帜。这种旗帜的主体部分是红白相间的横条，旗帜的一角有一个三色方块。

塔希提岛于 1846 年被法军征服，当时的君主波马莱女王签约同意该岛归法国保护，但坚持保留王权。如今在位的女王是她的后裔波马莱六世。

波马莱六世 40 岁左右，穿着一套粉色节日礼服，这种颜色深受塔希提岛人喜爱。

女王接受了塞勒斯·比克斯塔夫的致意。她的态度和蔼可亲，举止高贵大方，可以这么说，即使是欧洲的君主也挑不出她身上有任何毛病。她操着一口非常纯正的法语，亲切地和他们交谈。在社会群岛，法语是通用语言。

女王表示她非常希望了解标准岛，因为在太平洋地区，这个机器岛早已家喻户晓，她也表示欢迎标准岛以后常来塔希提岛访问。

杰姆·坦克登受到了女王的特别欢迎，纳特·科夫莱可能多少受到点儿心理上的打击。不过可以理解，女王是基督徒，而杰姆·坦克登恰恰是十亿城基督教区最有名望的人物。

之后，总督把"四重奏"引见给女王。女王向他们四人表明自己很愿意欣赏他们的演奏。"四重奏"恭敬地向她施了个礼，表示他们遵从女王的旨意。标准岛的总监将安排好一切，以使女王满意。

半个小时后，众人离开了王宫，向帕皮提港口走去。途中，他们在军人俱乐部停了下来，那里的军官们为总督以及十亿城的来宾准备了酒会。下午 6 点钟，电汽艇载着众人离开帕皮提码头，返回右舷港。

　　当天晚上，这几位巴黎艺术家酒足饭饱，回到自己在娱乐城中的住处。四个人在客厅里闲聊。弗拉斯科兰说："看来我们很快就要在岛外举行一次演奏会了。到时候，为那位陛下演奏些什么曲目呢？"

　　"她听得懂莫扎特和贝多芬吗？"伊韦尔内说。

　　"咱们来点儿通俗的奥芬巴赫就可以了！"塞巴斯蒂安·佐恩回答说。

　　"别！来段这个再合适不过了！"潘希纳一边说着，一边扭来扭去，学起了土著人的舞蹈。

第十一章 联欢会

标准岛在塔希提岛的停泊时间只剩下一个星期了。之后，它将驶往西南方向。在最后的这一周里，"四重奏"把没有游览过的地方全走到了。要不是在 11 月 11 日发生了一件令人特别高兴的意外事件，这段时间可真没什么好说的。

那天清晨，耸立在帕皮提后山上的信号台发出了消息，报告了法国太平洋海军舰队到达了。上午 11 点钟，一艘一级巡洋舰"巴黎号"在两艘二级巡洋舰和一艘通信艇的护卫下，在停泊场抛了锚。双方按照惯例互相致意后，一位海军准将从飘扬着军旗的"巴黎号"中走出，带领手下的军官一起登岸。

塞勒斯·比克斯塔夫、西姆科耶舰长分别在市政大楼里和天文台中接待了远方来的客人，总监则在娱乐城里招待了他们。

在此期间，总有惊人之举的卡利斯特斯·芒巴尔总监又突发奇想。他把自己的想法告诉了塞勒斯·比克斯塔夫。总督征求了名流议事会的意见后，采纳了他的建议。

这个决定很快传遍了全岛：11 月 15 日，十亿城将举行一个盛大的联欢会，参与者包括波马莱六世女王、塔希提岛的所有官员和居民、远道而来的法国舰队的人员，以及全标准岛人。

这次联欢会的节目包括在市政府大楼的大厅里举办一次盛大的宴会和舞会。卡利斯特斯·芒巴尔负责这次联欢会的组织工作。"四重奏"也开始筹划演出曲目。

把一场音乐会列入联欢会的日程表中，这再合适不过了。

塞勒斯·比克斯塔夫总督负责分发请帖。当然，不可能上万名客人都收到请帖，只有能坐在市政大厅的餐桌上用餐的人才有请帖。有此殊荣的不过一百多人，他们是王室人员、舰队军官、宗主国头面人物、标准岛官方的主要人士、名流议事会成员和标准岛的高级神职人员。不过，他们在公园里为更多的人准备了露天宴席，还安排了各种各样的游戏和烟火表演。

当然，人们并没有忘记马莱加尔利国王和王后。但是，前陛下夫妇已习惯于在第39大道他们那简朴的公馆里过着隐居的生活，对这件盛事不感兴趣，所以他们婉言谢绝了邀请。

伟大的日子很快到来了！标准岛到处张灯结彩，法国的三色国旗、塔希提岛的旗帜和十亿城的金太阳旗帜一起飘扬

在机器岛的上空。

在标准岛前后炮台的隆隆礼炮声中,身着盛装的波马莱六世女王和她的王室人员、帕皮提政府和法国舰队的人登上了右舷港。这些显贵们先去游览了公园。晚上将近6点钟,他们一行人来到了市政大楼,步入金碧辉煌的餐厅,在摆满了美味佳肴的餐桌前就座。

在席次的安排上,卡利斯特斯·芒巴尔处理得十分妥当,没有引起两大家族以及其余任何人的不满。特别是迪亚娜·科夫莱小姐,她的座席正好面对着沃尔特·坦克登。对于这两位年轻人来说,他们不会再有更多的奢求了。

9点的钟声敲响了,宾客们动身去娱乐城音乐大厅欣赏"四重奏"的音乐会——节目由精心选出的四首曲子组成。同一时间,塔希提岛的欧洲移民和其他地方的人正在参加设在公园里的各项游乐活动。草坪上举办了盛大的舞会,大家在手风琴的乐声中尽情地起舞。

手风琴在社会群岛的本地人中是最流行的乐器,法国水手们也很喜欢它。由于"巴黎号"和舰队的其他船只上获准前来联欢的水手很多,所以连乐队也临时凑齐了。大家欢快地拉着手风琴,场面热闹极了。

然而,此时此刻,在标准岛上一个黑暗的角落里,萨洛尔船长露出了凶神恶煞的表情,他的眼睛里闪烁着黑色的火焰。只见他抬起一只手,向马来人指了指西面4800千米以外的新赫布里底群岛!

第十二章　继续航行

　　自从左舷区与右舷区的关系缓和以来，十亿城中的气氛显然平和欢快了许多。然而，想摆脱一切麻烦，活在一个理想的机器岛上，实属不易。因为，一个阴谋始终在酝酿之中，主谋正是萨洛尔船长。

　　实际上，这些马来人去夏威夷群岛绝不是为了运送一船干椰肉。萨洛尔船长算好了标准岛每年一度的到访时间，早就让双桅船停泊在火奴鲁鲁，只等着标准岛上钩。

　　标准岛驶离夏威夷群岛后，双桅船就跟在后面。萨洛尔船长明白，这样是无法进入标准岛的，于是他们伪装成遇险者，让标准岛上的人把他们救上来，然后以要回家乡为借口，将标准岛引到新赫布里底群岛去。这就是萨洛尔船长的计划。计划的第一步如何实施？

　　萨洛尔船长导演了一出撞船事故。船是马来人自己凿沉的。他们先在海上寻找机会，等到机器岛一出现，他们便用求救的炮声引起对方的注意，当右舷港派船去营救他们时，他们一看见船来了，便马上凿沉自己的船。当右舷港派出的船到达时，他们的船即将沉没。这样，沉船事故便不会引起怀疑了，别人也观察不到刚刚沉下去的那只船的情况。

当时，哪怕十亿城中有一个市民对萨洛尔船长和马来人产生怀疑，就能够在当天的新闻和信息中查出真相。在这一片海域，当天根本没有其他任何船只经过，又哪来的船将马来人的船撞沉呢？遗憾的是，竟没有一个人对此产生怀疑。

接下来，萨洛尔船长冒险实施第二步计划。他们上船的目的是达到了，但要是总督将他们扣押起来怎么办呢？要是给他们一艘船让他们自己回家呢？要是岛上的总督决定将他们送到最近的岛屿上呢？这完全是在赌运气，萨洛尔船长还真赌到了。

以上就是这件事情的简单经过。4个月来，萨洛尔船长与他手下的10个马来人在机器岛上无拘无束地活动着。他们跑遍了岛上所有的地区，对机器岛已经了如指掌了。他们曾经一度担心名流议事会修改航线，现在又幸运地避免了这个问题。再有3个月，标准岛便会到达新赫布里底群岛的海域。在那里，一场策划已久的阴谋将会实施。

塞巴斯蒂安·佐恩总是担心标准岛的这次航行，其实就与新赫布里底群岛的恶名有关。对航海人来说，新赫布里底群岛是危险的——不仅因为那儿暗礁四伏、海流汹涌，而且因为岛上住着生性残忍的土著人。群岛中有几个岛屿还是十足的强盗窝，那里的人完全靠海上打劫为生。

萨洛尔船长便是那样的人，他和海盗、捕鲸人以及黑奴贩子沆瀣一气。萨洛尔胆大妄为，敢于冒险，打劫经验非常丰富，不止一次带队进行血淋淋的远征。在西太平洋地区，他带头干过几件干净利落的劫案，因此在这一带声名显赫。

几个月前，萨洛尔与他的伙伴们得知，自从去年以来，机器岛便在南北回归线之间往返穿梭。这座漂浮着的十亿城中有着数不尽的财富。但是，由于它自己不可能冒险地深入到太平洋西部，所以只有将它引到埃罗芒戈岛，那里一切已经准备就绪……

一开始，萨洛尔船长计划在新赫布里底岛发动袭击。不过新赫布里底岛上的人虽然有邻近岛屿上的土著人做帮凶，但他们在数量上仍旧处于劣势，因为标准岛上的人口很多。而且关键问题是他们得从新赫布里底岛乘小船进攻机器岛，这会大大影响袭击的效果。

于是，马来人巧妙地利用了标准岛居民的人道主义感情，骗标准岛驶向埃罗芒戈岛海域。这片海域非常便于直接从埃罗芒戈岛向机器岛发动

攻击。一旦机器岛驶入这片海域的群岛中间，几千土著人便能轻易地从埃罗芒戈岛直接登上机器岛，发动突然袭击。他们会推动岛体，使它撞向岩石，然后进行抢劫和屠杀……

12月18日，标准岛驶离了泰蒂伊拉岛。泰蒂伊拉岛与乌波卢岛大约相距48千米。次日凌晨，西姆科耶舰长指挥着机器岛，始终与岸边保持着500米的距离，陆续驶过了三座小岛：农蒂阿岛、萨米聚岛和萨拉菲塔岛。这三个岛像三座堡垒一样，保卫着主岛。下午，机器岛到达目的地，停靠在乌波卢岛的阿皮亚港。

乌波卢岛是该群岛中最重要的岛屿，人口1.6万。在这儿，德国、美国和英国都设置了管理机构，三国官员组成委员会，协调相互间的利益。群岛的君主住在首府阿皮亚的东部，行使着名义上的统治权。

第二天，塞勒斯·比克斯塔夫总督和他的两位助手，以及两大教区的富豪代表们在阿皮亚港下船，正式拜访德国、英国和美国的混合式政府。三天后，标准岛便驶离了这座岛屿。

第十三章 国际冲突

每年的最后一个星期是一年当中最盛大的节日——圣诞周。标准岛完全沉浸在了欢乐的气氛中，每天都有各种各样的宴会和娱乐活动。

但是，12月30日的夜晚，途经的海域出现了意想不到的天气状况。从凌晨两点钟开始，西边传来了"隆隆"的雷声，一直响到天明。显然，雷声不同于炮台传出的有规律的炮声。黎明时分，不仅"隆隆"的雷声没有停，而且空气中还弥漫着一种红黑色的尘埃。这种尘埃形成了大雾，不仅遮蔽了人们的视线，而且片刻之间，十亿城的所有地方都被蒙上了一层红黑色的尘土。这时，天文台的科学家拿出了报告，确定这种红黑色的尘埃就是火山灰。

然而，大约凌晨 3 点时，新的意外再度引起了人们的恐慌。标准岛被撞了一下。

岛上的每个人，不论身处哪里，都感觉到了。其实，这一撞的震动并不大，既没有影响到居民们的住房，也没有妨碍机

器的运转，标准岛可以说没有受到什么伤害。但是在目前所有
人的神经都紧绷的情况下，这件事引起了人们新的不安。

出了什么事故？不会是搁浅了吧？可它还能继续前进啊
……难道是触礁了？

总而言之，标准岛肯定碰到了什么。

塞勒斯·比克斯塔夫总督与西姆科耶舰长踏着厚厚的火山
灰来到前炮台。前炮台的海关官员汇报了机器岛发生震动的原
因：刚才机器岛被一艘轮船撞了一下，这艘轮船吨位较大，由
西向东行驶，在迷雾中撞到了标准岛的一端。

这种碰撞对机器岛来说不算什么，但是那艘轮船吨位再
大，也只是一艘船而已，它很可能面临着灭顶之灾！由于天气
状况恶劣，在发生相撞事故的时候，前炮台隐约看到一个黑色
的轮廓，并听到一些惊叫声，但是这叫声很快就消失了。当执
勤官带着人赶到炮台时，一切又都被迷雾笼罩了……

从目前的情况看，虽然大家都不愿意承认，但那艘船极有
可能已经沉没了。

执勤官报告说，他曾听见一声沙哑的命令，大概来自那艘
船，这种沙哑的声音是英国舰队司令特有的。

一艘英国船？事态看上去挺严重。众所周知，英国可不是
那么好欺负的。标准岛将承担怎样的后果呢？

这个事故有点儿蹊跷，撞船之后，标准岛移动的距离不超
过3千米。

总督与西姆科耶舰长商议之后，命令机械师们停止动力供

应，两港的电汽艇立即赶赴海上，在 7~10 千米的范围内展开搜寻工作，可是没有任何结果。据此，天文台断定，出事的轮船彻底沉没了，没有留下任何痕迹。

为了不影响标准岛的航行计划，西姆科耶舰长下令按正常速度继续航行。当天中午，观测台报告，标准岛距萨摩亚群岛最近的西南部岛屿还有 240 千米。舰长要求瞭望员要十分谨慎，认真观察各种情况。

当天下午 5 点，瞭望员报告，东南方向出现了几团浓烟。瞭望员很快再次报告，这团浓烟正渐渐地向标准岛逼近。一个小时之后，一支由三艘舰船组成的舰队出现在人们的视线里，这支舰队喷着浓烟，快速地驶向标准岛。

半个小时之后，大家认出它们是军舰，瞭望员看清了舰队插的国旗，确定了那是英国的舰队。又过了一个小时，众人认出来了，它们正是五周前拒绝向标准岛还礼的那支舰队。

这支舰队距前炮台不到 6 千米了。这次，它们仍然只是从标准岛旁边大摇大摆地驶过，继续自己的航行吗？不可能，因为它们已经升起了驻航灯，而且看得出它们正在减速。

"这些英国人想与我们联络。"西姆科耶舰长对塞勒斯·比克斯塔夫总督说。总督紧皱眉头，思考起来。

舰队司令如果就凌晨的撞船事件提出抗议，总督该如何回答呢？遇难船只上的船员是得到了救助，还是乘着救生艇逃生了呢？

等了解了对方的意图后，再作应对吧！

第二天太阳升起时，位于舰队中央位置的军舰的后桅上升起一面海军大将的军旗。然后，该军舰缓缓地驶到距离左舷港3千米处，放下了一艘小艇。这艘小艇径直开往标准岛的港口。

15分钟后，西姆科耶舰长收到了对方的公文："海军上将爱德华·科兰松爵士的参谋长兼先驱号舰长特纳要求立即会见标准岛总督。"

10分钟后，这位参谋长带着一位海军中尉在市政厅大楼前下了车。总督在办公室旁的会客厅里接见了他们。双方的态度都显得非常冷淡。

特纳舰长开始进行陈述："本人荣幸地前来会见标准岛总督阁下：1月1日凌晨，在南纬16°54′、东经177°13′的海域，从格拉斯哥港出发的满载着小麦、大米和葡萄酒的，排水量为3500吨的'格朗号'船，受到标准岛的撞击。该岛的总部设在美国加利福尼亚州玛德莱娜海湾。在出事之前，'格朗号'船按国际惯例在前桅点白灯，在右舷点绿灯，在左舷点红灯。事故发生的第二天，在距出事地点58千米处，该船船长与他的船员被救上英王陛下的'先驱号'巡洋舰，该舰的指挥是海军上将爱德华·科兰松爵士，船长与他的船员从而脱险，'格朗号'随即沉没了。科兰松爵士现在将事故经过告知塞勒斯·比克斯塔夫总督阁下，并要求标准岛有限公司承担责任，赔偿'格朗号'的全部损失。'格朗号'的船身、机器以及运载货物的价值共计 120 万英镑，折合 600 万美元。这笔赔偿款将交付给海军上将爱德华·科兰松爵士。如贵方拒绝，我方将诉诸武力。"

嗬！好一番长篇大论！

对方的要求其实很简单：要求标准岛公司赔偿对方 600 万美元的损失。

总督该不该接受海军上将爱德华·科兰松爵士的要求呢？

不愧是总督，塞勒斯·比克斯塔夫就撞船问题做了非常标准的回答："由于西部海面某处的火山爆发，当时周围非常昏暗。如果说'格朗号'点亮了航行灯，标准岛上同样也点亮了自己的灯。双方都没能发现对方，大家处在同样的境地。按照海上的惯例，任何一方都有自己的责任，因此这次事故不存在赔偿与责任问题。"

对此，特纳很快做了回答："如果这是两艘船，具备正常的航行条件，总督的话也许很有道理。但是，'格朗号'船具备的这些航行条件，标准岛完全不具备。

因为标准岛本身就不是航船，而是在航道上对船舶构成威胁的庞然大物，是一座岛，一块移动的礁石，在地图上无法标出它的位置。英国历来反对这种障碍物，标准岛应该为它引起的灾难负责。"

特纳的观点不无道理。从内心讲，塞勒斯·比克斯塔夫也有些赞同他的观点。

但是，他不能擅自做决定。事故的原因已经讲明了，海军上将爱德华·科兰松提出的要求也已经很明白，只剩最后的步骤。幸运的是，这次事故没出人命。

"没有人在事故中失去生命，这的确很幸运，"特纳舰长说，"但是数百万的财物由于标准岛的过失而沉入海底。总督是否同意赔偿'格朗号'的损失呢？"

标准岛倒是有足够的金钱赔偿"格朗台"的损失，但总督怎么会轻易地同意赔偿呢？

"在经过法庭核证之后，如果判定我们对此事故的确负有责任，我们甘愿支付任何赔偿，但现在的情况并非如此。"

"这是阁下的最终答复吗？"特纳船长问。

"这是我个人的最终答复，"塞勒斯·比克斯塔夫回答得十分得体，"因为我没有权力承担标准岛公司的责任。"

一番冷漠的告别礼节后，英方人员乘车离开，从左舷港下岛，再乘小艇返回本国舰队。

名流议事会获悉塞勒斯·比克斯塔夫的答复后，表示十分满意和赞同。这次召开的会议获得标准岛上居民的一致支持。大家都觉得，对于英国代表的那种狂妄至极的态度，决不能屈服。

但是,海军上将科兰松的舰队会善罢甘休吗?他们的巡洋舰对标准岛紧追不舍,甚至开火怎么办?虽然标准岛上的炮台能够回击任何炮火,但是标准岛的目标实在太大,对方的每一发炮弹都能击中目标,平民又处在毫无遮掩的境地。而标准岛的火力将有大半浪费在洋面上——因为巡洋舰的目标不大,而且比机器岛灵活得多。

现在,只好等待对方的反应了……

这件事暂且搁置下来,西姆科耶舰长下令机器岛继续前进。

但事情来得比想象的还快。9点45分,"先驱号"巡洋舰发射出第一发空炮。名流议事会在市政厅会议室召开紧急会议。美国人讲求实际,一旦开火,他们没想过要做任何抵抗,因为抵抗会给标准岛带来人员伤亡和财产损失。

"先驱号"巡洋舰的第二发炮弹响起。这发炮弹呼啸着落进标准岛附近的海里,猛烈地炸开,掀起巨大的浪柱。

紧急会议结束后,总督下达命令,由西姆科耶舰长命人降下旗帜,作为对"先驱号"巡洋舰的回答。随后,特纳舰长再度乘船登上左舷港。在那儿,他收到了价值 120 万英镑的支票。塞勒斯·比克斯塔夫总督在支票上签了名,付款人是十亿城的富豪。

这次事件平息后,英国舰队扬长而去。标准岛继续朝着汤加群岛的方向行驶。

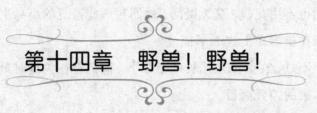

第十四章　野兽！野兽！

虽然海面上刮起海风，打雷下雨，但是标准岛的建筑物都有特制的避雷屋顶，闪电都会被避雷针导入一个特殊装置，变成十亿城所使用的电流。这里很少下大雨，就算下了，标准岛人高兴还来不及呢，因为雨水滋润了田地和绿化带，就不劳他们人工降雨了。

十亿城人就是生活在如此幸福的环境中。标准岛上的生活让人越来越有安全感，越来越乐观……

在萨洛尔船长的请求下，塞勒斯·比克斯塔夫同意新赫布里底岛的马来人登船。

这些马来人竭力想表现自己，他们担负起了田间的劳作。白天，他们在萨洛尔船长的带领下干活；晚上，他们回到市政厅给他们指定的住地。这群马来人任劳任怨，没有引起任何是非。

新赫布里底岛的人年龄不一，在 20 岁到 40 岁之间，中等身材，肤色比萨洛尔船长一行的马来人还黑。他们虽说没有汤加群岛的人或萨摩亚群岛的人英俊，但是特别能吃苦耐劳。他们在机器岛上干活不要工钱，当然，得到的回报是他们的一切开销也不用花钱。毫无疑问，他们在那些蛮荒的小岛上从来没有像在机器岛上这么幸福过。

不过，在萨洛尔船长的带领下，他们将在关键时刻暴露自己本来的凶残面目。

这时，瞭望员报告说，在东南方向出现了一艘船。这艘船似乎正向右舷港方向驶来。

远远看去，这是一艘吨位在 700~800 吨的轮船。船的桅杆上没有悬挂任何旗帜，天文台的瞭望员也无法辨认出它的国籍。由于它根本没打算向标准岛致意，所以极可能是艘英国船。

几个小时后，瞭望员确认，该船并没有向标准岛港口驶来，它似乎想从标准岛旁边驶过。

很快，夜幕降临，天空中布满了乌云。大约在晚上 11 点，风云突变，电闪雷鸣，漆黑的夜幕时而被闪电照得通明。豆大的雨点噼里啪啦地落了下来，但是没过一会儿就停止了。

在后炮台上值班的海关官员们隐约听到了一阵古怪的吼叫声，但是在巨大的雷声中，他们也不能确认自己刚才听到了什么，所以认为那很可能是幻觉。

第二天一大早，在草地上放牧的新赫布里底岛人惊叫着四散逃开了！有的跑向港口，有的跑向十亿城的城门。

现实情况令人倒吸一口冷气：几十只羊在一夜之间被咬死或吃掉了，血淋淋的残肢散布在后炮台四周。关在牧场、公园内的奶牛、牝鹿和梅花鹿，以及二十来匹马都遭到了同样的命运。

显然，这些家畜遭到了不知名野兽的袭击。从死去的家畜的情况来看，袭击它们的野兽应该是狮子、老虎、豹子或饿狼之类的猛兽。

早晨 7 点，两个女市民在市政厅前的广场上采摘鲜花时，发现身后跟着一只巨大的鳄鱼。同时，河岸草丛中的骚动充分说明，还有更多的鳄鱼在小河里活动……

众人大为惊骇，又大惑不解：这些令人生畏的猛兽是怎么跑到标准岛上来的呢？

一个小时后，天文台的瞭望员观察到有好几头老虎、狮子、豹子在郊外捕猎，家畜们被猛兽的吼声惊得四散奔逃，几只羊试图从前炮台逃走，结果被两头狮子咬死了。

左舷港的头班电车几乎都没时间开回车库里，三头狮子对它紧追不舍，差点儿扑进车厢里。

现在，显然没有时间去找原因了。当务之急是立即采取措施解决问题，否则十亿城在劫难逃！市政厅当即下令：关闭城门，封锁两个港口以及海关的入口，停开电车和其他一切公共交通工具，严禁市民到公园和郊外去。

警察关上了第 1 大道一端的天文台广场的入口。在那儿，几十米开外就有两只双眼喷火、张着血盆大口的老虎。如果再拖延几秒钟，这两只凶猛的野兽就冲过栅栏了。

标准岛上的《右舷新闻》和《新先驱》既惊诧又兴奋：这是多么难得的新闻素材啊！

但是危险已经达到了极限。每一所住宅四周都设置了障碍，商业区的商店大门紧闭着。在每一栋房子楼上的窗户里都会出现一些惊恐的面孔。昔日繁华的街道上一个路人也没有，只有斯图尔特上校指挥的部队与警察在严加防范。塞勒斯·比克斯塔夫通过电话第一时间通知十亿城各处要加强戒备，市政府保持着与两个港口、两个炮台以及海岸哨位的联系。

接下来，总督从各处收到的消息更加令人不安：野兽几乎无处不在，到处是狮子、老虎和鳄鱼，它们遍布十亿城四周。

十亿城里稍稍安定一些后，大家议论开了：到底出了什么事啦？难道是动物运输船失事，上面的动物全跑出笼子，逃到标准岛上来了？但是动物船又是从哪来的呢？是否是昨晚那艘擦身而过的船呢？如果是，那艘船是在标准岛附近沉没的吗？

然而瞭望员目光所及的地方，以及望远镜的视角范围内，都没见到水面上有任何漂浮物。自从昨晚以来，标准岛几乎就没移动过！那艘船不可能是在标准岛附近失事的。

就算那真的是一艘失事的动物运输船，这些野兽是如何在落水后如此大规模地泅水登上标准岛的呢？如果船在附近沉没的话，野兽都会逃上标准岛，怎么船员没有逃上来呢？一个接一个的疑问等待解答。

"谜！统统都是谜！"伊韦尔内拍着脑袋说。

"我的脑袋都不够用了！"弗拉斯科兰紧张地摇了摇头。

"四重奏"在娱乐城和阿塔纳兹·多雷米共进早餐，这位法国老人还打算和他们共进中餐和晚餐……

"如果必要的话，"潘希纳一边调侃，一边把巧克力报纸泡在热气腾腾的碗里，"老天，我不想再动脑子想答案了。管它出了什么事，现在我们要好好地吃，多雷米先生，因为不久后我们就可能被吃掉！"

他被自己的话逗乐了，但是礼仪教师却乐不起来。十亿城笼罩在恐怖之中，恐怕除了潘希纳（或许还应该算上伊韦尔内），已经没人再有心思去享受人生了。

早上8点整，名流议事会成员被召集到市政府大楼，在塞勒斯·比克斯塔夫总督的主持下，大家立即开始讨论野兽入侵的问题。总督首先发言："标准岛上现今面临的危机，不用我赘述，大家有目共睹。昨晚，一批食肉动物入侵了本岛，目前尚不知道它们是怎么上来的，但是当前最紧迫的任务是立即消灭它们。我们的战士与水手将组成狩猎队，守在岛内的制高点上。我们当中打过猎的人，也请参加进来，尽可能缩小灾难的损失。"

杰姆·坦克登第一个站起身来响应："那当然！总督先生，我曾在印度和美洲打过猎，这方面我是内行。我随时听从您的调遣，我的大儿子也将与我一道……"

纳特·科夫莱随后表态，他的想法与杰姆·坦克登一致。

最终，两区所有的显贵们都表示愿意助一臂之力。

"我们目前尚无法估计野兽的确切数目，"塞勒斯·比克斯塔夫踌躇满志地说，"但无论如何都要尽快地消灭它们。如果给它们时间适应这里的环境，并且繁衍起来，全岛的安全将受到更大的威胁。"

这时，总督的一位助手哈伯特·哈考特请求发言："诸位先生，我刚才想到了一些问题，可能会帮助大家解答为什么标准岛上会出现这些野兽……"总督准许他阐述意见。

哈伯特·哈考特说道："各位先生，还记得昨天下午我们看见过一艘船吗？这艘船没有国籍，而且似乎也不想让人知道他们的国籍。换句话说，我认为它就是运载这批野兽的船只……"

"大家已经认同了这一点。"纳特·科夫莱说。

"这不是全部。各位先生，如果说野兽入侵是因为船只失事的话，我是不能苟同的！"

"哦？"杰姆·坦克登接口说，他似乎悟出哈伯特·哈考特话中的意思，"你的意思是……这是个阴谋？"

"我个人坚信，您说得没错。"这位助手用肯定的语气说，"这种阴谋的策划者只可能是我们的宿敌英国人。为了让标准岛从太平洋上消失，他们会采取任何手段。"

议事会的成员们一片哗然。

助手继续说："当他们知道他们无法让标准岛消失，就想制造些混乱，于是运送了一船狮子、老虎、美洲豹和鳄鱼，趁着夜色和雷雨把它们送上了标准岛！"

众人再度哗然，但是这次已经由怀疑转为确信了。对！这准是英国人的卑鄙伎俩。

杰姆·坦克登愤怒地叫道："身为十亿城居民，我们有能力将英国佬放进标准岛的野兽统统消灭掉！"

在场的人都被这股激愤之情点燃，纷纷响应。

第十五章　围猎行动

十亿城的居民全部动员起来了。这期间，有些满腔热情的人提出了一些不成熟的办法，比如引海水进入标准岛淹死这些野兽，或者放火烧掉公园和田野。但是，水火并不能消灭它们，尤其在还有两栖动物的情况下。最好的办法还是进行围猎。

值得一提的是萨洛尔船长、马来人和那些新赫布里底岛劳工，也参加进来了，总督对此表示热烈欢迎。这些人名义上是想报答机器岛对他们的优待，而实际上，萨洛尔船长怕这次意外打乱了他的计划，尤其害怕它造成这次航行的终结。如果标准岛因此直接返回玛德莱娜湾，他的阴谋就全泡汤了。

面对危险,四位法国人也加入到了卡利斯特斯·芒巴尔领导的队伍中。总监经历过大风大浪，所以看到目前的情况只是轻蔑地耸耸肩，根本没把这些狮子呀、老虎呀、豹子呀什么的放在眼里。

围猎计划一经确定，当天早上就迅速展开。

第一天，两头鳄鱼先从小河里露了头。萨洛尔船长与他的手下人勇敢地发动攻击。他们中有一人负伤，被送到右舷港治疗去了，其余的人继续在公园里进行搜索。

随后，大家又看到十来头鳄鱼。由于先前遭到了打击，它们躲在水里不出来，水手们就往水里扔炸药。

临时组成的狩猎队分散到郊外的各个地方。杰姆·坦克登一上来就击毙了一头狮子，这证明他之前所说的绝非夸口。当这头狮子张着血盆大口扑向"四重奏"的时候，一颗钢弹准确地击中它的心脏，它立刻倒在了惊魂未定的潘希纳面前。下午，在围猎野兽的时候，一个士兵的肩膀被一头母狮子咬伤了。这时，塞勒斯·比克斯塔夫总督果断地击毙了它。

当天的战果还不只这些，西姆科耶舰长接连击毙了两头老虎。他率领着一队水手进行捕猎，其中有几个水手被老虎抓伤，送到右舷港治疗去了。

从这一天的情形来看，威胁最大的是老虎。

夜幕降临，那些野兽在遭受了一番有计划的追杀后，纷纷聚集到前炮台附近。围猎计划暂时告一段落，总督和舰长决定收兵，准备第二天一早将它们从那儿赶出来。

整个晚上，猛兽们发出的可怕的吼叫声依然惊吓着十亿城的妇女和儿童。第二天，天刚蒙蒙亮，第二波围猎开始了。总督采纳了西姆科耶的建议——命令斯图尔特上校从右舷港运来两门大炮，放在前炮台前边，来轰击这群野兽。

大炮对着的地方有一片树林，一条通往天文台的电车道从中穿过。不少野兽依仗着树林的掩护，在那儿过了一夜。透过树木的缝隙，还能看到老虎和狮子在里面走来走去。

沃尔特·坦克登和纳特·科夫莱共同率领着一队士兵和猎手，占领了树林的一侧。其他人聚集在大炮两旁，大家严阵以待，时刻准备狙击跑出来的野兽。

西姆科耶舰长一声令下，两门大炮同时开火。对面立即传来惨烈的吼叫声。二十多头猛兽一齐冲了出来。一排又一排子弹射过去，这一批野兽接连倒下。最后，仍然有一头老虎躲过了弹雨，扑向了人群，弗拉斯科兰一下子被撞飞了，摔在好几米远的地方。这头老虎随即也被击毙。

在这期间，塞勒斯·比克斯塔夫的助手哈伯特·哈考特率领着一支队伍在驱赶河中的鳄鱼。对付鳄鱼，哈伯特·哈考特想到了放水的办法，他命人打开闸门，放干小河里的水，让鳄鱼们暴露在河床上。

围猎的第二天，标准岛居民大获全胜。这一夜，已经很难听到野兽的吼声了。不过围猎计划还要继续，天亮后还会在郊外展开大规模的搜捕行动。当天空中泛起鱼肚白时，塞勒斯·比克斯塔夫和他的两位助手、西姆科耶舰长、杰姆·坦克登父子和纳特·科夫莱就在一队士兵的保护下，向市政大楼走去。名流议事会一早在那儿等待着从两港和前后炮台送来的报告。

当他们距离市政大楼仅剩下 100 米远时，背后忽然响起尖叫声。他们看见许多人沿着第 1 大道奔逃而来。总督和西姆科耶舰长一行人立即向广场跑去。那里的栅栏本应该是关着的，但是现在栅栏门竟然开了！一头力大无比的猛虎站在门口，显然是这头猛兽撞开了它。

沃尔特·坦克登与纳特·科夫莱率先冲进广场，沃尔特·坦克登跑在最前头。然而，猛虎的速度令人吃惊，沃尔特·坦克登一下子就被这头巨虎扑倒了。

纳特·科夫莱来不及往枪里装子弹，他拔出腰间的猎刀，冲上去救沃尔特·坦克登。当老虎的爪子抓向年轻人的肩头时，纳特·科夫莱奋力挥刀砍过去。恼怒的老虎放开了沃尔特·坦克登，转过身来，扑向纳特·科夫莱。纳特·科夫莱冷静地将刀刺向老虎，但是还没有刺中老虎的心脏，自己就被老虎掀翻在地。

猛虎愤怒地吼叫着，露出尖利的牙齿……

此时，突然传来一声枪响。

杰姆·坦克登扣动了扳机，击中了老虎的要害。又是一声枪响。第二发子弹彻底击倒了猛虎。人们一拥而上，先扶起了负伤的沃尔特——他的肩头被老虎抓破了。纳特·科夫莱没负伤。他站起身，走向杰姆·坦克登，说道："谢谢你救了我！"

"不，你救了我的儿子，我应该谢谢你才对！"杰姆·坦克登回答道。沃尔特·坦克登立即被送往第 19 大道的医院，纳特·科夫莱则在塞勒斯·比克斯塔夫的搀扶下，回到了他自己的府邸。

围猎工作圆满结束。

至于如何处理最后这头猛虎，这由总监负责。他将这头漂亮的野兽制成上等的标本，陈列在十亿城自然博物馆最显眼的位置，并且在基座上写了一行字：大不列颠及爱尔兰联合王国赠送给标准岛的礼物，不胜感激！

假如这一罪行确实是英国人所为，那么这种报复方式实在是恰到好处。不用说，这又是潘希纳的主意。

第十六章　斐济群岛

"你再说一遍，一共有多少个？"

"255个，伙计们。"弗拉斯科兰合上地理图册，说道，"斐济群岛共有255个岛屿。"

"这跟我有什么关系？"潘希纳摇摇头，接过话头。

"你啊，一辈子都不懂地理！"

"你啊，懂得太多了！"潘希纳吐吐舌头说。

塞巴斯蒂安·佐恩认真地和弗拉斯科兰一起看着地图，地图显示，斐济群岛位于南纬16°~20°、东经174°~179°之间。

"有好几百个岛啊，我都看花眼了，够这个笨重的大家伙受的了！"佐恩说。

"也不至于那样，要去维提与瓦努阿那两个大岛，起码有三条航道。""别安慰我了！"塞巴斯蒂安·佐恩大声说，"我早就知道逃不过这一劫。一座移动的城市，还有上万的居民在海上漂泊，显然违背自然规律！"

对于一般的航海的人来说，斐济群岛的外围岛屿的确算是不大不小的禁地。但对于机器岛来说，这些航道已经足够宽了，要不然，成竹在胸的西姆科耶舰长也不可能让机器岛开进来。

显而易见，由于猛兽的意外袭击，大家现在思考问题都比较谨慎。十亿城的人仍旧不敢放松警惕，狩猎队继续执勤，在树林、田野、河流中搜索，还好没有发现任何漏网野兽的踪迹。标准岛又恢复了往日的宁静。自从科夫莱救了沃尔特、坦克登救了科夫莱之后，十亿城两大区就完全和解了。

左舷区与右舷区的两大家族不断互访，几乎每晚都有舞会和音乐会，尤其在第19大道与第15大道的公馆里，"四重奏"都忙不过来了。

不久后的一天，一则头条新闻在十亿城中造成了轰动效应：杰姆·坦克登先生正式前往纳特·科夫莱先生的府邸，为其儿子沃尔特·坦克登向迪亚娜·科夫莱小姐求婚。纳特·科夫莱先生同意将女儿迪亚娜·科夫莱许配给杰姆·坦克登的儿子沃尔特·坦克登。

总督塞勒斯·比克斯塔夫又欣慰又高兴。以前，双方的明争暗斗危及了标准岛的前途。现在，由于这桩亲事，这种潜在的危险彻底消失了。全城人都到两家贺喜。马莱加尔利国王与王后首先赶来，祝福这对新人。贺信雪片似的投进了两家府邸的信箱。报纸连篇累牍地报道这次奢华的婚礼的筹备情况。一封封海底电报发往法国，定做大量的结婚用品。不久，一艘轮船将从法国马赛港驶出，穿过苏伊士运河和印度洋，将精美的法国工艺品送到标准岛上。

婚期定在5周以后，即2月27日。组织这一盛会的重担，落在总监卡利斯特斯·芒巴尔的肩上。

西姆科耶舰长在报纸上刊登了一则启事，宣布举行婚礼那天，机器岛将航行在斐济群岛与新赫布里底群岛之间的海域。在此之前，它将路过维提岛，并在那儿停泊十几天。

标准岛一直向维提岛驶去，途经许多岛屿。1月25日下午，维提岛的轮廓出现在地平线上。维提岛是斐济群岛中最大的一座，其面积达10429平方千米。

苏瓦是维提岛的首府，也是斐济群岛的首府。那儿的港口能够提供相当优越的停泊条件。标准岛来到苏瓦的港口处停泊下来，当天便获得了自由上岸的许可。

无论对殖民者还是对土著人来说，机器岛的来访都被看作是他们发财的好机会。因此，十亿城的居民受到了最殷勤的欢迎。当然，这种欢迎与其说是出于热情，倒不如说是为了金钱。因为别忘了，斐济群岛可是英国的属地。

第二天一大早，

标准岛上的游客们就上岸了。我们的四位巴黎演奏家当然不甘落后，很快也来到了城中。

苏瓦城建筑在维提岛海湾的右岸，山坡上散布着城市居民的房屋，远远看去，像一幅油画。码头里泊着几条船，街道上都铺有木板。这里的房屋也是木制的，大多是平房，也有极少数有钱人的府邸是楼房。城郊则是土著人的住房，清一色的圆顶小屋，屋檐上装饰着贝壳。

这儿的土著人中有波利尼西亚人和美拉尼西亚人。土著男人们都有古铜色的皮肤、浓密的头发，身材高大，显得孔武有力。土著人的穿着相当简单，最常见的就是围着一块他们自织的围布。

"四重奏"连续三天都在苏瓦城四郊游山玩水。在这期间，他们好几次想参观土著人的房子，但都没成功。这倒不是因为房主不欢迎他们，而是因为土著人的房子里散发着奇怪的味道。当地人喜欢往身上涂椰子油，并且是和猪、鸡、狗、猫等杂居在一起。为了照明，他们还在小屋里点一种油脂树胶……

到斐济人的家里做客，入座以后，主人会恭敬地给客人端上一碗"卡瓦"。"卡瓦"是斐济人最喜欢喝的饮料，是用干燥的胡椒树根制成的，十分辛辣。它的制作方法让人觉得很恶心。当地人把胡椒树根嚼碎后吐到盛水的容器里。客人来拜访的时候，当地人总会端上一碗这样的饮料。客人必须把主人端上来的饮料喝完，还得道谢。此外，这些小屋里还有数不清的白蚁和蚊虫，墙上、地上、土著人的衣服上，到处都是。

最终，"四重奏"没敢走进斐济人住的小屋里，就连知识渊博的弗拉斯科兰也打了退堂鼓。

坦克登与科夫莱两家也结伴到苏瓦城郊游玩。沃尔特·坦克登与迪亚娜·科夫莱小姐自然也在游玩队伍中。

"十亿城的居民之所以喜欢游玩，"卡利斯特斯·芒巴尔说，"是因为标准岛自身有缺憾。岛上太平坦了，缺乏变化。当然我也希望有一天在岛上建起一座假山，辅以瀑布、小溪，等等。届时，我们的居民在自己的岛上也能够游山玩水了！"

"这主意真是太妙啦！"潘希纳说，"但是总监先生，我有个建议……"

"什么建议？"

"当你们建造钢山或者铝山的时候，千万别忘了搞个可爱的火山——一个定期喷发的火山！"

"这对我们来说可不是什么难事。"总监回答道。

"既然不是什么难事，你们就造一个吧！"潘希纳说。

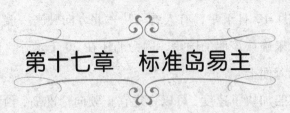

第十七章 标准岛易主

2月2日天一亮，标准岛就起航了，前往下一站——新赫布里底群岛。标准岛返航时将向西多行 1300 千米，因为要送萨洛尔船长和他手下的马来人到新赫布里底群岛去。

十亿城的居民很高兴能为这些勇敢的人做些什么，因为他们在围猎野兽的行动中表现得非常勇敢，所以愿意专程送他们回家。再说了，十亿城也可借此机会，访问一下他们并不熟悉的新赫布里底群岛。

标准岛每天航行 20~25 千米。2月6日下午，他们再也看不到斐济岛的最高峰了。在随后的三天内，标准岛在经过南纬19°线后，继续西行——航速是经过精心计算的，因为标准岛要与从马赛开出来的轮船会合。这艘轮船是为坦克登与科夫莱两家送婚礼用品的。

在此期间，沃尔特·坦克登与迪亚娜小姐的婚事自然成为全岛最关心的事情，卡利斯特斯·芒巴尔为此忙得不可开交。

2月10日，标准岛来到和法国方面约定的那片海域，停下来等候送婚礼用品的轮船。

2月10日下午，有人看见从东北方向驶来一艘大船。瞭望员尚未确认该船的国籍，因为船还在20千米外，而且有雾笼罩在海面上。

该船加快了速度，可以肯定它正驶向标准岛，预计将在第二天天明前在标准岛的港口停泊。

十亿城的妇女们像炸开了锅，她们一想到满船的精美首饰、时装、工艺品，就激动得议论个不停……

不错，这艘船的目的地正是标准岛。天亮时，它开进右舷港，在桅杆顶上升起了标准岛公司的旗帜。

但是，令人震惊的消息同时传开了：该船下着半旗！

难道有人死了？这场盛大的婚礼前怎么会出现这样的不祥之兆？

再说，结婚的日子定于2月27日，而现在是2月11日，运送婚礼物品的轮船现在应该还没有到。

原来，这艘船并非是大家期待的从欧洲来的那艘船，它是从美国加利福尼亚州玛德莱娜海湾开来的。

这艘轮船一靠上码头，立即有人登上标准岛。来人是标准岛公司里的一位高级官员，他一言不发地直奔市政厅而去。

10分钟后，他来到市政大楼。塞勒斯·比克斯塔夫在办公室内会见了这位官员。

15分钟后，名流议事会的所有成员都接到电话通知——赶到市政大楼召开紧急会议。各种令人不安的传闻在十亿城中迅速传开了。

7 点 40 分，总督主持召开了会议。刚刚前来的标准岛公司的高级官员作了如下声明："标准岛股份有限公司于 1 月 23 日破产，威廉·T·波默林先生被任命为全权负责的财产清理人，为全力维护公司的利益而工作。"威廉·T·波默林先生就是这位官员本人。奇怪的是，标准岛公司破产的消息并没有引起机器岛居民的任何骚动和不安。这条真实的消息得到确认后，大家反倒平静下来了。

确实，破产对于美国人来说没什么好大惊小怪的。这些事难道不是很自然的吗？

公司倒了，倒就倒了吧！即使实力最雄厚的财团也可能发生这种事。十亿城的富翁们对这种事情都司空见惯了。

关键是如何解决问题。机器岛是标准岛公司的全部家当——包括船体、工厂、房屋、郊野与船只，也包括这座浮动岛上配置的一切设备以及玛德莱娜湾基地的所有附属企业。

标准岛公司要在短期内筹到资金来偿还债务，如果公司想寻求最快的方法，那最好能打开十亿城中富豪们的钱包，说服他们建立一个新公司，将标准岛整个儿购买过来。事实上，他们中有些人已经是公司的大股东了。

显然，仅仅是名流议事会的 30 位富豪的财产，要买下标准岛都很轻松。

更重要的是，两大主要家族与两个教区之间的斗争目前已经不存在了，所以这件事很快就达成了统一的解决方案。名流议事会的意见是立即买下标准岛。

威廉·T·波默林先生带来的声明上写得很清楚，标准岛公司如今的市值是4亿美元。他没想到，这笔资金在会议当场就凑齐了。

杰姆·坦克登、纳特·科夫莱与其他议事会成员爽快地拿出了4亿美元。庞大的机器岛的整个资产转移的问题，轻而易举地解决了。以杰姆·坦克登和纳特·科夫莱为首的十亿城巨富接手机器岛后，立刻组建了坦克登-科夫莱联合公司。

十亿城的人们都觉得这事儿非常自然，而且更高兴了，因为标准岛上的富翁都成了大大小小的股东，现在他们是住在自己的地盘上了，哪有不高兴的道理？

坦克登-科夫莱联合公司成立后立即做了第一项保证：标准岛的规章制度不变，风俗习惯不变，行政机构也不变！所有的公务员仍旧工作在自己的职能部门，所有的职员仍旧担负起自己的职责，"四重奏"的合同自然也没有任何变动。

标准岛的各个阶层，包括公务员、普通职员、警察、士兵、水手，都派代表向两大教区的首脑表示感谢，因为他们非常理解十亿城人的利益。

不过，市政厅的掌管者差点儿出现了变动。总督塞勒斯·比克斯塔夫表示，自己是标准岛公司的直接代表，应该提出辞呈。他的两位助手都是公司的股东，公司的破产令他们损失了大半财产，因此两人决定离开机器岛，返回美国大陆。

经过名流议事会的挽留，塞勒斯·比克斯塔夫同意留下来继续主持行政工作，直到这次航行结束。

这么重要的财产和人事变动，就在这种平静的氛围中轻松完成了。财产清理人威廉·T·波默林先生当天就乘船返回美国大陆。他同时带走了标准岛几位主要买主交付的支票和十亿城名流议事会的签字，还有市政厅总督的两位前任助手。

这件大事办妥之后，随后还有一件大事：沃尔特·坦克登与迪亚娜·科夫莱小姐的婚礼。自从成立坦克登-科夫莱联合公司以来，两家的关系更亲近了，经济上的共同利益把他们紧紧地联结在一起。

而且，由于标准岛变成十亿城人自己的岛屿，市民们越发兴高采烈。标准岛比以前更加独立，更能把命运掌握在自己的手中了。

大家都希望这次婚礼办得非同一般。船上的望远镜始终瞭

望着东方的海面。杰姆·坦克登与纳特·科夫莱甚至发布巨额悬赏，奖励第一个看见那艘满载着精美物品的欧洲货轮的人。

在此期间，卡利斯特斯·芒巴尔负责婚礼的筹备活动。他在"四重奏"的协助下精心制定了婚礼的节目单，其中有分别在基督教教堂与在天主教教堂举行的庄重仪式、市政大厅的盛大晚宴、室内和露天招待会、公园内的联欢，以及其他许许多多的娱乐活动。

2月19日上午9点，欧洲来的轮船终于到了。港口工作人员花了一整天的时间，把无数奇珍异宝搬到了岛上。

标准岛再次起航，向新赫布里底群岛驶去。只要在2月27日前看到该群岛中的任何一个岛屿，萨洛尔船长与他的伙伴就能下船了。到那时，标准岛便开始返航。

萨洛尔船长和马来人对这一带海域非常熟悉，于是担当起西姆科耶舰长的助手，萨洛尔船长一直留在天文台的塔楼上。由于萨洛尔船长表示，他们想参加婚礼，因此标准岛用最慢的速度航行。

2月27日，婚礼当天的早晨，第一批岛屿出现在视线里。

机器岛先是遇到了一些小岛，并在萨洛尔船长的指引下安然无恙地绕过了这些岛屿，随后驶向埃罗芒戈岛。

下午1点，标准岛停了下来。塞勒斯·比克斯塔夫不打算在这座岛前停留多久。在这一盛大节日之后，马来人也可以下岛了。

总督宣布，岛上的人全部放假，包括公务员、普通职员、水手、士兵等，唯有在海岸执勤的海关官员除外，因为任何时候他们都不能放松警戒。

卡利斯特斯·芒巴尔这位十亿城娱乐总监已经把节目单准备好了。第一项活动是游园。3点的钟声敲响，十亿城的居民都来到了公园里。

露天广场还组织了舞会。当然，最好的舞会是在娱乐城的大厅里举行的，绅士和贵妇、年轻的小伙子与漂亮的姑娘们尽情地展示着自己的舞姿。伊韦尔内和潘希纳也情不自禁地加入到了舞蹈者的行列当中。

11点的钟声敲响了，长长的婚礼队伍向市政厅缓缓走来。沃尔特·坦克登、迪亚娜·科夫莱小姐走在最中间。岛上所有的居民都陪伴着他们，缓步走在第1大道上。

总督塞勒斯·比克斯塔夫站在市政府大楼的大厅门前，脑海中想的是，他在标准岛的行政生涯能有这样一个完美的结尾，真是……

忽然，从左舷区的方向传来一阵喊叫声。没过一会儿，喊叫声——甚至可以说是喊杀声——渐渐清晰了，其中还夹杂着枪声和爆炸声。婚礼队伍停了下来。

塞勒斯·比克斯塔夫来到市政府大楼台阶的最高处，西姆科耶舰长、斯图尔特上校也跟了上来。

几名海关人员跌跌撞撞地从左舷区跑来，他们大多负伤了。他们气喘吁吁地报告说：大约4000名新赫布里底岛人侵入了标准岛，为首的正是萨洛尔船长。

第十八章 战斗打响了

萨洛尔船长处心积虑准备数月的袭击行动终于展开了。他的手下，除了他一直带在身边的 10 个马来人，还有在萨摩亚群岛登船的新赫布里底岛人，以及早已联络好的埃罗芒戈岛及附近海域的大量土著人。这支庞大的海盗军团铺天盖地地朝标准岛拥上来了。

萨洛尔神气地走在海盗军团的最前面，他的手下不仅拥有标枪与毒箭，还装备了枪。而且这些标枪都还绑有近身搏斗的骨刺，箭头上都涂有毒汁。

面对入侵，标准岛当局在第一时间召集了士兵、水手、公务员等所有能够战斗的人。土著人还在左舷港，港口的军官正竭力组织抵抗，他们距离市政大楼较远，因此战斗部署虽然急迫，但仍需冷静行事。

塞勒斯·比克斯塔夫下达的第一条命令是关闭十亿城的城门，停止一切婚庆活动。第二条命令是在马莱加尔利国王的建议下下达的：由于声势浩大的匪群很快就会占领左舷港，到时候港口的大炮很可能会翻转过来,对准十亿城,因此十亿城的居民必须躲进市政府大楼。

很快,大家躲进了黑暗的市政大楼后楼,因为标准岛的电力完全停止了供应,机械师们全都投入到了驱赶外敌的行动中。

多亏西姆科耶舰长早有防备,市政府大楼里存有足够的武器弹药。士兵、水手以及自告奋勇投身保卫战的市民都领到了枪支。沃尔特离开了迪亚娜小姐、坦克登夫人与科夫莱夫人,投身到一支队伍之中。

港区传来的爆炸声不断逼近。萨洛尔船长一上来便关掉了港口的航行机器,以防标准岛驶离埃罗芒戈岛。一个小时后,入侵者们就攻下了港口,穿过郊区,来到了十亿城的城门前。这时,他们需要重型武器来把城门打开,一些想翻墙进来的海盗遭到了士兵们的枪击。

天色暗了下来,十亿城挡住了海盗们的第一波进攻,他们想要在夜里攻破城防就更不容易了。萨洛尔船长于是率领土著人驻扎在公园和郊区,等待天明。

总督连夜和西姆科耶舰长、斯图尔特上校研究战术。他们命令一半士兵与水手守住市政府大楼,另一半人到天文台广场集合。他们预测萨洛尔船长的队伍会从这个方向强攻城门。

凌晨4点钟,"四重奏"跟随着一队士兵,向第1大道的另一端走去。

天刚亮,城门内外便开始交火,双方都有伤亡。杰姆·坦克登肩头受伤,但他仍不愿意撤离第一线。纳特·科夫莱与沃尔特·坦克登并肩战斗。马莱加尔利国王也冒着枪林弹雨，努力瞄准被土著人簇拥着的萨洛尔船长。

坦白地讲，敌人的数量太多了！埃罗芒戈岛与附近岛屿上几乎所有能打仗的土著人都赶来参战，十亿城真有点儿吃不消。

不过，这时一股不知名的洋流帮了机器岛的大忙，这股洋流推动着机器岛渐渐漂离了埃罗芒戈岛……

然而，土著人的进攻更加疯狂了。尽管防御队伍浴血奋战，但还是顶不住敌人的疯狂进攻。大约10点钟，城门被攻破了。土著人喊杀着拥进广场，西姆科耶舰长果断下令放弃天文台，率领战士们一边打一边往市政大楼撤。

标枪如雨点般飞来，逼迫防御队伍加快速度往第1大道的另一头撤退。一只标枪扎伤了弗拉斯科兰的胳膊。

"我没事！"弗拉斯科兰冲其他人摆摆手，"快跑！他们的人实在是太多了！"

下午2点钟，战士们且战且退，终于退到了市政府大楼前的广场上。他们在市政大楼防御队伍的掩护下，赶在土著人冲入市政大楼前跑了进去，关上了大门。双方的死亡人数都达到了 50 人，受伤者更是难以计数。塞勒斯·比克斯塔夫、西姆科耶舰长、斯图尔特上校、马莱加尔利国王、杰姆·坦克登、纳特·科夫莱、塞巴斯蒂安·佐恩以及他的朋友们，还有士兵、水手们都上了窗台，重新组织起猛烈的火力。

"这是我们的大本营！"总督说，"这是我们最后的阵地，上帝保佑我们！"

这时，萨洛尔船长下令立即进攻。他们已经攻下了标准岛的大部分地盘，他自认为已经稳操胜券了。实际上，市政大楼的大门非常坚固，没有大炮很难攻破（幸运的是萨洛尔船长并没有学会使用港口的大炮）。土著人冒着枪林弹雨往市政大楼里冲，结果伤亡惨重。

两小时过去了，市政大楼的守卫者击毙了大批进攻者，但数量庞大的土著人前仆后继，不断冲上来。杰姆·坦克登、斯图尔特上校这样最优秀的狙击手，屡次试图击毙萨洛尔船长，但都没能打中，土著人围在他周围，像给他上了一层保险一样。

这时，一颗子弹飞进市政大楼最中间的阳台。塞勒斯·比克斯塔夫应声倒下。大家赶忙围了上去，这才看清子弹击中了总督的胸口。大家将他送进后面的屋子里，标准岛第一任总督断断续续地讲了最后几句话，就牺牲了。

海盗们的进攻依然像大海的狂涛一般，大门马上就要被攻破了。标准岛上这个最后的堡垒命运如何？标准岛的守卫者们该如何拯救全岛人的命运？

这时，一发力挽狂澜的子弹射出去了。在海盗们密集的弹雨中，马莱加尔利国王毫不畏惧地冲上阳台。他端起长枪，瞄准了萨洛尔船长……

一声枪响后，萨洛尔船长眉心中弹，应声倒下。海盗们顿时惊呆了，抬着首领的尸体连忙后撤。土著人也随之朝着广场另一端退去。几乎就在同时，第1大道的那一头，也就是天文台那边，重新响起枪声和喊杀声。

难道守卫港口与炮台的战士杀回城里来了？他们抄了海盗队伍的后路？在天文台附近，枪声响得更加猛烈……那儿肯定正进行着非常惨烈的战斗。难道标准岛得到救援了？又是哪儿来的救援呢？这会儿，大家可没工夫想这些！

"战士们，冲啊！"马莱加尔利国王高声喊着，"把这些混蛋赶出去！保卫我们的家园！"

十亿城的防御队伍拥出市政大厅的大门，展开了反攻。土著人开始四散奔逃，丝毫没有了刚才的气势。

西姆科耶舰长、斯图尔特上校率领大约 200 名水手与士兵，还有坦克登父子、纳特·科夫莱、"四重奏"，他们一起冲进第1大道，追杀侵略者。土著人沿着大道抱头鼠窜。反攻势如破竹，连十亿城的居民都没想到会这么顺利，海盗队伍的规模数倍于十亿城的防御者，为什么现在这么不堪一击？难道只是因为萨洛尔船长被击毙了？这完全不合常理啊！

等到大队人马收复了天文台后，大家才知道真相。原来，夏威夷群岛的法国移民部队率领了1000名土著人士兵援助标准岛来了。事情是这样的：战斗打响后，标准岛一直不停地向夏威夷群岛漂去。那里是法国的殖民地，法国殖民当局听到远远传来枪炮声，迅速派人打探，得知是海盗正在袭击标准岛。于是，当局首脑立即决定率领1000名臣服于他们的土著人增援机器岛。不过，他们没有足够的船只将他们运抵机器岛。没想到第二天一早，海流就将标准岛带到了夏威夷群岛边上，法国移民的高兴劲儿就甭提了！法国士兵都跳上了渔船，而1000名土著人则跳进水里，直接游了过来。他们就这样登上了左舷港。

随后，留在前后炮台和港口的标准岛防御队伍与他们汇合在一起。他们跨过田野和公园，一路打进十亿城。现在看来，萨洛尔船长的死在海盗中引起的慌乱并不是扭转战局的主要原因，标准岛能逃过一劫多亏了法国军队的援助！

此后的两个小时，海盗们四处遭到围捕，大部分人都倒在了枪弹下，少数人逃到岸边，跳进海里逃生了。

这是标准岛迄今为止遭受的最大的劫难，还好它挺了过来！

战斗结束后，马莱加尔利国王带着王后回到了自己在第39大道的公馆。由于他在战斗中展现出突出的勇敢和领导力，而且在关键时刻力挽狂澜，名流议事会决定亲自登门致谢。

标准岛安全了，然而这次保卫战却付出了惨痛的代价。总督塞勒斯·比克斯塔夫、六十多名士兵与水手在战斗中牺牲了。还有另外一半的牺牲者，他们是那些勇敢地参加战斗的公务员、职员和商人。全城的居民为他们举行了庄重的集体葬礼。标准岛将永远怀念他们！

第十九章 决裂

3月3日，标准岛离开夏威夷群岛。出发前，名流议事会代表十亿城全体居民登上夏威夷岛，向法国移民以及前来援助的土著人致谢。

在西姆科耶舰长的领导下，标准岛的修复工作进行得很快。三个多月后，标准岛就将回到玛德莱娜湾。经历了这么多劫难，大家相信标准岛在后面的航行中会安然无恙。

一个更重要的问题摆在面前：自从塞勒斯·比克斯塔夫逝世后，十亿城没了首脑，而且他昔日的助手也早已离职。当务之急就是为标准岛寻找一位新总督。于是大家又忙着准备大选。

30位名流议事会成员开始筹备市长竞选。左舷区与右舷区派出了相同数量的人参与到这项工作中来。不过在选择新总督的问题上，肯定会发生争执，因为杰姆·坦克登与纳特·科夫莱都在觊觎这个位置。

在会议上，有人提出了一个两全的办法，那就是让两个竞选人轮流担任总督的职务，每人半年或一年，这样就可以消除争执，双方的利益也都能得到维护。

然而，人的贪欲往往让他们听不进这样通情达理的建议。双方想的都是：既然我们可以赢得全部，为什么只获得一半呢？

于是，最坏的事情发生了，在两家的带动下，两个教区之间的关系又冷淡下来了。对此，弗拉斯科兰也忧心忡忡。

"别苦恼啦！这跟我们有什么关系！"潘希纳安慰他说，"再有几个月，我们就回到玛德莱娜湾了，那时我们的合同也到期了，我们回到美国大陆，钱包里装着小小的 100 万……"

"要是再有灾难呢？"塞巴斯蒂安·佐恩还是那副态度，"一个漂浮在海面上的机器岛能保证什么？它撞过英国船只，遭到过野兽的侵袭，接着又是海盗的入侵，谁知道之后又要……"

"闭上你的乌鸦嘴好不好！"

虽然很遗憾，但是很显然，沃尔特·坦克登与迪亚娜·科夫莱的婚礼没能在事先决定的日子举行。

市长大选定在 3 月 15 日。在这之前，西姆科耶舰长试图弥合两大教区之间的鸿沟。

但是很多人劝他别掺和进来，因为政治不同于驾船。西姆科耶舰长考虑再三，听从了这些意见。

至于报纸，这时候哪少得了媒体的添油加醋呢？《新先驱》为坦克登家捧场助威，《右舷新闻》则为科夫莱家摇旗呐喊。人们甚至担心这场论战最后会升级。如果最终引发武斗，那该怎么办？

现在，十亿城两个区之间的联系已经完全中断。再也没有招待会，没有宴请，也不用举行音乐会了！我们的"四重奏"倒是可以休息一下了。

总监急得像热锅上的蚂蚁，他左右逢源的本领这时也不管用了，因为双方都不买他的账。

在 3 月 15 日的正式选举前，左舷区与右舷区的居民进行过多次预选，但是结果始终不相上下。如果这方或者那方没有几票弃权的话，便无法分出胜负。双方都没有一个人愿意弃权。

这时，有人想出了个主意。这主意虽说简单，但是称得上是个好主意，因为可以让双方的争执停止。为什么不把总督的位置让给马莱加尔利国王

呢？毫无疑问，这位欧洲大陆的前君主才是标准岛总督的最佳人选！

于是，十亿城的商人、公务员组成一支队伍，后来又有一些军官与水手加入进来。他们决定去这位前国王的家中请愿，向他提出这个建议。

在第 39 大道的前国王公馆的一楼客厅里，陛下接见了代表团。然而，他听完众人的陈述后，拒绝了他们的建议。

"先生们，我感谢你们，"国王说，"你们的要求令我感动，但是我们现在过得很幸福，我们希望今后也能过上安宁的日子。我们已经不想染指政治了！我只想在标准岛上做一名普通的天文学家，再无别的奢求了。"

面对这么坚定的答复，代表团无可奈何，只好告退。

在选举前的最后几天里，众人的情绪十分激动，和平共处已经完全不可能了。杰姆·坦克登与纳特·科夫莱的支持者们尽量避免碰面。左舷区的人也好，右舷区的人也好，都不愿再跨越第 1 大道互相往来。十亿城形成了壁垒分明的两个敌对阵营。

在两边来回跑动的只剩下一个人，这个人时而去左边，时而去右边，在两边都把好话说尽，结果把自己弄得精疲力竭。他就是绝望的卡利斯特斯·芒巴尔。总监现在像一艘失去方向的船一样，每天一回到娱乐城就倒在大厅里，看来他是累坏了。"四重奏"也只能徒劳地安慰他。在市政大厅内，名流议事会会议一直就没停，然而双方除了争吵还是争吵，甚至还出现了人身攻击。从早到晚，市政大楼前也一直都是吵吵闹闹的。

不久，一个令人惋惜但是意料之中的消息传来：沃尔特·坦克登去科夫莱的府邸拜访时被拒绝入内。两位本来即将结为夫妇的年轻人被两家的家长禁止往来。3 月 15 日终于到来了。正式选举将在市政府大楼的大厅内进行。在之前的民意测验中，双方的得票数始终一致。如果右舷区的人永远忠于纳特·科夫莱家，而左舷区的人一直支持杰姆·坦克登家，最终的选举结果会如何呢？

3月15日下午1点钟到3点钟，标准岛的正常生活似乎都中止了。五六千人聚集在市政大楼外的广场上，等待名流议事会公布选举结果。1点35分，第一轮投票结果公布。两名候选人得票数相同。一小时后，第二轮选举结果公布。与第一轮投票结果没有什么不同。3点35分，第三轮，也是最后一轮的选举结果公布。显然，还是没有什么不同。大家都散去了。会议也散了，如果大家继续留在这里，连名流议事会的成员都会动起手来。居民们离开广场往回走，一些人去了坦克登的公馆，另一些人去了科夫莱的府邸。而那些守候在外的人群仍然互相攻击。如果这种情况继续拖延下去，最终受到危害的将是标准岛的利益。

"我觉得吧，用一个非常简单的办法就能解决这个问题。""四重奏"在娱乐城里的餐桌前看到选举的最终结果后，潘希纳又在发表他的奇谈怪话。

"什么办法？"卡利斯特斯·芒巴尔忙得焦头烂额，都忘了这位是爱开玩笑的潘希纳，"快说，有什么办法啊？"

潘希纳嬉笑着，把一块蛋糕一掰两半后说道："就是将标准岛分成两半呀——像这样切糕点一样。两派选出自己的执政官，在他们各自的领导下，各走各的路……"

"将标准岛分为两半？"总监的声音听起来像是在惨叫，

潘希纳的话把他的心刺痛了。

"要么用一把锯子，把它锯开！"潘希纳继续着他的恶作剧，"这样问题就解决了。以后太平洋海面上就有两个巨岛啦，多划算啊！"

佐恩瞪了潘希纳一眼，责怪他开玩笑没有个尺度。不过，由于无法达成一致意见，标准岛确实实行了分区选举。左舷区任命杰姆·坦克登为本区的总督，右舷区则任命纳特·科夫莱为本区的总督。两个区都有自己的公共设施及工作人员：港口、船只、发电厂、发动机、机械师、司炉工、军官、水手、士兵，等等。双方都可以自给自足。

但是怎样把西姆科耶舰长和总监卡利斯特斯·芒巴尔分成两个人呢？总监现在是徒有虚名。既然标准岛和解无望，内战都快打响了，谁还有心思参加娱乐活动呢？

3月17日，岛上的两家报纸刊登了一则消息：沃尔特·坦克登先生与迪亚娜·科夫莱小姐正式解除婚约。

3月19日，恪尽职守的西姆科耶舰长照例来到他的办公室。在那儿，他收到内乱后的第一份瞭望报告。舰长预计，和补给船会合的那片海域距离标准岛已经不远了。瞭望员在塔顶上时刻监视着辽阔的海面，期望能尽早看见它喷出的浓烟。

西姆科耶舰长身边还有马莱加尔利国王、斯图尔特上校、塞巴斯蒂安·佐恩、潘希纳、弗拉斯科兰、伊韦尔内，以及一些不参与内部纠纷的军官与公务员，他们被称为中立派。对他们来说，最重要的是尽快回到玛德莱娜湾。当天早上，电话铃响了两次，舰长在电话里接到了市政大楼的两道命令。目前该大楼已经分成左右两个部分：杰姆·坦克登与他的支持者在左边，纳特·科夫莱与他的支持者在右边。

按理说，关于西姆科耶舰长执行的航线问题，两位总督本不该有什么分歧。但是，这时两位总督的看法已经无法达成一致了。纳特·科夫莱决定标准岛向东北方向航行，以便赶到吉尔伯特群岛。杰姆·坦克登则固执地要求标准岛向西南方向行驶，赶到澳大利亚海域。"有意思！"潘希纳说，"西姆科耶先生，我这人好奇心重，想知道你会怎么驾船。"

"首先我们得告诉杰姆·坦克登与纳特·科夫莱，"西姆科耶舰长说，"这两条命令是矛盾的，根本无法执行。而且，标准岛现在不能开动，因为要与补给船会合！"

这个答复立即通过电话传到市政大楼。

一个小时过去了，天文台没有接到进一步的指令。难道两位总督已经放弃了自己的新航行计划？

忽然，标准岛发生了奇怪的震动。

在场的所有人都傻眼了："难道发生地震了？标准岛怎么可能有地震？""当然不是地震，"西姆科耶舰长无奈地耸耸肩，"杰姆·坦克登直接向左舷港的工程师下达了自己的命令，而纳特·科夫莱向右舷港的工程师下达了相反的命令。一条命令是向前进，方向东北。另一条命令则是向后退，方向西南。结果使得标准岛在原地打转。"

舰长指出，这种荒唐的局面也许很好笑，但反向操纵机器非常危险。标准岛在这种情况下，有解体的可能。

两边的机器都已经开到了最大马力，推进器已经发挥出最大功率。岛上的人已经能够感觉到钢质的岛体的震颤。一辆马车如果一匹马向东拉，一匹马向西拉，结果是可想而知的！眼下就是这种状况——标准岛的转速不断加剧。公园、田野都以同一点为中心转着圈。而海岸哨位，则以时速 16~20 千米的速度转着圈！

由于标准岛的螺旋运动，十亿城的居民们，尤其妇女感到特别难受。离中心越远的人越难受，恶心和呕吐的症状也越明显。

左右舷的工程师也分别是两位总督的狂热支持者，西姆科耶舰长说服不了他们。于是接下来的一星期是疯狂的，标准岛不停地绕着中心点旋转着。城中心始终拥满了人，因为这里对旋转的感应相对弱些，他们想寻找一块让人不会呕吐的地方。

马莱加尔利国王、西姆科耶舰长、斯图尔特上校奔走在坐在市政府大楼两边的两个权贵之间。遗憾的是，他们谁也不愿率先示弱。即使塞勒斯·比克斯塔夫先生能够重生，面对这种状况，他也会无计可施吧！

而沃尔特·坦克登对一切都不关心，他只担心迪亚娜·科夫莱小姐。要是机器岛突然解体，整个十亿城将会毁灭。自从双方决裂后，他再也无法见到未婚妻。绝望的他曾无数次恳求父亲不要再这么和科夫莱先生对立下去了，但是杰姆·坦克登哪能听得进去呢！

3 月 27 日的夜晚，沃尔特决心去找他心爱的姑娘。他乘着蒙蒙夜色，赶往科夫莱的府邸。灾难也许很快就要发生了，他希望自己那时能在她的身边。

他一声不响地融入拥挤在第 1 大道的人群当中，慢慢潜入对方控制的教区，接近科夫莱的府邸……

第二十章　灭顶之灾

　　天快亮的时候，人们听到一阵惊天动地的爆炸声——左舷区的锅炉由于承受不住超负荷的运转，连机房一齐炸飞了。该区的电力供应终止，整个左舷区陷入了黑暗之中。由于锅炉爆炸，左舷港的机器不能运转了，标准岛就像是一列火车失去了牵引机头。只有右舷港的推进器还正常，机器岛除了仍旧原地打转外，再也无法前行了。

　　这次事故使局面变得更为严峻。事实上，当标准岛的两台推进器可以同时运转时，要想结束这种局面并不难，只需坦克登与科夫莱双方统一认识，让两边的发动机恢复正常工作，朝一个方向使力即可。现在，双方即使能达成协议，标准岛也无法再继续航行了。双方断送了自己的回头路。

　　如果标准岛在这一周之内没有移动过，如果所期盼的轮船能够与标准岛会合，那么它还有返回北半球的可能性……

　　但是，通过观测发现，标准岛在不停地旋转的时候，已经向南漂移了。它从南纬 12° 一直漂到了南纬 7°。

"我们已经向南漂移了5°。"

西姆科耶舰长将事态的严重性告诉了中立派的所有人，大家都一筹莫展。

"如果是一艘船，当船上的机器出故障时，水手可以做好些事，但是在标准岛上却束手无策。我们的岛上没有配帆，不能利用风力。海流主宰着我们的命运。我们将被海流带到何方？谁也不知道。至于玛德莱娜湾驶出的轮船，它们在约定的地方也找不到我们。此刻我们正以每小时12~16千米的速度漂向太平洋那片少有船只通过的海域。"

这几句话说得大家心情特别沉重。失去动力的机器岛完全成了一块巨大的漂浮物，任由洋流支配。洋流去哪儿，它就得跟着去哪儿，哪怕漂到南极……

在两位总督的共同提议下，名流议事会终于做出了一个比之前明智得多的决定：鉴于当前的形势，议事会将所有权力交给西姆科耶舰长。从今天起，他是唯一的首长，任何人（当然包括两家显贵）不得违反他的命令。

埃塞尔·西姆科耶临危受命，但在这座庞大的机器岛上，他能有何作为呢？失去一个推进器后，标准岛已经不在人们的控制之下了，只能任凭风浪摆布了。

眼下最重要的事情是着手了解左舷港的受损情况。从调查结果来看，受损的部位是无法修复了，人们无法阻止海流的巨大推动作用，只能祈祷上帝，寄希望于标准岛自己摆脱这股将它带到南回归线的海流。

至于左舷港，有一处码头在爆炸之后沉没了，但是左舷港本身并没受多大影响，它的堤防还能起到保护船只和阻挡海浪侵袭的作用。

至于饮用水，尚且不用担心。一座蒸馏厂被爆炸摧毁了，但是另一座蒸馏厂还能继续运转。目前看来，还能够满足所有的需要。至于食品的情况，可就不太妙了。按常规需求量计算，剩下的食品只能维持两周，因此需要对岛上的1万名居民实行严格的定量配给。当天晚上，这条不幸的消息便通过电话与传真机传了出去：西姆科耶舰长被迫采取令人不快的手段——实行食品配给制。

十亿城的居民都陷入了恐慌，大家预感到还有更大的灾难等在后面。因为这是全部的食物，再也没有办法补充了！饥荒将造成恐怖的局面，可以想象那场面会多么令人揪心。

3月31日，天空开始放晴，浓雾渐渐散去。在良好的天气条件下，可以测定标准岛的方位了。众人焦急地等待着结果。中午之前，马莱加尔利国王和西姆科耶舰长公布了测定方位的结果：标准岛现在位于南纬29°17′。大约2点左右，他们又进行了第二次观测，天气条件同样良好。这次测出的经度是东经179°32′。事实就是这样：自从标准岛进行螺旋般的旋转以来，海流已经将它冲到离原计划停泊点1600千米左右的东南海域。

两人知道公布这些消息极易引起恐慌，因为大家的情绪越来越不稳定了。为了防止出现暴动，大家希望马莱加尔利国王发挥自己的影响力，调解双方的矛盾。

西姆科耶舰长与斯图尔特上校也竭尽全力，军官们表示绝对忠诚，对士兵们有绝对的领导力。

表面平静的一天过去了。每个人都不得不接受粮食配给制，十亿城的富人们要过这种只能维持基本温饱的生活了。

在这期间，瞭望员们忠于职守，他们认真地观察着地平线。一日看见船只，便立即发出信号，同时它们也没有放弃寻找海底光缆的连接点的努力，期待能恢复中断的联系。但是，机器岛已经被冲离了航线，很少有船会经过这片海域。

4月3日晚，北风忽然停了，随之而来的是一片难得的宁静。很快，海风突然转向东南，这种不可捉摸的天气在春分时节经常会出现。

西姆科耶舰长将这一有利于提升士气的消息迅速广播了出去，众人心中再度燃起了希望。标准岛只要被风往西推动100千米左右，洋流便能将它送到澳大利亚或新西兰。无论怎样，漂向南极海面的势头已经止住了。标准岛要是漂到澳大利亚大陆附近的海域，遇到

船只的概率就大大增加了！

东南风渐渐变得很强劲了，标准岛明显受到它的左右。消息公布后，大家的神经也松弛了许多。

整个上午，大海在东南方掀起了巨大的海浪。要是以前的标准岛，海浪根本不会对它有任何影响，但现在它再也顶不住这巨大的颠簸了。房屋开始颤抖，室内的东西都移了位，真像是发生了地震。

西姆科耶舰长与中立人士始终坚守在天文台上，现在所有的工作都集中到那儿。建筑物受到这种破坏性的震动，怎能令他们担心？事态已经严重到无以复加的地步：一些钢箱遭到新的破坏。地面的隔板开始变形，钢板翘了起来。在公园里，在小河沿岸，在一些道路上，由于钢板断裂，地面变得凹凸不平，很多建筑物已经倾斜……

至于裂缝，只能听天由命了！更可怕的情况是，在岛体的四周，无论在两个港区还是在两个炮台上，吃水线都降低了一尺。如果再降下去，海水就会涌上岸来。

由于标准岛的底部已经损坏，它的沉没只是时间问题——这种形势，西姆科耶舰长竭力隐瞒着，因为这个消息一旦公开，肯定会引起全岛的恐慌。祸不单行，这时的天气也变得恶劣起来。天空中布满乌云，显示出暴风雨即将来临的前兆。

到了晚上，可怕的大风呼呼作响。海浪猛烈地拍打着岛身，钢箱一个接一个破裂，钢梁也一根接一根断掉，岛身随之撕裂，四处响起金属的断裂声。城里的街道、公园里的草坪都有断裂的危险……

一到夜晚，十亿城便成了一座空城，所有人都挤到郊野去了。因为那里没有大型建筑，相对安全一些。

大约晚上9点，标准岛的震动更剧烈了，连地基都开始摇晃了。为右舷港提供照明的发电厂也沉入了海底，整个标准岛漆黑一片。地面的震动越来越剧烈，建筑物开始倾倒。用不了几个小时，标准岛便会变成废墟。

"我们要离开这里，先生们，"西姆科耶舰长告诉大家说，"天文台即将倒塌，我们不能在这里久留，要赶到郊区，在那里等待暴风雨的结束。"

天文台上的所有人——马莱加尔利国王、西姆科耶舰长、斯图尔特上校、塞巴斯蒂安·佐恩及他的伙伴们、天文学家与军官们只好离开天文台。有些人还恋恋不舍地回头看看。他们离开得太及时了，才走了200步，高塔便塌了下来，发出可怕的断裂声。塔尖戳穿了广场的地面，直接掉进了海里！宏伟的天文台瞬间就消失了。这时，"四重奏"想赶回娱乐城——如果可能的话，他们要抢出放在那儿的乐器。幸运的是，娱乐城还坚强地立在那儿。他们跑进去，冲进房间，抱起两把小提琴、一把中提琴和一把大提琴，然后跑到了公园。

公园里聚集着两个城区的好几千人。坦克登与科夫莱两家人都在场。身处黑暗之中，对他们来说是一种幸事，谁也看不见谁，就认不出对方了！

不过，沃尔特很幸运地找到了迪亚娜·科夫莱小姐。他早就决定，一旦出现灭顶之灾，他会用自己的生命保护她。

年轻的姑娘已经感觉到那青年就在身边，不禁失口叫道："沃尔特！"

"迪亚娜……我在这儿！"

半夜里，飓风再度掀起巨大的海浪，向标准岛扑来。这场巨大的风浪似乎要将标准岛拍碎。

现在，岛身千疮百孔，各个接合部位都开裂了，天主教堂、基督教堂、市政大楼、天文台等高层建筑全部坍塌，巨大的财富瞬间化为乌有！倒下的建筑在地面上砸出巨大的空洞。海水从这些空洞中涌上来，在地面上喷起高高的水柱。

凌晨，公园沿着小河的河床被撕裂开来，裂口长达2千米，大量的海水从这里涌上来。全城居民都向郊外跑去，一些人跑向港口，另一些人逃向炮台。浪涛像巨大的海啸一般，冲向标准岛的岛面。好多家庭都被冲散了。沃尔特·坦克登一步不离迪亚娜小姐，想将她带离右舷区。她已经没力气跟他走了。他抱起几乎动弹不得的她，神情坚定地穿行在惊叫声不断的人群中。

黎明前，岛的东部又传来刺耳的金属撕裂声。是右舷港！港口的工厂和机器全都葬身海底，港口完全崩溃了，钢箱四散开来，消失在大海中。

现在的标准岛，就像是一颗和大行星相撞的彗星，已经四分五裂了。虽然这些碎片和在碎片上求生的人不是在无依无靠的太空中漂泊，但在一望无际的太平洋海面上，情况也好不到哪儿去。

第二十一章　大结局

　　天亮了。漂浮在海面上的标准岛已经裂成三大块，还有十几块较小的碎块。大海依然波涛汹涌，大大小小的漂浮物任凭海浪拍打。标准岛损坏最严重的地方是承载十亿城的部分，它在建筑物的重压下，已经消失了。不仅如此，发电厂、工厂和所有机器也都消失了。面积最大的碎岛体是天文台与前炮台之间的郊区。它的面积大约为 30000 平方米，有 3000 人挤在上面。第二块漂浮物上面还保留着左舷港附近的一些小船、一个淡水池和几家食品供应商店，这里有 2000 多人。如果这些船只还能用，左舷港上的人就能利用它们与第一块残骸上的人取得联系。第三块漂泊物是后炮台四周的田野，上面聚集了大约 4000 人。剩下的难民零星地分布在那十几块很小的残骸上，每块只有一条中型渔船那么大。这就是现在的标准岛。

　　大约在半夜 3 点，右舷港被分离出标准岛，如今很可能也和十亿城一样沉没了。仅凭这些残骸，他们怎么能够到达澳大利亚或新西兰呢？难道他们的最终命运，就是在太平洋上饿死？

值得庆幸的是,意志坚定的主人公们都没有被这场风暴夺去生命。在有前炮台的那块漂浮物上,聚集着西姆科耶舰长、斯图尔特上校和他手下的士兵,还有马莱加尔利国王、天文台的专家、十亿城的富翁、神职人员和"四重奏"。巴黎的艺术家们和他们的乐器在一起,安然无恙。弗拉斯科兰冷静地审视着这种局势,认为他们还有救。伊韦尔内和潘希纳还是那副神态,他们俩是不折不扣的乐天派,任何情况下都能想得开!至于塞巴斯蒂安·佐恩,他患了感冒,正在不停地咳嗽。

　　眼前再也没有生命危险了。在刚刚过去的这场灾难中,该沉下去的都已经沉下去了:高层建筑、府邸、住房、工厂、炮台,以及所有的岛面组成部分。目前,这些漂浮物已经没有了重担,吃水线明显上升,暂时安全了。在洋流和引力的作用下,漂浮物开始互相靠拢。没过多久,阿塔纳兹·多雷米也从一块很小的漂浮物上跳了过来,和他的法国同胞会合了。

　　随着处境的改善,人们的情绪也稳定下来。大家都开始想办法活下去。西姆科耶舰长带着手下人开始忙碌起来。第一步就是要把各个孤立的漂浮物拢在一起,让大家聚在一起。因为左舷港还有几只完好无损的小船。西姆科耶舰长将它们派到各个漂浮物上,一块一块地联络。他要统计还剩多少淡水和食物。大约上午 9 点,西姆科耶舰长带着两名军官登上一艘小船。他乘着这只小船挨个视察了那些漂浮块。调查完毕,西姆科耶舰长得出两个结果:第一,这个可怕的夜晚造成了好几百人死亡;第二,左舷港的蒸汽机被破坏了,但是水池里还存有一些饮用水，如果严格限制使用量的话，这些淡水还可以维持两周，港口商店的食物也可以坚持半个月。这些消息多少起到了安定人心的作用。也就是说，两周之内，他们必须在太平洋上的某个地方上岸。下午2点，西姆科耶接到瞭望员的报告："东北方向有一个黑点在移动。尽管还看不清船身，但是可以肯定，有一艘船在向标准岛驶来。"

这条消息引起了众人的欢呼。马莱加尔利国王、西姆科耶舰长、军官和工程师们，全都跑到刚才发现船只的地方。为了引起注意，西姆科耶舰长命令将旗帜升上旗杆，所有的武器同时开火。如果天黑之前这些信号还没有引起注意，就燃起篝火。这样，对方就不可能看不到他们。没必要等到天黑！人们确定，那只船明显在努力地靠近标准岛的漂浮物。

尽管船体还很不清晰，而且它既没有桅杆也没有船帆，但是它冒着一柱黑烟，离人们越来越近。望远镜始终对准着它。

突然，西姆科耶舰长用激动的声音说："朋友们，我肯定，那是我们分裂出去的岛块，而且很可能是被冲走的右舷港！显然，右舷港的工程师修好了机器，朝我们开过来了！"

听到这个消息，大家都高兴得发狂。所有人都好像已经获救了一样！右舷港带着动力回归，意味着标准岛又充满了生机！

情况正如西姆科耶舰长猜测的，右舷港在分裂出岛体后，被一股逆流推往东北方向。天亮后，港口的工程师发现机器的损坏并不严重，稍加努力，便修好了机器。然后，这几百名幸存者便驶回出事地点。

3 个小时后，右舷港在几千人的欢呼下到达了最大的一块漂浮物前。右舷港回来了，而且还带来一些食物与淡水。大家又看到了希望。库存的燃料足够用好几天，它们可以维持发电机的运转，使大家到达最近的陆地。根据港口军官们的观察和测量，最近的大陆便是 80 千米外的新西兰。

　　但困难在于，右舷港仅有 6000~7000 平方米，怎么可能装载上万人呢？是不是应该先派它到 80 千米以外去求救呢？

　　不行！如果那样，航行的时间太长，而现在最宝贵的就是时间。要想将人们从饥饿的恐惧中救出来，一天都不能耽搁。

　　这时，马莱加尔利国王发话了："有一个法子可行，右舷港、前炮台、后炮台，这三块残骸可以容纳标准岛所有的幸存者。咱们用铁链把它们连成一串，就像拖船一样。然后，在右舷港的牵引下，我们全体去往新西兰！"这主意棒极了！

　　居民们很快恢复了信心，就好像已经看到了新西兰的港口一样。从 4 月 4 日到 4 月 8 日一切正常，没有什么值得一提的。4 月 9 日早晨 8 点，人们在最前面的右舷港看到一块陆地，那里地势很高，能看见很远的地方。工作人员测定了位置——这次是千真万确的陆地，新西兰北岛。

又是一天一夜过去了。4月10日上午，右舷港在新西兰北岛的岸边停了下来。当居民们感到自己脚下踏着的不是人造的标准岛，而是真正的土地时，那种安全感简直难以用语言表达！

新西兰人非常热情地接待了遇险的人们，并为他们提供了所需的一切。他们到达新西兰北岛的首府奥克兰，沃尔特·坦克登与迪亚娜·科夫莱小姐的婚礼终于在那儿举行了。"四重奏"为他做了最后一次演奏。至于结成亲家的坦克登夫妇和科夫莱夫妇，以及其他的富豪们，都计划回到美国去，再也不为机器岛的统治权而争吵了。埃塞尔·西姆科耶舰长、斯图尔特上校和他的军官们、天文台的专家们、阿塔纳兹·多雷米先生，甚至总监卡利斯特斯·芒巴尔，都做出了相同的决定。

然而总监芒巴尔仍旧不放弃自己的想法，他始终希望重新建造一座人工岛。马莱加尔利国王和王后毫不掩饰自己的失望，他们原本打算在岛上安度余生。但愿这对前国王夫妇能找到一个理想的地方，继续安静地生活。

那么"四重奏"呢？连塞巴斯蒂安·佐恩都承认这次旅行让他受益颇深，而且结局也不算坏。他们拿到了事先承诺给他们的报酬，还参加了那对年轻人的婚礼。

随后，塞巴斯蒂安·佐恩、伊韦尔内、弗拉斯科兰和潘希纳与朋友们告别，前往圣地亚哥。

独一无二的标准岛，就这样走完了自己的旅程。

"迟早有一天，它会重建起来的！"卡利斯特斯·芒巴尔自信满满地说。

语文阅读经典丛书·第八辑

秘密花园

文质 改编

江西教育出版社
JIANGXI EDUCATION PUBLISHING HOUSE
·南昌·

图书在版编目（CIP）数据

语文阅读经典丛书. 第八辑/文质改编. — 南昌：
江西教育出版社，2020.11
ISBN 978-7-5705-2120-3

Ⅰ. ①语… Ⅱ. ①文… Ⅲ. ①世界文学－作品综合集
Ⅳ. ①I11

中国版本图书馆 CIP 数据核字（2020）第 191340 号

语文阅读经典丛书·第八辑
YUWEN YUEDU JINGDIAN CONGSHU · DI-BA JI

文质 改编

出 版 人：廖晓勇
策划编辑：杨　柳　张　龙
责任编辑：朱　丽
出版发行：江西教育出版社
地　　址：江西省南昌市抚河北路 291 号　　　　邮编：330008
邮　　箱：jxjycbs@163.com
网　　址：http://www.jxeph.com
电　　话：（0791）86705643
经　　销：各地新华书店
印　　刷：湖北嘉仑文化发展有限公司
规　　格：880mm × 1230mm　　　　1/32　　　　24 印张
版　　次：2020 年 11 月第 1 版
印　　次：2020 年 11 月第 1 次印刷
书　　号：ISBN 978-7-5705-2120-3
定　　价：148.80 元（全 6 册）

赣版权登字 -02-2020-495

第一章　人海遗孤

当玛丽·雷诺斯刚被送进大鸫庄投靠她的姑父时，人人都说她是全世界长得最没有人缘的小孩。没错！她长着一张生了病似的瘦削的黄色小脸，一副单薄的身材，一头稀疏发黄的头发，总是板着一张尖酸善怒的臭脸。

玛丽刚呱呱坠地，她的母亲便把她交给一名印度奶妈，并交代她，把孩子抱得远远的，让她眼不见，心不烦。

玛丽始终没有多少和父母相处的机会。在她的印象中，除了奶妈那张黑黝黝的脸庞外，就只看见过其他当地土生土长的仆人们。而那些仆人凡事都顺着她的意思，因为一旦让她哭闹起来，吵到了夫人，大家都要受罪！

不满六岁，这个小女娃儿已经成为全世界最自私自利、蛮横霸道的小鬼。头一位应聘到家，教她读书、识字的英文家教没待到三个月，就因为实在看不惯这个小丫头而辞职。以后陆续填补这一职缺的女家教没有一个肯待在这儿超过三个月。要不是玛丽真的很想学会怎样念书，恐怕她一辈子都得当个目不识丁的人了。

玛丽九岁左右时，在一个酷热难当的早晨，她心浮气躁地醒来，发现站在床头服侍她起床的仆人竟不是她的奶妈。

脾气暴躁的她问那陌生的妇人："你跑来干什么？我不要你留在这儿！去叫我的奶妈来！"

那妇人神色惊惶，嘴里只是结结巴巴地回答说奶妈不能来。于是玛丽大发脾气，对她又打又踢！结果那名妇人的神情更为害怕，不断重复念着："奶妈没办法来照顾小姐。"

那天早晨，空气中弥漫着一股神秘的气息，样样事情都脱离常轨：有些仆人好像不见了，即使是出现在玛丽视线中的，也全都摆着一张受到惊吓的惨白面孔，而她的奶妈也一直没来。孤单寂寞的玛丽既没人陪伴，也没人管。她独自走进花园，在靠近走廊的一棵树下扮起独角戏来。

她越玩火越大，嘴里嘀嘀咕咕地骂着等奶妈回来后要狠狠数落她的话。"猪！猪！死猪头！"她喃喃地诅咒着，因为骂当地人"猪"是最严重的侮辱。

正当她一遍又一遍咬牙切齿地重复着这咒骂时，忽然看见她的母亲正和一名金头发、白皮肤的英俊青年走到屋外的走廊上来，用一种奇怪的音调低低地讲着话。每次只要一有机会见到母亲，玛丽总会盯着她仔细观察。

她母亲雷诺斯太太流露出哀恳的表情，瞪着一对惊慌的大眼，凝视着那美少年军官的脸庞。

"情况真有那么糟吗？噢！这是真的吗？"玛丽听见母亲

询问道。

"糟透了!"对方带着战栗的声音回答,"糟糕透了,雷诺斯太太!你们两个星期前就该避到山上去的。"

夫人拧着双手,哭嚷道:"噢!我知道!要不是为了参加那场无聊的宴会,我就不会留下来。我真是好蠢啊!"

话音刚落,用人宿舍那边突然爆出一声惊天动地的哀号,慌得她紧紧抓住年轻军官的胳膊。站在花园里的玛丽只觉得一股寒意从头顶贯穿脚底。

紧接而来的是一连串令人惊恐失色的事,而玛丽也明白了,为何家里笼罩着一股既神秘又诡异的气息。原来此地暴发了一场灾情极为惨重的大霍乱,无数人都像蝼蚁般被轻易地夺走了生命。奶妈刚刚死了,所以宿舍区里才会传出哭号。许多人都惊惶地逃命去了,城里城外到处都陷入了恐慌之中。

这种情势持续到了第二天。玛丽躲在儿童房内,所有的人全都忘了她的存在。没有人想到她,没有人需要她;对于屋里屋外发生的事,她也同样一无所知。总之,她整天哭完了睡,睡醒了又哭。

在这段时间里,她曾经一度悄悄地摸进餐厅,发现里面没有半个人影,只留着一些吃到一半的菜肴，看起来就像是那些用餐的人不知道为了什么，突然急匆匆地胡乱把它们往桌上一推。她过去吃了点儿东西，渴得口干舌燥，于是又喝掉满满一杯甜甜的烈酒。不一会儿，玛丽便呵欠连天地走回她的儿童房。浓浓的烈酒让她倒头便昏昏沉沉地睡着了。

等玛丽醒过来时，整座宅子里听不到半点儿声响。这是她有生以来第一次体验到寂静的滋味。所有的声音全都消失了，一时间，玛丽不禁怀疑是不是所有麻烦和灾难都结束了。另外，她更好奇的是：如今她的奶妈已经过世，那以后将会由谁负责照顾她？奶妈讲的那些老掉牙的故事，玛丽早就听腻了，所以奶妈的死并没有让她伤心得哇哇大哭！

事实上，她并不是一个很重感情的小孩，而且从小就不怎么关心别人。虽然霍乱引起的悲哀的哭号声把她吓坏了，可她更生气的是大家好像都忘了

还有个活蹦乱跳的她。

她躺在房里等了半天，也没有人过来，整幢屋子也好像越来越暗了。这时，她听到草席上面有点声响，探头一看，原来是一条小蛇正一动不动地盯着她，似乎正急着想钻出这个房间。就在她的注视下，小蛇悠闲地游出了门缝。

"真静！"玛丽自言自语，"真古怪！感觉就好像整个房子里没有半个人，只剩下我和那条小蛇了。"

片刻之后，屋外的围墙内响起了脚步声。他们走进屋里，低声交谈着，来人似乎正逐一打开各个房间仔细查看。

"好可怜啊！"她听到其中有个人感叹，"那天仙般的大美人死得真惨！我想小孩大概也死了吧！听说这屋子里有个小孩，只是从来没有人见过她。"

几分钟后，当他们推开房门时，玛丽正站在儿童房中央。她正因为没人理睬、肚子又饿，凶巴巴地站在那里。首先走进房内的是一位身材高大的军官，他看起来满面倦容。在他猛地见到玛丽后，他大吃一惊，只差没跳起来。

玛丽跺着脚质问："为什么没有半个人进来？"

后面进来的年轻人带着一脸悲哀注视着她。

"可怜的小娃儿！"年轻人说道，"这里已经没有半个人可以过来了。"

就这样，玛丽在突如其来又莫名其妙的情况下，蓦然发觉自己已经无父无母。而这片偌大的房舍中，真的就只剩下她和那条小蛇了。

第二章　反常的玛丽小姐

最初收容玛丽的是一个英国牧师，在那期间，玛丽并没有因为母亲的去世而太过悲伤。坦白说，她一点儿也不思念她。她只是讨厌牧师那又脏又乱的宅子，还有那五个年龄和她接近的小孩。甚至刚来的第二天，他们就替她取了一个把她气得七窍生烟的绰号——反常的玛丽。

想到这个绰号的是个名叫贝佐的男孩，玛丽一见到他就讨厌极了。

那天，她正一个人在树下玩，假装是在建造小花园。这时贝佐走了过来，突然提出一个建议："你为什么不在那边弄个石头堆，假装它是一座假山庭院呢？"

他凑近她的身边，比画着告诉她："就在正中央。"

"滚开！"玛丽大叫，"我不喜欢男生。快滚开！"

贝佐听了，顿时满脸怒色，不一会儿便开始奚落起她来。他绕着她又唱又跳，手舞足蹈。

玛丽小姐真反常，
你的花园长得怎么样？
银铃花，海扇壳，
还有金盏花排成行。

　　他一直唱着，唱到别的小孩都听见了，跟着他大笑。玛丽一听到他们唱就发火。这样的情况一直持续到玛丽离开。

　　贝佐很高兴玛丽在周末就要被送走了，他告诉玛丽，她将被送到她英国的姑夫——亚契伯·柯瑞文先生那里。

　　"我根本不知道有他这个人。"玛丽干脆利落地说。

　　"我知道你不知道。"贝佐回答，"你们女孩子什么也不知道。我听见爸妈在谈论他的事。他住在一幢乡下的老房子里，那房子又旧又荒凉，平时根本没有人接近他。他那种乖戾性子，一点儿也不容许人家多亲近。就算他肯，别人也不愿意。他是个驼子，而且很可怕。"

　　"我才不相信呢！"玛丽转身捂住耳朵，她不想再听了。

　　然而，她的脑海里却不断惦记着贝佐的那番话语。当天晚上，牧师的太太告诉她，再过几天就要送她搭船去英国，让她到大鸫庄去投奔她的姑夫。玛丽听了，面无表情，态度冷淡，一副事不关己的样子。他们试图对她表现得亲切一点。可是，玛丽完全不接受。

　　终于，三五天之后，牧师夫妇便把玛丽托给一名正要送子女返回英国读寄宿学校的军官太太。当船刚刚到达伦敦，柯瑞文先生就已经派一名妇人来把玛丽接走了。

来接玛丽的妇人是梅德洛太太,她是柯瑞文先生在大鸫庄里的女管家,身材高大肥壮,脸色红润异常,黑色眼珠子里射出两道凌厉的光。玛丽一点儿也不喜欢这个女人。不过,反正她也很难对谁有好感。况且,很显然,梅德洛太太对她的印象也不怎么样。

"哎呀!这小姑娘长得可真不起眼啊!"她对那位军官太太说,"我们听说她的母亲是位大美人。看来她没遗传到多少美貌,她只能从气质上改变了。不过,大鸫庄绝对不是个能够涵养孩子性情,改善他们的仪表和风度的地方。"

这时,她们已经来到一家旅馆,玛丽正临窗眺望街上的景物,离两名妇人有一小段距离,因此她们以为她没在听她们的交谈。不料,她非但听得一字不漏,甚至对她的姑夫和他居住的地方产生了无限的好奇心。

由于这段日子一直住在别人家中,身边又没有奶妈陪伴,玛丽渐渐觉得寂寞起来,也开始想到一些她以前从未想过的古怪念头。她不禁怀疑,为什么别的孩子似乎都有属于他们自己的父母,唯有她,仿佛从来就没有真正当过谁的女儿,因为没有一个人真正对她付出过半点关怀。她并不知道,这全都是因为她是个不讨人喜爱的小孩。

她还觉得,一张脸红得像猴屁股,戴着华丽却俗气的帽子的梅德洛太太是她从小到大所见过的人当中最讨人嫌的。

第二天，在她们动身返回约克夏的这段时间里，玛丽始终把头抬得高高的，尽量和女管家保持距离，因为她可不想让人误以为她是属于梅德洛太太的。而梅德洛太太也不会因为她的想法受到困扰。她是那种"绝不容许后生晚辈胡来"的女人。

上车后，玛丽心浮气躁、百无聊赖地坐在车厢角落，只是交叠着两只戴了黑手套的细瘦小手，放在大腿上。一身黑色服装把她的肤色衬托得益发病黄，黑纱帽下散落着稀疏暗淡的黄发。

"我这辈子头一次看到神情这么骄纵刁蛮的小孩。"梅德洛太太默默地评断。她从未见过有哪个孩子像玛丽这样闷不吭声地坐在那儿，啥也不做，连动都不动一下。她也打量得腻了，终于开口，用一副精明干练的口气，严峻地告诉玛丽："我看我最好略向你介绍一下你要去的那个地方。对你姑夫，你有任何印象吗？"

玛丽对他的姑夫自然是没有什么印象，甚至都没有听父母谈过。其实，父母从来都不曾跟她特别提起过什么。

梅德洛太太盯着她那冷冷淡淡、让人摸不透心思的小脸蛋，沉默半晌，然后又重拾话题："我看我最好先告诉你一点儿事情，让你有个心理准备。你要去的是个古怪的地方。"

玛丽一声不吭，冷漠的态度把梅德洛太太弄得十分尴尬。不过，很快地，她便又吸了口气，继续往下讲。

"那是一座阴阴郁郁、占地广阔的大府邸。柯瑞文先生以它为傲。除此之外，那栋屋子坐落在荒原边缘，已经差不多有六百余年的屋龄了，府里有上百个房间。只是，其中绝大多数终年关闭，并且上了锁。陈列在屋内的画作、摆设以及高级古董家具也有些年代了。屋子四周还有一座大游苑、几片小花园，以及许许多多大树，其中有些甚至已经长条垂地了。"她顿了顿，再吸了口长气说，"不过，其他也就没什么了。"然后便突然打住话题。

这时，玛丽早已忍不住凝神倾听起来。对方口中叙述的一切，感觉上都和印度大不相同。而凡是新奇的事物，对她来说，都具有莫大的吸引力。不过，她并不愿意表现出听得津津有味的样子，她依旧纹丝不动地坐着。

"唔！"梅德洛太太问道，"你听完之后，有什么感想吗？"

"没什么。"她答道，"我对那个地方完全不了解。"这话逗得梅德洛太太忍不住大笑了两声。

"嗯，确实！"她评论道，"不过，你的反应真像个老太

婆。难道你一点儿都不在乎？"

"不管我在不在乎，"玛丽回答，"那都无关紧要。"

"没错！"梅德洛太太说，"完全无关紧要。我相信你之所以会被带到大鸫庄，原因只有一个——因为那是最简单的解决办法。而柯瑞文先生是铁定不会为你多伤一丝一毫脑筋、费一点儿事的。他从不为任何人自找麻烦。"

她仿佛及时想起什么似的，猛然住口。

"他的背部患有佝偻，"她说，"造成他的举止行为样样和别人不同。在结婚以前，他始终是个性情乖戾的年轻人，庞大的家产、土地和住宅对他来说，都没半点用。"

玛丽又一时不由自主地把视线转到管家脸上。她从没想到驼子也会结婚，不免有些惊讶。梅德洛太太捕捉到这抹讯息，加上她本身就是一名长舌妇，索性兴致大发地继续往下讲来打发时间。

"她是位非常美丽、非常温柔亲切的可人儿，就算要他走遍天涯海角，替她寻找一根小草，他都会毫不犹豫。她肯嫁给他，那是人人都没想到的。好事的人都说她是为了他的钱。事实上她才不是——她不是！"她斩钉截铁地说，"在她死后！"

玛丽跳了起来，失声地尖叫道："噢！她也死啦！"她想起自己曾经听过的一则法国童话，内容是描写一个可怜的驼子和美丽公主之间的故事。突然间，她不禁替亚契伯·柯瑞文先生感到难过起来。

"是的，她死啦！"梅德洛太太回答，"她的死让他变得比以往更加古怪。绝大部分时间，他都离乡背井。就算回到大鸫庄，也只是把自己关在西厢房里。唯有照顾他长大的老皮侠能够见着他。老皮侠非常了解主人的性子。"

这听起来就像一则书上的故事，一点儿也不能逗玛丽开心。上百个房间几乎全都终年关闭，坐落在荒原边缘，这些都让人感到凄凉。里面还有一位驼了背、整天把自己关在房间里的男主人！她紧抿着唇，凝望窗外。阴沉沉的天空开始下起倾盆大雨。对照着刚刚那个故事，仿佛再自然不过了。

玛丽心想，要是那位美丽的妻子还活在世上，一定也会像她的母亲一样吧！可惜，两个美人儿都不在了！

"你用不着期待会见到柯瑞文先生，因为那十之八九是不可能的。"梅德洛太太表示，"同时，你必须自己玩自己的，自己照料自己。屋里的人会告诉你哪些房间可以进去，哪些房间绝不能乱闯。不过，你在屋内时，可千万不要到处乱逛，满屋子东刺探西刺探的。这一点，柯瑞文先生是绝对不会允许的。"

"我才不会想要到处刺探呢！"尖酸又坏脾气的小玛丽说。就在刚刚突然替柯瑞文先生感到十分难过的同一瞬间，她已经开始停止难过，并认为他个性那么讨人厌，难怪会遭遇那些事情。

于是她扭过头，透过雨水一道道流下的车窗，凝视着那好像永远也下不完的暴雨。看着，看着，终于在天色越来越沉重的压迫下，她的眼皮再也张不开了。

第三章　玛莎

在梅德洛太太的带领下，她们已经来到了大鸫庄。

翌日早晨，一名年轻女佣进入房间帮玛丽生火时，把她吵醒了。她东张西望，只见墙壁上挂着一幅绣着森林风光的帷幕，那股精致又幽暗的感觉，是她从来不曾体验过的。透过一扇窗口，玛丽望见窗外有一片地势不断绵延的土地。

"那是什么？"玛丽指着窗外问道。

刚刚才站立起来的玛莎·飞碧·所儿比——也就是那名年轻女仆告诉她，那是荒原。玛丽讨厌荒原，玛莎却说："那是因为你对它还不习惯，觉得它很荒芜。不过，以后你一定会喜欢的。"

刚和玛莎相处时，玛丽根本没兴趣听她聒噪，但随着玛莎那居家闲聊般温和亲切的叙述，玛丽不知不觉开始注意起她的言谈。玛莎的话语总是离不开她那温馨的家，还有那个十二岁大的狄肯。狄肯还拥有一匹他自己的小野马呢！他在小野马还很小的时候就在大荒原上发现了它，狄肯时常喂它一些面包和青草，于是它喜欢上他，还让他骑在自己的背上。

玛丽从来不曾拥有自己的宠物，而且一直很想要。因而，从来不在乎别人的她，这会儿对那少年产生了一丝兴趣。

那间被指定的儿童房里，放着一顿丰富可口的早餐。

早餐过后，玛丽在玛莎的建议下，决定出去看看。谁叫当初梅德洛太太布置这里时，没有把娱乐功能考虑进去呢？

玛莎给玛丽指路的时候，无意中提到了一座锁了十年的花园。这个自从柯瑞文太太去世后，就被主人封闭了的花园引起了玛丽的兴趣。她忍不住去想那座花园，想知道里面究竟是怎样的一幅景象。

她沿着玛莎指的路，走着走着，猛然发现脚下所踏的这条小径尽头仿佛是一堵爬满了常春藤的长围墙。她朝着那堵围墙走去，这才看出，在常春藤覆盖的绿帘之间还有一扇敞开的绿门。她随意走进一个绿门，园里的果树整齐地沿着墙边排列，部分菜圃上面还罩着玻璃框。玛丽站在园子当中，打量一番，心想：这个地方真是够丑、够荒凉的了。也许夏天会漂亮些吧！

不一会儿，一名肩上扛着锄头的男子穿过一座园子的门走了过来。乍见玛丽，他猛地吃了一惊。

"这是什么地方呢？"她问道。

"几座家庭蔬果园中的一座。"他回答。

"那个呢？"玛丽指着越过另一扇绿门的那头。

"另一座。"他答得简单利落，"另外那面墙的那头又是另一座。至于那面墙的那一头，则是一座果园。"

"我可以进去那些园子吗？"玛丽问道。

"你爱去就去，不过，现在没有什么可看的。"

玛丽不置可否，默默地沿着小径穿过第二道绿门，放眼看去，同样又是围墙、冬令蔬菜和玻璃框。下一道墙上又有一扇绿门，而这扇门是关着的。也许它是通往那座十年没有人进去的花园入口！玛丽毫不犹豫地走过去，转动把手。她真希望自己已经发现了玛莎口中的那座神秘花园，所以希望那扇门打不开。可惜，她不费吹灰之力就把它给打开了。这座园子和其他地方一样。不同的是，这座园子四周都看不到绿门。玛丽走到地势较高的那头时，终于察觉到那道墙似乎并不是果园尽头，还在继续延伸。她静静地驻足在那堵墙前面，赫然看见墙里一棵树的顶端栖息着一只胸前羽色是鲜红色的鸟。猝然间，它引吭唱起冬季的旋律来，就像它已看见她，与她打招呼一样。

她停止了一切行动，静静地聆听它的歌喉。那清脆友善的啼声，带给她一股愉悦的感受。她一直静静聆听它的鸣啭，直到它展翅飞离树梢。玛丽喜欢这只和印度鸟不一样的小鸟。

玛丽的心里还想着那座被荒废的花园。也许她是因为无事可做，所以心思才会总是围绕着它打转。她对它充满了好奇，满脑子想看看它究竟是什么样。柯瑞文先生为何埋了钥匙？他那么喜欢他太太，为什么又讨厌她的花园呢？她甚至想问问他为何会做这么古怪的事。

她想到刚刚那只红襟鸟，还有它那仿佛专门为她歌唱的样子。就在回忆起它方才站立的那棵大树树梢的一瞬间，走在小

径上的她猛然刹住脚步。

"我想那棵树是长在秘密花园里的。绝对是的，我有很强烈的感觉。"她自言自语，"那地方有墙围着，却没有门。"

她转身走回第一座果菜园时，刚刚那个老人正在挖土。于是，她走到他的背后，带着一贯冷冷的态度观察了他一会儿，发现他始终没有注意到自己，最后只得自己先开口。她告诉他，自己去过那些花园了，他只是语气不善、敷衍地答着。

"可是，那里没有门进到另一座花园。"玛丽说。

"什么花园？"他暂停手边的工作，粗声粗气地问道。

"围墙那头的花园。"玛丽回答，"那儿有树——我看见树梢了。有只红襟鸟停在其中一棵树的树梢上。"

说完这话，她意外地看见对方那阴沉沉的风霜老脸完全变了表情，一抹微笑慢慢浮上了面颊。这园丁看起来就像换了一个人似的。玛丽不禁觉得，当一个人露出笑容时，整个人真是变得好看多了。这是她以前从来不曾想过的。

他望着围墙，开始吹起一种轻轻柔柔的口哨。她不理解，为何一个老板着脸的人，竟能吹出如此温柔迷人的声音。随即，玛丽听到一阵低微的扑扑振翅声划过半空，那只红襟鸟朝他们飞来了，然后停在离园丁很近的土地上。

"它来啦！"老人家笑呵呵地说，然后仿佛跟小孩谈天似的，低头对它说起话来。

"你跑哪儿去啦，厚脸皮的小乞丐？我今天大半天都没看到你。"

红襟鸟偏着小脑袋瓜子，用它那对晶莹得像两滴黑露珠般的眼睛仰头看着老人，好像已经和他很熟悉，一点儿也不害怕。它轻快地在泥地上跳跃，寻找种子和昆虫。

那美丽愉悦的身影，神似人类般的举动，惹得玛丽心中兴起一股奇妙的感觉。她情不自禁地压低了嗓门，轻轻问道："每次你一叫它，它就会来吗？"

"嗯！都会。我从它刚学会飞时就认识它了，它很孤单。"

"它是哪一种鸟？"玛丽问道。

"你不知道吗？它是红襟知更鸟。在全世界，它们是最友善、最好奇的一种鸟啦！只要你懂得怎样和它相处，它们简直就像狗一样友好呢！瞧，它知道咱们在谈论它。"

世上再也没有比见到这个老头子更稀奇古怪的事了。他带着一副既得意又疼爱的表情注视着那只小鸟，笑呵呵地说："它是个自大的家伙，最喜欢听人谈论它呢！而且很好奇。全天下再没有一只像它那样好奇又爱管闲事的鸟了，动不动就飞过来瞧瞧我在做些什么。它明白所有柯瑞文先生懒得伤脑筋去发觉的真相。它绝对是个首席园丁！"

那只知更鸟一面忙忙碌碌地东跳西跳，啄食土壤里的食物，一面不时地打量他们一眼。玛丽觉得它那双圆眼睛里充满了好奇心，真的就好像在探查有关她的一切秘密似的。这时，酝酿在她心底的那股奇异感迅速滋长着。

玛丽朝那鸟走近一步，仔仔细细打量着它，倾诉着说："我也好孤单！"

过去她从不知道这正是形成她脾气乖戾、暴躁的原因之一。如今当她注视着知更鸟，而知更鸟也举目和她对望时，她似乎瞬间恍然大悟了。老园丁盯着她细看了一会儿。

"你叫什么名字？"玛丽问他。

他挺直腰杆，回答："班·韦勒斯泰。"

回答完后，他随即又补充了一句："除了它飞到我身边，要不我也是孤单一人，它是我唯一的朋友。"

"我一个朋友也没有。"玛丽说，"我从不和别人一起玩。"

有话就说，直来直往是约克夏人的习惯，而老班正是地地道道的约克夏荒原男子。他说："你和我很相像。我们俩长得都不好看，脾气也和表情一样臭。我敢打赌，你和我一样是个暴躁性子。"

这话说得可真够直的了。玛丽这辈子还从未听过有人老老实实地形容过自己。过去她从不曾仔细想过有关自己长相的问题，不过她很怀疑自己是否真的和老班一样不具吸引力，又是否和他在知更鸟没来之前一样，老板着一张臭脸。此外，她真的开始怀疑起自己是不是"个性暴躁"了。

忽然，那只知更鸟飞到了离她几尺远的一棵小苹果树上，并唱起了一小段短短的歌。老班当场哈哈大笑起来，并告诉玛丽，知更鸟在讨她欢心，想跟她交朋友。

玛丽轻轻地走近那棵小树，仰起头来对知更鸟说："你肯和我交朋友吗？"那口气就仿佛在和人说话。

"愿不愿意？"这时的她用一种轻柔、热情、诚恳的语气，以至老班露出一脸惊讶的表情。

"哈！"他大叫，"你这口气真像是个亲切可爱的小娃，而不是一个冷峻严厉的老太婆。你说这话的样子，简直和狄肯在对他那些荒原上的野生动植物说话时一模一样呢！"

"你认识狄肯？"玛丽急急地转过头来。

"人人都认识他。狄肯经常到处漫游，就连石南花都认识他。狐狸见了他，铁定会带他去见见自己的幼狐养在哪里。"

　　玛丽真想再多问问有关狄肯的一些问题，因为现在她对他的好奇心极其强烈。就在这个时候，知更鸟突然飞走了，它飞过另外那面墙，飞进那座没有门的园子里去了。

　　老班告诉玛丽说："它住在那儿。它就是在那儿孵化出来的。十年前那里还有玫瑰花丛。"

　　"我真想看看。"玛丽说，"绿门到底在哪呢？"

　　老班挥动着锄头，露出和玛丽刚见面时的孤僻表情。他告诉玛丽，现在那里已经没有门了。玛丽坚信那里一定有门。这时，老班却停止了翻土，扛起锄头，径自走了。

第四章　回廊间的哭声

　　刚开始，玛丽天天过着同样的日子。每天早上她都在那个挂着绣帷的房间醒来，看见玛莎正蹲在壁炉前替她生火。然后在那间枯燥无味的儿童房里吃早餐。之后，她便凝视窗外，眺望大荒原。片刻之后，她又会领悟到，如果自己不到外面，就得整天无事可做地待在房间里。于是，她只好出去。

　　她沿着小路飞奔到第一个早上进入的绿门，然后顺着小径冲过下一扇门，跑到果园里，站在那儿仰头一看，确实可以望见那棵长在另一道围墙里的大树。刚刚唱完歌的知更鸟这会儿正用它的尖嘴整理身上的羽毛。

　　"是花园！"她轻呼，"一定是的！"

　　她绕到那堵墙前面，仔细查看墙面。找到的答案和上回相同——这道围墙没有门。她又返身回到爬满常春藤的那堵围墙外的走道上，走到尽头，细细查看，还是没有门。她又走到另一个尽头查看，依旧找不到门。

　　那天，她几乎整个白天都逗留在户外，到了晚上，坐到桌

边准备吃晚餐时，她又饿又困，却觉得舒畅极了，听到玛莎在一旁聒噪，闲扯个不停，也不会耐不住性子，想大发脾气。她觉得自己似乎很喜欢听她说话，最后更觉得很想问她一个问题。吃完饭后，她要求玛莎留下来。

"柯瑞文先生为什么讨厌那座花园？"她问道。

其实，玛莎非常乐意留在玛丽小姐的房间里。不等玛丽开口邀请，玛莎就径自坐到炉床上，对她说："你还在想那座花园的事吗？我就知道。我刚听到那些事时，也是这个样子。"

"他为什么讨厌它？"玛丽穷追不舍地问。

玛莎盘起双腿，让自己坐得舒舒服服。

"听听房屋四周呼啸的风声，今晚你若是到荒原去的话，肯定连站都站不住。"

玛丽原本并不知道什么叫"呼啸"，不过，等她竖起耳朵仔细一听，自然而然就明白了。

"可是，他为什么那么讨厌它呢？"在聆听过风的呼啸后，她又继续追问，存心想窥探玛莎是否也讨厌它。

这下玛莎不再保留她所知道的讯息了。

"注意听了！"她说，"梅德洛太太吩咐过不许提这件事。

这里有很多事都不能拿出来讨论，那是柯瑞文先生的规矩，他说他的苦恼不需要下人们排解。可是，说到那花园，他就完全变了个人啦！那是柯瑞文太太的花园，是她在他们俩刚结婚的时候造的。她非常喜欢它，夫妻两人总是亲自照料园里的花卉，从来不让别的园丁进去。他们俩习惯一进花园就把门关起来，在里面阅读、谈天，一待便是好几个钟头。当时她还只是位略带女孩子气的少妇，见到园里有棵老树长了根弯弯的枝条，看起来就像座位一样，她便让玫瑰生长到弯枝上，经常坐在那上面。

"可是，有一天，正当她坐在那儿的时候，树枝忽然折断了，她跌到地上受了重伤，隔天便不治而亡。当时，医生以为柯瑞文先生也会跟着心神错乱死掉呢！那也就是他为什么讨厌它的原因了。从那以后，再也没有人进过那座花园，而他也绝不许任何人提起它。"

玛丽听完，默不作声，只盯着红红的炉火，静听屋外风的呼啸。感觉上，那风声仿佛比方才更响了。

就在那一瞬

间，一件非常好的事情降临到她的身上。事实上，自从她来到大鸫庄后，已经碰见四桩好事了：她感到自己和某只知更鸟仿佛能心意相通；她在风中奔跑到全身血液温暖起来；她平生第一次体验了表示健康的饥饿感；同时，她也体会到了替别人感到难过的滋味。

可是，就在默默聆听风声的同时，玛丽却开始听出还有别的声音掺杂其中。玛丽觉得这声音在屋子里面，而不是从屋外传来的。虽然距离很远，但绝对是在屋里，她扭过头，盯着玛莎问道："你有没有听见有人在哭？"

玛莎顿时露出一脸狼狈，回答说："不！那是风声。有时候它听起来就像有人迷失在荒原里，惊慌得号啕大哭一样。风的声音有千千万万种。"

"可是——注意听！"玛丽说，"那是在屋子里，在其中某一座长长的回廊上。"

她的话音刚落，楼下某个地方便清清楚楚响起一扇门打开的声音。因为一阵沿着走廊直灌进来的强烈气流突然"砰"的一声，吹开了她们的房门。就在两人猛然跳起来的同时，房里的灯也被吹灭了，回廊里的哭声也顺着风飘了进来，听得格外清楚。

"听！"玛丽嚷着，"我就告诉你嘛！真的是有人在哭，而且不是大人哩！"

玛莎赶紧跑到门口，把门关上并锁好，但房门还未完全关好，两人都已经听到远远的走廊上传来一声门被砰然关闭的声音。紧接着，所有声响全都平息下来，就连风也暂时停止了它的呼啸。

"那是风！"玛莎坚决不肯改口，"就算是哭声，那也是女帮佣在哭泣。她已经闹了一整天的牙疼了。"

只见她在别别扭扭中透着几分苦恼，让玛丽忍不住盯着她，细细打量她的脸色，她不相信玛莎说的是实话。

第五章 花园的钥匙

两天后，玛丽刚睁开眼睛，便连忙翻身坐了起来，叫着玛莎："快看荒原！看荒原！"

屋外的暴雨已经停息，灰蒙蒙的云雾也被昨夜的风吹散了。狂风也歇了，一片湛蓝的苍穹高高笼罩着荒原。玛丽做梦也没想到天空可以这么蓝。在印度，天空总是热辣辣的。而这片天空却有着沁人心脾的深蓝。朵朵云彩像雪白的羊毛，在高高的蓝色天幕上飘荡。

玛莎笑嘻嘻地告诉她："暴风雨暂时停了。因为春天的脚步已经逐渐接近。虽然路途还很遥远，但它的确快来了。"

她把玛丽的早餐送到餐桌上，然后就喜滋滋地走了。今天她要穿过荒原，走五里路回到自家的小屋，帮母亲打扫、洗衣，烘焙一个星期的点心，痛痛快快开心个够。

想到玛莎要走了，玛丽顿时感到前所未有的寂寞。刚吃完饭，她便赶紧跑到屋外的花园里去，绕着喷水池，狠狠地奔跑了十圈。跑完了，心情总算舒畅多啦！灿烂的阳光，让这一整片地方全改变了风貌。她不断地抬起头，仰望着天空，假想若自己处在一朵白云上东飘飘、西荡荡，不知道会是什么样子呢。

她脑海中的思绪慢慢转动，迈脚信步走开。这些日子以来，她已经像渐渐喜欢知更鸟、狄肯、玛莎的母亲一样，开始喜欢起那座花园了。此外，她喜欢上了玛莎。对于一个从不习惯去喜欢什么的人来说，这世上似乎有太多太多值得喜欢的人和事了。在她的心目中，知更鸟也等于是一个人。走着走着，她来到那堵外侧垂满常春藤、墙顶可以望见里面树梢的长墙边。就在她沿着那堵墙来回逡巡的当儿，一件最最刺激、最最有趣的事情突然降临到她的身上，而那全是老班的知更鸟带来的。

一阵叽叽喳喳的鸣啭，吸引玛丽将目光投注在左脚旁边光秃秃的花床上，她发现知更鸟正在那儿跳来跳去，假装啄食地里的东西，好让她相信自己没有跟踪她。但她当然明白它是一直跟在她的身后飞来的，一时间，玛丽心中充满无限惊喜，令她几乎忍不住微微颤抖起来。

"你真的记得我！"她大叫，"你是世界上最漂亮的东西！"

她叽叽喳喳地又是说，又是跳；它还蹦蹦跳跳地拼命摇动尾巴，轻啼巧啭着，仿佛正在讲话的模样。它那一件鲜红的"背心"看起来就像绸缎；它鼓胀起小小的胸膛，感觉上既高贵又美丽，更显得气派堂皇，真像是在对她展示自己有多么了不起，告诉她，即使是只知更鸟，也可以有模有样。见它容许自己一步一步接近它的身旁，玛丽顿时忘了从小到大始终与人格格不入的个性。她弯下腰对它说话，努力学着发出像知更鸟般的啼声。

噢！你瞧，它竟当真肯让她靠得那么近！它知道，她绝不会为了任何事动手抓它，也不会做出一点点可能吓坏它的举动，因为它是个真正的人——只是比全天下任何其他的人都更逗人爱。她非常快乐，高兴得简直快喘不过气来了。

当知更鸟在那些小树下面蹦蹦跳跳时，玛丽看见它跳上一座刚刚被翻过的小土堆，站在上头寻找小虫子。这个土堆是被一条狗挖出来的。

玛丽不明白为何地上会冒出一个洞来，于是定睛注视它。看着看着，猛然发觉有件东西几乎完全被掩埋在这堆新翻起的泥土里，那是一个生了锈的铜环或铁环。玛丽趁着知更鸟飞到附近一棵树上时，伸手将它拾了起来。那不单是一枚圆环，它是一把看起来像被埋在地下很久很久的钥匙。玛丽食指勾着那把钥匙，带着一脸几乎被吓呆了的表情站起身来，注视着它。

她喃喃地说："说不定它被埋了十年，正是通往花园的钥匙！"

第六章 报路的知更鸟

她对着那把钥匙注视了很久，默默思索有关它的问题。她之所以那么想了解它，实在是因为它被关闭太久了。感觉上，经历这么长的时间，里面的情况必定大大不同于其他园子。除此以外，只要她喜欢那座园子，今后大可以每天都悄悄溜进去。她一想到这里就感到高兴。

她把钥匙收进口袋，就在原地来回走着。那道挂满藤蔓的围墙，让她心中充满了困惑。不管她再怎么细心端详，也只看到一片密密麻麻、深暗的绿叶。玛丽心底失望极啦！她一面沿着墙边踱步，仰望隔墙的树梢，一面又涌起那股专爱跟四周的环境、人物唱反调的拗性子。回房时，她暗下决心，以后每次出去都要带着钥匙，以便找到那扇门随时可以打开。

梅德洛太太允许玛莎在家过一晚再回来。第二天一早，她就带着一张比平常更红润的脸，神采奕奕地回来工作了。她一见到玛丽就给她讲了这一路的见闻。关于昨天的休假，她有一话匣子的事可说。

"他们一从荒原上回来，我就给他们每人一块热烘烘的糕饼吃。整座小屋里头都是又香又浓的热蛋糕味，我们家狄肯说，我们那间小屋棒得像个皇宫似的。"

到了晚上，他们全家坐在火炉旁，玛莎一面陪着母亲缝家人的长袜，一面告诉大家有关那个从印度来的小女孩的点点滴滴。

"唔！他们非常喜欢听有关你的事。"玛莎说，"他们想知道有关黑人，还有你回英国时所搭的那艘船上的每件事。可我知道得太少了，没办法让他们听个过瘾。"

玛丽默默思量了一会儿，说："到你下次放假回去前，我会再告诉你一大堆、一大堆的事，这样你就有更多话题可谈了。我敢说，他们一定会喜欢听有人骑大象和骆驼，还有那些军官们出去打老虎的那些事。"

"噢，老天爷！"玛莎高兴地嚷着，"那准会让他们听得迷死了。"

玛丽在脑海中细细思考一遍，又缓缓说道："狄肯和你母亲真的喜欢听我的事吗？"

"噢！我们狄肯听得眼珠子瞪得大大的，都快掉出来了。"玛莎说："可是妈妈很担心你一直独来独往，没有人陪伴。她问道：'柯瑞文先生没有帮她请家庭教师？也没有替她找保姆吗？'我说：'他没请。不过，梅德洛太太说等他想到的时候就会请了。可是她说，他至少还要再等两三年才会想到。'"

"我才不要家庭教师呢！"玛丽斩钉截铁地回答。

"可是妈妈说，你现在应该念点儿书了，也应该有个女人照顾你。她还说：'玛莎，你好好想想，要是你住在那么大的地方，到哪儿都是自己孤零零的，又没有妈妈，那会是什么滋味？'她说'你要尽量想办法多让她高兴些'。我说'我会的'。"玛丽静静地注视了她好一会儿。

"你的确让我开心多了。我喜欢听你说话。"

玛莎突然走出房间，回来时两手藏在围裙底下，不知拿着什么东西。"我带了一份礼物给你。"她笑吟吟地说道，"怎么样？你高兴吗？"

"礼物！"玛丽失声尖叫。在玛莎那个十四口人挤在一间小屋的家庭里，饭都快吃不饱了，怎么还可以送人礼物！

玛莎告诉了玛丽，这是她的妈妈用她的薪水——两便士，在一辆货车上买的。玛莎从围裙下拿出那件礼物，得意地展示着。那是一条细长而坚固的跳绳，两

头的把手有着红蓝的条纹。玛丽以前没有见过跳绳，一脸莫名其妙地盯着它看。

"这是做什么的？"她好奇地问道。

"做什么的？"玛莎惊呼，"你是说，印度没有跳绳，只有大象、老虎、骆驼啊！看着我，我来表演给你看。"

她跑到房间中央，双手各拿着一只把手，开始跳了起来。坐在椅子上的玛丽脸上那好奇、津津有味的神情带给她莫大的喜悦，于是她继续不停地跳，直到跳满一百下才停。

"我可以跳得更久。"她说，"十二岁时，我可以连跳五百下不用停。不过，那个时候我并没有这么胖，还经常练习。"

玛丽情绪逐渐亢奋，站了起来。

这条跳绳奇妙极了。她边数边跳，边跳边数。玩得两片脸颊红彤彤的。

玛丽沿着所有花园、果园跳完一圈。每隔几分钟便停下来休息一下，刚开始时一下一下慢慢跳，不到半路就觉得气喘吁吁，不得不停下来休息。她心底并不怎么在意，因为这一次她已经数到三十下了。她笑咯咯地停在半路。结果一瞧！那知更鸟正抓着一条常春藤蔓挂在墙边晃荡呢！

它又跟在她的后面飞来啦，叽叽喳喳地向她打招呼。玛丽转动绳圈，朝它跳去，每跳一步，便觉得口袋里头有样东西沉甸甸地撞着她。看到那只知更鸟，玛丽不禁又笑了。

"昨天你指引我找到了钥匙，"她说，"今天你该告诉我门在哪里才对。不过，我相信你一定也不知道门在哪儿！"

知更鸟扑扑振翅，飞上墙头，张开尖尖的嘴放声高歌。那美妙动人的颤音不过是在向她夸耀罢了！

清风徐徐送爽，转瞬间，突然刮起一阵强劲的风，吹得树枝跳起波浪舞，这时玛丽已经走到知更鸟的嘴尖前，突如其来的强风吹开几条零落的藤蔓，更突如其来的是玛丽忽然向前一跳，将那把藤蔓紧紧地揪在手掌中。那是因为她已在这一瞬间瞥见藤条底下似乎藏着什么——一个被悬垂的藤蔓遮盖的圆钮。

是门钮！那是一道被关闭了十年的门锁。玛丽把手伸进口袋，掏出钥匙，发现它和那个钥匙孔很吻合，于是将它插进孔内扭转。她使尽了两只手的力气，才转动了它。

她深深吸了口气，回头望着长长的小道，看看有没有人走过来。没有！这时她忍不住又深吸了一口气，撩开摇曳的绿帘，推动园门，那门便极轻缓、极轻缓地开启了。她溜进门内，赶紧把那扇门又关好，然后背靠着门板东张西望，止不住的喜悦、惊奇和激动，让她的呼吸跟着急促起来。

她终于身处于神秘花园之中了！

第七章　最奇怪的房子

这真是让人连做梦都想不到的地方。包围整座花园的墙面，被掉光叶子的蔓性玫瑰花梗给覆盖住了。地面上铺着一层枯叶衰草，草叶缝里钻出一丛丛玫瑰植株的矮树丛。花园里除了玫瑰外，还有其他树木。而园里最奇妙、最迷人的景致便是那些蔓性玫瑰爬上树身后，并垂下纤细的枝条所形成的临风摇曳的帘幕。藤蔓从这棵树上蔓延到另一棵树上互相缠绕，搭成一座座可爱的玫瑰藤桥。

玫瑰的植株上看不见任何叶子或花朵，玛丽根本不知道它们是死是活。只不过，它们那焦褐的枝干看起来就像雾蒙蒙的大斗篷，铺盖在每样东西上。

玛丽自始至终就认为这座花园一定和别的园子不一样。的确，它和她这辈子所见过的任何一处地方都大不

相同。

　　她轻手轻脚，悄悄走离门边，走过一道树与树间、如神话仙境般的灰色拱门时，她仰起头注视着那缠绕这座圆拱的蔓须与细枝。

　　"不知道它们是不是全枯死了？"她说，"这是一座彻底死掉的花园吗？但愿不是！"

　　围墙内，一景一物无不透着古怪和沉静，玛丽独自一人，却不觉得孤单、寂寞。唯一困扰着她的是：不知道所有的玫瑰是不是都死了。她不希望这是一座彻底死掉的花园。倘若它是一座生机盎然的园子，有成千上万的玫瑰围绕着每个角落绽放，那将是何等神奇、美丽！

　　这园里还有天然的冬青树搭成的小凉亭，亭内或陈设石椅，或摆着长满青苔的高脚大花盆。接近第二座凉亭时，玛丽忽然停住跳跃的脚步。这座凉亭里面曾经有一片花圃，而她好像看见肥沃的黑土里面钻出点点嫩绿色的小东西。之前老班说过的那番话涌现在脑海。玛丽盯着那些小绿点仔细看。

　　"没错，它们的确是正在生长中的小东西。它们很可能是番红花、细雪花或是水仙花。"她悄悄低语。

　　她弯着腰，鼻子凑近小绿点，用力嗅了嗅潮湿泥土的芬芳。她很喜欢那种味道，于是决定要走遍整座花园，寻找其他的生命。逛完一圈之后，她又发现很多嫩绿色尖状的小圆点，心情也再度激动了起来。

　　"它不是一座彻底枯死的园子。"她柔声轻呼，"就算玫瑰当真死掉了，也还有别的东西存活着。"

她对园艺之事一窍不通，但见到那些小绿点周围的草长得实在太茂密，就怕小绿芽没有足够的空间生长。她找了一块锐利的木片，然后蹲下身来刨根除草，直到小绿芽的四周被清出一片小空地。

"现在它们可以呼吸了。"整理完几片花床后，她自言自语，"今天时间也许不够，明天继续把看到的野草都清理完。"

她一个接一个地又挖又刨，铲除杂草，忙得不亦乐乎。不仅花床，连大树底下也没漏过。不知不觉间，面对着草地与嫩绿色小尖芽，她的脸上始终挂满盈盈的笑容。

玛丽在花园里面忙得浑然忘我，一直到了午餐时间才猛然想起该回屋了。

"下午我还会再来的。"她左顾右盼，傲视自己这片新王国，对着满园树木、花卉丢下这句话。

然后她撒开脚步，轻快地奔过草地，推开转速缓慢的老旧园门，悄悄溜了出来。回到房里，她两颊红通通的，眼中神采奕奕，胃口大开，吃了一大堆午餐。

这时她已吃好午餐，坐在自己平日最喜欢的壁炉毡上。

"我真希望——真希望能有一把小圆锹。"她说。

"你要圆锹做啥用？"玛莎笑嘻嘻地问，"莫非你要拿它去挖土？我一定要把这事也告诉妈妈去。"

玛丽盯着炉火，默默沉思了一会儿。如果她想拥有自己的秘密王国，就得多加谨慎。

她把所有问题搁在脑中好好做了盘算，一字一句地斟酌着，告诉玛莎自己的想法。在这个寂静的大庄园里，玛丽并没有什么可做，所以她想要一把圆锹，去学老班的样子，找块地方松松土。如果老班肯给她一些种子，说不定还能种出一片小花园！玛莎听了玛丽的话，脸上顿时眉飞色舞。

"哇哈！"她嚷嚷着，"这可不正如妈妈说的吗？她说：'那座大宅院里有那么多的空间，何不干脆拨出一片小小的空地给她。就算她什么都不种，但种些芫荽、胡萝卜之类的东西也可以。她会兴冲冲地翻土耙地，做得很快活。'她就是这么说的。"

"真的吗？"玛丽说，"她知道的事情可真多呢！买一把圆锹要花多少钱呢——小小的一把？"

"唔！"玛莎思索了一下之后答道，"我曾经在大鸫村的一家店铺里看过，一把圆锹、一支钉耙和一根草叉绑在一起，总共要两先令。用来工作，已经够坚固耐用了。"

"我皮包里头不止两先令。"玛丽说，"在印度时，摩里森太太曾经给我五先令。梅德洛太太也给过我一些柯瑞文先生交代的钱。我每个星期可以有一先令零花钱。"

"大鸫村的那家店铺有卖花种子的，我们家狄肯知道哪些花种起来最漂亮，还知道该如何栽培。他每隔一段日子就会散步到村子去。你会写正体字吗？"她突如其来地问了一句。

"我会。"

玛莎晃晃头，说："我们家狄肯只看得懂正体字。既然你会，我们可以写封信给他，请他帮忙买一组园艺工具和一些种子。"

"噢！你真是位好姑娘！"玛丽欢呼，"真的，你是！我竟不知道你这么可爱。我知道只要我认真，是可以写出正体字的。我们去找梅德洛太太要一点儿纸、笔和墨水吧！"

"这些东西我自己有。"玛莎表示，"有一个礼拜天，我为了给妈妈写封信，买了一点儿。我这就去拿。"

她奔出房间，留下高兴得眼睛发亮的玛丽站在炉边，拧着她细细瘦瘦的小手。

那天下午她没有再出去，玛莎拿来信纸后，她就写信给狄肯。

"我们把钱装在信封里，然后我会请送肉过来的肉铺小厮把它送过去。他跟狄肯是非常要好的朋友。"玛莎说。

"那狄肯买到东西后，怎样交给我呢？"

"他会亲自带过来给你。我想他一定会很乐意来的。"

"噢！"玛丽尖叫，"那我就可以见到他了。"

"你希望见到他吗？"玛莎见到她欣喜的模样，开口问道。

"嗯，我好想！我从来没见过连狐狸、乌鸦都喜爱的男生。我非常非常想见他。"

玛莎又突然告诉玛丽，妈妈说了会亲自去找梅德洛太太商

量。"就是我星期二提过的事啊！问她改天是不是可以让你乘马车到我家。"

玛丽觉得仿佛全世界所有的趣事都集合在今天一起发生了。

"她认为梅德洛太太会准我去吗？"她心急如焚地问。

"嗯，她认为会。梅德洛太太知道妈妈是多么贤惠的妇人，每天把小屋内外整理得干干净净。"

听到这消息，玛丽高兴极了。玛丽慢慢地安静下来时，陷入沉思，玛莎在旁边陪伴着她。不过，两人很少交谈。就在玛莎准备端茶点时，玛丽突然问道："玛莎，厨房里那个女帮佣今天又闹牙疼了吗？"

玛莎神情微微一变："我的天！是梅德洛太太在拉铃。"玛莎慌张地说着，随后匆匆离开了。

"这真是全世界有史以来最奇怪的房子。"她头靠着身边那把附着坐垫的摇椅手臂，渐渐打起盹来。挖土、跳绳，还有清新的空气，让她觉得又累又舒服，不一会儿便睡熟了。

第八章　狄肯

花园的上空，艳阳已经高照了将近一个星期。玛丽也暗暗替那个花园取好了名字——秘密花园。过去，她读过几本童话，而在其中的某些童话里，就曾出现过秘密花园。

玛丽每天努力地翻土和除草，并把它当成一场迷人的游戏，越来越乐此不疲。而那些嫩绿色的小尖芽也出乎预料地越长越多，似乎处处都能发现正要冒出头的嫩芽。那些球根已经埋在地下十年，说不定早已伸展开来，像细雪花一样，繁衍出千千万万颗了。她常常望着花园，想象有一天满园繁花盛开的醉人画面。

正当她喜洋洋地跳到一片生长在游苑里的树林前，站在小栅门边时，耳中听到一种非常低微的特殊的笛声，于是悄悄推开大门，去窥探一下究竟是怎么回事。

她突然停下脚步，不由得屏住了呼吸。在她眼前，一名男孩正倚着树干坐着，并吹奏着一支木笛。他是个年约十二岁，相貌滑稽，衣着整洁，有着两片健康的红脸颊和朝天鼻的少

年，他那双又圆又大
的眼睛，有着大海的
颜色。玛丽从来没有
见过哪个男孩的眼睛有那么圆、那么大。在他背后的那棵树
上，一只棕色的松鼠正抱着树干望着他；矮树枝桠间，也有一
只雄雉鸡伸着颈子窥探；而就在离他很近很近的地方，更有两
只兔子坐在那儿，不断地抽动鼻子。坦白说，看起来它们真像
是被他的笛声所吸引过来的。

男孩看见玛丽，立即扬起手来，用一种酷似他那笛声的音
色，小声地告诉她："别动！否则会把它们吓跑了。"

玛丽连忙停止一切动作。他也放下笛子，速度缓慢地站起
来。等他完全站直后，小动物们也都安静地离开了。然而，它
们看起来没有半点受到惊吓的样子。

"我叫狄肯。"男孩说，"我知道你是玛丽小姐。"

其实玛丽一开始就隐隐约约觉得他就是狄肯。不然还有谁能把野兔、雉鸡都给吸引来呢？他有一张又红又大、嘴角弯弯的嘴巴和满头赤褐色的卷发。

"我怕动作太快会吓着它们，"他解释说，"所以才慢吞吞地站起来。有野生动物在时，都要声音小，动作慢。"

他对她说话的口气就像把她当成相识已久的朋友。而玛丽还不熟悉男生，所以在他面前很羞涩，也有点儿拘谨。

"你收到玛莎的信了吗？"她问道。

他点点头："所以我才会在这里啊！"

他弯下腰捡起吹笛子时搁在他身边地上的东西。那是他帮玛丽买好的园艺工具。

"让我看看那些种子好吗？"玛丽说。

她真希望自己能像狄肯那样，轻松自如地侃侃而谈。虽然他只不过是个平凡的野地男孩，穿着千缝百缀的衣服，长着一张滑稽的脸庞，还有一头粗乱的赤褐色头发。当她走近他的身边时，她注意到他的身上飘出一股清新洁净的青草香味，仿佛整个人就是用植物塑造而成似的，她非常喜欢。当她细看他那滑稽的面容时，原先的羞涩瞬间一扫而空。

他们两人坐了下来。狄肯从外套口袋里掏出一只绑得横七竖八的粗陋小纸包。解开绳子，只见里头包着许多扎得更小、更整齐的小纸包，每个纸包上都附有花卉的图案。

"瞧！里头有很多木樨草和罂粟花种子。"他为她解释说，"木樨草的花是最香的，它和罂粟花的种子撒在哪儿都能活。

只要你对它们费点心思，它们就会开出最美丽的花。"

他突然住口不语，猛一回头，通红的脸庞露出欣喜之色："那呼唤着我们的知更鸟在哪里？"

鸟鸣声是从一丛浓密的冬青树篱间传来的，青翠的枝叶间点缀着色泽鲜艳的红莓。

他告诉玛丽，那知更鸟正在说："我在这里，看着我！我想找人聊聊。"

"它认识你，"狄肯把音量压得低低的，"而且喜欢你。它马上就会把有关你的事说给我听。"

说着，他又用之前那样的慢动作，缓缓靠近树丛，发出几乎和知更鸟一样的鸣叫。知更鸟全神贯注地听了几秒钟，便开始像答复问题似的唧唧啾啾地回应着。

"你想它真的会喜欢我吗？"玛丽心急地嚷着。

"如果它不喜欢，就不会接近你啦！鸟选择朋友可挑剔了，尤其是知更鸟，对它们不喜欢的人更是不屑一顾的。瞧，它正在对你大献殷勤呢！它在说'我们聊聊好吗？'"

眼看它一边在枝头上跳动，一边那么含羞带怯地侧着身、偏着头，叽叽喳喳地轻啼，似乎真有那么回事呢！

"你听得懂所有的鸟说的每一句话吗？"玛丽问道。

"应该是吧！而且它们也认为我懂。我和它们在大荒原上一块儿相处这么久了。我亲眼看见它们破壳而出，看着它们羽毛渐渐丰满，学习飞翔，开始歌唱，渐渐地都感觉自己是它们中的一分子了。"

他笑着走回大木头边坐下，又说着有关种子的话题。他告诉她，哪种种子会开出什么样的花，要如何播种、照料。

"听着！"他冷不防扭头对着她说，"我干脆亲自帮你种花好了。你的花园在哪儿？"

玛丽紧紧扭着搁在腿上的双手，不知该怎么回答，一时间默默不说话。她从未想过这个问题，她的脸一下子涨得通红，可只一下子又"唰"地失去了血色，变得白兮兮的。这些当然全都落进狄肯的眼里了。

她的双手扭得紧紧的，两道视线朝他投过去，缓缓地说道："我对男孩一无所知，假使我告诉你一个秘密，你能保密吗？那可是一个大秘密，我不知道万一被人发现的话该怎么办才好。我相信我会死掉！"她语气激烈地追加最后一句。

狄肯更加困惑了，甚至抓了抓满头乱发。但他还是用非常和善的口气说："我时时刻刻都在保密。假使我不能保守幼孤的秘密，还有鸟巢的秘密、野生动物洞穴的秘密，大荒原上早就不得安宁啦！不错，我很能保密。"

玛丽情不自禁地伸出手，紧紧扯住他的衣袖。

"我发现了一座花园！"她急促地说，"那不是我的，也不是任何人的。没有人想要它、关心它，也没有人进去。也许那座花园里的东西都死了！我真的不知道。"她觉得全身发热，又有了从前那种与周遭格格不入的别扭感。

"我不在乎，我不在乎！既然我关心它而别人根本都不管，那就谁也没有权利从我手上抢走它！他们任由它一直被封闭得死死的，一直荒废下去！"她越说越激动，终于双手掩面，放声大哭起来。狄肯则瞪大了一双好奇的眼睛。

"哎——哎——哎——"他一迭连声地喟叹，同时流露出惊奇与同情。

"我没事可做，"玛丽说，"也没有属于自己的东西。我自己找到它，找到了一个属于我自己的花园。"

"它在什么地方？"狄肯低声询问。

玛丽一跃而起。她很清楚自己那股别别扭扭、与人专唱反调的倔性子又在作怪了，但她根本不在乎。她很专横、很急躁，同时又很忧愁、很忐忑不安。

不过，她还是领着狄肯向花园走去。玛丽缓缓推开门，两人一同走了进去。然后玛丽站在那儿，骄傲地扬起手挥着大圆圈。

"这就是了！"她说，"这就是秘密花园！而我是天底下唯一希望它能活下去的人。"

狄肯左顾右盼，东张西望，再三地环顾四周，并用轻柔的声音说："啊，多奇特、多美丽的地方，就像做梦一样！"

第九章 大鸹鸟之巢

　　狄肯在门内默默环顾四周达三分钟之久，这才迈开脚步，进入园中。他的视线被园内的每一景、每一物深深吸引住了。

　　"我从没想到自己真的能够看见这个地方。"他悄悄说道。

　　"你知道这座园子吗？"她的声音太大了，狄肯赶紧朝她比个手势。

　　"小点儿声，"他说，"让别人听到了，会怀疑这里有人的。"

　　"噢！我忘了！"玛丽吓得要命，急忙捂住了自己的嘴巴，"你知道这座花园啊？"

　　狄肯回答："玛莎告诉我的，我们常怀疑它究竟长什么样。"

　　他住口不语，环顾四周迷人的灰藤蔓，两只圆滚滚的大眼顿时迸射出愉悦的光彩。"噢！春天一到，这里准会架起好多鸟巢。"他说，"这是全英国境内最安全的筑巢地点。说不定全荒原上的鸟都会来这儿筑巢哩！"

　　玛丽的手又在不知不觉间搭到他的手臂上。

　　他们俩搜寻过一棵又一棵大树，一丛接一丛矮树篱。狄肯指指点点，她看到好多让她觉得不可思议的东西。

他带着一脸若有所思的神情，一面四处走动，一面仔细观察路旁的大树、墙头的藤蔓，以及脚边的矮树丛。

"我不想把它弄得像是经过精心修剪过的园子。你呢？"他说，"像现在这样，各种植物无拘无束地随意生长、摆荡，相互纠缠，会显得更美丽、别致呢！"

"我们千万不要把它弄得太整洁、太修饰才好！"玛丽焦急地表示，"否则看起来就不像是一座秘密花园了。"

"这里肯定够格当一座秘密花园！"狄肯说，"只不过，除

了知更鸟，园子被封的这十年，必定还有人进来过。"

"可是这里的门被锁了，钥匙也埋了，没有人能够进得来啊！"

"那倒也是。"他回答，"这真是个古怪的地方——在我看来，好像最近这几年依旧有人进来修剪、整理过这座园子。"

"但是，这怎么可能做到呢？"玛丽质疑。

正在检查一株高茎玫瑰的狄肯摇摇头，喃喃自语道："唔！是啊！怎么可能呢？"

玛丽始终觉得，无论经过多少年，她这一生将永远不会忘记这个属于她的花园开始滋长植物的第一个早晨。当然喽！那天早上它就仿佛是专为她而开始生长的。正当狄肯开始清理空地、准备播种的时候，她突然忆起当初贝佐为了挖苦她而哼唱的歌。她问狄肯："这世上有长得像铃铛的花吗？"

"山谷百合就是了。"他边答边拿着小铲子松土，"还有风铃草和吊钟花也是。"

"我们也种一些吧！"玛丽提议。

"山谷百合吗？园子里面本来就有，我刚刚看见了。它们已经长得太密，所以我们必须将它们分散开，这里的山谷百合多得数不清。至于另外两种，从播种到开花，得经过两年，但我可以从家里带几棵来给你。你为何想种它们呢？"

玛丽告诉他有关在印度的贝佐和他那些兄弟姐妹的事，说她有多么讨厌他们叫她"反常的玛丽小姐"。

狄肯听了，放声大笑。

"嗅一下！"他抓起一把肥沃的黑土，凑近鼻尖吸了又吸，"你瞧这世上又有鲜花，又有青草树木，又有那么多和善的野生动物到处奔波，建立自己的家园，或者筑巢、唱歌、打呼哨，根本犯不着搞什么反常、跟人过不去，不是吗？"

玛丽手拿种子，蹲在他的身边，注视着他，渐渐松开了眉头。"狄肯，"她说，"你真像玛莎形容的一样好。我喜欢你，你是第五位。我从没想过自己会喜欢到五个人这么多。"

"只喜欢五个人？"他难以相信地问，"那另外四个是谁？"

"你的母亲和玛莎！"玛丽掐着手指头计算，"还有知更鸟和班·韦勒斯泰。"

狄肯笑得前仰后合，赶紧用手遮住了嘴巴。"我知道你认为我是个稀奇古怪的少年，但我觉得你才是奇怪的小姑娘！"

这时，玛丽做出一个奇怪的举动。她凑过去，问他一个以前连做梦都没想要问别人的问题。她试着用约克夏腔询问。

"你喜欢我吗？"

他由衷地表示："我喜欢。相信那只知更鸟也一样。"

"那就有两个人了！"玛丽说，"有两个人喜欢我了。"

紧接着，他们更加努力地干活，情绪也更高涨。当玛丽听见庭院里的大钟敲响她的午餐时间时，她觉得好难过。

"我得赶回去了！"她无限惋惜地说，"你也得回家去了，是不是？"

狄肯咧嘴一笑。

"我的午餐可以轻轻松松带着走。"他说，"妈妈总是让我随时在口袋里装点儿东西。"

他拎起地上的外套,从口袋里掏出用一条干净粗布手巾包得鼓鼓的一包东西,里头包的是两片夹着馅儿的面包。

"通常我每天带的除了面包,就没别的了。不过,今天多了一片厚厚的培根。"

虽然玛丽觉得那份午餐真奇怪,但是狄肯却似乎喜欢得很呢!

"快跑回去吃饭吧!"他说,"我会先把自己的午餐解决了,然后在这里多做一点儿活再回家。"

他背倚着一棵大树坐下来,玛丽真舍不得离开他半步。她突然间很怕他只是个林中仙子,等她再来时,就已经杳无踪迹了。她一步一拖,慢吞吞地走到门边,停下脚步。

"无论是谁,你都绝对不会告诉他吧?"她问道。

他那红通通的脸颊因为嘴里塞进 大口培根面包,挤得鼓鼓的,不过总算硬是努力做出肯定的微笑。

"如果你是一只大鸫鸟,指引我看你的巢在哪儿,你想我会不会告诉别人?"他说,"你就像大鸫鸟一样安全。"

这一点她十分确信。

第十章 一小片土地

玛丽拔腿飞奔入自己的房间，午餐早已上桌。

玛丽飞快吃完她的午餐，转身就想跑进她的卧房去戴帽子，却被玛莎阻止了。

"我有话告诉你，只是想着，应该让你先吃饱饭再说。柯瑞文先生今早回来了，我认为他想见你呢。"

玛丽顿时面如死灰，只是当她听说柯瑞文先生明天就会离开，而且可能到秋天或冬天之前都不会回来时，才又露出了喜色。

只要他不在入冬前，甚至秋天之前回来，她就有足够的时间去细心照料花园，让它复苏。而且就算到时候他发现了真相，把它从她的手上夺走，她也已经取得了很多收获。

一会儿，梅德洛太太走了进来。她的神情显得既紧张又兴奋。

"你的头发乱七八糟！"她急忙吩咐，"快去梳一梳。玛莎，帮她换上最好的衣服。柯瑞文先生要在书房见她。"

玛丽顿时面无血色，一颗心怦怦跳动，感觉自己仿佛又变成了以前的那个小女孩。她默不作声地跟着玛莎走进卧房。她任由玛莎帮她打扮得整整齐齐，然后安静地跟着梅德洛太太，想着到了柯瑞文先生的书房后，她该说些什么。

梅德洛太太领着她走到宅子里从未到过的一个区域，然后敲了敲一个房间的门。里头有人应了声："进来。"两人一同进入房内，看到一名男士正坐在壁炉前的摇椅上。梅德洛太太对那位男士说："先生，这就是玛丽小姐。"

"把她留在这儿，你走吧！等我要你来带她走时，会按铃叫你。"柯瑞文先生吩咐。

等她出了房间，带上房门，留在房里的玛丽拧着双手，站在一旁静静地等候。她可以看出坐在摇椅上的那个人，并非真的驼得很厉害，只是肩膀高耸，显得弯腰驼背罢了。满头黑发之间掺杂着几许白丝。他扭过头来对她说："过来！"

玛丽走到他面前。

这人长得并不丑，若非脸上带着浓浓的哀戚，面貌还会更潇洒。从他那副神情看来，仿佛见了她，令他心底不由得有些烦躁和担忧，简直不知道该拿她怎么办才好。

他仔细端详她的长相，同时心浮气躁地猛搓额头，告诉她："你长得真瘦。"

"我已经渐渐长胖了。"她用一副拘谨极了的口气说。

他显得闷闷不乐！他那黑色的双眸仿佛根本看不见她，只是凝视着某样东西，而无法将心思集中在她身上。

　　"我完全把你给忘了！"他说，"我怎么可能记得你？我本打算替你找个家庭教师或者保姆之类的，可是我全忘了。"

　　"拜托！"玛丽开口，"拜托——"她只讲到这里，其余的话便哽在喉头。

　　"你想说什么？"

　　"我——我已经长大了，不需要保姆处处照顾了！"玛丽说，"而且请您——请您先别帮我找个家教来。"

　　他再度揉着额头，定睛凝视着她。

　　"所儿比家的太太也这么说。"他有点恍惚地喃喃自语。

　　随后，他提起了精神，主动问道："你想要怎么做呢？"

"我想到户外游玩。"玛丽只盼自己的声音没在打抖，"到户外跑跑跳跳会让我觉得肚子饿，会使我长胖些。"

他盯着她，说："所儿比太太认为那会对你有好处。或许吧！她认为你最好是先把身体养壮些，然后再请家教教你。"

"在屋外游玩后，我觉得自己强壮多了。"玛丽强调。

"你都在什么地方玩？"他紧接着又问道。

"什么地方都行。"玛丽微微喘着气，紧张兮兮地回答说，"玛莎的妈妈送给我一条跳绳。我经常跑跑跳跳，到处看看是不是有小生命从地底下冒出来。我没破坏什么。"

"别这么一脸吓得要命的表情。"他语气中透露出一股担忧，"像你这样一个小孩，根本不可能造成什么破坏。你爱做什么，都可以放大胆子去做。"

玛丽不禁按着喉头，生怕他人看出自己激动不安的情绪。她上前一步，颤声问道："真的可以吗？"她那焦虑的小脸蛋似乎令他更加担忧了。

他嚷着说："你当然可以。尽管我对小孩实在提供不了太多，我无法给你太多关心，或拨出太多时间陪你。但我希望你能快快乐乐，自在安心。梅德洛太太会负责提供你所需要的一切。今天我找你来，是因为所儿比太太说我应该见见你。她认为你需要新鲜的空气，无拘无束地到处奔跑。"

"她对小孩子的事懂得最多。"玛丽不由自主地说道。

"她应该懂。"柯瑞文先生表示，"我认为她在大荒原上拦住我真是够鲁莽的！但她说——柯瑞文太太生前对她很好。"

他仿佛突然灵光一闪似的询问她："要不要玩具、书本，或者洋娃娃？"

"我可以……"玛丽颤声问他，"我可以要一小片土地吗？"

柯瑞文先生显然被吓了一跳。

"土地！"他重复念着她所说的句子尾巴，"你说要土地的意思是——"

"要用来播种，让植物生长并活起来。"她讷讷地说。

他凝视着她，随即缓缓问道："你——你很热爱园艺吗？"

"在印度时，我对这方面的事完全不懂。"玛丽说，"我老是病恹恹的，况且天气也热得要命。我偶尔会在沙地上弄个花床，把花插在里面。不过，到这儿以后就不同了。"

柯瑞文先生站起身来，缓缓走到房间的另一头。

"一小片土地。"他喃喃自语。玛丽心想，一定是自己的话勾起了他的某种回忆，当他停止踱步，开口对她说话时，那对乌黑的眼眸中隐约流露出几许慈祥和温柔。

"你要多少土地都可以。你令我回想起另外一位同样深爱土地和植物的人。等你看到一片你想要的土地，"他抿起一抹略似笑容的表情，"就拿去用吧，而且要让它活得很好！"

"随便我要什么地方都可以吗？只要不是府里需要用的？"

"是的，都可以！"他回答，"唔！你必须走了。我累啦！"

他召唤梅德洛太太后，又说道："再见！我整个夏天都不会在家。"

梅德洛太太没几秒钟就出现了。柯瑞文先生告诉她："让她无拘无束地在花园里奔跑吧，不要盯得太紧。所儿比太太以后会偶尔过来探望，她也可以偶尔到小屋去拜访。"

梅德洛太太面露喜悦之色。听到自己不用"盯"玛丽盯得太紧，她高兴极了。除此以外，她本身也喜欢玛莎的母亲。

"谢谢您，先生！"她说，"苏珊·所儿比和我是同窗，同时她也是个平常难得一见的通情达理、心地善良的妇人。她一连生了十二个孩子，而且个个都比别人长得健康，表现得也比别人强。"

"我明白。"柯瑞文先生回答，"现在你带玛丽小姐回去，同时叫皮徕来见我。"

梅德洛太太把玛丽送到她的房间所在的走廊后，玛丽立即飞奔回自己的房间。她发现玛莎正在房里等着她。

"我可以有自己的花园啦！"玛丽直嚷着，"我可以爱在哪里就在哪里弄一个花园！我还可以有很长一段时间才需要请家庭老师！你母亲会来看我，我也可以去你们家！"

"噢！"玛莎开心地回答说，"柯瑞文先生真是个大好人。"

"玛莎！"玛丽一本正经地回答，"他的确是个大好人！只可惜脸上的神情太哀伤了，眉头老是纠在一起！"正说着，她突然飞快地奔向花园。

这一下午，在屋里逗留的时间比她估计的时间长太久了。当她溜进掩藏在常春藤下的门时，狄肯已经不在那儿了。整座园子里空无一人，除了刚飞进围墙的知更鸟。

"他走了！"她伤心地感叹，"噢！莫非他——莫非他只是

一位林间仙子？"

　　她突然在那株高茎玫瑰上看见一张纸系在上头，是她代玛莎写的那张信纸。有人把它别在一根玫瑰花刺上。瞬间，她明白那是狄肯刻意留下的。信纸上只草草地写了几个正体字，另外还画了一幅图。那是一只鸟栖息在一个鸟巢上，下面则用一行正体字写着："我会再回来。"

第十一章　柯林

晚餐时，玛丽把图片带回屋中，拿给玛莎看。玛莎面露得意之色，骄傲地说："我从不知道狄肯竟然这么聪慧。这画的是一只大鸫鸟栖息在它的鸟巢上，而且画得栩栩如生。"

这下玛丽明白了，原来是狄肯在向她保证，他会守口如瓶。噢，她多么喜欢这个稀奇古怪又平易近人的男孩啊！她盼望他明天会再回来。可是，天不遂人愿。半夜里，雨势倾盆，狂风呼啸。被吵醒的玛丽内心既难过又气愤。

就在这夜里，某种声音令她坐了起来，凝神倾听，突然她低呼道："啊，不是风声！那是以前听到的哭声。"

那哭声听起来相隔很远，透露着暴躁的情绪。她聆听了好一会儿，越听心里越觉得非要查出声音的源头不可。

她拿着蜡烛，凭着记忆走向她迷路那天被梅德洛太太逮住时的地方。哭声是从那边传出来的。

她走上前推开房门。转眼间，人就站在房间里了。这是一个很大的房间，里面有着十分古老典雅的装潢。壁炉正散发出它的热力，精雕细镂的四柱床边燃着一盏小灯，床上悬挂着织锦布幔。一个男孩躺在被窝里，暴躁地哭号不休。

玛丽犹豫不定，怀疑自己是否站在一个真实的地方。眼前的男孩有着细致的五官，脸色像象牙般苍白，大大的眼睛搭配在瘦削的脸上，显得相当不协调。他的头发浓密而有些鬈，衬得脸庞十分瘦小，看起来就像是个病了很久的小孩。只是，哭声听起来却不像病得难过，而有暴躁的感觉。

玛丽蹑手蹑脚地快要走近床尾时，烛光吸引了男孩的注意，他转过头来盯着她，一双灰色眼珠瞪得大大的。"你是谁？"他带着几分惊吓的口吻轻声问道，"是鬼吗？"

"不！我不是。"玛丽低低的回答声，听起来同样有点胆怯，"你是吗？"

他沉默了一会儿才告诉玛丽，他是柯林·柯瑞文，亚契伯·柯瑞文是他父亲。当然，玛丽也说了自己的名字，还有柯瑞文先生是她姑父的事。

男孩让她一直走到床头，并伸出手来轻轻地碰了她一下。

"你是真人，对不对？我常常做一些非常非常逼真的梦。"

玛丽将自己羊毛便袍的一角塞到他手中，让他感觉一下自己有多真实。

"你是从哪里来的？"他问道。

"从我自己的房间。风吵得我睡不着觉，然后又听到有个人在哭，所以我就想知道到底是谁在哭。你为什么哭？"

"因为我也睡不着。"

　　玛丽不明白为什么没人告诉男孩她就住在这里。最后从男孩的口中得知,因为男孩一直卧病在床而不允许别人谈论他的事,不喜欢别人来看他,所以大家没有告诉他。

　　玛丽觉得这个庄园神秘极了,什么都是锁起来的,对她来说也包括这个男孩——柯林。在他们随后的谈话中,玛丽无意中提到了封锁十年的花园。

　　"什么花园?"柯林说。

　　"噢!只不过是——只不过是你母亲生前喜欢的一座园子。"玛丽的话回答得吞吞吐吐,紧接着就转移了话题。

　　而柯林还是不相信自己是清醒的,所以直直地盯着玛丽。

而玛丽蓦然问道:"你不喜欢别人看你,那我是不是应该离开?"

可是现在,柯林一点儿也不希望她走,他希望玛丽陪他聊聊。其实玛丽也不想走,她也想留在这个不为人知的神秘房间里,和这个神秘男孩聊聊天!于是,她在板凳上坐了下来。

"你希望我告诉你什么呢?"她问道。

柯林想知道她来大鸫庄多久了,她是不是像他一样讨厌荒原,来约克夏之前,她住在什么地方等。她除了回答所有问题之外,又多告诉了他许多事,而他便躺在床上专注地聆听。她发现他由于体弱多病,所以在日常见闻方面比不上别的小孩。

"每个人都被迫做讨我开心的事,"他冷淡地说道,"因为我一生气就会病倒。这里没有人会相信我能活着长大成人。"

听他的口气,好像老早就习惯这一切,已经完全不把它当成一回事了。他似乎很喜欢听玛丽说话的声音,始终带着一副昏昏欲睡却又很有兴趣的样子,津津有味地听着。

"你多大了?"

"我十岁,"玛丽一时说溜了一句,"和你一样大。"

"你是怎么知道的?"他惊讶地质问。

"因为在你出生后,花园的门就被锁起来,钥匙也被埋掉了。而它已经锁了十年了!"

柯林撑起身子,面朝着她,两手挂着下巴,半躺在床上,一次问了许多关于花园的问题,兴趣全被挑了起来。

"是——是柯瑞文先生讨厌的那座花园。"玛丽惴惴不安地告诉他,"他锁起了园门。没有人知道他把钥匙埋在什么地方。

从十年前开始，那里就不许任何人进去了。"

可是，现在才小心翼翼已经太迟了。他这个人简直就像她的另一个翻版，这事马上就像当初吸引住她一样占有了他所有的心思。他一个问题又一个问题，问个没完没了。

"他们不肯谈到关于它的事。"玛丽表明，"我想，一定有人吩咐过他们不许多嘴。"

"我来命令他们回答。"柯林说。

这时，玛丽害怕起来。要是他逼问出那些答案，天知道还会发生什么事情！于是，她一半出于好奇，一半因为希望让他忘掉花园的事，故意岔开了话题，说："你真的认为你活不长吗？"

"大概吧？"他不以为然地说，"从我有记忆以来就常听别人这么说。而且我的医生是我堂叔，他很穷，只要我和父亲死了，那大鸫庄就是他的了。他一定不希望我活太久。"

他回答了玛丽的问题后，又提起了花园，并一个劲儿滔滔不绝地提问，他的情绪变得异常亢奋，两只眼睛像星星一样射出光芒，看起来眼睛更是大得离谱了。

听到柯林说，要强行让人将他们送进那个花园时，玛丽想到了狄肯，他将会永远不再回来，而玛丽自己也将永远不可能觉得自己是一只拥有一个安安稳稳、没有人知道窝藏在哪里的大鸫鸟了。

"噢！不——不——千万不要那么做！"她急得大叫。

他仿佛认为她发疯了似的茫茫然直盯着她。

"我是想啊。"她几乎快哭出来地说，"可是一旦你叫他们打开园门，推你进去，那它就再也不是个秘密了。"

他把脖子拉得长长的，凑过身来。

"秘密？这话是什么意思？告诉我。"

玛丽险些又说漏了嘴。

"你知道，"她呼吸急促地回答，"假使除了我们之外没有人知道——假使那里有个门，隐藏在常春藤底下的某个地方——假使真的有——而且我们可以找到它——假使我们可以一起偷偷溜进去，然后把它关好，就没人会知道里头有人，那我们就可以叫它秘密花园。假装——假装我们是大鸫鸟，而那是我们的鸟巢。假使我们几乎每天都到那里玩，同时挖挖土，播下种子，让它整个活起来……"

接下来，玛丽向他解释了什么是球根，什么是春天。

"你不明白吗？噢！你难道不明白，假使这个花园是个秘密，那一切就会更棒得多呢！"

他重新靠着枕头躺着，脸上露出一抹奇特的表情。

"我从来不曾有过秘密，"他说，"除了那件没办法活到长大成人的事外。他们不知道我知道真相，所以那也算是一种秘密。可是我更喜欢这一类型的。"

"只要你别叫他们带你去，"玛丽央求，"说不定——不，我几乎敢断定，改天一定能自己找出进入那个园子的方法。到时候——要是医生希望你坐着椅子到外面去，要是你随时都能想要怎么样就怎么样，也许——也许我们可以找到一个男孩来推你，我们就能单独进去，而它会永远都是一座秘密花园了。"

"我喜欢那样！"他一字一字慢慢地说，眼神如梦似幻，"在一座秘密花园里头，我不会介意呼吸一点儿新鲜空气的。"

玛丽逐渐镇定，感到安心多了，因为秘密花园这个主意似乎很能打动他的心。她几乎敢断定，只要自己一直不断地往下说，他一定会爱死它的。

他动也不动地躺在床头，静静地聆听她谈论那些有关花园的事情。然后她又告诉他有关知更鸟和班·韦勒斯泰的事。

听到种种有关知更鸟的事，柯林开心得露出笑容，抿着嘴角，让人见了都几乎要认定他是个美少年了。

"我从不知道有什么小鸟会像它那样子。可是，一个人如果老关在房里，当然就什么东西也看不到了。你知道好多好多事。我觉得仿佛你已经进去过那座花园似的。"

她不知道该如何解释才好，所以一句话也没说。而他显然也不曾期待得到答案，不一会儿便送给她一样惊奇。

"我要让你看一样东西。"他说，"你有没有看到挂在壁炉架上方墙头的那张玫瑰色丝缎帘子？"

玛丽先前并没有注意到它的存在，此刻一仰起头便看见它了。在他的指导下，玛丽满腹狐疑地站起身来，拉开了丝缎帘幕。帘幕下面露出一位女孩笑吟吟的面孔，她那一头闪亮亮的秀发系着蓝缎带，一双愉悦动人的明眸恰似柯林闷闷不乐的眼睛般灰得像玛瑙，在乌黑的睫毛中间闪烁光芒。

"她是我母亲。"柯林的语气带有抱怨，"我不明白她为什么死了。有时我会因此而恨她。我相信，如果她还活着，我也许会活得久一点儿，而父亲也就不会讨厌我了。把它拉起来吧！"

玛丽听命照做，然后回到她的座位上。

"她比你漂亮多了！不过，眼睛和你一模一样——至少颜色和形状都一样。可为什么要用这张帷幕把她遮住呢？"

他局促不安地蠕动一下身体。

"我命令他们弄的。"他说，"有时我真不喜欢看见她直盯着我瞧。我那么可怜又体弱多病，而她却眉开眼笑。再说，她是我的母亲，我不想每个人都可以见到她。"

片刻的沉默之后，玛丽终于想到了梅德洛太太，不知道她知道自己来过这里后，会有什么样的反应。

"我叫她怎样她就会怎样。"他回答，"而我会告诉她，我希望你每天都能过来陪我聊聊天。你到这儿来，我真的很高兴。"

"我也很高兴。"玛丽说，"我会尽量常来，可是——"她迟疑了一下，"我必须每天去寻找花园的门。"

"对，你必须去，而且事后告诉我寻找那扇门的情形。"他躺在床上考虑片刻，然后又说，"我想你也应该成为一个秘密。除非他们发现，否则我不会告诉他们你的事。我可以随时声称自己想要独处，支开保姆。你认不认识玛莎？"

"认识！我和她很熟。她负责照顾我。"

他朝走廊方向颔首示意："每当看护想出去的时候，就会叫玛莎来照顾我。我会要玛莎转告你什么时间过来的。"

这时，玛丽终于明白为什么每当她问到哭声的事时，玛莎看起来会那么头大了。

"现在应该告辞了吗？"玛丽问道，"你看起来好像很困。"

"可我希望你能等到我睡着以后再走。"他不好意思地说。

"闭上眼！"玛丽将她的板凳拉得更靠近床头。她心中莫名涌起对他的同情，不希望他躺在那儿睡不着觉，于是俯身凑近床头，轻轻拍抚他的手背，低声用北印度方言哼起一支小曲。

"真好听！"他的困意更浓了。玛丽继续边哼边轻轻拍抚。当他睡着时，玛丽捧起蜡烛，无声无息地退出了房间。

第十二章 筑巢

连续下了一整个星期的雨后，蓝天总算再次出现。

在连续一周天天和柯林见面、谈话的时间里，玛丽对于有关秘密花园的事总是刻意小心翼翼地有所保留。因为她还不知道柯林是不是一个可以分享秘密的男孩，再说她也不敢保证，他们是否可以在完全保密的情况下，把他带进园里去。不过，这不影响她对柯林渐渐产生的好感。

雨停后的第一个早晨，玛丽很早就醒过来了。看着窗外的景物，她心旷神怡。蓦然，一个念头令她七手八脚地爬起来。

"我等不及了！我要去看看那座花园！"

这时她已学会自己穿衣服，于是花了五分钟的时间就换好了一身服装，奔向她的秘密花园。

"一切都已经变了个样，"她心中暗暗思忖，"草地更绿了，处处都有芽尖从地底冒出，一棵棵植物舒展细嫩的芽苞，绽现出青翠的绿叶。我相信今天下午狄肯一定会过来的。"

周围的花草树木都争着报告春天的消息。六个月前，玛丽

说什么也不可能有机会目睹整片天
地正在苏醒的实况，此刻她却一样
也没有遗漏。

就在她快要走近那扇掩藏在常春藤下的花园
门口时，却陡然被一声奇特的嘹亮声音吓了一大跳。玛丽仰头
一望，只见围墙上栖息着一只全身披着蓝黑色羽毛的大鸟。转
眼间，它便已展开双翅，转头朝花园的方向飞去。玛丽希望它
不会逗留在园内。她推开园门，深入园中，才发现它很可能当
真打算在那儿一直待下去，因为它和一只通体微红、尾巴毛茸
茸的小动物，都是那正在专心致志辛勤工作的狄肯带来的。

玛丽拔腿朝他飞奔过去，嘴里
不住叫喊："噢！狄肯，狄肯！你怎
么可能这么早就到了？太阳
才刚刚出来啊——"狄肯笑
呵呵地站起身
来，满脸净是毫
无保留的飞扬神
采，两颗湛蓝的
眼眸各似一片小
小的晴空。

"唔！我可
比它早起得多
呢！今天早上，

整片大地已经开始苏醒了！万物都在辛勤努力，直把人诱惑得再也舍不得赖在床上，只想跑到户外。我发了疯似的一路又吼又唱地直朝这儿奔来。我迫不及待。毕竟，噢！这座花园正躺在这儿等着哩！"

玛丽用手捂着胸口，气喘吁吁，好像自己刚奔跑了好几里路似的。"噢！狄肯！"她说，"我高兴得快喘不过气来了。"

狄肯向玛丽介绍了小狐狸"队长"和乌鸦"煤灰"，两只小动物都丝毫不畏惧玛丽。这时狄肯信步四下走走。煤灰照样站在他的肩头，队长则安静地贴近他的身侧。

"你瞧！"狄肯招呼，"瞧这些花梗抽得多长了，还有这些和这些。噢，再瞧！瞧瞧这边这一些！"

他跪在小径旁边，玛丽也跟着跪在他身旁，两人对着一整丛开得热热闹闹，有紫色、橘色、金黄色的番红花瞪大了眼睛。玛丽弯下腰，低头一次又一次地亲吻着它们。

他们从花园的一区跑到另一区，眼前不断出现许许多多惊奇，他们不得不时时刻刻提醒自己必须压低声音，悄悄耳语。那些原本看似已经死掉的玫瑰花枝上，也长了一颗颗极为饱满的芽苞；地上有着成千上万穿破泥土，新生出的小绿点。他们一起热切地将鼻尖凑近地面，用力吸取那暖洋洋的春之气息。他们松土掘地，努力拔草，不时掩着嘴巴，欢天喜地地低声欢笑。

那天早上，秘密花园里处处充满了令人喜悦的事，而这其中又有一项最逗人开心的事。正当他们俩在园内忙碌的时候，蓦然，一只胸前红得耀眼的小鸟嘴里不知叼着什么，疾速飞过墙头，划过树梢，飞到一处枝叶茂密的角落。

狄肯一见，连忙动也不动地立正站好，同时按住玛丽的肩膀。"别动！"他附耳低语，"别大声呼吸！我上一次见着它时，就知它正在求偶。那正是班·韦勒斯泰的知更鸟。它在筑巢。"

他们轻手轻脚地坐到草地上，动也不动。这时，如果他们多余的动作引起了知更鸟的误会，它就会永永远远躲着他们俩。他们必须尽可能保持安静，并且不妨碍到它。

两个人静静地坐在树下，聊着知更鸟之外的事情。

"唔——你可知道柯林的事？"她附耳低语。

狄肯扭头注视着玛丽，问道："你对他了解些什么？"

"我见过他。我这一整个星期天天都去陪他说话。他要我去的。他说，我让他忘了生病和快死掉的事。"她回答。

狄肯脸上惊讶的表情消失后，立刻换上一副如释重负的反应。"那就好。"他低呼，"太好喽！这让我觉得心里自在多了。我知道我不可以提他的事，可是又不喜欢隐瞒人家的事。"

"你不喜欢隐瞒住秘密花园的事吗？"

"我绝对不会提起它。不过我告诉了我妈妈。我说'妈妈，我有个绝不能说的秘密。你知道，不是啥坏秘密。就像隐瞒鸟巢所在的地方一样，是个好的。你不介意吧，妈妈？'"

玛丽巴不得每天都能听到和他母亲有关的事，一点儿也不担心她知道了会说什么。

"那她怎么说？"

"就像她平常的作风一样，"他回答，"妈妈摸摸我的头，笑着告诉我'噢！儿子，你可以爱有几个秘密就有几个秘密。我已经认识你十二年啦！'"

"你是怎么知道柯林的事呢？"

"每个认识柯瑞文先生的人都知道。梅德洛太太每次到大鸫村去时，都会到我们家做短暂的拜访，而且她不介意当着我们的面和我妈妈讲这些事，因为她知道我们都被教养成值得信赖的孩子。你是怎么发现他的事的？"

玛丽把那夜的过程，一五一十地叙述给狄肯听。当他听到玛丽形容起柯林的脸时，不禁摇了摇头，感慨地说："那双眼睛遗传了他母亲所有的特征。只是，据说她的眼里总是带着盈盈的笑意。柯瑞文先生受不了在他清醒的时候看见他，就是因为他的眼睛简直就是他母亲的翻版，可是搭配在那张可怜兮兮的小脸上却完全走了样。"

"你认为，他希望柯林死掉吗？"玛丽悄悄地询问。

"不！可是柯瑞文先生情愿他从未出生。他们爷儿俩都没有一点点好好活下去的斗志。柯瑞文先生愿意不惜任何代价，替那可怜的小孩买一大堆东西，却恨不得彻底遗忘世上还有他这么个小孩。原因是他怕柯林也长成一个驼子。"

当然，这也是柯林所害怕的事情。他不该整天躺在床上胡思乱想，这样下去他不可能会成长得健健康康的。

这时狄肯低下头去挠挠狐狸的颈背，闷不吭声地沉思了一会儿，随即抬起头来环顾周边的草地。

"当我们初次一同进这园里时，所有景物看起来都似乎是灰蒙蒙的。现在你转头前后左右观看一遍，谁敢说这里不是已经焕然一新了呢！"玛丽轻轻喘着气，放眼观赏。

现在的花园就像蒙了一层薄薄的碧纱似的，而且还会越来越绿，直到每一丝暗沉沉全部消失。

"我想，如果他能到这里来，就不会老是两眼沉沉地去观察背后是否长出肉团。如此一来，他说不定会变得健康些。"狄肯说，"我很怀疑，我们是不是能有办法说动他离开房间，让他坐着小轮椅进到这园子来，躺在树荫底下。"

"我自己也一直在想。每次我一和他讲话，就会不自觉地考虑这件事。"玛丽说，"我怀疑他是不是能够保守秘密，也怀疑我们是不是能在别人都没看见的情况下把他带到这里来，我想，也许你可以帮他推轮椅。只要他有心让我们带他出来，谁都不敢违抗他的命令。况且，如果他肯和我们一块儿到外面来，说不定他们个个都会很高兴呢！他可以下令要园丁们都不许接近，这样他们就不会发现什么了。"

狄肯非常认真地考虑了一会儿，然后说："我敢保证，那对他一定会大有帮助。如果他和我们一起观赏春天的风光。我敢说，这保准比医生开的药方更有效得多哩！"

"他老窝在他的房间，躺在床上太久了，又成天操心他的背，以致整个人都搞得阴阳怪气的。"玛丽说，"不过，他喜欢听有关这座花园的事，因为它是秘密的。我不敢对他泄露太多。但他说，他想要见见这座花园。"

"咱们可以把他弄出来的。"狄肯说,"我能推动他的轮椅。"

这时,狄肯发现知更鸟一脸犹豫,一副不知该将口中那根细枝搁在哪里的样子。他发出低低的口哨声召唤它。知更鸟偏过头来,用一副请教有何贵干的样子注视着他,口中依然叼着那根细枝条。狄肯就像老班那样对他说起话来,只不过他用的是一副给予友善建议的语调。

"不管你把它放在哪里都不会有问题的。"他说,"你还没破壳而出的时候就已经懂得该怎样筑巢了。快快去做吧,小伙子!已经没有多少时间可以浪费啦!"

"噢,我真喜欢听你对它说话。"玛丽开开心心地笑着说。

狄肯听了哈哈大笑,接着又说:"你知道我们不会多管你的闲事的。我们两个也差不多就像野生动物一样。上帝为证,我们也在筑巢!小心,你不要向人家打我们的小报告啊!"

虽然知更鸟的嘴巴叼着东西,没法回答,但玛丽可以看出来,它在暗示说,就算天塌下来,也不会告他们的密。

第十三章　大发雷霆

　　那天由于起了个大早，又在花园里辛辛苦苦工作了一整天，玛丽整个人实在是又累又困。一吃完晚餐，她便立刻高高兴兴地上床去睡了。她躺在床上，静静地想着，明天和狄肯工作完后，也许会去看看柯林。

　　大概是在午夜时分，睡梦中，她突然被阵阵十分凄厉的恐怖声音惊醒，连忙一跃而起，跳下床。不一会儿，她就听出，大屋里头的几扇房门开开关关，走廊上仓促奔跑的脚步声。除此之外，更有一个人在一边尖叫，一边号啕痛哭。哭声、叫声，声声都令人毛骨悚然。

　　就在这时，玛丽终于恍然大悟，为何人人都宁可选择对他百依百顺。她赶紧捂住耳朵，感觉到自己阵阵反胃，浑身战栗。"我不知道该怎么办，我不知道该怎么办才好！"她嘴里不断自言自语，"我受不了听到这声音。"

　　就算此时她已经更加用力地紧紧捂住耳朵，也还是无法完全堵住那声音。听着听着，玛丽不禁又开始发起火来，恨不得也像他吓她那样大哭大闹一顿，好好把他吓回去。此时她干脆放下双手，一跃而起，用力跺跺她的脚，然后大叫："他该停停啦！应该有人去叫他停下来！应该有人去揍他一顿！"

就在此时，她听到有人几乎已经跑到她这道走廊上。没有多久，房门便被推开，看护小姐闯了进来。只是这回她的脸上绝无半点笑意，反而脸色白得像石灰一样。她慌慌忙忙告诉玛丽，柯林又在歇斯底里，让她试着劝服他。

"今天下午他把我赶出房间了！"玛丽激动得猛跺脚。

这跺脚的举动让看护心头大喜，坦白说，她一直担心这会儿玛丽正躺在床上，蒙着头，躲在被窝里哭泣。

"这就对了！"她说，"你的情绪高亢，怒气十足，正好赶快过去骂骂他，让他好好思考一下。尽快赶去吧，孩子！"

玛丽直到事后仔细回想时，才发觉到这事除了可怕之外，也挺好玩的，一群大人竟然吓得来求助于一个小女孩。

她沿着走廊飞奔过去，越是接近那声声尖叫，越是心头起火。等她终于跑到门边，玛丽已经快要气炸了。她一把推开房门，冲了进去，气呼呼地站在四柱床前，几乎是咆哮着喝令道："住嘴！你给我住嘴！我讨厌你！人人都讨厌你！我真希望每个人都离开这幢大屋，让你一个人去尖叫到死——你会尖叫到死的。但愿你会！"

原木一直趴在床上，用双手捶着枕头，只差没有跳起来的他一听到这个凶巴巴的小声音，马上急急地把头扭过来。他的脸色十分吓人，可是霸道的小玛丽理都不理会。

"只要你再尖叫一声，我就也大声尖叫！"她出言恫吓，"而且，我可以叫得比你更大声，还会吓死你！真的会吓死你！"

她的一番威胁听得他目瞪口呆，不知不觉地停止了尖叫。最后一次叫声冲到喉咙，勉强咽住，险些叫他岔了气。他的脸上涕泪纵横，全身不住地抽搐。

"我停不下来！"他一面喘气，一面哽咽，"我停不下——停不下！"

"你之所以会身体不好，有一半是因为歇斯底里和坏脾气——

纯粹的歇斯底里——歇斯底里——歇斯底里！"她每说一次那四个字，脚便重重地踩一下。

"我摸到肿块了！"柯林抽抽噎噎，"我知道那是早晚会有的！然后我就会死掉！"说着他又开始别过脸去，哽哽咽咽地伤心痛哭。不过，好歹是不再尖叫了。

"你背上没有肿块！"玛丽怒气冲冲地驳斥，"就算有，也只是一团歇斯底里的肿肉。歇斯底里会让人的肉肿起来。你那讨厌的背一点儿事也没有——除了歇斯底里以外，啥事也没有！翻过身去，让我看看它！"

掀开衣服以后，那张背真是瘦得教人不忍目睹，每根肋骨、每块脊椎上面的关节都历历可数。她弯下腰，小脸上露出一脸霸道又严肃的表情，凑近他的背，细细地检查，那一副古板严厉的模样，直瞧得看护忍不住别过脸去，想笑又不敢笑。

"这里连个肿块都没有，"最后她终于宣告，"连一个针尖般大小的肿块都没有，除了脊背骨上突出的地方，而你之所以可以摸到，那是因为你太瘦了。要是你再说一声自己背上长了肿块，我一定会马上放声大笑奚落你。"

柯林吞了一大口气，把脸稍微偏向她。

"真——真的吗？"他可怜兮兮地问道。

"真的，少爷。"

柯林的这顿大吵大闹终于收场。大概是因为哭得累了，身体又虚，情绪变得温和许多。

"我要——我要和你出去，玛丽！"他说，"我不会讨厌新鲜空气，只要我们能够找到——"他立即想到那件事是个秘密，赶紧打住自己的话题，没有说出"只要我们能找到秘密花园"，而是换成"只要狄肯能来帮我推椅子，我非常愿意出去。我真的好想看到狄肯、狐狸和乌鸦"。

看护帮他重新整理好弄乱的床铺，然后为他烹煮了一碗牛肉浓汤，同时也递给玛丽一碗。梅德洛太太领着玛莎高高兴兴地悄悄退走了。看护把所有的东西整理一下，也实在很想悄悄离去。她是一名健康的年轻女性，最讨厌让人夺走睡眠，于是她便冲着玛丽，公然打了个大呵欠。

"你得赶快回去睡觉了。"她说，"他只要情绪不是太烦乱，马上就会睡着了，到时候我也可以去睡觉了。"

玛丽决定再一次唱着那支向印度奶妈学来的歌，哄着柯林睡觉。于是，玛丽对呵欠连天的看护说："我来哄他入睡。你要是想下去，就先下去吧！"

他闭上眼，安安静静地躺在床上。

她牵着他的手，用非常和缓、轻柔的语调低声诉说。玛丽发现这单调又轻柔的声音已令他的鼻息越来越和缓、稳定。这时，柯林已经睡得很熟，很熟。

第十四章　绝不能再浪费时间

隔天早上，玛丽由于太倦太累，一觉睡到日上三竿。玛莎帮她端早餐来时，告诉她柯林虽然非常安静，但却像每次大哭一场以后一样，发起高烧。玛丽边听，边吃着早餐。

"他说他盼望你尽快过去看他一眼。"玛莎说，"唉！可怜的男孩！他从小就被姑息惯了，直到把他养成个任性得无可救药的小孩。妈妈常说，对所有的孩童而言，最糟糕的情形有两种：一样就是凡事都不许由他做主；另一样却是事事都由着他们，我行我素。

"不过，今早当我进到他的房间时，他却告诉我'请你帮我问一下玛丽小姐，肯不肯过来和我说说话？'天哪，他居然用了'请'字哩！你愿意去吗？玛丽小姐？"

"我要先赶快去见狄肯。"玛丽想了一下，又说，"不，我先去看看柯林，告诉他——我知道我该告诉他什么。"突如其来的灵感令她加上这一句。

看见戴着帽子出现在自己房间的玛丽，柯林刹那之间露出失望的表情。此时他正躺在床上，脸色苍白如纸，两眼出现黑眼圈。

　　玛丽走到床头，弯腰探视，告诉他："我要去见狄肯，所以不能待太久。不过我还会再来看你的。柯林，这是为了——为了有关花园的事。"

　　柯林脸上霍然一亮，甚至浮上一点点血色，叫嚷着："噢！真的吗？我整晚都梦到它。我听了你说的话后，然后我梦见自己身处于花园中，它给人的感觉很柔和、很宁静。在你回来以

前，我都会一直想着它的。"

五分钟不到，玛丽已经进入花园，和狄肯在一起了。这回他的身边除了昨天跟随着的狐狸和乌鸦之外，又多带来两只生性温驯的小松鼠。

"我今早是骑小马来的。"他说，"唔！'跳跃'是个很乖的小家伙——就是那匹小马！这两个是我装在口袋里带来的。它叫'果核'，另外这只叫'果壳'。"

狄肯和这些小动物相处的情景，叫她真舍不得抛下这愉快的感觉去谈什么严肃的话题。可是，等她开始讲起昨天回去以后的经历，却从狄肯神情的变化中，看出他远比自己更同情柯林。他仰望长空，环顾周遭的景色。

"听听那些小鸟的声音。"他感慨地说，"瞧它们疾速飞来飞去。春天就像世间到处充斥的鸟叫虫鸣般翩然降临，这儿处处弥漫着芳香气息！"

狄肯猛抽着他那愉悦的朝天鼻，用力嗅了嗅，接着又说："而那可怜的少年却躺在一个封闭的房间里，看不到多少东西，难怪要成天胡思乱想，大惊小怪地尖叫！咱们必须得赶快把他弄到这外面来，让他多看、多听、多嗅嗅新鲜空气、晒晒太阳。咱们不能再拖拖拉拉啦！"

玛丽接着说："他对你着迷极啦！他想见你，想见煤灰和队长。等我回屋和他说话时，我会问问他，看明个早上你能不能带上你的小动物去见他。然后，在不久的将来，咱们再要他出来，让他看看周遭的一景一物。"

园中本身已到生机勃勃的时节。每一天，都发生着巨大的、美丽的变化。玛丽眼观这奇妙的变化，怎能舍得就此离去，但她终究还是回大屋里去了。当她坐到柯林的床沿，他竟也前所未见地像狄肯一样，抽着鼻子猛吸猛嗅。

"你身上闻起来像花，还有——还有一些新鲜的东西！"他欣喜莫名地大笑，"这究竟是什么味道？感觉上，既清凉又暖和，还有一股甘甘甜甜的芳香味。"

"这是荒原吹来的风。"玛丽说，"是春天加户外、加阳光，全都混在一起的味道……"

她竭尽所能地多用约克夏词语，多带点当地腔。而除非你能亲耳听别人说，否则永远不可能知道约克夏腔有多浓。柯林听着听着，不禁大笑了起来。

"你在做什么？我以前从来没听过你像这样说话。那腔调听起来多滑稽！"

"我在让你听一丁点儿约克夏口音。"玛丽显得得意扬扬。

"玛莎、狄肯说得比我地道多喽！可你瞧，我也能模仿出三分样呢！你听到这口音，难道一丁点儿都听不出是约克夏腔吗？亏你自个儿还是个土生土长的约克夏男孩哩！"

说着说着，她也放声大笑，两人笑得肚皮发疼，停不下来，笑得房间里头起了阵阵回音，连推开房门打算进来的梅德洛太太都又缩回走廊上，站在那儿听得目瞪口呆。

"噢，我的天呀！"这会儿连她自己都操起浓浓的约克夏口音了，反正身边没人，而她又是如此错愕。

玛丽的脑海中突然闪过一个意念，认为应该是可以告诉他的时候了。

玛丽一方面非常想讲，一方面又极度不安，急得站起来走到他旁边，握住他的双手。

"我可以信赖你吗？我信赖狄肯，因为鸟儿们全都信赖他。我可以信赖你吗？绝对——绝对的信赖！"

她的神情是那般郑重，使得柯林不由得降低了音量，喃喃回答："嗯，可以！"

"很好！那么明天狄肯会带着他的动物们过来看你。"

"噢！噢！"柯林喜不自胜地叫嚷。

"但这还不是全部呢！"玛丽激动得脸色都白了，"下面还有更好的消息。那座花园真的有扇门可以进去，已经被我找着了，是在那堵被常春藤覆盖的围墙间。"

倘若柯林身体稍微好一点儿，恐怕早就大呼小叫，高喊"万岁！万岁！"然而他却只是个身体虚弱、精神状态又近乎歇斯底里的孩子，因此他只能把眼睛瞪得很大、很大、很大，张着嘴巴猛喘气。

"噢，玛丽！"他带着半哽咽的声音嚷嚷着，"我可以去看它吗？我可以进入园子里吗？我可以活着进去吗？"他紧握着她的双手，将她一把拖向前。

"你当然可以看见！"玛丽气急败坏地责备他，"你当然可以活着进园子。别傻啦！"

"那只不过是你想象中的样子罢了！"最后他终于提出，

"瞧！你说得好像亲眼见到了似的。喏！早在你第一次告诉我时，我就说过这句话。"

玛丽犹豫了一两分钟，终于决定大胆说出实情。她说："我亲眼看过了！也进去过了！几个星期以前我就已经找到钥匙，进入花园。但是我不敢坦白告诉你——我不敢！因为我害怕你不值得我信赖——百分之百地信赖！"

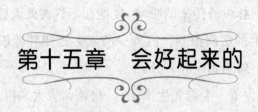

第十五章　会好起来的

不过，他们终究还是不得不多等了一个星期。因为，最初是老天突然刮了三四天强风。紧接着，柯林又出现一点儿快要感冒的迹象。

两件事情接踵而至，要是换成从前，他一定早就大发雷霆了。幸好这回他们有很多神秘又特别需要小心谨慎的计划要做，而且狄肯每天都会过来告诉柯林：这几天大荒原里、小径上、灌木丛间都有些什么事发生。而当柯林听到这些一点一滴都被描述得栩栩如生的细节时，眼前仿佛看见那些动物的家园和地下的世界。

然而，最吸引柯林的话题还是策划应该如何在充分保密的情况下，将他送进秘密花园。

这三个小孩每天喜滋滋地讨论他们要走的路径。瞧他们那郑重其事讨论每一项细节的样子，真像战争时期，军中将领齐集，在妥善研究行军路线。

有关病人的房间里正发生种种新奇又莫名其妙的事件的流

言，已经在仆人之间传开了。然而，尽管如此，当有一天娄奇先生接到柯林少爷传来的吩咐，要他在不许被外人撞见的情况下立即到他的房间报到，因为少爷本人盼望和他说话的命令时，仍然不禁感到诧异万分。

"柯林少爷，娄奇先生来了。"梅德洛太太通报。

小土霸王扭过头来，上上下下审视他的侍从。

"哦，你就是娄奇，对吧？"他说，"我找你来，是因为有几句重要的话要交代你！"

"遵命，少爷！"娄奇怀疑自己会不会接到要他把游苑里的橡树统统砍掉，或把几座果园全改造成花园的指示。

"今天下午我要坐着我的椅子出去。"柯林说，"如果我呼吸惯了新鲜空气，说不定往后天天都出去。所以，在我出去的时候，府里的每一个园丁全都不许靠近花园围墙外的那条步道，一个都不许。我会在两点左右出去，到时候你必须事先把他们全部遣走，直到我传话

要他们回去干活。”

“遵命，少爷！”娄奇先生听到自己可以保住橡树，果园也都能够安然无恙，大大松了一口气。

柯林转头问玛丽，讲完了话，想叫别人离开时都说些什么。玛丽立马回答了他。于是小土霸王挥挥手，照玛丽所说的那样下令：“你可以下去了，娄奇。不过，记住，这件事非常重要。”

“遵命，少爷！谢谢你，少爷！”娄奇先生回完话，便随着梅德洛太太离开房间。一到走廊，这位天性善良的好好先生立即露出满面笑容，只差没有大笑出声。

“老天！”他形容，“他那副举止可真有贵族派头，不是吗？让人见了，准以为他是什么皇室成员。”

“哼！”梅德洛太太抗议，“是我们从小就太捧着他，结果让他以为人人都是生下来注定要伺候他的。”

“或许他长大了，就会摆脱那坏习气，只要他活得够久。”

房间里，柯林正靠在他的椅背上。

“一切都安全啦！”他说，“今天下午我就可以看到它——就可以进去啦！”

不久，看护上来了，帮柯林打点好外出的一切准备工作。她注意到：当她帮柯林更衣的时候，他也努力地想让自己更顺利地穿好衣服，而且嘴里一直不断地和玛丽说说笑笑。

庄园里最强壮的一名仆役负责把柯林抱下楼，把他放到屋外已经有狄肯守候在一旁的轮椅上，帮他盖好毯子，枕好椅垫。然后小土霸王挥挥手,告诉他和看护:"你们可以下去了。"

于是两人赶紧一溜烟跑回屋里,躲在那儿偷笑。

狄肯开始以稳定而缓慢的速度推动轮椅,玛丽紧跟在轮椅一旁。柯林则靠着椅背,仰头望着天空,并不断挺着胸膛,大口大口地呼吸着原野的气息,两只眼睛瞪得大大的,仿佛在用那一对大眼睛"聆听"着什么。

"这里听得到好多嘤嘤嗡嗡、彼此召唤的声音哪!"柯林兴奋地说,"还有,那微风吹来的阵阵芳香又是什么气息呢?"

"那是荒原上绽放的金雀花。"狄肯回答,"唔!在这难得的大好晴天里,野花丛间都已经可以看到好多好蜜蜂在穿梭呢!"

在这一行人路过的小径边,连个人影都见不到。事实上,不管是大园丁、小园丁,都早被他们的领班支开了。但他们仍按原订计划,有模有样地在灌木树篱间绕进绕出,又沿着喷泉花床兜了一个大圈子,一切都只为了体会那种神秘的气氛和乐趣。但等三个人快接近目标时,都感到莫名的刺激和兴奋,开始交头接耳,窃窃私语。

"到了,"玛丽悄悄地说,"到了!这就是我当初一直满腹狐疑,来回走来走去,猜想里面是什么景象的地方。"

"真的吗?"柯林嚷着,两道好奇的目光迫不及待地对准常春藤绿帘搜索,"可是我什么都看不到啊!"

随后,他又压低了声音补充道:"一扇门都没有。"

"我当初就是这么想的。"玛丽回答。

紧接着是一段沉默,然后椅子下的轮子又开始向前转动。

玛丽尽职地为他介绍着老班的菜园和知更鸟的事情,柯林显得兴致勃勃,异常激动。

玛丽走向贴近常春藤下的花床,掀起了悬垂的绿帘。

"这是门把,这就是园门了。狄肯,推他进去——你赶快推他进去!"

于是狄肯稳定、有力、干净利落地一推,就将他连人带椅送进了花园。

柯林虽然兴奋莫名,却仍急忙靠着椅垫,掩住双眼,什么都不去看,直到奇迹般地进入园中,园门关上,这才放开双手,一颗脑袋转来转去,不断地东张西望。

春日午后暖暖的阳光便如一只慈爱的手般轻轻抚摸他的脸。一抹淡淡的红晕不知不觉遍布他的全身——包括他那象牙白的脸和脖子、双手以及人们可以看见的每个部分——使得他整个人看起来都是那么的不同于以往。站在一旁的玛丽和狄肯都不由得带着惊奇的目光呆呆地凝望着。

"我会好起来!我一定会好起来!"他声声高呼,"玛丽、狄肯,我一定会好起来的!"

第十六章 班·韦勒斯泰

就在那个下午，春神来了，同时也把所有能塞进那座花园的花草绿意全都一并带来了。

狄肯不止一次在浏览眼前景致的途中暂停脚步，一动不动地站在那儿细细观赏，眼中的惊叹之色也越来越浓。他摇摇头，感叹道："噢！太美啦！我已经十二岁，快十三岁了。十三年来，不知有几千几百个下午，但没有一个下午有我今天在这儿见到的这么美。"

这美得到了玛丽和柯林的赞同，并让欢乐的气氛洋溢满园。狄肯一面推着柯林到处观赏，一面和玛丽这里一点儿、那里一点儿，多少进行一些零星的整理工作，并不时带回几样东西让柯林细看。例如：一些刚要绽放的花苞，一根掉落在青草地上的啄木鸟羽毛，以及几枚已经孵出雏鸟的空蛋壳。

算起来，这一整个下午他们可真是过得既忙碌又兴奋。

就在这时，柯林猛然半抬起头，发现了正踏在一把矮梯顶上的班·韦勒斯泰，他怒气冲冲地瞪着他们，甚至朝着玛丽的方向挥舞他的一只拳头。

"若非我是个王老五，倘若你是我自己亲生的小娃，"他大叫，"我一定会好好地修理你一顿！"

他往上踏高一阶，一副随时准备生龙活虎地跳下来找她算账的架势。但等她当真朝他走过去时，他又显然已经平和了些，只是仍旧站在阶梯上头，挥着拳头，对她摆摆样子，同时臭骂她一顿："我太小看你啦！打我第一眼看到你时就受不了你啦！你这老板着一张小苦瓜脸的小丫头片子，成天东问西问，哪儿不该你去偏往哪儿刺探。我真不知道当初怎么会让你贴得那么近的。要不是那只知更鸟——臭鸟——"

"班·韦勒斯泰，"玛丽总算找到插句话的空当了，站在下面，微微喘着气对他大叫，"班·韦勒斯泰，就是知更鸟报路让我进来的呀！"

老班气得怒发冲冠，恨不得马上跳下来揍她一拳。

"你这坏丫头！"他低头大声叱骂，"竟把自己的错往一只小鸟身上推——它也只不过是只啥都不懂的小家伙——它报路给你——它！哼——你这个小鬼！"——她听得出他接下来讲的话全是让好奇心逼得脱口而出的——"你究竟是用啥方法进这园子里来的？"

"真的是知更鸟替我报路的。"玛丽固执地抗议，"它不知道自己在做什么，但就是做了。你总这样站得高高地朝我挥拳头，我没办法告诉你。"

就在这一刹那间，他原本盯着她脑袋的目光瞥见有团东西朝他们这个方向移动过来，不禁诧异地张大嘴巴，高举在半空中的拳头也猝然停止挥动。

原来柯林在刚一听见他那火爆的声音时，只是惊讶万分地坐挺了脊梁，像着了魔似的呆呆聆听，但到半途却渐渐回过神来，他专横地号令狄肯："推我过去！快把我推到墙角，停在他面前。"

而这——这正是造成老班一眼望见便张大嘴巴，呆呆地说不出话来的原因。轮椅上的小土霸王身穿华服，带着一股贵族般颐指气使的威风，伸出一只瘦削的手傲慢地指向他，并诘问道："你知道我是谁吗？"

你瞧——瞧老班那副两眼发直的模样！他整个人活像见了鬼似的，一双红眼死死盯住眼前的小男孩，咽下一大口气，好一会儿都说不出半句话来。

"你知道我是谁吗？"柯林带着更加专横的口气逼问，"回答我！"

老班扬起一只青筋毕现的老手，揉揉眼睛，又揩揩额头，带着一股五味杂陈的心情颤颤地回答："你是谁？噢——我当然知道——你那双和你母亲一模一样的眼睛骨碌碌地瞪着我——我当然知道。天知道你是怎么来到这儿的。不过，你是个可怜的小跛子啊！"

柯林一时忘了他的背脊很脆弱，满脸通红，像根弹簧似的，"砰"地一下挺直上身。

"我不是跛子！"他暴跳如雷地大吼，"我才不是！"

"他不是!"玛丽也义愤填膺地朝着墙头高喊,"他的背上连一颗针尖大的肉瘤都没有!我看过了,根本没有——一粒也没有!"

老班再次举起手揩了揩额头,两道目光直直地盯着他,仿佛怎么看也看不够。他的手在颤抖,嘴在颤抖,连声音也一样在颤抖。他只不过是个一无所知又一根肠子通到底的老头儿,只能记住一些从人家那里听到的传言。

"你——你没驼背?"他声音沙哑地问。

"没有!"柯林大吼。

"你——你没跛脚?"又是一次沙哑的颤抖声。

这太过分啦!小土霸王气得忍无可忍,胸中的怒焰和受辱的自尊都令他除了激愤之外,什么也顾不得了,一股过去从未曾有过、近乎异于寻常的力量瞬间主宰了他整个人。

"过来!"他一面动手扯开盖在腿上的毯子,一面冲着狄肯大吼,"过来!过来!马上过来!"

狄肯急忙大跨一步,站到他旁边。玛丽脸上血色尽失,屏着气,紧张兮兮地看着他们。经过一阵激烈又短暂的挣扎,柯林甩掉毯子,在狄肯的扶持之下,把两只瘦瘦弱弱的脚伸到青草地上,颤巍巍地站立起来。柯林站得直挺挺的——直挺挺的——就像箭一样,而且整个人看起来高得出奇——他的头往后仰,一双奇异的眼眸放射出光芒。

"看着我!"他趾高气扬地喝令老班,"好好看着我——你好好看着我!"

　　"他挺得和我一样直！"狄肯高呼，"他挺得和全约克夏任何一个少年一样的直！"

　　老班的反应古怪得叫玛丽不知从何揣测。他紧紧握着双手，激动得喉头哽咽，不胜欷歔，风霜密布的老脸上刹那间涕泪纵横，冲口而出的第一句话便是："噢！那些家伙说的全是谎话！你虽然瘦得像块薄板，白得像个鬼魂，可你一点儿都没驼。你还可以长成一个神气的男子汉哩！上帝保佑你！"

　　狄肯用力握住柯林的手臂。不过，那男孩本身却连一点儿快摇摇晃晃的迹象都还没出现哩！他站得越来越挺，两只眼睛瞪着老班的脸，宣称："在我父亲不在家的时候，我就是你的主人，你必须服从我的命令。这是我的花园，不许你大胆地胡乱对人提起一个字！快走下梯子，绕到走道那边，玛丽小姐会过去把你带进来。我要和你谈话。我们不想让你加入，可是现在既然被你发现了，你就必须和我们一块儿保守秘密。快呀！"

　　老班那张皱巴巴的老脸依旧满布泪痕，两道视线仿佛再也舍不得从这直挺挺站在眼前、昂扬着头的清瘦少年身上移开。

　　"噢——孩子！"他喃喃应道，"噢——我的好孩子！"

　　随即老班猛然记起自己的身份，急忙遵照园丁的礼仪，举手碰碰帽子致敬，嘴里连声答话："是的，少爷！是的，少爷！"然后服从命令，爬下短梯。

第十七章　当夕阳西下

眼看老班的头已隐没在墙头下，柯林立即扭头吩咐玛丽："快！去接他进来。"

玛丽飞奔过青青草地，冲向常春藤覆盖的园门。狄肯机警的目光始终停留在柯林身上。虽然他已强撑得面红耳赤，表现得大大出人意料，却始终没有出现一点儿快要摔倒的征兆。

"我可以站着。"他仍昂扬着头，口气显得相当自豪。

"我告诉过你，只要你不再害怕，就可以马上做到的——"狄肯回答，"而你已经不怕了。"

"对！我已经不怕了。"柯林说。

"我要走到那棵树底下。"他指着一棵距离他几尺远的大树，"在班·韦勒斯泰进来以前，我要走到那边站好。如果我愿意的话，不妨靠在树干上休息休息，等我想坐下来时我会坐下。请你帮我从椅子上先拿条毯子带过去。"

老班进了园门，一眼望见他站在那儿，而身边的小玛丽却嘀嘀咕咕地不知道暗自在念叨些什么。

"你在说啥？"他随口问一句，可全副注意力却都投注在男孩那瘦长笔挺的身材和骄傲的脸上，舍不得移开半分。

但她并没有告诉他，其实她嘴里一直不断在小声念着的是："你办得到！你办得到！我告诉过你，你办得到！你办得到！办得到！你办得到！"

她说这番话的对象是柯林：因为她想要施展魔力，让他的脚继续像此刻那样站立下去。她绝不忍心看见他在老班面前泄了气。他直到现在都做得很好。望着他，玛丽突然觉得他瘦归瘦，看起来还是很俊美。他的眼睛狠狠地盯住老班，那股专横味儿叫人见了，直想笑出声来。

"看着我！"他下令，"仔仔细细地看着我！我是个驼子吗？我有跛脚吗？"

老班虽然还没有完全摆脱激动，但多少已经稍微平静一点儿了。

"不！"他带着几乎和平常一模一样的口气回答，"没那回事。全是因为你自己老躲着不肯见人，莫怪人家以为你又跛又软弱无能。"

"软弱无能！"柯林愤愤地叫嚷，"是谁这么认为？"

"一大堆笨蛋！"老班回答，"这世上到处都是些只会空口说白话的呆瓜，除了撒谎，啥事也干不成！你到底是为了啥，非要一年到头把自个儿关着不见人？"

"人人都说我快死啦！"他傲慢地回答，"我才不！"

这坚决的口气让老班又忍不住从头到脚仔细打量他一番。

"你会死？"他"嘿嘿"两声，"没那回事！你胆气十足得很！刚刚我一瞧见你两三下就站起来的样子，就知道你一点儿毛病都没有。快坐下来，小主人，坐到毯子上！我全听你的命令。"

小土霸王纡尊降贵地坐到铺在树下的那张毯子上，询问："韦勒斯泰，你平常在花园里都负责做些什么？"

"上头交代什么，我就干什么。"老班回答，"我是多亏人家好心才给留下来的——因为她喜欢我。"

"她？"柯林不明白。

"你妈妈。"

"我母亲？"柯林默默环顾一下四周，"这是她的花园，不是吗？"

"噢——正是啊！"老班也四下张望着说，"她最爱的就是这里。"

"现在它是我的花园了。我喜爱它！以后我每天都要来。"柯林宣布，"但这事必须保密。我的命令是：不许让任何人知道我们到这儿来。狄肯和我表妹已经努力工作了一阵子，让它活过来了。以后我有时也会召你来帮忙——不过，你必须挑没人瞧见的时候再过来。"

老班咧着干巴巴的嘴微笑着。

"我一直都是趁没人看见的时候进来的？"

"什么？"柯林惊呼，"什么时候？"

"我上回进这花园时，"他摸着下巴，左顾右盼，"已经是两年前的事啦！"

"可是这里已经十年没有任何人进来过啊！"柯林大呼小叫，"况且又没有门！"

"我不是任何人！"老班若无其事地回应，"再说，我也不是从门进来的。我是翻墙过来的。可两年前起我这风湿痛让我力不从心啦！"

"你进了园子，还做了些修修剪剪的事！"狄肯嚷着，"我就一直想不透，这儿怎么能保持得住这个样子哩！"

"她是那么喜欢它——那么喜欢！"老班缓缓地说，"而且又是那么年轻漂亮的一个小妇人！有一次，她笑着对我说：'班！要是有一天我病了，或者走了，你可得好好照顾我的玫瑰花。'后来她过世了，上头就命令再也不许人进来啦。可我还是来了！"他那口气中透着一股顽固、不服气。

"真是多亏你了，韦勒斯泰！"柯林说，"那你一定知道如何保守秘密喽。"

"噢——我知道。"老班回答，"再说，对一个患了风湿痛的老头来讲，从门进来到底方便多啦！"

这时候，柯林伸手将先前玛丽扔在附近草地上的花铲捡起来，脸上浮现一抹古怪的神情，开始动手掘土。虽然他那枯瘦的手根本没几两力气，可是，在眼前这三个人目不转睛地凝视下——尤其玛丽更是屏着气，露出一脸关切——他仍用力将铲子的前端插进土里，成功地翻出少许的土来。

　　"你办得到！你办得到！"玛丽喃喃低语，"我告诉过你，你办得到的！"

　　狄肯圆滚滚的大眼睛中充满了热切的期待与好奇，但嘴里并没有多说一句。老班带着一脸关切的神情，望着他手中的动作。

　　柯林继续努力。在成功地铲起几铲满满的土壤后，他欣喜若狂地用最纯正的约克夏口音对狄肯说："你说你会让我像别人一样在这儿到处走动，你说你会让我能够挖土。那时我想你大概是想逗我开心才说的。这会儿才是第一天呢，我就能走路，而且现在正在挖土。"

　　老班听着他的话，嘴巴张得像碗一样大。听到最后，却乐呵呵地笑起来，他说："噢！你讲这话听起来够聪明的啦！你是个地道的约克夏男孩，而且你还挖土哩！想不想种点什么？我可以给你一株种在盆子里的玫瑰花。"

　　"快去拿来！"柯林挖得更带劲儿了，"快！快！"

　　老班压根儿忘了自己患有风湿痛，跑得像是两只脚下装着轮子似的。柯林更是拼命地向下、向四周把那洞挖得更大，任谁见了，都不会相信那是他用那双又白又瘦的手第一次挖土。

玛丽悄悄跑出园外，提了一桶水来；狄肯插手帮忙，将洞挖得更深；柯林本身则继续将挖出的泥土一遍一遍重复铲得非常松软。他仰望长空，整张白皙的脸庞已经因为这第一次的运动，微微泛起红润的光芒。

"我想要在太阳完全——完全下山以前把它弄好。"他说。

玛丽觉得，或许那太阳是专为这个原因才特地多停留一会儿的。老班从花房里头抱来一盆玫瑰，努力迈动他那蹒跚的老腿，尽快地跑过来。他的心情也渐渐跟着兴奋了起来，蹲在洞旁，打破那个泥盆子。

"来，孩子，"他把玫瑰交到柯林手上，"亲手把它放到土里去，就像国王每到一个新的地方必做的一样。"

柯林双手微微颤抖，把玫瑰花株放进土洞，还用手扶着，好让老班把土填好、压实，整张脸庞涨得更红了。玛丽双腿跪在地上，伸长了脖子看着。煤灰也飞下枝头凑趣，瞧瞧他们在做些什么。果壳、果核都站在一株樱桃树上，叽叽喳喳地咬耳朵。

"种好喽！"柯林终于宣布，"而太阳才刚刚滑落到半山腰呢！扶我站起来，狄肯。我想站立着看它完全落下。那是魔力的一部分。"

狄肯扶着他，而那魔力——或者，不管它是什么——也赐予他无限的力量，因此当太阳真正滑落天际，结束这奇妙又可爱的下午那一刻，他的的确确是脚踏实地地站立着——在大家欢乐的笑声中。

第十八章　帘幕

秘密花园中的花海阵容越来越庞大，随着每天清晨的到来，园内展现的新奇迹也越来越多。

红襟知更鸟的窝中已经出现好几枚鸟蛋，它的太太更日夜坐在上头，谨慎地呵护着它们。最初它整天显得紧张兮兮，做出一副不惜和入侵者打上一架的样子时时警戒着。在那几天，就连狄肯也会刻意不去接近那个角落，直到他悄悄告诉它们，凡是存在于花园里的生物都非常明了发生在它们身上的美妙境遇，知道那些鸟蛋的重要性。

随便哪只知更鸟都能了解狄肯，因此他的存在根本不会构成困扰。但话说回来，防卫另外那两个孩子似乎就很有必要了。首先，那个男孩动物进花园时就不是靠自己的腿，他是坐在一种带着轮子的东西上的，身上还覆盖着野兽的皮。这件事本身就已经非常可疑了。其次，当他开始站起来向别的地点移动时，用的又是一种奇奇怪怪的方式，而且还得别人扶着。那只知更鸟常常隐身于灌木篱中，忧心如焚地观察他的举动。他以为那慢吞吞的动作像猫预备突然飞扑捕捉猎物一样，总会先贴着地面，以非常缓慢的动作，无声无息地蹑足前进。

知更鸟一连几天都在和它太太讨论此事，可是过后因为知更鸟太太的反应是那样恐惧，它就不再提这件事了。

后来男孩开始自己一个人走，甚至移动的速度也越来越快了。这对它来说，可真是卸下了心底的一块大石头。然而，有很长的一段时间，这男孩始终是它焦虑不安的一大根源。他似乎很喜欢走路，但却又经常走着走着便坐下来，或躺着休息一下，然后再重新站起来开始走动，时常把它搞得惶惶不安。总之，男孩的举动是异于常人的。

终于有那么一天，知更鸟想起当初自己跟在双亲身边学飞时，也时常会做出一些类似的事。于是，它偶然联想到这男孩也是在学飞——或者该说是——学走路。

它把这项推测说给自己的太太听，并告诉它，日后它们的小鸟在学飞时，说不定也会出现相同的行为。这使得知更鸟不但完全安了心，甚至对他的事充满了兴趣，常常把头探出鸟巢外，观察男孩学习的情形，从中得到莫大的乐趣。

经过一小阵子，那男孩移动的姿势渐渐和别人差不多了，可是三个孩子却都时常会做出一些不太寻常的事。他们经常站在树下，用一种既非走也非跳，更不是坐下的方式抖动他们的头、手或双腿。知更鸟却怎么也没法对它太太说清楚他们究竟在做什么。它只能说，它深信鸟蛋们绝不会做出那样的动作。不过，由于那个能说非常流利的知更语的男孩也和他们一起做，所以鸟儿们可以百分之百相信，那绝不是具有危险性的动作。

知更鸟的肌肉都是从一破壳而出就开始运动的，所以自然而然就一天比一天结实。假使你也像它们一样，餐餐都飞来飞去觅食，肌肉根本就没有萎缩的可能了。就在那名男孩开始像另外两个那样可以又走又跑，一块儿挖土、除草的同时，花园角落里的那个鸟巢中的气氛也就变得十分安宁、平和了。

恐惧已成为过去。既然知道鸟蛋们安全无比，就没有必要整天忧心忡忡了。再说，能够天天目睹那么多奇妙的事在园子里发生，也是件赏心悦目的事。甚至每逢阴雨天孩子们不来花园时，鸟蛋们的母亲还会感到很无聊呢。

但即使在阴雨天里，玛丽、柯林也不见得就会过得很无聊。就像那个雨天的早上，柯林被迫继续窝在沙发上，防止起来到处走动会被人撞见。躺着躺着，他渐渐觉得有点闷得不耐烦了，正巧玛丽突然有了个灵感。

她神秘兮兮地问他："柯林，你知道这屋子里一共有多少房间吗？"

"我想——大概一百多间吧！"他回答。

随后，玛丽告诉他，自己跑去一间一间做调查时，差点被梅德洛太太发现的事。

柯林猛地弹坐起来，说："上百个没人进去的房间，听起来就像一座神秘花园一样。或者我们该去一间间仔细瞧一瞧。"

"我正是这么想的。反正也没有人敢跟踪我们。那边有好几道可以供你奔跑的长廊，我们还可以做我们的训练操。另外还有一个印度式的小房间，里面摆满了象牙刻的大象。那上百个房间里，各式各样的风格都有。"

"拉铃吧！"柯林吩咐。

看护来后，他下达指示："我要我的轮椅。玛丽小姐和我要到屋子里没有人使用的那一头去。"

从那天早上起，下雨天不再是一些无聊、可怕的日子了。柯林、玛丽两人到了长廊后，便彼此开心地相视而笑。

玛丽确定附近没人后，柯林便大大方方地从轮椅上站了起来。

"我要从长廊这头跑到另一头。"他说，"然后我要蹦蹦跳跳。接着我们就做鲍伯·哈尔士的训练操。"

另外他们还做了其他许多事，他们一一看过所有画像。

"这些人，"柯林说，"一定都是我的亲戚。很久以前他们曾住在这里。那个手上立着鹦鹉的女孩，我相信一定是我的大——大——大姑妈。她看起来跟你长得很像，不过不是现在的你，而是像你刚来时的样子。你现在比以前好看多了。"

"你也一样。"玛丽说着，两人一起开怀大笑。

他们又来到那个印度式的房间，打开橱柜，拿着那些象牙雕刻小象玩得不亦乐乎。接着又找到了那个被老鼠啃出一个洞的椅垫，小老鼠们都已经长大跑掉了，整个洞里空空如也。他们看了比玛丽第一次游历此处时更多的房间，也有更多新发现。他们发现新的回廊、新的转角，以及新的古画，还有一些稀奇古怪、不知做什么用的老古董。那个早晨真是一段奇妙的时光。

一整个早上见到那么多新东西，发现那么多乐趣之后，两个小家伙自然都胃口大开，所以回到柯林的房间以后，再也不可能碰都不碰食物，就把它们给退回去了。

那天下午，玛丽注意到柯林的房间里发生了一件新奇的事。其实她早在前一天就已经察觉到了，却一直默默不语，因为她以为那种改变不过是个偶然。今天她照样一句话也没去提它，只是坐在那儿，两眼定定地直盯着炉架上方的那幅画像。她之所以能够这样仔细地欣赏画像，是因为帘幕已经被拉到两旁了。

"我知道你希望我告诉你些什么，"在她目不转睛地凝望几分钟后，柯林打破沉默，"每次你希望我告诉你一些什么事时，我心里头总会自动察觉。你在好奇帘幕怎么会被拉开了。以后我都不会再把它放下来了。"

"为什么？"玛丽忍不住要问。

"因为如今看到她的笑容再也不会令我生气了。两天前的夜里，我在明亮的月光照耀下醒来，感觉奇迹正充满整个房间，让一切都变得那么亮丽辉煌。我起身眺望窗外。这整个房间是那样明亮，令我不禁要走过去拉动那根绳子。她带着盈盈的笑意俯视着我，仿佛非常高兴见到我站在那儿。这使我觉得很喜欢注视她。我想时时刻刻都看到她那快乐的笑容。"

"你现在的相貌变得跟她很像！"玛丽说，"有时候我都会觉得，说不定是她的灵魂进入你这个男孩的躯壳中。"

"如果你说的是真的，那我的父亲就一定会喜欢我了。"

"你希望他喜欢你吗？"玛丽探问。

"我以前一直恨他不喜欢我。假使他能渐渐喜欢我的话，我大概会告诉他有关魔力的事吧！"

第十九章 是妈妈

他们对于魔力的信仰是一件恒久不变的事。

柯林在他的树下发表长篇大论时，老班的眼睛带着宠爱的眼神上上下下地打量着他，似乎连一秒钟也舍不得把视线移开。男孩一天天地改变，吸引着他的眼球。而当柯林察觉到老班那感触良多的热切目光时，不免好奇他究竟在想些什么。

有一次，当他看见老班又仿佛看得入迷时，便直接开口问道："班·韦勒斯泰，你在想什么事啊？"

"我在想，"老班回答，"照我判断，你这一星期包准又添了三四磅（1磅=0.45359237），我真想把你放到秤上称称看。"

那天早上，狄肯来得太晚，来不及听到这篇演讲。等他来后，四个人就忙着马上埋头干活。每次下完一阵暖暖春雨，他们总会多出一大堆草要拔。这些天来，柯林除草的技术和速度已经不亚于其他任何人，而且还可以边拔草，边发表演讲。他还想写一本有关魔力的书。

他每次说完后，就放下手中的铲子站起来，沉默了好几分钟，构思着接下来要发表的长篇大论。他把自己的身体挺立到最高，并且欢天喜地地猛然挥出双臂，脸上泛着熠熠红光，奇特的眼睛瞪得又圆又大，眼里充满了喜悦。突然间，他彻底明白了一件事。

"玛丽！狄肯！"他大叫，"快仔细看看我！"

他们俩暂时放下手边的工作，注视着他。

"还记得你们第一次带我来这儿的那个下午吗？"

"唔！我们记得。"狄肯回答。

玛丽虽也拼命地仔细观察，但却默默不语。

"就在此刻，"柯林说，"我自己突然一下子全记起来了——在我注视着自己的手，正拿着铲子挖掘东西的时候——于是我必须赶紧站起来看看那是不是真实的。它是真实的！我好了——我全好啦！"

柯林兴奋得满脸通红。过去他早就隐约知道此事，也一直在期盼它，感觉它，仔细思考它。但就在刚刚那一瞬间，突然某种感觉一拥而上，冲遍他的全身——一股令人兴奋欲狂的坚信和了解，来得是如此强烈，让他忍不住放声高呼。

"我将长生不死！"他发出嘹亮的嗓音，高喊着，"我将发现成千上万的事情！我好啦！我好啦！我觉得仿佛有一种冲动想要大喊些什么感激、欢乐的语言！"

正在附近整理一簇玫瑰花丛的老班回过头来，瞄了他几眼，用他最冷淡的声调建议道："你不妨唱个赞美诗。"

他本身就对于赞美诗没有什么好感，所以提出这项建议的口气也不是特别虔诚。可是，柯林天生就具有研究精神，对赞美诗这个名词又正好一无所知，便立即询问："那是什么？"

"我敢说，狄肯保准能唱给你听。"老班回答。

狄肯微笑地说："那是人们做礼拜时唱的歌。妈妈说，她相信云雀每天早晨一起床就会唱赞美诗。"

"既然她那么说，那它就必定是一首很好听的歌曲。"柯林表示，"唱吧，狄肯！我也想听一听。"

狄肯对于此事的反应相当单纯而率真，一点儿都不受他的一番说辞所影响。他比柯林自己更了解柯林的感受，而且是出于一种非常自然的直觉，他并不知道那就是理解。他脱下帽子，环顾四周，脸上依然带着微笑。

"你必须脱掉帽子。"他告诉柯林，"还有你——老班，而且你知道的，你必须站起来。"

柯林脱下帽子，带着殷切的神情望着狄肯。阳光洒在他的身上，晒暖了他那一头浓密的发丝。老班吃力地站起身来，同样脱帽，并流露出一脸茫然又有点后悔的神情，仿佛想不通自己为啥要多此一举地乱发议论似的。

狄肯站到玫瑰花丛和群树之间，带着一种自自然然、毫不勉强的态度，放开清脆悦耳又有力度的孩童嗓音。

歌声画下休止符后，一动不动站得笔挺的老班两片嘴唇虽然依旧顽固地紧紧闭合着，可是眼神却略显得激动，两道目光直锁住柯林。那个孩子若有所思，脸上透着些许的感激之色。

这首颂歌非常动听！于是柯林他们又跟着狄肯唱了一遍。

玛丽、柯林两人都尽量学习那抑扬顿挫的音调。狄肯的歌声则是又嘹亮、又清越，高亢极了。唱到第二句时，老班开始清清喉咙，在第三句时已经用他那精力充沛、几乎像在嘶吼般的声音加入歌唱。随着一声"阿门"结束，玛丽注意到他脸上又出现惊喜交集、激动万分的表情，两眼发直，眼皮不断眨动，整张风霜的老脸上已被潸潸泪水浸湿了。

"以往，我从不觉得赞美诗有啥意思，"他声音沙哑地说，"但我现在已经改变想法。我要说，你这星期长了五磅，柯林少爷——整整五磅重啊！"

不知是什么东西吸引了柯林的注意力。他的视线越过草坪，望向园门，突然露出错愕的表情，急急问道："是谁来了？来人是谁？"

常春藤覆盖下的园门已经被人轻轻地推开，一名妇人走了进来。她早在他们唱到最后一句歌词时就已进入园中，站在门边静静聆听并打量着他们。面容清新姣好的她露出盈盈的微笑，她有着一双出奇深情的眼眸，遥遥望来，仿佛已把一切都收揽进她那怜爱的眼神中——包括三个孩子，甚至班·韦勒斯泰和那些小动物，以及每一朵正在盛开的花朵。尽管她的出现如此出乎众人意料，却没有一个人觉得她是一名入侵者。狄肯眼神霍然一亮，就像两盏灯一样。

"是妈妈——那是我的妈妈呀！"他嘴里嚷着，同时飞快地奔向园门。

柯林、玛丽也朝她走去，两人都觉得心跳加速。

"是妈妈！"当双方四人在半途相遇时，狄肯再次说道，"我知道你们想见她，所以就告诉她园门藏在哪里。"

柯林就像个腼腆的小男生，涨红着脸伸出手去，两只眼睛却像要把她的整张脸都看透似的。

"纵然是在我还病着的时候，就好想见到您！"他说，"您、狄肯，还有这秘密花园。以前我从不曾想过要见到任何人或任何东西！"

他那仰得高高的脸庞，叫她一见就蓦然改变了神情，脸上泛起朵朵红云，嘴角微微地颤抖着，眼前仿佛掠过了一层薄雾。

"噢——亲爱的孩子！"她颤颤地冲口而出，"噢——亲爱的孩子！"仿佛事先也没想到自己竟会这样呼唤他。她没有称呼"柯林少爷"，却突然出其不意地冒出一声"亲爱的孩子"，或许如果她曾在狄肯脸上看到像这样心生感动的神情时,也是这样呼唤他的吧。柯林喜欢这个称呼。

老班和所儿比太太一样都在为柯林健康的双腿而高兴,同时,所儿比太太坚信玛丽将会像他母亲一样美丽。虽然,玛丽并没有去注意自己容貌上的变化。但是,她知道自己看起来不一样了。一回想起自己当初老爱成天盯着"夫人"看的往事,她就觉得很高兴听到有人说,自己以后可能长得会像她。

这些孩子簇拥着苏珊·所儿比绕着整座花园逛了一圈,详细告诉她有关它的故事,并且一一为她介绍每株复活过来的花木。玛丽、柯林分别走在她的两侧,始终仰着小脸注视她那平易近人的酡红脸庞,暗暗好奇,为何仅仅只是亲近她的身旁,心中便能油然产生一股温暖又安定的愉悦感受,就像狄肯了解他的"小动物们",她似乎也非常了解这两个孩了。当两个孩子争相告诉她有关知更鸟的趣事,以及小知更鸟学飞的情形时,她犹如慈母发出几声柔和的浅笑。

正因为她时时刻刻自然流露出那股平易亲切、温柔慈爱的神情,最后他们终于决定告诉她有关魔力的事。对于柯林他们的魔力论,她一点儿也不意外,而且非常赞同。

"当你吟唱赞美诗的时候,魔力就在聆听。不管你唱什么,它都会聆听。要紧的是心存喜悦啊!孩子,孩子——它正是喜悦制造者的代名词。"她又轻柔地拍了一下他的肩膀。

她来的时候,提了一篮点心当早餐。肚子饿的时间一到,狄肯便把它们从玫瑰花丛后提了出来。她陪他们一块儿坐在他们的树下，看着他们吵吵闹闹地狼吞虎咽，同时幽默风趣地告诉他们种种稀奇古怪的事，把他们逗得哈哈大笑。她还对他们说了很多流传在广阔约克夏区的往事和掌故，并教他们一些新词语。而当她听见他们说现在要柯林假装仍然是个暴躁的病人越来越难时，也忍不住笑得前仰后合。

"您瞧，每次只要我们在一起，就会几乎随时都忍不住哈哈大笑，"柯林解释，"结果听起来就一点儿也不像病人了。虽然我们总是努力忍住，可是却常会再也忍不下去，忽然爆笑出来，反而比不忍更糟糕。"

"有件事时常突然闯进我的脑子里，"玛丽说，"只要每次一想到它，我就再也没有办法强忍住不笑了。我老是在想，说不定柯林的脸会渐渐变得像一轮满月一样圆。虽然目前他还不像，可是却每天每天都在长胖那么一点点儿——说不定哪天早上一起床，它看起来就像满月一样了——到时候我们该怎么办啊！"

"我的老天爷！我看得出你们必须演一点儿戏才行。"苏珊·所儿比说，"不过，你们不用再演太久了。柯瑞文先生会回来的。"

"您认为他会吗？"柯林问，"为什么？"

"我想，如果他在你用你自己的方式告诉他以前就先发现真相，你保准会伤心极喽！毕竟你常整夜躺在床上不睡，计划着这件事。"

"换作让另外任何一个人告诉他，我会受不了！"柯林回答，"我每天都在考虑不同的方法。现在我想，我就干脆冲到他的房里。"

"那包准会把他吓一大跳的！"苏珊·所儿比表示，"我真想看看他那时候的表情，孩子！我是真的很想看！他必须回来——非回来不可！"

另外他们还谈到一件事，就是他们想去拜访她。他们已经把一切步骤都计划好了，先搭乘马车越过荒原，然后在屋外的石南花间一起吃午餐。他们要看到她家全部的十二个孩子和狄肯的菜园，还要等到真的玩累了才回来。

最后苏珊·所儿比终于站了起来，准备到大屋里去找梅德洛太太。而这也差不多是柯林该坐着轮椅回去的时候了。可是，在他还没坐上轮椅的这段空当，他却一直紧紧挨在她的身边，站在那儿，带着一抹羡慕的眼神注视着她。突然，他伸出手扯住她的蓝大衣一角，紧紧握在手掌中。

"您就是我——就是我想要的！"他说，"我真希望您不仅仅是狄肯的妈妈——也是我的妈妈！"

苏珊·所儿比一听，立刻弯下腰，用她温暖的双臂紧紧把他搂在怀中，就仿佛他自始至终都是狄肯的亲弟弟。一层薄雾迅速弥漫在她的眼眶里。

"噢——好孩子！你自己的母亲就在这座花园里。我相信——我深深相信，她不可能舍得永远离开它的。你的父亲必须回到你的身边——非回来不可！"

第二十章　在花园里

　　就在整座秘密花园日渐复活，两个孩子也越长越健康活泼的同时，遥远的挪威狭湾的风景胜地间，亚契伯·柯瑞文依旧沉浸在伤心的回忆中，不停地四处漫游。

　　终于有那么一天，他正在山谷中徐徐漫步。走着走着，感到累了，他便颓然坐在一条溪流边休息。那是一条水色清澈见底的小溪，狭窄的水道两岸映着浓浓的绿意，水流轻快，水声也愉悦飞扬。这感觉就仿佛那溪流本身是活生生的东西。

　　就在他坐在那儿默默凝视着那清澈溪流之际，他逐渐感到自己的身心如同山谷本身一般安宁。坐在那儿，凝望着阳光照耀下的溪水，和生长在溪边的一丛可爱迷人的蓝色勿忘我。看着它们，他蓦然回想起多年以前的自己。同时，他的心境也不由变得温柔起来。

　　他不知道自己的心灵正一点一滴，缓缓被那么一个单纯的思想盘踞，就仿佛死水池中升起了一股清澈甘甜的泉水，不断上涌，直到终于把池中所有腐臭了的水都给排出池子外。

而心灵中有某种束缚多年的负荷在不知不觉间已被悄悄地释放开。

"这是怎么一回事？"他拂拂额头，喃喃自语，"我觉得自己仿佛——仿佛重新活过来了似的。"

世上没有人能够解释这神奇的一刻。他自己本身更是茫茫然——直到数个月后他身处大鸫庄，回想着这奇妙的时刻，才在无意中发现，正好在同一天，柯林首次进入秘密花园，高声喊出："我将永永远远，永生不死！"

隔日夜晚，他离开山谷，继续他漫不经心的旅程。在往后的旅程中，偶尔之间，那黑暗的包袱会莫名其妙地再度仿佛自动飘远，让他慢慢地随着那花园"复活"过来。

正当金灿灿的夏日刚刚转入深黄的初秋，亚契伯·柯瑞文来到科摩湖畔。在那儿，他发觉他的身体正在渐渐变得强壮。而且，他的心灵也逐渐强化。他开始想到大鸫庄，也开始思索自己该不该回去，儿子最近怎么样了？然后暗暗地自问，一旦再回到那床前，俯身探视儿子那消瘦又苍白的脸颊，自己究竟是否能承受得住？这一样想，他又退缩了。

终于，有一天，他在别墅边的凉亭里不知不觉睡去，又不知不觉做起梦来。那梦境是如此逼真，以至于他根本不觉得自己是在做梦。他听见有个声音在呼唤，那遥远的呼声听起来是那么清脆甜美，又那么快乐。

"亚契！亚契！亚契！"那声音轻唤着，随即又是一迭连声，更清脆娇柔的呼唤，"亚契！亚契！"

他一点儿也不为梦中的声音惊愕，只是自然而然地一跃而起。因为那声音实在太真实了，所以他能听到也就不足为奇。

"莉莉雅思！"他声声回应着妻子的呼唤，"莉莉雅思！你在哪里？"

"在花园里——"那声音清越得有如出自一支金笛，"在花园里——"

然后梦境结束了，他却并未醒来。他一直沉沉酣睡到整个夜晚都过去了。等他醒来时，一名男仆正站在旁边默默凝视着他，安静地等候他将浅盘里的信拿起来。柯瑞文先生将信拿在手中，眼光注视着湖面。他默默回忆着那场梦境——那真实的——真实的梦境。

几分钟之后，他随意瞄了瞄那些信件，看见放在最上面的一封是来自约克夏的。他想都不想来信的人可能是谁，随手拆开信封。才只看完几个字，他就变得全神贯注。

那是苏珊·所儿比——狄肯的妈妈写的。她请求柯瑞文先生快快回家。她坚信如果柯瑞文太太仍在，她一定会要求他快快回来的。柯瑞文先生把这信反复看了两遍，重新装入信封，然后不断思索着那场梦境。

"我要回大鸫庄！"他说，"我要马上回去了！"

于是，不出数日，他已重新回到约克夏。坐在火车上，他脑海中始终盘旋着十年以来很少去想的儿子。

过去这些年里，他一心一意只盼能够将那个孩子遗忘；如今，虽然无意来想他，有关他的记忆却不断自动地涌现。他忆起那段岁月——孩子虽活了下来，母亲却撒手人寰。由此，他拒绝去看那婴儿一眼，等他终于去看时，却发现他长得那么孱弱，以致人人都说他一定会夭折。

但是，日子一天天过去，那个小孩却一直活着。于是大家开始相信，等他长大之后，必定会是个又跛又驼的畸形人。

他无意做一个差劲的父亲，但问题在于他从来也不曾觉得自己身为人父。这些年来，他花钱供应他优渥的生活，却没有勇气去想到他，并且终年沉浸在自己的哀伤里。

阔别一年，他再次回到大鸫庄，面对那病恹恹的可怜小东西，他见到的是一脸冷漠的神情和一双极像他挚爱的亡妻的眼睛，却又完全见不到她眼中始终盈盈含带的欢愉。他无法忍受看见这样的一双眼睛。从此之后，他几乎再也不曾在那孩子醒着的时候看过他一眼。

这一切的一切都不是什么愉快的回忆。但这个正逐渐"复活"的男子却开始以一种新的模式，利用这段漫长的车程深入地思索这个问题。

"或许我这十年来完全错了！"他暗暗思忖，"十年是一段很长的时间。或许现在再想做什么努力已经太迟了——早就太迟了！唉，我在想些什么啊！"

当然，由说"太迟"开始，他怀疑苏珊·所儿比之所以鼓起勇气写信给他，是否只是因为这个满怀母性的妇人知道那男孩的情况已大为恶化——甚至已经病笃。若非心头有那股奇异的安详像魔咒般镇服着他，恐怕他这会儿早已一路胆战心惊，怔忡不宁了。幸好这股安详宁静同时带给他一种新生的勇气和希望，令他尽量把事情朝着好的方面去想。

"会不会是她看出我或许可以带给他帮助，控制他的坏脾气？"他心想，"回大鸫庄之前，我要先过去拜访她一趟。"

可是，就在他穿过荒原的途中，特地先到小屋去探访她的时候，却没能遇见所儿比太太，只看到了她那群健康、快乐的孩子。

他离开所儿比太太家，坐在车中，体验到一种他原以为今生再也体验不到的返乡心情。还记得上次他搭车逃离这片大荒原时，他心中想着那男孩，一路不禁颤抖，不寒而栗。如今呢？自己是否能克服不敢面对他的心态呢？

在他抵达庄园的那一刻，如同往常般迎接他的仆人注意到他与以往有所不同。他回来后直接进入图书室，并派人去找梅德洛太太过来见他。

"柯林少爷近况如何，梅德洛？"

这个问题她无法回答，因为柯林那时好时坏的胃口真让她摸不透。

"莫非他变得更怪里怪气了？"柯瑞文焦急得锁起眉头。

"没错，先生。"梅德洛太太接着将柯林胃口变好，食量大增到后来又将食物都原封不动地退回来，还有他每天都和玛丽小姐、狄肯去户外玩的事，全都告诉了柯瑞文先生。

"他的外表看起来呢？"这是下一个问题。

这个问题大家应该都知道会是什么样的答案，柯林和玛丽的外表变化，大家可是有目共睹的。

"柯林少爷现在人在哪里？"柯瑞文先生询问。

"在花园里，先生。他每次一出去……"

柯瑞文先生只把她的话听到一半，对于最后的补充根本就恍若未闻了。

"在花园里——"遣走梅德洛太太之后，他站在房中，一遍又一遍地喃喃自语，"在花园里——"

他费了一番工夫，才将自己拉回现实，确定自己的神志已经完全清醒了，便转身走出图书室，循着玛丽当初走过的路线，一步一步缓缓前进。随着他与它的距离越来越近，脚下的步伐也就越来越缓慢。

他停在门外，静静地环顾四周。几乎就在他刚停止左顾右盼的下一瞬间，陡然心头一震，专注地凝神倾听——他暗暗自问，自己是否在梦游。

已经有十年不曾有人进入的花园，此刻，里面却传出了各种声响。那声音听似有人正乱哄哄地互相追逐，还有人刻意把尖叫或欢呼的声音压得低低的。亲爱的上帝啊！他究竟幻想到什么？他究竟听到些什么？

忽然，声音主人的脚步越跑越快，他们正奔向这扇门。他听到一阵属于年轻人急促有力的喘息声，还有再也隐忍不住的爆笑声——花园的门被撞开了，一名男孩飞速冲过绿帘，而没有发现门外有人，差点一头撞进他的怀抱。

幸好柯瑞文先生及时张开双臂，那男孩才未曾因为在没有

看到他的情况下猛然撞上他而摔倒。当柯瑞文先生将那男孩扶稳之后，看清他的面容时，惊愕得几乎忘了呼吸。

男孩高挑英俊，全身焕发出一股充沛的生命活力，脸上更因经过一番奔跑而泛出红润的光彩。他那双盈溢着稚气的笑意、周边长着长长黑睫毛的灰色大眼睛，使得柯瑞文先生一时之间不由得屏气凝神，激动得不能言语。

而这也不是柯林预料之中的画面，也不是他所计划的方式。他从未想过他们竟会在这样的情况下相会。不过，这比他所有的计划都更理想吧。

他努力将自己的身长拉高到最极限。至少刚刚和他一同奔跑，一起冲出门外的玛丽相信他是这

样的。

"父亲，"他说，"我是柯林。您不敢相信——我自己几乎都不敢相信！我是柯林。"

"在花园里——在花园里——"他不明白父亲现在一迭连声念着这词句的真正原因何在。

"是的，"柯林急忙接口，"这一切都是花园促成的，还有玛丽、狄肯和小动物们，以及魔力。没有人知道这些，因为我们一直保守着这个秘密，要等您回来再亲口告诉您。我很健康！"

这时，喜出望外的柯瑞文先生讷讷地说不出话来了。柯林伸出一只手搭在父亲的手臂上。

"您不高兴吗，父亲？"他说，"您不高兴吗？我将会永生不死！"

柯瑞文先生两手搭在男孩的肩头上，握住他的肩膀，一时还激动得无法说话。

"带我进花园，儿子！"他终于开口，"还有，告诉我所有的经过。"

此刻花园之内早已充满强烈的秋意，四面八方都可看到一簇簇迟开的百合成群绽放。他心中还清清楚楚记得，当初他们正是在这个季节播下百合球根。

晚生的玫瑰四处攀爬，条条悬垂，有的簇拥在一起。阳光加深了满树逐渐变黄的树叶的色度，令人感觉到仿佛置身于一座隐藏于树叶中的金色庙堂。柯瑞文先生默默无语地站在园中，一遍又一遍地东张西望。

一会儿，大家全都坐在他们的那棵树下，除了柯林，他想要站着叙述这整个故事。亚契伯·柯瑞文听着儿子的演讲，自忖，这是他一生当中所听到的最独特的故事。

柯瑞文先生边听边大笑，笑到泪水涌上眼眶。这运动员，这演讲者，真是一位既喜欢笑又可爱又健康的少年。

"现在，"他为这则故事做个结束，"我们再也不需要保守这个秘密了。我敢说，等他们看到我时，一定会吓一大跳，只差没有从地上弹起来。我这一辈子也不要再坐轮椅了，我要和您一块儿走回去。父亲！我们一起走回大屋里去。"

老班基于平日的职务所限，难得离开一趟花园到大屋去，但这回为了当场目睹那全大鸫庄近三十年来最戏剧化的一幕，他故意找个借口，说要送蔬菜进厨房，如此梅德洛太太便理所当然会请他喝杯啤酒，他就能逗留一下再走。

屋内有扇对着庭院的窗口，可以望见草坪的一部分。知道老班是从花园区过来的梅德洛太太暗暗寄望他或许已经看见了主人，甚至凑巧看见他和柯林少爷相会的那一幕。

老班边喝着啤酒边告诉梅德洛太太，他看见了柯林少爷和主人在一起。这显然让梅德洛太太大吃一惊。

老班说："外头发生的很多事，你们屋里的人通通不知道。反正该知道的，你一会儿就会知道了。"

说着说着，他拿着空杯子，朝那越过灌木树篱可以望见草坪一角的窗户，煞有介事地挥动两下，告诉她："你要好奇的话，瞧吧！瞧瞧那穿过草地走过来的是谁。"

梅德洛太太凑近窗口一张望，不由得发出一声尖叫，这尖叫声吸引了其他的男女仆佣冲了过来，一起站在窗口，望向草地，他们每个人的眼珠子都瞪得快要掉下来。

隔着草坪，珊珊然走来的是大鸫庄的主人，他那神采，他那步态，是他们多年以来从未曾见着的。而在他的身边陪伴他的，一路把头昂得高高的，眼中蓄满笑意，步伐有如所有约克夏少年一般坚定有力的——正是柯林少爷！

汤姆叔叔的小屋

文质　改编

江西教育出版社
JIANGXI EDUCATION PUBLISHING HOUSE
·南昌·

图书在版编目（CIP）数据

语文阅读经典丛书. 第八辑/文质改编. —南昌：
江西教育出版社，2020.11
ISBN 978-7-5705-2120-3

Ⅰ．①语… Ⅱ．①文… Ⅲ．①世界文学—作品综合集
Ⅳ．①I11

中国版本图书馆 CIP 数据核字（2020）第 191340 号

语文阅读经典丛书·第八辑

YUWEN YUEDU JINGDIAN CONGSHU · DI-BA JI

文质 改编

出　版　人：廖晓勇	
策划编辑：杨　柳　张　龙	
责任编辑：朱　丽	
出版发行：江西教育出版社	
地　　址：江西省南昌市抚河北路 291 号	邮编：330008
邮　　箱：jxjycbs@163.com	
网　　址：http://www.jxeph.com	
电　　话：（0791）86705643	
经　　销：各地新华书店	
印　　刷：湖北嘉仑文化发展有限公司	
规　　格：880mm × 1230mm　　　　1/32　　　　24 印张	
版　　次：2020 年 11 月第 1 版	
印　　次：2020 年 11 月第 1 次印刷	
书　　号：ISBN 978-7-5705-2120-3	
定　　价：148.80 元（全 6 册）	

赣版权登字 -02-2020-495

第一章　一位仁慈的人

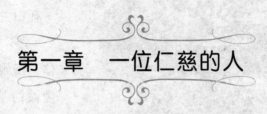

　　二月里，天气依然寒冷。一天傍晚，在肯塔基州 P 城的一间装修讲究的客厅里，两位绅士正在边喝酒边谈话。

　　其中一位严格说起来似乎不能算是绅士。他看起来矮小粗壮，相貌粗鄙。看得出他在衣着上下了一番功夫，可是因为过于考究，颜色搭配反而俗不可耐；他的脖子上、手上还炫耀般地戴满金饰。谈话的时候，他显出一副神气十足的样子，但说的话却是脏话连篇、不堪入耳。

　　跟他谈话的是谢尔比先生，他倒是具有真正的绅士风度。房屋内的装饰告诉我们他家一定十分富裕。

　　"我看就这么办吧。"谢尔比先生说。

　　"不，不行！这买卖我可做不了！"一个叫黑利的奴隶贩子说道。

　　"嘿，我说，汤姆可不是一般的奴隶，他是个稳重、诚实、能干的人。他把我的整个农庄管理得井井有条。"

　　"你说那个黑人？你居然让他给你管理整个农庄？"黑利

边说边给自己倒了一杯白兰地。

"不管你信不信，汤姆确实是个虔诚的基督徒。去年秋天，他一个人去辛辛那提帮我做生意，一分不少地带回来五百美元。途中有人唆使他逃跑，他还拒绝了。你不知道，卖掉汤姆，我心里非常难过。真的，你应该让他抵偿我所有的债务，黑利。"

"我愿意尽我所能地帮助朋友，但这件事太让人为难了。"黑利叹了口气。

"那你说怎么办？"一阵沉默后，谢尔比先生问道。

"你有没有一个男孩或者女孩跟汤姆搭在一起卖？"

此时，门外走进来一个四五岁的混血男孩。他长得很可爱，浑身上下都散发出机灵劲儿，看起来又天真又羞涩。他的主人把他叫到身边，说："来，给这位先生唱个歌，跳个舞。"

那孩子有一副好嗓子，边唱边跳、手舞足蹈地做了许多逗笑的姿势，惹得两位绅士哈哈大笑。

主人又叫他模仿库乔大伯犯风湿病走路的样子和老罗宾斯长老唱赞美诗的模样。他反应灵活，学得十分像，逗得两人再次纵声大笑起来。

"好啊！果然是个小精灵鬼儿。有趣！"黑利突然说，"我看把这小家伙搭进来，咱们的生意就可以成交了。"

这时门被轻轻推开，一个二十五岁左右的混血少妇走了进来。只要看看那个小孩，再看看她，就可以断定他们是母子。他们有着一样的黑色鬈发和水灵灵的黑色眼珠。她的美貌和婀娜的身段一下子就把黑利吸引住了。黑利极不礼貌地打量着她，她的脸腾地一下红了。

"有事吗？伊莱扎。"在她进退两难之际，谢尔比先生问道。

"对不起，老爷，我找小哈利。"小男孩蹦蹦跳跳地跑到母亲身边，谢尔比先生便打发他们走了。

等这对母子走后，奴隶贩子转身对他称赞道："啧啧，把这个女人弄到新奥尔良去，一定发大财。"

"我不想靠她来发财。"谢尔比先生表情淡漠地说。

黑利见风使舵，只好说："好吧。那你总得把那个小男孩给我吧。我已经做了很大让步了。"

"你要孩子做什么？"

"嘿！我有一个同行要一批长得俊俏的小男孩，等养大后再高价卖给有钱的老爷。"

"拆散他们母子恐怕不好吧。"

"是啊，这种事总叫人心烦得很，可这也是为了生意。我们可以想想办法，不让他们大哭大闹。或许可以事先把母亲支开，再抱走小孩……"黑利说完一大堆没心没肺的话，然后双手抱在胸前，靠在椅子上，摆出一副得意扬扬的样子。

谢尔比听了他那番说辞，实在不知道该怎么搭话。而黑利则继续在那大谈特谈他的人道经营之法，说着调教黑奴的法子。

"你们肯塔基人把黑奴惯坏了。你们对他们好，其实不是真仁慈。要他们学会白人的生活方式到头来只会害了他们。他们这种人天生就是吃苦的命。我敢说，你们家的奴隶已经失去了奴性，这对你和他们而言都很危险，知道吗？"

"也许吧。"谢尔比先生有点厌倦地说道。

两人暗自忖度半天后，黑利先开口："你决定好了吗？"

"我得好好想想，还要跟我夫人商量商量。"谢尔比先生说，"如果你真想办好这件事情，就最好不要张扬出去。否则，让那些黑奴们知道了，你想买走其中任何一个都不会容易。晚上六七点钟的时候你再过来，那时我再给你答复。"

"好的，一定。我会准时来的。"黑利说完起身穿上大衣告辞了。

"真恨不得一脚把这家伙踹下楼去。"等黑利离开后，谢尔比先生恨恨地说。他本性善良，对身边的人，包括奴隶一向都很随和，但是因为做投机生意失败了，所以欠下了一大笔债务，现在黑利就是他的债主。谢尔比先生走投无路了，才不得已要卖掉自己心爱的汤姆和伊莱扎的儿子。

刚才伊莱扎来找儿子时，碰巧在门口听到主人跟奴隶贩子的一番谈话。她带着小哈利出来后很想继续听一会儿，但女主人突然叫她，她只好匆匆离开。从她听到的那些谈话中，她隐约感觉到奴隶贩子要买走她的孩子，因此心里十分紧张。这会儿，她心事重重地帮女主人做着事，不是一不小心打翻了水壶，就是碰掉了针线盒子；后来又心不在焉地把睡袍当作丝绸连衣裙递给女主人。

"伊莱扎，我的好孩子。你今天怎么啦？"女主人问她。她吃了一惊，接着忍不住哭了起来。

"太太！有个奴隶贩子跟老爷谈话，要买我的小哈利。"

"傻孩子。不可能的。我们老爷从不跟奴隶贩子打交道。好了好了，别胡思乱想了。来，替我把后面的头发梳一梳。"

"可是，太太，您绝不能答应卖……卖掉……"

"放心吧，孩子。我绝不会的。"谢尔比太太打断她的话说，"我就是卖掉自己的孩子，也不会卖掉小哈利的。"

谢尔比太太是一位智慧超群的人。她天生慷慨，对任何人都宽宏大量，包括黑奴。她的丈夫虽然从来没有亲自参与她的善行，但是也从来不反对，任由她去做善事。谢尔比太太对伊莱扎忧心不已的事一点儿也不担心。她相信自己的丈夫是个好人，却不了解他此刻所面临的困境。

第二章　丈夫和父亲

　　谢尔比太太外出去访友了,伊莱扎站在走廊上无精打采地目送太太远去。这时,一双手突然搭在她的肩膀上,她一转身,惊喜地发现原来是自己的丈夫。可是乔治·哈里斯的神情及说出来的话却让妻子感到万分担心。她坐在丈夫身边,依偎在丈夫的肩膀上哭了起来。

　　"唉,伊莱扎,可怜的姑娘,我不该让你难过,不该啊!如果你没遇见我,也许你会一直很幸福!"

　　"乔治!怎么了?出什么事了?我确信,我们一直很幸福,可是最近……"

　　"是啊,亲爱的。"乔治边说边把孩子抱到膝上,抚摸着他的小脑袋,充满柔情地说,"长得真像你,伊莱扎,你是我见过的最美丽的女人,也是我见过的最好的女人。啊,可是我真希望从来没有见过你,也希望你从来没有见过我。"

　　乔治悲伤地倾诉着自己在主人那里受到的非人般的虐待。他告诉妻子,主人不但经常暴打自己,还对妻子送给自己的小狗小卡罗下毒手，活生生地把它淹死了，甚至逼迫自己在他的庄园娶别的女人为妻。乔治恨不得杀了主人以解心头之恨。听了丈夫的诉说，伊莱扎浑身一阵颤抖。她一言不发，惊讶得眼睛都瞪圆了，泪水也止不住地往下流。

"乔治，我们结婚是由牧师主持的呀，就像白人的婚姻一样神圣！你的主人太可怕了，可是尽管如此你也不能做傻事啊。"

"你知道，我不想娶别人。可你难道不知道这个国家没有保障黑人婚姻的法律吗？他们硬要把我们分开的话，我们一点儿办法也没有。所以我才希望从来没有见过你，才希望自己从来没有出生啊！这孩子也是，将来他也会遭遇一切不幸！我们的孩子既聪明又漂亮，可是我却一点儿也高兴不起来。孩子的这些优点可能只会令他更快地被卖掉，到时候，我们又能怎么办呢？"

这些话落在伊莱扎的心头，就好像重锤敲在她的心上。想到奴隶贩子的狰狞模样，她立即不安起来，着急地看着孩子。她本想告诉丈夫奴隶贩子要买小哈利的事，但又怕给乔治增添烦恼，于是忍住了。更何况她相信女主人的承诺。

后来乔治告诉伊莱扎自己要逃到加拿大去，并把逃走的大致计划告诉了她。他说主人要派他送信给西姆斯先生，他已经做好逃走的准备，到时还会有朋友暗中帮助，他一定会顺利逃走的。说完，夫妻俩相拥痛哭。啊，今天离别之后，再相见的时间就像隔着十万八千里的星星一般遥远。

第三章　汤姆叔叔小屋中的一夜

　　汤姆叔叔的小屋是用圆木头盖的，紧挨着谢尔比先生的大宅。小屋前是一块整齐的园地，在园地主人精心的照料下，园地里种满了各种水果和蔬菜，长得十分茂盛。小屋的正面被一株鲜红色的藤萝花和一株野蔷薇覆盖着，显得十分美丽。克洛伊大婶为此充满喜悦和自豪。

　　克洛伊大婶是谢尔比家的厨娘。每天，她给主人把饭菜做好后，都会把洗洗刷刷的事交给其他仆人，然后回到自己的小屋，为丈夫汤姆准备晚餐。克洛伊大婶是这一带公认的厨艺高手，她那张黝黑发亮的圆脸上总是时刻挂着满足而又得意的笑容。此刻她正在为丈夫做着好吃的东西。小屋一角的壁炉前放着一张破旧的桌子，汤姆叔叔正坐在桌旁认真地抄写着字母。

　　汤姆长着一张典型的非洲式脸庞，身材魁梧，皮肤黝黑发亮。在他的脸上，总是流露出一种特有的威严、稳重和精明、强干，而从他的双眼中，又能感受到他的善良和仁慈。他是谢尔比先生最好的仆人。此刻，汤姆叔叔就像一位听话的小学生，在乔治少爷的指导下专心致志地写着字。

乔治·谢尔比今年十三岁，是谢尔比夫妇唯一的小孩。他是个聪明伶俐的小男孩，同时也是一位令人信服的老师。

"好了，开饭喽。"克洛伊大婶一边布置饭桌，一边说。

小乔治和几个黑人小孩围坐在桌旁，狼吞虎咽地吃了起来。

"他们要我回去吃晚饭，"乔治说，"可是在哪儿能吃到最好吃的，我心里最清楚不过了，克洛伊大婶。"

"对，你最清楚啦，宝贝。"克洛伊大婶一边说，一边给乔治的盘子里添热气腾腾的饼，"啊，你知道婶婶一定会把最好吃的留给你。"

"汤姆·林肯说，他们家的吉妮厨艺比你好。"乔治把嘴里塞得满满的，接着说道。

"是吗？吉妮的手艺我也见识过，她做一些简单的家常饭菜还不错。"克洛伊大婶很是不屑地说，"不过，要是做高级食品的话，她绝对没有我拿手。如果汤姆·林肯来吃一顿我做的饭菜，保管他两个星期都忘不了。"

在欢声笑语中享受完美食后，吃得饱饱的乔治少爷坐在一旁看着克洛伊大婶照顾摩西和彼得这两个淘气的孩子。

这两个家伙吃饱后往桌子底下、床底下到处爬，害得他们的母亲忙个不停。克洛伊大婶催促他们上床睡觉，可两个孩子闹腾着要看祷告会。克洛伊大婶答应了他们，并盛情邀请乔治少爷在祷告会上朗读《圣经》。乔治很高兴地答应了。也许小孩子都喜欢干出风头的事吧。

很长一段时间以来,每周一次的祷告会都在汤姆叔叔的小屋里举行。汤姆叔叔的小屋里很快便挤满了老老少少的会友,其中一些还是从附近的庄园赶来的。大家随意地闲聊着各家主人以及仆人的趣事。不一会儿,唱诗会开始了。人们唱着各种各样热情奔放、振奋人心的诗歌。其中有一首热烈奔放的圣歌唱道:

战死疆场,战死疆场,天国的荣耀在我心中。

大家尤其喜爱其中一首圣歌中反复吟唱的句子:

啊,我就要回归天国,你不和我同行吗?你难道没听到天使们在召唤,在深情地召唤吗?你难道没看见那金色的城堡和永恒的阳光吗?

还有别的诗歌不断提到"约旦河岸""迦南的土地"和"新耶路撒冷"。黑人生来富有激情和想象力,因此他们唱诗时,动作表情都很丰富。接下来是各种各样的布道,述说经验,并夹杂着唱诗。其中有一位白发苍苍的老妇人拄着手杖,站起身来。她已经失去了劳动能力,但是因为有着丰富的阅历而受到大家的尊敬。她带着大家做了祈祷后,乔治少爷应邀朗诵了《启示录》的最后几章,他的朗诵得到了大家真诚的赞美。

汤姆叔叔在这一带被看作是黑人们的牧师。他有着比其他黑人更高的道德修养和更宽广的胸怀，因此，他受到周围黑人的尊敬。他在祈祷方面更加出色，他那饱含感情的祈祷总是能深深地打动那些虔诚的听众。

与此同时，奴隶贩子黑利和谢尔比先生正一起坐在餐厅里，餐桌上放着契约和书写用具。谢尔比先生正忙着数一沓沓钞票，数完之后，再把它们推到黑利面前，黑利也像他一样重新数了一遍。

"没错，"奴隶贩子说，"那就在契约上签字吧。"

谢尔比在契约上面签字后，黑利则把一张羊皮纸借据递给了他。

"黑利，"谢尔比先生说，"我希望你不要食言，你曾保证不会随便卖掉汤姆的。"

"哎呀，你刚刚就是这样做的呀，先生。"奴隶贩子说。

"我有难处，这你很清楚。"谢尔比先生愤然说道。

"那我也会遇到困难呀，"奴隶贩子说，"你放心吧，我不会亏待他的。我会尽可能给他找个好主人。"

谢尔比先生听了还是觉得不放心，不过事情已经无可挽回了，所以他就没再多说什么。把奴隶贩子打发走后，谢尔比先生一个人闷闷地抽起雪茄来。

第四章　活财产易主时的感觉

晚上，谢尔比先生和太太回到卧室。太太想起白天和伊莱扎的谈话，于是问丈夫为什么今天会带黑利来家吃饭。还没等丈夫回答，她又接着追问黑利的身份，并把伊莱扎的疑问和担心告诉给了丈夫。谢尔比先生知道，即便今晚搪塞过去了，明天太太依然会知道全部真相，所以他不想隐瞒。

于是，他把黑利已经买了伊莱扎的儿子和汤姆的事情告诉了太太，并诚挚地请求太太理解自己的难处。

谢尔比太太反应极其强烈，她一方面对丈夫的行为感到痛心，另一方面她企图采取一些补救办法来阻止这场交易。

谢尔比先生把自己的财务困难、黑利掌握着自己的把柄等细节详细地告诉了太太。谢尔比太太也只好无奈地接受了眼前的事实，可是她仍然从心底对伊莱扎和汤姆满怀歉疚。

　　就在房间里发生这场对话和争执时，谢尔比夫妇万万没有料到会有人在偷听他们的对话。

　　那是伊莱扎，听到这番话后，她面色惨白、浑身颤抖，双唇紧闭，面容严肃。房间里的声音平息下来后，她小心翼翼地走到女主人门口，停下来，举起手默默地祷告了一会儿，然后迅速地回到自己的房间。

　　看到床上酣睡的儿子，伊莱扎满腔悲愤，她的心在滴血，然而却没有一滴眼泪。她俯身在小哈利耳旁说道："可怜的孩子！他们已经把你卖了！妈妈一定要救你！"

　　她默默地拿出一张纸、一支铅笔，匆匆写道：

　　亲爱的太太！请不要认为我是一个忘恩负义的人——无论如何，请不要怨恨我。今晚你和主人说的一切我都听见了。我要尽力搭救我的儿子。你不会责怪我的！愿上帝保佑仁慈的你，赐福给你！

　　伊莱扎放好信后立即给孩子收拾衣物，一切准备好后她才唤醒这熟睡的小家伙。小哈利看到妈妈十分严肃的眼睛，立刻意识到有事发生。

　　"悄悄地，哈利，"她说，"不要大声说话，要不他们会听见的。一个坏蛋要来把小哈利从妈妈身边抢走，要把你弄到很远的地方去，可是妈妈不答应，妈妈要给你戴上帽子，穿上衣服，带你逃走，这样，那个坏蛋就抓不到你了。"

很快，她就帮小哈利穿好了衣服，她把孩子紧紧地搂在怀里，轻轻地打开了通往外面游廊的房门，悄无声息地溜了出去。

伊莱扎来到汤姆叔叔小屋的窗前，轻轻地敲着窗户。汤姆叔叔家的祈祷会进行到很晚，所以他和妻子还没有睡着。

"上帝保佑！你的脸色太可怕了。伊莱扎，你是病了，还是出了什么事？"

"我要逃走，汤姆叔叔、克洛伊大婶——我要带着孩子逃走。老爷把他卖了！"

"把他卖了？"两人吃了一惊。

"是的，把他卖了！"伊莱扎肯定地说，"就在刚才，我躲在太太房间的壁橱里亲耳听见的。老爷跟太太说他把我的小哈利，还有您——汤姆叔叔，都卖给了一个奴隶贩子，明早就来取货。"

听完伊莱扎说的这番话后，汤姆一直木然地站在那儿，很长时间都不敢相信这是真的。

"啊！上帝，救救我们吧！"克洛伊大婶说，"啊，这不是真的！老爷不会卖他的！他没犯过错，老爷不会卖他的，太太也不会允许——她为人一直很好。"

"我听见她为我们求情了，但是老爷说他欠了那个人很大一笔债，所以不得不听任他摆布。如果他不马上还清债务，他就得破产。是的，我听他说，要么卖掉这两个人，要么变卖所有家产，他别无选择。"

"哎，老头子！你还不赶紧逃走？要等在这儿被人拖到河的下游，在那儿累死饿死吗？快跟伊莱扎一起逃走，你有随时来去的通行证。来吧，赶快准备一下，我来为你准备东西。"克洛伊大婶着急地说。

汤姆慢慢地抬起头，悲伤但平静地看看四周，然后说道："不，我不走。让伊莱扎走吧——这是她的权利！但是你听见她说的话了，如果不卖掉我，庄园里所有的人都要被卖掉，老爷会因此破产。我绝对不能辜负他的信任。就让他卖了我吧，不要怨恨老爷。去了南方，我想我可以忍受的，只是你和孩子……"老汤姆说着伤心地哽咽起来，转过头去望着小床上熟睡的孩子们。

"噢，还有，"伊莱扎站在门口说道，"我今天才见过乔治，那时我还不知道会发生这件事。他也被逼得无路可走，他告诉我他准备逃走。如果可能的话，请一定想办法帮我传个口信，告诉他我要去加拿大。请告诉他，我爱他，如果我今后再也见不到他的话，"她转过身去，用沙哑的声音继续说道，"告诉他尽量行善，争取在天国和我相见。"

做出这样的决定后，伊莱扎只好独自带着儿子上路。临别时，好心的汤姆叔叔和克洛伊大婶对她细细地嘱咐。最后在祝福声中，伊莱扎紧紧地抱着她那惊恐诧异的儿子，悄悄地踏上了逃亡之路。

第五章 参议员是位好人

　　谢比尔夫妇发现伊莱扎母子逃跑后愤怒不已,谢比尔先生立刻指挥仆人去追赶她们。伊莱扎母子拼命逃到了河对岸,来到了一座白色大房子面前。

　　在一个暖融融的房子里,参议员伯德正在脱靴子,准备换上一双漂亮的新拖鞋,这双拖鞋是他去参议院开会期间伯德太太为他做的。现在,伯德太太正高高兴兴地指挥着仆人摆放茶点,时不时地还会对几个嬉闹的孩子告诫几句。

　　"亲爱的,你回来了令大家多兴奋啊!"她对丈夫说道。

　　"是啊,是啊,所以我才要赶回来住一夜,在家里真舒服啊。在外面我快要累死了,头也疼!"

　　伯德太太看了一眼放药的柜子,准备去取药。

　　"不,不,玛丽,我可不要吃药!只要一杯热茶。我现在只需要舒服的家庭生活,制定法律真是累死人了。"说着,这位参议员笑了。

　　后来话题渐渐转到一项关于收留逃亡黑奴犯法的政治问题

上，伯德太太与丈夫由于见解不同，发生了一点儿争执。伯德太太是个非常温柔善良的人，她的同情心与她所笃信的基督精神不允许她见死不救，可是身为参议员的伯德先生总觉得这事关系国家利益，还是要遵守法律规定。

就在二人争执不下的时候，黑人杂役老卡德乔把头探进门，说："太太，请到厨房来一下吧。"伯德参议员这才稍稍松了一口气，又好气又好笑地看着妻子出了房门。过了一会儿，突然听见门口传来妻子急切的呼唤。

他急匆匆地跑进厨房，眼前的一切令他大吃一惊：一个身材苗条的少妇躺在椅子上，看样子是晕过去了。她的衣服破破烂烂，还结了冰，一只脚光着，正流着血。一眼就可以看出这是一个漂亮的混血姑娘。伯德太太和家里唯一的黑人女仆黛娜大婶忙着想要恢复她的知觉，而老卡德乔则把小男孩抱在膝上，忙着帮他暖和身体。

"她看起来真可怜！"老黛娜十分同情地说，"看来她是让热气熏晕了。她进来的时候还有些精神，问能

不能在这儿暖和一下身子。我正要问她是从哪儿来的，她就突然晕倒了。"

"可怜！"伯德太太非常同情她。

这时，女人慢慢睁开了眼睛，茫然地看着周围。突然她一脸痛苦，一下子跳起来说："啊，我的哈利！他们把他抓走了吗？"

老卡德乔膝上的孩子听到声音，连忙跑到女人身边。看到孩子安然无恙，她激动地对伯德太太说："太太，求求你，救救我们吧！不要让他们抓到他！"

"在这儿没人会伤害你的。"伯德太太安慰她说，"你们很安全，别害怕。"

经过伯德太太的悉心照料，不一会儿，女人和孩子都沉沉地睡着了。伯德夫妇回到客厅，两人都没有再提起先前的话题。伯德太太忙着织毛衣，伯德先生则认真地看着报纸。

"不知道她是谁，是干什么的！"伯德先生放下报纸说道。

"等她醒来，你会知道的。"伯德太太头也不抬地回答道。

"我说，太太，你该把你的衣服改一改，她看起来比你高大不少呢！"伯德先生动了动身子。

这时，伯德太太脸上闪过一丝微笑。她知道参议员丈夫终归是妥协了。沉默了几秒钟，伯德太太平静地说道："好的！"

"噢，那件旧斗篷，我睡午觉盖的那个，不如送给她吧，她比我需要。"伯德先生继续说道。

这时，黛娜来通知他们女人醒了。伯德夫妇一起过来看她。伊莱扎将自己的遭遇详细地告诉给他们。

伊莱扎说她之所以不顾一切地出逃完全是为了孩子，因为她已经连续失去了两个孩子，现在，她不能让别人再抢走这个孩子。而她并不知道，伯德夫妇刚在上个月安葬了他们心爱的孩子。伊莱扎的话激起了伯德太太的同情心，也令在场的人个个感动得泪流满面，连伯德先生也悲伤地凝望着窗外，一言不发。伯德夫妇最终答应竭尽全力帮她逃往加拿大。为了安全起见，伯德夫妇决定连夜将伊莱扎母子送到小河上游七英里（1英里=1.609344 千米）远的肯塔基人范·特隆普家去，这是一位热衷解放黑奴运动的好人。

"从这件事情上可以看出，你是个再善良不过的人，约翰，"在等待仆人套车时，伯德太太激动地握着丈夫的手说，"我没有看错人，否则我怎么会爱你呢？"小妇人的眼中闪烁着泪花，显得十分美丽。这让参议员觉得，自己真是聪明绝顶，不然怎么能赢得这么美丽的女人？怎么能得到如此炽热的爱情呢？

十二点的钟声敲响后，伯德太太目送着丈夫带着伊莱扎母子坐上马车，向特隆普家驶去。

前往特隆普家的道路路况实在太糟糕。参议员、女人和孩子被颠簸得东倒西歪，一次次被撞在关着的车窗上。突然马车陷进烂泥里，参议员帮着老卡德乔费了很大的劲才把马车弄上去，可车子刚上去，参议员却一下子失去了重心，摔倒在烂泥里，全身脏得惨不忍睹。

他们历尽艰辛，终于赶着滴着水、溅满污泥的马车来到一座大农舍前。他们叫醒了主人特隆普老先生。这位老先生了解了伊莱扎的情况后，同样被她的勇敢深深打动了，当即决定帮助她。参议员先生这才放心地留下伊莱扎母子起身告辞。

"谢谢你，朋友，"参议员说，"我必须走了，我要去赶哥伦布市的夜班车。"

"啊！那好吧，如果你非得走的话，我来送你一程，给你指一条好走的路。"

在他们分手时，参议员把一张十美元的钞票递给特隆普。

"这是给她的。"他说。

"好，好。"特隆普对这位先生充满敬佩之情。

他们握手告别了。

第六章　黑奴上路

二月的早晨，天空下着毛毛细雨，从汤姆叔叔小屋的窗户往外看去，天地之间灰蒙蒙地连成一片。克洛伊大婶正在屋子里心不在焉的熨衣服，时不时地抽出手去擦拭顺着面颊流下的眼泪。

这时，只听两个孩子叫了一声"黑利老爷来了"，紧接着门就被一脚踹开了。黑利怒气冲天地站在那里，显然还在生伊莱扎出逃的气。他恶声恶气地命令汤姆立刻出发，惹怒了房里的其他人。汤姆顺从地站起来，跟着他的新主人走了，肩上扛着

沉重的箱子，那是克洛伊给他收拾好的行李。克洛伊大婶带着孩子们一直把他送到马车上，孩子们哭成一片。庄园里的男女老少们此刻也围在马车四周，向他们的老伙伴告别。场面显得壮观而悲伤。

因为乔治少爷正好不在家，汤姆叔叔有些遗憾不能在这里再见乔治少爷一次了，也许是最后一面。他一再叮嘱大家要代他向乔治少爷问候。

在黑利的催促下，汤姆叔叔离开了这熟悉的地方。马车载着他疾驰而去，很快就消失在人们的视线中。

谢尔比先生此刻并不在家，他因心中感到愧疚不安，所以借口有事要处理躲到乡下去了。

马车飞速前行，终于来到宽敞的大道上。走了约一英里以后，黑利在一间铁匠铺门口把车停下来。他从车内拿出一副手铐走到铺子里，要铁匠把它改一下。黑利是担心汤姆会逃跑，要做一副结实的手铐把他锁住。

就在他们等待铁匠改手铐的时候，汤姆突然看到乔治少爷正骑马飞奔而来。还没等他反应过来，乔治少爷就已经跳上马车，紧紧地抱住了他。他一边大哭，一边骂了起米。

"太卑鄙。这真是肮脏、卑鄙、可耻！要是我是大人，我决不答应这么干——决不答应的！"

"啊，乔治少爷！你来了我真高兴！"汤姆说，"见不到你就走了，我真不甘心！"

这时汤姆叔叔的脚动了一下，乔治看到了脚镣。他异常愤怒地要找黑利理论，却被汤姆叔叔劝住了。考虑到汤姆叔叔的处境，小乔治压制住怒火。他悄悄地把一块穿了线的银币戴在汤姆叔叔的脖子上，并且对他发誓以后一定会赎回他。汤姆叔叔非常感动，他对乔治少爷说了许多安慰和鼓励的话，主仆二人正依依惜别的时候，黑利拿着手铐回来了。

"喂，听着，先生，"乔治十分气愤地说，"你不觉得羞耻吗？一生都干着买卖奴隶的勾当，把他们像牲口一样用铁链锁住！要是我的汤姆叔叔有什么事，我决饶不了你！"

"买的人不比卖的人高尚！"黑利不知廉耻地说。

"我长大以后绝不做买卖黑奴的事情。相信我，汤姆叔叔，我一定要把你赎回来！"乔治说。

"再见，乔治少爷。"汤姆叔叔深情地看着他说，"愿全能的上帝保佑你！"

黑利的马车离开了铁匠铺，渐渐走远，我们的汤姆叔叔也渐渐消失在马路尽头。

第七章　黑奴有了非分之想

　　一个阴雨蒙蒙的傍晚，在肯塔基州的一家乡村小旅店里，聚集着各色各样的人，大家都是到这里来避雨的。好几个人围在一块儿正在看墙上的告示。

　　正在酒店避雨的威尔逊老先生也走过去，看起告示来。

　　老先生边看边念了出来："本人家中逃走一名混血黑奴，名叫乔治。该人身高六英尺（1 英尺=0.3048 米），肤色浅黑，棕色鬈发；聪明过人，能说会道，会读写；很有可能冒充白人；肩背上有疤痕，右手烙着字母'H'。凡能把他活捉的，或能证明已将其杀死者，一律奖赏四百美金。"

一位正在嚼烟叶的高个子汉子站了起来，走到告示前，朝上面吐了一大口烟汁。"这就是我对这事的看法！"他说道，然后又重新坐了下来。他是一位聪明又仁慈的奴隶主，他给他的每个奴隶都备好了自由证书，但他的奴隶们不仅没走，还忠心地为他做着事。在他看来，只有以人心换人心才是最有效的管理。

这时，一个黑奴赶着一辆精巧雅致的小马车来到店门口，一位衣冠楚楚的绅士走了进来。

大家都兴致勃勃地打量着来客，消磨着下雨天无所事事的时间。他自称叫亨利·巴特勒，来自谢尔比县的奥克兰兹。他的气派让店主点头哈腰热情地招待起来。而威尔逊先生从陌生人一进门起，就一直以一副疑惑的神情盯着他。威尔逊先生觉得好像在什么地方见过他，可是又想不起来了。就在这时，陌生人向他走了过去。

"我想你是威尔逊先生吧，"他装出突然认出对方的口吻说道，同时伸出手来，"请原谅，我刚才没认出你。你还记得我吧——我是谢尔比县奥克兰兹的巴特勒先生。"

"是——是的，先生。"威尔逊先生仿佛身处梦境，结结巴巴地说道。此时，一个黑奴仆役走过来告诉他房间准备好了。

"吉姆，看着箱子。"那位先生嘱咐了一声，然后又对威尔逊先生说，"请到我房间来一下，好吗？我有生意上的事想跟你谈谈。"

威尔逊先生如梦游一般跟着他来到楼上一个大房间里。

仆人退去之后，年轻人谨慎地锁好房门，放好钥匙，转过身来，双臂抱在胸前，看着威尔逊先生。

"乔治！"威尔逊先生惊叫道。

"是的，我化装得不错吧？"年轻人笑着说。

"嘿，乔治！这可是很危险呀。你快别这么做了。"

"做这事我完全自己负责。"乔治依然笑着说。

"哎，乔治，我想你是在逃亡——离开你法定的主人。某种意义上你是在与你国家的法律对抗啊。"

"我的国家？"乔治激动地说，"除了坟墓之外我哪有什么国家？真希望上帝让我死了才好呢！"

"哟，乔治，别这么说，这样说话真是罪过啊——这违反《圣经》的教义。"

"不要对我提起《圣经》了，威尔逊先生，"乔治目光炯炯地说，"我妻子也是个基督徒。要是我真能逃到我想去的地方，我也打算成为基督徒。但是现在跟我说《圣经》，就等于让我完全放弃基督教。我倒要问问全能的上帝，我到底有什么错，要让我妻离子散？"

"我理解你这种感情，乔治，"这位性情温和的先生说道，"但是我们都应该顺应天命。我们都要顺从啊，乔治。"

"威尔逊先生，要是印第安人把你从妻儿身边抢去，要你一辈子为他们当牛做马，不知道你还会不会再说安分守己、顺应天命这样的话？"

听了这话，这位小个子老先生不禁目瞪口呆，无言以对。他站在那儿好一会，然后语重心长地说："乔治，我一直是你的朋友，不管我说了什么，全是为了你好。你现在可是冒着很大的风险啊，被抓住了后果很严重的，你明白吗？"

"威尔逊先生，这些我都知道。"乔治说，"我确实冒着风险，但是只有这样做，我才可能赢得自由啊！我也是个有血有肉的活生生的人啊。可是你知道我受到怎样的非人待遇吗？你是绅士，可能不了解情况。我的父亲也是位绅士，可是他从来都没有正眼看过我，他死的时候把我和他的狗、马一起卖了抵债，我的母亲和她的七个孩子被他一个一个卖给不同的主人。我是最小的孩子，当买家买走我时，我母亲跪下恳求他把她一起买走，可是他只是把我母亲一脚踢开了。

"后来，我被当成猪狗一样养大。我的主人，他又从别人手里买了我大姐。她是信教的善良姑娘，可是那又怎么样，还不是受尽了那家伙的折磨和虐待，最后还是摆脱不了被卖掉的悲惨命运。没有人爱我们，母亲离开了我，姐妹兄弟也离开了我。我是贱命一条，可是我去你的工厂干活之后，你居然和颜悦色地跟我说话。威尔逊先生，你对我很好，你鼓励我好好干，学习、读书、写字，使自己有所作为。上帝知道，我是多么感激你。后来，我遇见了我妻子，我们结了婚，有了孩子。先生，我简直不敢相信这是真的，我太幸福了。可是后来怎样了呢？啊，我的主人来了，硬把我带走了，他碾碎了我的梦。他说要教训我，让我明白自己只是个贱奴！最后，他要拆散我和妻子，要我跟另一个女人结婚。天啊，我无法忍受。你们的法律给了他做这一切的权力，然而这一切天理难容啊。威尔逊先生，看看吧！我没有国家，就像我没有父亲一样。我现在要做的是寻找自己的国家，能够保护我的国家。我会为我的自由斗争到底。你们的先辈曾这样做过，这是他们的权利，这也是我的权利！"

这番话让这位心地善良的老人异常感动，他掏出一块黄色丝绸大手帕，使劲地擦着眼泪。他嘱咐乔治逃跑路上要加倍小心行事，并给了他许多路费。

"不过你一定要万分小心，不要高兴得太早。还要注意你的烙印，不要泄露了身份。"

"是的，先生，我会小心的。我戴上手套就是为了这个。我有个朋友，他是个信得过的人。他一年前逃到了加拿大，后来他得知以前的主人为了报复他，用鞭子抽打他母亲，所以现在他又跑回来了，打算接走他母亲。他会帮助我的。先生，刚才你说得对，我确实正在冒极大的风险。如果我死了，这世界上没有一个人会在乎的。我会像狗一样被踢出去埋掉，然后就再也没有人想到这件事了——除了我那可怜的妻子！威尔逊先生，请你设法把这枚小别针交给她，告诉她我永远爱她。好吗？"他急切地请求道。

"好的，苦命的人！"老先生说着接过别针，他眼含着泪水，声音凄凉得发颤。

"请告诉她，如果我能去加拿大，让她也去。尽管她的女主人心肠好，尽管她爱她的家乡，可是做奴隶的最后结局都很悲惨。告诉她把我们的儿子抚养长大，让他成为一个自由人，那他就不会像我这样受苦了。告诉她，好吗，威尔逊先生？"

"好的，乔治，我会告诉她的。你也要有信心——你是个勇敢的人。愿上帝保佑你！"

"真的有值得信赖的上帝吗？"乔治苦涩而绝望地说。

"啊，孩子！别这么想！有的。相信他吧，他就会在你身边，就会给你力量。"淳朴的老人说话时有一种发自内心的虔诚和仁慈。

乔治不再心神不宁地在房间里走来走去了，他站在那儿沉思了片刻，然后平静地说："谢谢你说了这番话，好朋友，我会记住你的话的。"

第八章 教友村

在教友村的一户人家里，伊莱扎正坐在一张舒适的椅子里轻轻摇晃着，眼睛专注地盯着手里精细的针线活。她的脸色显得有些苍白，人也明显瘦了一些。在苦难的磨炼下，她那颗年轻的心已经变得成熟而坚定。看着她的小哈利天真烂漫地蹦跳嬉戏，她的神情更加深沉而坚定了。

她的旁边坐着一个五六十岁的女人，她神情专注地挑选着桃干，并将它们放入膝上亮闪闪的白铁盘中。她头上那顶典型的教友会雪白绉纱帽以及庄重的衣着，让人一看便知她是教友会的信徒。她头发已经花白，面容显得平和善良。她就是我们的朋友雷切尔·哈利迪，一位善良慈爱的女人。

"你坚持要到加拿大去吗，伊莱扎？"她一边平静地挑着桃干，一边问道。

"是的，太太，"伊莱扎坚定地说，"我别无选择，必须坚定地往前走。"

"只要你愿意，你在这儿待多久都可以。还有，你得想想，去了那里你又能做什么呢？我的女儿！"雷切尔·哈利迪很自然地脱口而出。

伊莱扎听了这么亲切的称呼，双手颤抖着，眼泪悄悄地落了下来。但是她仍坚决地回答："我还是必须走，我放心不下小哈利。"

"可怜的孩子！"雷切尔说，"不过你可以放心，在上帝的庇护下，我们村还从来没有逃奴被抓回去过。"

这时西米恩·哈利迪进来了，他身材高大，腰板挺直，身穿灰褐色上衣和同色裤子，头戴宽边帽。他对屋内的人宣布了一个重大消息——伊莱扎今晚将会见到自己的丈夫。

长期以来处于紧张状态的伊莱扎乍一听到这个消息，竟然激动得晕了过去。当她醒过来时，看见屋里的人正在兴高采烈地准备着晚餐。听着餐盘、烛台柔和的碰撞声，伊莱扎仿佛置身梦境，她看着看着又睡着

了。自从逃亡以来，这是她第一次如此安稳而甜美地睡去。她做了一个美丽的梦，在梦里，她到了一个自由的国度，她看见小哈利自由自在地玩耍着；她还能清晰地感觉到丈夫的鼻息和眼泪。她一下子惊醒过来：啊，这不是梦，她真的看见丈夫就在自己的枕边轻声啜泣着。

第二天早上，乔治、伊莱扎、小哈利与众人一起享用早餐，他们受到了大家的热烈欢迎。

这是乔治平生第一次与白人平等地坐在一起用餐，一开始他有些拘谨，后来大家的热情把他的那种局促一下子驱散了，这里就好像一个大家庭一样。

西米恩一家和教友会热心的朋友都表示愿意竭尽全力帮助他们逃往加拿大。乔治却担心会连累他们，于是说道："大家为我们一家如此冒风险，我真是感到不安啊！"

西米恩慈祥地看着他说道："不必担心，乔治，我们这样做并不仅仅是为了你，而是为了上帝和人类。今天白天和晚上，你们一定要好好休息。晚上十点时，菲尼亚斯·弗莱彻会把你们送到下一站去。那些人追你们追得很紧，我们不能耽搁。"

"如果时间紧的话，我们白天就走不是更好吗？"乔治疑惑地问道。

"白天你们在这儿很安全，因为村里的人都是教友会信徒，大家都会帮助你们的。晚上走更安全一些。"

第九章　伊万杰琳

美丽的密西西比河上，船来船往，呈现出一派繁忙的运输景象。船上除了装满一般的货物外，还有一种由罪恶的制度产生的"货物"——黑奴。一船之上，便是两重天——一边是压迫者，一边是被压迫者。

轮船甲板上堆满了棉花包，汤姆叔叔在棉花包高处一个僻静的角落里专心地读着《圣经》。经过长时间的观察，黑利发现汤姆的性格特别温和安静，也从来没有流露要逃跑的意思，于是便准许他在船上随意走动。

船上有一位叫圣克莱尔的绅士，家住新奥尔良，家境十分富有。他带着一个五六岁的女儿和一位女士，后来人们知道那位女士是这位绅士的堂姐。一路上，她一直悉心照料着小女孩。

汤姆常常看见这个小姑娘。她举止优雅，仿佛天使一般。她有一种不凡的气质，让人见过一面就不会忘记。她常常在船上快乐地奔跑，对什么事情都充满了好奇。有时候，她又会忧伤地在那些戴着镣铐坐着的奴隶身边打转。好几次，她捧着大把的糖果、坚果和橘子，快乐地把它们分给大家，随后又跑开了。

汤姆的手很巧，能够用樱桃核雕刻小人、篮子等小玩意儿。有一段时间，在汤姆雕刻小玩意儿时，小姑娘就蹲在汤姆旁边观看。渐渐地，他们成了要好的朋友。

"小姐，你叫什么名字？"汤姆问道。

"伊万杰琳·圣克莱尔，"小姑娘说，"不过爸爸和其他人都叫我伊娃。那么你叫什么名字呢？"

"我叫汤姆，在肯塔基老家时，孩子们都叫我汤姆叔叔。"

"那么我也叫你汤姆叔叔吧，我喜欢你。"伊娃说，"汤姆叔叔，你现在是要去哪里呢？"

"不知道，伊娃小姐。"

"不知道？"伊娃不解地问。

"不知道。我会被卖掉，但不知道会卖给谁。"

"我爸爸可以把你买下来，我今天就去跟他说。"伊娃马上说道。

这时轮船在一个小码头上停下来装木材，伊娃听见父亲叫她，就蹦蹦跳跳地跑开了。汤姆站起来，去帮忙装木材。

伊娃和父亲站在栏杆边看着船离开码头，船猛然移动，剧烈的震动让小姑娘失去了平衡，一下子掉进了水里。她父亲一刻也不多想就要跳下去救她，但被后面的人拽住了，因为已经有人跳下去救她了，此人正是汤姆。他抱着孩子游到船边，在众人的帮助下，他们上了岸。伊娃被她父亲抱着进了女客舱进行施救。

第二天轮船驶近了新奥尔良，许多人都开始收拾行李，为上岸做准备，船上出现了一片忙乱的景象。此刻伊娃的父亲正在跟黑利交谈，他的神态显得漫不经心，又略带几分讥讽。黑利正在那儿讨价还价。

"总之，这个黑鬼具有一切基督教的美德，真的！"黑利说。

"好吧，伙计，你开个价吧，多少钱你才肯卖？或者说，你打算骗走我多少钱？直截了当地说吧！"圣克莱尔说道。

"爸爸，买下他吧！花多少钱都没关系。"伊娃这时爬上货包，搂着她爸爸的脖子轻声说道。

"给，点一下，老伙计！"圣克莱尔一边说，一边数好一沓钞票递给奴隶贩子，"赶快办手续吧。"

"好的。"黑利满脸笑容地说。他很快就写好卖身契，以一千三百美元的价格把汤姆卖给了圣克莱尔。

"你会过上好日子的，"伊娃很高兴地对汤姆说，"爸爸对大家都很好，除了总是喜欢嘲笑别人以外。"

圣克莱尔听了女儿的话，笑着走开了。

第十章 汤姆的新主人

奥古斯丁·圣克莱尔是路易斯安那州一个有钱的种植园主的儿子，他继承了父亲的种植园成了一个富有的农场主。他还有一个哥哥，现在也是佛蒙特州一个富有的种植园主。

圣克莱尔一生下来身体就十分孱弱。童年时期，他被送到佛蒙特州在伯父家住了几年，家人希望那里的干爽气候对他的身体会有好处。圣克莱尔天资聪颖，对理想和美好的事物非常向往。大学毕业后，他带着炽热的浪漫激情来到北方的一个州。在那里，他遇见了一位美丽、聪慧、高尚的女人，两人很快坠入爱河，还订了婚。圣克莱尔满怀幸福的憧憬回到南方筹备婚礼，在此期间，他写了许多信给自己心爱的人，可他万万没有想到，信都被退了回来，那个女孩儿的监护人还写了一个便笺告诉他，他魂牵梦萦的女子已经嫁给别人了。

圣克莱尔受到沉重的打击，日日伤感。为了摆脱伤感，他很快便娶了一位社交界的富家女，身边的人都一致认为他是个幸福的人。他们在庞恰特雷恩湖畔度蜜月的一天，他收到一封信，是从前那位恋人写给他的。他这才得知，原来之前写给她的信她都没有收到，她的监护人从中破坏，活生生地拆散了这对相爱的恋人。

圣克莱尔和他现在的妻子玛丽毫无爱情可言，直到女儿伊万杰琳出生，他才感到家庭的温暖。

圣克莱尔十分爱他的女儿，他给女儿取了他母亲的名字，他希望女儿能继承他母亲高尚纯洁的品德，成为他母亲的化身。这件事令他的妻子玛丽曾一度大为光火。玛丽从小娇生惯养，养成了自私的性格，她认为圣克莱尔对女儿的疼爱分走了对她的爱，经常神经质地发脾气。因为长期处于一种猜忌和埋怨的情绪中，所以她的身体日渐虚弱，没几年便由一个如花似玉的美娇娘变成了一个病歪歪的憔悴女人，已经没有处理家务的精力了。圣克莱尔没有办法，只好跑到佛蒙特州去求堂姐奥菲丽亚·圣克莱尔小姐来替他打理家务。

奥菲丽亚四十五岁了，是家中的长女。她办事干净利落，十分守时，生活习惯严谨有序。她话语不多，所以说的话总是直截了当，一语中的。她最不能容忍庸碌无为，是一个责任感极强的人。圣克莱尔天生优柔寡断，多愁善感，和堂姐形成巨大反差，但奥菲丽亚小姐从小就很疼爱这个堂弟，所以当圣克莱尔提出请她帮忙时，她想都不想便答应了。

当轮船靠岸后，他们终于重新踏上了家乡的土地，又看到了那座富丽豪华的、结合着西班牙和法国风情的古老建筑。伊娃高兴得不得了，像一只小鸟一般急不可耐地冲出马车。

　　"啊，太美了，这就是我心爱的家！很美吧？"她对奥菲丽亚小姐说。

　　"这地方很漂亮，"奥菲丽亚小姐下车时说，"不过我觉得这座房子有点古旧，还有些异教色彩。"

　　汤姆最后一个走下马车，看着周围的一切，眼里满是赞叹和羡慕。

　　这时一群男女老少簇拥着跑来迎接老爷。跑在最前面的是一个衣着讲究的混血青年。他穿着十分时髦，手里挥动着一条洒过香水的手帕。

　　"大家都后退！让老爷进家。"这位青年动作敏捷地把那群仆人往回赶。

　　这位青年叫阿道尔夫，由于他有条不紊地布置，当圣克莱尔给车夫付过钱再转过身来时，旁边已经只有阿道尔夫一个人了。阿道尔夫见到主人立即滔滔不绝地说开了。

　　"好啦，好啦，你的开场白准备得很好嘛。"圣克莱尔还是一副惯常的漫不经心的嘲笑口吻，"你去好好安置行李吧。"

　　这时，伊娃这只出笼的小鸟早已穿过游廊和客厅，飞到了母亲的卧室里。一个黑眼睛、脸色灰黄的高个子女人从她靠着的躺椅上稍稍抬起了身子。

　　"妈妈！"伊娃狂喜地叫了一声，扑上去搂住她的脖子，一遍又一遍地拥抱她。

"好啦，小心点，孩子，别这样，你弄得我头都疼了。"母亲无力地吻了她一下说。圣克莱尔走了进来，他拥抱了一下妻子，然后把堂姐介绍给她。

这时一群仆人挤到门口来了。"啊，嬷嬷！"伊娃看到自己最喜爱的嬷嬷，飞奔过去，扑进她的怀里，反复地亲吻她。这个女人也紧紧地搂着她一会儿笑，一会儿哭。嬷嬷松开手后，伊娃便飞快地从一个仆人身边跑到另一个仆人身边，和每个人握手亲吻。圣克莱尔热情地给大家分发了礼物，然后才让他们散开。

奥菲丽亚小姐对这种场面有点不适应。在北方生活惯了的人，在心底和黑人是有隔膜的，即使他们强烈反对奴隶制，但是他们还是无法与黑人如此亲密地接触。

汤姆对新主人家还很陌生，他很不自在地站在那儿，而阿道尔夫则学着主人的样儿，漫不经心地靠着栏杆站在那儿，还用看戏用的望远镜观察着汤姆。圣克莱尔看见了，很生气地走过去打落了望远镜，说道："你就这样对待你的新同伴吗？"

圣克莱尔让阿道尔夫和他一起带汤姆去见女主人，然后领汤姆去厨房，他不忘一再提醒阿道尔夫不准对汤姆摆臭架子。

第十一章　自由人的抗争

傍晚时分，那位教友会信徒家中正在忙个不停。雷切尔正忙着替那几个打算晚上出发的人做准备。乔治紧紧握着妻子的手，安慰着妻子。

正在这时，一阵急促的敲门声传来，伊莱扎不由得紧张起来。他们打开房门，西米恩·哈利迪带着一位教友会兄弟匆忙走了进来。这个人就是即将带他们离开的菲尼亚斯·弗莱彻，这个红头发、瘦高个的男人看起来特别机警、干练。

"我们的朋友菲尼亚斯发现了一个重要情况，和你们有切身的利害关系，乔治。"西米恩说。

菲尼亚斯便把昨天在一家小店听到的消息原原本本地说了出来，原来，玛克斯他们已经发现了伊莱扎的行踪，他们联合了警察要来教友村抓他们。

听了这个消息，大家都显得忐忑不安起来。他们商定由菲尼亚斯安排，带领乔治一家，还有吉姆和他的老母亲天黑后就立即逃走。

晚餐过后，雷切尔和西米恩夫妇护送乔治一家、吉姆和他的母亲上了一辆大篷车。依依不舍地告别之后，熟悉道路的菲尼亚斯驾着马车离开了，沿着结冰的道路颠簸着往前驶去。

马车匆匆穿过黑暗茂密的树林，驶过宽广的平原，上坡下坎，一路颠簸着向前行进。车内逃难的人们满怀忧愁。好心的菲尼亚斯打起十二分精神匆匆赶着车。

大约三点钟时，远处传来急促的马蹄声。菲尼亚斯停住马车，侧耳细听，然后站起身来，伸长脖子焦急地往远处望去。

一个人正由远及近疾驰而来，原来是负责在前路打探消息的迈克尔。他此刻匆匆赶来告诉菲尼亚斯追捕人正在往这里赶。微风送来了远方一阵嘈杂的马蹄声和咒骂声。

菲尼亚斯立即挥鞭策马，迈克尔骑着马紧跟在后面。眼看追捕者越来越近了，马车猛地转了个弯，来到一处陡峭的悬崖下，然后停住了。他让车里的人都出来，往山上爬，又让迈克尔去搬救兵。

一眨眼工夫，他们全都下了车，都往悬崖顶上爬去。这个地方菲尼亚斯很熟悉，过去他打猎的时候对这一带了如指掌，他之前快马加鞭就是为了赶到这个地方，带他们爬到悬崖上。只要到了上面，就处在一个一夫当关，万夫莫开的有利地势，敌人别想轻易抓到他们。

此时，追捕者也已经赶到这儿，正从下面往上张望着。这时天亮了，乔治他们透过狭小的缝隙把下面的那些人看得清清楚楚，他们是汤姆·洛克、玛克斯、两个警察，还有一帮打手无赖。他们在下面叫嚣着。乔治居高临下，警告追捕的人，只

要形势需要，他会随时开枪。

玛克斯他们完全不听乔治的警告，仍骂骂咧咧地往上爬，并不时朝上面开几枪，有一发子弹从乔治的头发上擦过，差一点儿打伤他妻子。

菲尼亚斯见状，连忙让他们在岩石后面躲起来。乔治与吉姆商量好一人瞄准一个，守住关口，不让那伙坏蛋上来。眼看他们就快接近了，乔治开了一枪，打中了走在最前面的汤姆·洛克，只听他大叫一声，一下子跳过悬崖，扑向乔治。菲尼亚斯抢在前面，把他往后一推，洛克一下子掉到了三十英尺深的沟底，遍体鳞伤地躺在那里叫唤。

后面的那伙人看势头不对，都急忙胆怯地退下山去。他们在下面犹豫了片刻，最终抛下受伤的洛克抱头鼠窜了。等他们走光后，菲尼亚斯才让大家走下山坡。

他们下来后，远远地看见接应他们的马车正朝这边奔驰而来，旁边还跟着一些骑马的人。

"好啦，迈克尔来了，还有斯蒂芬和阿马利亚！"菲尼亚斯高兴地大声说，"现在我们得救了。"

善良的伊莱扎请大家去救受伤的洛克，她的朋友们都毫不犹豫地答应了。

"好吧，这么做我不介意。让我看看吧。"菲尼亚斯说。他有多年的狩猎生活史，懂一些外科知识，于是他跪在受伤人的面前，开始替他仔细检查伤情。

"玛克斯，"洛克有气无力地问，"是你吗，玛克斯？"

"不是的。"菲尼亚斯说，"他才不管你呢，早就溜掉了。"

"我完蛋了。"洛克说，"那该死的卑鄙小人，竟然把我丢下，不顾我的死活！我老妈早说过我会有这种下场的。我看见是你把我推下来的。"

"是啊，要是我不推你下来，你就会把我们推下来的。"菲尼亚斯一边弯腰为他包扎伤口一边说，"好了，我来给你包好伤口。待会把你送到村民家中去养伤，那里的人会像你妈妈一样照顾你的。"

这时，援兵已经来到他们身边。大家把汤姆·洛克安顿在马车后座上，其余的人挤着坐好后，马车又继续前行了。

"你看他的情况怎么样？"乔治问，他坐到车前菲尼亚斯的旁边。

"哦，他伤得很严重，流了不少血，不过他会恢复的。也许他从这件事上可以吸取一点儿教训。"

马车走了大约一个小时后，在一座农舍前停了下来。他们把汤姆·洛克安顿在阿马利亚家，由斯蒂芬斯老婆婆照顾。洛克被安置在干净舒适的床上，伤口被仔细地清洗后，又敷了药包扎好。等这一切完成后，洛克便沉沉地睡去了。

现在我们暂时和这些人告别，去关注一下其他人吧。

第十二章 奥菲丽亚的经历和见解

在汤姆淳朴的思想中,他觉得自己能够在圣克莱尔家做奴隶是他的幸运,随着时间的推移,他也越来越受到圣克莱尔的重视。

圣克莱尔一贯懒散,花钱随便,给他办事的阿道尔夫也养成了跟主人一样的性格。而汤姆则习惯了把管理主人的财产看作自己的责任,最看不惯浪费,于是时常委婉、间接地给主人提些建议。

圣克莱尔开始试着让他去办些事,汤姆的精明能干令他越来越信任他,后来干脆把一切采购供应的事都交给了他。而汤姆总是尽忠职守,认真负责地完成每一件事。

汤姆对他的主人忠诚、尊敬,还满怀父亲式的关怀。圣克莱尔从不读《圣经》,从不上教堂做礼拜,对任何事都漫不经心。星期天他的活动不是看歌剧、看话剧,就是参加各种酒会、俱乐部活动,等等。他时常喝得烂醉如泥,汤姆见了总是十分担心。终于有一次,他忍不住对主人说出了自己的看法。

"我很难过，老爷。我一直认为老爷会对谁都很好。老爷对我也很好，但是，有一个人老爷对他不好。"

"汤姆，你到底想说什么？有话直说吧。"

"一直以来我就有这个想法：老爷对自己不好。"

圣克莱尔感觉自己脸唰地变红了，但是他却笑了起来。

"哦，就这事吗？"他轻松地说。

"就这事！亲爱的年轻老爷！我担心酒会毁了你的身体和灵魂。《圣经》上说：'欢乐之源的酒会像毒蛇一样咬人！'老爷！"汤姆说着哽咽起来，热泪哗啦啦地往下流。

"你这可怜的傻瓜！"圣克莱尔说着也禁不住热泪盈眶，"汤姆，我不值得你为我流泪。"可是汤姆的执着和真诚打动了圣克莱尔。后来圣克莱尔确实没有再烂醉如泥过，因为他压根儿就不喜欢应酬。

与此同时，奥菲丽亚小姐已经担当起了管家的职责。这几天，奥菲丽亚小姐对家中各处都进行了彻底的整顿，把一切弄得井然有序，但仆人们的不配合让她感到难过。

奥菲丽亚小姐跟堂弟抱怨这个家没有秩序可言，她怀疑厨房的仆人以及这个家所有的黑奴都是不诚实的。

"就没有诚实的黑奴吗？"奥菲丽亚一脸绝望的神情。

"偶尔也会有几个诚实的。可是你看，这些黑人生下来就学会了欺骗。黑奴一直要依靠主人才能生存，不可能让他理解财产和权力的意思，也不可能让他明白主人的东西不是他自己的，假如他能弄到的话，他就会把东西看成是自己的。怎么教育才能让他们诚实？像汤姆这样的，可真是个奇迹！"

"那他们的灵魂该怎么办呢？"奥菲丽亚小姐问。

"那可不是我该考虑的，"圣克莱尔说，"我说的只是现实情况。"

"真是太可怕了！"奥菲丽亚小姐说，"你们应该为此感到羞耻！"

"不能这么说吧。不管怎样，像我们这样的人多得是，"圣克莱尔说，"大部分的人都是如此。你看看世界上的高贵者和低贱者，情况还不是一样：下等人为上等人耗干了他们的肉体、灵魂，上等人则坐享其成地花天酒地。英国是这样，美国也同样如此。"

就在他们争执不下时，午饭的铃声响了，姐弟俩暂时停止争论，出去吃饭了。

傍晚时分，奥菲丽亚小姐正在厨房时，突然听见几个黑人孩子在嚷嚷："蒲露来了，还是那样边走边唉声叹气。"这时，一个又高又瘦的黑女人头顶一篮甜面包和热面包进来。

"嘿，蒲露，你来啦！"黛娜说。

蒲露一脸阴郁，声音沉闷。她放下篮子，蹲下身来，用胳膊肘支在膝上，然后说道："啊，天哪！我真想死了干净！"

"你为什么想死呢？"奥菲丽亚小姐问。

"死了就不会遭受磨难了。"女人没好气地说。

"你这样喝得醉醺醺的自找苦吃，何必呢，蒲露？"一个混血黑人女仆说。

"哪天你走到我这步田地，你也会像我这样，巴不得有酒喝，好忘掉你的痛苦。"

"好啦，蒲露，"黛娜说，"我们瞧瞧你的甜面包干吧。这位太太会付钱给你的。"

奥菲丽亚小姐拿了二三十块面包。

"杰克，爬到架顶层拿几张票下来。"黛娜说。

"什么票？要票做什么？"奥菲丽亚小姐问。

"我们从她主人那儿买票，她给我们面包，我们给她票。"

"我回到家，他们就数我的钱和票，看看对不对。要是不对，他们就会把我打个半死。"蒲露自己补充道。

"你偷主人的钱去喝酒，喝得醉醺醺的，"奥菲丽亚小姐说，"你这样做是不对啊。"

"你说得也许很有道理，太太，可是没有酒我一分钟也活不下去，只有酒才能让我忘记忧愁。不然，我巴不得死掉，脱离痛苦！"然后老妇人慢慢地、僵硬地站起来，又把篮子顶在头上，走出了房间。

第十三章 托普西

　　一天早上，奥菲丽亚小姐正忙着干活，突然听到圣克莱尔在楼梯下叫她。等她出来后，看见圣克莱尔旁边站着一个大约八九岁、看起来很聪明的黑人小姑娘。这个小家伙叫托普西，她原来的主人是一对酒鬼夫妇，成天不是打她就是骂她，圣克莱尔买下了她，要把她送给奥菲丽亚堂姐，让她发挥才能教育这孩子。虽然奥菲丽亚小姐心里万分地不赞同买卖和蓄养奴隶，可是最后她还是同意接手教育她。

　　"好吧，我尽力而为吧。"奥菲丽亚小姐说。然后她亲自带托普西去洗澡换衣服，把托普西打扮得整整齐齐的。奥菲丽亚小姐看着自己的成果，颇有几分满意。托普西现在看起来有点像基督徒了，奥菲丽亚小姐在心里酝酿着一些她认为完美的教育计划。

　　第二天一早，奥菲丽亚小姐就把托普西带进自己的房间，教她铺床的艺术和方法。可就在奥菲丽亚做示范的时候，她的小徒弟居然把一双手套和一根丝带迅速地塞进袖子里，然后装

作安静恭顺的
样子站在那儿。
等奥菲丽亚
演示完后，她
让托普西试
着做一遍。

托普西
十分认真而灵
巧地把全部操作
练习了一遍，做得很好，
奥菲丽亚小姐很满意。可就在她快要完成时，袖子里的丝带滑
了出来。奥菲丽亚强压住怒火，温和地询问她是怎么一回事，
可那野孩子始终不承认自己偷了丝带。

已经愤怒不已的奥菲丽亚小姐抓住她的肩膀剧烈摇晃起
来，这一来，那双手套又从她的另一只衣袖里掉到了地上。

现在，托普西不得不承认她偷了手套，但是她仍然坚持说
自己没偷丝带。奥菲丽亚小姐告诉她，只要她知错就改，承认
错误，就绝不打她。

在得到这个承诺之后，托普西终于改口承认她偷了丝带。

托普西的教育真让人头疼，奥菲丽亚小姐正在苦恼地和堂
弟讨论教育的办法。为了有点成效，她为托普西安排了每天的
训练时间和任务，并着手教她识字和缝纫。她学识字很快，可
是她的淘气任性仍然没有改变。

托普西很会跳舞、翻跟头、攀爬、唱歌、吹口哨、做鬼脸、模仿各种她想象出来的声音，等等，这让她成了家里的孩子王，就连伊娃小姐也被她迷住了。这种情况让奥菲丽亚小姐觉得放心不下，她担心伊娃会因此受到影响。她请圣克莱尔禁止伊娃跟托普西玩耍，可是圣克莱尔却没有听堂姐的劝告。

圣克莱尔对这个女孩也非常喜爱，就像喜爱一只伶俐的鹦鹉和小狗一样。他常常庇护着她，每当她有了过失或者碰了壁，他总为她讲情。这让奥菲丽亚小姐禁不住责怪起来："是你让我好好教育她的，你更应该以身作则，让她得到正确的引导，要注意你对她的影响啊。"

"啊，这么严重？那我以后注意。不过，就像托普西自己说的：'我品行真坏'！"

对托普西的教育就是在这种情况下进行了一两年。每天奥菲丽亚小姐都为这个小女孩又劳力又伤心，但她是个很有恒心的人，尽管困难重重，她没有一刻放松过对托普西的教育。说句公道话，托普西心地不坏，做人大方，除了为自己犯的错开脱外，对人并无恶意。我们已经对她做了简单的交代，在以后的章节里我们还会见到她的。

第十四章　草必干枯,花必凋谢

　　时光流逝,一晃两年过去了。两年来,汤姆虽然远离自己的骨肉至亲,但是他并没有感到多么痛苦。汤姆从《圣经》中学到的知足常乐的精神对他大有益处。

　　汤姆的信寄去后不久就收到了妻子的回信。信是由乔治少爷代笔的,信里提到了好些令人欣慰的事,如克洛伊大婶已经到路易斯维尔一家糕点铺打工,凭她的手艺可以赚到不少的钱,谢尔比太太会帮她把这些钱都存起来,等凑齐了替他赎身;摩西和彼得长大了,他最小的孩子已经能到处乱跑了。乔治又说,等汤姆回来时,准备把小屋修整一番,添置些家具什么的。信的末尾,乔治还罗列了自己在学校学习的各项学科名称,交代了庄园上新添的四匹马驹叫什么名字。最后,还提到他父母身体健康,等等。信写得简洁明了,但是汤姆认为,这是现代文章中最好的一篇。

　　随着伊娃一天天长大,汤姆同她的友谊也日渐深厚。在汤姆心中,既把她当作世界上最柔弱的孩子小心爱护,又把她当

成天使崇拜。在这段时间里，汤姆的最大乐趣就在于满足伊娃的各种简单的愿望。

突然汤姆心里一阵失落，他注意到近半年来，伊娃越来越消瘦了，也越来越苍白，呼吸也越来越短促。以前，她在花园里奔跑玩耍，一连几个小时都没事，可现在很快就会觉得累了。汤姆还常常听见奥菲丽亚小姐说起伊娃的病，说吃什么药都不见效。就是现在，伊娃滚烫的面颊和小手也正在发着烧呢，而这一刻，他才突然领悟到她话里的意味。

像伊娃这样的孩子世上真是很少有。她超凡脱俗，善良宽厚。啊，她是天上美丽的星星，她属于天堂，而疼爱她的人却不知道。

奥菲丽亚小姐焦急的呼唤声，打断了汤姆和伊娃的谈话。"伊娃，伊娃！孩子，下起露水来了，跟我回屋去吧！"伊娃和汤姆赶忙回到屋子里。

出生在新英格兰的奥菲丽亚对护理很有一套，她很清楚伊娃目前的种种病征喻示着什么。她将她的不安与担忧告诉给圣克莱尔，却换来堂弟一番不算客气的反驳。其实，圣克莱尔听了堂姐的话，也感到无比焦躁，心中的不安日渐明显。从那以后，他陪伴伊娃的时间明显比以往多了起来，带她坐车出去兜风的次数也多了。每隔几天，他就带回一个药方或一些滋补药品。他自己还掩饰说："倒不是说孩子需要，而是说，反正对她没有什么害处。"

伊娃日趋成熟，常常在无意识中说出一些深奥而又饱含智慧的话来，听上去仿佛是从神灵那里得来的启示。每当这时，圣克莱尔便突然感到一阵慌乱，紧紧地把她搂在怀里，好像这样的疼爱就能挽救她似的。他有一股冲动，想让她永远不离开自己的怀抱。

第十五章　预兆

　　伊娃这几天玩得太累了，身体变得更加虚弱了。圣克莱尔非常担心，派人去请医生来。

　　伊娃的母亲玛丽则一点儿也不在意女儿的病。她觉得自己又患了两三种新病，正认真地研究着。玛丽总是认为，谁也没有她承受的病痛多。来给伊娃看病的医生来了以后，玛丽突然来了个大转变。她说自己早就看出来伊娃的健康出了问题，称自己是世界上最苦命的母亲。她抱怨上天不公，自己身体不好就够了，还要让她眼睁睁地看着自己独生的宝贝女儿一天比一天病得更重。受到这些刺激后，玛丽变本加厉地折磨她身边的人，可怜的嬷嬷每夜都会被她叫醒，而白天还要忍受她的骂骂咧咧和吵闹，整个家被她弄得没有片刻安宁。

　　一两个礼拜之后，伊娃的病症似有好转。圣克莱尔欣喜若狂，他向众人宣称伊娃不久就会健康起来。唯独奥菲丽亚小姐和医生清楚，这只是回光返照，这孩子的病好不了了。伊娃自己也很清楚地意识到这一点了。

伊娃虽然一直生活在优越的环境中，可是临到这份儿上，她一点儿也不畏惧死亡。相反，她心里很平静，她知道自己就快接近天国了，那是她和汤姆叔叔经常在《圣经》里读到的地方。可是她

又对亲爱的父亲恋恋不舍，在她看来，父亲是世上最亲爱的人了。当然她也爱她的母亲，那是她博爱的天性。同样，她也眷恋那些喜欢自己的忠实奴仆。她舍不得他们，关心他们。伊娃是个异常早熟的孩子。她这短短的一生耳闻目睹了许多奴仆们悲惨的生活，它们都深深铭刻在她心底，令她沉思求索。她总是企盼着自己能为他们做点什么。

“汤姆叔叔，”有一天，她正在给老朋友汤姆诵读《圣经》时说，“我能明白耶稣为什么愿意为我们而死。”

“为了什么呢，伊娃小姐？”

“因为我也有这种想法。”

"什么样的想法,伊娃小姐?我没听懂。"

"我说不清楚。不过,那次你和我坐轮船来南方的时候,我在船上遇到的那些人,那些苦命的人,你还记得吧?当我看见那些苦命人的时候,当我听说可怜的蒲露死去……哦,多么可怕!我心里都在想,要是我死了就能消除他们的苦难,那我心甘情愿去死。汤姆叔叔,我愿替他们去死。"孩子说着把自己瘦削的手放在汤姆手上。

汤姆望着她,不由肃然起敬。可是汤姆知道,他已经留不住伊娃了,这个额上刻着上帝烙印的可爱孩子就要离他们而去,汤姆不禁痛苦哀伤起来。这时,圣克莱尔呼唤起伊娃来。听到父亲的呼唤,伊娃迈着轻快的步子跑了过去。

一天傍晚,伊娃跟父亲闲聊,她突然说道:"爸爸,你答应我,亲爱的爸爸,等我离开后,你要让汤姆获得自由!"

"好的,宝贝,无论什么事,我都答应

你。只要是你提出来的，我一定做到。"

圣克莱尔听到这些话，将伊娃紧紧地搂在怀里，半天说不出话来。

夜色越来越浓。圣克莱尔怀里抱着瘦削的伊娃，默默无言地坐在那里，往事像潮水一般扑面而来，无限伤感顿时涌上心头。等仆人们整理好床铺后，他怀里抱着孩子来回摇着，嘴里哼着催眠曲，一直等到她进入梦乡，才把她放到床上。

第十六章　小福音使者

　　奥菲丽亚小姐好不容易找到一座可以坐马车就能到达的教堂。星期天下午，她带着伊娃去做了礼拜。回来以后，伊娃径直爬上父亲的膝头，把她们参加礼拜的情形详细地讲给他听，奥菲丽亚小姐则直接进了她的房间。

　　不一会儿，从奥菲丽亚小姐的房间里传来一声尖叫，接着是严厉的呵斥。圣克莱尔猜想这一定是托普西闯祸了。果然，片刻之后，奥菲丽亚小姐怒气冲冲地把那个犯了错的女孩拖了出来。

　　"托普西，到这里来！"她说，"我非给你家老爷说说！"

　　"这次是怎么回事？"圣克莱尔问。

　　"怎么回事？我再也不愿意为这孩子白费心血了。简直让人不能容忍，没人可以忍受！刚才我把她关在屋子里，叫她念一本赞美诗。可她呢，竟然找到我的衣柜钥匙，打开衣柜，把我珍藏的一条点缀帽子用的花边剪成一块一块的，给洋娃娃当衣裳穿！"

玛丽并不同情托普西，反而幸灾乐祸地说："我早说过对待这些人应该加倍严厉，如果是我，非把她痛打一顿不可。"

　　"说什么我也不能那样对待这孩子，"她说，"不过呢，奥古斯丁，我真不知道拿她怎么办好。教了一遍又一遍，可她还是原来那样。"

　　"那好，我只想问一个问题。"圣克莱尔说。

　　"什么问题？"

　　"我看你们的福音根本没用，连一个待在家里，由你自己管教的孩子都拯救不了，那么派一两个倒霉的传教士，带着福音到成千上万这样的人中间去，又有什么用处？我看这孩子只是成千上万尚待开化的野蛮人中的好样本啊。"

　　奥菲丽亚小姐并没有立刻回答这个问题。一直站在一旁默默观察的伊娃，这时悄悄朝托普西打了个手势，让她跟着自己出去。托普西跟着伊娃走进了圣克莱尔的玻璃书房。

　　圣克莱尔很好奇伊娃要做什么，于是悄悄跟过去，小心翼翼地掀起门帘偷看。接着他又招手示意奥菲丽亚小姐过去和他一起看。

　　书房里，两个孩子坐在地板上，脸的侧面向着他们。托普西还是一副满不在乎的表情，可是对面的伊娃却激动得满脸通红，眼里泪光闪闪。

　　"你怎么这样淘气呢，托普西？你干吗不想学好呢？你就谁也不爱吗，托普西？"

　　"我不知道什么叫爱，我只喜欢吃糖果。"托普西说。

"可是，你总该爱你的父母吧？"

"我压根儿就没有父母。我以前跟你说过的，伊娃小姐。"

"哦，我知道，"伊娃伤心地说，"可是，你就没有兄弟、姐妹、姑姑，或者……"

"没有，全都没有，都没有。我什么都没有。"

"不过，托普西，只要学好，你就会有……"

"我学得再好，也不过是个黑鬼，"托普西说，"要是能把黑皮剥掉，变成白的，我倒愿意试试。"

"就算你是黑人，也有人爱你呀，托普西，奥菲丽亚小姐就很爱你。"

托普西用生硬的一笑表示了她的怀疑。

"难道你不是这么想的吗？"伊娃问。

"不，我是个小黑鬼，我总令她生气！她宁可碰癞蛤蟆，也不愿意让我碰她！没有人爱黑鬼！不过，我并不在乎。"说着，托普西吹起了口哨。

"托普西，可怜的孩子，还有我爱你呀！"伊娃突然把自己的手搭在托普西肩头，激动地

说道，"我爱你，因为你没有爸爸妈妈，也没有亲人；因为你是个受到虐待的苦命孩子！我爱你，希望你学好。托普西，我病得很严重，没几天可活的了。看到你这么淘气，我心里真难受。希望你为了我，当个好孩子吧。"

托普西双眼闪着泪光，刹那之间，仿佛一道真正信任的光芒照进了她蒙昧的心里！她把头伏在膝盖上，抽噎着痛哭起来。而美丽的伊娃，正弯着腰，站在她面前。那景象活像一个光明天使正弯腰感化一个世人。

"哦，亲爱的伊娃小姐，"托普西说，"我一定努力学好，我一定会当个好孩子的。可以前，我却一点儿也不在乎。"

外面看的人似乎也受到很大触动，特别是奥菲丽亚小姐，她终于明白自己长时间不被托普西接受的原因了。

第十七章　死亡

　　一天下午，伊娃正在房间里看《圣经》，突然听到走廊上传来母亲尖厉的声音。

　　"你这个小妖精！又在干坏事！为什么把花给我摘下来了，嗯？"接着，伊娃听到一记令人痛心的耳光声。

　　"太太！花是给伊娃小姐摘的。"一个孩子的声音回答道。伊娃听出这是托普西的声音。于是她赶紧从床上下来，出去为托普西解围。伊娃告诉妈妈花是她要的，并盛赞托普西将花搭配得相当美丽。托普西在她面前一反常态地表现出羞涩的表情来，她现在真心喜欢并感激这位天使般的小姐了。伊娃回过头来，又劝母亲不要生气，并声称想剪头发，把母亲的注意力岔开了。于是玛丽把隔壁房间里的奥菲丽亚小姐叫出来帮忙。

　　奥菲丽亚小姐手里拿着剪刀，走到伊娃跟前开始剪起来。玛丽在一张椅子上躺了下来，用手帕盖在脸上。圣克莱尔则神情忧郁地看着伊娃一绺一绺的头发掉落下来。伊娃一会儿望望父亲，一会儿看看母亲，她的眼神平静而彻悟，只有摆脱了尘世羁绊的灵魂才会有这样的眼神。

伊娃朝父亲招招手，他走了过来，坐在她的身边。

"爸爸，我一天天衰弱，我明白自己得走了。我还有些话要说，有些事要做。爸爸，我想跟我们家里所有的仆人见一面，我有些话得跟他们说一说。你同意吗？"伊娃说。

"好的。"圣克莱尔强忍住泪水说道。

于是，奥菲丽亚小姐派了人出去传话，不一会儿，所有的奴仆都来到伊娃的屋子里。

从那以后，伊娃的病情迅速恶化。奥菲丽亚不分昼夜地守护着她；汤姆为了方便看望伊娃，干脆每晚就睡在伊娃房门口的走廊上。全家主仆中，对伊娃的心思和情感最了解、最能够体会的还是每日抱着她的汤姆叔叔。凡是怕父亲担心和不安的话，伊娃都跟汤姆说。

奥菲丽亚小姐看见躺在房门外的汤姆，说道："我还以为你是个有条不紊的人，喜欢像基督徒那样，躺在床上睡觉呢。"

"是这样的，奥菲丽亚小姐，"汤姆满带神秘地说，"您说对了。不过现在，我要留在伊娃小姐门外，伊娃小姐告诉我，上帝会派使者来的。所以，我一定得睡在这里，等这个有福气的孩子进入天国时，他们会把天国的大门打开，那时，我也能看一眼天国的荣光了，奥菲丽亚小姐。"

这天夜里，奥菲丽亚小姐决定通宵守护她的小病人。午夜时分，她看出伊娃有点不对劲，于是马上吩咐汤姆去请医生，然后又把堂弟叫起来。姐弟两人紧紧盯着伊娃，气氛十分凝重。那执着走动的时钟发出嘀嘀嗒嗒的声音，令人烦躁不安。

不一会儿，汤姆带着医生回来了。医生走进屋，替伊娃检查了一下，也像其他人一样默默无言了。显然，大家都不愿意看到的结果还是来了。

嬷嬷强忍着悲痛，急急忙忙地叫醒全家奴仆。不一会儿，走廊里挤满了一张张焦虑的脸庞，大家都焦急地往屋里张望，眼睛里噙满了泪水。

"亲爱的爸爸。"孩子睁开了湛蓝的大眼睛，用尽最后的力气喊道，同时用胳膊搂住父亲的脖子。可是不一会儿，胳膊又耷拉下来，圣克莱尔惊得一抬头，瞥见孩子脸上出现一阵痛苦的抽搐，那是临死前的挣扎。

"啊，上帝，多么可怕！"圣克莱尔痛苦地转过身，抓住了汤姆的手，"汤姆，这简直要我的命啊！"

汤姆捧着主人的手，泪水在他黝黑的脸庞上长流。他像平常一样，仰望上天，诚心地祷告，希望上帝能早点结束这一切。此刻孩子躺在枕头上，筋疲力尽地喘着气，接着，她那双清澈透明的大眼睛往上一翻就再也不动了。伊娃脸上显现出庄严、神秘的光辉，所有的人都屏住呼吸，默默地簇拥在她身旁。

"伊娃！"圣克莱尔轻轻叫了一声。

伊娃仿佛已经飞向天国去了。

"哦，伊娃，告诉我们你都见到了什么？"她父亲问。

一丝灿烂的微笑在伊娃脸上掠过。她断断续续地说："哦，是爱——快乐——宁静！"一声叹息之后，她便穿过死亡迈入了永生！

第十八章　团圆

日子一天一天地悄悄过去了，圣克莱尔一家逐渐归于平静。时间丝毫不顾及人们的情感，总是冷酷而专横地向前行进。

圣克莱尔一生的全部兴趣和希望都寄托在女儿身上。他之所以经营他的产业，以及他所有的时间安排，都是为了伊娃。于是，伊娃走了以后，他突然变得空洞了，他似乎失去了一切做事的动力。

虽然圣克莱尔从外表看来没有太大的变化，但仔细从许多方面看，圣克莱尔仍然像变了个人似的。以前的圣克莱尔不是一名基督徒，但尽量让自己的行为符合基督教的要求，以免真的要去承担责任。而现在他认真地诵读起小伊娃的《圣经》来，更加清醒而认真地思考自己与奴仆的关系。这不免使他对自己过去和现在的许多做法都极不满意。他牢记伊娃的请求，回到新奥尔良后，便着手按法律程序开始解决汤姆获得自由的问题了。与此同时，他对汤姆的感情也一天天加深。

"汤姆，"圣克莱尔在开始为汤姆办理自由手续的第二天说，"你就快成为一个自由人了，你收拾收拾东西，准备动身回肯塔基去吧。"

汤姆不禁喜形于色，举着手对着老天高喊道："感谢上帝！"

看到汤姆这样迫不及待地想要离开自己，圣克莱尔产生了一丝不快，于是说道："难道你在我这里过得不快活吗？用得着这样欢天喜地吗，汤姆？"

"不，不，老爷！不是那样的，是因为我要当自由人！我是为获得自由而高兴。"

"啊，也许是这样，汤姆。可是不到一个月的光景，你就要离开我了，谁想到会这么快。"

"老爷只要还没从悲伤中走出来，我是不会走的。只要老爷还需要我，我就会一直留在您身边的。"汤姆说。

"汤姆，你是说我在痛苦中，你就不走吗？"圣克莱尔凄然地望着窗外，"可是，我什么时候才能停止悲痛呢？"

"等到老爷成了基督徒就能了。"汤姆说。

圣克莱尔微微一笑，把手搭在汤姆肩头说道："啊，汤姆，你这个心慈的傻瓜！我不会让你等到那一天的。早日回到你的亲人身边去吧，替我向他们问好。"

一天，奥菲丽亚小姐派罗莎去把托普西叫来。罗莎去的时候看见她正慌里慌张地往怀里揣着一件东西，她不禁怀疑托普西又偷了什么东西，于是粗鲁地去搜托普西的身。这惹恼了托普西，她们最终打了起来。吵闹声把奥菲丽亚小姐和圣克莱尔两人引来了。

"不管是什么东西，拿出来，让我看看！"奥菲丽亚小姐断然地说。

托普西犹豫着，从怀里掏出一个小布袋，那是用她自己的旧长筒袜缝成的。

奥菲丽亚小姐把布袋里的东西倒出来，里面有一个伊娃给她的小本子，小本子用从丧服上撕下来的一块黑纱裹着，里面按日期抄写着一节节《圣经》经文；另外还有用纸包着的伊娃赠给托普西的那绺头发。圣克莱尔见了这两样东西，不禁触景生情，十分感动。

"你为什么要用黑纱包着本子呢？"圣克莱尔捡起黑纱问道。

"因——因为这是伊娃小姐的。哦，千万别把它们拿走，求求您啦！"托普西说着一屁股坐在地上，捂着脸，伤心地放声大哭起来。

"好啦，好啦，别哭啦，这些东西都是你的！"圣克莱尔把东西放在一起给了托普西，便拉着奥菲丽亚小姐往客厅走去。

这个黄昏，金灿灿的落日仍然赐予着温暖。圣克莱尔穿过走廊，看到汤姆正在一字一句地念《圣经》，念得吃力而又全神贯注。圣克莱尔走过去主动念给汤姆听，自己却被那些语句打动了，念完之后，陷入了沉思中，连下午茶的铃声他都没有听到。茶点过后，他、玛丽和奥菲丽亚小姐都回到了客厅，谁也没有说话。

玛丽倒在躺椅上酣然大睡起来；奥菲丽亚小姐默默地忙着织毛线；圣克莱尔则坐在钢琴前，弹奏着一支柔和而忧郁的曲子。他似乎沉浸在梦幻里，正在用音乐倾诉着什么。过了一小会儿，他打开一个抽屉，拿出一本纸张发黄的乐谱，翻阅起来。

"这是我母亲的乐谱，这是她的笔迹。你来看看，这是她仿照莫扎特的《安魂曲》编写的曲子。"他对奥菲丽亚小姐说道。

于是他弹了几节庄严的和弦，接着唱起了那首庄严的古拉丁文曲子《最后审判日》。

圣克莱尔把深沉哀婉的情绪融入了歌词里。后来他停下来对奥菲丽亚说："今天下午，我给汤姆念的《马太福音》那一章，就是描绘最后审判，让我受到很大震动。人们都以为那些不能进天堂的人，是由于犯下了大罪，其实不是这样。那些遭到天谴的人是因为没有广施善行。啊，我亲爱的小伊娃，我可怜的孩子！"圣克莱尔说："她那颗淳朴的心灵，曾经为我而行善。"

自从伊娃死后，圣克莱尔还是第一次没有刻意地回避伊娃而说了这么多话。他说话时，显然是抑制着强烈的感情。

圣克莱尔接着说："我觉得真正的基督徒会和不公正的制

度作斗争，甚至最后在斗争中献出生命。现在我已经失去了一切，是该为我的仆人做点什么了。"他又在房间里溜达了一会儿，然后说："我想到街上去走走。"说完，他拿起礼帽出去了，还拒绝了汤姆的陪同。

夜里，月光皎洁，汤姆望着院子里的景象，不由想起了家，想到自己即将成为自由人，想回家就能回去了。还想到他应该怎样干活，才可以赎回妻子、儿女，想到伊娃，可亲可爱的伊娃哦……想着想着，汤姆进入了梦乡，还在那里遇见了伊娃。可是笃笃的敲门声和大门外的鼎沸人声把汤姆惊醒了。

圣克莱尔被人从外面抬了进来，汤姆不由得大叫一声。原来圣克莱尔刚才在一家咖啡馆看晚报，突然有两个醉鬼打起架来。圣克莱尔和另外几个人想把他们两人拉开，不曾想，他自己却被其中一个人手中的杀猪刀刺穿了腹部。

一时间全家上下，痛哭哀号之声处处可闻，只有奥菲丽亚小姐和汤姆在竭力保持镇定。经过奥菲丽亚小姐细心的护理之后，圣克莱尔慢慢苏醒过来。这时医生也赶到了，检查之后，他的脸上写满了绝望。可是，医生仍然为他包扎伤口。周围惊慌的仆人们哭泣、抽噎着。这时，他们全都已经聚集在走廊门口和窗子旁边。

圣克莱尔几乎已经不能说话，只是闭着眼睛躺在那里。挣扎了一番，他把手搭在跪在他旁边的汤姆的手上，说："汤姆，你这个苦命的人！我快不行了，"圣克莱尔依旧按着汤姆的手说："祈祷吧，汤姆，为我祈祷吧！"

汤姆诚挚地为即将超脱尘世的灵魂祈祷起来,他的灵魂仿佛正透过那双忧郁的蓝色大眼睛,凄然地望着汤姆。祷告完毕,圣克莱尔伸出手握住这位老朋友的手,什么也没说。此刻,黑人的手和白人的手是以平等地位紧握在一起的。

"我终于到家了!"圣克莱尔突然睁开双眼,闪烁着重逢的喜悦,喊道,"母亲!"

渐渐地,他躺在那儿一动不动了,仿佛过了许久,大家才发现他已经去世了。

第十九章　不受保护的人们

常常听说，黑人奴隶由于失去了仁慈的主人而悲痛不已，这完全可以理解。因为，这个世界上，再也没有比奴隶更无保障和孤苦伶仃的人了。失去父亲的白人孩子，仍然有亲友和法律的保障，而奴隶却什么都没有。那些奴隶们深深地了解，遇到好主人的机会实在是少之又少。所以当圣克莱尔撒手辞世时，他们无不恐慌悲伤地号啕大哭。

葬礼过后，冷漠、浑浊的现实生活向所有的人提出了那个永恒的问题："下一步该怎么办呢？"

玛丽看着焦虑不安的奴仆在思考着这个问题。奥菲丽亚小姐心里知道这里已不再需要她，于是开始考虑着返回北方老家的事情。奴仆的心里也怀着恐惧想着这个问题，他们十分清楚自己将会落到冷漠无情的太太手里，再没有人保护他们了。

汤姆心里一直挂念着远方的家人，在老爷出事以前，他还企盼着不久就能够回到家人身边，可是现在该怎么办呢？他心事重重地找到奥菲丽亚小姐，请她帮忙跟太太求情放他回去。

偌大一个庄园，对仆人怀着同情之心，并能够跟女主人说上几句话的人只剩下奥菲丽亚小姐了。

"我一定尽力去帮你，汤姆，"奥菲丽亚小姐说，"不过，如果这事你们太太说了算的话，我也不敢替你抱多少希望。不管怎么说，我试试看吧。"

她经过一番慎重的考虑，觉得上次同玛丽的谈话也许是过于急躁了，决定这次要尽量婉转随和一些。于是她和颜悦色地走到玛丽屋里，准备拿出自己的全部外交手段，协商汤姆的问题。

她进去的时候，玛丽正躺在靠椅上，看简刚从外面买回来的几种黑色薄衣料。

"这一件还可以，"玛丽挑出来一块，说，"只是服丧期间穿不知道合适不合适。"

玛丽转过身询问奥菲丽亚小姐的意见，但奥菲丽亚小姐显然没有心思谈论这个，她让玛丽自己判断。

玛丽之所以现在做新衣服，是因为她打算下星期就离开这里，而她却一件能穿的衣服也没有。这让奥菲丽亚小姐有些吃惊。"你这么快就要离开这儿？"

"是啊，圣克莱尔的哥哥写信来了，他跟律师都认为仆人和家具最好送去拍卖，房子留给律师照管。"

"有件事我原来就想跟你谈谈，"奥菲丽亚小姐说，"圣克莱尔曾答应过要让汤姆得到自由，也已经开始着手办理法律手续了。希望你帮帮忙，成就了这件事。"

"哼，我才不干这种事！"玛丽尖刻地说道，"汤姆是家里卖价最高的仆人，这个损失无论如何担不起。再说，他要自由干吗？"

"可是，"奥菲丽亚小姐使尽力气说，"让汤姆得到自由，是你丈夫最后一个心愿，也是亲爱的小伊娃临死前的心愿。我看，你不该不管不顾吧。"

听了这番话，玛丽马上用手帕捂住脸号啕大哭起来，边哭还边责怪奥菲丽亚勾起了她的伤心事，戳痛了她的旧伤疤。屋子里立刻忙乱起来，奥菲丽亚小姐只好逃回自己的房间。

她知道再谈下去毫无益处，因为玛丽总可以用这种歇斯底里的发作来拒绝。因此，奥菲丽亚小姐只好尽其所能，为汤姆做了另外一件事：她替汤姆给谢尔比太太写了一封信，请他们派人来解救汤姆。

几天后，汤姆和阿道尔夫，还有五六个别的仆人，被押送到一家奴隶货栈，在那里等候着被拍卖出去。

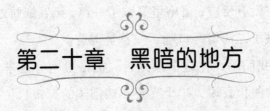

第二十章　黑暗的地方

　　汤姆及其他仆人在黑奴货栈等着被拍卖出去。就在汤姆还没回过神来的时候，他就被红河一带的一个棉花种植园主雷格里先生买走了。

　　汤姆和他的同伴跟着一辆破旧的马车，疲惫不堪地行走在崎岖的道路上。马车里坐着西蒙·雷格里。那两个被锁在一起的女人和行李，都被安置在马车后部。他们这是向雷格里的种植园进发。

　　这是一条荒凉、偏僻的道路，他们时而穿过风声呜咽的松林，时而穿过一望无际的沼泽。途中不时还可以看到可怕的毒蛇在沼泽中间爬来爬去。

　　对于一个出门做生意的外乡人来说，即使他腰缠万贯、鞍马齐备，走在这类荒僻的道路上，也会感到十分寂寞；而对于一个奴隶来说，这种行程就更加凄凉。然而，西蒙却得意扬扬，他一边驱赶着马车，一边不时地喝上一口酒。

　　"我说，你们怎么了？"当他转过身，看见身后的奴隶沮丧的脸色时，不快地喊道："唱个歌儿，伙计们，唱起来吧！"

大家没有反应，雷格里又喊了一声，接着威胁地抽了一下手中的鞭子。汤姆开口唱了一首赞美诗。

"给我闭嘴，你这个黑鬼！"雷格里咆哮起来，"谁要听你那破歌曲！我说，唱个真正热热闹闹的，快！"

一个黑奴唱起了一支在奴隶中间流行但无聊的歌曲。

唱歌的人随意地唱着，不管有没有意思。每隔一段时间，大伙都跟着吆喝叫喊几声。这种强颜欢笑的歌唱其实包含了无尽的伤悲，可是这些西蒙是永远都不会了解的。

"哟，小宝贝，"他转身把手搭在爱默琳的肩头，说，"我们就要到家了。"

刚才雷格里责骂咆哮的时候，爱默琳感到十分惊恐，但是现在看到他这样，她倒宁愿让雷格里打她一顿。她厌恶地浑身一颤，不由自主地靠紧着身边的混血女人。

"你没有戴过耳环吧？"他用粗糙的大手捏着她小小的耳垂问道。

"没有，老爷。"爱默琳忍气吞声、浑身战栗地回答。

"那好吧，等到家里以后，你要是听话，我就给你一副。你不用害怕，我不会叫你干重活的。你跟我在一起会过得像个贵妇人似的，只要你乖乖听话。"雷格里已经喝得有点醉意，态度也变得十分蔼可亲。

终于他们来到了雷格里的庄园。这座庄园原来的主人是一个家境富裕、趣味高雅的绅士，曾花费了不少心血来装修自己的庄园，可是后来由于债务问题把庄园低价变卖给了雷格里。雷格里只不过把庄园当作赚钱的工具，所以庄园现在是一片凋敝荒凉的景象。

听到马车声，三四只气势汹汹的恶狗狂吠着蹿了出来。跟在后面衣衫破烂的仆人，费了好大的劲，才制止住它们，没有让它们咬到汤姆和他的同伴。

"看清了吧！"雷格里满意地摸着狗，转身对汤姆和同伴们说，"要是你们想跑，那就试试看。养这几条狗，就是专门用来追捕黑鬼的。它们能把你们咬得稀烂。可要当心了！哦，家里情况怎么样，山宝？"他对一个衣衫破旧、头戴破帽、点头哈腰献着殷勤的奴隶说。

"很好，很好的，老爷。"

"昆宝，"雷格里又对另一个极力想引起主人注意的奴隶说，"吩咐你的做了吗？"

"做了，怎么会不做呢？"

这两个黑人就是种植园里的黑奴监工。雷格里已经把他们训练得像狗一样野蛮、残暴而又听话了。

雷格里像一个暴君一样，懂得运用分散权力控制种植园。山宝和昆宝彼此恨得咬牙切齿，所有种植园的奴隶，又把他俩恨得咬牙切齿。雷格里只需使一点儿力在中间挑拨，就使三方都互相猜忌仇恨，

从而对整个庄园实施控制。

"山宝,"雷格里说,"你给我把这帮家伙带下去。噢,这是给你买的女人。"他说着把混血女人与爱默琳分开,又把混血女人推到山宝面前。"我答应过给你弄个女人,你记得吧?"

那女人吓了一跳,抽身后退,突然说道:"老爷,我在新奥尔良有丈夫了。"

"那又怎么样?你到了这里,就不要想以前的男人了。别再说了,去吧!"雷格里说着威胁性地挥起了皮鞭。

"过来,"雷格里冲爱默琳说,"你跟我进屋吧。"

站在一旁的汤姆关切地看着爱默琳走进屋子去。接着,屋里传来另一个女人尖厉急促的喊叫声,还有雷格里的怒骂声:"闭上你那张臭嘴!我想怎么着就怎么着,你管不着我!"

汤姆后来被带到一排简陋的棚屋,那里面除了稻草什么也没有,每间屋子的稻草上横七竖八地睡着十几个奴隶。每天天不亮,他们就得下地干活,很晚才收工。枯燥乏味、永无休止的劳动让这些人变得暴躁凶狠,而又虚弱无助。

"喂!"山宝走到那混血女人跟前,丢给她一袋玉米,"你叫什么鬼名字?"

"露茜。"女人说。

"听着,露茜,你现在是我的女人了。你把这些玉米给我磨了,然后把晚饭吃的饼子给我烙好,听见了吗?"

"我不是你的女人!"绝望的露茜已经无所惧怕了,"去你的吧!"

"我真想给你一脚!"山宝说着便威胁地抬起了脚。

"你就弄死我好了。死得越快越好!我情愿去死!"露茜说。

"我说,山宝,你要是把干活的人打坏了,看我不告诉老爷去。"昆宝说道。他刚才恶狠狠地赶跑了两三个等着磨玉米面的女人,现在自己正霸占着石磨在磨面。

"那我也告诉老爷,你不让女人磨玉米面,你这个老不死的!"山宝说,"少管闲事!"

一天的旅途劳顿,汤姆饿得差一点儿昏过去。

"喂!"山姆丢了一个麻布袋给汤姆,里面装着一配克(两加仑)玉米,"喏,黑鬼,接着,省着点吃,一星期就这些。"

汤姆等到别人都磨完了,才磨了玉米面,又在快要熄灭的火堆上烙了饼,吃了晚饭。他一个人坐在火光旁边,掏出了《圣经》来寻求慰藉。"上帝在这儿吗?"汤姆内心痛苦地挣扎着,身体的疲劳渐渐侵袭而来,他摇摇晃晃地走进他们分给他睡觉的屋子,一头躺在稻草里,酣睡起来。睡梦中他仿佛听到伊娃正在念:"你从水中经过,我与你同在;你走过江河,河水漫不过你;你从火中经过,火焰烧不到你。因为我是耶和华,你的上帝,是你的救主。"

第二十一章 凯茜

　　没过多久汤姆便熟悉了自己的新生活，了解了自己希望和担心的所有事情。不论做什么，他都十分精通而且效率颇高。

　　雷格里心里十分清楚汤姆的精明强干。他把他视为一等奴

隶，但是却不喜欢他，因为汤姆总是对其他奴隶流露出关心和同情。雷格里本想把他培养成监工，但是监工最重要的素质是狠毒，于是雷格里决定要采取手段叫他狠毒起来。

一天早晨，汤姆在棉花地里惊讶地发现一个外貌引人注意的女人，她叫凯茜。凯茜身材苗条，手脚纤弱，衣服整齐，打扮体面，有三四十岁的样子。她那饱经风霜的脸显得很苍白，眼睛里流露着痛苦，但是外表却显得桀骜不驯。这一切颇让汤姆不解。

同一天有一段时间，汤姆挨着那个和他一批被买来的混血女人露茜干活。他注意到她十分痛苦，仿佛马上就要晕倒在地。汤姆不时听见她的祈祷声，于是走到她身边，悄悄地从自己麻袋里抓出几把棉花塞给她。

"哦，别，别！"露茜惊讶地说，"这会给你找麻烦的！"

就在这个时候，山宝走了过来。他狠狠地用牛皮靴踢了露茜一脚，又朝汤姆脸上抽了一鞭子。

汤姆不怕再次挨揍，他趁山宝不注意，又走过去，把自己的棉花都放到露茜的麻袋里了。

"哦，不要这样！他们会对付你的。"露茜说。

"我受得了！"汤姆说完又回到自己的地方。

那个叫凯茜的陌生女人走近汤姆，并把一些棉花塞进了他的麻袋里。

"你对这里太不了解了，"她说，"不然你是不会这样做的。只要住上一个月，你就不会再帮助别人了。在这里，想要保全自己都难上加难。"

"上帝保佑，太太。"汤姆不假思索地脱口而出。

"上帝从不光临这里。"凯茜愤愤然地说道。

天已经很黑了，疲乏困顿、无精打采的奴隶才被赶去过秤的房间。山宝和昆宝正在向雷格里汇报情况，他们把白天监工的情况一一告诉了他，包括汤姆帮助露茜，凯茜给汤姆塞棉花的事。奴隶们一个个把篮子递上去过秤，雷格里则在一边记录着棉花的分量。

汤姆的一篮棉花过了秤，得到了认可。他焦急地看着他帮助过的露茜，希望她也顺利过关。虽然雷格里看到露茜的篮子里棉花分量很足，但是他还是说："你这个偷懒的畜生！又少秤了！给我站到一边去，过一会来收拾你！"

"喂，"雷格里说，"汤姆，你过来。我买下你来，不是叫你干普通活的。我要提拔你当个监工。去，抓住这个女人，给我揍她一顿。你见得也不少了，该知道怎么揍人。"

"请老爷原谅，"汤姆说，"老爷千万别让我干这个，我不会干，也不能干这个。"

"等我收拾完了你，你就学会啦。"说着，雷格里抄起牛皮鞭子使劲地抽打起汤姆来。

"现在还说不会干吗？"他停下手问道。

"是的，老爷，"汤姆抬起手，擦了擦脸上的鲜血，"我愿意一天到晚地干活。但是我干不了这件事，因为它让我觉得违背基督教义。老爷，我不会这么干的！"

汤姆说话一向柔顺温和，态度也十分谦恭，因此，雷格里认为他是那种很容易被驯服的人。汤姆说完最后一句话时，在场没有一个人不感到惊讶的。雷格里吃惊了半晌，终于暴跳如雷地大骂起来，同时，皮鞭如雨点般噼噼啪啪地落在汤姆身上。汤姆的态度始终很坚决，他宁愿自己被打死，也绝不愿意扬鞭打人。

　　"我就不相信！"雷格里轻蔑地笑道，"咱们等着瞧，等着瞧！山宝、昆宝，给我把这狗东西好好收拾一顿，要他挨不过这个月去！"

　　于是，那两个高大的黑人抓住了汤姆，如同魔鬼一般把毫不反抗的汤姆拖了出去，那个可怜的女人吓得厉声尖叫，所有人一下子骚动起来。

第二十二章 混血姑娘的身世

深夜，汤姆独自一人躺在破旧的轧棉机房里。他身上流着血，嘴里不断地呻吟着。屋子里又黑又湿，成群的蚊子加倍折磨着汤姆。

正在这时，有人进来了，马灯的光线照在他的眼睛上。来的人正是那个叫凯茜的女人。她放好马灯，从瓶子里倒出一杯水，然后托起汤姆的头，喂他喝水。汤姆早已被那种火烧火燎的焦渴感折磨了很久了，他急不可耐地喝了一杯又一杯。

"真是太感谢你了，太太。"汤姆喝完水之后说。

"快别叫我太太！我跟你一样，是个苦命的奴隶，比你还下贱的奴隶！"她说的时候满含辛酸。说完她费了很大劲把汤姆挪到草褥上，然后给他的伤口敷上一些药物。经她照料一番以后，汤姆感觉好了一些。

"这没用的，可怜的人，"凯茜沉默了一会儿以后，忽然怜悯地说道，"你这样做，根本没用。你很勇敢，可是你拿他没有办法。你是在魔鬼手心里，最后你还是要屈服的！"

"上帝！上帝！"他呻吟着说，"我怎么能屈服呢？"

"呼唤上帝有什么用？我在这里待了五年了，人和灵魂都被践踏在这家伙的脚下。我痛恨他！可是这有什么用呢？他在这里为所欲为、无法无天，没人能够逃得出他的魔掌。我跟他同居了五年，这五年来，我无时无刻不诅咒着自己！现在，他又弄来一个女人，还是个十五岁的孩子。她告诉我，她在以前的女主人那里受到过良好的教育，会诵读《圣经》。她把《圣经》也带到这里来了。见她的鬼！"女人说着，悲凉地大笑起来。

当凯茜稍稍平静下来以后，汤姆开口了："劳驾，太太，我刚才看见他们把我的上衣丢到那个角落里了，那个口袋里还装着我那本《圣经》呢。请太太给我读一段，好吗？"

凯茜走过去拿了过来，一脸高傲地念起来，当她念到"天父啊，赦免他们，因为他们不知道自己正在做什么"这句话时，她丢掉《圣经》，抱着头呜呜咽咽地哭起来。

汤姆也在哭泣，时不时还会低低地吐出一口气来。他缓缓地说道："上帝一定会保佑我们的，保护我的灵魂，不让它屈服。折磨多长时间都行，可挡不住有一天我会死去。我死了，就再也不会受折磨。我坚信这一点。"

"也许你是对的，"她喃喃自语，"比起那些认了输的人，你还有希望！我现在的处境却让自己都怨恨自己，我们都盼望着早点死掉得以解脱，可又没勇气死！真令人绝望！"

停顿了一会儿，她又开口说："我出生在一个富裕的家庭，父母都很疼爱我。我的童年快乐而幸福。十四岁时，父亲突然死了，当时，他正在给我们办理自由手续，可是，他走得太匆忙了，我和母亲没来得及获得自由，便被清算进资产中抵了债。葬礼后不久，一位年轻英俊的男人通过律师买下了我。我们互相爱慕，可是因为他的身份和地位，他不能和我结婚。我毫无怨言地照顾了他整整七年，我们还生了两个漂亮的孩子。大儿子起名叫小亨利，跟他父亲的名字一样，女儿叫爱丽丝。他十分喜爱这两个孩子，当时我觉得我是天底下最幸福的人了。好日子没过多久，他表哥巴特勒来到了新奥尔良，把厄运也带来了。他带亨利去吃喝嫖赌，使亨利欠了一堆债务。他还给亨利介绍了一个女人，亨利为了还清赌债尽快和她结婚，把我和两个孩子卖给了表哥。当我知道这个消息的时候，伤心欲绝，昏了过去。醒来后，我用一切我能想到的恶毒词汇咒骂巴特勒那个恶棍，可是毫无用处。他利用两个孩子来威胁我，我不得不屈从他。他到底还是把两个孩子卖掉了。有一天，我在街上亲眼看到小亨利被人鞭笞，我痛哭着跑回家，请求巴特勒去调解。他只是一笑了之，对我说黑奴的孩子活该这样。一刹那间，我头晕目眩，怒不可遏。我抄起桌上放着的猎刀，朝他身上扑过去，接着，我眼前一团漆黑，就什么都不知道了。

"几天后，我醒来，发现自己躺在一个陌生但漂亮的房间里。有一个老婆婆在细心地照料我，还有医生来给我看病，后来我知道，他们之所以对我精心照料，是巴特勒想让我尽快好起来，以便卖一个好价钱。我只盼望自己一病不起，可是事与愿违，我很快恢复了健康。好了以后，他们逼迫我每天打扮得光鲜漂亮，与一些绅士模样的人见面。这些人一边打量我，一边跟他们问这问那，讨价还价。有一个叫斯图尔特的绅士，他好像对我有些同情，看出我的心事，单独来看过我几次，让我把心事告诉他。最后，他把我买了下来，并尽力帮我打听孩子们的下落，打算把他们赎回来。他打听到小亨利已经被卖给红河上游的一个种植园主，但至于具体去了哪里却无从得知。他又打听到我女儿被一个太太收养了。他出了一大笔钱买她，可是人家不愿意卖。斯图尔特对我很好，他把我带到了他那座漂亮的种植园。一年以后，我给他生了一个儿子。那孩子长得真像小亨利，我对他倾注了我全部的爱。可是他让我想到了可怜的小亨利，想到这个漂亮孩子总有一天也会像小亨利一样被无情卖掉。于是，我狠下心给他灌了鸦片酊，然后紧紧抱着他，让他在睡梦中死在了我的怀里。别人都以为我是弄错了才给他吃鸦片酊的。可是直到今天，我仍然不后悔，起码他摆脱了人间的痛苦。不久，霍乱流行，斯图尔特患病死了。我又成了货物，被卖来卖去。在这些年里，我已经人老珠黄，不再拥有美丽的面孔，加上还得过一场热病，所以几乎没有人愿意买我了。最后，这个恶棍买了我，把我带到了这里。"

凯茜时而愤怒、时而悲伤地述说着自己的身世，此刻她已经有些迷狂了，汤姆也听得心神恍惚，甚至忘记了自己伤口的创痛。他一直凝望着在那里焦虑不安地走来走去的她。

"你告诉我，"她停顿了一下，说，"也许有个上帝，可是公道在哪里？难道我们都是应该受这种折磨的吗？早晚有一天，我不会手软的，我会送他去该去的地方！"

汤姆默默地看着眼前这个女人，想到她曲折的身世，心中充满了怜悯与同情。他用基督教义开导凯茜，劝她信仰基督，追随上帝。

凯茜很久才平息了自己激动的情绪，她给汤姆喂了一些水，收拾了一下房间，默默地离开了。

第二十三章　爱默琳和凯茜

　　凯茜进到屋内，看见爱默琳脸色苍白地坐在屋子最里面的角落里，她显然被突然闯入的人吓坏了。爱默琳看清楚来人之后，连忙跑过来紧紧抓住凯茜的手臂，说："噢，凯茜，我真高兴来的是你！哦，你不知道，楼下吵得真吓人，闹了一个晚上啦！我真担心他们会突然想起我来。"

　　"我当然明白你的担心，我听得够多了。"

　　"噢，凯茜，你说，难道我们不能逃出去吗？哪怕是逃到沼泽地里与蛇为伴都比现在强啊！"

　　"除了死路一条，休想能逃得了。"凯茜说，"以前也有不少人试过逃跑，结果就算逃到沼泽地里，也被他们带着猎狗抓了回来，绑在树上用火给烧死了。"

　　"太可怕了！"爱默琳吓得面无血色地说，"凯茜，你告诉我，我该怎么办呀？"

　　"只能和我一样尽力而为了，迫不得已时，也只好认了，不过要时刻用仇恨和诅咒来弥补。"

就在爱默琳和凯茜说话的时候，楼下客厅里的雷格里已经喝得烂醉如泥，沉沉睡去。通常，为了使自己不失去自控能力，他从来不会喝得过量的。可是今天夜里，为了赶走他内心苏醒过来的那些痛苦和懊悔的念头，他难以自控地喝过了头。在昏沉的睡梦中，他看见一个戴面纱的影子站在他旁边，把柔软而冰冷的手搁在他身上。他想这一定是母亲，他吓得浑身战栗起来。那绺头发仿佛又缠上他的指尖，接着又缠上他的脖子，越缠越紧，直勒得他喘不过气来。他又觉得好多人在他耳边轻声说话，而自己正处在一个可怕的无底洞的边缘。他死命地抓住洞沿不肯放手，洞底伸上来一些魔爪，想把他拽下去。这时凯茜哈哈大笑地走了过来把他推了下去。接着那罩着面纱的影子又出现了，面纱揭开了，果然是母亲！后来她把脸转过去，他就在乱哄哄的尖叫声和狞笑声中一直往下掉，掉呀，掉呀——这时他突然惊醒过来。这时已是清晨，他跌跌撞撞走过去倒了一杯白兰地，一口气喝掉了半杯。

"我这一夜真糟糕透了！"他对刚刚走进来的凯茜说。

"的确糟糕，以后还会更糟糕的。"凯茜面无表情地说道。

"闭上你的臭嘴，贱人。"

"我想给你一个忠告，"凯茜不理睬雷格里的怒骂，她一边收拾房间，一边若无其事地说，"你最好先别找汤姆的碴儿了。你花了一千来块把他买来，却为了赌一口气要在这最忙的季节把他弄死。其实你想怎么整他都不关我的事，反正我能为汤姆做的一切都已经做了。如果你愿意在棉花上市的时候，心甘情愿地把钱交给那个耀武扬威的汤普金斯，那你高兴怎样整汤姆就怎样整吧！"

"他非认输不可。今天我一定要让他跟条狗似的，向我求饶。"

"他决不会的，西蒙，你不了解他这种人。你可以一刀一刀地剐了他，却永远不可能从他口中听到一句求饶的话。"

"那咱们就等着瞧好了。"雷格里说着，跨出门去了。

雷格里虽然嘴上说得很硬，可是走出去找汤姆时，心里仍然有些疑虑。昨天夜里所做的梦，以及凯茜的建议，都大大影响了他的思想。他决定不让任何人看到他与汤姆的这次见面。如果这一次制伏不了他的话，那就把报复的时间推迟到最忙的季节以后。

"你现在可尝到滋味了！跪下，你这个狗东西！"雷格里见到汤姆后说。

"雷格里老爷，"汤姆说，"我还会那么做的。不管后果怎么样，我决不干没人性的事。"

"好哇，别以为你很了不起。我告诉你，没啥了不起。要是把你捆在树上，四周点起火来慢慢烤死你，看你还能怎样，汤姆？"

"老爷，"汤姆说，"不管什么可怕的事情，你杀死了我的肉体以后，就再也不能把我怎样了。啊，我死了以后会进入天堂！"

"见你的鬼去吧！"雷格里一拳把汤姆打翻在地。就在这时，一只冰冷但柔软的手搭在了雷格里手上，那是凯茜。雷格里吓坏了，因为这只手让他想起了昨夜那个可怕的梦。

"你真要这么傻吗？"凯茜用法语说，"好了，你别管这里了，我会好好照料他以便让他尽快下地。想想我刚才说的话吧！"

"好吧，你想怎样都成。"雷格里犹豫了一下，对凯茜说道。然后他又转身对汤姆骂了几句恶毒的话，才转身扬长而去。

"上帝派了天使来，又一次堵住了狮子的嘴。"汤姆说。

"这一次是躲过去了，"凯茜说，"不过，把他惹恼对你一点儿好处都没有。他会天天盯着你的，就像魔鬼，吸干你的血，叫你活不成。他这个人，我了解。"

第二十四章 自由

现在汤姆叔叔虽然沦落到坏蛋手中，但为了回过头去看看乔治和他妻儿的命运，我们不得不暂时放下他。

那位在追捕乔治和伊莱扎时受伤的汤姆·洛克被抬到一个教友会教徒家里后，受到了多加大婶慈母般的照料。

"见鬼！"汤姆·洛克一把扯开了被单。

"洛克，请不要说这种粗话了。"多加大婶一面小心地整理好被子，一面说。

"当然好，大婶，可是我实在难以忍受啊！"洛克说，"这鬼天气，想让人不咒骂都很难。"

"我说，孩子，别光是骂骂咧咧、发誓赌咒了，你应该注意一下你的举止。"多加大婶替他拿掉一床被子，一边重新掖着被角，一边说道。

"那对男女现在还住在这儿吧？"他突然问。

"是的，还在。"多加大婶说。

"他们最好还是赶快走，"洛克说，"越快越好。他们有同

伙在桑达斯基那边监视着过往船只。反正我现在也不担心说出
来会遭他们报复。我盼着他们都逃出去，气一气玛克斯那个挨
千刀的！"

"还有，你听我说，大婶，一定要让那个女的化化装，变
个模样。桑达斯基到处挂着她的悬赏图像呢。"

"好的，知道了，洛克。"多加大婶紧张地打断他的话。

在叙述乔治他们的时候，顺便交代一下，汤姆·洛克在教
友会教徒家里躺了三个礼拜，不仅医好了枪伤，连困扰他多年
的风湿热也在那里治好了。病好以后，他就像变了一人似的，
从此洗手不干追捕黑奴的行当了，而是在一个村庄定居下来，
过着打猎为生的日子。

汤姆·洛克告诉乔治他们有人正在桑达斯基搜寻他们后，
大家决定尽快分头离开这里。吉姆和他的老母亲被先送走了。
一两天之后，乔治和伊莱扎带着儿子秘密赶去桑达斯基会合，
他们住在一位好心的教友家里，等着机会渡河离开。

这一晚，他们的机会来了。伊莱扎听从汤姆·洛克的建
议，把自己打扮成一个小伙子模样。乔治帮她把头发剪短了，
并让她换上男人的装束。这样，她看起来还真像个俊俏的小伙
子。而与此同时，好心的史密斯太太也把小哈利打扮成一个漂
亮的女孩子。

一切准备就绪，乔治却忧心忡忡起来，他担心他们的逃跑
计划会功亏一篑，担心近在咫尺的自由会在一瞬间消失。

"别怕，"妻子满怀希望地说，"仁慈的主既然护送我们走

了这么远的路，他一定不会吝啬再帮我们一把，让我们摆脱困境的。我觉得他一直跟我们在一起呢，乔治。"

他们乔装打扮完毕，又和教友会的人道过别，便坐着马车往码头驶去。史密斯太太，这位仁慈的加拿大移民区的体面妇人，她答应装扮成小哈利的姑妈带着他们逃到加拿大去。

一辆马车驶入码头。伊莱扎像一位风度翩翩的绅士，她伸出胳膊让史密斯太太挽着，乔治照看着行李。"两位男青年"护送着贵妇人及她的侄女跨过跳板登上轮船。乔治在站台上购买船票时，听到身后有两个人正在说话。

"我察看了船上的每一位旅客，"其中一个说，"并没有见到他们。"说话的人是轮船上的一位职员，听他说话的则是我们曾见过的玛克斯。

"你很难分辨出那个女人跟白人有啥不一样来，"玛克斯说，"那个男的肤色也很浅，是个混血儿，他手上有个烙印。"

乔治伸出去接船票和零钱的手微微颤抖了一下，但仍然镇定自若，转过头去朝说话的人随便瞟了一眼，接着，从容地朝伊莱扎所在的船头走去。史密斯太太领着小哈利，在女客舱一处僻静的地方休息。

起航的铃声响了。等望见玛克斯跨过跳板回到岸上，乔治才稍稍放下心来。等轮船开出了一段距离，他的心才彻底安稳下来，长长地舒了一口气。

那天天气晴朗，蓝色的波浪在阳光下起伏、闪烁。岸上吹来阵阵沁人心脾的暖风。

当乔治陪着他羞涩的旅伴在甲板上泰然自若地散步时，谁会想到他心中的热血在沸腾呢。那近在咫尺的幸福似乎太美了，好像简直不可能成为现实似的。那一天里，他时时刻刻都在提心吊胆，唯恐发生什么意外，把幸福从手中夺走。

轮船乘风破浪地前行，幸福的海岸终于遥遥在望，那么清晰、那么完美！只要一踏上它，奴隶制的咒语就会立刻化为乌有。

当轮船快到加拿大的小城阿姆赫斯特堡时，乔治和妻子手挽手地站在甲板上。他的呼吸越来越沉重和急促，眼里似乎升起一层雾障。他握紧了挽在他胳膊上的那只颤抖的小手。铃声响了，轮船停泊了。他迷迷糊糊地清点了行李，把自己那一小群人聚集在一起，一行人上了岸。别的旅客已经匆匆离开码头，他们还默默地站在那里，夫妻俩忍不住热泪盈眶，频频拥抱，然后抱起迷惘的孩子，双双跪下，感谢上帝！

史密斯太太把这一家人领到一位慈善的传教士家里。他专门收留那些逃亡过来避难的人。

谁能说出他们获得自由的第一天的愉快心情呢？那酣睡的孩子的脸在母亲心中是那么姣美、那么珍贵！回想起往日经历的种种灾难，就越发觉得他亲切无比！置身于这样来之不易的幸福中，要想睡得着觉是多么不可能的事啊！夫妻俩上无片瓦、下无寸土，除了天空的飞鸟、田野的花草，简直就一无所有，可他们却快乐得睡不着觉。

啊，那些剥夺他人自由的人将来如何向上帝交代呢？

第二十五章　胜利

许多人在厌倦了痛苦的人生之后，往往会感到生不如死。可是汤姆却没有这样，他一直有着坚定的信仰，一直向往着美丽的天国。虽然当他面对残酷的奴役生活时，也深刻地感受到了生活的痛苦。

汤姆的创痛还远远没有痊愈时，残忍的雷格里就把他赶下地干活了。最忙的时候，雷格里干脆逼着所有人不分昼夜地干

活，连礼拜天也不例外。伤痛加上劳累，汤姆常常感到精疲力竭，头昏眼花，哪怕空闲时也没有精力诵读《圣经》，只想躺下来休息。

一天夜里，凯茜来到汤姆的小屋前找他。这时已经是深夜一两点钟了，外面明月皎洁，万籁俱静。汤姆注意到凯茜眼中放射出狂乱而异样的光芒。

"到这边来，汤姆大叔，"凯茜说着使劲把他朝前一拉，"你过来，我有个消息告诉你。"

"什么消息，凯茜小姐？"汤姆焦急地问。

"他睡得很死。我在他喝的白兰地里放了麻醉药。要是能再多放点就好了，那就用不着找你了。来吧，后门没上锁，里边有把斧子，是我放的。我真想自己动手，可惜我胳膊没有力气。来吧！"

"千万别做傻事，凯茜小姐！"汤姆一下子跪在凯茜面前，"看在上帝的份儿上，别这样把你宝贵的灵魂出卖给魔鬼！上帝曾为我们做出榜样，爱我们的敌人吧。"

"爱？！"凯茜眼里射出了凶狠的光芒，"爱这种敌人！血肉之躯是做不到的。"

"是啊，小姐，是做不到，可是上帝赐给了我们爱，而这就是胜利。当我们不顾一切逆境，能够爱所有的人，为所有的人祈祷时，战斗就会结束，胜利时刻就要到来。哦，荣耀归于上帝！"这个黑人仰望着上苍，泪流满面、声音哽咽地说。

凯茜小姐被汤姆的一番话说得动摇了，她不再凶狠，而是逐渐恢复了柔和。

"凯茜小姐，"汤姆默默地想了一会儿，犹豫地说，"要是你能从这里逃出去，要是能办到的话，那我建议你带着爱默琳一块儿逃走，只要你能够不犯罪杀人。"

其实，凯茜以前也盘算过有哪些可能逃走的办法，但都因为不切合实际，或没有希望而放弃了。然而，就在这一瞬间，一个计划——一个切实可行的计划闪现在她的脑际，使她立即产生了希望。

"汤姆大叔，我想试试这个办法！"她把心中的计划悄悄告诉了汤姆。

第二十六章　计策

雷格里那栋房子的阁楼空荡荡的，而且因为长期荒置，更是笼罩着一种孤寂凄凉的气氛。屋内遍地灰尘，挂满了蜘蛛网，给人一种阴森的感觉。大约几年前，一个惹恼了雷格里的女黑奴被关在里面好几个星期，后来她的尸体从这里被抬了出去。从那以后，人们开始传说这间破旧的阁楼里闹鬼。渐渐地，再没人敢走上阁楼，甚至连那通往阁楼的楼梯也没人敢走了。

凯茜突然想到，或许可以利用雷格里对这件事的迷信，来达到让自己和难友获得自由的目的。

凯茜的房间刚好在阁楼正下方。一天，她没有跟雷格里打招呼，便大张旗鼓地把自己卧室里的家具和生活用品，让人搬到离阁楼很远的一个房间里去。雷格里外出回来时，看到这番景象便问她怎么回事。凯茜故意说道："噢，也没什么。只是我最近总是睡不好，换个房间也许有用。我想你是不怕的！你知道每天半夜以后，这里总能听到哀号、扭打的声音，简直令人难以入睡。"

雷格里咆哮着、咒骂着，说要把门砸烂。但是后来显然是改变了初衷，他忐忑不安地回到客厅里。凯茜心里明白，他已经中了自己的计。从那以后，她安排了一系列巧妙的计策，继续不停地对他施加影响。

凯茜在阁楼的一个孔洞里塞上一只破瓶子。这样，只要有一点儿风，它就会发出凄凉悲戚的声音；风大的时候，它的声音会更加尖厉。迷信的人会轻易地认为那是恐怖和绝望的悲鸣。

一个风雨交加的夜晚，雷格里坐在破败的客厅里。壁炉里的火焰时明时暗，屋里充满摇曳不定的火光。外面风声呼啸，窗户哐啷作响，大风呼呼地灌进烟囱，不时吹起一阵烟雾和灰烬，仿佛阴魂不散。雷格里记完账后，又看了几个钟头的报纸。凯茜躲在一个角落里，抑郁地望着炉火。雷格里丢下报纸，又随手拿起桌上放着的一本旧书。早些时候，凯茜读过这本书。他开始翻阅起来。那是一本血腥谋杀、鬼怪传奇和妖魔显灵的故事集，装订和插图十分粗糙，可是一旦读了开头，便会受到奇怪的吸引。

雷格里嘴里"呸呸"之声不断，却又充满好奇地一页页地读了下去。后来，当他读到某个地方时，他大骂一声，把书丢掉了。"你不信鬼，对吧，凯茜？"他手拿火钳，在炉火里拨弄着，"我还当你很聪明，不害怕什么响动呢。"

坐在阴影里的凯茜目不转睛地盯着他，使得雷格里不安起来。她半天不说话，直愣愣地盯着他看，过了一会儿，突然幽幽地说道："什么东西会下楼，来到过道，走出上了锁的门，走啊，走啊，一直走到你床前，这样子伸出手来？"

凯茜说着像梦魇中的人一样把一只冰冷的手放在雷格里手上。雷格里被吓得跳了起来，他大骂一声，向后退了好几步。恐惧已经抓住了雷格里的心，他不停地追问凯茜阁楼究竟有什么东西。凯茜则故意把事情渲染得很玄乎，还激将雷格里亲自到阁楼下边的房间去住一晚，好弄明白究竟是怎么回事，这让雷格里恼羞成怒。正在这时，一只摆在屋角的老荷兰钟开始慢条斯理地敲起十二点的钟声。

不知什么原因，雷格里没有吭声，也没有移动。凯茜站在那里以犀利而轻蔑的目光望着他，心里数着钟敲了几响。一声尖厉的狂叫突然在楼梯上响起，是从阁楼里传出来的。雷格里吓得哆哆嗦嗦，脸色苍白。

"你还是掏出手枪来吧！"凯茜嘲讽地说着，"我看你最好上去一趟。他们又出来闹了。"

"我不上去！"雷格里咒骂一声。

凯茜疯狂地哈哈大笑着，一路飞奔而上。雷格里听见她打开通往阁楼的门。一阵狂风卷下楼来，吹熄了他手中拿着的蜡烛。接着，又传来一声声阴森可怕的厉叫，这声音仿佛就在耳边。

雷格里惊慌失措，赶忙回到客厅。不一会儿，凯茜也跟着进来了。她恍若一个鬼魂，煞白的脸上流露着镇静和冷酷，眼里闪出的目光，像刚才一样令人心惊。

"你真该死，凯茜！"雷格里说。

"怎么了？"凯茜问，"我只是上去关门。你看，西蒙，那个阁楼是怎么回事？"她说。

"那不关你的事！"雷格里说。

"噢，是吗？那好吧，"凯茜说，"不管怎么样，反正我很高兴不在阁楼下面的房间睡觉了。"

其实，那天夜晚，凯茜早料到风会刮起来，所以她事先上去，打开了阁楼的窗户。一打开门，那风自然就从楼上直灌下来，吹熄蜡烛。凯茜是故意设下机关，使雷格里宁死也不敢去阁楼察看。以后的一段时间里，每天夜深后，凯茜便小心翼翼地拿一些食物去阁楼里藏好。她还把自己和爱默琳的衣服一件件地转移到那里。一切准备就绪，她只等着逃跑的时机了。

凯茜又利用雷格里心情高兴的时候，哄着他带自己去红河岸边的镇子转了一圈。她以惊人的记忆力记下了路上的每一个转弯，估量出了路上要花的时间。

逃跑的条件终于成熟了。这天傍晚，凯茜决定付诸行动。当晚，雷格里骑着马去了附近的农庄。这段时间以来，凯茜的态度一直很温和乖顺，她和雷格里相处得相当融洽。在雷格里离家的一小段时间，凯茜与爱默琳迅速收拾好东西，打包成两个小包裹，戴上帽子出门了。

凯茜的完美计划是这样的：她和爱默琳先偷偷溜出后门，经过奴隶村往前跑，故意让山宝和昆宝发现。当他们追上来后，她们就往沼泽地带跑。趁那两个走狗回去叫人和放猎狗的时候，她们迅速蹚过宅子后的小河，回到楼上。因为河水能冲走气味，令猎狗迷失方向，而屋子里所有的人那时也应该在四处搜寻她们，所以她们可以大大方方地回到屋子，躲进阁楼。凯茜已经把阁楼收拾好了，她们将在那儿住上一段时间。

两个准备已久的逃亡者悄悄溜出房门，趁着越来越浓的暮色闪出庄园。正如凯茜所料，她们快要走到环绕着种植园周围的沼泽边缘时，听到一声叫喊，只不过这是雷格里的声音。他一边破口大骂，一边追赶她们。

她们加快脚步，钻进了一块迷宫般的沼泽里。沼泽地里幽深漆黑，雷格里没有助手，要想追上她们，根本是妄想。于是他返回种植园把奴隶们召集起来，一起去追捕她们。

就在这伙人叫嚣着直奔沼泽地而去时，凯茜和爱默琳偷偷抄后路回来了。整个宅院都空空荡荡的，没有一个人，远远地还能听到追捕她们的人的呼喊声。凯茜和爱默琳透过客厅的窗户望出去，瞥见手持火把的那队人马正沿着沼泽地的边缘疏散开来。

凯茜看见桌子上雷格里忘记带走的钥匙，她大胆地走过去，拿钥匙打开抽屉取出一些钱来。这样，她们就不愁路费了。这是凯茜预料之外的收获。看来，连上帝都在眷顾她们。

爱默琳来到阁楼上，见到一只硕大的木箱。木箱原是装运大件家具用的，现在则放在那里，开口冲着墙壁，也就是大屋的屋檐。凯茜点燃了一盏小灯，两人进了箱子，就在里面栖下身来。箱子里已经铺好两张小床垫，还放了几个枕头。旁边的一只箱子里面储存着不少蜡烛和食物，以及一些衣服。这一切都是凯茜精心安排好的。

午夜时分，一切渐渐恢复平静。雷格里无功而返，嘴里骂着自己活该倒霉，发誓明天要狠狠地进行报复，这才上床睡觉。

第二十七章　殉难者

　　凯茜和爱默琳的逃跑,将原本脾气粗暴的雷格里激怒到了极点。因为找不到逃跑的人,他便迁怒于汤姆。雷格里清楚地记得,当他在奴隶面前发布凯茜和爱默琳逃跑的消息时,汤姆居然高举双手,眼睛里闪烁出喜悦的光芒,而且汤姆也没有参与到追赶逃亡者的队伍中来。新仇旧恨交织在一起,雷格里决定要狠狠整治汤姆。

　　第二天清早,他暂时把整治汤姆的计划搁置一边。他从附近几个种植园里纠集了一些人,打算再去追捕逃亡的人。他们一个个手牵猎狗,肩扛大枪,把沼泽地包围起来,要进行全面搜查。如果搜查成功,那千好万好,否则,他就要让汤姆生不如死。

　　搜捕持续了很长时间,热闹而且彻底,但是一无所获。雷格里又疲惫又沮丧,但他仍吩咐昆宝和山宝立即去把汤姆带来。

　　"好哇,汤姆!"雷格里走上前去,抓住汤姆的衣领,咬牙切齿地说,"我要宰了你,明白不?"

　　"这很有可能,老爷。"汤姆语气十分平静。

　　"我刚刚下了决心,汤姆,"雷格里凶狠而又冷酷地叫道,

"除非你把那两个女人的事告诉我！说呀！知不知道？"

"我知道，老爷，可是什么也不能说出来。让我死吧！"

"你给我听清楚，汤姆！这一回，我铁了心，不管赔多少钱，除非你服从我，否则就宰了你！我要数数你身上有多少滴血，让你的血一滴一滴往外流，流到你认输为止！"

"老爷，要是你生病或是快死了，我愿意救你一命，把我的血都给你。要是我这个老头子的滴滴鲜血能够拯救你的灵魂，我愿意把它们都奉献出来，正像上帝把自己的血赐给我一样。哦，老爷！别让你的灵魂犯罪！这与其说伤害了我，倒不如说伤害了你！你尽管作恶吧，我的苦难很快就会过去，可是，你要是不悔罪，你的苦难将会无边无际！"

这番热情奔放的话，仿佛是暴风骤雨暂停之际听到的仙乐，一时间使得在场的人都哑口无言。雷格里惊慌失色，呆望着汤姆。屋内鸦雀无声，连那只旧钟的滴答声也清晰可辨。

然而，这只是转瞬间的事情。雷格里仅仅犹豫了几秒钟，就立刻对汤姆拳打脚踢起来。

"给我打！一直打到他认输！打呀！打呀！"雷格里怒吼道，"我要叫他每一滴血都流干！"

"他快要死了，老爷。"山宝听了汤姆的一番话，不由得动摇了。

雷格里的满腔怒气现在全集中在汤姆身上，他狠狠地说道："打，打到死为止！"

汤姆再也经不住毒打，晕了过去。狠心的人们这才停止了毒打。

第二十八章 小主人

两天后，一个青年驾着轻便马车匆匆来到雷格里庄园，打听种植园的主人。来人正是乔治·谢尔比。

奥菲丽亚小姐写给谢尔比太太的那封书信，在一个偏僻的邮局里耽误了一两个月才投递到目的地。他们收到信时，汤姆已经离开了。谢尔比太太收到信后，非常关切，可万般无奈的是，她丈夫当时重病在身，已到了弥留之际。没过几天，谢尔比先生就去世了，他临终时指定太太为处理自己财产的唯一遗嘱执行人。谢尔比太太要一边料理丧事，一边和儿子处理收账、查账、变卖家产以及偿还债务的问题，一时之间无法脱身去寻找汤姆。好在奥菲丽亚小姐在信里附带把处理圣克莱尔一家事务的代理律师的姓名告诉了他们。他们便写信给这位律师询问汤姆的下落，只得知汤姆被拍卖到了河下游。

乔治四处打探，找寻了好几个月，才从一个知情者那里打听到了汤姆的下落。

乔治来到雷格里的种植园，他见到了雷格里。雷格里和他

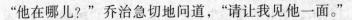

会面时,态度粗暴无礼,乔治忍耐着并没有发作。

雷格里此刻对汤姆恨之入骨,他并不知道这位到访者是什么人,但他顾不上这些,只是怒气冲冲地对着乔治控诉汤姆的种种"罪行",他企图从这个人手里得到一些因汤姆而造成的损失的补偿。

"他在哪儿?"乔治急切地问道,"请让我见他一面。"

替乔治牵马的小黑奴指点了方向,乔治匆忙赶到汤姆躺着的小屋,屋里的气味让人一进门便感到头晕恶心。

"哦,亲爱的汤姆叔叔!你醒醒啊,就再说上一句话吧!你看看,乔治少爷看你来了,你的小少爷乔治。你难道不认识他了吗?"

"乔治少爷!"汤姆睁开眼睛,有气无力地说,"乔治少爷!感谢上帝!我只——我只盼望着这个呀!这会儿,我死而无憾了!哦,感谢上帝吧!"

"你不会死的!你不应该死,也不该想到死!我来是要赎你回去的。"乔治激动地说。

"哦,乔治少爷,你来得太晚了。上帝已经赎了我,就要领我回家了。我也盼着回去呀。天堂比肯塔基还好哪。"

汤姆握住乔治的手,说:"你先别告诉克洛伊,多可怜的人哪!这对她来说,简直太可怕了!你就告诉她,你见到我回了天国,谁也等不及了。跟她说,上帝时时刻刻都跟我在一起,凡事都轻松愉快。还有,我的儿子和女儿!我一想到他们就伤心啊!替我向老爷、亲爱的太太,还有向那边所有的人问声好!你不知道,我爱那边所有的人,爱每一个人!"

这位垂死的黑人见到小主人,一时间精神振奋,可是他的气力渐渐衰竭下去,蓦地陷入了昏迷。他闭上眼睛,脸上掠过那种神秘而崇高的变化,然后便含着笑永远离世了。

乔治让人们小心翼翼地把尸体安放在马车上。这时,他才转过头来,紧盯着雷格里,尽量把口气放得缓和一些,说道:"我还没有告诉过你,我对这桩残暴事件持什么看法。先生,我一定要为无辜受害者伸张正义并公之于众。我要到离这儿最近的地方法官那里去揭发你。"

"去吧!"雷格里鄙夷地说,"你倒是可以去告发。不过,你到什么地方去找证人呢?你又怎么证明呢?喏,你给我说说呀!"

顿时,乔治明白了这一挑衅的威力。找不到白人作证,在所有南方法庭,其他人的证言是完全无效的。那一刻,他虽然满腔义愤,却又无可奈何。

"为了这个黑奴,何苦发火啊!"雷格里说。这一句话犹如火上浇油,乔治转过身去,愤然挥动拳头,把雷格里打了个狗吃屎。他无所畏惧地鄙视眼前这个家伙，被打的雷格里反倒被乔治震慑住了。

乔治在种植园之外的一块干爽沙丘上挖了墓穴，将汤姆庄重地下葬后，才依依不舍地离开。我们这位朋友最后安息的地方没有墓碑作为标志，也不需要墓碑！上帝知道他在什么地方安息。

第二十九章　一个真实的鬼故事

　　这些日子里，雷格里庄园里流传着各种鬼故事。雷格里假装不知道，其实胆战心惊。于是，他喝酒喝得更凶了。白天，他一副神气活现、骂骂咧咧的样子。然而，夜里却常常噩梦缠身。一天夜里，他骑着马到附近小镇的酒店狂喝滥饮了一通，很晚才拖着疲乏的身子回来。他锁好门，拔出钥匙，便上了床。

　　他睡得很沉。睡梦中，他仿佛看到了母亲和凯茜。半睡半醒之中，他觉得有什么东西正在走近，可是，手脚却动弹不得。他看见了！有个白色的东西，轻轻飘了进来！那个白色的东西站在他床边，一只冰冷的手搭在他手上，一个低微恐怖的声音说道："来吧！来吧！来吧！"他躺在床上，吓得浑身冒着冷汗，不知道那个东西是在什么时候又是怎样走出去的。他翻身跳下床来，发现房门仍然关着，上了锁的。他跌倒在地上，陷入了昏迷。不久，雷格里患了病将不久于人世的消息就在这一带流传开来。

　　巧合的是，就在雷格里看见白色东西的当天夜里，一些黑人也看见两个白影子穿过林荫道，朝大路上走去。第二天，人们还发现宅子的大门是敞开着的。

直到日出时分，凯茜和爱默琳才在靠近小镇的小树丛里停下来歇息。凯茜打扮得像个西班牙贵妇人。她们事先已经说定，在逃亡期间，凯茜扮成一名贵妇，爱默琳则充当她的女佣。

由于从小在上流社会长大，凯茜的言谈、举止和仪态，都非常符合这个身份。她们在城郊买了一个箱子，并要求卖主把箱子送到目的地，这样，凯茜身后就多了两个仆人跟着来到旅馆。凯茜的一言一行，以及在花钱上显而易见的慷慨大方让人确信她是一位贵妇人。

她们的入住首先引起了乔治·谢尔比的注意，他总觉得凯茜像极了某个见过的人，可一时又想不起来。凯茜在阁楼里远远地看见过他，她看见他抬走了汤姆的尸体，并且还为他痛打雷格里一顿而暗自高兴不已。而且在她后来装成鬼魂出来走动的时候，也从黑人们的议论中知道了他的身份，

以及他与汤姆的关系。因此，当她得知他和自己一样，也在等候下班轮船时，心里很快对他产生了信赖。

黄昏时，乔治·谢尔比与凯茜一起登上了靠岸的船。乔治总是不由自主而又略带疑惑地望着凯茜，这使得凯茜心里不安起来，她不明白这个人对自己有什么疑问。最后，她决定完全相信他的光明磊落，把自己身世的来龙去脉全部透露给他。乔治耐心地听完她的讲述，由衷地对逃出雷格里种植园的这两个人表示同情。他答应她们，一定竭尽全力帮助她们渡过难关。

在凯茜住着的豪华舱房的隔壁，住着一位叫德都的法国太太。她身边陪伴着一个十二岁左右的女儿。这位太太得知乔治是肯塔基人后，特别乐意同他进一步结识。乔治经常与德都夫人在舱门口聊天，凯茜也常常参加进来。德都夫人向乔治询问肯塔基的详细情况，并称自己早年在那里住过。使乔治出乎意料的是，她原先居住的地方就在自己家附近。

有一天，德都夫人问他道："你认识的人有姓哈里斯的吗？"

"是有个姓哈里斯的老家伙，离我家不远，"乔治说，"可我们跟他没什么来往。"

"我看他是个大奴隶主吧。"德都夫人说。

"是的。"乔治说。

"你听说过，他有个混血黑奴，叫乔治的吗？"

"哦，当然听说过，乔治·哈里斯，我认识他，不过，他们现在逃到加拿大去了。"

"真的吗？"德都夫人急切地问道，"感谢上帝！"说完，德都夫人用手支着头，竟然哭了起来。

"他是我弟弟。"克制住了激动的情绪后，她说。

"夫人！"惊讶的乔治加重了语气说。

"是的，他小的时候，我被卖到南方去了，"她说，"但买我的是个好人。他把我带到了西印度群岛，让我获得了自由，又跟我结了婚。他最近去世了，我继承了一大笔遗产，所以打算到肯塔基去碰碰运气，看能不能找到我的弟弟，把他赎回来。"

"我听他说起过有一个被卖到南方去的姐姐，叫艾米莉。"

"是啊，一点儿不错！我就是艾米莉！"德都夫人说，"请你快给我讲讲，他是个什么样的人？"

"是个不错的小伙子，"乔治说，"尽管遇到一个暴虐的主人，但是他又聪明又能干，是个数一数二的人。你不知道，"他说，"我认识他，是因为他跟我们家一个女佣结了婚。"

"结婚了？感谢上帝！那姑娘怎么样？"德都夫人语气急切。

"好极了，"乔治说，"是个美丽、聪明的姑娘，还笃信上帝。我母亲几乎把她当成女儿一样培养。读书写字，绣花缝纫，样样都很不错，唱歌也很出色。"

"她是在你们家出生的吗？"德都夫人问。

"不是，是父亲有一次去新奥尔良买回来送给母亲当礼物的。她那时候大约八九岁的样子。前些日子，我们查看父亲原先的字据时，还看到过那张卖身契，价格高得惊人。"

乔治背朝凯茜坐着，凯茜听他讲述这些细节时，脸色变得煞白。她碰碰乔治的胳膊，问："你知道卖主人家的姓名吗？"

"好像是一个叫西蒙斯的人。我记得卖身契上写的是这个名字。"

"哦，天哪！"凯茜说完，便跌在客舱地板上，昏了过去，乔治和德都夫人惊慌不已。

凯茜一苏醒过来，便呜呜咽咽地哭了起来。原来，他们说的那个女佣伊莱扎，就是她的女儿。从那一刻起，她便确信，上帝对她发了慈悲，她真的能与女儿团聚了。几个月之后，她果然见到了女儿。

第三十章　结局

　　乔治·谢尔比回家后，把伊莱扎的卖身契寄给了凯茜。卖身契上所写的日期和姓名，使她确信这个姑娘就是自己被卖掉的女儿。这样一来，命运巧合地把她和德都夫人联系到了一起。她们当即日夜兼程地赶赴加拿大，寻找自己的亲人。在阿默斯特堡，她们找到了收留过乔治和伊莱扎的那个传教士，通过他的指引，她们来到了蒙特利尔市郊。

　　乔治和伊莱扎获得自由已经有五年了。乔治在一个机械厂里工作，挣的工资足以养活全家。同时，家里又添了一个女儿。小哈利已经是个英俊聪明的少年，在一所有名的学校念书。

　　阿默斯特堡收容站的那位牧师，答应陪同德都夫人和凯茜去蒙特利尔寻访亲人。德都夫人心甘情愿地承担全部开销。

　　黄昏时分，牧师带着德都夫人和凯茜来到蒙特利尔市郊一座整洁的小公寓前。开门的正是伊莱扎。她见到牧师时欣喜地打着招呼，这引起了丈夫的注意。他赶紧过来欢迎那位好心的牧师。

其实，见面之前，那个淳朴的牧师本来安排好让她们按程序进行认亲。牧师考虑为了让对方不至于因为突然了解真相而受到惊吓，不应该一下子公开秘密。但是德都夫人没有控制住自己的情绪。她一看到乔治，就猛地扑上去搂住了他的脖子，她完全忘记了他们的计划。"哦，乔治！我是你姐姐艾米莉呀！"这一举动着实令牧师大吃一惊。

凯茜本来是要按照程序来的，可是当她看到小伊莱扎突然出现在她面前时，她惊呆了，这个小女孩和她当年最后一次见到的女儿简直一模一样。她一把抱住她，紧紧搂在怀里，喃喃叫道："宝贝，我是你妈妈呀！"

实际上，这件事要完全按部就班地做起来的确很难，不过，牧师最后还是让大家平静了下来，说出了他原来准备好的开场白。他演讲得非常成功，使身旁所有的听众一起抽泣起来。

由于突如其来的巨大喜悦，我们的朋友都激动得流出了泪水。不过此时他们正擦着眼里的泪水，让心情逐渐恢复平静。这时，全家人热热闹闹坐在桌子周围，关系已经十分亲密。凯茜一直把伊莱扎的孩子抱在膝头，不时用力搂一搂，使小家伙感到很奇怪。同时，她还固执地拒绝孩子喂糕点给她吃，这更使孩子迷惑不解。凯茜说自己有比糕点还好吃的东西，所以不想吃糕点。是啊，她此刻的心情是任何美食也换不来的。

过了一两天，凯茜发生了很大的变化，她原本绝望枯槁的脸色，变成了温柔和信赖的表情。她深深爱上了她的两个外孙，尤其是和伊莱扎小时候几乎一模一样的小伊莱扎。在女儿的影响下，凯茜渐渐地变成了虔诚而又温柔的基督徒，当然这是后来的事。

几天后，德都夫人把自己的情况更详细地告诉了弟弟。她想把丈夫留下的遗产拿出来供全家人分享。她问乔治该怎样处理这笔遗产，乔治回答："让我念书去吧，艾米莉，这一直是我的心愿。"

经过全面的计划和准备，他们决定全家去法国住几年。于是，他们便带着爱默琳一起踏上了前往法国的轮船。爱默琳在短暂的航程中赢得了轮船大副的倾心，轮船抵港后不久，两人便结了婚。

乔治在法国一所大学里攻读了整整四年，靠着自己不懈的热情和努力的奋斗，出色地完成了学业。

后来，法国发生了政治动乱，全家人又回到美国避难。

乔治在一封信里曾表明了自己对社会、国家、自由、民主的看法，以及对自己前途的思考。他认为要让自己所属的种族都得到解放，具体的办法是在非洲建立一个自由民主的国家，推翻压迫者，使黑人成为自己的主人。他决定要加入非洲国籍，为实现非洲的解放而努力奋斗。

几个礼拜之后，乔治便偕同妻子、儿女、姐姐和岳母，乘船去了非洲。他后来确实做出了一番成绩。至于其他的人物，除了对奥菲丽亚小姐和托普西交代一笔，在最后一章，我们会专门交代一下乔治·谢尔比。

奥菲丽亚小姐把托普西带回了佛蒙特州的老家。奥菲丽亚小姐的家乡父老对此很是吃惊。他们觉得托普西的到来，对于他们井井有条的家庭生活来说，既多余又不相配。然而，奥菲丽亚小姐诚心诚意、全力地培养托普西，收到了很大的成效。孩子很快赢得了家人和邻居的喜爱。成年后，托普西接受洗礼成了当地教会的教徒，而且，凭着自己的聪明才干和热情，受到推荐并获得批准，到非洲去当了传教士，后来投身于儿童教育事业。

另一个好消息是，经过德都夫人的努力探访，终于找到了凯茜的儿子。这个幸运的小伙子在更早前就已逃了出来，并在好心人的帮助下受到了教育。不久后，他将追随家人远赴非洲。

第三十一章　解放者

乔治·谢尔比在写给母亲的信里只提到自己哪天回去，并没有提及那个令人悲痛的噩耗。

那一天，谢尔比府里里外外都洋溢着欢腾的景象，所有人都盼望着年轻的乔治少爷的归来。谢尔比太太舒舒服服地坐在客厅里。我们的老朋友克洛伊大婶，换上了刚做的新衣服，系着洁白的围裙，洁净的黑色脸庞上笑意融融，正忙着布置餐桌。

"我猜想我那老头子已经不认得我们的孩子了吧！我老头子爱吃我烙的饼，他被带走的那天早上，我给他吃的就是这个！"

听到克洛伊说起这件事，谢尔比太太叹了口气，心里沉重得像压了块石头。收到儿子来信后她就惴惴不安，唯恐儿子沉默背后隐藏着什么事情。

"太太，我的那些钱还在吧？"克洛伊关心地问。

"在，克洛伊。"

克洛伊坚持要把她在路易斯维尔琼斯老爷的甜品铺打工挣到的钱存起来，她要把这些钱拿给汤姆，这是她才能的体现。谢尔比太太欣然同意了她的请求。

这时门外传来了车轮声。"是乔治少爷！"克洛伊大婶一下子冲到窗口。

谢尔比太太刚跑到走廊口，就被儿子抱住了。克洛伊大婶此刻焦急又激动，她不断朝外面的浓浓夜色里张望。

"哦，可怜的克洛伊大婶！"乔治停下脚步，动情地用双手捧起了她一只结实的黑手，"你知道，哪怕是要变卖掉全部家当，我也会想办法把他赎回来的，可是他已经去了天国。"

谢尔比太太悲伤地叫喊了一声，克洛伊大婶却没有说话。

大家走进餐厅，克洛伊把引以为傲的钱放在桌上。

"我再也不想看见，或者听人家说起这些钱了。我早料到会这样的，被卖到那些种植园里，一定会被折磨死的！"

克洛伊转过身往屋外走去。谢尔比太太悄悄跟在她身后，抓住她的一只手，拉她坐在一把椅子上，自己也坐在她身边。

"我的好克洛伊，你的命真苦哇！"她说。

克洛伊把头靠在太太的肩膀上哭了起来："哦，太太！你别见怪，我的心都碎了啊！"

"这我清楚，"谢尔比太太眼泪哗哗地直往下掉，"我也没办法，只有耶稣才能医治伤心的人。"

一时之间，谁都没有说话，大家哭成了一团。最后，乔治坐在克洛伊大婶身旁，握住她的手，简洁而又动情地复述了她丈夫死去时那种获胜的场面，最后转达了他充满仁爱的遗言。

此后，大约过了一个月。一天上午，谢尔比庄园上所有的仆人都被召集到大厅里听年轻主人训话。令大家惊奇的是，乔治给庄园上每个奴隶都发放了自由证书。所有的人都欢呼雀跃，喜极而泣。可是很快，很多人又把证书还了回去，他们请求谢尔比少爷不要赶走他们，他们宁愿没有自由也不愿离开这个庄园。这些可怜的人啊！

"各位好朋友，"乔治等人们安静下来，立即开口说道，"你们可以不离开我。庄园和以前一样，还需要你们。不过现在，你们无论男女，都是自由人了。我会按你们的劳动付给你们工资。而且你们可以放心的是，以后我哪怕负债破产，你们也不会受到牵连被卖掉。我打算继续经营这个庄园，我打算教会你们使用自由人的权利。希望你们好好干，乐意学这些东西。我向上帝保证，我一定忠实可靠，愿意教导你们。哦，朋友们，请抬起头来，为你们获得自由的福气，感谢上帝吧！"

一个头发灰白、眼睛失明的令人尊敬的老黑人，站起身，抬起颤抖的手来，说："让我们向救世主表示感谢吧！"于是人们一起跪下来唱了一首赞美诗。

"还有一件事，"乔治打断了人群中互相祝贺的声音，"你们都还记得好心的汤姆叔叔吧？"

于是，乔治简要地讲述了一遍汤姆死去时的情形，以及他对庄园上所有人的充满爱心的告别。然后又说："正是在他墓前，朋友们，我面对上帝发誓：我将永远不再蓄养一个黑奴，只要有办法，我就要让他自由；无论是谁，将不会因为我而离乡背井、妻离子散，并像他那样孤苦伶仃地死在种植园里。因此，在你们为自由而喜悦时，应该想到这归功于善良的汤姆，请善待他的妻子和儿女，以报答他的情谊。每当你们见到汤姆叔叔的小屋时，就应想到你们是如何获得的自由，让小屋成为一座纪念汤姆叔叔的纪念碑吧。你们要像他生前那样，做一个正直、虔诚的基督徒。"

百万英镑

文质　改编

江西教育出版社
JIANGXI EDUCATION PUBLISHING HOUSE
·南昌·

图书在版编目（CIP）数据

语文阅读经典丛书. 第八辑/文质改编. —南昌：江西教育出版社，2020.11

ISBN 978-7-5705-2120-3

Ⅰ．①语… Ⅱ．①文… Ⅲ．①世界文学—作品综合集 Ⅳ．①I11

中国版本图书馆 CIP 数据核字（2020）第 191340 号

语文阅读经典丛书·第八辑
YUWEN YUEDU JINGDIAN CONGSHU · DI-BA JI

文质 改编

出 版 人：廖晓勇	
策划编辑：杨 柳 张 龙	
责任编辑：朱 丽	
出版发行：江西教育出版社	
地　　址：江西省南昌市抚河北路 291 号	邮编：330008
邮　　箱：jxjycbs@163.com	
网　　址：http://www.jxeph.com	
电　　话：（0791）86705643	
经　　销：各地新华书店	
印　　刷：湖北嘉仑文化发展有限公司	
规　　格：880mm × 1230mm　　1/32　　24 印张	
版　　次：2020 年 11 月第 1 版	
印　　次：2020 年 11 月第 1 次印刷	
书　　号：ISBN 978-7-5705-2120-3	
定　　价：148.80 元（全 6 册）	

赣版权登字 -02-2020-495

MULU

目录

一个真实的故事

　　那个夏日的傍晚，我们在小山顶一个农户家门前的小道上坐着，瑞奇尔大婶很恭敬地坐在我们那一排下面的台阶上——因为她是我们的女仆，而且是黑人。她长得高大而结实，已经六十岁了，眼神却异常的好，气力也没有衰减。她是个乐观开朗、精神抖擞的人。她笑起来没有一点儿勉强，就跟鸟儿唱歌一样自然。此时又和往常一样，天黑后她就成了大家炮轰的对象。也就是说，大家会不留一点儿情面地拿她取乐，而她也能在这样的情况下自得其乐。她常常会发出一种雷鸣般的大笑，接着用双手捂住脸坐着，笑得前俯后仰，整个人都颤抖起来，完全不能喘气，那真是一种难以用言语表达的开心。这时候，我心里忽然泛起了一个念头，于是说："瑞奇尔大婶，你活了六十年，为什么从来没烦恼呢？"

　　她不再颤抖，顿了一会儿，没有回答，转头望着我说："先生，您当真这么想吗？"她声音冰冷，没有一丝温暖。

　　我很是吃惊，与此同时我的态度和语气也跟着严肃起来。

我说："哦，我还以为……我是说，我认为……唉，你怎么可能会有烦恼？因为我从没听见你叹过气。"

她现在几乎完全把脸转过来了,那真是一副正经八百的模样。

"我没有烦恼？先生,我来告诉您,您就自己想想吧。我是在奴隶堆里长大的,奴隶的生活是怎样的我最清楚,因为我自己就曾经是奴隶。唉,先生,我的老伴——就是我的丈夫——他对我很好,脾气也好,就同您对您自己的太太一样好。我们俩在一起共生了七个孩子——我们很爱他们,就同您爱您的孩子一样。虽然他们的皮肤都和炭一样黑,可就算上帝让这些孩子再黑些,他们的母亲还是会一样爱他们,不会丢弃他们。不，即使你用世界上最昂贵的东西跟她换，她也不会同意。

"唉，先生，我生长在弗吉尼亚，可我母亲却是在马里兰长大的。哎呀，她可厉害啦！谁要是惹了她，她一定会大吵大闹一场！她只要一发脾气，就会挺直身子，双手握拳叉在腰上，说：'你们要知道，老娘可不是什么寻常人，哪能给你们这些小混蛋逗乐？我是老蓝母鸡的小鸡，说一不二！'您知道吗，那是马里兰人给他们自己的称呼，他们一向引以为豪。哈，她老是这么说，因为她总是把这句话挂在嘴边，所以我永远也忘不了。有一次我的小亨利摔伤了手腕，头也碰破了皮，正好碰到脑顶门儿上，当时黑小子们没有及时过来照顾他，她又开骂了。他们一回嘴，她马上就站起来说：'喂！我要叫你们这些黑小子知道，老娘可不是什么寻常人，哪能给你们这些小混蛋逗乐？我是老蓝母鸡的小鸡，说一不二！'说完她就去收拾厨房，自己给这孩子包扎。现在我只要一火，也会说这句话。

"唉，后来我们的老主子破产了，她只好把庄上的黑奴全部卖掉。我听说要把我们都送到里士满去拍卖，啊，上帝！我就知道会那样！"

瑞奇尔大婶说得更起劲儿了，她慢慢站了起来，像座小山一样高高地矗立在我们面前，在星光下形成了一片阴影。

"他们给我们戴上铁链，将我们牵到一个高台上，就像这个台阶这么高——二十多英尺（1 英尺=0.3048 米）——很多人围在高台下面站着，成群结队的。他们走上来，上上下下地打量我们，有的拧我们的胳臂，有的叫我们站起来走来走去，然后说，'这个太老了'，或是'这个腿脚不好'，再不就是'这个肯定没用'。后来有人买了我的老伴，带他离开了，接着又有人来买我的孩子，他们也被带走了。我伤心地哭起来。那个人对我吼道：'不许你哇哇地乱哭！'他伸手就给了我一耳光。最后都卖完了，就剩下我的小亨利，我拼命把他抱在怀里，抱得死死的，然后鼓起勇气站起来道：'你们不能带他走，谁敢碰他一下，我就跟谁拼了！'可我的小亨利却悄悄地对我说：'我会逃，逃走后就去打工挣钱给您赎身。'啊，上帝保佑，这孩子那么孝顺！可是他们拉着他——他们拉着他，就是那些人；我努力拉扯住他们的衣服，衣服被我撕破了，我接着就用我的铁链子敲打他们的头，他们也用力打我，可是我管不了。

"唉，我老伴就那样离开了我，还有我的孩子们，七个孩子全都离开了我——其中六个直到今天我都没再看到一眼。算到上个复活节，已经有二十二年的时间了。买我的是个新百伦人，就是他把我带到那儿去的。唉，年复一年。后来打仗了，我家主人是南方军队里的上校，我在他家给他们烧火做饭。北方的队伍占领了那个镇以后，他们全都跑掉了，把我扔在那儿，和别的黑人一起待在那幢大宅子里。后来那些北方的军官搬了进来，他们问我愿不愿意给他们做饭。我的天，你说我还有什么可迟疑的？这是我的老本行呀。

"他们可不是那些低级的小官，您知道，那都是些官衔大得吓人的军官。他们可以随意差遣那些小兵，多神气啊！有个将军模样的人让我当大厨。他说：'谁要是敢找你麻烦，你可以直接叫他走。你千万别怕，现在你是我们的朋友了。'

"我心里想，如果我的小亨利找到机会开溜，一定会北上。所以有一天，我瞅准机会跑到那些大官们聚集的客厅里，给他们请了个安。然后，我就跟他们谈我的小亨利，他们都认真听我讲心事，就好像我和他们一样也是白人。

"我跟他们说：'亨利非常小，左手腕和脑顶门儿上都有个疤。他要是逃跑成功，到了北方，到了你们各位长官的地方，你们可能会碰到他。我来是想知道你们有谁见到过他，我想把他找回来。'听了我的叙述，他们都显得很伤心。将军说：'他被那些人拐走多久了？'我说：'十三年了。'将军又说：'他现在可不会和以前一样小——已经是个大人了！'"

"我以前从没想到过这个！我心里还一直认为他和以前一样，那么小一点儿，从没想到过他会长大。现在我知道了，那些长官谁也没碰见过他，所以他们没办法帮我。那么多年过去了，我的小亨利果然在我不知道的时候跑到北方去了，去了那么久，还成了剃头匠，自己过活。后来打仗了，他说：'我剃头剃腻了，我要去找我母亲，除非她死了，否则我一定要找到她。'于是他卖掉自己吃饭的家伙，到招兵处给一个上校跑腿，接着就跟着部队到处打仗，顺便打听他老母亲的下落。是呀，的确，他在各个军官身边打转，伺候来伺候去，把整个南方都踏遍了。可是你看，这些事我一无所知，我怎么会知道呢？

"哦，一天夜里，我们的士兵开了个舞会。在新百伦那儿，当兵的经常在舞会中找乐子。他们就在我的厨房里跳舞，跳过许多次，因为那屋子十分宽敞。您听着，他们这么做，我可一点儿都开心不起来。我那儿是伺候军官的地方，所以一看到那些大老粗在厨房里手舞足蹈，我就生气。可事实上我从没制止过他们，舞会结束还帮他们收拾，我就是那样。有时我实在气不过，就叫他们给我打扫厨房，告诉您，那真是说一不二！

"哦，那是周五的夜晚，我记得那天夜里突然来了一群人，整整有一个排。那些人是从看守这座宅子的黑人卫队里调来的。他们想把这所房子作为总指挥室。您知道他们来了以后干了些什么吗？他们在舞池中转来转去！这下子我可来劲儿了，高兴疯了，简直是痛快极了！我也在舞池中转来转去，浑身发痒，总想找个人带着我一阵乱跳。那天他们玩得非常痛快！我也跟着越来越兴奋，越来越兴奋！

"过了没多久，有个着装很时尚的黑小子从屋子那边跳了过来，他搂着一个黄皮肤的姑娘跳；他们俩跳舞时不停地转，看着就像喝醉了酒一般；当他们转到我身边时，突然跷起一条腿跳，接着又跷起另一条腿跳，还望着我的红头巾一直在笑。

"我顿时火冒三丈，骂道：'滚蛋——混蛋！'那年轻人的脸唰地一下全变了，可是不一会儿，他又笑开了，和之前一样。啊，就在这时，乐队里来了几个黑人，这些人总是摆着臭架子。那天夜里他们刚想摆架子，我就给他们找麻烦了！可他们却笑起来，这让我更生气了。其他黑人也跟着哈哈大笑，这下子我实在憋不住气，动真格的了！我气得眼睛里简直可以冒出火来！我站得腰杆笔直，直得差点儿碰到了天花板。

"我握拳叉腰道：'喂！我要叫你们这些人知道，老娘可不是寻常人，哪能给你们这些小杂种逗乐？我是老蓝母鸡的小鸡，说一不二！'就在这时，我看到那个年轻人站住了，他眼睛瞪得大大的，一动不动，就好像有什么事忘了一样。可这时的我像个将军一样往他们那边冲过去，他们慌忙从我前面逃走，滚到了门外。那个年轻人出去后，我听见他跟另外一个黑人说：'吉姆，你先走，请你告诉上尉，我大约八点钟才能回来。我有些心事。'他继续说，'今夜是怎么样也睡不着了，你先走，不用理会我。'

"那时大约是夜里一点左右。第二天早上七点，我起床给军官们做早餐。我在火炉前驼背弓腰把炉门关上——就像这

样，暂且把您的脚当火炉吧——然后用右手打开炉门，就和我刚才推您的脚一样。

"我从火炉里端出一盘热腾腾的面包，正准备抬头，就看见一个大黑脸伸到我的脸下面，一双眼睛往上翻，死死地盯住我的眼睛，就像我现在这样——从底下看您的脸。我一下子蒙了，站在那儿，呆若木鸡，盯着年轻人看了又看，手里的盘子不停地在抖。然后就那么一下，我猛地明白过来，把盘子摔在地上，死命地捉住他的左手，像这样捋起他的袖子，就和我现在捋您的袖子一样。

"然后，我又立刻抬头盯着他的脑顶门儿，把他的头发往上撩，就是这样，哈，我说：'感谢上帝，我终于又见到我的孩子了！孩子，如果你不是我的亨利，手腕和脑顶门儿上又是哪来的疤呢？'

"啊，没事，先生！我真是无忧无虑。可也没什么可开心的！"

田纳西的新闻界

一位总编辑这样抨击那个称他为激进派的记者：
"当他刚动笔写第一句话，还在加着标点符号时，他就
知道他是在编造一个荒诞可笑、造谣生事、臭气熏天
的句子。"

医生说南方的气候对我的健康有好处，于是我就到田纳西
的《呼声报》担任了编辑。上班第一天，我发现主笔先生斜靠
在一把缺了一条腿的椅子上，双脚跷在松木桌子上。另外还有
一张松木桌子和一把破椅子在房间里，几乎被报纸、剪报和稿
件淹没了。一只装满沙子的木箱里扔了许多雪茄和香烟的烟
头。旁边有个壁炉，炉门的开关奔拉了下来。主笔先生穿着一
件黑布上衣和一条白麻布裤子。他的靴子非常小，用黑靴油擦
得锃亮。他穿着一件皱巴巴的衬衫，戴着一只大图章戒指，系
着一条过了时的领带，围着一条两端下垂的格子围巾。那身衣
着的流行年代大约是1848年。他正在抽雪茄，用心思考问题，

顶上那一撮头发不知何时被抓得乱七八糟。他眉头深锁，双目圆睁，样子十分可怕，我估计他是在为一篇麻烦的社论伤脑筋。他叫我粗略地浏览一下那些报纸，写一篇《田纳西各报要闻摘录》，把报纸里所有吸引人的内容都浓缩在这篇文章里。

于是我写了下面这篇文章：

田纳西各报要闻摘录

铁道公司对巴札维尔非常重视，并未弃之不理。相反，他们甚至认为这个地方是最重要的沿线地点之一，因此绝对没有一丝一毫的轻视。《地震》半周刊的记者们在采访巴里哈克铁道的过程中显然没有搞清楚以上情况。我相信《地震》的编辑先生们会乐于更正错误的。

泥泉《晨声报》的同行认为，范·维特能否当选还不确定，这明显是一种错误的看法。当然，我们不需要指正他们的错误，他们自己会发现的。我想，他们之所以会做出这一错误的判断，是受了部分曝光的选票所揭晓的数字的误导。

希金斯维尔《响雷与自由呼声》最有能力的主笔约翰·布洛松先生昨天莅临本城，入住范·布伦酒店。

最后有个值得高兴的消息：《每日呼声》极力鼓吹布雷特维尔城正在积极设法与纽约的几位工程师洽谈用尼古尔逊铺路材料重修那些几乎无法通行的街道的

事宜。他们对最后的成功好像胜券在握。

我把稿子交给主笔先生，任由他处置。他瞥了一眼，仿佛不太高兴，再一页一页往下翻，他的脸色越来越难看。显然是哪儿出了问题。他一下子跳起来，说道："啊哈！你以为我会用这种文章吗？你以为这种差劲的文章读者们会看吗？给我笔！"

我从来没有见过一支笔这样凶狠地在纸上乱涂乱画，这样无情地把别人的词语改得面目全非。当他正气愤地修改时，突然有人从开着的窗户向他开了一枪，没打到他，却把我的两只耳朵打得不对称了。

"嗬，"他说，"是史密斯那个混蛋，他是《精神火山报》的——昨天就该来了。"他迅速从腰带里抽出自己的左轮手枪，朝外开了一枪。史密斯大腿中弹，倒在地上，他正要开第二枪，却不幸被主笔先生打中了，自己那一枪也失了准头，只打中一个外人，那个人就是我。万幸，我只失去了一根手指头。

主笔先生继续进行他的删改工作。就在他快改完的时候，有人从壁炉的烟囱里扔进来一颗手榴弹，剧烈的爆炸将火炉炸得粉碎。幸好只有一块碎片在飞溅的过程中打掉了我的牙齿，除此以外我并没有受其他的伤。

"那个壁炉完全毁了。"主笔说。

我说我已经看到了。

"唉，没关系——现在这种天气用不着它了。我知道这是谁干的好事。我会找他算账的。你看，这东西应该这样写才好。"

我接过稿子。这篇文章已经被改得连我自己都认不出来了，假如它有个母亲的话，她也不会认识它的。现在它已经变成这样：

田纳西各报要闻摘录

巴札维尔将被弃之不理的说法，根本就是《地震》半周刊那些谎言家恶劣头脑的产物，或者说是从他们认为是脑子的那种肮脏地方产生出来的。他们显然打算对巴里哈克铁道的新闻再次造谣生事。这条铁道是19世纪最辉煌的计划，而他们却要用那些编造的谎言来欺骗我们高尚宽容的读者。他们真应该让皮鞭抽才对，假如他们不想被打得皮开肉绽，最好是收回这个谎言。

新闻事业的天职就是传播真实消息，纠正谬误，教育、改进、提高公民道德和风尚，并使人民变得更优雅、更高尚、更慈善，在各方面都变得更好、更纯洁、更快乐。而我们发现泥泉《晨声报》那个头脑发昏的恶棍又照例在那儿编造谣言说范·维特没有当选。这个黑心痞子不断地亵渎他伟大的天职，专门散布那些诈骗、毁谤等下流的言论。

希金斯维尔《响雷与自由呼声》的主笔——布洛松那个笨蛋又来了，他厚着脸皮赖在范·布伦酒店。

《呼声》报的编辑卜克纳这不知廉耻的小人又在那

儿胡乱叫嚣，他们竟然鼓吹布雷特维尔城要用尼古尔逊这种铺路材料来修马路的事。一个微不足道的市镇——只有两个小酒店、一个铁匠铺和那狗屁报纸《每日呼声》，居然想来修马路，简直不知道天高地厚！事实上这座市镇需要的是一所监狱和一个难民收容所。

"你看，这样写既让人感到刺激，又准确。那种软绵绵的文章我看了就不舒服。"

就在这个时候，有人从窗户外面抛了一块砖头进来，发出噼里啪啦的响声，我的背上又挨了一下。于是我迅速移到火线以外——我开始觉得自己是个累赘，妨碍了人家。

主笔先生说："可能是上校吧！我等了他两天。他一会儿就来。"

他猜得很准。上校没过多久就到了门口，手里拿着一支左轮手枪。

他说："伙计，您愿意让我和这肮脏报纸的孬种编辑说说吗？"

"行。请坐，伙计。小心那把椅子，它缺了一条腿。我

想您可以让我和这无赖的谎言专家布雷特斯开特·德康赛说两句吧？”

“可以，伙计。我还有笔账要和您算算。您要是有空，我们就开始吧。”

“我在写一篇文章，谈‘美国道德和文明发展中令人振奋的进步’，正想赶着写完，可这不打紧，我们开始吧！”

两支手枪同时发出“砰砰”的响声。主笔被打掉了一撮头发。上校的子弹打中了我大腿上肉最多的地方，他的左肩稍稍破了一点儿皮。他们又开枪了。这次两人都没有射中目标，可是我却没那么幸运——胳膊上中了一枪。直到放第三枪，两位先生才都受了一点儿轻伤，我却被削掉一块颧骨。于是我对他们说，我还是出去走动一下比较好，因为这是他们两个人之间的事，我在里面掺和不免有点儿碍手碍脚。但是那两位先生请我继续留在那里，并且极力说我的存在对他们没有一点儿影响。

然后我开始包扎自己的伤口，而他们则一边继续装子弹，一边谈选举和收成的问题。不一会儿他们又开枪了，打得非常激烈，没有一枪落空。但我现在要强调的是：他们打了六枪，六枪之中有五枪都落在我这儿，另外还有一枪打中了上校的要害。上校要进城去办事，于是很幽默地说他要离开了。他打听到了殡仪馆的所在地，接着就走了。

主笔转身对我说：“我约了人来吃饭，得准备准备。你就帮我看看校样，招待客人吧。”

我一听说叫我招待客人，就有些害怕，刚才那一阵枪林弹

雨还在耳边回响，我已经吓得魂飞魄散了，此时真是一句话也说不出来。

他继续说："琼斯那家伙四点钟过来，给他一顿鞭子。吉尔斯配可能会来得早一些，到时候你就把他从窗户里扔出去。福格森大概四点钟会来，你就打死他吧。我想今天的事就这么多了。要是你还有多的时间，可以写一篇讽刺警察的文章，把那个督察长狠批一顿。要是遇到什么意外，你就到楼下去找外科医生蓝赛，让他在我们报上登广告抵账。记住，皮鞭在桌子底下，武器在抽屉里，子弹在那个盒子里，棉花和绷带在上面的文件夹里。"

说完他就走了，但我还在发抖。接下来的三个小时，我经历了生死攸关的考验，原来那种宁静的感觉和愉快的心境再也找不回来了。

吉尔斯配的确来过，不过是他把我扔到了窗户外面；琼斯也来了，我正想给他一顿鞭子，却反倒被他给抽了；还有一位没在名单上的陌生人和我打了一架，结果我的头皮被他剥掉了；另外还有一位名叫汤普生的客人把我一身的衣服撕成了碎片。

后来我被一大群暴怒的编辑、赌徒、政客和蛮横无理的流氓围堵到一个角落里，他们大声叫骂，在我头顶上挥着武器，到处都是铁与铁碰撞的声音。

在这种情况下我终于写了辞职信，准备辞去编辑的职务。就在此时，主笔先生回来了，和他同来的还有一群闹哄哄、兴冲冲、热心肠的朋友。接下来又是一阵打斗，那种混乱，我根本没法形容。有人中弹，有人中刀，有人缺胳膊断腿，有人被炸得血肉横飞，有人被扔到了窗户外面。一阵短促的犹如暴风骤雨般的咒骂与厮杀，掺杂着一段混乱而狂热的舞蹈，发出一道朦胧的闪光，随后一切归于平静，只剩下全身是血的主笔和我还坐在那里审视四周，地板和墙壁上到处是这一场战斗遗留下来的痕迹。

他说："等你慢慢习惯了，就会喜欢这个地方。"

我沮丧地说："说实话，那种打击别人的文章确实不太合适，难免引起风波。我想也许再过些日子，我写的稿子才能合您的意，所以现在不得不请您原谅。文章有冲击力，当然能够给人很深的印象，这一点毋庸置疑，可是我到底不愿意像您这报纸一样，引起那么多人的关注。如果老是像今天这样被人打断，我就不能安心写文章了，这您自己也清楚。我相信只要经过一番磨炼，等我熟悉了这边的风格，终有一天我能够完全胜任这项工作的。

"要知道，这个职务我是非常喜欢的，可我不想留下来招待您那些客人。一位先生从窗外向您开枪，结果却打伤我；一颗炸弹从壁炉烟囱里扔进来，那本来是给您的礼物，结果却被我给收了；一个朋友进来问候您，却把我打得满身枪眼；您出去吃饭，琼斯就拿鞭子抽了我一顿，吉尔斯配把我扔到窗户外面，汤普生把我的衣服撕得粉碎，还有一个不认识的路人剥掉了我一块头皮。

"我现在觉得这对我真是太不公平了。前后还不到五分钟，

这一带所有的地痞流氓都戴着鬼脸杀来了，他们都拿着武器把我吓得魂不附体。先生，我喜欢您，也喜欢您对待客人的那种沉稳的作风。可您要知道，我对这些真的很不习惯。南方人的性子太急躁，容易感情冲动；南方人也热情过头了。今天我写的那几段话，一点儿意思也没有，可您随便删改几下，就把田纳西新闻的强劲风格融入里面，结果又惹出麻烦来。那一群如狼似虎的编辑们还会到这儿来。他们一定都还饿着肚子准备宰个人来吃呢！我不得不向您请辞了。这热闹我可掺和不起。我到南方来的目的是休养身体，现在我要回去，还是为了这个。我走了，我会记住您的，田纳西新闻界的作风真是令我兴奋。"

说完这些话，我有些抱歉地和主笔先生分手了。从那里出来，我就搬到了医院住了下来。

百万英镑

二十七岁那年，我给旧金山的一个矿业经纪人打工，把证券交易的内幕摸得清清楚楚。当时我孤零零一个人，只能靠自己的智慧自力更生。但这反而让我站稳了脚跟，并有可能让我走上幸运之路，因此我对前途充满了希望。

每逢星期六午餐后，我就可以自由支配时间了。每到那时，我常常会乘游艇出海。有一次，我把船开到了大海深处。天黑了，就在我几乎要绝望的时候，一艘开往伦敦的船救了我。旅途漫长，一路上风雨交加，我没有船费，他们就让我在船上干一般水手的活儿。到伦敦上岸以后，我已经像个乞丐一样，衣衫褴褛，荷包里只剩一块钱。就这一块钱，让我又吃又住撑了二十四个小时。接下来的二十四个小时，我就只能忍饥挨饿，无处容身了。

第二天上午十点左右，我饿着肚子狼狈不堪地沿波特兰大道前行。这时候，我看到一个保姆领着一个孩子路过，那孩子把手上刚咬了一口的大个儿甜梨扔在地上。我立刻停了下来，双眼发直地盯住那个沾满污泥的宝贝。我垂涎欲滴，肚子里不停地有个声音在叫唤，心神全被这东西吸引过去了。每当我起身想去捡梨的时候，总感觉有人在盯着我。我只好重新站直，假装没事，好像根本不关心那颗梨似的。这种情形重复了好几次，我始终无法得到那个梨。最后，我简直忍不住了，正想不顾体面，去捡它的时候，忽然有人在我背后打开窗户，对我喊道："喂，请进来吧。"

一个穿得不错的仆人把我领到一个豪华的房间里，那儿坐着两位上了年纪的老绅士，他们打发走仆人后让我坐下。他们

好像才吃完早饭，因为桌上还有些残汤剩菜。我一看到那些东西简直无法自制。我怎么能在那些东西面前保持理智呢？但别人没邀请我，我也只能极力忍住那股馋劲儿。

在那之前不久，发生过一件事，当时我并不知道，过了很久后我才知道。现在我就来给你讲讲。那两位老绅士是一对兄弟，他们在前两天为一件事发生争执，最后决定以打赌来了结——英国人不管做什么都靠打赌来解决问题。

你可能还记得，英格兰银行为了和某国进行一项特殊交易，发行过两张面值一百万的巨额钞票。后来不知道为什么，一张用过以后就注销了；另一张则始终保存在银行的金库里。这兄弟俩闲聊时，突发奇想：假如有一位诚实聪颖的外地人漂泊到伦敦，举目无亲，身上除了那张一百万英镑的大钞以外一无所有，而且也没法证明这张大钞就是他的——这样的一个人会有怎样的命运呢？哥哥说这人肯定会饿死；弟弟说不会。哥哥说，他不能把它拿到银行去，更不能把它拿到其他任何地方去使用，因为他会当场被抓住。弟弟说，自己愿意拿出两万英镑来打赌，那个人一定可以靠那张百万大钞撑过三十天，而且还不会被逮捕。哥哥同意打赌，弟弟就到英格兰银行把那张大钞买了回来。你看，英国人做事就是这样，仿佛浑身是胆。然后，他口述了一封信，让他的书记用漂亮的字体写下来。兄弟俩在窗前坐了整整一天，希望能找到一个合适的人选来证明自己是正确的。

他们看着一张张脸孔从窗前经过。有的人看起来实在却不聪明；有的人聪明却不实在；还有些既聪明又实在的又不够贫穷；够贫穷的，却又不是外地人——总之就是不能让人称心如意。就在这时，我出现在他们面前。他们认为我具备所有条件，于是就一致选定了我。可我呢，就想知道他们叫我来到底要干什么。他们说我正合他们的心意，听了这话我的确很开心，可实在不知道他们的心意到底是什么。这时，他们交给我一封信，说打开看了就知道。我正要打开，他们却说不行。他们叫我将信带到住处去再认认真真地看，不要随随便便，也不用慌慌张张。我满腹狐疑，想把话头再往外引一引，可是他们却不干。我只好揣着一肚子的委屈与伤害走出房间。我觉得他们是在拿我开玩笑，寻开心。不过，我只能忍着，因为在当时

的处境下，我是没有资格向有钱有势的人表示怨恨的。

　　本来，我可以趁机捡起那个梨，然后正大光明地把它给吃下肚，可现在就因为这倒霉的差事，那个梨已经不知去向。这意味着我失去了一份美食。想到这里，我对那两个人就更加怨恨了。我忍住怒气向前走着，刚到看不见那所房子的地方，我就把信封打开。这一看可不得了，里边装的竟然是钱！说真的，我对那两个人的印象马上有了好转。我急不可耐地把信和钱往口袋里一塞，撒腿就朝最近的一家小饭店跑去。进了店就是一顿猛吃！直到肚子实在塞不下任何东西了，我才把那张钞票掏出来，一看傻眼了，我几乎晕倒过去。一百万英镑！天哪，这下我给吓懵了。

　　我盯着那张大钞头昏脑涨，足足过了一分钟，我才回过神来。这时候，首先映入眼帘的是小饭店老板。他的目光粘在大钞上，像磁铁一般。他嘴里咕哝着，全心全意地向上帝祷告，手脚完全不听使唤。我见此情形也不知怎么的，脑子一转，就计上心来，做了一件平常人都会做的事。我把那张大钞递到老板面前，小心翼翼地说："给我找零钱吧！"

　　他终于恢复了常态，连连道歉说找不开，无论我怎么说他都不接。其实他心里很想看那张钞票，因为我见他一个劲儿地打量，好像怎么看也饱不了眼福，可就是连碰也不敢碰一下，就好像凡夫俗子一碰那钞票上的仙气就会折寿似的。

　　我说："真是不好意思，麻烦您了，可不管怎么样还是请您找钱吧，我除了这张钞票之外就没有其他的钱了。"

他却说没关系，一点儿小钱算不了什么，这顿饭就先记在账上。我说，我可能一时半会儿不会再到这儿来了。可他却说那也不要紧，他可以等，而且，我想什么时候来就什么时候来，想点什么就点什么，至于记的账，想什么时候结就什么时候结。他说，我是故意打扮成这样来跟他开玩笑的，他不会因此就不信任像我这么有钱的先生。这时候又进来了一位顾客，小饭店老板示意我收起那张巨钞，然后毕恭毕敬地一直把我送到门口。我一出门，立刻奔向那所宅子去找那兄弟二人，好让他们在警察来抓我之前纠正这个错误。虽然这一切不能怪我，可说实在的，我还是胆战心惊。我非常了解人们的脾气，知道他们一旦发现自己把一百万英镑错给了一个流浪汉，是决不会怪自己看错了的，而肯定会对那个流浪汉大发雷霆。快走到那宅子的时候，我发现一切平静如常，便断定还没有人发觉这件事情，心里也踏实了许多。我按了门铃。还是原先那个仆人开的门。我对他说想见那两位先生。

"他们已经离开了。"他面无表情，冷冷地说道。

"离开了？去哪儿了？"

"去旅游了。"

"可到底去哪儿旅行了？"

"我想是去大陆了吧。"

"去大陆？"

"是的，先生。"

"朝哪个方向走的——走的是哪条路？"

"我也说不上来，先生。"

"什么时候回来呢？"

"他们说要一个月。"

"一个月！唉，这可怎么办？你能不能帮我给他们传个信，这件事情非常重要。"

"我实在是没办法。我对他们的行踪一无所知，先生。"

"那我一定要见见他们家里其他的人才行。"

"其他人也都不在；出国好几个月了——我想应该是到埃及和印度去了。"

"伙计，出了一个很大的错误哩！恐怕不到天黑他们就会回来。请你告诉他们一声，就说我来过，而且还会再来，直到把那个错误纠正过来，让他们别担心。"

"我想他们肯定不会回来，如果回来，我一定告诉他们。他们说过，不出一个钟头，你就会回来打听情况，让我务必告诉你，一切都没问题，到时候他们会准时回来等你的。"

我只好打消了原来的念头，离开了那儿。究竟是怎么回事啊？我简直要发疯了。到时候他们会准时等我，这是什么意思？对了，那封信也许能说明一切。于是，我把信打开来看，信上是这样说的：

从你的相貌可以看出，你是个聪明又诚实的人。我们猜想，你肯定很穷，而且是个外地人。我们决定在信封里给你一笔钱，这笔钱是我们借给你的，期限是三十天，不要利息，期满时到这里来归还。我们在你身上打了一个赌。假如我赢了，你可以在我的管辖范围内任意挑选一个职务——只要你能证明自己熟悉和胜任就行。

没有署名，没有地址，也没有日期。

好家伙，这下可真是麻烦了！现在你知道这件事的前因后果了吧，可当时我并不知道。对我来说这真是个不可预知的陷阱，漆黑如谜。我对他们的伎俩完全没有把握，也不知道这件事对我来说是好还是坏。我走进一个公园坐了下来，左思右想，希望能找到好对策。

经过一个小时，我推理得出了下面的结论。

那两个人也许对我怀有善意，也许是恶意，现在还无法判断——不去管它。他们是要伎俩、玩诡计、做试验，还是搞其他勾当，我都无从推断——不去管它。他们拿我打赌，赌什么我也无从推断——也不去管它。这些不确定的因素先放在一边，其他的事却是清清楚楚、毫无疑问的了。如果我要求英格兰银行把这张大钞存入它的主人的户头，银行会照办的，因为虽然我不知道它的主人是谁，银行却是知道的。但是，银行会盘问我钞票的来历。如果照实回答，他们肯定会把我送到难民收容所；如果撒谎，他们就会把我送到警察局。假如我随随便便拿这张钞票换钱，或是用它做抵押借钱，后果多半也是一样。现在无论我是否愿意，都不得不随时随地将这个巨大的负担带在身边，直到那两个人回来为止。虽然这张大钞对我来说，没有一点儿用处，和灰尘一样，但我却不得不在乞讨度日的同时，分出心神来照顾它、看守它。现在就算我想把这张钞票送人，也送不出去，因为不管是老实的公民还是拦路的强盗都不会接受，甚至都不会多碰它一下。那兄弟二人根本用不着担心。就算我把钞票丢了、烧了，他们也丝毫没有损失，因为他们可以到银行止兑，到时照样衣食无忧；而我却不得不忍受一个月的艰难日子——没有工资，也没有利益，除非我能帮人赢了那个赌，兴许还能谋到一官半职。我当然愿意得到那个职位，他们这些有钱有势的人委任的职位应该值得一干。

我对那个职位有许多幻想，欲望也逐渐增强。不用说，薪水绝对少不了。一个月后开始上班，从此以后我将一帆风顺。想着想着，我就热血沸腾起来。不一会儿，我就逛到了大街上，看到一家服装店，一股强烈的欲望涌上心头：甩掉这身破衣烂衫，给自己买套像样的衣服。可买得起吗？不行，现在我除了那一百万英镑之外简直一无所有。因此，我努力在控制自己的情绪，强迫自己走过服装店的门口。可是不一会儿我又折了回来。那诱惑把我折磨得无比痛苦。就这样，我在服装店前徘徊了很久，内心不停地挣扎。最终我选择了向自己的心屈服，我只有屈服。我问一个店员有没有别的顾客不要的衣服，他没有搭理我，只是朝另一个店员点点头。于是我向另一个店员走过去，他也不说话。我又朝第三个店员走过去，向他点头示意。他说："一会儿就来。"

我只有等待。他忙完了手头上的事，这才把我领到内间，在一堆次品中挑出一套最寒酸的打发我。我换上了这套衣服。但这衣服一点儿也不合身，还不好看，可它总算是新的，我正急需一套新衣服，也没得挑了。最后，我支支吾吾地说："你们就帮帮忙，让我等两天再付钱吧，现在我身上没带零钱。"

那个店员立刻摆出一副尖酸刻薄的嘴脸，说道："哦，您没带零钱啊？哼，我早料到会是这样，像您这样的先生是只会带大钞的！"

这可让我很不舒服了，于是我生气地说道："朋友，不要以貌取人。这套衣服我当然买得起，只是不想麻烦你们找钱，我带的是大钞，怕你们换不开。"

他稍稍收敛了一点儿，可那口气还是略显不平。他说："我可不是故意瞧不起您，但您要是说话不中听，硬说我们换不开您的大钞，那未免是瞎操心。我们换得开。"

我把那张钞票递给他，说："哦，那好，我向您道歉。"

他带着一种习惯性的微笑接了过去，脸上溢满了笑容，就像往水池里扔了一块石头似的，荡漾出一圈圈波痕。但他只瞧了一眼，笑容就僵在了脸上，就像维苏威火山脚下那些凝固的、波状的、像被虫子爬过的熔岩一样。我从来都不知道人的笑容可以僵化得这样彻底。他拿着钞票保持一种姿势，一动不动地站在那里。老板赶紧跑过来，想看看究竟出了什么问题，他一脸不屑地问："喂，怎么啦？有什么问题？还缺点儿什么？"

我说："什么问题也没有。我正等着找钱哩。"

"快点，快点！找给他钱，托德，找给他钱。"

　　托德反驳道："给他找钱？您说得倒容易，您自己看看吧！"

　　老板看了一眼，轻轻吹了一声漂亮的口哨，然后钻进那堆顾客不要的衣服里乱翻一气，边翻边自言自语地嘟囔道：

　　"托德，这个蠢蛋！竟然想把这套拿不出手的衣服卖给一位百万富翁——他简直就是个天生的傻瓜！就因为他分不清富翁和乞丐，才总是这样把有钱人一个个都气走了。啊，我找的就是这套衣服。先生，请把您身上的衣服都脱了扔到火堆里去吧！您就给我点儿面子，穿上这套衣服吧。哎呀，真是太合适了，简直就像是给您量身定做的——大方的剪裁，考究的缝头，气派十足，跟贵族似的；先生您可要看清楚了，这可是一

位外国亲王定做的呢，就是那位受人尊敬的哈利法克斯公国的亲王殿下。他母亲快不行了，所以把这套衣服寄放在这儿，另外定做了一套丧服。后来听说他母亲又没有死，不过这没关系，事情哪能都合我们——这个，都合他们的心意啊——嗬！不大不小，这裤子非常合身，先生！再试试这件背心吧！哎呀，也刚好合身！还有外套——上帝，您瞧啊，真是绝配！我这一生还从没见过这么美的衣服呢！"

我对这身衣服很满意。

"您真是有眼光，先生真有眼光；我敢说，这套衣服您还能穿上一阵子。您稍等一会儿，我们还可以为您量身定做一套。快点儿，托德，拿来笔和纸记一下：裤长三十二寸……"就这样，我还没来得及说话，他就量好了，并且吩咐赶制晚礼服、便装、衬衫以及其他各式的衣服。

我见缝插针，寻了个机会说道："亲爱的先生，如果您换不开这张大钞，我就不能定做这些衣服。如果您想要我立刻结账，就得给我换开这张大钞。"

"结账？您这说的是什么话，先生，太伤感情了。我可以无限期地等您付钱，先生。托德，别浪费时间，让其他无关紧要的顾客先等着，快把这批货赶出来，送到这位先生家里去。记下这位先生的家庭住址，改天再……"

"我就要搬家了。我晚些时候再来留新地址吧。"

"您真有眼光，先生，您真是太有眼光了。等一下——让我送送您吧。先生您慢走，先生，慢走。"

后来的事您该清楚了吧？我是随便想买什么就买什么，买完了，喊一声"找钱"就行了。不到一周，我就买好了所有有钱人该有的东西，并且在一家豪华的汉诺威广场酒店住了下来——那也是我享用晚餐的地方。我早上仍在哈里斯家的小吃店吃饭——就是我凭那张百万大钞吃了第一顿饭的那家小吃店——这还是我为了不辜负哈里斯的好意勉强接受的。消息不胫而走，大家都知道这个古怪的外地人的马甲口袋里有张百万大钞，是个大财主。就这样，这家原本冷冷清清、勉强才能维持生存的小吃店突然出了名，顾客越来越多。哈里斯非要借钱给我，以表达他的感激之情，还不让我拒绝。于是，身无分文的我口袋里终于有钱了，日子不仅过得宽裕，还派头十足。我其实心里也是七上八下、忐忑不安，生怕哪天就会穿帮，但是事已至此，只有走一步算一步了。这种隐藏的危机让我感到哀伤和忧愁。每当夜幕低垂，我就会被这种哀伤啃食着、威胁着，我翻来覆去睡不着觉，常常不自觉地唉声叹气。然而，一到白天我就心情愉悦，烦恼全消，就像喝醉了酒的人一样乐得晕头转向、飘飘欲仙。

其实这一点儿也不奇怪，我已经变成了这座城市的名人，想法也完全改变了。无论英格兰报纸，苏格兰报纸，还是爱尔兰报纸，不管你翻开哪份都会看到一两条有关"百万巨富"的最新消息。刚开始，我的这些消息只在一些边边角角里出现；接着就逐渐超过了各位爵士，后来连二等男爵也超过了，然后是男爵。以此类推，随着我地位的上升，身价也不断提高，直到达到无法再高的高度才停了下来。这时，我的风头已经比公爵还大了——除了皇室；虽然我跟大主教还没得比，却足以与除他以外的所有神职人员匹敌。记住，直到现在我也称不上多有声望，只能算是小有名气。但这时却刮起了一阵强烈的旋风——《愚蠢》画刊登载了有关我的漫画——一瞬间，我那容易消失的小名气变成了金子般持久的名声。是啊，现在我已经在这里站稳了脚跟，而且也成名了。对此，可能会有人谈论，但言谈中流露出的是尊敬，不过分也不粗俗；可能还有人说笑，却没人敢取笑。你可以想象一下：一个身无分文的穷小子突然声名鹊起，每说一句话都会被传得沸沸扬扬；不管到哪儿，都能听到人们辗转相告——"就是他，那个在路边走的"；吃个早餐也有人在一旁像看猴把戏似的围观；一出现在包厢里，数不清的望远镜就会向我瞄准……嘿，我整天都生活在荣耀中——真是一枝独秀啊！

你瞧，那套破衣服我还保存着，为的是回味一下以前的逍遥自在。我会偶尔穿上它去买点儿小东西，然后在遭人白眼后拿出那张百万大钞让那些势利小人目瞪口呆。可是，这种快乐没能持续多久，因为画刊已经让我那身行头无人不知无人不晓了。我只要一穿上它，屁股后面就会出现一群尾巴；我要买东西，连钞票都还没掏出来，老板就恨不得把整个铺子都先送给我再说。

成名约十天，我想为国效力，所以就去拜访美国公使。他用和我的身份相匹配的礼节热情地欢迎我，还埋怨我不早点儿想到为国效力。公使说那晚他正好要举办一场盛大的酒宴，一位客人因病来不了，如果我同意顶替那位客人，他才能原谅我。我答应后，就和公使聊起天来。聊天中，我才知道他和我父亲原来是小学同学，后来又一起就读于耶鲁大学，一直到我父亲去世前他们都是交心的好友。因此，他让我有空就到他那儿去坐坐。我当然是非常愿意啦！

说老实话，我哪里是愿意，简直就是乐意。因为如果将来有个什么万一，他可能就会变成我的救星。我不知道他到底如何救我，但他应该有办法。事已至此，我不能冒险告诉他真相。如果在一开始就遇到他，我一定会将这段不平凡的遭遇和盘托出。但现在不行，我不敢说，我已经陷得太深，深到对刚认识的朋友不敢说出真相。但依我看，也还没到不可救药的地步。你知道，我一直很小心，不让那些债务超出我的偿还能力，即不超过我的工资收入。我当然不知道我的工资究竟有多少，但我知道一点：如果我帮那位有钱人赢了赌局，就能在那人的管辖区内捞到一份美差，只要我的能力能够胜任——我当然能够胜任，这点毋庸置疑。说到他们的那个赌局，我一点儿也不担心，我运气一向很好。我想我一年工资收入应该能有六百到一千英镑。就算第一年只有六百，往后每年也会加薪，到我能够证明自己实力的时候，应该能有一千英镑吧。虽然大家都抢着借钱给我，但我却想方设法推托了绝大部分人。这样我勉强将债务控制在三百英镑现款和拖欠的三百英镑生活物资之内。我相信只要我节俭度日，就能靠我下一年的工资填补这段日子的欠款。现在的我真的是分外小心，不敢有丝毫大意，只求月底老板回来，让我躲过一劫。那时，我就可以拿出头两年的工资先把那些债主的债务还清，接着就可以立即开始工作了。

当天的酒宴真是太精彩了，一共有十四个人出席。绍勒迪希公爵和公爵夫人以及他们的女儿安妮·格蕾丝·爱莲诺·赛来斯特……还有什么——德·波鸿女士、纽格特伯爵和伯爵夫人、契普赛德子爵、布拉瑟斯凯特爵士和夫人，另有几对不出名的夫妇、公使以及公使夫人和女儿，还有公使女儿的朋友——二十二岁的英国女孩波蒂娅·朗姆。不到两分钟我就爱上

她了，她也爱我——就算我不戴眼镜也能看出这一点。我先把话说在前头。这里另外还有一位美国客人。这些人都候在客厅里，一边等待开席，一边冷静地观察后来者。这时仆人大声报道："劳埃德·赫斯廷斯先生到。"

习惯性地客套一番后，赫斯廷斯发现了我，他诚恳地伸手，向我走了过来，没有一点儿犹豫，但手都还没握到，他却突然停了下来，有些难为情地说："抱歉，先生，我原以为我认识你。"

"怎么不认识？您当然是认识我的，老朋友。"

"不。难道您是——是——"

"带着百万大钞招摇过市的怪物，是吗？对，正是。你别害怕喊我的外号，我早就习惯了。"

"唉！唉！唉！真没料到。我好几次看到这个外号和你的名字连在一起，却怎么也没想到他们说的那个亨利·亚当斯就是你。怎么？半年前你还在旧金山为布莱克·霍普金斯工作，常常为了那点儿加班费，通宵熬夜，帮我整理核查古尔德和加利矿业公司的股票文件和数字统计呢。真没想到你会到伦敦来，还成了百万巨富，变成了名人！真是太神奇了，变不可能为可能啊！朋友，我一下子缓不过神来，完全一头雾水。请给我点儿时间整理一下思绪！"

"很明显，你也不比我差啊。我自己也是晕头转向。"

"好家伙，这真是难以想象，你说是吧？哎，我们一起在矿工餐厅吃饭才不过是三个月前的事——"

"不对，是在开心舫。"

"没错，是开心舫；深夜两点以后才去的，我们整整花了六个小时才赶好那批文件，然后去那儿吃了块排骨，还点了杯咖啡。那时我为了游说你跟我一起来伦敦，还特地帮你去请长假，连全程的路费我都包了，如果做成了生意，我还另有好处给你。但你没听我劝，说我不可能成功，还说你不能中断工作，如果长时间不工作，再回去就生疏了。可是现在你却站在这里——我的面前。真是奇怪！你是怎么来的，你究竟是怎么爬到这样的地位的呢？"

"嘿，完全是一种偶然。这故事说来可就长了——怎么说好呢？这些简直可以写成一部传奇故事。找个时间我再把一切全部告诉你，但不是现在。"

"那是什么时候？"

"就这个月底吧。"

"还有半个月呢。让一个好奇心强的人等这么久可就太过分了。一个星期怎么样？"

"不行。渐渐你就会知道原因了。我们继续刚才的话题，你生意还好吗？"

他像霜打的茄子，刚才的旺盛精力立刻没了，叹道："你猜得真准，亨利，太准了。我不来更好。这件事不提也罢。"

"你非得告诉我不可。回去的时候咱们一道儿走，到我那儿去睡一晚，把事情给我讲清楚。"

"啊，真的要我说？"

"当然啦，我要从头到尾一字不落地听完。"

"感激不尽！我现在沦落到这步田地，没想到还能听到发自内心的安慰，看到关心的眼神——上帝啊！为此我一定要拜你一拜！"

他紧紧握住我的手，振奋起精神，然后心情终于平静下来，开开心心地享受起那场还没开始的酒宴了。不行，老问题又来了，如果不能解决座次问题，这饭就吃不成了。英国人到外面用餐总是先吃了再去，因为他们知道这是冒险。可是外地的客人却浑然不知，所以最后这些外地客人就只能饿肚子了。当然，这一次没人饿肚子，因为除了赫斯廷斯以外大家都有经验，基本都已经吃过了，而赫斯廷斯在接到邀请前也已听说了——为了尊重英国人的风俗，他根本就没有打算用餐。我们一个接一个地进入餐厅，每个人都挽着一位女士，因为这是常规，然而，争执也随之而来。绍勒迪希公爵喜欢出风头，他说公使只是代表一个小国家，而不是整个王国，他比公使地位高，所以坚持要坐上首。可我坚持要维护自己的权利，寸步不让。在报纸的杂谈里，我的地位可是高过皇室成员以外的所有公爵呢，所以我要求坐那个位子。我们各持已见争论不休，但问题还是解决不了。最后他很不明智地想搬出自己的血统和祖先炫耀一番，所以我就拿亚当来对付他，说从姓氏来看我是亚当的直系后代，因为我知道他就仗着自己是征服者威廉的后人才敢耀武扬威。但从他的姓氏来看，他只不过是威廉后人的旁支，而且他也并不是血统纯正的诺曼人。然后我们大家又一一回到客厅，站在那儿端着一碟子沙丁鱼和草莓吃起来，我们一对对都这样站着吃，因此这次的席次问题就显得不那么重要了。地位最高的两位客人用投硬币猜正反的方法争先后，赢了的先吃草莓，输了的硬币归他。接着是两位地位稍差的猜，然后是地位更差的两位猜，以此类推。吃完餐点后，我们把桌子搬出来打牌。我们打克利比，六便士（英国货币辅币单位，类似于中国的"分"）一局。英国人打牌从来都不仅仅是为了娱乐，如果不能分出个输赢，他们是决不会玩的，至于输多少赢多少倒是无所谓。

美好的时光总是那么短暂。当然我是在说朗姆小姐和我。我被她迷得神魂颠倒，只要超过两个顺子在手里，我就开始犯迷糊，就算自己的分已冲上了顶也不知道。这样下去本来应该是每场都输的，幸好那位小姐也和我一样，你知道吗？完全跟我一样。于是我们两个人的得分总是冲不到顶，难分输赢。好在我们一点儿也不在意这些，也不管为什么会这样。只要开心，其余的我们什么都不管，也不希望别人来打扰。我告诉她我爱她——真不敢相信我竟然真的那么做了！她呢？嘿，羞得连耳根都红了，但看得出她很开心。她也说了她喜欢我。啊，我从没经历过这样美好的夜晚！每一盘打完算分，我都会乱算一通，她算分也和我一样。即使我说"跟两张牌"这句话，也会附上一句"唉，你真漂亮"；她则是一边说着"十五得两分，十五得四分，十五得六分，还有一对得八分，八分就算十六分"，一边问"你看对吗"。她闪闪的眼睛就藏在睫毛下面偷瞄我，你一定不知道她的眼神有多么温柔可爱。哎呀，真是太有趣了！

不过，我对她可是没有一丝隐瞒，非常诚恳。我告诉她，我除了那张她听说过的、被人议论纷纷的百万大钞以外可以说身无分文，而且，那钞票根本不是我的。这引起了她的兴趣。我就把事情的原委一五一十地全盘抖出来，她听了哈哈大笑。我完全不知道她究竟在笑什么，反正她就是笑个不停。每隔一段时间，就有个新的情节逗得她异常开心，那时我就只好停下来，给她机会平复心情。嘿，再笑她都要傻了——真的，我还从来没见过哪个人能这样笑的。我是说，我从不知道这样一个令人痛苦、烦恼、焦虑又忧愁的故事，竟然能够产生这样的效果。看到她在这种不值得高兴的事情面前还能如此开心，我就更加爱她了，爱到无法自拔。你看，以当时的情况看来，也许这样一位妻子很快就能派上用场。当然我也告诉她，让她再等我两年，直到我能用自己的工资偿还以前的债务。但她一点儿也不在乎，只是叮咛我尽量控制好开支，别让第三年的开销出现一丁点儿危险。然后，她开始担心起来，她问我是不是高估了自己第一年的工资。这话很有道理，它让我的信心减退了一些，同时也让我受到启发，有了一个好主意。我直接问她："我亲爱的波蒂娜，你愿意和我一起去找那两位老先生吗？"

她稍显迟疑，但还是说："只要我能让你安心，我愿意。但——你觉得这样好吗？"

"我也不知道好不好，我很担心这样会出问题。但是，你要知道，你的去留对我很重要，所以——"

"那就别管好不好了，我去吧。"她用一种豪爽和可爱的语气回答，"啊，一想到能给你帮忙，我就感到开心！"

"亲爱的，不只是帮忙！嘿，这事全靠你了。有你这么漂亮、这么可爱、这么迷人的姑娘和我同去，我的工资一定能提得更高，那两位仁慈的先生就算因此而破产也会愿意这么做的。"

哦！你没见到她当时的样子：整张脸都泛着红光，幸福的眼神像星星一样闪闪发亮！

"真讨厌，就会挑好听的说！无论如何我都要跟你一起去，

也许你会因此得到教训：别以为你怎么对别人，别人就会怎么对你。"

我再也没有任何疑惑了吗？我对自己的信心又重新回来了吗？你可以从这两件事看出来：当时我立刻就在心里暗暗把第一年的工资提高到一千二百英镑。但我没告诉她，我准备在事后给她个惊喜。

这一路上，我像是踩着棉花一样回到家，赫斯廷斯说的话，我一句没听进去。赫斯廷斯跟着我进了客厅，看到这里豪华舒适的陈设他赞叹不已，这时我终于清醒过来。

"就让我站在这儿好好看看。好家伙！这简直像皇宫呀——就是皇宫！真是应有尽有，连晚餐都备好了。亨利，这不仅让我了解到你究竟有多么富有，同时也让我彻底了解到自己究竟有多么贫穷——穷到极点，真是悲惨，简直废物一个，没有明天，没有希望了！"

该死的！他的话让我直冒冷汗，也让我从美梦中清醒过来，我意识到自己现在所站的地壳下面就是随时可能喷发的火山口。我原以为自己不是在做梦——也就是说，我根本没有时间考虑清楚。但是现在，我背负了巨额债务，一贫如洗，却让一个女孩深陷危险的泥沼。我对未来没有一点儿把握，只有一份也许根本就是我自己奢望的工资——唉，可能根本就兑现不了！唉，唉，唉！我完全被打败了，没有未来，没有希望！

"亨利，你每天只要轻轻松松地随便赚一点儿，就能——"

"哼，我每天赚钱！来，喝了这杯，重新振作起来。干杯！啊，不行——你还空着肚子。来，坐下——"

"我一点儿也不觉得饿，饿得没感觉了。这些天我老是没食欲，但今天我一定奉陪到底，喝到倒下为止。干！"

"来，我们每人一杯！准备好了吗？一起干！我说劳埃德，我调酒的时候，你就讲讲你的事吧。"

"讲？讲什么，再说一遍？"

"再说？什么意思？"

"嘿，我是说，你想原原本本再听一遍吗？"

"我想再听一遍？这可把我弄糊涂了。等一下，你别再喝了。你喝多了，不能再喝了。"

"嘿，嘿，亨利，你可真把我吓到了。这一路上我不是把什么都告诉你了吗？"

"你？"

"是啊，我。"

"我发誓要是听见了一个字，我就死无葬身之地。"

"亨利，别这么严肃。别折磨我了。你刚才在公使那里干什么了？"

我这才明白过来，但我敢作敢当，于是就实话实说了："我俘房了世界上最可爱的姑娘！"

听到这儿，他冲过来抓住了我的手，我的手都被他抓疼了。也难怪，他一边讲故事，我们一边走，走了三里路，我却一句也没听进去。他倒也没怪我，这个仁慈的家伙不紧不慢地坐下来，又重新讲起了他的故事。简单点儿讲，他的经历大概是这样的：他刚来英国时，原以为机会到处都是，于是做了古尔德和加利矿业公司的招商代理，出售勘探开采权，买卖超出一百万的那部分归他所有。他用尽各种办法，动用了所有关系，所有正当的手段他都用过了，几乎花光了他所有的积蓄，却还是没有一个资本家肯听他的说辞，而他的代理权就在这个月底结束，他没有未来了。说到这里，他跳起来大声喊道："亨利，你能救我！只有你能救我，这世界上也只有你能救我了。你愿意救我吗？愿不愿意？"

"告诉我，看我能帮你什么。直说吧，朋友。"

"我用'代理权'换你的一百万，还有回家的路费！你别，千万别拒绝！"

我有苦自知，嘴里几乎要冲出一句话："劳埃德，我自己也是个乞丐——身无分文，还背负巨额债务。"可是，这时我却灵光一闪，冒出一个想法。我紧紧咬住双唇，竭力让自己冷静，直到像一个真正的资本家一样。我用生意人特有的沉着坚定地说："劳埃德，我救你——"

"那我已经得救了！愿上帝保佑你！有一天——"

"劳埃德，听我把话说完。我要救你，但不是那样救。你受尽委屈，冒了那样大的风险，如果是这样的结果，那么对你太不公平。我不买矿山，在伦敦这样的金融中心，我不那样做也能赚到钱。无论以前还是现在，我都不参与这样的生意。但我有一个好主意。我对那座矿山的事情一清二楚；我知道那座矿山非常有价值——不管谁让我发誓我都会这样说。现在你可以打着我的旗号随便去推销,如果在两三个星期里卖出三百万现款,我们就平分。"

你不知道,当时如果不是我拉住他,再把他绑起来的话,他一定会在兴奋中把我的家具全都踩烂,把那些瓶瓶罐罐全都摔个粉碎。

他接着说:"我用你的名义! 你的名义啊——不得了!嘿,这些伦敦的有钱人肯定会为了认购股份排队赶过来,认购不到还可能会大打出手! 我赚钱了,我发达了,我永远不会忘记你的恩德! "

不到二十四小时,伦敦的大街小巷就热闹起来了! 我每天什么事都不干,就待在家里等着别人探风声,并对来打听的人说:"不错,是我说的,如果有人问起就让他来找我。我认识这个人,也知道这座矿山。他人品端正,那矿山的价值比他开的价钱高多了。"

另一方面,我每天夜里都到公使馆去陪波蒂娅。矿山的事我没告诉她——我就想给她个惊喜。我们谈那笔工资,除了工资和爱情什么都不谈,一会儿谈情说爱,一会儿讨论工资,一会儿两个都谈。啊! 那公使夫人和公使千金非常善解人意、体谅我们,总是想尽各种办法给我们制造机会,并瞒着公使,现在公使毫不知情,他一点儿也没有发觉——你看,她们难道不可爱吗?

熬到月底,我在伦敦国民银行的户头上终于有了一百万的存款，赫斯廷斯也和我一样。当我把自己最得体的衣服找出来穿上，驾着马车经过波特兰大道的那幢房子时，各种迹象表明，我那两个雇主又回来了。我从公使馆把我最爱的人接了出来，边谈论工资的事边往回赶。她在激动和焦虑中显得更加美艳动人。我说："亲爱的，你现在的样子，我要的工资要是少于三千，那就是在犯罪。"

"亨利，亨利，你可别干坏事啊！"

"别怕。你只要一直保持这样，其他的让我处理。我保证没事。"

结果，这一路上反倒是我在不停地安慰她，给她鼓劲。她却一再地打击我，她说："哎，你要知道，如果我们要价太高了，可能连一分钱都得不到；要真那样该怎么办呢？你不仅是没有退路，连生活都没有保障了，是吗？"

马车在一个月前的那所宅子前停了下来。还是之前的那个仆人带我们进去，那两位老先生全都在。他们看见我身边有个美人，感到十分惊讶。但我说："这没什么，先生们，她是我的精神依靠，也是我的助手。"

于是我向她介绍他们，我提到他们时，都是直接称呼他们的名字。他们一定知道我查过姓名簿，所以也不感到奇怪。他们对我极为客气，让我坐下，并且热情地帮波蒂娅消除紧张，让她尽量放松下来。这时我说："先生们，我要汇报情况了。"

"我们很乐意倾听，"我的那位雇主先生这样说，"哥哥亚贝尔和我打的赌局马上就能知道结果了。如果我赢了，你就可以在我的管辖范围内得到一份差事。那张百万大钞你拿回来了吗？"

"在这儿，先生。"我把钞票递过去。

"我赢了！"他拍着亚贝尔的背叫出声来，"哥哥，现在你没话可说了吧！"

"我只能说，他真活下来了。那两万英镑我输了。真让人不敢相信！"

"我还有一件事要说，"我说，"但这不是三言两语能说得清楚的。希望你们能让我再来一次，把我这个月的经历一五一十地讲给你们听，我保证它有听的价值。还有，看看这是什么。"

"什么？好家伙！二十万的存折。这难道会是你的？"

"就是我的。我在三十天之内动用了您给的那笔小小的"贷款"，赚了这些。至于那张大钞本身，我只用它买了点儿零食，结账时把它拿出来吓唬吓唬别人。"

"嗬，这可真让人吃惊，简直无法想象，小伙子！"

"没有一点儿可怀疑的，我说的全是事实。别以为我在睁眼说瞎话。"

然而，这回却轮到波蒂娅吃惊了。她瞪大眼睛道："亨利，这钱真是你的吗？这些天来你怎么一直都不告诉我？"

"我的确没告诉你，亲爱的。但我相信你会谅解的。"

她撅嘴道："别那么肯定。你真会耍花招，竟敢瞒我这么久！"

"啊，这事很快就会过去的，我的宝贝，很快就过去了。你知道吗？因为这样很有趣。好了，我们走吧。"

"慢着，慢着！还有那份差事呢。我得给你那份差事。"我的那位雇主先生说。

"好吧，"我说，"我感激不尽，但我真的已经用不着那份差事啦。"

"在我的管辖范围内，你可以任意选一个最好的差事。"

"谢啦，谢啦，我非常感谢。不过，再好的差事我也不想要啦。"

"亨利，我都为你感到羞愧。别辜负了这位仁慈的先生的好意，要我帮你道谢吗？"

"只要你能做得更好，当然行啦，亲爱的。就看你的了。"

她走到那位先生面前，倒在他怀里，抓起他的胳膊圈住自己的脖子，对着他的嘴唇就亲了下去。那两位先生哈哈大笑起来，我却完全一头雾水，简直看傻了眼。波蒂娅说："爸，他说在您的管辖范围内没他想要的差事，真是让我伤心，就像是——"

"我的心肝宝贝，他是你父亲？"

"对，准确地说是继父，是全世界有史以来最好的继父。在公使馆你还不知道我的身世，现在你该明白当时你告诉我，我父亲和亚贝尔伯伯的赌局给你带来这么多烦恼，这么多焦虑时我为什么笑了吧。"

既然这样，我只好不再胡闹，直奔主题，说出自己的目的："啊，亲爱的先生，我想收回刚才的话。您确实有份差事非常适合我。"

"说说是什么差事。"

"女婿。"

"哈哈哈！但你要明白，你既没干过这份差事，也没什么长处，所以——"

"让我试试吧——啊，一定得让我试试，拜托了！让我试个三四十年就行了，如果——"

"啊，好，好吧！这个要求也不算什么，你就带她走吧。"

你说我们俩能不高兴吗？就算翻遍英伦大词典也找不到合适的词语来形容我们的心情啊。几天后，当伦敦人弄清我和那张百万大钞一个月里的离奇经历后，他们会不会兴致盎然地谈得唾沫横飞呢？正是这样。

波蒂娅的爸爸把那张帮了大忙的大钞送回英格兰银行兑换了现金，然后银行注销了那张钞票，并把它当作礼物送还给了他，后来他又在婚礼上将它转赠给了我们。自那时起，那张大钞就被裱了起来，悬挂在我家最神圣的地方——因为是它将波蒂娅带给了我。如果不是它，我怎么可能待在伦敦，怎么可能到公使家做客，更别提和她相遇了，所以我经常把这话挂在嘴边："不错，您没看错，这的确是百万英镑，但这家伙自出世以来只被用过一次，然后就再没被用过了。后来，我只用它价值的十分之一，就得到它了。"

好孩子的故事

从前有个好孩子，名叫雅各布·布利文斯。就算父母的命令荒唐得可笑，他也从不违抗。他学习非常认真，上学也从不迟到。他明明知道逃学会有好事发生也从不那样做。别的孩子都不明白他为什么要这样，对他的行为很不理解。撒谎是一件十分简单的事，但雅各布却从不撒谎。他只是对别人说，撒谎是不对的，这是他唯一的理由。雅各布老实到让人看了就想发笑的地步，那股倔强劲儿也真够厉害，简直无人能和他相比。礼拜天他也不玩打弹子游戏，不打鸟巢，不戏弄街头卖艺的猴子。总而言之，他好像对一切正当的娱乐活动都没什么兴趣。因此，别的孩子总想了解他，把这一切弄个明白。可是他们却从没得到过满意的答案。我刚才说了，他们只是隐隐约约觉得他"有问题"，所以，他们决定要保护他，决不让他受到任何伤害。

雅各布读完了学校的所有课本。这些书给他的生命增添了光彩，那就是他的秘密。他深深相信学校课本里讲的那些好孩子的故事。他相信得如此彻底。他期盼有一天自己也能遇上那样一位好孩子，可他从未在现实中遇到过。也许，他们在他出生前就已经死掉了吧。每当他读到某个令人印象深刻的好孩子的故事时，便迫不及待地翻到文章的结尾，看看这孩子的结局到底会怎样。但结果总是令他很失望，好孩子总是在最后一章不幸死掉。中间还有一幅为他举行葬礼的插图，他的亲人和学校的同学穿着超短裤、戴着大帽子围在他的墓碑旁，手上拿着一条大手绢一边哭一边擦眼泪。雅各布的期望就这样破灭。他永远见不到那样的好孩子，因为他们总是在书的最后一章死去。

雅各布有着远大的理想。他渴望自己能成为学校课本里的主人公。他希望自己的事迹出现在课本中时，中间能有插图，画出他不肯对妈妈撒谎，妈妈因此喜极而泣的景象；还有他站

在门前的台阶上，把一个便士送给一位身边有六个孩子的乞丐婆婆，让她随便花但不要浪费的情景——因为浪费就是犯罪。另外一些插图画着：他宽厚仁慈地不肯告发一个坏孩子，可那个坏孩子却总是在放学后躲在拐角处等他，用板条敲打他的头，然后赶他回家。雅各布在前面走，那坏孩子跟在后面，嘴里还发出"嘿——嘿——！"的叫声。这就是小雅各布·布利文斯的理想。他虽然希望自己被写进学校课本，但只要一想到好孩子最后总是死掉，心里就不舒服。要知道，活着是开心的，他喜欢活着。要做学校课本中的好孩子是不可能开心的。他知道好孩子会失去健康。他也知道，像好孩子那样对任何人和事都那么好，会比患肺病还恐怖。他还知道，好孩子没有一个能够活得长久，就算他真的成为书中的主人公，他也永远看不到。退一步讲，即便这本书在他死前出版，也不会受欢迎，因为书后没有葬礼的插图。他想到这一点就很烦。而且，若是他在死前没有对大伙交代遗言，这本课本就没意思了。虽然如此，雅各布最后还是下定决心量力而为——好好活着，能活多久就活多久，在临死之前，准备好遗言。

可不知怎么搞的，这个好孩子总是很不走运，他遇到的事总是和书中的好孩子相差很远。书中的好孩子们总是玩得很高兴，而书中的坏孩子们常常摔断腿。他呢，好像螺丝松了，做什么事情都没有好结果。他发现吉姆·布莱克偷别人树上的苹果，就到树下给他读起坏孩子偷邻居树上的苹果，不小心摔断胳膊的故事。奇怪的是，吉姆真的掉下来了，不过正好砸在他的身上，吉姆没受伤，雅各布却被砸断了胳膊。雅各布绞尽脑汁也想不明白，因为书中可没有这样的情节！

有一次，几个坏孩子把一个盲人推进臭水沟，雅各布赶忙跑过去扶起他。雅各布以为盲人一定会非常感激他。可是那个盲人不仅没感激他，反而用拐杖敲他的头，还说雅各布是想扶起他再推倒他，然后再假惺惺地扶起他。这件事也与书中的情节没有一丁点儿相似之处。雅各布为了弄清其中的原因，把课本都翻烂了。

雅各布还有一件事想做：好好照顾一条断了腿的挨饿受冻的流浪狗，把它带回家，让它永远感激他。后来他果然找到了这样的一条狗，真是开心极了。他把这条狗带回家养，可当他抚摸它时，这条狗却猛地向他扑去，撕烂了他的衣服——裤裆也被撕得仅剩下前面几片破布。他那倒霉的模样简直让人惊讶。雅各布找遍了各种权威书籍也没弄清楚原因。那条狗与书中的狗是同类，但行为举止却完全不同。

这孩子不论做什么都会惹麻烦。同样的事，书中孩子们做了会有好结果，换他来做却成了一个个厄运。

一次，在去学校的路上，他看见一些坏孩子在船上玩耍，缆绳脱开，船离岸了，他吓得脸色发白，因为他从书中了解到，凡在礼拜天出去划船的孩子没有一个不被水淹死的。他赶忙坐木筏追上去劝诫，却倒霉地脚下一滑，没踩稳圆木，以致掉到水里。有人迅速救他上岸，医生帮他按出了肚子里的积水，让他恢复呼吸。没想到，他竟因此得了重感冒一病不起，在床上躺了九周。更让人意想不到的是，船上的那些孩子一整天都玩得很尽兴，回到家一点儿事也没有。书里哪有这样的事啊，雅各布完全糊涂了。

雅各布痊愈后很沮丧。不过，他还是决心继续尝试。他知道，到目前为止，他还没能成为课本的主人公，不过他还没有到好孩子的最高年龄限制，只要坚持，他还是有机会成为书中的主人公的。即使别的愿望都没能实现，临终遗言还是能做到的。

于是雅各布又去翻阅那些权威书籍，发现他应该去海上当水手。他拜访了一位船长，申请上他们的船。船长要他出示推荐信时，他自豪地拿出一本宗教小册子，指着上面的一行字："给雅各布·布利文斯。爱他的老师赠！"可这位船长是个大老粗，一点儿也不斯文，他说："啊，滚远点儿，这有什么用？这根本不能证明你会洗盘子、刷甲板、倒垃圾，我不能雇用你。"这让雅各布想破头也不明白。书上从来都是这样说的：老师写在宗教小册子上的赞美词一定能打动船长的心，打开那扇名利双收之门。他当时还有些怀疑是不是自己听错了。

雅各布吃尽了苦头，可他还是到处寻找坏孩子。他发现老铁厂那里有一群孩子正在戏弄一群狗，他们把十四五条狗系在一起，还把硝化甘油的空桶绑在它们的尾巴上。雅各布看了很伤心。他坐到一个硝化甘油的空桶上奋力抓住最前面那条狗的颈圈，然后转过脸去，以责备的目光愤怒地注视着那个调皮的汤姆·琼斯。但是，正在此时，市参议员麦威尔特怒气冲冲地走了过来。那些坏孩子四散而逃。雅各布·布利文斯却毫不畏惧地站了起来，用学校课本中的演讲词与之对话。演讲词总是以"啊，先生"之类开头的。实际上，任何一个孩子，不论好坏，讲话都不用"啊，先生"开头。那位市议员哪有耐性听他长篇大论，揪住他的耳朵原地一扭，然后狠狠地在他屁股上打了一巴掌。雅各布的身体一下子就向门外冲去。那一串的十五条狗，像风筝尾巴一样也跟在他的后面飞了出去。破旧铁厂和市参议员的身影也随之消失了。小雅各布·布利文斯千辛万苦准备的临终遗言也没有机会发表了，除非他愿意讲给鸟儿听。他的身体的主要部分落在邻县的一棵树顶上，其余的部分散落到另外的四个城镇，因此，人们要到五个地方一一找寻他的遗体，才能查明事件的真相。您大概应该从未见过哪个孩子死得如此凄惨吧！

这个如此上进的好孩子就这样死了，他的结局并不像课本中写的那样好。除了他以外，其他跟他一样努力的孩子都成功了。雅各布的结局的确在我们意料之外。恐怕我们永远也弄不清这其中的原因了。

坏孩子的故事

　　从前有个坏孩子，名叫吉姆，如果你稍微用点儿心就能发现，在你的学校课本里，几乎所有的坏孩子都叫吉姆。虽然很奇怪，但事实就是如此，这一位就叫吉姆。

　　学校课本里的坏孩子大部分都叫吉姆，并且都有一位生病的母亲。她们都教自己的儿子学说"我要躺下睡觉"，都以温柔婉转的歌声来陪伴孩子入睡，与他们吻别，然后跪在床沿流眼泪。然而，这个小家伙情况不同。他名叫吉姆。吉姆没有一位生病的母亲——也就是他没有一位信仰上帝、身患肺病，生怕自己死后儿子遭人白眼的母亲。他的母亲好端端的——既没肺病，也没有别的毛病。她不但不虚弱，而且身体强健，也不信仰上帝。此外，她一点儿也不疼爱吉姆。她常说，即便吉姆扭断了脖子，她也不会伤心难过。她总是打着吉姆的屁股来哄他睡觉，她从不与他吻别。相反，她离家之前，还要给他几巴掌。

　　一次，吉姆偷了钥匙悄悄地溜进厨房偷吃了果酱，然后又把焦油沥青装满果酱瓶，以免她母亲发现破绽。吉姆并没有觉得害怕，耳边也听不到自责的声音。坏孩子一般会在事后跪倒在地上，发誓今后不再干坏事，然后轻松自在地站起来把一切告诉自己的母亲请求原谅。而母亲则是泪流满面，满心欢喜地祝福他。不对，这是课本中其他坏孩子的情况。吉姆和他们完全不同，你说怪不怪！吉姆偷吃了果酱，还无耻地说真是美味。他把焦油沥青装进果酱瓶，还大笑着说："那老太婆发现之后，一定会气得直跺脚，气得说不出话来。"后来母亲果然发现了，但他坚决否认，一口咬定自己不知道，结果挨了一顿棍子，最后倒霉的竟是他自己。吉姆干了许多与书本上的吉姆们截然不同的古怪事。

有一次，他爬到农场主阿科恩的苹果树上偷苹果。可是，树枝没有折断，他既没从树上掉下来摔断胳膊、没被农场主的大狗咬伤，也没躺在床上养病几个星期，更没被关在家里反

省，从此改过自新。总之，绝对没有那样的事。吉姆偷够了苹果后，安全地爬下树来。而且他早就准备好对付那条狗，狗一扑过来，他就朝它扔砖头，并且一击即中。说也奇怪，像这样的事情书里从没写过，吉姆遇到的这种

情况，任何一所学校的课本都没写过。

　　有一次，吉姆偷了老师的铅笔刀，又怕被老师发现了会受到惩罚，于是把小刀偷偷地塞进乔治·威尔逊的帽子里。乔治是村里可怜的威尔逊寡妇的儿子，他品行高尚，是村里公认的好孩子。乔治听母亲的话，为人诚实，而且勤学好问，他特别喜欢学校。可是，后来那把小刀竟从他帽子里掉了出来，可怜的乔治低下头，羞愧到了极点，似乎已经承认了自己的罪行。而那位伤心的老师也认定是乔治偷了小刀。当老师举起他那条软鞭，准备抽打乔治那发抖的双肩时，那位"冒牌"地方治安官员没有及时出现解救这位可怜的孩子，更没有说："饶恕这位高贵的孩子吧！真正的罪犯正在一边发抖呢！我休息的时候从校门口路过，看到了那个盗窃犯！"那位尊贵的地方治安官也没有牵着乔治的手，说他这样的孩子值得表扬。他也没有领走乔治，让他帮忙打扫办公室、生火、劈柴、跑腿、料理家务。不对，书上会这样写，但乔治却没遇到这样的好事。那个"冒牌"地方官并没有管这事儿。结果，好孩子乔治挨了一顿毒打，吉姆却高兴得跳起舞来。因为，你知道，吉姆一直对那些好孩子心存怨恨。吉姆说他"最瞧不起这些娘娘腔了"。这就是那个没教养的坏孩子吉姆常用的恶言。

　　后来，吉姆身上又发生了一件新奇事：他礼拜天去划船，却没有被淹死。还有一个礼拜天去钓鱼，遇上了暴风雨，却没遭雷劈。唉，您要是有空，可以彻底查查学校所有的图书，反复多看几遍，那么就算到了下一个圣诞节，您也绝不会发现这种事情。啊，绝对不会。相反，您会发现，所有出去划船的坏孩子没有哪一个不被淹死的，所有在礼拜天去钓鱼又遇上暴风雨的坏孩子都会被雷劈。礼拜天坏孩子乘的船总会翻，安息日坏孩子去钓鱼就肯定会遇上暴风雨。可吉姆为什么总是能远离这些灾难，我也不清楚原因。

也许吉姆有什么咒语保佑他——一定有咒语。任何事都伤害不了他。他去动物园的时候甚至把一捆烟叶塞给大象，也没有被大象甩开的长鼻敲碎脑壳。他在厨房翻箱倒柜，却从没把硝酸错当成薄荷饮料喝进肚里。在安息日那天，他偷了父亲的猎枪出去打猎，也没被打掉三四根指头。他生气时一拳搡在小妹的太阳穴上，小妹也没有疼得立马死去，并在临终时留下宽恕的遗言，令他非常痛苦。不对，她居然全好了。最后，吉姆终于离家出走，去大海上漂泊。

他回到家后并没有感到孤独凄凉，他亲人也没有在教堂墓地里安静地长眠。他小时候住过的爬满青藤的小屋也没有倒塌。啊，不，他就像个流浪汉，喝得烂醉如泥，没进家门就先进了警察局。

吉姆成年之后成家立业，又有了成群的儿女。一天晚上，他突然抡起斧头把全家人的脑袋砸得稀烂。后来吉姆用各种卑劣的手段坑蒙拐骗发了大财。现在他在家乡称王称霸，成了一个十恶不赦的大坏蛋，然而却被选入议会。

学校的课本中可从来没有哪一个坏蛋吉姆能像这位这么幸运，受到神灵庇护。他无法无天，却能这样称心如意。

我怎样编辑农业报

我接下了农业报的一个临时编辑工作，这就如同让一个住惯了陆地的人突然驾船一样困难重重。但是当时我为生活所迫，赚钱就是我所追求的唯一目标。这份报纸的正式编辑要外出休假，我就接受了他所开出的条件，顶替他接受了这份职务。

又得到了工作，我不知疲倦地整整干了一个星期，心里很舒坦。稿件印出来后，我很想知道自己写的文章能不能吸引人们的目光，于是带着急切的心情耐心地等待了一整天。

黄昏时候，我离开编辑室时，楼梯下的一群大人和孩子动作整齐地闪到两旁，给我让路。我听见其中一人说："就是他！"这事让我很是兴奋。

第二天一早，我又发现类似情况。另外还有些人，三五成群地站在街上，有的还在街道对面非常感兴趣地盯着我。我一走近他们，那一群人就突然往后退，我听见一个人说："你看他那双眼睛！"我假装不知道这事儿，可心里却很得意，还准备把这一切写信告诉婶婶。

　　我爬上那一道短短的楼梯，走到门口时，听见一阵兴奋的声音和响亮的大笑，便推开门走进去。这时，我瞥见两个乡下模样的青年人。他们看见我的时候，脸色发白，显得有些害怕。接着两人砰地一下子跳窗冲了出去，这令我非常惊讶。

　　大约过了半个小时，一位长胡子老先生走了进来。他的面容庄严肃穆，似乎有什么心事。他进来后取下帽子放在地板上，接着从帽子里取出一条红色绸缎手巾和一份我们的报纸。我让他坐下，他就坐下了。

　　他把报纸放在膝盖上，一边拿手巾擦眼镜，一边说："你就是新来的编辑吗？"

　　我说："是。"

　　"你以前曾经编过农业报吗？"

　　"没有，"我说，"这是我第一次做。"

　　"大概是这样。你有没有农业实践经验？"

　　"没有——可以说没有。"

　　"我的直觉告诉我，"这位老先生戴上眼镜，以严厉的目光透过镜片望着我，同时他把那份报纸折成方便携带的形状，说，"我想把让我产生错觉的一段念给你听听。就是这篇社论。你听着，看看是不是你写的——"

　　　　萝卜不要用手摘，以免损坏。最好是叫一个小孩子爬上树，去摇一摇。

百万英镑

"喏，你觉得如何？我看真是你写的吧？"他问。

"觉得如何？我觉得很好呀。我觉得很有道理。我相信在这个城市每年都会因萝卜还未成熟就去采而糟蹋了无数万担；如果大家让小孩子爬上去摇萝卜树的话——"

"摇你的大头鬼！萝卜怎么会长在树上？"

"啊，不长在树上，对吗？哎！谁告诉你萝卜是长在树上的呢？我只是拿这个打比方，完全是在打比方。稍微有点儿常识的人都会明白，我的意思是让小孩子去摇萝卜藤呀。"

于是这位老人站起身，把那份报纸撕得粉碎，还在上面踩了几脚。他拿手杖打破了几件东西，说我知道的还不如一头牛多，然后他就走出去，重重地关上了门。总之，他的举动让我觉得他也许有什么不满。可是我不知道究竟出了什么问题，所以也没办法改变什么。

61

过了不久，又来了一个高个子的长着驴脸的家伙。他头上几缕细长的头发垂到肩膀上，那凹凸不平的脸上长满了浓密的胡子，大概一个星期没刮过了吧。

那人一下子冲到门内停住不动，把手指放在嘴唇上，弯下头和身子，做出倾听的姿势。虽然他并没有听见任何声音，却还在听，可还是没听到。然后，他锁上门，踮起脚尖小心翼翼地向我走过来。他走到自己勉强可以和我交谈的距离处就突然站住，很感兴趣地仔细打量了我一会儿，接着从怀中掏出一份折起来的报纸，说："啊，这是你写的吧。请你快点儿念给我听！替我摆脱痛苦吧！我难受极了。"

当我念出下面这篇文章的时候，我看到他紧张的肌肉松弛了下来，他的脸上再也找不到不安的表情，只剩下宁静和舒缓的神情，就像仁慈的月光照在凄凉的景物上一样。

瓜弩是一种十分可爱的鸟，可是在饲养时要格外小心。领养时间最好在六月后九月前。冬天应该把它养在温暖的地方，这样它才更容易孵出小鸟。

显然我们今年谷物的收成会比较晚。所以农民最好从七月开始插麦秸，同时种上荞麦，而不能拖到八月份。

再来谈谈南瓜。新英格兰内地人最喜欢吃这种浆果，他们觉得拿它做果饼比醋栗子强，同时也认为拿它喂牛比用覆盆子好，因为它比较容易填饱肚子，而且牛也喜欢吃。除了葫芦和一两种瓠瓜的变种以外，南瓜是柑橘科中唯一能在北方种植的蔬菜。但是把它和灌木一起种在院子前面的那种老办法现在越来越不流行了，因为一般人都认为靠南瓜树遮阴没什么效果。

现在天气转暖，公鹅也开始产卵……

这位兴奋的听众急忙跑向我，和我握手说："行了，行了，够了。当时我知道我没有一点儿问题，因为你念的和我念的一模一样，每字每句都没有错。可是，先生，今天上午我第一次念这篇文章的时候心里就在想：虽然我被那些朋友监管得很严，可从不相信自己疯了！可是现在我终于相信自己的确疯了。于是我大叫一声，声音大到几英里（1英里=1.609344千米）外都能清晰地听见，接着我还想冲出去杀人。你知道吧，如果终有一天我会变成那样，还不如趁早开始算了。

"我又念了一遍你那篇文章的其中一段，只为证明自己的确疯了，然后我放火烧了自己的房子。我已经把几个人打成了残废，另外还把一个家伙弄到树上，这样等我要干掉他的时候，还能再把他弄下来。可是当我路过的时候，还是觉得要到里面来说明白，弄清楚才好。

"现在的确是弄清楚了，我觉得刚才被我弄到树上的那个小伙子运气真好。不然我回去的时候一定会把他杀了。再会，先生！再会！你卸去了我心头的重担。我用理智控制住了你这篇农业文章对我的影响，现在我知道没有什么事能让我失常了。再会，先生。"

这个人为了自己开心而把人家打成了残疾人，还放火烧了房子，这让我心里很不安，因为我总觉得自己对这件事有间接责任。可是我这种念头很快就消失了，因为正式编辑回来了！

编辑先生显得很懊悔、困惑和丧气。

他环视了一遍老暴徒和那两个青年农民弄坏的东西后说："这真是一件晦气的事儿——非常晦气。胶水瓶被打破了，还有六块玻璃、一个痰盂和两个烛台。可这还不是最糟糕的，报纸名誉受损——恐怕是永久的。当然，这份报纸从未像现在这样受欢迎过，也从未卖过这么多份，从未如此惹人注目。可是我们难道只能靠疯狂行为出名，靠疯子来发展业务吗？

"朋友，说句老实话，外面街上站满了人，还有许多人骑在栏杆上。大家都在等着看你，因为他们都认为你疯了。他们看了你写的那些文章之后，当然也就免不了会这样想。你那些作品真是新闻界之耻。你怎么会异想天开地认为自己可以编这种报纸呢？

"你好像连农业最起码的常识都没有。你提到锄头和犁耙，还把它们当成同一种东西。你还说牛换羽毛的季节，还想饲养臭鼬，就因为它们好玩，又是捉老鼠的能手！你说什么给蛤蜊奏乐就能让它待着不动，简直是废话——全是废话。什么也不会惊动蛤蜊的，因为蛤蜊从来都待着不动。蛤蜊对音乐没有一点儿兴趣。

"啊，老天哪，朋友！就算你把无知当作终身学业，那你毕业的时候也不可能比现在更光荣。我从不知道有这种事。你竟然说七叶果作为商品会越来越受欢迎！这完全是想毁掉这份报纸。你应该放弃这个职务，快点儿滚蛋。我再也不休假了——休假真不怎么样。

"你在我这儿做事，我当然不能安心休假。我经常提心吊胆，不知你什么时候又会提出什么荒谬的问题。一想到你在'园艺'这个专栏里讨论养老鼠，我就生气。现在你给我滚吧。无论如何我也不休假了。啊！你对农业一无所知，为什么不早点儿告诉我呢？"

我不甘示弱地说："告诉你吧，你这根玉米秆，你这个白菜帮子，你这颗卷心菜，我这辈子还是第一次听到你这种没有人情味的言论。告诉你，我干编辑十四年了，这还是第一次听说当个编辑要有什么专业知识。

"你这萝卜头，知道是谁给那些三流报纸写评论吗？还不是一些鞋匠和药剂师的学徒！他们的戏剧知识也不见得就比我的农业知识多。那么是谁写的书评呢？都是些没有写过书的人。是谁在写那些财政方面的长文章呢？就是那些对财政什么都不懂的人。是谁在评论我们和印第安人之间的战争呢？就是那些连战场上的狂吼和树林里的狗叫都分不清、从没拿着印第安人的战斧向前猛冲的人。他们就是那些从来没从家人身上拔下箭、从来没生过火的大人先生们。是谁写文章高呼戒酒、义正词严地警告酗酒的危害呢？就是那些到了坟墓里才有可能不喝酒的人。是谁编的农业刊物呢？就是你吗——你这乡巴佬？

都是那些写诗乏味、写色情小说又失败、写剧本也不行、编新闻也不够格的人，最后才不得不选择农业这一行，免得被拉到难民收容所。

"你竟然这样教训我，自以为是地谈起报纸的问题！先生，对于这一行我可是完全的精通啊！实话跟你说，越是一无所知的人就越出名，薪水也越多。天知道，如果我没有受教育、愚昧无知、不像这样小心行事，而是为所欲为，那我早就可以在这金钱至上的世界功成名就了。

"我走了，先生。你既然这么讨厌我，我也不想在这儿做了。可我已经做了自己该做的事。在你的允许下，我已经履行了合同义务。我说过我能让你的报纸满足社会各阶层的需求——这一点我做到了。我说过我有能力让你的报纸销量激增到两万份。如果再给我两个星期的时间，我绝对可以办到。

"我本来可以帮你找到一批农业报纸应有的最好的读者，其中没有一个是农民。这些人无论是谁，死了也搞不清西瓜树和桃树的区别。你这个傻瓜！告诉你，赶我走，吃亏的是你，而不是我！再见吧。"

于是我走了。

竞 选 州 长

几个月前，我被选为纽约州州长候选人，准备与斯坦华脱·勒·伍福特先生和约翰·特·霍夫曼先生一同参加竞选。我总认为自己声望好，而且明显超过这两位先生。翻开报纸，就会看出：以前，这两位先生也知道珍惜自己的名誉。但最近几年，他们显然已习惯了那些下流无耻的勾当。虽然当时我总是暗暗自豪于自己的优势，但一想到自己的名字要和这些人联系到一块儿四处宣扬，内心那股若隐若现的不安情绪就开始在我快乐的灵魂深处上下翻腾。我越来越不安，终于我给祖母写了封信告知她这一切。她很快回信了，而且用极为严肃的笔调写道：

你这辈子从没做过一件对不起别人的事——一件也没有。看看报纸吧——看了你就会知道伍福特和霍夫曼先生到底是些什么人，然后你再决定要不要降低自己的水平和他们一起竞选。

　　我也是这么想的！那天晚上我整夜没睡。但我肯定不能退缩。我已经卷入这场战役，也只好斗争到底。

　　当我吃着早餐，懒洋洋地翻着报纸时，突然看到这样一则新闻，说句老实话，我还从没像今天这样慌乱过：

　　　　伪证罪——1863 年，三十四名证人在交趾支那的瓦
　　卡瓦克证明马克·吐温先生作伪证，他想要私吞一小块
　　香蕉地，那是当地一位贫穷的寡妇和她那群孤苦无依的
　　孩子赖以生存的基础。马克·吐温先生现在既然当众出
　　来竞选州长，那么他应该解释一下事情的经过。吐温
　　先生有责任向他自己和支持他的伟大选民告知事实真
　　相。他能做到吗？

　　我简直惊呆了！世界上竟会有这样无情的诬蔑！交趾支那
我连去都没去过！瓦卡瓦克我也从未听说！就像我不知道袋鼠

是什么一样，我也不知道那块香蕉地在哪里！我快被这突如其来的打击逼疯了，却毫无办法。那一整天我什么都没做，时间就这么过去了。第二天早上，这家报纸只写了这么一句话，就再没别的了：

> 耐人寻味——众所周知：吐温先生对交趾支那伪证罪一案一直都保持沉默。

此后，这家报纸在这次竞选活动中一提到我，就叫我"臭名远扬的伪证犯吐温"。

然后《新闻报》也刊登了这样一段话：

> 急需核实——请新任州长候选人对支持他的选民解释下面这件事。吐温先生与伙伴在蒙大拿州野营时同住一个帐篷，而伙伴却经常丢失一些小东西，后来这些东西全部出现在吐温先生的身上或杂物箱里。大家为他好，所以好言相劝。他们在他身上擦满柏油，贴上羽毛，让他吃"坐木杠"（美国的一种私刑）的苦头，然后让他腾出自己的位置，赶他离开，让他以后再也不要回来。他能解释一下此事吗？

这种诬蔑难道还不够歹毒吗？蒙大拿州是哪里，我从没去过呀！

从那以后，这家报纸就用"蒙大拿州的盗窃犯吐温"给我冠名。

于是，我一拿起报纸心里就开始不安起来，就像你睡觉时一拿起毯子就担心那里面会有条蛇似的。有一天，我看到这样一则新闻：

　　　　谎言不攻自破——由五点区的密凯尔·奥弗拉纳根先生、华脱街的吉特·彭斯先生和约翰·艾伦先生这三位提供的证词可知：马克·吐温先生曾经恶劣地指控我们尊敬的领袖约翰·特·霍夫曼的祖父曾犯抢劫罪，被判处绞刑，而这完全是没有一点儿事实根据的。他玷污死者的名誉，故意制造谣言，企图用这种下流的手段来获得政治上的成功，这让稍有羞耻心的人都感到心寒。当我们想到这一无耻的流言肯定会让死者无辜的亲属遭受极大伤害时，恨不得马上鼓动那些被伤害和被侮辱的民众向散布流言者进行报复。但是我们没有这样做！还是让他遭受自己良心的谴责吧。（但民众如果非常愤怒，随便乱来，对散布流言者施以暴力，那么陪审员不会怪罪这次事件的凶手，法庭也不会惩罚他们。）

最后这句话的作用真是立竿见影，那天夜里"被伤害和被侮辱的民众"从前门闯进来时,我吓得迅速爬起来,从后门逃了出去。

那些人来了,气愤地砸烂了我的家具和门窗,带走了我家所有他们能拿走的财产。然而,我从来没有散布流言诋毁过霍夫曼州长祖父的名誉。而且那天以前,我连听都没听说过他,更不可能提到他了。对于这一点,我可以把手放在《圣经》上发誓。

顺便说一下,登载这则新闻的报纸一直以"冒犯亡灵的罪人吐温"称呼我。

在另一份报纸上我的注意力转向这样一则消息:

这种候选人——马克·吐温先生原本要出席昨晚独立党民众大会,并在会上解释他的伤人事件,却未能按时到会。他的医生致电说他被几匹发狂的马撞倒,腿部受了两处伤——现在正躺在病床上,十分痛苦,还有很多诸如此类的废话。独立党的党员们只好硬着头皮听着他们拙劣的借口,装作什么也不知道,仿佛他们真的不知道这个被他们提名为候选人的放浪家伙为什么不出席大会。

有人看见昨天夜里有一个醉鬼晃晃悠悠地走进吐温先生所在的酒店。独立党人立刻跳出来指证那个醉鬼根本就不是马克·吐温先生本人。我们终于抓到他了。这事不能回避。民众大声疾呼,一起问:"那人是谁?"

真是无法想象，我的名字竟然真的与这个无耻的嫌犯联系在一块儿，这真是令人无法想象。我已经有足足三年没有喝过啤酒、红酒或任何一种酒了。

这家报纸在下一期的报道里公然指称我是"酒鬼吐温先生"，我清楚他们会一直这样称呼下去，但那时候我看了竟然没有一丝痛苦的感觉。可见这种状况对我影响很大。

那时我收到许多匿名邮件。那些信通常是这样写的：

> 那个在你家门口被你一脚踢开的乞丐老婆婆现在还好吗？
>
> 爱管事的人

也有人这样写：

> 你干的那些下流勾当我全都知道，聪明的话就送几块钱给本大爷用用，否则报纸上你就等着看好戏吧。
>
> 得罪不起的人

内容大概就是这样。如果大家还想继续听，我可以一直说下去，直到读者感到恶心为止。

没过多久，共和党的主要报纸声称我犯了大量贿赂罪，而民主党的主要报纸则大肆鼓吹一桩敲诈案，并且把它们嫁祸到我头上。

就这样，我又多了两个外号："肮脏的贿赂犯吐温"和"恶心的敲诈犯吐温"。

这时，民众议论纷纷，逼我"回应"那些关于我的恐怖指控。我党的报刊主编和领袖们全都发话了，他们说我如果继续保持沉默，就别想再搞政治了。似乎他们的指控比我的声明更加急迫。第二天，一家报纸就刊登了这样一段话：

看清楚这个人！独立党这位候选人到现在都没有反应，那是因为他不敢。每一条指控都是证据确凿，他的沉默足以证明他已经伏法认罪，现在他已经没有翻身的机会了。独立党的党员们，自己看看你们选中的这位兄弟吧！看看这个臭名远扬的伪证犯！这个蒙大拿的盗窃犯！这个冒犯死者的罪人！认真看清楚你们这个真真正正的酒鬼！这个肮脏的贿赂犯！你们这位恶心的敲诈犯！你们仔仔细细地看看他，认真想想——这个可怕的家伙犯下的滔天大罪，被授予这么多难听的外号，却连一条也不敢站出来否认，这样你们还愿意把自己手中公正的选票投给他吗？

我深深陷入一种困境，但也只能把羞耻感抛到脑后，准备"回应"那一大堆毫无根据、无耻下流的谎言。但看来我是没办法完成这项任务了，因为就在第二天，一家报纸刊登了另一则更为可怕的新闻，我又一次遭到陷害。他们说由于一家疯人院妨碍到我的家人观赏风景，我就下令烧掉了这家疯人院，院里的病人全部在大火中丧生。我完全陷入恐慌之中。接下来一条指控说，我为了获得叔父的遗产而把他毒死。他们还要求立刻开棺验尸。这些控诉使我变得精神恍惚、头脑不清。

此外，竟然还有人指控我在负责育婴房的工作时启用老眼昏花的亲戚给育婴房做饭。我真的傻眼了。最后，我被党派间的无耻斗争残害得更加彻底，这种积怨对我的迫害不知不觉已经到达了顶峰：竟然有人指使九个刚会讲话、肤色各异、穿着破烂的孩子，一起冲到演讲台上，紧紧抱住我的双腿，叫我爸爸！

我主动退出了竞选。我还不够资格竞选纽约州州长，我达不到他们参选的要求，所以我自动递上声明退出竞选，痛苦地签上自己的名字。

　　您最忠实的朋友，马克·吐温。他曾经是个正直的人，如今却变成了一个伪证犯、盗窃犯、冒犯死者的罪人、酒鬼、贿赂犯和敲诈犯。

加利福尼亚人的故事

　　三十五年前，我曾经到斯达尼斯劳斯河畔寻矿。那时我带着锄头、淘盘，背着号角，整天四处奔波。我到处淘沙，总想着找到金矿发财，希望却总是落空。这里树木茂盛、气候温暖、景色秀美，是一个好地方。许多年前这儿人口众多，但现在却人口稀少。这个充满吸引力的乐园最终变得荒无人烟。那些淘金者把地表翻了个遍才恋恋不舍地离开。这座繁忙热闹的小城市曾有过几家银行、几家报馆和几支消防队，还出过一位市长和很多参议员。但现在除了一望无际的杂草外，什么也没有，甚至找不到一丝人类生命的迹象。这块荒地向塔特尔镇延伸过去。沿着那些烟尘滚滚的乡间小道，你时常可以看到一些十分漂亮的小农房，像蛛网一样纠缠不清的藤蔓、像雪一样浓密厚实的玫瑰爬满了小屋的门窗，它们看起来是那样的整洁舒适。许多年前，那些遭遇不幸的家庭遗弃了这些房屋，因为这些房子既卖不掉也送不了人。走上半小时你就会发现一些用圆木建成的孤零零的小木屋。这是最早一代

的淘金者修建的，他们是建造小农房的那些人的先辈。若你偶然发现这些小木屋还有人居住，就可以断定他们是建造这个小木屋的拓荒者。你也可以推断出他明明有机会回家乡过好日子，却宁愿放弃财产不回去，继续留在那儿的原因。因为他们感到羞愤，所以决定像死人一样和亲人朋友们断绝往来。那时候，加利福尼亚附近到处都住着这样一些可怜的活死人。他们自尊心受创，才四十岁就衰老得两鬓斑白。他们内心深处藏有悔恨和渴望——悔恨自己虚度的光阴，渴望远离城市的喧嚣，希望与外界断绝联系。

这是一片孤零零的荒地，除了催人欲睡的虫鸣外没有其他任何声音。一望无际的草地和寂静的树林人兽无存，好像没有什么能让你振奋精神享受生活。因此，在正午过后，当我终于发现一个人时，感激之情油然而生，精神特别好。这是一个四十五岁左右的男人，他正站在一间布满玫瑰花的精致舒适的农房门边。不过，这一间似乎并没有被废弃，从它的外观可以看出里面有人住，而且它还受到屋主的喜爱、关心和照看。它的前院也受到这样的优待。这是一座花园，里面鲜花怒放，五颜六色的花朵姿态各异，美丽极了。当然，我受到了屋主的邀请，屋主让我不必客气。

　　走进这样的房间，我整个人都开心起来。我几个星期以来一直和矿工们的小木屋打交道。脏乱的地板、从不整理的床铺、锡盘锡杯、咸猪肉、蚕豆和浓咖啡，那一切都是那么熟悉。屋内除了木墙上钉着一些从东部带插图的书中取下来的描绘战争的插图图片外，没有别的东西。那种生活艰苦、凄凉，没有快乐，那里人人自私自利。而这里却是一个让人感到温暖而舒适的地方，它能让人疲倦的双眼得到放松，能使人的某种天性得到洗涤。长时间的禁食之后，这种天性认识到它一直处于饥饿的无意识状态之中，这时不论是如何拙劣、普通的艺术品的出现对这种天性来说都将是一种营养品。我简直不敢相信一块破地毯就能让我感到如此快乐和满足；或者说，我从没想过这房间里的一切会给我的灵魂带来这样大的安慰：那墙纸、那带框的版画、那沙发的扶手、靠背上的鲜艳垫布、台灯垫、几把靠椅和陈列的海贝、书和瓷瓶的古董架……那种随意放置的技巧和风格是女人手巧的证明。看到它们的时候，你不会在意，看不到它们的时候，你又会怀念。我的快乐不能用语言表达，那男人见了也很高兴，以致他就像已经跟我谈过这个话题一样。

"都是她的杰作，"他说，"全都是她亲手弄的。"他向屋内瞥了一眼，眼睛里充满了崇拜的神情。从表面看，女人很随意地挂了一种柔软的日本丝织品在这个画框上方，实际上她是用这种丝织品做装饰。那男人发现它显得不大整齐，便小心翼翼重新整理，然后退后几步欣赏效果，这样反复几次，直到他完全满意。最后他又用手掌轻轻地拍打了两下说："她总是这样做。你也不知道哪里不对，可的确是哪里不对，直到你把它弄好，但弄好以后也只有你自己知道，因为你找不出规律。我猜这就像母亲给孩子梳完头以后再拍两下一样。我常看她这样弄，所以我也能依葫芦画瓢了，尽管我不知道这个规律。可是她知道，她知道整理它们的理由和方式；我却不知道这个理由，我只知道方式。"

他带我进卧室洗手。我看到了白色的床单、白色的枕头、铺了地毯的地板、贴了壁纸的墙面，墙上还有许多画，梳妆台上放着镜子、针袋和精致小巧的梳妆品，墙角放着一个脸盆架、一个瓷钵和一个带手柄的大水罐，一个瓷钵里放着肥皂，置物架上放了很多的毛巾。如果一个人很久不用这种毛巾，那么会觉得它们洁白干净得让人不敢用。这样的卧室我已经多年不见了。我知道，我这张脸又暴露了我的心事。

于是他满意地说道："都是她的杰作，全都是她亲手弄的。这儿每一样东西都被她碰过。好啦，我无须多说你也会知道的。"

这时，我就像每个新到一处地方的人都爱做的那样，一边擦手，一边仔细地审视屋内。他看到这儿的一切都高兴。接着，我下意识地感觉到那男人想让我自己发现这屋里的某个地方的某种东西。

你知道，我的感觉很准，我看出他努力用目光暗示我。为了让他满意，我用一种适当的方式努力寻找起来。我好几次都失败了，因为当我用眼角的余光看他时，发现他没有一点儿反应。但我在直视前方的那个东西时明白我终于找对了，因为他的快乐如潮涌一般向我袭来。他发出一阵幸福的大笑，摩擦双手喊道："就是它！你找到了。我就知道你会找到的。那是她的照片。"

前面墙上有一个胡桃木制的黑色小托架，我走过去，确实在那儿发现了一个我之前没有留意到的相框，照片很旧。那是一张非常温柔、可爱的少女的面孔，她是我所见过的最漂亮的女人。那男人看出了我对她的赞美，他非常满意。

"她过完了十九岁的生日，"他说着把照片放回原位，"我们是在她生日那天结婚的。你见到她的时候——哦，过些天你才能见到她！"

"她在哪里？什么时候回来？"

"哦，她现在不在家，探亲去了。他们家离这里有四五十英里远。到现在为止，她已经离开两周了。"

"你估计她什么时候能回？"

"今天是周三。她周六晚上回来，可能在九点左右。"

"很遗憾，到那时候我早走了。"我非常可惜地说。

"走了？不，你为什么要走呢？别走，她会很失望的。"

她会失望！如果是她亲口对我这么说，我就是这世上最幸福的人了。我想见她的感觉是这么深沉而强烈。这渴望带着那样的祈求，执着得让我害怕。我告诉自己："为了安下心来，我要马上离开这里。"

"你知道，她喜欢那些见多识广，像你一样健谈的人和我们待在一起。这让她很快乐，因为她几乎什么都知道，而且也很健谈，嗯，她读了很多书，就像只小鸟。噢，你一定会吃惊的。不会花很长时间，请不要走。你知道，她会很失望的。"

我心不在焉地听着这些话。我的心深深地陷入矛盾的斗争中。我不知道他是什么时候走的，但他很快就拿着那个相框回来了，他把它拿到我面前说："喏，现在你当着她的面，说你本来是可以留下来见她的，却不肯。"

第二眼看到她，令我原本坚定的决心彻底崩溃了。我答应冒险留下来。那天夜里，我们静静地抽烟，一直畅谈到深夜。我们谈了各种各样的话题，不过大部分都和她有关。我确实很久没这么快乐自在了。星期四安静地到来，又轻松溜走。傍晚，一个高大的矿工从三英里外来到这儿。他头发灰白，是个无依无靠的拓荒者。他用沉稳庄严的口气和我们热情地打招呼，然后说："我只是顺道过来问问小夫人的近况，她什么时

候回来？她来过信吗？"

"哦，是啊，来过一封信，你想听吗，汤姆？"

"嗯，如果你不介意，我很想听，亨利！"

亨利从皮夹里拿出信，说如果我们不反对，他会跳过一些私人用语，然后读了起来。他只读了大部分——这是一件她亲自完成的充满爱恋的柔美优雅的作品。附言还深情地问候祝福了汤姆、乔、查利和其他的好友邻居们。

他读完后瞥了一眼汤姆，叫道："哈哈，你又这样！把手拿开，让我看看你的眼睛。每次我读她信的时候你老是这样，我要写信告诉她。"

"不，千万别，亨利。我老啦，你知道，任何一点儿小小的失望都会让我不由得掉眼泪。我以为她回来了，可你只收到一封信。"

"咦，你到底怎么啦？我以为大家都知道她要到周六才回来的呢！"

"周六！哈，我想起来啦，的确如此。我怀疑最近我的脑子是不是有问题？我当然知道啦。我们为啥不帮她做好一切准备呢？好了，我现在得走了，不过她回来后我会再来的，伙计！"

周五的黄昏，又来了一个家离这里一英里左右，头发灰白的老淘金人。他说如果亨利认为她在旅行之后还不太疲惫，能撑得住的话，小伙子们想在周六晚上来热闹一下，尽情地玩一晚上。

"疲惫？她会感到疲惫？哼！乔，你知道，不管是谁，只要你们高兴，她可以一连六周不睡觉！"

乔听说有封信，也要求亨利读给他听。"上帝，我们是多么想念她呀！"那封信里对他亲切的问候使这个老伙计控制不住自己的感情。尽管她只是提到他的名字，那也使他受不了，因为他已经老得不中用啦。

周六下午，我不停地看表。亨利注意到了，惊异地说："你认为她不会很快就到，是吗？"

我笑着说我等人的时候习惯这样，但心里却像被人发现了秘密似的感到有些尴尬。他好像不大满意我的答案，自那时起他有些心神不宁。因为在大路的某一处，我们可以看到很远的地方，所以他连续四次拉我沿着大路走到那个地方。

他总是站在那儿，用手撑着凉棚，望着远方，好几次他都这么说："我有些担心了，我真的很担心。我知道她九点以前到不了的，可是好像有什么老是在提醒我出了什么事儿。你说她该不会真的出事吧？"

他就这样反复念叨了好几遍，行为幼稚可笑，令我都替他感到羞愧。终于，当他再次乞求地问我时，我不耐烦了，对他讲话时态度十分粗鲁。他被镇住了，像泄了气的皮球一样蔫了。此后他似乎是受了莫大的伤害，态度变得如此谦恭，以致让我憎恨起自己的残忍。

当黑夜来临，另一个老淘金人查利来了，我十分高兴。他紧紧靠在亨利身边听他读信，商量如何给她接风洗尘。

查利不断地用热情亲切的话语极力驱赶他朋友的不安和恐惧："信上怎么说？说她很好，不是吗？说她九点到家，不是吗？你见过她失约吗？嗯，你从来没见过吧。她曾经出过什么事吗，亨利？绝对没有吧！她什么事也不会有，你就放心吧。好啦，那别再自寻烦恼了！我能肯定，她一定会回来，就像你的出生一样没有丝毫怀疑。来吧，时间不多了，我们把屋子布置一下吧。"

汤姆和乔很快也来了。于是大家用鲜花装扮房间。快到九点了，小伙子和姑娘们很快就要到了，这三个矿工说他们还带了小提琴、班卓琴和单簧管来为大家演奏，因为他们都很喜欢跳那种老式的舞蹈。他们表演了三重奏，还用长靴踩着节拍和着那些轻快的舞曲。

马上就到九点了。亨利双眼直勾勾地盯着大马路，站在门口，心里难受得几乎站立不稳。朋友们几次举杯祝他的妻子健康平安。这时汤姆大声叫道："请大家再喝一杯，她就快到家了！"

乔用托盘端来

红酒分给大家，我拿起了最后两杯的其中一杯，但是乔压低声音说："别拿这一杯，拿那一杯。"

我照做了。亨利接过剩下的那杯，刚喝完，时钟就开始报时，整整敲了九下。他听完脸色就变得越来越苍白，说："朋友们，我很害怕，帮我一下，我要躺下休息！"

他们扶他到沙发上躺下，他开始打起瞌睡来。不一会儿就开始说梦话："我好像听到了马蹄声，是他们来了吗？"

一个老淘金人凑到他耳边说："这是吉米·帕里什，他告诉我们，他们在路上耽搁了，不过现在已经上路，正在回来的路上。她的马跛了腿，半小时后才能到家。"

"啊，感谢上帝，她没出事儿！"

话还没说完，他就呼呼大睡起来。这些人手脚麻利地脱了他的衣服，把他抱到那间带洗手间的卧室的床上，给他盖上被子，然后关上门走出来。他们似乎准备离开了。我说："别走呀，先生们，我是个陌生人，她不认识我啊。"

他们相互注视了一会儿，乔说："她？那个可怜人已经死了十九年啦！"

"死了？"

"也许情况更糟。她结婚半年后回家探亲，星期六晚上在回来的路上，离这儿五英里的地方被印第安人抢走啦。从那以后她就下落不明。"

"结果他就疯了吗？"

"每年到了这个时候他就会发病，准确地说从那以后他就再没清醒过。她回来的前三天我们就来给他鼓劲，问他有没有收到她的来信。这十九年来我们每年到了周六这天就齐聚这里，用鲜花装扮房间，做好舞会的准备。接着，他又会想着她，乖乖地等到来年，第二年的最后的三四天他又会拿出那封可怜的旧信开始寻找她，我们就来让他读给我们听。上帝啊，她是多么可爱啊！第一年的周六，不算姑娘，我们有二十七个人，但现在只有我们三个人了，其他姑娘们都走了。我们得来给他吃药，让他睡觉，否则他会发疯的。"

三万美元的遗产

  湖滨镇是个只有五六千人口的小镇，这里人们过得都很舒适。小镇的教堂能容纳三万五千人，西部和南方的惯例是：人人信教，新教的各个教派都有信徒，也都有自己的一块地盘。湖滨镇里没有高低贵贱之分，也没有人接受等级观念。镇子里的每一个人，每一条狗大家都认识，人人和睦相处。

  萨拉丁·福斯特是镇上最大一家商店的会计，在湖滨镇上干这一行的人里面，他工资最高。他今年三十五岁，到目前为止，他在这家店干了十四年了。他从结婚那周开始干这一行，当时是年薪四百美元，然后每年都加薪，一年加一百美元，四年后加到年薪八百美元，就一直没再加了——这笔工资很可观，大家也都觉得这是他应得的。

  他的妻子伊莱克特拉很贤惠，只是和丈夫一样，喜欢幻想，喜欢偷偷看点儿闲书。她结婚那年才十九岁，还像个孩子。她做的第一件事就是用二十五美元在镇子边上买了一亩地，这用了她所有的积蓄。那时萨拉丁的存款比她的还少十五美元。伊莱克特拉把那儿变成了菜园，并租给隔壁邻居。她从萨拉丁第一年的工资里攒下三十美元存到储蓄所银行，第二年攒了六十美元，第三年攒了一百美元，第四年攒了一百五十美元。那时萨拉丁的年薪加到了八百美元，她还生了两个孩子，用钱的地方也多了起来。虽然这样，她还是每年从丈夫的工资里面挤出二百美元存起来。结婚七年后，她在那片菜地中只用两千美元就盖了一幢又漂亮、又舒适的房子。她先付了一半的现款就搬了进去。又过了七年，她还清了债务，还用剩下的几百美元当本钱做买卖。

伊莱克特拉靠地价上涨赚了钱。几年前，她还买过一两亩地，然后就把地卖给了想建房的人，结果赚了一笔。向她买地建房的人脾气都很好，她们相处得很融洽。她每年都能从这些稳定的投资中获得一百美元的额外收入。她的孩子们一年年长大，越来越可爱，她也变成了一个快乐的女人。丈夫和孩子们给她带来欢乐，她也把欢乐带给了丈夫和孩子们。故事就从这里讲起。

小女儿克莱藤内斯特拉十一岁了，她的姐姐格雯德伦十三岁，姐妹俩都是文静的好孩子。她们的名字都透着父母浪漫的天性，这种浪漫代代传承。这是一个和睦的家庭，家里的四口人全都有昵称。萨拉丁的昵称是萨利，乍一听，听不出这是男的还是女的名字。伊莱克特拉的昵称是艾莱柯。白天萨利是个好会计、好商人，工作认真负责。艾莱柯是个尽职尽责的好母亲、好妻子，也是一个很有生意头脑的女人。一到晚上，他们就远离单调乏味的世俗,沉浸在温馨的起居室——一个更完美的世界。他们轮流朗读小说,畅游世界,沉醉在华丽宫殿中或阴森恐怖的古堡里与皇亲贵胄、淑女名流交朋友。

一个令人又惊又喜的消息从邻州传来,这一家人唯一的亲戚就住在那里。那人是萨利的亲戚——不是远房的族叔,就是隔了两三房的堂兄。这位亲戚名叫提尔伯里·福斯特,是个七十岁的单身汉,据说很有些家底、性格倔强、特别古怪。以前萨利曾写信联系过他一次,以后就再也不干那种蠢事了。这次提尔伯里临危写信给萨利,说他死后留下三万美元给萨利。人一辈子的烦恼大多由金钱这东西而来。他倒不是为了亲情,只是想死后让这些钱放在一个适合的地方继续折腾人。他会在遗嘱里把这笔钱交代清楚,一分不少地交给萨利。要拿到这笔钱,萨利必须向执行遗嘱的人证明三点:第一,萨利不以口头或书面形式表现出对这笔遗产的兴趣;第二,不过问病人临死前的病情;第三,不参加葬礼。

还没从这封信带来的情感冲击中完全恢复,艾莱柯就写了一封信到这位亲戚所居住的州订阅当地的报纸。

夫妻俩郑重发誓:那位亲戚在世期间,决不向任何人提起这件事,以免哪个不知死活的家伙拿这事到临终者那里去搬弄是非,使他感觉到他们好像触犯了禁令——这与故意让大家都知道,四处供认发表毫无区别。

在接下来的一天里,萨利记账老出错,艾莱柯也心不在焉,一会儿端起个花盆,一会儿拿起本书,一会儿又捡起块木头，不知道自己要做什么。两个人都心烦意乱。

"三万美元！"

整整一天，这四个字像仙乐一样回荡在他们脑海中。

自结婚那天起，艾莱柯就把钱包抓得紧紧的。萨利除了必要的开支，从来没敢多花一分钱。

"三万美元！"仙乐继续回荡。简直难以相信会有这么多的钱！

整整一天，艾莱柯费尽心思想用这笔钱赚钱，而萨利则想着如何花钱。

这天夜里，朗读停止了。父母心情烦闷，一言不发，孩子们也就准备早早地离开。在说晚安时孩子们好像把亲吻给了空气，父母毫无反应。这对父母根本没有感觉到孩子们的吻，一个小时后他们才发现孩子们已经离开起居室了。在这一个小时内，夫妇俩一直都握着铅笔。最后，萨利打破了沉寂，兴奋地说："太好了，艾莱柯！夏天咱们先拿出一千块，买一匹马、一辆马车，冬天再拿出一千美元，买一副雪橇和一件毛皮毯。"

艾莱柯则果断而冷静地答道："用这笔钱？不行。这笔钱就算有一百万美元也不能用！"

萨利失望极了，涨红了脸。

"艾莱柯！"他生气地说，"咱们辛苦了这么多年，一个钱当两个钱用。现在咱们有钱了，总得——"

看到她的眼神变得温和，萨利说不下去了。萨利的真诚打动了艾莱柯。她轻言细语地劝萨利："亲爱的，这笔本钱咱们不能动，这不是个好办法。拿这笔钱的利息——"

"那也行，行啊，艾莱柯！你真可爱，真好！利息也不少啊，咱们要是能——"

"不能花光，亲爱的，不能全花光，但你可以花不多不少的一部分。但整钱不能花——一分一厘都要拿去赚钱，利滚利。你说对不对？"

"啊，有道理，有道理，当然有道理。不过咱们还得等六个月才能拿到第一笔利息啊。"

"对，或许会更晚。"

"更晚，艾莱柯？为什么？利息不是半年一结吗？"

"那种投资法需要半年，可是我不想用那种方法投资。"

"那你想用什么方法？"

"赚大钱的办法。"

"赚大钱，行啊！艾莱柯，那是什么方法？"

"投资煤矿——开矿、挖煤。我说先投资一万美元，等咱们做起来了，买一股可以送三股。"

"天，听起来真的很不错，艾莱柯！到时候那些股能值多少钱？要等到什么时候？"

"大约一年吧。半年利息百分之十，一年就值三万美元。这些我都很清楚，这张辛辛那提市的报纸上还登了广告呢。"

"天，一年一万美元变成三万美元！咱们把那笔钱都投进去，能拿回九万美元！我马上写信，现在就投，到了明天就来不及了。"

他向写字台疾驰而去，可是艾莱柯拦住他，把他拉回椅子上。她说："别昏了头。拿不到那笔钱，咱们就买不了股票，你难道不知道吗？"

萨利的热情突然减少，过了很久都不能平静。

"可是，艾莱柯，那笔钱是我们的了。知道吗，马上就是我们的了。我想他正受病痛折磨，现在正准备下地狱呢。"

艾莱柯打了个寒战道："你怎么能这样，萨利！别说这种难听的话。"

"好，你愿意的话让他戴个光圈上天堂也行，他怎么样跟我一点儿关系也没有，我只是随便说说不行吗？"

"可你干吗要说那么可怕的话呢？在你临死前别人这样说你，你能开心得起来吗？"

"不开心。假如这辈子最后一件事就是送钱陷害人，他也不会开心。艾莱柯，别管提尔伯里了，我们说点儿实在的吧。我看应该把那三万美元都投到煤矿上，这样做有问题吗？"

91

"把赌注全押到一个地方会出问题。"

"若是这样也没什么，另外那两万美元怎么处理？你想用来做什么？"

"别急，让我仔细想想再做决定。"

萨利叹了口气。"要是你已经决定了就这么办吧。"他又考虑了一下，说，"从现在起，一年之内咱们就赚一倍。赚了钱咱们总可以花了吧，艾莱柯？"

艾莱柯摇摇头。

"不行，亲爱的，"她说，"在我们前半年拿到红利以前，股票是卖不出价钱的。你只能花一部分。"

"哼，整整要等一年才能花那么一点儿啊！真是见鬼！"

"哎，要有耐性！也许不到三个月就分红了呢？完全有这种可能。"

"哦，那就太好了！谢谢！"萨利感激地跳起来亲吻妻子，"那就是三千美元啦——整整三千美元呀！这三千美元咱们能花多少呢，艾莱柯？亲爱的，你就大方点儿吧。"

艾莱柯实在太开心了，加上丈夫的恳求，她同意拿出一千美元来。她知道自己是在胡来。萨利一连吻了妻子六七次，就算这样也表达不了他内心的兴奋和感激。丈夫的亲吻和感激让艾莱柯越来越偏离了节俭的轨道，在重新平静下来之前，她又给了爱人两千美元。这两千美元是从用那两万美元的遗产赚的五六万美元中分出的一部分。

萨利泪眼汪汪地说："哦，我真想抱你！"抱完后，萨利拿着账本坐下来开始算账，先算第一笔他想尽快敲定的单子。

"马——马车——雪橇——毛皮毯——漆皮鞋——狗——大礼帽——教堂椅子——上弦的表——镶新牙……嘿，艾莱柯！"

"什么事？"

"还没算好吗？快算吧。那两万美元投出去了吗？"

"没有，那笔钱先不慌，我四处打探一下再做决定。"

"你在算什么呢，怎么还没算完呀？"

"唉，我在想投资煤矿赚的三千美元该怎么用啊，你说对不对？"

"上帝，你看我这脑袋！我怎么就没想到呢。你是怎么计划的？算到哪一年啦？"

"不太远——也就是两三年吧。我想用这笔钱再做两次投资：一次投石油，另一次投小麦。"

"嘿，艾莱柯，真行啊！总共能赚多少？"

"我想想——嗯，少说也有十八万美元，也许比这更多。"

"啊！太好了！上帝啊！咱们总算是熬出头了。艾莱柯！"

"什么？"

"我想一下子给教会捐三百美元，这么多钱，为什么不花啊？"

"这样是最好不过了，亲爱的，这才是像你这样大方的人该做的事。"

听了这些赞语，萨利高兴得合不拢嘴，不过他很公正，说这功劳是要记在艾莱柯头上，因为如果没有艾莱柯，他就拿不到这些钱。

接着他们上床去睡觉，他们太高兴了，连客厅里的蜡烛都忘了吹灭。脱了衣服后他们才想起这事儿。萨利说，蜡烛就算能值一千美元他们也用得起，就那样吧。可艾莱柯还是下床吹灭了蜡烛。

艾莱柯吹灭蜡烛往卧室走的时候，她突然灵光一闪，有了主意：趁热打铁，让那十八万美元涨到五十万美元。

艾莱柯订的报纸是每周四出版，每周六那份报纸才能从提尔伯里的村子经五百里运到这里。提尔伯里的信是周五写的，就算他当天死掉，也晚了一天，上不了那周的报纸，不过离下一周报纸的出版时间还早。这样，福斯特一家还要等将近一周，才能知道提尔伯里是否已经离开人世。这周时间特别漫长，让人很紧张。要是不想点儿对身心有好处的事，他们夫妻俩简直会撑不住。我们已经看到他们做了不少有益身心的事。女的一个劲儿地忙着积累财富，男的只要有花钱的机会，不论大钱小钱都忙着花。

终于到了周六，《萨加摩尔周报》来了。是埃弗斯利·本内特夫人送来的。她是长老会牧师的妻子，正在劝说福斯特夫妇捐款行善。可是，话没开头，她就停下来了。本内特夫人很快就发现，两位主人根本听不进她的劝解。她不知道怎么回事儿，愤愤不平地起身离开了。本内特夫人刚出门，艾莱柯就迫不及待地拆开报纸的封套，她和萨利的目光一齐扫向报上的公告栏。她们都很失望：哪儿也没提到提尔伯里。艾莱柯从小就信仰基督教，基督教徒的规矩和习惯都限制着她的情感。她定了定神，宽慰地说："感谢上帝，他还没有去那边。再说——"

"这个老不死的，我真想——"

"萨利！你不感到惭愧吗？"

"我才不管呢！"丈夫生气地说，"咱们的想法一样，别装模作样了，你就诚实点儿吧。"

艾莱柯感觉人格受到侮辱，她说："我真不知道你这种难听的话怎么说得出口？我什么时候装模作样了？"

萨利还在生气，不过他想和艾莱柯休战，于是准备换种说

法糊弄过去。萨利说："艾莱柯，我没你想的那么坏，我的本意不是说你装模作样，我是说——是说——你对耶稣太虔诚，知道吗？唔，就是生意人那一套。就是——就是——唉，你应该明白我是什么意思。艾莱柯——就是——打个比方，要是你把一个空壳子充作实心的东西，也不会觉得有什么不妥，因为这是生意人的习惯，是自古以来的老传统，不变的风俗，是守——守——该死，我找不出合适的词来形容，反正你应该明白我的意思，艾莱柯，这并不是害人。我再试着换一种说法，你看，比方说一个人——"

"你说得够多了，"艾莱柯冷淡地说，"咱们别再提这个了。"

"好吧，好吧。"萨利一边热情地回答，一边擦着脑门上的汗，好像不知如何才能表达他的感激，于是他自我反省说，"我本来拿了一副好牌——我明知道是好牌——却只知道抓在手里不敢打出去。我打牌总是犯这个毛病，要是能更坚决一些就好了，可我没有，从来没有过。可见我还不够博学啊。"

他知道自己说不过艾莱柯，就不再讲话了。艾莱柯用眼神宽恕了他。

那个最让人感兴趣的问题又回来了，不管什么事也只能先往后压。这对夫妇又开始猜，报上为什么没有提尔伯里的死讯。他们猜来猜去，一会儿完全看不到希望，一会儿又似乎看到了曙光。可他们兜了个大圈子，最后又回到原点，不得不承认：找不到提尔伯里的死讯唯一真正合理的解释就是他还没死——这点毫无疑问。这事有点儿让人不爽，甚至生气。不过事情已经到了这种地步，也只能顺其自然了。萨利认为，虽然上帝要这样干，但毕竟十分反常，让人想象不到。说实话，他没预料到这种事儿。想到这里，他也就带着几分情绪随口说了。他本来是想套艾莱柯的话的，但是失败了。艾莱柯就算有想法，也都藏在心里。不管在人间还是地狱，她都习惯在所有场合深藏不露。

这对夫妇只有等下周的报纸了。显然提尔伯里还是没有死。他们都是这么想的，于是也就把这事先放一放，去忙别的事儿了。

他们并不知道自己完全错怪了提尔伯里。提尔伯里说到做到。事实上他已经死了，是按时死的。他已经死了四天多了，早就长眠于地下。他死得是如此彻底、完全，和公墓里的每一位新魂没有一点儿不同。提尔伯里死讯完全有充分的时间上《萨加摩尔周报》的公告栏，但因为一点儿小小的疏忽而没能上去。这种疏忽是城市里任何一家报纸都不会出现的，但对《萨加摩尔周报》这样的乡村小报来说，却一点儿也不奇怪。这次是因为在社评版截稿时，霍斯提特冰激凌店送来了一些草莓冰激凌，于是，编辑就把为提尔伯里写的那几句平淡的悼词抽掉了，腾出版面来刊载编辑对冰激凌店热情的感谢。

提尔伯里的公告版送到备用架上的时候，被弄乱了。本来，这条公告还可以用，因为《萨加摩尔周报》从来不浪费"备用稿"，只要字版不乱，"备用稿"就会一直留着。可是只要字版一乱，稿子就算毁了，就不会再用了，当然也就永远不会登报了。所以，不管提尔伯里乐不乐意，就算他在坟墓里怒气冲天也于事无补——他的死讯永远不会出现在《萨加摩尔周报》上了。

五个星期过去了，夫妇俩觉得太无聊了。《萨加摩尔周报》准时在每个周六送到，却总是没有提尔伯里·福斯特的消息。萨利再也没有耐心等下去了，他愤怒地说："这把老骨头，他还真死不了啦！"

艾莱柯狠狠地批评了丈夫，她严肃地说："你也不想一想，这句话一出口，你会不会也两腿一蹬去见上帝呢？"

萨利还没来得及细想就说："我应该庆幸没把这句话憋在心里。"

萨利的自尊逼着他要说点儿什么，可他又没有合理的借口，就顺口来了这么一句。接着，为了躲避妻子一连串的责难，他逃跑了。

又过了一个月。《萨加摩尔周报》上仍旧没有提尔伯里的任何消息。这期间，萨利几次向妻子暗示他想搞清楚到底是怎么回事。可是艾莱柯对这种暗示没表态。于是萨利鼓起勇气，冒险从正面进攻。他想乔装打扮，然后进入提尔伯里的村子暗中调查。艾莱柯坚决反对这个冒险的想法。她说："你在想什么啊？别给我惹麻烦！你就像个小孩子，老是得被看着，不然你就闯祸。干你该干的事去吧！"

"嘿，艾莱柯，我保证没人能发现我。"

"萨利·福斯特，你难道不知道你要到处打探消息吗？"

"是啊，那又怎样？谁都猜不出我的身份啊。"

"嗬，看你说的！如果有一天你要向执行遗嘱的人证明你从来都没有打探过消息。那时你该怎么办？"

他把这个问题忘了，不知该说什么，也就闭上了嘴。艾莱柯接着说："别出馊主意，也别再惹麻烦了。提尔伯里是设好了陷阱让你跳。你知道什么是陷阱吧！他就眼睁睁在一旁盼着你往里面跳呢。哼，只要有我在，他的计划就会失败。萨利！"

"嗯？"

"只要你活着，哪怕再过一百年，你也别问那件事，答应我！"

"好吧。"萨利不情愿地叹了一口气。

艾莱柯脸色好看多了，她说："要忍耐，咱们快成功了。咱们可以等，别着急。咱们那两笔收入一直在稳定增加，我看期货从不会走眼——这些钱正在生钱呢。这里再没有别人和我们一样幸运了。咱们已经进入富人的圈子了。这你知道吧？"

"是，艾莱柯，没错。"

"感谢上帝的恩宠，别再自找没趣了。如果没有上帝的指引，你觉得我们会有这么大的收获吗？"

回答的人支支吾吾："不——不，我不敢想。"

接着，萨利又满怀深情地赞赏道："不过，说到炒股票的智慧和耍弄华尔街的小伎俩，我觉得你根本用不着外行人帮忙。要是真想，我——"

"别说了！可怜的孩子，我知道你不想害人，也没有顶撞人，可是，你那张嘴，总是冷不丁冒出几句话来吓人，老是让我心惊胆战，让我为你和咱们家捏着一把冷汗。以前打雷我从没害怕过，可现在我一听见打雷就——"

她闭嘴哭了起来，再也说不下去了。萨利被深深地打动了，他抓住妻子的手百般安慰，发誓不再做这种伤人心的事儿啦。他十分自责和后悔，请求妻子原谅。他为自己的行为真心地道歉，说他愿意做任何事来弥补自己的过错。

他私下里反省了很久，决心今后一定要做个全新的好丈夫。这样做并不难，其实他已经这样做了。可是，这样做真的有什么长远的好处吗？没有，这些都是暂时的，他清楚自己的弱点——说得到做不到——也很痛恨这个弱点。一定要想出一个更好、更保险的办法不可。他终于想到了这么一个办法——他从自己一分一厘积攒下来的血汗钱里拿出一些，在房顶上安了一个避雷针。

但不久，他又成了老样子。

习惯使人做出惊人的事情。况且，它的形成是迅速和容易的。不管是不起眼的小习惯，还是让我们改头换面的大习惯，全都一样。如果一连两天都偶然在凌晨两点睁眼，我们就必须小心了，因为如果再这样继续下去，这种偶然情况就变成了习惯。还有，如果一个月都连着喝酒，那么……不说，大家也知道结果。

老爱幻想的习惯、白日做梦的习惯——这些习惯发展得多么迅速啊！它已经成了一种享受。所以一有空，我们就失魂落魄，深陷其中。它侵蚀了我们的灵魂，让我们沉醉于幻想之中——是啊，我们把幻想和现实混淆了，不知道什么是真实、什么是虚幻，这是多么迅速而容易的事情啊！

不久，艾莱柯订了一份芝加哥日报和一份《华尔街指数》。她拿出每周日读《圣经》的劲头来，用一个星期的时间认真研究这两份报纸，重点研究财经版。萨利注意到，她预测和把握证券行情的天赋和判断力越来越强——无论在实际的市场，还是在心中的市场。萨利佩服极了。他为艾莱柯闯荡股市的勇气和胆量感到骄傲，对她处理精神事务时不骄不躁的心态也同样佩服。他注意到艾莱柯无论在哪一方面都不会失去理智。她有胆有谋，在期货市场上总是做短线，总能小心翼翼地适可而止。她的策略稳健明快，就像她对萨利解释的那样：她在期货方面的投入是投机，而在精神期货方面的投入则是投资。对待前者她是在冒险碰运气；对待后者她却"力求稳当"——她不光要翻倍，还要股票在登记簿上过户。

没几个月，艾莱柯和萨利就培养出了超强的想象力。每天的训练使他们的脑袋转得更快，办事效率更高。结果，艾莱柯在想象中赚钱的速度比刚开始预想得更快，萨利也是——花钱的本事也逐日提高。刚开始，艾莱柯把投资煤矿的收益期设定为十二个月，她没想过这个期限可能会缩短为九个月。可是她刚开始还没有什么实践经验，不久她就开了窍，九个月的期限也没了，那笔想象中的一万块投资翻了三倍。

这是福斯特夫妇大喜的日子。他们都高兴得说不出话来了。说不出话来的另一个原因是：在仔细观察市场后，艾莱柯又谨慎地用遗产中剩余的两万美元炒了一把。在想象中，她眼看着手里的股票一点点地往上涨——冒着股市随时都可能暴跌的风险——做这种冒险生意她还是新手，心肠太软。最后，她承受不了这样大的精神压力，就用想象中的电报给想象中的经纪人发出一个想象中的命令，让他把股票全部抛售。她说赚了四万美元已经够多了。这笔股票抛出的时间正好是煤矿投资获得丰厚回报的那一天。正如我刚才所说的，这夫妻俩激动得说不出话来了。那天夜里，他们惊喜过头，沉醉其中，意识到一件了不起的大事，那就是这笔想象中的财富实际上已有十万美元。

从那以后，艾莱柯再也不怕做投机股票了，起码不再面色惨白地从梦中惊醒——那都是刚出道时的事情了。

这的确是个难忘的夜晚。慢慢地，发财的意识在这对夫妻的灵魂深处扎根，他们开始处理这些钱了。假如我们能透过这两位做梦的人的眼睛看去，就能看到他们那幢整洁的小木屋消失不见了，一栋带铁栅栏的双层砖瓦房出现了；我们还能看到一盏三个头的煤气灯从客厅的天花板上垂下头来；原先家用的碎布地毯变成了一码（1 码=0.9144 米）一美元五十美分的华贵的布鲁塞尔地毯；大路货的壁炉也不见了，一座装着云母窗的考究大壁炉端端正正地立在那儿。咱们还能看到一些其他东西，其中有马车、雪橇、高筒礼帽等。

此后，尽管他们的女儿和邻居们看到的还是那间小木屋，可在艾莱柯和萨利眼里，那却是一栋双层砖瓦房。艾莱柯每天晚上都要为想象中的煤气账单操一会儿心，然后从萨利满不在乎的回答中得到莫大的安慰："那有什么？咱们付得起！"

夫妻俩在"富起来"的第一天晚上，决定在睡觉之前庆祝一番。他们决定要开一个派对。可是，怎么跟女儿和邻居们解释呢？他们不能泄露自己的家底。萨利迫不及待地想开派对，可艾莱柯头脑清醒，没有同意。她说，尽管这些钱就好像已经到手了一样，可还是要等到真正到手才行。她立场坚定，毫不动摇——对女儿和邻居们都要保守这个大秘密。

这对夫妻陷入两难的局面。他们是非庆祝不可，但是找什么理由呢？三个月之内没人过生日。提尔伯里还没去世，他显然是要长命百岁了。那他们庆祝什么呢？萨利想着想着，越来越焦急，越来越烦闷。不过，萨利终于找到了理由——在他看来，这真是个不错的借口——所有的烦恼一下子都消失了；他们可以庆祝发现美洲新大陆。真是个好主意。

艾莱柯也为萨利的才华而骄傲，不知怎么赞美他——她说她是无论如何也想不出这么好的主意的。萨利虽然受宠若惊，却也惊叹于自己的才华，但他还是说这没什么，任何人都能想到。

爱情使这位可爱的女人稍稍高估了她丈夫的天分，之所以犯这个小错误，那只是因为她爱他。

庆祝会顺利开始，朋友们都来了。年轻的有弗萝茜·皮纳特、格蕾丝·皮纳特以及她们的哥哥阿得尔伯特·皮纳特，他是一个年轻锅匠，生意做得很好。还有小霍萨纳·迪尔金斯，他是一个刚出道的瓦匠。阿得尔伯特和霍萨纳已经分别追求克莱藤内斯特拉和格雯德伦·福斯特几个月了，两个女孩的父母最初察觉时，心中暗自窃喜，但现在他们高兴不起来了。他们意识到随着自家经济状况的改变，他俩和自己的女儿之间出现了一道身份地位的鸿沟。两个女儿如今可以攀高枝了——一定要攀高枝。不错，一定要攀高枝。她们不用嫁给地位比律师或者商人低下的男人了。这对夫妻商定决不能让自己的女儿下嫁。

可是，这些想法都只能藏在心里，不能说出来，所以也没有给庆祝活动派对带来任何不愉快的影响。他们表现出的是踌躇满志的矜持和高傲，以及不凡的气度和从容的举止。客人们发出由衷的赞叹。人人都有所察觉，大家议论纷纷，但是没人能发现其中的奥秘。可是有个人却发现了，他随口说了两句，没想到却猜对了："他们就像是暴发户。"

猜中了，正是如此。

多数母亲都会按照传统帮儿女包办婚姻大事，她们会向女儿训话，讲一通奇怪的大道理——这种训话往往适得其反，只会把女儿训得泪流满面，激起她们的反感。如果这些母亲还要阻止那些小工匠打女儿的主意，就会把事情弄得更糟。然而，这位母亲却与众不同，她很实际。她既没有阻止那两个年轻人，也没有对其他人说起这件事，只告诉了萨利一个人。萨利听完，对这件事不仅表示理解，还很赞同。他说："我理解你的想法。不能当面刁难，这样不顾场合会伤感情，影响生意。你不要提价，只提升货物的成色，顺其自然就行了。艾莱柯你真是，实在是太聪明了，聪明绝顶。你想要什么样的，选好了没有？"

没有，她还没选好。他们必须在市场上挑选一遍——就这么办了。他们首先把女儿们的终身大事当作头等大事来办。萨利一定要请正在崛起的年轻律师布雷迪什和年轻牙医福尔顿来吃饭，然而不是马上就请。艾莱柯说，这事别心急，先看看这两个小伙子。这么重要的大事，要慢慢来才不会出问题。

事实证明她的决定是对的。因为在三周之内，艾莱柯想象中的那十万美元转眼就翻了四倍，变成了四十万美元。那天夜里，他们高兴得快飞起来了。吃晚饭的时候破例喝了香槟，当然这不是真的香槟。这是萨利的建议，艾莱柯心一软就答应了。两个人心底里都羞愧不安，因为萨利是戒酒委员会的积极分子，参加葬礼时，总是系着一条围裙，连狗都不敢多瞧他一眼。他立场坚定，恪守己见；艾莱柯则是基督教妇女戒酒会的会员，她完全符合会员的坚定神圣信念的标准。然而现在她开始有了炫耀财富的心理。他们的生活再次证明了一条经人反复验证过的可悲真理：虽然信念是提防浮躁、堕落的强大而崇高的力量，但是这力量远比不上贫穷。更何况这是四十万美元的巨额财富呢！他们重新商定女儿的婚事。这一次牙医和律师已被踢出名单，他们已失去了机会，退出了候选人之列，不够格了。他们讨论了猪肉批发商和镇上银行老板的儿子。可结果还是和往常一样，他们的结论仍然是：再考虑考虑，走一步看一步，力求不留下任何遗憾。

他们的机会又来了。密切关注股市的艾莱柯看准了一个绝好的投机机会，大胆投了下去。然后就是一段胆战心惊、疑虑重重、寝食难安的时间，因为失败了他们就会倾家荡产一无所有。终于有了结果，艾莱柯激动得辨不清方向，连说话的声音都走调了："不用再提心吊胆了，萨利——咱们现在整整有一百万美元了！"

萨利痛哭流涕地说："哦，艾莱柯，你真是个女强人，是我的宝贝儿，咱们终于解放了，咱们有钱了，再也不用算计着过日子了。这一回该喝克利廓名酒了！"他拿出一品脱树叶子酒一边喝，一边说"真贵"。她的眼角含笑，水汪汪的眼睛透露出对他的指责，但是温柔的眼神也显示出那是一种恨铁不成钢的责备。

　　猪肉批发商和银行老板的儿子也被他们晾在了一边,州长和众议员的公子成了他们考虑的对象。

　　如果继续追踪福斯特家大发虚财的细节,就没意思了。这一发展确实神奇得令人看不清、道不明。任何东西到了艾莱柯那里都能变废为宝,财富越堆越高,财气直冲云霄。成千上万的财富滚滚而来,数量不断攀升:五百万——一千万——两千万——三千万——难道就没个头儿了吗?

　　就这样,两年匆匆过去了,福斯特夫妇沉浸在这种虚拟财富的积累中,根本感觉不到时光流逝。他们现在有三亿美元,在全国各大财团的董事会里都有一席之地。随着时间的推移,他们财富还在一百万一百万地疯长，快得让他们还没算清楚，那三亿美元就翻了一倍又一倍。

已经有二十四亿美元了！

慢慢地，他们的生意乱了套，需要重新整理账目。福斯特夫妇也明白这一点。他们意识到这项工作是避免不了的，也明白，想圆满完成任务，就要坚持到底，一旦开始就不能中途停顿。完成这项工作需要十个小时，但他们哪有十个小时的空闲时间呢？萨利一天到晚忙着卖别针、卖糖、卖印花布，每天都干同样的事情。艾莱柯一天到晚忙着做饭、刷碗、整理屋子、铺床叠被，天天如此，没人帮她干家务，因为两个女儿都准备着跻身名流。福斯特夫妇知道能腾出十个小时的办法只有一个。可是夫妇俩都不好意思说出口，想等对方先开口。最后，萨利开口了："总要有人让步，那就我吧。我既然说了——声音大一点儿你也别介意。"

艾莱柯脸色微红，很感激丈夫。他们没有继续讨论下去，稍微放松了一下。这种放松也就是不守安息日不干活的规矩。只有这样他们才能挤出十个小时。这只是他们放松的开始而已。巨额财富的诱惑是致命的，足以攻破一般人的道德防线。

他们放下窗帘，不守安息日的规矩了。经过艰苦细致的工作，他们把持有的股票都清算了一遍，并且整理成册。这一长串威名赫赫的名称真吓人啊！从铁路系统公司、汽船公司、标准石油公司、越洋电缆公司、稀声电报公司等，诸如此类的公司，到克朗代克金矿、德比尔斯钻石矿、塔马尼贪财公司和邮政部的暧昧特权公司，应有尽有。

二十四亿美元全都稳稳当当地投在绩优股上，稳赚不赔。每年的收入是一亿二千万美元。艾莱柯轻松地吐了一口长气，面带微笑说："够了吗？"

"够了，艾莱柯。"

"那我们怎么办呢？"

"收手吧。"

"不干了？"

"说得对。"

"我同意。办完这桩好事，咱们该好好放假，享受人生。"

"太棒了，艾莱柯！"

"怎么样，亲爱的？"

"这些钱咱们能花多少？"

"全都能花。"

看样子，她丈夫好像终于放下了心头的大石。他一句话也没说，因为他已经高兴得说不出话来了。

发现了这个秘密后，他们就不再守安息日的规定了。每周日的早晨祈祷以后，他们花一天时间专门来编排花钱的方法。他们一直到午夜才会休息。每次花钱比赛，艾莱柯动不动就拿出几百万捐给知名慈善机构和教会产业。萨利也出手大方，拿出同样多的钱，用在一些项目上。一开始他还特地给这些项目起了名字，后来这些名字逐渐失去了鲜明的特点，最后用"杂类"一词概括了，这样做尽管不怎么清楚明了，但也省去了不少麻烦。因为萨利已经开始处理这些数以百万计的巨款了，他增加了家庭开支——买蜡烛的费用，这个问题很烦人。艾莱柯原来也为这事伤过脑筋，但她很快就不用再伤脑筋了，因为让她伤脑筋的问题解决了。她也曾痛苦过、伤心过、羞愧过，但她最终还是保持了沉默，准备和丈夫一起干。萨利开始偷蜡烛了，从商店偷回家。巨额财富对一向贫苦的人来说是毒药，会把他的良心吞得连渣也不剩。事情从来都是这样。福斯特夫妇穷的时候，你交给他们多少蜡烛都不用担心。但是现在，从偷

蜡烛到偷苹果只有一步之遥。萨利开始偷苹果了，然后是肥皂，再然后是糖、罐头和陶瓷。只要我们开始了一种坏习惯，就很容易变坏。

此时，福斯特夫妇势不可当的卷钱浪潮又有了其他里程碑式的跨越。那栋虚构的砖瓦楼变成了一幢花岗岩造的有棋盘格子复式屋顶的建筑物，然后一幢更加气派的住宅出现在它原来的位置。一幢又一幢豪宅凭空出现，一幢比一幢高大、宽敞、精美，然后又一幢跟着一幢消失得无影无踪。再后来，他们幻想着住进一座宫殿式的豪宅。宫殿建在山顶，四周树木茂盛，从宫殿可以看到整座山谷、整条河流以及高耸入云的山峦——这都是他们的私人财产，都归他们两人所有。宫殿里仆从成群，个个穿着制服，来自世界各大都市的社会名流都聚集在此。

这座宫殿建在很遥远的地方，远在天的另一头，迎着旭日东升，遥不可及，好像处在另一个世界。它建在罗得岛的新港，那里是社会名流的天堂，只有美国有权势的人可以去。照例，安息日清晨祈祷后，他们会在这座豪宅里待一会儿，然后去欧洲旅游或是乘私人游艇到处游览。每周在湖滨镇寒酸的角落里单调乏味地过完六天以后，第七天就可以到天堂度日——这已经成了他们固定的娱乐习惯了。

现实生活中有各种各样的限制，他们仍然和以前一样艰难度日、小心谨慎、勤勤恳恳。他们一直对长老会的小教堂忠心不二，真心地为教会做事，一心一意地恪守神圣而严格的教规。但他们在想象的生活中，却追随着幻想的梦，完全不计较这幻想的性质和变化。艾莱柯的幻想还不算特别不正常，而萨利的幻想却已经乱了套。艾莱柯在她的虚幻生活中，先是信主教，因为这个教派的领头人物都很有背景；然后改信高教，只因为那里的蜡烛点得多，场面比较气派；自然，后来她又成了罗马天主教徒，因为他们不仅有红衣主教，而且蜡烛点得更多。可是在萨利看来艾莱柯的这些玩法没有一点儿意思。他幻想的生活是热情奔放、令人热血沸腾的场面，就像一幅画，这个变化过程确保了每一个场景都鲜活动人，连宗教活动也是一样。他参与各种宗教活动，像换衬衫一样不断变化。

福斯特夫妇一开始发财就出手阔绰，随着财富增加，他们也更加慷慨了。没过多久，他们简直是花钱如流水。艾莱柯每个周日都要建一两所大学，一两间医院，还要在罗顿建一批小教堂，有时还会建大教堂。

有一次，萨利说了句玩笑话，没想到这句漫不经心的话伤透了艾莱柯的心，她哭着跑到了一边。

萨利见了心里很难受，事实上他非常痛苦，羞愧得想把刚才说的话收回来。她没有一句怨言——这更让他心疼极了。她本来可以狠狠地羞辱萨利一顿，但她却用沉默的宽容对萨利予以反击，让他不停地自我检讨，让他唤醒一连串丑恶的回忆。过去几年的富贵生活他是怎么度过的，这些场景——在他的眼前闪过。他坐在那里一边想，一边脸色发红，羞愤极了。妻子的生活是多么积极向上，再看看他自己，生活充斥着庸俗的虚荣，他又是那么轻浮、那么自私、那么空虚、那么卑微啊！再看看他的生活目标，没有一点儿上进心，只有堕落，不断地堕落！

他把自己和妻子的生活做了比较，找出了双方的差距，于是他沉思起来。他还有什么可辩解的呢？在她建造第一座教堂的时候他干什么去了？和一帮玩厌了的百万富翁一起打牌，在自己的豪宅里胡搞，大把大把花钱不说，还为争一个大款的美名而像傻瓜一样扬扬自得。她建第一所大学的时候，他干什么去了呢？他正和一些花花公子鬼混，他还跟那些除了钱以外一无所有的百万富翁们干些耸人听闻的勾当。她造第一间育婴堂的时候，他干什么去了呢？唉！她在筹备那个高尚纯洁的女性会所的时候，他干什么去了呢？啊，真是的！她和基督教妇女戒酒会、女性缉酒队一起扫除那些害人的瓶瓶罐罐的时候，他干什么去了呢？他正喝得烂醉如泥。当她捐款建造了一百座大教堂后，在罗马教皇的热烈欢迎下当之无愧地接受金玫瑰勋章的时候，他又干什么去了呢？他正在蒙特卡罗抢银行！

他不敢再想了。其他的劣迹真是让人想到就害怕。他站起身来，鼓足勇气想说出实情——要让这段见不得光的岁月暴露在太阳底下。他再也不能过这种不人不鬼的日子了。他要跟她讲清楚。

他说到做到。他对她讲清楚了一切，在她的怀里失声痛哭，乞求她的原谅。艾莱柯震惊了，几乎被打击得精神崩溃，不过他毕竟是她的亲人、她的心灵寄托、她心中的守护神、她的全部。无论他提出什么样的要求，她都不能拒绝，于是他得

到了她的谅解。她觉得从今以后他再也不是以前的他了。她明白，他会认错，但不一定会改，然而，就算他品性顽劣、腐朽堕落，难道他就不是她的亲人、她的心上人、她生死与共令她崇拜的偶像了吗？她说，她嫁了他就跟定他了，然后她就敞开心扉，原谅她丈夫了。

这件事过去不久，周日的一天下午，当时他们正在梦中乘着游艇漂浮在夏日的海面上。两人都斜靠在甲板的凉篷底下，一声不吭地各自想心事。一直以来，这样的沉默在不知不觉中增多，最近更加频繁。以往的亲密无间正在悄悄离他们远去。

萨利那次真心长谈埋下了恐怖的种子。艾莱柯费尽心机总想赶走那可怕的记忆，但它就是不走。这种羞耻和苦涩的记忆污染了她温馨浪漫的幻想生活。如今她看得出来，每周日她的丈夫都会变成一个放荡不羁、人见人厌的家伙。

可是她呢——难道她自己就无可挑剔

吗？唉，她自己明白不是这么回事，她也有事情瞒着他。这是不忠的行为，她也因此而忧心忡忡。她瞒着他，违背了他们之间的约定。在强烈的诱惑下，她又押上了他们全部的财产做起了生意，一次性收购了这个国家所有的铁路、煤矿和钢铁企业，现在只要一到安息日，她就心惊肉跳，生怕一不小心说漏了嘴就让他知道真相。由于做了这件对不起丈夫的事，她生活在痛苦和悔恨中，不由地对丈夫更加关心体贴。看到他喝得烂醉躺在那儿，什么也不知道、一点儿也不起疑，她就悔恨极了。他完全信任妻子，从不怀疑她，然而他随时都有可能因妻子而倾家荡产。

"嘿！艾莱柯！"

萨利突如其来的一句话惊醒了她。她非常高兴，终于摆脱了烦恼。接着她操着往常那种甜蜜的嗓音答道："什么事啊？亲爱的。"

"你知道吗，艾莱柯，我觉得咱们犯了个错误——这可是你的错。我是说结婚的大事。"他腆着胖胖的青蛙肚坐了起来，就像一尊铜佛一样慈眉善目。他认真地说："想想吧——五年多了。你还是恪守以前的原则：只要赚一笔，择婿的标准就提高一个档次。每次我琢磨着要举行婚礼的时候，你的眼光就又高了，让我一而再再而三地失望。我觉得你也实在太难伺候了。总有一天咱们会落个高不成低不就的下场。第一次，咱们把牙医和律师甩了。那也罢，甩得有道理。接着咱们又甩了银行老板和猪肉批发商的儿子。这也就算了，甩得有道理。然后，我们又没看上众议员和州长家的公子，我承认这也没什么不对。接下来是参议员和合众国副总统的公子——你做得很对，这种小官做不长远。后来你就看上贵族了，我记得当时咱们家的油田终于出油了，所以咱们要在四百家大户里面找一遍，寻找一些门第显赫、出身不凡的皇亲贵胄，这些家族血统纯正，历经了一百五十年的风雨飘摇，气派十足，他们没有做过一天苦工，两手干干净净，一百年前就除去了祖先身上的咸鱼和老羊皮袄的异味。该举行婚礼了吧？当然，还是不行，从欧洲来了两个如假包换的贵族，你马上又改变了主意。艾莱柯，这可太让人扫兴了！从那以后，又是一长串的人，你甩了两个二等男爵，改换两个男爵，甩了这两个男爵，又换成两个子爵，子爵换成伯爵，伯爵换成侯爵，侯爵再换成公爵。艾莱柯，现在总该定下来了吧！你把四个国籍不同、声名远播的公爵捏在手里挑来挑去。他们虽然血统纯正知根知底，但个个都破了产，背了一屁股债。他们虽然要价不低，但咱们也出得起呀。好了，艾莱柯，别再犹豫不决一拖再拖了。算了吧，让姑娘们自个儿挑！"

在萨利对艾莱柯的婚姻战略大肆批评的过程中，她一直面带微笑，沉稳应对。她的眼里划过一丝愉快的光芒，那似乎是胜利后不小心流露的欣慰和惊讶。她尽量平和地说："萨利，要不，咱们就找个——找个皇族吧？"

真是不得了！这可怜的人儿被吓到了，竟然跌倒在船侧的龙骨板上，小腿也擦破了一层皮。那会儿，他疼得两眼直冒金星，清醒后一瘸一拐地走过去坐在妻子身边。用迷茫的双眼向妻子倾诉着曾经的那种赞美和爱恋。

"上帝啊！"他激动地说，"艾莱柯，你真是太棒了——你是世界上最棒的女人！你真是令人不可思议，我佩服得五体投地。我一直以为只有我有资格对你的计划指指点点！可是如果我闭嘴仔细想一想，就能明白你的良苦用心了。亲爱的宝贝，我总是这么毛毛糙糙，沉不住气，你好好开导开导我吧！"

这位在奉承声中眉开眼笑的女人凑到他的耳边，悄悄说了一个王子的名字。听了这个名字，他屏住呼吸，乐得满脸放光。

"天哪！"他说，"你可真是会找啊！他有一家赌场，还管着一块墓地、一个主教和一座教堂——这些全都是他自己的私人产业。这些都百分之百地赚钱。他的股票的股价在欧洲都是数得着的，简直无可挑剔。那块墓地也是很难找的，因为只有自杀的人才能埋在那里。真的，再说，他们已经不再提供免费安葬的优惠了。那个公园地方不大，不过也够用了。墓地面积是八百亩，外面的是四十二亩。最重要的是，这是个君主国，至于地方大小没关系。要是想地方大的话，到撒哈拉大沙漠去呀。"

艾莱柯心潮涌动，十分高兴。她说："你想想，萨利——这个家族从来没有跟欧洲的皇亲之外的人通过婚，要是他被我们女儿拿下，那咱们的外孙就可以登基做皇帝了！"

"千真万确，艾莱柯。还得让他手握权杖。外孙手拿权杖就像我拿着一把尺子一样随意。艾莱柯，你真找对人啦。他已经被你抓在手心了，跑不出你的五指山。你没给他留退路吧？"

"没留。你就等着好消息吧。他不是一笔债务，而是一笔财产。另外那个也一样。"

"那一个是谁，艾莱柯？"

"是西基斯蒙德·西格弗里德·劳恩费尔德·丁克尔斯皮尔·施瓦岑伯格·布鲁特沃斯特殿下，也就是卡普雅默世袭大公。"

"不可能！你是开玩笑吧！"

"千真万确，一点儿不假。"她答道。

他激动得不能自抑，兴奋地把她搂在怀里，说："这真是太奇妙了！这是三百六十四个古日耳曼诸侯国中历史最悠久的世家贵族之一，也是俾斯麦取消割据后少数几个允许保留家产的王室之一。我知道那个庄园，我去过那儿。那儿有一个制绳厂、一个蜡烛厂，还有一支军队。那是一支常备军，步兵、骑兵都有——有三个士兵，一匹马。艾莱柯，咱们漫长的旅程既有荆棘，也有希望，上帝保佑，我现在太高兴了。我既高兴，又感激，亲爱的，这都是你的功劳。日子定好了吗？"

"下周日。"

"太好了。这两桩婚事我们按照目前最流行的盛宴规格来办，要符合男方王室的身份。据我所知，对王室来说只有一种形式的婚姻是神圣的，也只有王室才能用，那就是与民女联姻。"

"为什么会这样叫呢，萨利？"

"不知道。不管怎么说这是王室的作风，只有王室才能用。"

"那咱们就按照传统来办，而且一定要这样办。要结就按联姻的排场办，不这样办就别结。"

"就这么说定了！"萨利一边说，一边高兴得想跳起来，"这在美国可是头一次啊。艾莱柯，这场婚礼非让新港那边的人都得了红眼病不可。"

沉默再次袭来，幻想的翅膀翩翩起舞，飞向世界的每一个角落。他们在幻想邀请所有的王公贵族和亲戚，并且包他们来回的路费。

这对夫妇一连三天都沉醉在美好的幻想中。两个人都浑浑噩噩，看到的所有东西都模模糊糊，就像罩着一层薄纱。他们沉湎于幻想，完全听不进别人说的话，回答自然也是颠三倒四，东拉西扯。萨利卖蜜用秤称，卖糖用尺量，顾客要蜡烛，他却给人家肥皂。艾莱柯把猫放到盆里洗，把牛奶倒在脏衣服上。大家都很惊讶，纷纷议论："福斯特这对夫妇这是怎么啦？"

三天以后，事态向好的方面发展，连续二十四个小时，艾莱柯的确越来越能幻想。上涨——上涨——继续上涨！超出了成本价。继续上涨——上涨——上涨！超出成本价五个点——十个点——十五个点——二十个点！这笔巨额投机生意已经获得了二十个点的纯利。艾莱柯想象中的经纪人在想象中的远方竭尽全力地大喊："抛吧！抛吧！看在上帝的份儿上，快抛掉！"

她把这个令人震惊的消息告诉了萨利，萨利也说："抛吧！可别大意，现在你的财富已经无人能比了！抛！快抛！"然而，她凭借钢铁般坚强的意志坚持了下来，她说就算因此身败名裂，她也要等这些股票再涨五个点。

这是一个生死攸关的决定。就在第二天出现了一场灾难，股价出现历史性的暴跌。华尔街赔了个底朝天，所有股票在五个小时之内下跌了九十五点，有人看见亿万富翁在包华利大道乞讨。艾莱柯仍然持股观望，能坚持多久就多久。可是，她接到了一个足以让人崩溃的电话，她想象中的经纪人出卖了她。直到这个时候，她身上的女强人气质才彻底消失，她又恢复了女人的本来面目，搂着丈夫的脖子哭诉："都是我的错，你不会原谅我，我实在没办法相信我们又变得一无所有！我们怎么

这么倒霉。再也不能举行婚礼庆典了。一切都完了！现在咱们连个牙医也请不起了。"

尖酸刻薄的话语涌到了萨利嘴边，他想说："我求你抛，可是你——"他没有说出口。他不想落井下石，也不想在艾莱柯那颗破碎的心上再捅刀子。他有了一个比较高尚的想法，说："艾莱柯，要挺住，一切还没有结束。我叔叔的遗产你并没有拿走分毫，你投的那笔钱是无形的未来收益。咱们只是赔了凭借你聪明的金融头脑和眼力用那笔未来收益投资所获得的那一部分增值的财富。振作起来吧，不要再想这些烦心的事儿啦！咱们那三万美元动都没动。可以想象，凭你现有的经验，在两年之内那笔钱能为你带来多少收益！那两桩婚事也黄不了，只是时间推迟了而已。"

这些安慰的话句句都说在点子上，艾莱柯听后如遭电击，眼泪唰唰地往下流，整个人仿佛重获新生。她眼睛又亮了起来，心中充满感激，满怀期待地发誓说："现在我宣布——"

可是她的话被一位客人打断了，他是《萨加摩尔周报》的编辑兼老板。他碰巧到湖滨镇来探望将要去世的祖母。除了这件伤心事，他还想顺便造访福斯特夫妇。这对夫妇过去几年一直忙着干其他事而忘了付报钱，欠款一共是六美元。这位客人来得正是时候。他一定熟悉提尔伯里，知道他可能什么时候进棺材。当然了，他们不能这样问，因为那会违背遗嘱，不过他们可以旁敲侧击，问出结果。尽管那个木头脑袋编辑根本不知道夫妇俩正在套他的话，可是他还是不经意地说出了他们想知道的事儿。那位编辑说着说着，需要打个比方，就说："上帝啊，就像提尔伯里·福斯特一样难搞——这是我们那儿的一句俗话。"

这突如其来的话让福斯特夫妇吃了一惊。编辑看见了，抱歉地说："我保证我说这话没有一点儿恶意。就是随便发发牢骚，只不过是一句玩笑话，你们知道——这没有任何意义。你们跟这个人有关系吗？"

萨利压下心头的渴望，极力不动声色地回答："我们——这个，我们不认识他，只是听说过。"编辑松了口气，恢复了镇定。萨利又问了一句："他——他——还好吧？"

"他好？嘿，不瞒您说，他五年前就死了。"

福斯特夫妇仿佛伤心得浑身发抖，不过他们其实感觉倒像是十分高兴。萨利用一种试探的口气问："噢，是吗，人一辈子就是这样，谁也免不了——有钱人也难免一死。"

编辑笑了。

"你要是指提尔伯里，"他说，"他可担不起这样的说法。他身无分文，还是全镇子人凑钱安葬他的。"

福斯特夫妇在那儿呆坐了两分钟，像两尊泥塑木雕一般，浑身直冒冷汗。后来，萨利面色苍白、有气无力地问道："这是真的吗？您说的是真的？"

"嘿，干嘛骗你！我是其中的一个遗嘱执行者。他除了留给我一架掉了轮子的小推车以外，就再没给我什么了。那破车根本没什么用处，不过总算是件东西吧，为了表示感激，我给他写了几句悼词，可又被别的稿子挤掉了。"

福斯特夫妇根本没听进去，他们的心里塞得满满的，什么也装不下。他们低头坐着，除了心痛，全身没有别的感觉。

一个小时后。他们还低着头坐在那儿，一动不动，一声不响。客人走了，他们也没察觉。

后来他们摇摇晃晃，用尽全身力气抬起头来，你看我，我看你，好像都在想事情。他们好像还在做梦，精神恍惚，说话跟孩子一样语无伦次。他们常常只说一半，就不出声了，看来不是没意识到，就是想不起要说什么。有时候他们从沉默中清醒过来，产生一种朦朦胧胧的感觉。他们的脑袋里闪过什么事，然后带着无言的关怀，轻轻拉住彼此的手，给对方精神上的支持，好像在说："我就在你身边，我不会抛下你，咱们一起承担。一切会好起来的，忘了这些，总有一块墓地可以让我们安息。忍着吧，时间不多了。"

他们又活了两年，晚上总是在幻想，受尽折磨。他们沉浸在悔恨与悲伤交织的梦境里难以自拔。后来，他们两人在同一天得到了解脱。

临终之前，萨利心如死灰，头上笼罩着的阴影终于消散，这时他说："飞来的不义之财是陷阱，对咱们没好处。波澜起伏的日子过不长。为了这种生活，咱们把自己甜蜜美满的小日子都丢了——后人可别再跟我们学了。"

他闭着眼静静地躺了一会儿，临终前一股寒意慢慢爬上了他的心头，他渐渐失去意识，呓语道："金钱带给他痛苦，他却拿金钱报复我们，我们跟他无冤无仇啊，他最终还是得逞了。这个奸诈的小人说给我们留三万美元，他知道我们会想办法拿这笔钱赚更多。他用这样的办法毁了我们的生活，让我们伤心。他本来可以再多留点儿，多到让我们不再打赚钱的主意。心眼儿好一点儿的人就会这么做；可他心眼儿小，不懂得慈悲，不懂！"